经典阅读文学馆·

雨 巷

刘磊 / 主编

红旗出版社

图书在版编目（CIP）数据

雨巷 / 刘磊主编. — 北京：红旗出版社，2019.8
（经典阅读文学馆．一）
ISBN 978-7-5051-4911-3

Ⅰ.①雨… Ⅱ.①刘… Ⅲ.①诗集—中国—现代 Ⅳ.①I226

中国版本图书馆CIP数据核字（2019）第163356号

书　名	雨巷			
主　编	刘磊			

出 品 人	唐中祥	总 监 制	褚定华	
选题策划	华语蓝图	责任编辑	王馥嘉　朱小玲	
出版发行	红旗出版社	地　　址	北京市丰台区中核路1号	
编辑部	010-57274497	邮政编码	100727	
发行部	010-57270296			
印　刷	永清县晔盛亚胶印有限公司			
开　本	880毫米×1168毫米　1/32			
印　张	40			
字　数	720千字			
版　次	2019年8月北京第1版			
印　次	2020年4月北京第1次印刷			

ISBN 978-7-5051-4911-3　　定　价　160.00元（全8册）

版权所有　翻印必究　印装有误　负责调换

前　言

古希腊大哲学家亚里士多德有过一段精彩论述，他说："播种一种行为，收获一种习惯；播种一种习惯，收获一种品格；播种一种品格，收获一种命运。"习惯优秀才是真正的优秀。养成良好的习惯可以改变一个人，而良好的阅读习惯更是青少年不可或缺的好习惯之一。

阅读是一种需要，也是一种享受。"人的天性像是野生的花草，读书像是修剪移栽。"由此可见，一个人的阅读史就是他的精神发育史。"读书足以怡情，足以傅彩，足以长才。其怡情也，最见于独处幽居之时；其傅彩也，最见于高谈阔论之中；其长才也，最见于处世判事之际。"的确，那些最美的篇章、最有启发性的词句、最感人的情怀，不但让我们心生爱念、心怀感动，更重要的是可以提升我们的文化底蕴，增长我们的才干。在紧张忙碌的学习之余，在轻松悠闲的假日时光里，捧一本书，荡漾于人类最真实的情感和最真挚的文字中，思接千载，神游八荒，慢慢体悟人生，憧憬美好的未来，那才是最好的青春年少。

书是我们的良师益友,"读一本好书就像和许多高尚的人在谈话"。尤其是那些盛传不衰的名家名作,是各民族文化与历史的浓缩,对各国文化的交流、传承起着桥梁和纽带的作用。是经过大浪淘沙,为人们所公认的世界文学园囿里的奇葩。阅读名家名作,就相当于穿越时空和一位位大师在对话,可以开启青少年的心智,陶冶青少年的情操,如春风化雨般,潜移默化地提升青少年的文学素养。

鉴于此,我们根据国家教育部指定的语文新课标阅读目录,反复甄选,披沙拣金,选编了这套《经典阅读文学馆》。本套丛书所选篇目包括"人民艺术家"老舍、民国才女林徽因、雨巷诗人戴望舒等顶尖大师的巅峰之作,可以说,它是一套值得珍藏一生的最佳阅读丛书,这些优秀作品,会让你的生活更加丰富,也能在潜移默化中改变你的人生。

希望本套丛书能成为青少年喜爱阅读、乐于接受的课外读物。让这套丛书陪伴广大青少年朋友走过金色年华,踏上成功之路。

目 录

第一辑 雨 巷

夕阳下 …………………………………… 002

寒风中闻雀声 …………………………… 004

自家伤感 ………………………………… 006

生 涯 …………………………………… 007

流浪人的夜歌 …………………………… 009

断 章 …………………………………… 011

凝泪出门 ………………………………… 012

可 知 …………………………………… 014

残花的泪 ………………………………… 016

十四行 …………………………………… 018

不要这样盈盈地相看 …………………… 019

忧 郁 …………………………………… 021

雨 巷 …………………………………… 022

我的记忆 ………………………………… 025

白蝴蝶 …………………………………… 027

偶　成	028
我思想	029
微　笑	030
路上的小语	031
林下的小语	033
独自的时候	035
秋　天	037
对于天的怀乡病	039
断　指	041
印　象	043
到我这里来	044
祭　日	046
烦　忧	048
百合子	049
八重子	051
我的素描	053
单恋者	055
老之将至	057
前　夜	059
我的恋人	061
村　姑	063
野　宴	065
二　月	066
小　病	067

款步（一） …………………………… 068

款步（二） …………………………… 070

有　赠 ………………………………… 071

游子谣 ………………………………… 072

秋　蝇 ………………………………… 074

夜行者 ………………………………… 076

微　辞 ………………………………… 077

深闭的园子 …………………………… 079

灯 ……………………………………… 081

寻梦者 ………………………………… 083

故意答客问 …………………………… 085

秋夜思 ………………………………… 087

小　曲 ………………………………… 089

赠克木 ………………………………… 090

眼 ……………………………………… 092

夜 ……………………………………… 095

闻曼陀铃 ……………………………… 097

见勿忘我花 …………………………… 099

古神祠前 ……………………………… 101

乐园鸟 ………………………………… 104

元日祝福 ……………………………… 106

致萤火 ………………………………… 107

狱中题壁 ……………………………… 109

我用残损的手掌 ……………………… 111

心　愿	113
等待（一）	115
等待（二）	117
过旧居（初稿）	120
过旧居	121
示长女	125
在天晴了的时候	128
赠　内	130
萧红墓畔口占	131
口　号	132

第二辑　戴望舒翻译作品欣赏

波特莱尔《恶之花》掇英	135
普希金作品	143
叶塞宁作品	149

第一辑
雨　巷

夕阳下

晚云在暮天上散锦，
溪水在残日里流金；
我瘦长的影子飘在地上，
像山间古树寂寞的幽灵。

远山啼哭得紫了，
哀悼着白日的长终；
落叶却飞舞欢迎
幽夜的衣角，那一片清风。

荒冢里流出幽古的芬芳，
在老树枝头把蝙蝠迷上，

它们缠绵琐细的私语
在晚烟中低低地回荡。

幽夜偷偷地从天末归来，
我独自还恋恋地徘徊；
在这寂寞的心间，我是
消隐了忧愁，消隐了欢快。

寒风中闻雀声

枯枝在寒风里悲叹,
死叶在大道上萎残;
雀儿在高唱薤露歌,
一半儿是自伤自感。

大道上是寂寞凄清,
高楼上是悄悄无声,
只那孤岑的雀儿
伴着孤岑的少年人。

寒风已吹老了树叶，
又来吹老少年的华鬓，
更在他的愁怀里
将一丝的温馨吹尽。

唱啊，我同情的雀儿，
唱破我芬芳的梦境；
吹吧，你无情的风儿，
吹断了我飘摇的微命。

自家伤感

怀着热望来相见,
冀希从头细说,
偏你冷冷无言;
我只合踏着残叶
远去了,自家伤感。

希望今又成虚,
且消受终天长怨。
看风里的蜘蛛,
又可怜地飘断
这一缕零丝残绪。

生涯

泪珠儿已抛残,
只剩了悲思。
无情的百合啊,
你明丽的花枝。
你太娟好,太轻盈,
使我难吻你娇唇。

人间伴我的是孤苦,
白昼给我的是寂寥;
只有那甜甜的梦儿,
慰我在深宵:
我希望长睡沉沉,

长在那梦里温存。

可是清晨我醒来
在枕边找到了悲哀：
欢乐只是一幻梦，
孤苦却待我生挨！
我暗把泪珠哽咽，
我又生活了一天。

泪珠儿已抛残，
悲思偏无尽，
啊，我生命的慰安！
我屏营待你垂悯：
在这世间寂寂，
朝朝只有呜咽。

流浪人的夜歌

残月是已死的美人,
在山头哭泣嘤嘤,
哭她细弱的魂灵。

怪枭在幽谷悲鸣,
饥狼在嘲笑声声
在那残碑断碣的荒坟。

此地是黑暗的占领,

恐怖在统治人群,
幽夜茫茫地不明。

来到此地泪盈盈,
我是颠连飘泊的孤身,
我要与残月同沉。

断章

不要说爱还是恨,
这问题我不要分明;
当我们提壶痛饮时,
可先问是酸酒是芳醇?

愿她温温的眼波
荡醒我心头的春草:
谁希望有花儿果儿?
但愿在春天里活几朝。

凝泪出门

昏昏的灯,
溟溟的雨,
沉沉的未晓天;
凄凉的情绪;
将我的愁怀占住。

凄绝的寂静中,
你还酣睡未醒;
我无奈踯躅徘徊,
独自凝泪出门:
啊,我已够伤心。

清冷的街灯，
照着车儿前进：
在我的胸怀里，
我是失去了欢欣，
愁苦已来临。

可知

可知怎的旧时的欢乐
到回忆都变作悲哀,
在月暗灯昏时候
重重地兜上心来,
啊,我的欢爱!

为了如今惟有愁和苦,
朝朝的难遣难排,
恐惧以后无欢日,
愈觉得旧时难再,
啊,我的欢爱!

可是只要你能爱我深,
只要你深情不改,
这今日的悲哀,
会变作来朝的欢快,
啊,我的欢爱!

否则悲苦难排解,
幽暗重重向我来,
我将含怨沉沉睡
睡在那碧草青苔,
啊,我的欢爱!

残花的泪

寂寞的古园中,
明月照幽素,
一枝凄艳的残花
对着蝴蝶泣诉:

我的娇丽已残,
我的芳时已过,
今宵我流着香泪,
明朝会萎谢尘土。

我的旖艳与温馨,

我的生命与青春
都已为你所有，
都已为你消受尽！

你旧日的蜜意柔情
如今已抛向何处？
看见我憔悴的颜色，
你啊，你默默无语！

你会把我孤凉地抛下，
独自蹁跹地飞去，
又飞到别枝春花上，
依依地将她恋住。
明朝晓日来时
小鸟将为我唱薤露歌；
你啊，你不会眷顾旧情
到此地来凭吊我！

十四行

微雨飘落在你披散的鬓边,
像小珠碎落在青色的海带草间
或是死鱼漂翻在浪波上,
闪出神秘又凄切的幽光,
诱着又带着我青色的灵魂
到爱和死底梦的王国中睡眠,
那里有金色的空气和紫色的太阳,
那里可怜的生物将欢乐的眼泪流到胸膛;
就像一只黑色的衰老的瘦猫,
在幽光中我憔悴又伸着懒腰,
流出我一切虚伪和真诚的骄傲;
然后,又跟着它踉跄在轻雾朦胧,
像淡红的酒味飘在琥珀钟,
我将有情的眼藏在幽暗的记忆中。

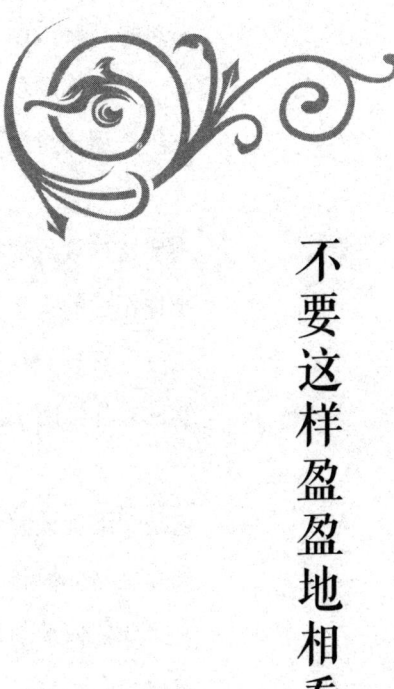

不要这样盈盈地相看

不要这样盈盈地相看,
把你伤感的头儿垂倒,
静,听啊,远远地,在林里,
在死叶上的希望又醒了。

是一个昔日的希望,

它沉睡在林里已多年；
是一个缠绵烦琐的希望，
它早在遗忘里沉湮。

不要这样盈盈地相看，
把你伤感的头儿垂倒，
这一个昔日的希望，
它已被你惊醒了。

这是缠绵烦琐的希望，
如今已被你惊起了，
它又要依依地前来
将你与我烦扰。

不要这样盈盈地相看，
把你伤感的头儿垂倒，
静，听啊，远远地，在林里，
惊醒的昔日的希望来了。

忧郁

我如今已厌看蔷薇色,
一任她娇红披满枝。

心头的春花已不更开,
幽黑的烦忧已到我欢乐之梦中来。

我的唇已枯,我的眼已枯,
我呼吸着火焰,我听见幽灵低诉。

去吧,欺人的美梦,欺人的幻象,
天上的花枝,世人安能痴想!

我颓唐地在挨度这迟迟的朝夕!
我是个疲倦的人儿,我等待着安息。

雨巷

撑着油纸伞,独自
彷徨在悠长,悠长
又寂寥的雨巷,
我希望逢着
一个丁香一样地
结着愁怨的姑娘。

她是有
丁香一样的颜色,
丁香一样的芬芳,
丁香一样的忧愁,
在雨中哀怨,

哀怨又彷徨；

她彷徨在这寂寥的雨巷，
撑着油纸伞
像我一样，
像我一样地
默默行着，
冷漠，凄清，又惆怅。

她静默地走近
走近，又投出
太息一般的眼光，
她飘过
像梦一般地，
像梦一般地凄婉迷茫。

像梦中飘过
一枝丁香地，
我身旁飘过这女郎；
她静默地远了，远了。
到了颓圮的篱墙，
走尽这雨巷。

在雨的哀曲里,
消了她的颜色,
散了她的芬芳,
消散了,甚至她的
太息般的眼光,
她丁香般的惆怅。

撑着油纸伞,独自
彷徨在悠长,悠长
又寂寥的雨巷,
我希望飘过
一个丁香一样地
结着愁怨的姑娘。

我的记忆

我的记忆是忠实于我的,
忠实得甚于我最好的友人。

它存在在燃着的烟卷上,
它存在在绘着百合花的笔杆上。
它存在在破旧的粉盒上,
它存在在颓垣的木莓上,
它存在在喝了一半的酒瓶上,
在撕碎的往日的诗稿上,在压干的花片上,
在凄暗的灯上,在平静的水上,
在一切有灵魂没有灵魂的东西上,
它在到处生存着,像我在这世界一样。

它是胆小的,它怕着人们底喧嚣,
但在寂寥时,它便对我来作密切的拜访。

它的声音是低微的,
但是它的话是很长,很长,
很多,很琐碎,而且永远不肯休:
它的话是古旧的,老是讲着同样的故事,
它的音调是和谐的,老是唱着同样的曲子,
有时它还模仿着爱娇的少女的声音。

它的声音是没有气力的,
而且还夹着眼泪,夹着太息。

它的拜访是没有一定的,
在任何时间,在任何地点,
甚至当我已上床,朦胧地想睡了:
人们会说它没有礼貌,
但是我们是老朋友。

它是琐琐地永远不肯休止的,
除非我凄凄地哭了,或是沉沉地睡了;
但是我永远不讨厌它,
因为它是忠实于我的。

白蝴蝶

给什么智慧给我,
小小的白蝴蝶,
翻开了空白之页,
合上了空白之页?

翻开的书页:
寂寞;
合上的书页:
寂寞。

偶成

如果生命的春天重到,
古旧的凝冰都哗哗地解冻,
那时我会再看见灿烂的微笑,
再听见明朗的呼唤——这些迢遥的梦。

这些好东西都决不会消失,
因为一切好东西都永远存在,
它们只是像冰一样凝结,
而有一天会像花一样重开。

我思想

我思想,故我是蝴蝶……
万年后小花的呼唤
透过无梦无醒的云雾
来震撼我斑斓的彩翼

微笑

轻岚从远山飘开
水蜘蛛在静水上徘徊
说吧：无限意，无限意

有人微笑
一颗心开出花来
有人微笑
许多脸儿忧郁起来

做定情之花带的点缀吧
做遥迢之旅愁之凭借吧
微温轻渺，欲说还休

路上的小语

——给我吧,姑娘,那朵簪在你发上的
小小的青色的花,
它是会使我想起你的温柔来的。

——它是到处都可以找到的,
那边,你看,在树林下,在泉边,
而它又只会给你悲哀的记忆的。

——给我吧,姑娘,你的像花一样地燃着的,
像红宝石一样地晶耀着的嘴唇,

它会给我蜜的味，酒的味。

——不，它只有青色的橄榄的味，
和未熟的苹果的味，
而且是不给说谎的孩子的。

——给我吧，姑娘，那在你衫子下的
你的火一样的，十八岁的心，
那里是盛着天青色的爱情的。

——它是我的，是不给任何人的，
除非别人愿意把他自己底真诚的
来作一个交换，永恒地。

林下的小语

走进幽暗的树林里
人们在心头感到了寒冷，
亲爱的，在心头你也感到寒冷吗？
当你拥在我怀里
而且把你的唇粘着我的的时候？

不要微笑，亲爱的，
啼泣一些是温柔的，
啼泣吧，亲爱的，啼泣在我的膝上，
在我的胸头，在我的颈边。

啼泣不是一个短促的欢乐。

"追随我到世界的尽头。"
你固执地这样说着吗?
你说得多傻!你去追随天风吧!
我呢,我是比天风更轻,更轻,
是你永远追随不到的。

哦,不要请求我的心了!
它是我的,是只属于我的。
什么是我们的恋爱的纪念吗?
拿去吧,亲爱的,拿去吧,
这沉哀,这绛色的沉哀。

独自的时候

房里曾充满过清朗的笑声,
正如花园里充满过蔷薇;
人在堆积着的梦的灰尘中抽烟,
沉想着消逝了的音乐。

在心头飘来飘去的是什么啊,
像白云一样地无定,像白云一样地沉郁?
而且要对它说话也是徒然的,
正如人徒然地向白云说话一样。

幽暗的房里耀着的只有光泽的木器,
独语着的烟斗也黯然缄默,
人在尘雾的空间描摹着惨白的裸体
和烧着人的火一样的眼睛。

为自己悲哀和为别人悲哀是一样的事,
虽然自己的梦是和别人的不同的,
但是我知道今天我是流过眼泪,
而从外边,寂静是悄悄地进来。

秋天

再过几日秋天是要来了,
默坐着,抽着陶器的烟斗,
我已隐隐地听见它的歌吹
从江水的船帆上。

它是在奏着管弦乐:
这个使我想起做过的好梦;
从前我认它是好友是错了,
因为它带了忧愁来给我。

林间的猎角声是好听的,
在死叶上的漫步也是乐事,

但是,独身汉的心地我是很清楚的,
今天,我是没有闲雅的兴致。

我对它没有爱也没有恐惧,
我知道它所带来的东西的重量,
我是微笑着,安坐在我的窗前,
当浮云带着恐吓的口气来说:
秋天要来了,望舒先生!

对于天的怀乡病

怀乡病,怀乡病,
这或许是一切有一张有些忧郁的脸,
一颗悲哀的心,
而且老是缄默着,
还抽着一支烟斗的
人们的生涯吧。

怀乡病,哦,我呵,

我也是这类人之一,
我呢,我渴望着回返
到那个天,到那个如此青的天,
在那里我可以生活又死灭,
像在母亲的怀里,
一个孩子笑着和哭着一样。

我呵,我真是一个怀乡病者,
是对于天的,对于那如此青的天的,
在那里我可以安安地睡着
没有半边头风,没有不眠之夜,
没有心的一切的烦恼,
这心,它,已不是属于我的,
而有人已把它抛弃了
像人们抛弃了敝屣一样。

断指

在一口老旧的,满积着灰尘的书橱中,
我保存着一个浸在酒精瓶中的断指;
每当无聊地去翻寻古籍的时候,
它就含愁地向我诉说一个使我悲哀的记忆。

它是被截下来的,从我一个已牺牲了的朋友的手上,
它是惨白的,枯瘦的,和我的友人一样,
时常萦系着我的,而且是很分明的,
是他将这断指交给我的时候的情景:

"为我保存着这可笑又可怜的恋爱的纪念吧,望舒,
在零落的生涯中,它是只能增加我的不幸了。"

他的话是舒缓的，沉着的，像一个叹息，
而他的眼中似乎是含着泪水，虽然微笑是在脸上。

关于他的"可笑又可怜的爱情"我是一些也不知道。
我知道的只是他是在一个工人家里被捕去的，
随后是酷刑吧，随后是惨苦的牢狱吧，
随后是死刑吧，那等待着我们大家的死刑吧。

关于他"可笑又可怜的爱情"我是一些也不知道。
他从未对我谈起过，即使在喝醉了酒时；
但是我猜想这一定是一段悲哀的故事，他隐藏着，
他想使它跟着截断的手指一同被遗忘了。

这断指上还染着油墨的痕迹，
是赤色的，是可爱的，光辉的赤色的，
它很灿烂地在这截断的手指上，
正如他责备别人底懦怯的目光
在我们的心头一样。

这断指常带了轻微又粘着的悲哀给我，
但是它在我又是一件很有用的珍品，
每当为了一件琐事而颓丧的时候，我会说：
"好，让我拿出那个玻璃瓶来吧。"

印象

是飘落深谷去的
幽微的铃声吧,
是航到烟水去的
小小的渔船吧,
如果是青色的真珠;
它已堕到古井的暗水里。

林梢闪着的颓唐的残阳,
它轻轻地敛去了
跟着脸上浅浅的微笑。
从一个寂寞的地方起来的,
迢遥的,寂寞的呜咽,
又徐徐回到寂寞的地方,寂寞地。

到我这里来

到我这里来,假如你还存在着,
全裸着,披散了你的发丝:
我将对你说那只有我们两人懂得的话。

我将对你说为什么蔷薇有金色的花瓣,
为什么你有温柔而馥郁的梦,
为什么锦葵会从我们的窗间探首进来。

人们不知道的一切我们都会深深了解,
除了我的手的颤动和你的心的奔跳;

不要怕我发着异样的光的眼睛，
向我来：你将在我的臂间找到舒适的卧榻。

可是，啊，你是不存在着了，
虽则你的记忆还使我温柔地颤动，
而我是徒然地等待着你，每一个傍晚，
在菩提树下，沉思地，抽着烟。

祭日

今天是亡魂的祭日,
我想起了我的死去了六年的友人。
或许他已老一点了,怅惜他爱娇的妻,
他哭泣着的女儿,他剪断了的青春。

他一定是瘦了,过着飘泊的生涯,在幽冥中,
但他的忠诚的目光是永远保留着的,
而我还听到他往昔的熟稔有劲的声音,
"快乐吗,老戴?"
(快乐,唔,我现在已没有了。)

他不会忘记了我:这我是很知道的,

因为他还来找我,每月一二次,在我梦里,
他老是饶舌的,虽则他已归于永恒的沉寂,
而他带着忧郁的微笑的长谈使我悲哀。

我已不知道他的妻和女儿到哪里去了,
我不敢想起她们,我甚至不敢问他,在梦里;
当然她们不会过着幸福的生涯的,
像我一样,像我们大家一样。

快乐一点吧,因为今天是亡魂的祭日;
我已为你预备了在我算是丰盛了的晚餐。
你可以找到我园里的鲜果,
和那你所嗜好的陈威士忌酒。

我们的友谊是永远地柔和的,
而我将和你谈着幽冥中的快乐和悲哀。

烦忧

说是寂寞的秋的悒郁,
说是辽远的海的怀念。
假如有人问我烦忧的原故,
我不敢说出你的名字。

我不敢说出你的名字。
假如有人问我烦忧的原故:
说是辽远的海的怀念,
说是寂寞的秋的悒郁。

百合子

百合子是怀乡病的可怜的患者,
因为她的家是在灿烂的樱花丛里的;
我们徒然有百尺的高楼和沉迷的香夜,
但温煦的阳光和朴素的木屋总常在她缅想中。

她度着寂寂的悠长的生涯,
她盈盈的眼睛茫然地望着远处:
人们说她冷漠的是错了,
因为她沉思的眼里是有着火焰。

她将使我为她而憔悴吗?
或许是的,但是谁能知道?

有时她向我微笑着,
而这忧郁的微笑使我也坠入怀乡病里。

她是冷漠的吗?不。
因为我们的眼睛是秘密地交谈着;
而她是醉一样地合上了她的眼睛的,
如果我轻轻地吻着她花一样的嘴唇。

八重子

八重子是永远地忧郁着的,
我怕她会郁瘦了她的青春。
是的,我为她的健康挂虑着,
尤其是为她的沉思的眸子。

发的香味是簪着辽远的恋情,
辽远到要使人流泪;
但是要使她欢喜,我只能微笑,
只能像幸福者一样地微笑。

因为我要使她忘记她的孤寂,
忘记萦系着她的渺茫的乡思,

我要使她忘记她在走着
无尽的,寂寞的凄凉的路。

而且在她的唇上,我要为她祝福,
为我的永远忧郁着的八重子,
我愿她永远有着意中人的脸,
春花的脸,和初恋的心。

我的素描

辽远的国土的怀念者,
我,我是寂寞的生物。

假如把我自己描画出来,
那是一幅单纯的静物写生。

我是青春和衰老的集合体,
我有健康的身体和病的心。

在朋友间我有爽直的声名,
在恋爱上我是一个低能儿。

因为当一个少女开始爱我的时候，
我先就要栗然地惶恐。

我怕着温存的眼睛，
像怕初春青空的朝阳。

我是高大的，我有光辉的眼；
我用爽朗的声音恣意谈笑。

但在悒郁的时候，我是沉默的，
悒郁着，用我二十四岁的整个的心。

单恋者

我觉得我是在单恋着,
但是我不知道是恋着谁:
是一个在迷茫的烟水中的国土吗,
是一枝在静默中零落的花吗,
是一位我记不起的陌路丽人吗?
我不知道。
我知道的是我的胸膨胀着,
而我的心悸动着,像在初恋中。

在烦倦的时候,
我常是暗黑的街头的踯躅者,
我走遍了嚣嚷的酒场,

我不想回去,好像在寻找什么。
飘来一丝媚眼或是塞满一耳腻语,
那是常有的事。
但是我会低声说:
"不是你!"然后踉跄地又走向他处。

人们称我为"夜行人",
尽便吧,这在我是一样的;
真的,我是一个寂寞的夜行人。
而且又是一个可怜的单恋者。

老之将至

我怕自己将慢慢地慢慢地老去,
随着那迟迟寂寂的时间,
而那每一个迟迟寂寂的时间,
是将重重地载着无量的怅惜的。

而在我坚而冷的圈椅中,在日暮,
我将看见,在我昏花的眼前
飘过那些模糊的暗淡的影子:
一片娇柔的微笑,一只纤纤的手,
几双燃着火焰的眼睛,
或是几点耀着珠光的眼泪。

是的,我将记不清楚了:
在我耳边低声软语着
"在最适当的地方放你的嘴唇"的,
是那樱花一般的樱子吗?
那是茹丽苔吗,飘着懒倦的眼
望着她已卸了的锦缎的鞋子?……
这些,我将都记不清楚了,
因为我老了。

我说,我是担忧着怕老去,
怕这些记忆凋残了,
一片一片地,像花一样;
只留着垂枯的枝条,孤独地。

前夜

——一夜的纪念,呈呐鸥兄

在比志步尔启碇的前夜,
托密的衣袖变作了手帕,
她把眼泪和着唇脂拭在上面,
要为他壮行色,更加一点粉香。

明天会有太淡的烟和太淡的酒,
和磨不损的太坚固的时间,
而现在,她知道应该有怎样的忍耐:
托密已经醉了,而且疲倦得可怜。

这个有橙花香味的南方的少年,
他不知道明天只能看见天和海——
或许在"家,甜蜜的家"里他会康健些,
但是他的温柔的亲戚却要更瘦,更瘦。

我的恋人

我将对你说我的恋人,
我的恋人是一个羞涩的人,
她是羞涩的,有着桃色的脸;
桃色的嘴唇,和一颗天青色的心。

她有黑色的大眼睛,
那不敢凝看我的黑色的大眼睛——
不是不敢,那是因为她是羞涩的:
而当我依在她胸头的时候,
你可以说她的眼睛是变换了颜色,
天青的颜色,她的心的颜色。

她有纤纤的手,
它会在我烦忧的时候安抚我,
她有清朗而爱娇的声音,
那是只向我说着温柔的,
温柔到消融了我的心的话的。

她是一个静娴的少女,
她知道如何爱一个爱她的人,
但是我永远不能对你说她的名字,
因为她是一个羞涩的恋人。

村姑

村里的姑娘静静地走着,
提着她的蚀着青苔的水桶;
溅出来的冷水滴在她的跣足上,
而她的心是在泉边的柳树下。

这姑娘会静静地走到她的旧屋去,
那在一棵百年的冬青树荫下的旧屋,
而当她想到在泉边吻她的少年,
她会微笑着,抿起了她的嘴唇。
她将走到那古旧的木屋边,
她将在那里惊散了一群在啄食的瓦雀,
她将静静地走到厨房里

又静静地把水桶放在干刍边。

她将帮助她的母亲造饭,
而从田间回来的父亲将坐在门槛上抽烟,
她将给猪圈里的猪喂食,
又将可爱的鸡赶进它们的窠里去。

在暮色中吃晚饭的时候,
她的父亲会谈着今年的收成,
他或许会说到他的女儿的婚嫁,
而她便将羞怯地低下头去。

她的母亲或许会说她的懒惰,
(她打水的迟延便是一个好例子,)
但是她会不听到这些话,
因为她在想着那有点鲁莽的少年。

野宴

对岸青叶荫下的野餐,
只有百里香和野菊作伴;
河水已洗涤了碍人的礼仪,
白云遂成为飘动的天幕。

那里有木叶一般绿的薄荷酒,
和你所爱的芬芳的腊味,
但是这里有更可口的芦笋
和更新鲜的乳酪。

我的爱软的草的小姐,
你是知味的美食家:
先尝这开胃的饮料,
然后再试那丰盛的名菜。

二月

春天已在野菊的头上逡巡着了,
春天已在斑鸠的羽上逡巡着了,
春天已在青溪的藻上逡巡着了,
绿荫的林遂成为恋的众香国。

于是原野将听倦了谎话的交换,
而不载重的无邪的小草
将醉着温软的皓体的甜香;

于是,在暮色冥冥里,
我将听了最后一个游女的惋叹,
拈着一枝蒲公英缓缓地归去。

小病

从竹帘里漏进来的泥土的香,
在浅春的风里它几乎凝住了;
小病的人嘴里感到了莴苣的脆嫩,
于是遂有了家乡小园的神往。

小园里阳光是常在芸薹的花上吧,
细风是常在细腰蜂的翅上吧,
病人吃的莱菔的叶子许被虫蛀了,
而雨后的韭菜却许已有甜味的嫩芽了。

现在,我是害怕那使我脱发的饕餮了,
就是那滑腻的海鳗般美味的小食也得斋戒,
因为小病的身子在浅春的风里是软弱的,
况且我又神往于家园阳光下的莴苣。

款步(一)

这里是爱我们的苍翠的松树,
它曾经遮过你的羞涩和我的胆怯,
我们的这个同谋者是有一个好记性的,
现在,它还向我们说着旧话,但并不揶揄。

还有那多嘴的深草间的小溪,
我不知道它今天为什么缄默:
我不看见它,或许它已换一条路走了,
饶舌着,施施然绕着小村而去了。

这边是来做夏天的客人的闲花野草,
它们是穿着新装,像在婚筵里,
而且在微风里对我们作有礼貌的礼敬,
好像我们就是新婚夫妇。

我的小恋人,今天我不对你说草木的恋爱,
却让我们的眼睛静静地说我们自己的,
而且我要用我的舌头封住你的小嘴唇了,
如果你再说:我已闻到你的愿望的气味。

款步（二）

答应我绕过这些木棚，
去坐在江边的游椅上。
啮着沙岸的永远的波浪，
总会从你投出着的素足
撼动你抿紧的嘴唇的。
而这里，鲜红并寂静得
与你底嘴唇一样的枫林间，
虽然残秋的风还未来到，
但我已经从你的缄默里，
觉出了它的寒冷。

有赠

谁曾为我束起许多花枝,
灿烂过又憔悴了的花枝,
谁曾为我穿起许多泪珠,
又倾落到梦里去的泪珠?

我认识你充满了怨恨的眼睛,
我知道你愿意缄在幽暗中的话语,
你引我到了一个梦中,
我却又在另一个梦中忘了你。

我的梦和我的遗忘中的人,
哦,受过我暗自祝福的人,
终日有意地灌溉着蔷薇,
我却无心地让寂寞的兰花愁谢。

游子谣

海上微风起来的时候,
暗水上开遍青色的蔷薇。
——游子的家园呢?

篱门是蜘蛛的家,
土墙是薜荔的家,
枝繁叶茂的果树是鸟雀的家。

游子却连乡愁也没有,
他沉浮在鲸鱼海蟒间:
让家园寂寞的花自开自落吧。

因为海上有青色的蔷薇，
游子要萦系他冷落的家园吗？
还有比蔷薇更清丽的旅伴呢。

清丽的小旅伴是更甜蜜的家园，
游子的乡愁在那里徘徊踯躅。
唔，永远沉浮在鲸鱼海蟒间吧。

秋蝇

木叶的红色,
木叶的黄色,
木叶的土灰色:
窗外的下午!

用一双无数的眼睛,
衰弱的苍蝇望得昏眩。
这样窒息的下午啊!
它无奈地搔着头搔着肚子。

木叶,木叶,木叶,
无边木叶萧萧下。

玻璃窗是寒冷的冰片了,
太阳只有苍茫的色泽。
巡回地散一次步吧!
它觉得它的脚软。

红色,黄色,土灰色,
昏眩的万花筒的图案啊!

迢遥的声音,古旧的,
大伽蓝的钟磬?天末的风?
苍蝇有点僵木,
这样沉重的翼翅啊!

飘下地,飘上天的木叶旋转着,
红色,黄色,土灰色的错杂的回轮。

无数的眼睛渐渐模糊,昏黑,
什么东西压到轻绡的翅上,
身子像木叶一般地轻,
载在巨鸟的翎翮上吗?

夜行者

这里他来了：夜行者！
冷清清的街上有沉着的跫音，
从黑茫茫的雾，
到黑茫茫的雾。

夜的最熟稔的朋友，
他知道它的一切琐碎，
那么熟稔，在它的熏陶中
他染了它一切最古怪的脾气。

夜行者是最古怪的人。
你看他走在黑夜里：
戴着黑色的毡帽，
迈着夜一样静的步子。

微辞

园子里蝶褪了粉蜂褪了黄,
则木叶下的安息是允许的吧,
然而好弄玩的女孩子是不肯休止的,
"你瞧我的眼睛,"她说,"它们恨你!"

女孩子有恨人的眼睛,我知道,
她还有不洁的指爪,
但是一点恬静和一点懒是需要的,
只瞧那新叶下静静的蜂蝶。

魔道者使用曼陀罗根或是枸杞,
而人却像花一般地顺从时序,

夜来香娇妍地开了一个整夜，
朝来送入温室一时能重鲜吗？

园子都已恬静，
蜂蝶睡在新叶下，
迟迟的永昼中
无厌的女孩子也该休止。

深闭的园子

五月的园子
已花繁叶满了,
浓荫里却静无鸟喧。

小径已铺满苔藓,
而篱门的锁也锈了——
主人却在迢遥的太阳下。

在迢遥的太阳下,
也有璀璨的园林吗?

陌生人在篱边探首,
空想着天外的主人。

灯

士为知己者用,
故承恩的灯
遂做了恋的同谋人。
作憧憬之雾的
青色的灯,
作色情之屏的
桃色的灯。

因为我们知道爱灯,
如仁者乐山,智者乐水,
为供它的法眼的鉴赏
我们展开秘藏的风俗画:
灯却不笑人的疯魔。

在灯的友爱的光里,
人走进了美容院;
千手千眼的技师,
替人匀着最宜雅的脂粉,
于是我们便目不暇给。

太阳只发着学究的教训,
而灯光却作着亲切的密语,
至于交头接耳的暗黑,
便是饕餮者的施主了。

寻梦者

梦会开出花来的,
梦会开出娇妍的花来的;
去求无价的珍宝吧。

在青色的大海里,
在青色的大海的底里,
深藏着金色的贝一枚。

你去攀九年的冰山吧,
你去航九年的旱海吧,
然后你逢到那金色的贝。

它有天上的云雨声,
它有海上的风涛声,
它会使你的心沉醉。

把它在海水里养九年,
把它在天水里养九年,
然后,它在一个暗夜里开绽了。

当你鬓发斑斑了的时候,
当你眼睛朦胧了的时候,
金色的贝吐出桃色的珠。

把桃色的珠放在你怀里,
把桃色的珠放在你枕边,
于是一个梦静静地升上来了。

你的梦开出花来了,
你的梦开出娇妍的花来了,
在你已衰老了的时候。

古意答客问

孤心逐浮云之炫烨的卷舒,
惯看青空的眼喜侵阈的青芜。
你问我的欢乐何在?
——窗头明月枕边书。

侵晨看岚踯躅于山巅,
入夜听风琐语于花间。
你问我的灵魂安息于何处?
——看那袅绕地、袅绕地升上去的炊烟。

渴饮露,饥餐英;
鹿守我的梦,鸟祝我的醒。
你问我可有人间世的挂虑?
——听那消沉下去的百代之过客的跫音。

秋夜思

谁家动刀尺?
心也需要秋衣。

听鲛人的召唤,
听木叶的呼息!
风从每一条脉络进来,
窃听心的枯裂之音。

诗人云:心即是琴。
谁听过那古旧的阳春白雪?
为真知的死者的慰藉,
有人已将它悬在树梢,

为天籁之凭托——
但曾一度谛听的飘逝之音。

而断裂的吴丝蜀桐,
仅使人从弦柱间思忆华年。

小曲

啼倦的鸟藏喙在彩翎间，
音的小灵魂向何处翩跹？
老去的花一瓣瓣委尘土，
香的小灵魂在何处流连？

它们不能在地狱里，不能，
这么好，那么好的灵魂！
那么是在天堂，在乐园里？
摇摇头，圣彼得可也否认。

没有人知道在哪里，没有，
诗人却微笑而三缄其口：
有什么东西在调和氤氲，
在他的心的永恒的宇宙。

赠克木

我不懂别人为什么给那些星辰
取一些它们不需要的名称,
它们闲游在太空,无牵无挂,
不了解我们,也不求闻达。

记着天狼,海王,大熊……这一大堆,
还有它们的成分,它们的方位,
你绞干了脑汁,涨破了头,
弄了一辈子,还是个未知的宇宙。

星来星去,宇宙运行,
春秋代序,人死人生,

太阳无量数,太空无限大,
我们只是倏忽渺小的夏虫井蛙。

不痴不聋,不做阿家翁,
为人之大道全在懵懂,
最好不求甚解,单是望望,
看天,看星,看月,看太阳。

也看山,看水,看云,看风,
看春夏秋冬之不同,
还看人世的痴愚,人世的倥偬:
静默地看着,乐在其中。

乐在其中,乐在空与时以外,
找和欢乐都超越过一切的境界,
自己成一个宇宙,有它的日月星,
来供你钻究,让你皓首穷经。

或是我将变一颗奇异的彗星,
在太空中欲止即止,欲行即行,
让人算不出轨迹,瞧不透道理,
然后把太阳敲成碎火,把地球撞成泥。

眼

在你的眼睛的微光下,
迢遥的潮汐升涨:
玉的珠贝,
青铜的海藻……
千万尾飞鱼的翅,
剪碎分而复合的
顽强的渊深的水。

无渚涯的水,
暗青色的水!
在什么经纬度上的海中,
我投身又沉溺在
以太阳之灵照射的诸太阳间,
以月亮之灵映光的诸月亮间,

以星辰之灵闪烁的诸星辰间?
于是我是彗星,
有我的手,
有我的眼,
并尤其有我的心。

我晞曝于你的眼睛的
苍茫朦胧的微光中,
并在你上面,
在你的太空的镜子中
鉴照我自己的
透明而畏寒的
火的影子,
死去或冰冻的火的影子。

我伸长,我转着,
我永恒地转着,
在你永恒的周围
并在你之中⋯⋯

我是从天上奔流到海,
从海奔流到天上的江河,

我是你每一条动脉,

每一条静脉,

每一个微血管中的血液,

我是你的睫毛

(它们也同样在你的

眼睛的镜子里顾影)

是的,你的睫毛,你的睫毛,

而我是你,

因而我是我。

夜

夜是清爽而温暖,
飘过的风带着青春和爱的香味,
我的头是靠在你裸着的膝上,
你想微笑,而我却想啜泣。

温柔的是缢死在你的发丝上,
它是那么长,那么细,那么香;
但是我是怕着,那飘过的风
要把我们的青春带去。

我们只是被年海的波涛
挟着飘去的可怜的沉舟,
不要讲古旧的旖旎风光了,
纵然你有柔情,我有眼泪。

我是害怕那飘过的风,
那带去了别人的青春和爱的飘过的风,
它也会带去了我们的,
然后丝丝地吹入凋谢了的蔷薇花丛。

闻曼陀铃

从水上漂起的,春夜的曼陀铃,
你咽怨的亡魂,孤寂又缠绵,
你在哭你的旧时情?

你徘徊到我的窗边,
寻不到昔日的芬芳,
你惆怅地哭泣到花间。

你凄婉地又重进我的纱窗,
还想寻些坠鬟的珠屑——
啊,你又失望地咽泪去他方。

你依依地又来到我耳边低泣;
啼着那颓唐哀怨之音;
然后,懒懒地,到梦水间消歇。

见勿忘我花

为你开的,
为我开的勿忘我花,
为了你的怀念,
为了我的怀念,
它在陌生的太阳下,
陌生的树林间,
谦卑地,悒郁地开着。

在僻静的一隅,
它为你向我说话,

它为我向你说话；
它重数我们用凝望
远方潮润的眼睛，
在沉默中所说的话，
而它的语言又是
像我们的眼一样沉默。

开着吧，永远开着吧，
挂虑我们的小小的青色的花。

古神祠前

古神祠前逝去的
暗暗的水上,
印着我多少的
思量底轻轻的脚迹,
比长脚的水蜘蛛,
更轻更快的脚迹。

从苍翠的槐树叶上,
它轻轻地跃到
饱和了古愁的钟声的水上
它掠过涟漪,踏过荇藻,

跨着小小的，小小的
轻快的步子走。
然后，踌躇着，
生出了翼翅……

它飞上去了，
这小小的蜉蝣，
不，是蝴蝶，它翩翩飞舞，
在芦苇间，在红蓼花上；
它高升上去了，
化作一只云雀，
把清音撒到地上……
现在它是鹏鸟了。
在浮动的白云间，
在苍茫的青天上，
它展开翼翅慢慢地，
作九万里的翱翔，
前生和来世的逍遥游。

它盘旋着，孤独地，
在迢遥的云山上，
在人间世的边际；

长久地，固执到可怜。
终于，绝望地
它疾飞回到我心头
在那儿忧愁地蛰伏。

乐园鸟

飞着,飞着,春,夏,秋,冬,
昼,夜,没有休止,
华羽的乐园鸟,
这是幸福的云游呢,
还是永恒的苦役?

渴的时候也饮露,
饥的时候也饮露,
华羽的乐园鸟,
这是神仙的佳肴呢,
还是为了对于天的乡思?

是从乐园里来的呢,
还是到乐园里去的?
华羽的乐园鸟,
在茫茫的青空中
也觉得你的路途寂寞吗?

假使你是从乐园里来的
可以对我们说吗,
华羽的乐园鸟,
自从亚当、夏娃被逐后,
那天上的花园已荒芜到怎样了?

元旦祝福

新的年岁带给我们新的希望。
祝福！我们的土地，
血染的土地，焦裂的土地，
更坚强的生命将从而滋长。

新的年岁带给我们新的力量。
祝福！我们的人民，
坚苦的人民，英勇的人民，
苦难会带来自由解放。

致萤火

萤火,萤火,
你来照我。

照我,照这沾露的草,
照这泥土,照到你老。

我躺在这里,让一棵芽
穿过我的躯体,我的心,
长成树,开花;

让一片青色的藓苔,
那么轻,那么轻

把我全身遮盖。

像一双小手纤纤,
当往日我在昼眠,
把一条薄被
在我身上轻披。

我躺在这里
咀嚼着太阳的香味;
在什么别的天地,
云雀在青空中高飞。

萤火,萤火
给一缕细细的光线——
够担得起记忆,
够把沉哀来吞咽!

狱中题壁

如果我死在这里,
朋友啊,不要悲伤,
我会永远地生存
在你们的心上。

我们之中的一个死了,
在日本占领地的牢里,
他怀着的深深仇恨,
你们应该永远地记忆。

当你们回来,从泥土

掘起他伤损的肢体,
用你们胜利的欢呼
把他的灵魂高高扬起。

然后把他的白骨放在山峰,
曝着太阳,沐着飘风,
在那暗黑潮湿的土牢,
这曾是他唯一的美梦。

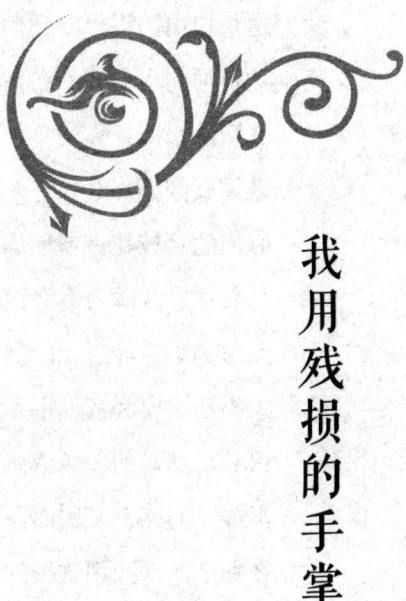

我用残损的手掌

我用残损的手掌

摸索这广大的土地：

这一角已变成灰烬，

那一角只是血和泥；

这一片湖该是我的家乡，

（春天，堤上繁花如锦障，

嫩柳枝折断有奇异的芬芳，）

我触到荇藻和水的微凉；

这长白山的雪峰冷到彻骨,
这黄河的水夹泥沙在指间滑出;
江南的水田,你当年新生的禾草
是那么细,那么软……现在只有蓬蒿;
岭南的荔枝花寂寞地憔悴,
尽那边,我蘸着南海没有渔船的苦水……
无形的手掌掠过无限的江山,
手指沾了血和灰,手掌粘了阴暗,
只有那辽远的一角依然完整,
温暖,明朗,坚固而蓬勃生春。
在那上面,我用残损的手掌轻抚,
像恋人的柔发,婴孩手中乳。
我把全部的力量运在手掌
贴在上面,寄与爱和一切希望,
因为只有那里是太阳,是春,
将驱逐阴暗,带来苏生,
因为只有那里我们不像牲口一样活,
蝼蚁一样死……那里,永恒的中国!

心愿

几时可以开颜笑笑,
把肚子吃一个饱,
到树林子去散一会儿步,
然后回来安逸地睡一觉?
只有把敌人打倒。

几时可以再看见朋友们,
跟他们游山,玩水,谈心,
喝杯咖啡,抽一支烟,
念念诗,坐上大半天?
只有送敌人入殓。

几时可以一家团聚,
拍拍妻子,抱抱儿女,
烧个好菜,看部电影,
回来围炉谈笑到更深?
只有将敌人杀尽。

只有起来打击敌人,
自由和幸福才会临降,
否则这些全是白日梦
和没有现实的游想。

等待(一)

我等待了两年,
你们还是这样遥远啊!
我等待了两年,
我的眼睛已经望倦啊!

说六个月可以回来啦,
我却等待了两年啊,
我已经这样衰败啦,
谁知道还能够活几天啊。

我守望着你们的脚步,

在熟稔的贫困和死亡间,

当你们再来,带着幸福,

会在泥土中看见我张大的眼。

等待(二)

你们走了,留下我在这里等,
看血污的铺石上徘徊着鬼影,
饥饿的眼睛凝望着铁栅,
勇敢的胸膛迎着白刃:
耻辱粘住每一颗赤心,
在那里,炽烈地燃烧着悲愤。

把我遗忘在这里,让我见见
屈辱的极度,沉痛的界限,
做个证人,做你们的耳,你们的眼,

尤其做你们的心，受苦难，磨炼，
仿佛是大地的一块，让铁蹄踩践，
仿佛是你们的一滴血，遗在你们后面。

没有眼泪没有语言的等待：
生和死那么紧地相贴相挨，
而在两者间，颀长的岁月在那里挤，
结伴儿走路，好像难兄难弟。

冢地只两步远近，我知道
安然占六尺黄土，盖六尺青草；
可是这儿也没有什么大不同，
在这阴湿，窒息的窄笼：
做白虱的巢穴，做泔脚缸，
让脚气慢慢延伸到小腹上，
做柔道的呆对手，剑术的靶子，
从口鼻一齐喝水，然后给踩肚子，
膝头压在尖钉上，砖头垫在脚踵上，
听鞭子在皮骨上舞，做飞机在梁上荡……
多少人从此就没有回来，
然而活着的却耐心地等待。

让我在这里等待,
耐心地等你们回来:
做你们的耳目,我曾经生活,
做你们的心,我永远不屈服。

过旧居(初稿)

静掩的窗子隔住了尘封的幸福,
寂寞的温暖饱和着辽远的炊烟——
陌生的声音还是解冻的呼唤?……
挹泪的过客在往昔生活了一瞬间。

过旧居

这样迟迟的日影,
这样温暖的寂静,
这片午饮的香味,
对我是多么熟稔。

这带露台,这扇窗
后面有幸福在窥望,
还有几架书,两张床,
一瓶花……这已是天堂。

我没有忘记:这是家,
妻如玉,女儿如花,

清晨的呼唤和灯下的闲话,
想一想,会叫人发傻;

单听他们亲昵地叫,
就够人整天地骄傲,
出门时挺起胸,伸直腰,
工作时也抬头微笑。

现在,可不是我回家的午餐?
桌上一定摆上了盘和碗,
亲手调的羹,亲手煮的饭,
想起了就会嘴馋。

这条路我曾经走了多少回!
多少回?……过去都压缩成一堆,
叫人不能分辨,日子是那么相类,
同样幸福的日子,这些孪生姊妹!

我可糊涂啦,
是不是今天出门时我忘记说"再见"?
还是这事情发生在许多年前,
其中间隔着许多变迁?

可是这带露台，这扇窗，
那里却这样静，没有声响，
没有可爱的影子，娇小的叫嚷，
只是寂寞，寂寞，伴着阳光。

而我的脚步为什么又这样累？
是否我肩上压着苦难的岁月，
压着沉哀，透渗到骨髓，
使我眼睛朦胧，心头消失了光辉？

为什么辛酸的感觉这样新鲜？
好像伤没有收口，苦味在舌间。
是一个归途的游想把我欺骗，
还是灾难的岁月真横亘其间？

我不明白，是否一切都没改动，
却是我自己做了白日梦，
而一切都在那里，原封不动：
欢笑没有冰凝，幸福没有尘封？

或是那些真实的岁月，年代，

走得太快一点,赶上了现在,
回过头来瞧瞧,匆忙又退回来,
再陪我走几步,给我瞬间的欢快?

有人开了窗,
有人开了门,
走到露台上——
一个陌生人。

生活,生活,漫漫无尽的苦路!
咽泪吞声,听自己疲倦的脚步:
遮断了魂梦的不仅是海和天,云和树,
无名的过客在往昔作了瞬间的踌躇。

示长女

记得那些幸福的日子!
女儿,记在你幼小的心灵:
你童年点缀着海鸟的彩翎,
贝壳的珠色,潮汐的清音,
山岚的苍翠,繁花的绣锦,
和爱你的父母的温存。

我们曾有一个安乐的家,
环绕着淙淙的泉水声,
冬天曝着太阳,夏天笼着清荫,
白天有朋友,晚上有恬静,
岁月在窗外流,不来打搅

屋里终年长驻的欢欣,
如果人家窥见我们在灯下谈笑,
就会觉得单为了这也值得过一生。

我们曾有一个临海的园子,
它给我们滋养的番茄和金笋,
你爸爸读倦了书去垦地,
你妈妈在太阳阴里缝纫,
你呢,你在草地上追彩蝶,
然后在温柔的怀里寻温柔的梦境。

人人说我们最快活,
也许因为我们生活过得蠢,
也许因为你妈妈温柔又美丽,
也许因为你爸爸诗句最清新。

可是,女儿,这幸福是短暂的,
一霎时都被云锁烟埋;
你记得我们的小园临大海,
从那里你们一去就不再回来,
从此我对着那迢遥的天涯,
松树下常常徘徊到暮霭。

那些绚烂的日子,像彩蝶,
现在枉费你摸索追寻,
我仿佛看见你从这间房
到那间,用小手挥逐阴影,
然后,缅想着天外的父亲,
把疲倦的头搁在小小的绣枕。

可是,记着那些幸福的日子,
女儿,记在你幼小的心灵:
你爸爸仍旧会来,像往日,
守护你的梦,守护你的醒。

在天晴了的时候

在天晴了的时候,
该到小径中去走走:
给雨润过的泥路,
一定是凉爽又温柔;
炫耀着新绿的小草,
已一下子洗净了尘垢;
不再胆怯的小白菊,
慢慢地抬起它们的头,

试试寒,试试暖,
然后一瓣瓣地绽透;
抖去水珠的凤蝶儿
在木叶间自在闲游,
把它的饰彩的智慧书页
曝着阳光一开一收。

到小径中去走走吧,
在天晴了的时候,
赤着脚,携着手,
踏着新泥,涉过溪流。

新阳推开了阴霾了,
溪水在温风中晕皱,
看山间移动的暗绿——
云的脚迹——它也在闲游。

赠内

空白的诗帖,
幸福的年岁;
因为我苦涩的诗节
只为灾难树里程碑。

即使清丽的词华
也会消失它的光鲜,
恰如你鬓边憔悴的花
映着明媚的朱颜。

不如寂寂地过一世,
受着你光彩的熏沐,
一旦为后人说起时,
但叫人说往昔某人最幸福。

萧红墓畔口占

走六小时寂寞的长途,
到你头边放一束红山茶,
我等待着,长夜漫漫,
你却卧听着海涛闲话。

口 号

盟军的轰炸机来了,
看他们勇敢地飞翔,
向他们表示沉默的欢快,
但却永远不要惊慌。

看敌人四处钻,发抖:
盟军的轰炸机来了,
也许我们会碎骨粉身,
但总比死在敌人手上好。

我们需要冷静,坚忍,
离开兵营,工厂,船坞;

盟军的轰炸机来了,
叫敌人踏上死路。

苦难的岁月不会再迟延,
解放的好日子就快到,
你看带着这消息的
盟军的轰炸机来了。

第二辑
戴望舒翻译作品欣赏

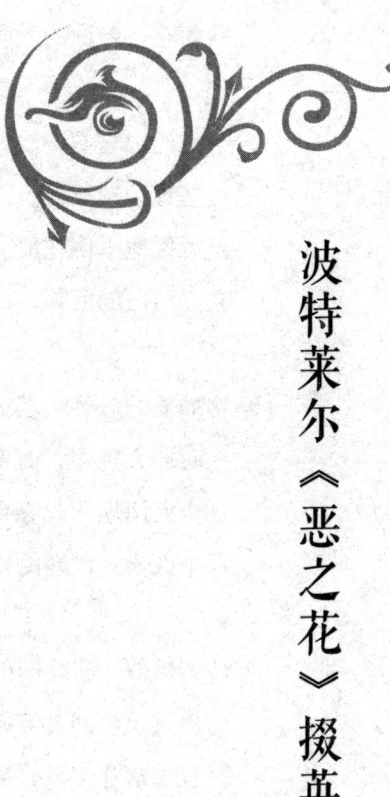

波特莱尔《恶之花》掇英

信天翁

时常地,为了戏耍,船上的人员
捕捉信天翁,那种海上的巨禽——
这些无挂碍的旅伴,追随海船,

跟着它在苦涩的漩涡上航行。

当他们把它们一放到船板上,
这些青天的王者,羞耻而笨拙,
就可怜地垂倒在他们的身旁
它们洁白的巨翼,像一双桨棹。

这插翅的旅客,多么呆拙委颓!
往时那么美丽,而今丑陋滑稽!
这个人用烟斗戏弄它的尖嘴,
那个人学这飞翔的残废者拐躃!

诗人恰似天云之间的王君,
它出入风波间又笑傲弓弩手;
一旦堕落在尘世,笑骂尽由人,
它巨人般的翼翅妨碍它行走。

高 举

在池塘的上面,在溪谷的上面,
凌驾于高山,树林,天云和海洋,
超越过灏气,超越过太阳,
超越过那缀星的天球的界限。

我的心灵啊,你在敏捷地飞翔,
恰如善泳的人沉迷在波浪中,
你欣然犁着深深的广袤无穷,
怀着雄赳赳的狂欢,难以言讲。

远远地从这疾病的瘴气飞脱,
到崇高的大气中去把你洗净,
像一种清醇神明的美酒,你饮
滂渤弥漫在空间的光明的火。

那烦郁和无边的忧伤的沉重
沉甸甸压住笼着雾霭的人世,
幸福的惟有能够高举起健翅,
从它们后面飞向明朗的天空!

幸福的惟有思想如云雀悠闲,
在早晨冲飞到长空,没有挂碍,
——翱翔在人世之上,轻易地了解
那花枝和无言的万物的语言!

应 和

自然是一庙堂，那里活的柱石
不时地传出模糊隐约的语音……
人穿过象征的林从那里经行，
树林望着他，投以熟稔的凝视。

正如悠长的回声遥遥地合并，
归入一个幽黑而渊深的和协——
广大有如光明，浩漫有如黑夜——
香味，颜色和声音都互相呼应。

有的香味新鲜如儿童的肌肤，
柔和有如洞箫，翠绿有如草场，
——别的香味呢，腐烂，轩昂而丰富。

具有着无极限的品物底扩张，
如琥珀香、麝香、安息香、篆烟香，
那样歌唱性灵和官感的欢狂。

人和海

无羁束的人,你将永远爱海洋!
海是你的镜子;你照鉴着灵魂
在它的波浪的无穷尽的奔腾,
而你心灵是深渊,苦涩也相仿。

你喜欢汩没到你影子的心胸;
你用眼和臂拥抱它,而你的心
有时以它自己的烦嚣来遣兴,
在难驯而粗犷的呻吟声中。

你们一般都是阴森和无牵羁:
人啊,无人测过你深渊的深量;
海啊,无人知道你内蕴的富藏,
你们都争相保持你们的秘密!

然而无尽数世纪以来到此际,
你们无情又无悔地相互争强,
你们那么地爱好杀戮和死亡,
哦永恒的斗士,哦深仇的兄弟!

美

哦,世人!我美丽有如石头的梦,
我的使每个人轮流斫丧的胸
生来使诗人感兴起一种无穷
而缄默的爱情,正和元素相同。

如难解的斯芬克斯,我御碧霄:
我将雪的心融于天鹅的皓皓;
我憎恶动势,因为它移动线条,
我永远也不哭,我永远也不笑。

诗人们,在我伟大的姿态之前
(我似乎仿之于最高傲的故迹)
将把岁月消磨于庄严的钻研;

因为要叫驯服的情郎们眩迷,
我有着使万象更美丽的纯镜:
我的眼睛,我光明不灭的眼睛!

异国的芬芳

秋天暖和的晚间,当我闭了眼
呼吸着你炙热的胸膛的香味,
我就看见展开了幸福的海湄,
炫照着一片单调太阳的火焰;

一个闲懒的岛,那里"自然"产生
奇异的树和甘美可口的果子;
产生身体苗条壮健的小伙子,
和眼睛坦白叫人惊异的女人。

被你的香领向那些迷人地方,
我看见一个港,满是风帆桅樯,
都还显着大海的风波的劳色。
同时那绿色的罗望子的芬芳——
在空中浮动,又在我鼻孔充塞,
在我心灵中和入水手的歌唱。

赠你几行诗

赠你几行诗,为了我的姓名

如果侥幸传到那辽远的后代,
一晚叫世人的头脑做起梦来,
有如船儿给大北风顺势推行。

像缥缈的传说一样,你的追忆,
正如那铜弦琴,叫读书人烦厌,
由于一种友爱而神秘的锁链
依存于我高傲的韵,有如悬系:

受咒诅的人,从深渊直到天顶,
除我以外,什么也对你不回应!
——哦,你啊,像一个影子,踪迹飘忽,

你用轻盈的脚和澄澈的凝视
践踏批评你苦涩的尘世蠢物,
黑玉眼的雕像,铜额的大天使!

普希金作品

先　知

心头焦渴着真理
我在荒凉的旷野上逡巡,
一位大天使,生着六翼
在十字路口向我显灵。
他用着轻轻的手指尖
像梦一般触着我的眼帘:
我就张开我的眼睛
像一只受惊的神鹰。
他触着我的耳朵:

我的耳朵便充满了音波；
于是我听到天宇的运行，
天上天使们的飞舞，
水底海兽们的徐步，
和谷中葡萄的滋生。
他触着我的嘴唇，
拔了我罪恶的舌根
因为它说废话坏话，
他在我僵硬了的嘴巴，
用他的血淋淋的右手，
放进了一条蛇的舌头。
他用剑剖开了我的胸部，
从那里挖出我奔跳的心；
他拿了一团熔熔的炭火
在我剖开的胸膛里塞进。
我像尸体般躺在旷野上，
上帝的声音向我震响：
"起来，先知，看仔细，听端详，
受我的意旨的感兴，
并走遍陆地与海洋，
用你的语言燃烧起人心！"

毒 树

在贫瘠的大荒里,
在灼热的土地上,
毒树遗世而独立
像狰狞的哨兵一样。
干渴的大漠之神
在暴怒的日子生了它,
又用了毒汁灌进
它的根,叶和枝桠。

毒汁穿过树皮,一滴滴
掉下来在午热中融开,
在晚凉中它又凝结
成厚厚的透明的胶块。

没有小鸟飞来稍驻,
没有猛虎走近,唯有黑风
有时长驱奔向这死树,
然后又带了死奔去无迹。

如果有浮云飘过,

在它浓荫上把雨洒下,
雨水就变成鸩毒,
流到了焦土黄沙。

可是一个人虎视眈眈,
派一个人向毒树前进;
于是他奉旨不敢怠慢,
取了毒胶来报命。

他取了致死的毒胶,
还带着半枯的绿枝一根,
他苍白的额上一条条
流着冷汗不停。

他并不空手回来,
可是他倒在帐篷的席上;
这个可怜的奴才
死在无敌之君的身旁。

于是君主拿他的箭矢,
在这毒胶里染浸,
他这样分布着死
给他远近的邻人。

三姊妹

沙尔旦王之一节

三个姊妹,似玉又如花,
一天晚上,在窗边纺纱;
一个姑娘说,"要是真的
我做了一位王妃,
我就要亲手给那些好百姓
排大酒席请他们吃一顿。"
"要是我做了王后,"
那第二个姑娘开口,
"我就要给遍天下
织挺好的罗纱。"
"要是我头戴王后的冠冕,"
那第三位年轻姑娘开言,
"我就要替王上好好地
生养一个英雄豪杰。"
她刚把这话说出来
木头门就轻轻地闪开,
从暗地里,那位王上,
走进了姑娘们的闺房。
他靠近着篱笆

听到了这番说话。
女孩子生英雄的梦想,
他听了喜气洋洋,
"好姑娘,又漂亮又年轻,
你就做王后吧,养一个豪英!
这英雄,你可要记住,
你需得在九月里养出。
你们呢,我的姊妹们,"
那王上说,"你们也不用担心!
离开你们的屋子,跟着我,
跟着你们的妹妹,高高兴兴地走:
你可以做一个织布匠,
你呢,我叫你做厨娘。"

夜 莺

春天里,当安静的公园披上了夜网,
东方的夜莺徒然向玫瑰花歌唱:
玫瑰花没有答复,几小时的夜沉沉,
爱的颂歌不能把花后惊醒。
你的歌,诗人啊,也这样徒然地歌唱,
不能在冷冰冰的美人心里唤起欢乐哀伤,
她的绚丽震惊你,你的心充满了惊奇,
可是,她的心依然寒冷没有生机。

叶塞宁作品

母 牛

很衰老,掉了牙齿,
角上是年岁的轮,
粗暴的牧人鞭策它
从一个牧场牵它到另一牧场。

它的心对于呼叱的声音毫无感动,
土鼠在一隅爬着
可是它却凄然缅想
那白蹄的小牛。

人们没有把孩子剩给母亲,
它没有享受到第一次的欢乐
在赤杨下的一根杆子上,
风飘荡着它的皮。

而不久在裸麦田中,
它将有和它的儿子同样的命运,
人们将用绳子套在颈上
牵它到宰牛场中去。

可怜地,悲哀地,凄惨地,
角将没到泥土中去……
它梦着白色的丛林
和肥美的牧场。

启 程

啊,我的有耐心的母亲啊,
明天早点唤醒我,
我将上路到山后面
去欢迎那客人。

我今天在林中草地
看见了巨大的轮迹,
在密集着云的森林中
风披拂着它的金马衣。

明天黎明它将疾驰而过,
把月帽压到林梢,
而在平原上,牝马玩着,
挥动它红色的尾巴。

明天,早点唤醒我,
在我们的房内点亮了灯:
别人说我不久将成为
一位著名的俄罗斯诗人。

那时我将歌唱你,以及客人,
以及炉、雄鸡和屋子,
而在我的歌中将流着
你的赭色的母牛的乳。

我离开了家园

我离开了家园,

我抛下了青色的俄罗斯。
像三颗火星一般，池上的赤杨
燃烧着我的老母的悲哀。

像一只金蛇似的，
月亮躺在静水上；
像林檎花一般地，
白毛散播在父亲的须上。

我不会那么早地回来，
疾风将长久地歌唱，响鸣，
唯有一只脚的老枫树，
守着青色的俄罗斯吧！

我知道它里面有快乐
给那些吻树叶的雨的人们，
因为这棵老枫树，
它的头是像我的。

经典阅读文学馆·一

春华秋实

刘磊 / 主编

红旗出版社

图书在版编目(CIP)数据

春华秋实 / 刘磊主编. — 北京:红旗出版社,
2019.8
(经典阅读文学馆.一)
ISBN 978-7-5051-4911-3

Ⅰ.①春… Ⅱ.①刘… Ⅲ.①话剧剧本—作品集—中国—现代 Ⅳ.①I234

中国版本图书馆CIP数据核字(2019)第163355号

书　名	春华秋实
主　编	刘磊

出品人	唐中祥	总监制	褚定华
选题策划	华语蓝图	责任编辑	王馥嘉　朱小玲

出版发行	红旗出版社	地　　址	北京市丰台区中核路1号
编辑部	010-57274497	邮政编码	100727
发行部	010-57270296		
印　刷	永清县晔盛亚胶印有限公司		
开　本	880毫米×1168毫米　1/32		
印　张	40		
字　数	720千字		
版　次	2019年8月北京第1版		
印　次	2020年4月北京第1次印刷		

ISBN 978-7-5051-4911-3　　定　价　160.00元(全8册)

版权所有　翻印必究　印装有误　负责调换

前　言

古希腊大哲学家亚里士多德有过一段精彩论述，他说："播种一种行为，收获一种习惯；播种一种习惯，收获一种品格；播种一种品格，收获一种命运。"习惯优秀才是真正的优秀。养成良好的习惯可以改变一个人，而良好的阅读习惯更是青少年不可或缺的好习惯之一。

阅读是一种需要，也是一种享受。"人的天性像是野生的花草，读书像是修剪移栽。"由此可见，一个人的阅读史就是他的精神发育史。"读书足以怡情，足以傅彩，足以长才。其怡情也，最见于独处幽居之时；其傅彩也，最见于高谈阔论之中；其长才也，最见于处世判事之际。"的确，那些最美的篇章、最有启发性的词句、最感人的情怀，不但让我们心生爱念、心怀感动，更重要的是可以提升我们的文化底蕴，增长我们的才干。在紧张忙碌的学习之余，在轻松悠闲的假日时光里，捧一本书，荡漾于人类最真实的情感和最真挚的文字中，思接千载，神游八荒，慢慢体悟人生，憧憬美好的未来，那才是最好的青春年少。

书是我们的良师益友,"读一本好书就像和许多高尚的人在谈话"。尤其是那些盛传不衰的名家名作,是各民族文化与历史的浓缩,对各国文化的交流、传承起着桥梁和纽带的作用。是经过大浪淘沙,为人们所公认的世界文学园囿里的奇葩。阅读名家名作,就相当于穿越时空和一位位大师在对话,可以开启青少年的心智,陶冶青少年的情操,如春风化雨般,潜移默化地提升青少年的文学素养。

鉴于此,我们根据国家教育部指定的语文新课标阅读目录,反复甄选,披沙拣金,选编了这套《经典阅读文学馆》。本套丛书所选篇目包括"人民艺术家"老舍、民国才女林徽因、雨巷诗人戴望舒等顶尖大师的巅峰之作,可以说,它是一套值得珍藏一生的最佳阅读丛书,这些优秀作品,会让你的生活更加丰富,也能在潜移默化中改变你的人生。

希望本套丛书能成为青少年喜爱阅读、乐于接受的课外读物。让这套丛书陪伴广大青少年朋友走过金色年华,踏上成功之路。

目 录

春华秋实（三幕话剧）………………………………………… 001
全家福……………………………………………………………… 094

春华秋实（三幕话剧）

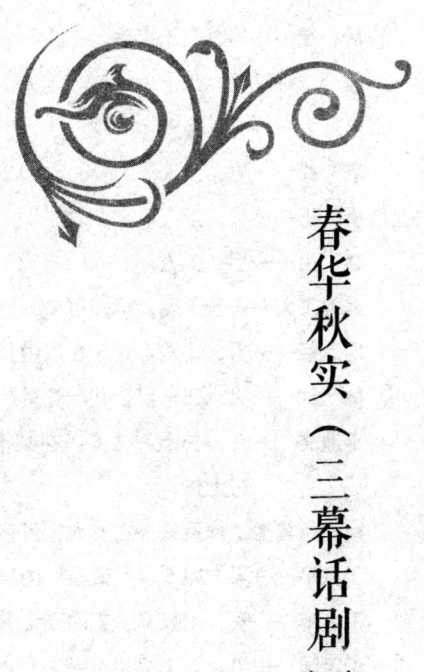

登场人物

张乐仁——男，二十四岁。青年团员，荣昌铁工厂的工会主席。
周廷焕——男，二十七岁。荣昌厂工会副主席，兼组织委员。
刘常胜——男，二十三四岁。荣昌厂的工人，积极分子，外号叫"大炮"，厂内工会的劳保委员。
梁师傅——男，五十多岁。荣昌厂的生产委员。
马师傅——男，四十三四岁。工头。

吕　斌——男，二十多岁。工人。

姜　二——男，二十七八岁。工人。

老　九——男，工人。

老　四——男，工人。

小　王——男，工人。

赵　山——男，工人。

其他工人——若干名，可多可少。

冯二爷——男，快六十岁。在厂内打杂儿，与厂主有点亲戚关系。

林　辉——男，四十岁。共产党员。检查工作组组长。

平淑文——女，二十一二岁。在某报馆资料室服务，现在参加检查组工作。

检查组其他工作员——三五人，可多可少。

丁翼平——男，四十岁。荣昌厂的厂主。

丁小苹——女，十五岁。丁的爱女，中学生。

李定国——男，五十多岁。荣昌厂的主任会计（先生），是丁的心腹人。他从前作过私塾先生，教过丁翼平。

黄庆元——男，二十七八岁。丁的表弟，荣昌厂的跑外的。

管清波——男，四十一二岁。隆大五金行的经理，丁的好友。

唐子明——男，四十岁左右。天成铁工厂的厂主，生意不大，往往受制于丁。

钱掌柜——男，五十多岁。五金行商人。

王先舟——男，三十岁。跑合的，丁的朋友。

常　妈——女，四十多岁。管清波的"第二家庭"的女仆。

于大璋——男，三十三四岁。机关干部（留用）。

第一幕

第一场

时　　间：一九五一年春。某日下午。
地　　点：荣昌厂的经理办公室。
人　　物：黄庆元　于大璋　李定国　冯二爷　马师傅　梁师傅
　　　　　管清波　唐子明　钱掌柜　丁翼平　丁小苹　张乐仁
　　　　　周廷焕　刘常胜

幕　启：

　　　　荣昌铁工厂的经理办公室，布置得不算奢华，可是也还相当体面。大写字台一张，是丁翼平的办公桌，桌上有电话机、一个他自用的细瓷盖碗和文具、文件，都齐齐整整。一套相当讲究的沙发而外，还有小凳、小茶几、衣架等。壁上有大画一幅，爱国公约一张。两面有门，中通院内，左通会计室。由窗内可见工厂的一角。

[幕启时台上无人，唯闻打铁声与马达声。
[黄在前，于在中，李在后，谈着话进来。他们在厂内刚看完定做的水车成品。

黄庆元　（故作谦虚）于科长，您看那五十台水车，做得怎么样？您还满意吧？请您多提宝贵的意见！
于大璋　（轻轻点头，不便立刻发表绝对肯定的意见）也还，也还不错吧。
李定国　请坐吧，于科长！

于大璋　别那么称呼，我不过是个副科长。

李定国　不久您还不高升一步，作正科长吗？（招呼于坐好，而后小快步跑到门口）冯二爷！冯二爷！

[冯从院内答应："来了。"同时，黄向于敬烟，并代点上。

李定国　（向门外说）拿开水来，换换茶叶。（赶快跑回来，轻轻地拦着手）于科长，我大胆地说：您自管去找，找遍了全北京，要找到同样漂亮的活儿，我们荣昌厂就算丢了人！

黄庆元　按说呢，我们不该专拣乐观的说，叫您以为我们专会宣传。您比我跟李先生都更专家，您看见了，那五十台水车，每一台都比原来定的规格重着四五斤！

于大璋　我当然看得出来。

黄庆元　我可以代理我们丁经理这么说：您就是告诉我们做低级一点，马虎一点，我们也不会！荣昌厂是北京城的老字号了！（低头笑着，不卑不亢）

于大璋　这批活儿你们做得确是不坏！可就怕呀，以后……（话被黄抢去）

黄庆元　于科长，你自管放心！凭你一句话，我们大家都热诚地托福！我们丁经理常说，作生意没有不赚钱的，可是不能主观地胡来。我们保证，以后做的活儿要比今天您看见的更加强，更好！以后还求您多分心照顾！

于大璋　你们赶紧把这做好了的五十台交出去，农村里抗旱备荒，急等水车用。

黄庆元　这五十台马上就送去，还没做好的五十台加紧地做，提前完成。要是还再多做，您可早赏个信儿，我们好预备材料！

［冯提水壶上，换茶叶，沏茶。

于大璋　就那么办吧。（看表，似怀疑表不准确）局子里还有事，我走啦！

李定国　刚沏上茶，您喝碗再走！

于大璋　不喝了，忙得很！还得去开个会！

李定国　很对不起，丁经理没能亲自招待您！我们经理当选了工商联的委员，现在正在工商联开会。

于大璋　（一边走一边说）丁经理既是工商联的委员，就更可靠了！

黄庆元　（陪着于往外走）您别怪我说，他要是品质不可靠，也当选不了工商联的委员。

李定国　（送到门口）慢走！慢走！于科长！再见！

于大璋　再见！（同黄下）

李定国　（欢快地）行了！这批一百台，还许再来五百台呢！

冯二爷　（收拾屋里）他是干什么的？是个官儿吧？倒没有多大的架子！

李定国　他是业务科的副科长呢！

冯二爷　好家伙！要搁在解放前，甭说副科长，就是来一位科员，都得把咱们闹得晕头转向的！

李定国　哼！别再提解放前。一提起来我就打哆嗦！你记得，那时候，就凭丁经理那么大的本事，会拆卖机器零件过日子！

冯二爷　是呀！

李定国　解放了，政府借给咱们款子，跟咱们订活，厂子才又像了样儿。

冯二爷　哪儿去找这么好的政府啊！

李定国　现在，生意越来越好，物价又稳定。

冯二爷　啊，东边的臭沟也填平了，电灯一年到头老亮着，多么好！

［黄送客回来,很兴奋。

黄庆元　李先生,他主动地吐了口话。
李定国　再订五百台?
黄庆元　也许还多点呢!
冯二爷　那,咱们可得好好地做,好对得起人哪!
黄庆元　忙你的去吧,二大爷!
冯二爷　对,经理太太还叫我给买点东西去呢。(下)
黄庆元　经理是真行!愣会无条件地白做五十台,一个子儿不赚!
李定国　第二批的五十台老丁可就(翻了翻手)……不是吗?
黄庆元　再来五百台,也这么着(也翻了翻手),够全厂子吃半年的,你信不信?
李定国　现在,他又做了工商联的委员,就更吃得开了!

［马师傅上。

黄庆元　头儿!
马师傅　经理还没回来哪?
李定国　没哪。来,坐一会儿。(递烟)
黄庆元　对,来一根刚才招待客人的好烟。(去看账)
马师傅　(接烟,看看纸烟上的商标)哼,一肚子窝窝头,不配吃这么好的烟!

［李已给他划了火柴,不好不吸）

李定国　怎么,马师傅,近来手里又紧?省着点呀,别大手大脚地只顾今儿个,不顾明天。

马师傅 我一点也不大手大脚。家里人口多,我挣的少,有什么法儿呢?

李定国 马师傅,经理嘱咐过我,分外照顾着你一点。

马师傅 唉!经理对我可真不错!

李定国 经理对谁都不错,你可就是别听人家挑拨。

马师傅 别人是有闲话!

李定国 我没猜错吧?不用说,又是张乐仁说的!

黄庆元 李先生,我是经理的表弟,当然不高兴听人家批评经理。可是,张乐仁是工会主席,咱们不便多得罪他。

李定国 是!是!

黄庆元 马师傅,那还没动手的五十台水车,可得赶紧做,人家催下来了。

马师傅 是啊!我正要问问碎铁什么时候能来到,我等着用呢。经理嘱咐了,头一个五十台要做得顶好,第二个五十台得降低成本,用碎铁做。

黄庆元 碎铁就来,来到就马上做。

马师傅 还有,要减低成本,连样板都得改一改,我可不敢作主。

黄庆元 待会儿,我们跟经理请示一下,再传达你。

马师傅 就那么办。李先生,要是方便的话,就先支给我俩钱吧。

李定国 下班的时候,你再来吧,顶好别叫大家看见。

马师傅 我知道!先生您多分心啦!

[马下,梁上。在门口相遇,没有过话。

梁师傅 (带怒地)庆元!你们是怎么一回事啊?

黄庆元 (也没好气)梁师傅!怎么啦?

梁师傅　料又接不上啦，活儿可得赶着做！
李定国　料马上到，您别着急！
梁师傅　我不能不着急！你说料马上到？仓库里有的是好铁，为什么不拿出来？难道要等着坏料吗？
黄庆元　用什么料，都得听经理的交派！用不着您操心！
李定国　得啦，老师傅，您先干点别的不好吗？
梁师傅　做活儿不作兴乱抓，李先生！

[外面管清波瓮声瓮气地叫："翼平！翼平！"

黄庆元　（急于支出梁去）有客人来了！待会儿我给您反映，还不行吗？
李定国　对，先歇歇去！
梁师傅　我要爱歇着，还不来催呢！哼！（下）

[黄、李迎出去；管、唐上。

李定国　管经理！唐经理！欢迎！欢迎之至！
管清波　李先生，还这么咬文嚼字的，啊，哈哈！

[钱掌柜稍迟了几步，一劲地咳嗽，上来。

黄庆元　哟！钱老掌柜，您也来啦！
钱掌柜　（先咳嗽了一小阵）没用了！走这么几步就喘不过气来，我看我快"驾云前往"了！
管清波　别那么说呀，生意越来越好，怎么能说泄气话呢！

[大家落坐,黄、李递烟倒茶。

唐子明　丁经理呢,我们来给他道喜!
李定国　他到工商联去开会,大概也快回来了。
管清波　抖啊!工商联的大委员,老丁是真能钻啊!
唐子明　管大哥,这年月讲真本事,不靠钻营!
钱掌柜　就是准我钻营,当上委员,大伙儿开会,我一阵咳嗽,就得退席!我呀,完喽!
管清波　老大哥,昨天你可还弄到手一笔俏生意!
钱掌柜　唉,也不能还有一口气,就躺在棺材里不是?(众笑)

[院内丁喊:"小六儿,给车带打打气!"

黄庆元　经理回来了!
丁翼平　(上)喝!都来了!对不起,叫大家受等!
管清波　道喜!道喜!(钱、唐随着道喜)
丁翼平　多一分光荣,多一分责任。以后,还仗着大家多指教,多帮助!
管清波　怎么?作了委员马上就酸溜溜的,跟李先生一样了?
李定国　我说不过您,管经理!叫经理陪着您吧,我忙我的去!失陪!失陪!(入会计室)
管清波　据我看哪,你做了委员,倒该多照顾照顾我们!
丁翼平　清波,你可要看明白,作委员是为了给人民服务,我得尽力为大家办事,至少得做到对公家私人都有利。
唐子明　这话对!
管清波　别,别尽自耍官腔吧!
丁翼平　这一点不是官腔,完全是掏心窝子的话。你就说,为什么

　　　　　咱们的生意都这么好？还不是因为咱们的政府好！那么，我们怎能只顾自己，不帮着政府做点事呢？（见黄要说话）庆元，你要告诉我什么？先说吧，说完好忙你的去。

黄庆元　于大璋科长来过了。

丁翼平　他看过咱们的活儿了？

黄庆元　看过了。叫咱们赶紧把那五十台送去。他还说……（话被丁截住）

丁翼平　马上送！你跟马师傅再细细地看一遍，别叫人家检验出一点儿毛病来！

黄庆元　是啦！（下）

管清波　于大璋？哪个于大璋？干钩于，斜玉旁的璋？作副科长？他还是我的亲戚呢！他的二姥姥是我的……

丁翼平　真的？那，你得求他多照应我点呀！

管清波　准行！你可也得照应我，别再打官话！

丁翼平　什么话呢，彼此照应！公、私都要照顾到！我问你，王先舟给我碎铁没有？我急等着用！

管清波　先舟很卖力气，各处都跑到了，已经凑足了数儿！

丁翼平　好，他为我出力，他自己也有好处。告诉他，买到手里的赶紧送来，再继续收买，有多少要多少！

管清波　丁经理的吩咐，谁敢不遵呢！

唐子明　好啦，该说说咱们干什么来了吧？

钱掌柜　是啊！翼平，今天晚上我们庆祝你作了委员，大家一块儿喝喝酒！

丁翼平　那可不行！我请你们！朋友们赏脸来道喜，我难道还不该招待招待吗？

唐子明　都是老朋友喽，就别客气了吧！晚上七点钟在德胜馆见，好不好？

管清波 老唐,你是堂堂铁工厂的经理,就知道德胜馆吗?我说泰丰楼,谁爱去不去!

唐子明 好,好,俗语说得好:"常将有日思无日,莫到无时盼有时!"

管清波 看你这个小气劲!

钱掌柜 好啦,七点见,泰丰楼!我先得回去吃点咳嗽药,好多喝点酒!(起立)

丁翼平 那么,过两天我再回请。(见大家都立起来)等一等,我还有点事跟大家商量一下。刚才呀,我在工商联认了五千万元抗美援朝的捐献。这并不是因为我是委员,所以特别地讨好。我这是表现自己的一点爱国心!我们的生意、性命、财产都受着国家的保护,国家的事也就是咱们自己的事。(拿出捐献簿子)

唐子明 丁经理,你用不着多交代。日本军队跟国民党怎么祸害咱们,我都记得。我的厂子虽然不大,我可也要尽力而为,我捐献一千万!(往簿上写)

丁翼平 不少!要是能多一点更好!你呢,清波?

管清波 我?你的事我能不捧场吗?

丁翼平 这不是我个人的私事,是国家安危的大事!再说,自从志愿军出国,咱们的生意就更多了,不也是实话吗?

管清波 我刚刚布置了小月亮门九号的小楼,花了不少钱,手里不宽绰!嗯,我也来一千万!(写)老丁,老唐,你们看明白了,钱要花在明处,你们开着铁工厂,我可只有个小小的五金行!

丁翼平 钱掌柜,您老人家呢?

钱掌柜 我又要发喘,我先回家吃点药去!吃完药,我细细搂搂账,再说。

管清波 老掌柜,钱可是带不到棺材里去啊!

钱掌柜　这像话吗？
丁翼平　按说，您开着大五金行，这里数您老人家手里硬，您至少也得跟我一样，也认五千万！
钱掌柜　我是外强中干。不信，你问问你嫂子去！得啦，我也不少拿：干脆一句，五百万！
丁翼平　我不能强迫您，您可也要再想想去！
　　　　好吧，咱们泰丰楼见。喝酒的时候可别再谈这个事！
唐子明　七点见，丁经理！（同管、钱下）
丁翼平　（送至门口）待会儿见了！

　　　　［李上。

李定国　经理，黄庆元告诉了您没有，于科长吐了个口话，还要再多订水车。
丁翼平　他大概刚要说，我把话抢了过去。当着那群人，干吗说咱们自己家里的事？庆元还是不老练，没心眼！

　　　　［冯端脸水上，放好脸盆，即收拾茶具等。

李定国　刚才马师傅说，要是省点本钱，水车的样板可得改一改，您看怎样？
丁翼平　（一边擦脸，一边说）冯二爷，我自己收拾我的桌子，你去吧！（冯下）斟酌着办。别太难看了就行。待会儿我亲自嘱咐他。
李定国　马师傅手里又不松通，您看可以给他加点工钱吧？他家里人口倒是真多。
丁翼平　不便单给他一个人加工资，招别人不愿意。叫他常支着用

　　　　　吧，赶到有特别用钱的时候，你再偷偷地塞给他点。（自
　　　　　己收拾桌子）
李定国　经理，您可真想得周到！（下）

　　　　[小苹跑上。

丁小苹　爸爸！
丁翼平　怎么回来啦？
丁小苹　今儿是星期六，您都忘啦！爸，刚才我和同学上大华看电影
　　　　去了。看完，我就到您这儿来了，还没到后边看妈妈去呢。
丁翼平　什么片子，好不好啊？（一边打算盘一边问）
丁小苹　是《丹娘》，好极了！我们大伙都哭了！
丁翼平　哭了？这孩子，看电影，哭什么？真是替古人担忧！
丁小苹　爸，您真是！您一点也不懂！丹娘真是一个可爱的姑娘！
　　　　她是那样地热爱自己的祖国：敌人打来了，她离开了妈
　　　　妈，参加了游击队！她是那么勇敢，凡是人们能做的事，
　　　　她都能做。敌人抓住了她，用火烧她，剥了衣服，推到大
　　　　雪地里冻她。那么苦，她都没有叫唤一声，因为她想到了
　　　　自己的祖国就忘了自己！
丁翼平　好，看完了就算了，别紧自想！
丁小苹　我怎么能不想呢？看完了电影，我一直地想着丹娘，我怎
　　　　么样才能和她比呢？她才比我大三岁，我也有这样一个可
　　　　爱的祖国，可是我为它做了些什么呢！
丁翼平　傻孩子，傻孩子！你不是已经很好了吗？不要想的太多
　　　　了！想多会伤身体！你这么爱国，爸真高兴！
丁小苹　我总觉得丹娘没死，她还活着！爸，您说，我们志愿军不
　　　　也和丹娘样的英勇吗？

丁翼平　对，爸爸也和你一样的爱国，爸爸也参加了抗美援朝，刚才我捐献了五千万，你知道吗？

丁小苹　真的呀！

丁翼平　爸爸还会骗你呀！（拿出捐献簿）你看，你看！

丁小苹　那，你刚一听到抗美援朝的时候，眉毛可皱起这么高，担心生意不好做。

丁翼平　那，那，爸爸反正是爱国的。在要解放的时候，好些做买卖的人怕共产党，只有我相信共产党的办法好，有发展，你看现在怎么样？爸爸的眼光不错吧？

丁小苹　得了吧，爸爸！您那时候还想到台湾去呢！飞机票都买了。

丁翼平　到底我还是把飞机票退了，没去呀！唉，在国民党手底下卖机器零件的日子过够了，你爸爸开的是铁工厂，不是零件拍卖行呀！

丁小苹　真的！爸爸现在的生活过的多好呀！我们应该尽一切力量把祖国建设得更好，更美丽！

丁翼平　谁说不是这样呢？爸爸办这个厂子，费了多少力气，经过多少困难，现在才可以好好地搞了！小苹，我还想买炼钢炉，赶明儿北京用的钢，都会是我们厂子里出的，你看爸爸的贡献大不大？好孩子，我就有你这么一个女儿，好好念书，学本事，赶明儿帮助爸爸办事业，这不也是替国家效劳吗？

丁小苹　不，现在我还不决定将来怎么做，赶到祖国需要我做什么的时候我就做什么。我不能只顾自己，不顾国家！

丁翼平　小鬼！爱国也不能忘了爸爸呀！好了，好了，到后边看看妈妈去，叫她给你做点好吃的东西！

〔下班的钟声响。

丁小苹　下班了。走，一块儿走！

丁翼平　我外边有个约会，不回家吃饭了。

丁小苹　爸，您怎么老在外边吃馆子呀！

丁翼平　对了，小苹！我还没告诉你，我今天当选了工商联的委员。大家给我道喜，请我吃饭。

丁小苹　做了委员更应该多为大家做事啦！

丁翼平　快回去吧！快回去吧！妈妈想你呢！

丁小苹　爸，那我走啦！……（往外跑）

〔张乐仁、周廷焕、刘常胜上，与苹在门外彼此招呼一下。苹下。

丁翼平　乐仁，你们来了？有什么事？来，抽根好烟儿！

张乐仁　不啦！我们代表工会，提出点要求。

丁翼平　说吧，大家商量商量。

张乐仁　我们每天做十一个钟头的工，看能不能缩短半点钟，晚上好上夜校学习文化。

丁翼平　好哇！我愿意大家都热心去学习。可是有一样，厂子里的活越来越多，订活都有限期，到时候交不上不行，怎么能缩短工时呢？这不合实际！

刘常胜　这项合实际，我们现在都一天干两天的活，你知道！

周廷焕　我们那么积极干活，你也得想想我们支持得了吗！减点工时，倒能更多出活！

丁翼平　这不是支持得了支持不了的问题，倒是爱国不爱国的问题！

刘常胜　什么？我们积极生产就为的是爱国！

丁翼平　你听着，老刘。你看，就拿水车说吧，农村里抗旱备荒，急等着用……

张乐仁　为抗旱备荒，我们才拚命赶做水车！我们上夜校学习，正为是搞好增产！

丁翼平　不过……你们的头一件事总还是应当多干活儿。你们是工人，不是学生！

周廷焕　我们是工人，是新国家的工人！我们应当学习，多多学习！

丁翼平　慢慢地再说吧！还有什么别的事情？

张乐仁　大家要求，伙食要改好一点。这几个月，你不是不知道，我们一个月出两个月的活。可是，伙食已然很苦，绝不该又时常吃馊的、凉的，弄得大家时常生病。

刘常胜　窝窝头不是像砖头一样硬，就是半生不熟，生了病就耽误生产，对谁都没好处！

丁翼平　等我调查调查，一定想个办法。

周廷焕　这跟大家的身体和生产都有顶大的关系，马上办才好！你不是怕我们耽误了做活吗？

丁翼平　我也怪忙的！可是我……要不然先这么办，我跟你们工会干部另开一桌饭，天天在一块儿吃。

刘常胜　那成什么话呢？我们不能不管大家，只图自己吃口好的。

张乐仁　工会干部是给大家办事的，我们那么办，还像什么工会干部呢！

丁翼平　别误会了我，我跟你们天天在一块儿吃饭，为是好随时地集思广益，搜集你们的意见，也可以随时解决问题，并没有别的意思。你们不愿意呢，就算了！我还要马上出去，咱们明天细谈吧。

张乐仁　改善伙食用不着细谈。你可以马上去看看，我们吃的是什么！

丁翼平　我嘱咐他们，不准再有馊的、凉的！至于改善伙食，可得慢慢地来！你看，我刚才为抗美援朝捐献了五千万，马上就改善伙食，不是叫我有点为难吗？老刘，你看，一下子就是五千万，连你也不能再说我不办好事吧？

刘常胜　为抗美援朝捐献是我们工人带的头！
周廷焕　我们费力气增产，也是为了抗美援朝！
丁翼平　明天再说吧！我马上就要出去！
张乐仁　明天继续谈！老刘，咱们走！
刘常胜　明天我们准来！（同张、周下）

　　〔电话铃声。

丁翼平　（接电话）喂，荣昌厂。……．我就是丁翼平。……您是于科长，刚才失迎，对不起！……是！是！是！……再做一千台水车？……是！您看，刚才管清波来看我，敢情他是您的亲戚。都是熟人，我更得好好地做活儿了。我保证做得好，保证……是，明天早上九点我一定来，签订合同！明天见！（放下电话，愣了一会儿。微笑，挽袖子跃跃欲试）一千台！一千台！

　　　　　　　　　　　　　　　　　　——第一场终

第二场

时　间：前场后十数日，星期日清早。
地　点：工人宿舍的小院里。
人　物：周廷焕　梁师傅　老　九　马师傅　老　四　刘常胜
　　　　吕　斌　姜　二　张乐仁　小　王　赵　山

幕　启：

荣昌厂的工人宿舍有好几个小院子，这是其中的一个。姜二等住在这里。

［姜二屋的屋门短了一扇。院中放着两条板凳。檐下放着一个小铁炉，上面坐着一把铁壶。

［周廷焕正扫院子。

［墙角有一丛紫丁香，盛开。望过去，远处是天坛的祈年殿。

［梁师傅走进来。

梁师傅　廷焕！

周廷焕　噢，梁师傅！

梁师傅　大星期天的，你一个人在这儿扫院子干吗？

周廷焕　您还不知道？姜二夜里受了伤！

梁师傅　（惊）什么？怎么受的伤！

周廷焕　昨儿晚上，姜二加夜班，正往炉子里续碎铁哪，铁水爆起来，把眼睛崩了！

梁师傅　碎铁，碎铁，又是碎铁！碎铁里什么乱七八糟的东西都有，事前也没挑一挑？

周廷焕　可不是，马师傅净想买经理的好，不让挑，一个劲的穷催："快着，快着！"

梁师傅　（看屋门短了一扇）抬走了的？很重吧？

周廷焕　血流得挺多！谁也看不出来，到底是轻伤重伤。

梁师傅　嘿！你们怎么不叫我一声呢？看我不中用啊？

周廷焕　不是！吕斌说的，不用去惊动您了，黑灯下火的！

梁师傅　你们这伙年轻的，嘴上无毛，办事不牢！遇见这种事，应

　　　　　该找个有胡子的来出出主意！现在怎样啦？
周廷焕　还在医院哪！这会儿还不回来，急得我已扫了两遍院子了！
梁师傅　（看各屋）他们呢？
周廷焕　都跟了去啦！让我在家里好跟经理借点钱。您看，快九点了，经理还不起来，急得我直在这儿转磨！
梁师傅　你在这儿看着，我上医院！
周廷焕　您就别再跑一趟了。要去，是我去！

　　　　［老九匆匆进来。

梁师傅　老九，姜二怎么样了？
老　九　不要紧了！万幸，差这么一点，没炸着眼珠子！（入室）
梁师傅　谢天谢地！真要是炸瞎了啊……他妈的！（沉静了一会坐下）我说，廷焕，你也忙了一宿啦！该吃点什么去！
周廷焕　就快吃饭，不用去了。您是没看见啊，姜二满脸都是血！"大炮"啊，急得黄豆大的汗珠子劈嗒吧嗒往下掉！
梁师傅　那有不着急的吗？我问你，上医院没钱怎么行啊？
周廷焕　（看九出来）还不睡会儿？老九！
老　九　我还得上业余艺术学校哪，已经误了一个钟头！一个星期才上一次！
　　　　我走啦！老周，我那儿还有点茶叶，给梁师傅沏一壶！（跑下）
周廷焕　（追）老九，给我请假吧，我去也是白去，心里乱透了！
老　九　（在院外）是啦！
周廷焕　（要入九室去拿茶叶）我先沏壶茶。
梁师傅　（发急）你先说，钱到底怎么样？（又后悔了）你先沏茶吧！我不渴，你大概渴啦！

周廷焕　好吧。（进九室内）
梁师傅　（掏烟袋，自言自语地）事情不简单！不简单！
周廷焕　（手心上托着茶叶）什么不简单呢？
梁师傅　你看，最近这批水车的活儿，催的那么紧，净逼着咱们加班加点，可是都用碎铁做，这事儿还简单！
周廷焕　哼！

[马师傅往院内探头。周进姜二屋去拿茶壶。

马师傅　哦，梁师傅在这儿哪？姜二怎样啦？
梁师傅　你应当知道，叫他多掺碎铁的是你！
马师傅　那可不能那么说，经理的交派，我有什么主意呢？他给什么料，咱们做什么活！
梁师傅　哼！你我做活儿多年，什么料出什么货，你会不知道！
周廷焕　（提着茶壶出来）要是专出赖货，这算哪道工厂呢！
梁师傅　马师傅，我告诉你句好话！我们现在是翻了身的工人，应当知道自尊自重！
马师傅　翻了身？翻多少回身，咱们也得给经理干活！别都跟我报委屈，厂子不是我的！我说，廷焕，姜二要是用钱，告诉我一声，我可以跟经理说去！
梁师傅　他会自己去，就不劳驾啦！
周廷焕　夜里，我跟吕斌去砸经理的门，要点钱好上医院；院子里喊了一声："走！有什么事，早上再说！"
梁师傅　等到早上，姜二也许一辈子残废了！
马师傅　梁师傅，我是好心好意，说话别老带刺儿！
梁师傅　有拿工人不当人的，还拦得住我说话带刺儿吗？
马师傅　得，我不跟老大哥斗嘴皮子，回头见！（要走，又故意卖好）梁师傅，我那儿熬好了小米粥，不来喝一碗？

梁师傅　不啦！

马师傅　回见！（下）

梁师傅　哼！这个家伙，就是他闹的大家不团结！廷焕，你刚才说，钱没借着，到底怎么办的？

周廷焕　还不是大家伙凑了点！一时一刻不能耽误，也不知道够不够？

梁师傅　那你也——你这小伙子，怪不得不出去吃点东西！（掏钱）来，零的给你，整的给姜二！

周廷焕　整的你自己交给他吧！

梁师傅　不能把好心眼挂在鼻子上，专为别人看！你拿着，去，喝碗豆浆去！

周廷焕　（接钱）也好，我喝碗去。茶行啦，您喝吧！（下）

梁师傅　你快去吧！（倒茶，望着祈年殿）

　　　　〔老四拿着绳子、杠子进来。招呼："梁师傅！"

梁师傅　姜二呢？老四！

老　四　回来了，在后边呢。（放下东西）

梁师傅　怎么不抬回他来？

老　四　他不叫抬嘛！您坐着，我睡会儿去！（入室）

　　　　〔刘常胜扛着门板，吕斌扶着姜二，姜眼上裹着纱布。

梁师傅　姜二！姜二！

姜　二　（勉强地微笑）不要紧的，梁师傅！一块红铁打歪了一点，没打在眼珠子上！（要坐下）

刘常胜　躺躺去吧！

梁师傅　听话，躺下去！
姜　二　我在这儿坐一会儿，真不要紧了，真的！（坐下）
梁师傅　（倒茶）来，先喝口热的，吃什么不吃！
姜　二　（吸了口茶）不想吃！
梁师傅　吕斌，找茶碗去！你们也喝口！
吕　斌　好嘛！
刘常胜　好家伙，抬他上医院去，我这么棒的人，会直打哆嗦！直把我急坏了！
姜　二　这点小事，叫大伙着这么大的急！
吕　斌　小事？你要落了残废，谁管？
姜　二　别的倒还不要紧，我就是不放心我的妹妹。我省吃俭用，供给她上技术学校，盼着她能去开矿啊，采石油啊，真给国家做点事！好家伙，我要是瞎了……
吕　斌　你要是瞎了，咱们跟经理没完！
刘常胜　半夜里叫经理的门，连理都不理！
姜　二　谁能像咱们弟兄呢？
梁师傅　那还用说，当经理的跟咱们是两路人！
吕　斌　就是咱们里头，也有不向着自己人的，就说那位吧（指房后），昨儿夜里咱们闹翻了天，他干脆不管！
梁师傅　他刚才露了露头，卖了点假人情，我给了他几句！
姜　二　不用抱怨别人啦，总是我该倒霉！
刘常胜　老姜，你这个老实头，受了伤还说自己倒霉！我明天去跟经理算账！
姜　二　那不必！别为了我的事，给你自己找麻烦！
刘常胜　我才不怕！
梁师傅　姜二，好好地睡一觉去吧！
姜　二　（立起）累了大伙一宿……

刘常胜　别多费话，走！（搀姜入室）
吕　斌　梁师傅，我心里真别扭！
梁师傅　谁不别扭啊。
吕　斌　我还不光是为了姜二这件事！
梁师傅　啊？
吕　斌　我是说，我们流了那么多的汗，卖了那么大的力气，看见活儿就忘了命。可是，人家那儿一劲儿说，倒碎铁，倒碎铁！他妈的，净弄点子碎铁能做出什么好活儿来？咱们的汗白流了，力气白费了，死了也白死！

　　　　［周廷焕同张乐仁上，张夹着书和笔记本，刘从室内出。

张乐仁　姜二呢？姜二呢？
周廷焕　姜二！
梁师傅　先叫他忍会吧，刚躺下。
姜　二　（在室内叫）乐仁哪？
张乐仁　是我！（跑进去）
梁师傅　乐仁也刚知道？
周廷焕　夜里他没在家，今个一清早上了业余艺术学校。刚才我一告诉他，你看他这个急劲儿！（入姜室）
刘常胜　（出来）夜里真缺乐仁这么一把手！你看我急得干转磨，老周是慢条斯理儿，老吕急得蹦跳，你看这个乱劲儿！
张乐仁　（与周前后出来）真是！（愤恨地呆立）

　　　　［小王上，用帽子盛着些鸡蛋，双手托着。

小　王　姜二怎么样了？告诉他别着急，有咱们大家伙儿呢！

张乐仁　刚躺下，让他歇会吧！

小　王　这个交给你吧！（交鸡蛋给张）

刘常胜　待会儿吧！（由张手中接过鸡蛋，送入姜室内）

小　王　不啦！还有事！（下）

张乐仁　明儿个咱们都上班，谁招呼着他呢？

周廷焕　我去动员几个家属，天天要有人来给他做点可口的东西！

张乐仁　就交给你啦！（对别人）老周啊，办这号事行！

　　　　[赵山进来。

赵　山　姜二这会儿怎么样了？

刘常胜　（出来）行啦，不会出大毛病啦，他刚躺下。

周廷焕　你也一晚上没睡了，该去休息会儿！

赵　山　反正也快吃饭了，我告诉大伙儿去！

张乐仁　叫大伙儿都放心吧！

赵　山　是啦。（下）

张乐仁　钱凑的够用不够？

吕　斌　只花了点挂号费。大夫说了，既是工人，到区上弄个证明，可以不要手术费！

周廷焕　（掏钱）得啦，梁师傅，您拿着吧！

梁师傅　留着，给他弄点吃的什么的！

周廷焕　其实您也不松通。

梁师傅　我比你们都强，我老婆子还一个劲儿让我回家呢。可是，我舍不得我的活儿，一天不干活，就五脊子六兽的！

吕　斌　我也是那样，回乡下去住一两天还挺新鲜，到第三天头上两手就痒痒，非回来不可！

张乐仁　不管咱们到哪儿，总忘不了干活！

周廷焕　哼，做出一样漂亮活儿，真好像生了个胖娃娃那么高兴！

吕　斌　你就看理发的吧，他推个头就好像绣一朵花，这么瞧瞧，那么看看，非做满意了不拉倒；你催他快着点，他就不高兴！

梁师傅　可是，近来咱们的活越来越不像样儿啦！姜二还不是因为倒碎铁受的伤！

张乐仁　咱们厂子近来做的活呀，叫我心里扎得慌！在解放前……

梁师傅　别提解放前！

张乐仁　我是说条件那么坏，咱们还希望做出好活儿来。现在呢，咱们知道是给谁做的活儿，为什么干活儿，所以一个人当两个人用，一天做出两天的活儿，咱们是工人嘛！可是……

吕　斌　我刚才说过了，咱们白费心，掌柜的一句话，全完！咱们要往好里做，掌柜的要往坏里做！

周廷焕　你看，我一拿有砂眼的东西叫马师傅看，他就说抹点铅粉，这不成了骗子手吗？

张乐仁　这是利用咱们的工作热情，给掌柜的多赚钱，咱们一劲儿劳动，他一个劲儿破坏！

刘常胜　姜二可常说，交得上活交不上是经理的事，他叫咱们怎么做就怎么做，反正咱们没坏了良心！

张乐仁　这话不能这么说，姜二没想对！

梁师傅　不是嘛，我一看咱们做的活，我心里就堵得慌！

刘常胜　咱们可怎么办呢？

周廷焕　咱们现在最大的缺点就是工会不健全，拿不出劲头儿来。

吕　斌　丁翼平破坏工会嘛，谁要入工会，他就乱吓唬谁！

周廷焕　哼，老怕丢了饭碗！说了归齐，还是有人老觉着是给经理干活，吃经理的饭！

张乐仁　对！根儿就在这里。咱们知道了这个道理还不够，要让大家伙都知道才行！大伙儿都明白过来，就能有力量！梁师傅，您说对不对？

[梁师傅看着远处的祈年殿。

梁师傅　（出神地）啊？
众　　　您干吗哪？
梁师傅　啊！你们瞧那个（指祈年殿），我管那叫活儿，那么美，那么结实，在那儿站几百年，老那么美，那么结实！
张乐仁　祈年殿，是真美！可是，咱们现在能用机器，应当做出比那更美更结实的活儿来！
周廷焕　不大老容易，凭丁翼平那个赚钱劲儿，咱们白费力气，做不出好活儿来！
吕　斌　真！咱们工人翻了身，就愣让丁翼平治的做不出好活儿来吗？
刘常胜　我看，这号事也长不了！
梁师傅　长不了！我常想，咱们有毛主席，一定能做出比祈年殿还美的活儿来！
张乐仁　这话说到根上来了！丁翼平那么胡来，毛主席能答应吗？
刘常胜　毛主席怎能知道呢？
吕　斌　他老人家事情太多了，怕没工夫管这些事吧？
张乐仁　毛主席会管，你们瞧着，早晚有那么一天！

——第二场终

第三场

时　间：前场后一个月左右。某日晚间。

地　　点：管清波的"第二家庭",楼上。
人　　物：常　妈　管清波　王先舟　于大璋　丁翼平　唐子明
　　　　　钱掌柜

幕 启：

　　　　　楼上一间小客厅,收拾得非常庸俗、阔绰,有点像昔日的高等妓院。看见这屋子,就可以知道这里不大能有正派的人与正派的事。两面有门。

〔这是管清波的"第二家庭"。管清波与丁翼平常常和他们的朋友们在这里聚会,商议"要事",也顺手儿吃吃喝喝。今天又是他们聚会的日子。
〔幕还未启,有男女欢笑的声音,大家都在内室里玩牌。〔幕启,空场。
〔内室的男女通场继续欢笑。少顷,电话铃响,常妈上。(接电话)喂……小月亮门九号。……您贵姓?……等一等,我给您看看。(到内室门口)管经理,管经理,电话!
〔管清波手里拿着两张扑克牌出来。

管清波　谁呀?
常　妈　丁经理。

　　　　　〔室内有女人声音:"清波,该你出牌啦!"常下。

管清波　(向室内)等一等!(接电话)喂,翼平啊?怎么还不来呀?大家伙儿都等着你来玩玩呢!

[室内女人又催:"老管,你快着呀!"

管清波　（捂上机口）等一等！（再打电话）什么？……于大璋？他没有来。……噢,你约他九点钟上这儿见面？（看表）现在已经过了几分钟……

[室内女人又催,同时王先舟上。

管清波　（向王）来啦？给你,（把手中的牌递给他）你先替我玩去。
王先舟　好吧！（接牌入内室）
管清波　（再接电话）不是,不是于大璋,是王先舟来了。……好,于大璋要是先来到,叫他等等你。好,我一定叫他等你；你就快来吧！（门铃响）大家都等着你呢,没有你不热闹啊！好,待会儿见！（挂上电话,要往内室走）

[常领于上。

常　妈　管经理,于先生来了。
管清波　（亲热地）大璋！快来,坐下！常妈,沏茶去！（常下）丁翼平刚刚来了电话,叫你在这儿等他一会儿,他马上就来。
于大璋　（看室内）清波,你行啊！小客厅收拾得多么像样！我常想来看看你,可是……你知道在机关里做事的有多么忙！
管清波　连我都一天到晚脚后跟打后脑勺嘛,不用说你啦！你近来还过得怪好的吧？
于大璋　对付着冻不着饿不着就是了,哪能像你这么舒服！
管清波　人哪,不为名,就为利。你可是有名呢。
于大璋　嗯,现在还能作副科长,也总算不容易！

管清波　大璋,你有本事,脑筋活,心眼快,才参加了几天,就当了副科长;勤巴结着点,赶明儿还不是科长处长? 好好干吧!
于大璋　(笑,掏烟)来吧,尝我一根不大好的烟吧!
管清波　(看了看烟)到我这儿啦,我不能叫你吃这样的烟! 常妈拿烟来呀!

[常托着漆盘上。盘上有一筒三炮台烟、茶具,与糖果四碟,说:"来喽!"管先把烟拿过来。常摆上两碟糖果,倒茶,而后把两碟糖果送入内室。

管清波　来支炮台吧! (递烟)
于大璋　(笑了笑)常在街上看见它,可老没跟它发生关系了! (吸了一口)到底好烟是好烟!
管清波　有工夫就上这儿来玩玩。别的没有,好烟好茶还缺不了你的!
于大璋　(慨叹地)可是,没工夫啊,工作太忙! 拿一份儿薪水,做两个人的事。上班以外,还得学习,好多会都得参加,负责任嘛,就不得清闲。
管清波　是呀,都不容易! 就拿我来说吧,生意是比从前好啦,可是柜上那些店员,今儿一个意见,明儿一个要求,好像铺子不是我的,掌柜的倒得听别人的吩咐!

[室内有女人声。

于大璋　大嫂子倒好哇? 我看看她去! (要立起来)
管清波　等等,大璋! 她不住这里!
于大璋　(听笑声)那么……(恍然大悟)噢! 我的脑筋太不灵活了! 该死!

管清波　有工夫就常来玩玩，可别对亲戚们给我宣传！
于大璋　你叫我拉老婆舌头去，我也没工夫哪！唉，你真有办法！

　　［丁匆匆上。

丁翼平　于科长，对不起，叫你受等！
于大璋　我也刚刚来到。
管清波　都不是外人，就别这样客气了，叫人听着怪难过的！
丁翼平　我找老邱去了，要不然也不会迟到。
管清波　他不是刚由香港回来？
丁翼平　是呀！你看，于科长……
管清波　在这儿，就叫他大璋吧，显着亲热，不是吗？
丁翼平　你们俩是亲戚，可以随便称呼。我可得叫科长。什么话呢，我的事儿得请科长帮忙，随时地指示呀！
于大璋　（被捧得很舒服）不要说指示，只说帮忙吧！
丁翼平　于科长前者跟我说，香港的手表便宜，我托老邱带了一个来。（掏出美丽的表盒）于科长，你看，真正瑞士造，自动上弦，不生锈，不怕水，不进灰土！
于大璋　（接过表盒，端详，管也看）表是真好！
管清波　老邱还有没有？我也想要一个！
于大璋　好！（把表盒递回）
丁翼平　（假装一愣）你是怎么回事？于科长！
于大璋　表的确好，我手里一时可是不宽绰！
丁翼平　（故意作生气的样子）于科长，你既是清波的亲戚，又是我的朋友，我可没拿你当作外人，你怎么看不起我呢！
于大璋　我怎能白要东西呢？绝对不能！
丁翼平　我特意托老邱给你带来的，我送不起，还垫不起这点钱吗？你几时有钱，几时还我，咱们自己朋友还过不着这点有无相通吗？

管清波　按理说呢，老丁也送得起这么一个表，你也受之无愧。现在他先垫上钱，你再慢慢地还他，就更像自己朋友了！你的那个破表没准儿，起码该擦擦油泥！

于大璋　这，这……

丁翼平　把这个老东西（指旧表）交给我，我去给收拾一下！戴上这个新的，不至于再耽误了事情，这最要紧！作科长，会议是多的，一来一迟到，才合不着呢！

于大璋　（收下表）哪有这么办的呢？

丁翼平　不再提，不再提这点小事了！把旧的给我！

于大璋　那就更不好意思了！

管清波　一事不烦二主。丁翼平就是这么热心肠！（过去把表摘下来，递给丁）

丁翼平　清波了解我，我没有别的好处，就是交朋友永远真心实意！不再提这点小事了。

〔稍静。

于大璋　丁经理，你打电话约我到这儿来，有什么事谈呢？

丁翼平　（作忽然想起状）哦，于科长，我又预备好了三百台水车，您看这回怎么个交法呢？

于大璋　还照上一批的交法。

丁翼平　我是实心眼的人，愿意把事情都先交代清楚。这三百台因为局子里催得紧，厂子里加夜班还赶不来，又雇了些临时工。外边雇来的人，技术不能一边齐，水车又不是很简单的东西，做的活就保不住有粗糙的地方。我既怕过了期限，耽误了抗旱备荒的大事，又怕活儿潦草一点，对不起您的照顾！

管清波　现在做活真不容易！上边催得紧，下边不顶用，掌柜的两头受气！

于大璋　（沉思）是啊，我很了解你的困难，丁经理。只要按照合同办事，我想……

丁翼平　那没问题，绝对结实，能用！我绝不能把废品交上去，对不起人！您作事多年，能体谅我们；遇上个没有经验的新干部可就费了事：哪怕铁活上有个小砂眼，木活上有个小疖子，他都叫我们返工，我们就非赔钱不可！

于大璋　当然喽，我不是毫无经验的人，不能叫你赔了钱！不过这是抗旱备荒的事，也不能马虎了，不然……我也不好交代。

管清波　大璋，你放心，老丁办事向来有把握，绝不能让你交不上去。什么话呢？朋友交情要紧！老丁，大璋可是我的至亲，你回去把成品好好检查一下，可别让大璋为了难。

丁翼平　那还用你说吗？没错！于科长，您放宽心吧！

于大璋　嗯，好吧，清波既然说到这儿，我想丁经理也会注意，只要做得结实，即或有点小小不言的，我想，倒也没多大关系。

丁翼平　这我就放心了！告诉您，为这点活儿，我日夜揪心扒肝的！

管清波　放心吧，有大璋这样通达的人，到时候给你解释一两句，你一定不至于赔钱！

丁翼平　于科长，我从心里佩服您！

管清波　那用不着交代，就凭他是我的亲戚就够了。咱们是知己，大璋也得是你的知己！你们还有事商量没有？到屋里玩玩去？

于大璋　不啦！我得早点回去睡觉。睡迟了，明天早上起不来；学习迟到，显着怪不合适的！

丁翼平　那，我们就不必勉强了吧。管大哥，我星期六晚上借这儿请客，好不好？请于科长在这儿玩一晚上，星期天晚起点不要紧。叫常妈给雇辆三轮去吧。
于大璋 别雇车！我坐惯了电车。
管清波 哼，上班下班的时候，电车可挤够呛！
丁翼平 于科长，您应当来辆自行车。
于大璋 自行车确实方便！
丁翼平 正凑巧，我那儿有一辆半新的，搁着没人骑，先借给您骑吧。
于大璋 你自己呢？
丁翼平 我？太胖了，骑不动车了！好吧，明天我派人给您送去。
于大璋 哪有那么办的呢？
丁翼平 您又来了不是？我是真情实意交朋友！
管清波 把东西搁坏了，不如借给朋友用用！
丁翼平 明天我去交活，有我说不圆到的地方，科长可多帮帮忙！我再请示请示：做完了这一批，还可能再多做吗？
于大璋 也许可能，抗旱备荒不是一两千台水车能解决的事。
丁翼平 于科长，您可得多照顾点！这路活儿我已经做熟了，保证能做得又快又合规格。
于大璋 不过，下次可能采取投标的办法。
丁翼平 那，即使没有什么利润，我也得把标争到手里。为抗旱备荒服务，我当仁不让！定了投标的办法，您早通知我一声。
于大璋 你留神看报，我再提醒你一声。好，再见！
管清波 大璋，别忘了星期六晚上到这儿来！
于大璋 看吧，有工夫一定来。别送！别送！（下）

〔丁、管送到门口，于拦阻，即不送。

管清波 常妈！送于科长出去！
丁翼平 大璋这个人倒怪好的！又能干，又机灵！

管清波　解放前,他的事情挺不错,也爱讲个排场。这二年没能常来往,他太忙。

丁翼平　他在局子里也颇拿事呢!

管清波　解放不几个月,他跟我说过:科长是老干部,不懂业务,把事情都交给他。薪水拿的不少,他大手大脚地花惯了,总是紧紧巴巴的,你还没看见他那个样?

丁翼平　这么办好不好?我这儿开好了一张支票,当着面不好意思交给他,你替我交给他吧!(掏出支票)

管清波　(接支票)干吗这么忙啊!

丁翼平　(不解地)怎么?

管清波　你先把水车送去再说,别把他胃口惯大了,以后就不好办了!

丁翼平　清波,真有你的,亏了你们还是亲戚呢!

管清波　哎——亲是亲,财是财!

丁翼平　那,标底的事呢?

管清波　等见着报,有了信,再送去钱也不晚。咱们是不见兔子不撒鹰!(把支票收入袋中)

丁翼平　好,这件事我听你的了。把支票给我吧!

管清波　我先拿着不好吗?

丁翼平　怎么?要炸我的酱吗?

管清波　就凭刚才那一场,我给你捧得多么严?还不值这俩钱?

丁翼平　(大笑)

管清波　(大笑,交回支票)

丁翼平　(接支票,放好)谈谈咱们的事吧,我让你弄的钢板铁料,你弄了没有?

管清波　我怎么没弄?我是想,弄来要是没出路,压着本钱可不大上算!

丁翼平　你怎么知道没有出路?

管清波　我听你的！有什么好消息吗？
丁翼平　先来瓶白兰地吧？一边喝着，一边谈。
管清波　那容易！（去开柜橱，拿酒和杯子）

　　　　　〔王赢了钱，从内室出来。

管清波　还没打开哪，你难道就闻见了味儿？（开瓶）
王先舟　只要是白兰地，不用开瓶子，我就能闻见！
丁翼平　算了吧！说点正经的。我的碎铁还不够用，你怎么这两天又泄了劲儿呢？
王先舟　（先喝了一大口酒）哪儿呀，老二添了个男孩子，他忙，我这个作伯伯的还不给张罗着点吗？
丁翼平　别忘了，连你们老二到税局子去作事，还是我的力量！
王先舟　那我怎能忘了呢？得啦，他能常给您出个主意，少交点税，也得算报恩哪！您吩咐吧，我完全听您的指挥！
丁翼平　碎铁照常收，你还得上趟天津。
王先舟　干吗去？
丁翼平　老唐来了没有？
管清波　早来了。
丁翼平　叫他一声。

　　　　　〔王到内室门叫："唐经理，出来，喝一杯！"

唐子明　（出来）刚起了一手好牌！丁经理，有什么好消息？
丁翼平　屋里还有谁？
管清波　小兵小将的一群呢！不用叫他们了吧？
丁翼平　也好，咱们弟兄谈谈吧。朋友们，咱们要有一笔大生意做，大家都要好好地准备！（大家倾耳静听，连王先舟也顾不得喝酒了）我得到了消息，（大家的嘴唇微动，不出声地说："消息。"）后勤部有好大一笔洋镐铁锹，马上就要做！（故意地不往下说了）

管清波 谁去应这好大一笔生意呢？要不要投标呢？要投标，咱们得想法子摸摸底！

王先舟 丁经理，您去应这笔生意？

丁翼平 （轻拍胸膛）帮助政府办事，我不能落在后头！

管清波 噢！对呀！你是加工定货委员会的主任委员！

王先舟 我明白了！干吗我得上天津！我去，叫我上上海我也去！

丁翼平 要是用加工定货委员会的名义，我接受全部的委托，就省了政府的事！为了这个，我们得赶紧组织一下。

管清波 我明白了，在签订合同之前，我们要设法抬一抬铁料的价格，这对于我们有利。

唐子明 管大哥，年月不同了，咱们可别只顾私，不顾公。

管清波 什么年月不同了，咱们马上收买北京的铁板跟钢料！要掉了脑袋不过碗大的疤瘌！

丁翼平 北京一处的还怕不够。先舟，你上天津，把能买到的都买进来。

王先舟 给我钱，我马上走！把材料收进来之后，我们到处吹风，说市上缺货，价钱就得浮悠浮悠地往上涨。

丁翼平 涨价是当然的，用不着你说明。先舟，看天津不行，打个电话来，赶紧上济南，或东北！

王先舟 为咱们大家的事，上新疆我也去！

丁翼平 老唐，你调查一下，看哪几个厂子能做多少活，咱们心里好有个数儿。别等合同拿下来，咱们到时候交不了活。对公家的定货，我们得争取提前交工！

唐子明 那行！丁大哥，我愿意多有活儿做，可是咱们也得小心点！

管清波 老唐,你是又要吃又怕烫!等我们赚了钱,你可别看着眼馋!

唐子明 我要小心,可也不能把财神爷往外推!

管清波 这不结啦!放开胆子,好处无穷无尽!翼平,款子怎样?

丁翼平 我有办法,银行会借给我!

唐子明 怎么把天津或者东北的料运来呢?

丁翼平 那我也有办法!

管清波 得,这咱们就没的着急了!咱们没有翼平可真不行!他就是咱们的脑子!他看得远,看得准!

丁翼平 先舟,你别再泄劲儿!

王先舟 我……

丁翼平 你怎样?有什么说什么吧!

王先舟 我……

丁翼平 我一向拿你当自己朋友看待,还不说实话?

王先舟 这两天哪,钱掌柜已经动手收买铁料呢!

丁翼平 你帮他来着?怪不得这两天你不来看我呢!

王先舟 不是!不是!我是愿意两面不作罪人!

丁翼平 他干吗收买铁料?难道比我先得到了消息?那不能啊!你知道不知道?

王先舟 我只知道,他给老方的铁厂添了资本,老方应下一笔活来。

丁翼平 什么活?

王先舟 一批仓库里的铁活。

丁翼平 啊!那笔活本来是我先知道的,因为油水不大,我告诉大家沉着一点,合理地抬抬标价,倒叫老方钻了空子!这是破坏团结!清波,钱老头子来不来?

管清波 也许来,这儿有吃有喝的。

丁翼平 打电话,叫他来!

[门铃响。

管清波 也许就是他!
丁翼平 子明,先舟,你们还玩牌去。见着他,什么也甭提!先舟,你要是再脚踩两只船,可别怪我……
王先舟 我起誓,从此不敢!
丁翼平 老唐,你呢?
唐子明 只要大哥有把握,我不敢不听您的话!(同王入内室)
管清波 对钱老头子,到必要的时候,我会拿出野蛮的劲儿来!
丁翼平 那倒不必!有理讲倒人!我们跟他说说理!

[钱缓缓地上,丁躲开点。

管清波 (假装客气)喝,老大哥,我还以为您不来了呢,刚要给您打电话。来,先喝一杯吧!(递酒)
钱掌柜 我呀,舍命陪君子,不能不来!
管清波 这两天又弄了"黄"的没有?
钱掌柜 那,你比我的手快呀!
丁翼平 (过来)有什么别的消息没有?
钱掌柜 翼平!病病歪歪的,懒得出门,没听见什么。
丁翼平 听说老方弄到一笔生意。
钱掌柜 是吗?
丁翼平 还有人给他撑腰,给他添资本。
钱掌柜 谁呢?
丁翼平 谁?你!
钱掌柜 这是哪来的话呢?
丁翼平 听着,以前,你跟老管是对头。多亏了我从中说和,你们俩才不打对仗，彼此都得了好处。是这么一回事不是？

钱掌柜　是！

丁翼平　后来，管大哥这儿收拾好了，我提议大家时常在这儿碰碰头。五金、营造、木料、铁工，行行有人。大家说好，一致合作，什么事彼此都不瞒着，是这样不是？

钱掌柜　是！

丁翼平　那么，为什么你背着老管，大量收买钢料，又叫老方钻我的空子，而且从我手里挖去王先舟？

管清波　你这么大年纪了，我不好意思跟你要硬的，可是也别招急了我！

丁翼平　你想想，是大家合作，凡事有个计划好呢？还是各干各的好？大家一条心，咱们就能应下大笔生意；一个人干，既不能大量生产，对公对私就全没好处，不是劳而无功吗？

钱掌柜　我……

丁翼平　难道你想叫老方跟我对立吗，休想！我有能力去签订几十亿几百亿的生意，他能吗？我分给他活儿做，他就有饭吃；我不照顾他，他就得瞪着眼睛发愣！你帮助他，你的钱就放了秃尾巴鹰！

钱掌柜　翼平，翼平，你也听我说两句。老方啊，总觉得听你的指挥，怪委屈的！

丁翼平　胳臂拧不过大腿去，我的眼光远，本事大，他就得听我的！

钱掌柜　你听着呀。我呢，老怕一口气不来，就呜呼哀哉。所以一听他花说柳说，我就投了资；想乘着还没断气，多抓弄几个。这是实话，请你原谅！

丁翼平　您要看明白了：现而今作什么都得有组织，有计划，有统一的指挥。个人的力量有限，包不了大生意。管大哥，你记得老方的电话号码吗？

管清波　知道。叫他来一趟？

钱掌柜　（阻止）不用啦，明天我跟他请你们喝喝酒。
丁翼平　您想明白了，还是大家团结起来好？
钱掌柜　好嘛，你一下子能弄百十亿的生意，我还敢跟你碰吗？
丁翼平　钱掌柜，您说了实话。你所见者小，只看自己，不顾全面。从此，你要体会公私兼顾的精神才是！
钱掌柜　你说的对！对！
丁翼平　（极得意地）你们听咱丁翼平的话吧！照着我的办法往下干，咱们必定会万事亨通，所向无敌！（举杯）来，碰碰杯吧！

——幕闭

第二幕

第一场

时　间：一九五二年一月,将要过春节的时候。某日晚饭前。
地　点：荣昌铁工厂的工会办公室。
人　物：周廷焕　姜　二　刘常胜　梁师傅　黄庆元　张乐仁
　　　　　吕　斌

幕　启：　　　荣昌厂工会的办公室,屋子不大,有一张长桌,两条板凳和三四个小凳。现在,张乐仁和周廷焕都住在这里,靠墙有两张小床。

〔周廷焕正聚精会神地写信。远处有广播"五反"的声音,因有风,隐约可闻。
〔墙上有小黑板,上写"五反"。
〔姜二进来。

姜　二　老周,街上啊,可闹得热闹啦,到处都贴上"五反"的标语!你听,这广播!
周廷焕　行啦,咱们加劲地干吧!
姜　二　可是你熬了一天一宿了,不差嘛的该歇一会儿吧!
周廷焕　我不困,睡也睡不着,满脑子都是"五反"!话又说回来,大家都一样,从昨儿开完了会谁也没闲着,我更不能休息了。就拿"大炮"说吧,昨儿个一听说要找工人们回来参加"五反"斗经理,他立刻自报奋勇,住在西郊的人

　　　　　　归他一个人"包圆"！这么冷的天，大北风一劲儿呼呼地
　　　　　　刮，骑着车子跑西郊，你瞧这个干劲儿多么大。
姜　二　那可真是！他怎么这时候还不回来，我怪不放心的！
周廷焕　大概昨儿没跑完，夜里不定睡在谁家了！
姜　二　信写完了没有？
周廷焕　快了，就剩下写信封了！丁翼平多坏，他知道要搞"五
　　　　　　反"，就提前放假，打发工人都回家，他寻思这样就可以
　　　　　　逃避"五反"啦！
姜　二　可是呀，他们接到了信，准能放下年不过，就回来吗？一
　　　　　　年到头就过这么一回年呀！
周廷焕　我想没什么问题！大伙儿一听是这么件要紧的事，年可以
　　　　　　不过，准能赶回来，老姜你看是不是？
姜　二　我呀，老周，昨儿个开完了会，细细地想过了，老觉着还
　　　　　　有个事儿绕不开扣儿。
周廷焕　（关心地）什么事？
姜　二　你看我是这么想，厂子是经理的，现在大家伙搞经理，不也
　　　　　　得搞垮了厂子吗？厂子垮了，咱们上哪儿做活吃饭去呢？
周廷焕　老姜，你没想对！咱们工人凭力气本事，并不靠资本家吃
　　　　　　饭！"五反"斗的是资本家那些犯法的行为，并不是要把
　　　　　　厂子搞垮了。
姜　二　噢！是这么一回事。我弄壶水去。（提壶往外走，正碰上
　　　　　　刘常胜进来）

　　　　　　[刘满面尘土，推着自行车进来。

姜　二　老刘！回来啦？
周廷焕　老刘！怎么样？跑完了没有？

刘常胜　跑完了！（抓起桌上的茶壶就要喝）
姜　二　别喝凉茶，等我弄水去！（下）
刘常胜　（还是喝了口凉茶）张乐仁上哪儿去啦？
周廷焕　到区工会去开会，这早晚也该回来了。你夜里怎么没回来？
刘常胜　昨天我跑完了西郊，就奔南苑，天已经黑了。风大，车灯也点不着，摸着黑儿走。一没留神，连人带车都摔到河里去了。
周廷焕　没摔坏了吗？
刘常胜　多亏河里的冰冻得结实，光把裤子撕破了一块。晚上，我住在老范家里了。今儿个摸着黑起来，奔了东郊，总算都跑完了。
周廷焕　吃了点东西没有？弄点什么吃吧？（要走）
刘常胜　不用！我有要紧的事告诉你！你就说，经理多么坏，他给工人都去了信，叫他们过完了元宵节再回来，这不是明明地要花招儿，想叫工人过了"五反"的热劲再回厂子吗？（掏出一张通知交给周）你看，这是他的信！（坐下，看报）看看，各界人民积极参加"五反"，棒！
周廷焕　（看信）这就是破坏"五反"嘛！嗯，咱们给大家伙的信上，得加上一句，说破了丁翼平的花招，叫大家别上他的当！（即往信上加话）
刘常胜　城外的工人有回来的没有？
周廷焕　小王跟老九昨个夜里就赶回来了！今个早晨又回来几个！

　　［门外姜二喊："梁师傅！你回来了！"提着水壶跑进来。

姜　二　梁师傅回来了！（把水壶放在炉上）

[梁扛着铺盖卷上。

周廷焕 梁师傅！梁师傅！

梁师傅 （放下铺盖）老刘，你昨天辛苦了！

周廷焕 他也刚刚进门，把裤子摔破了一块！

梁师傅 摔坏了没有？老刘你走后啊，我马上就要来。老婆子、闺女、女婿，都不准我走。好容易把他们说服了，小外孙子又不答应，哭着喊着地不放我，我只好今天吃过晌饭才跑出来！

周廷焕 梁师傅你回来的这么快，好极了，准能在老师傅里头起个带头作用。

梁师傅 我还告诉你们个新鲜事儿，（从身上掏出一张纸）你们瞧瞧这个，老刘刚走，我就接到它了。

周廷焕 这不是，老刘也带回来一张。

梁师傅 我越想越不对，工会催着快回来，掌柜的让过了元宵节再回来。我呀，我听工会的。

刘常胜 梁师傅，您算对了，高！

周廷焕 平日嘛，我们要求缩短点工时，晚上好去学文化，丁翼平不但连半点钟都不肯减，倒一次又一次地延长时间，现在他又心疼起咱们来了，叫咱们越晚回来越好！

梁师傅 往年老师傅过"破五"回来就扣工薪，徒弟就卷铺盖！今年怎么一下子他就这么大方起来了呢？告诉告诉我，"五反"怎么个搞法？

周廷焕 张乐仁一会儿就回来，他会详详细细地告诉咱们。梁师傅，先烤烤火，休息一下。

梁师傅 我先放下铺盖去。

刘常胜 一块儿走，我去看看回来的人！咱们一块儿再聊聊。

［替梁扛起铺盖。

姜　二　我也去。（同梁、刘下）

　　　　　［周廷焕独自还往信上加言语，黄庆元在门口往里探头。

周廷焕　谁呀？谁？
黄庆元　我！（搭讪着进来）张乐仁出去啦？
周廷焕　（冷淡地）出去了！
黄庆元　好，待会儿见！（下）
周廷焕　（自言自语地）这个家伙，找张乐仁干吗？（将信一一地放信封内，封口）

　　　　　［张乐仁推着自行车进来。

张乐仁　有人回来没有？老周！
周廷焕　回来好几个了。梁师傅刚进门。"大炮"也回来了，这是他带回来的。（把刘带回来的丁经理给工人们的通知递给张）
张乐仁　（看通知）怎么？正月十六开工？
周廷焕　我已经在这些信里加了话，拆穿丁翼平的花招。
张乐仁　好，你做得对！
周廷焕　会开得怎么样？
张乐仁　可带劲啦！市里还派人讲了话，说：市节约检查委员会三天的工夫就接到了两千多封检举奸商的信！现在检查组也派出来了！
周廷焕　也能上咱们这儿来吗？

张乐仁　那可不知道！不管来不来，咱们先得带头动起来！
周廷焕　怎么动啊？人还没来齐哪。
张乐仁　区分会指示咱们，一面继续把工人们都找回来，一面就着现有的人先成立骨干小组，马上找资本家违法的材料。你看骨干小组该有哪几个人？"大炮"总得算一个吧？
周廷焕　刘"大炮"当然算一个！梁师傅行吧？
张乐仁　行！加上你、我，四个了。再想想！
周廷焕　姜二怎么样？刚才他可是说，怕厂子搞垮了，没地方做活儿吃饭去，我给他进行了解释。
张乐仁　姜二谨慎小心，人很可靠，只要思想搞通了，他就能积极工作。骨干小组里可以有他，你看呢？
周廷焕　我同意。
张乐仁　这就五个了。就现有的人挑选，恐怕就是咱们五个最顶用。别忙，再想想！可惜吕斌还没回来，他要是在这儿，可顶大用了！
周廷焕　他回家结婚去了，哪能马上回来呢？
张乐仁　你给他的信发了没有？
周廷焕　这不是刚写好，还没发哪。没什么事啦？（拿起信，要走）
张乐仁　送信回来，顺手儿把区里的指示跟梁师傅、刘"大炮"、姜二说一下，叫大家来，抓早儿开个会。
周廷焕　好吧！（下）
张乐仁　（哼着工人团结有力量的歌，去倒点水喝）

[黄庆元上。

黄庆元　乐仁，你刚回来吧？
张乐仁　刚回来。有什么事？

黄庆元　我来热诚地慰问你!
张乐仁　慰问我？为什么？
黄庆元　你看，辛苦了一年，到了年根底下还工作，真是无比的积极，还不值得慰问？告诉我，听说你还要把回了家的人都找回来，这明确吗？
张乐仁　你想呢？
黄庆元　我？我还没严格地考虑过。
张乐仁　你看，我们把大家找回来参加"五反"，应该不应该？
黄庆元　我是这么看，大家一年忙到头，应当在家里好好地过个年！
张乐仁　"五反"运动比过年更重要！
黄庆元　也对！在厂子里也能过年，大家热热闹闹地过一下，过了大年初五再搞"五反"也还不迟。
张乐仁　这是你的意见，还是经理的？
黄庆元　经理倒是很关心大家，想送给大家足够的猪肉白菜，包饺子吃。后天不就是大年三十了吗？
张乐仁　这倒很有意思！以前工会代表大家，屡次向经理提出改善伙食的意见，经理总是爱理不理的；现在又忽然关心起大家来了！（严厉地）你告诉丁翼平去，我们工人自己会包饺子过年，并且要用积极参加"五反"的实际行动迎接春节！还告诉他，不必先费心张罗我们过年，他应当老老实实地交代自己的违法行为！
黄庆元　（很窘）经理也是，也是一番好意，经理很希望跟你谈一谈呢！凡事总要彼此商量，才有前途！

　　[刘、姜、周、梁先后上。

刘常胜　表老爷，什么风把你吹来了？

黄庆元　别开玩笑，老刘！
刘常胜　谁开玩笑，你难道不是经理的表弟吗？
黄庆元　得！得！（向张）你考虑考虑，跟经理谈谈去！（搭讪着溜出去）
梁师傅　乐仁！
张乐仁　梁师傅回来了！家里都好哇？
梁师傅　好！这两天把你累坏了吧？
张乐仁　没什么！
刘常胜　乐仁，刚才黄庆元干吗来了？
张乐仁　哈！他说今年过年，经理请咱们吃饺子。
刘常胜　哼，咱们一年到头老吃半生不熟的窝窝头，喝的是苦井水，要求他改善一下伙食，他连理都不理，这会儿又请咱们吃饺子啦，甭听那一套！我要闻一闻他的饺子味儿，叫我拉肚子！
梁师傅　我老梁眼睛里不藏沙子，看得一清二白，告诉他少在咱们面前撒迷魂药！
姜　二　对！
张乐仁　他这是打马虎眼，麻痹我们大伙儿，假充好人，想混过这一关去！
刘常胜　咱们工人就是实打实，他要是这么想，就弄错了，没那个便宜！
张乐仁　大家想想他心里要是没病，干什么这么心虚呢！咱们一年到头拚命地干活儿，就是为了搞好咱们国家的生产，可是他呢，光图赚钱，把咱们的劳动都给糟蹋了！
周廷焕　咱们出那么多汗，合着都给他干了！
张乐仁　当初咱们就觉着不对劲儿，可是没看到奸商捣鬼，对国家有多大的危害。刚才我在区上开会，听了不少奸商干的坏事。

妈的，奸商搞"五毒"都搞到咱们志愿军头上来了。武汉有一家奸商，用脏土堆里捡来的烂棉花做救急包，叫咱们志愿军同志们不该残废的残废了，不该牺牲的牺牲了！

刘常胜　暗害志愿军？这不是汉奸吗？

张乐仁　像这类事到处都有！

刘常胜　他妈的！

张乐仁　大家想一想，像抗美援朝这样的活儿，奸商们都敢捣鬼，旁的活儿就更甭提了！

周廷焕　咱们厂子打解放到现在，也做了不少公家的活儿，那批铁锹洋镐还是给部队做的！

张乐仁　老周大概已经告诉了大家，现在回厂的工人还不太多，可是咱们几个人马上就得带头行动起来，成立个骨干小组，去搜集丁翼平违法的材料。像什么偷工减料，贿赂干部，偷税漏税，大家开动脑筋，一样样的仔细刨根，没有想不起来的。

梁师傅　（思索）嗯！偷工减料的事儿瞒不了咱们，可是马师傅顶知根。

姜　二　马师傅人家是工头，老勾着丁翼平，怎会说出实话来呢？

刘常胜　不说？不说就斗他！

周廷焕　贿赂干部、偷税漏税这些材料可得费脑筋，咱们不摸底呀！

刘常胜　这还不现成！找李定国、黄庆元他们俩，没错！

姜　二　这话对！可是他们老跟丁翼平一个鼻子眼儿出气儿呀！

刘常胜　先斗他们三个！

周廷焕　等等！考虑一下！同时斗三个人，咱们有那么大的力量吗？

张乐仁　大家可注意，"五反"的目标可是资本家。

刘常胜　知道！可是……

[吕斌扛着铺盖卷上。

梁师傅 吕斌！吕斌回来啦！
众 吕斌，吕斌！
吕 斌 你们都在这儿哪！（扔下铺盖）
周廷焕 刚给你发了信，你怎么就来了？
吕 斌 在家里一天也呆不住了，简直要把人气死！
刘常胜 喝！刚娶了新媳妇，两口子就闹别扭了？
吕 斌 "大炮"，少说废话！
周廷焕 什么事，这么大的火儿呀？
吕 斌 我还能不火吗？搁谁，谁也受不了！
刘常胜 到底怎么了？快说吧！我告诉你，我们正忙着把大家伙叫回来跟经理算账呢！
吕 斌 不为他我还不回来呢！
张乐仁 怎么回事？你说说！
吕 斌 我们家里今年旱得厉害，小苗都快干死了。政府号召挖井抗旱。我们六家子合伙贷了一台水车。可没使几天哪，水车就坏了，眼巴巴地看着小苗干死在地里了。急得乡亲们干跺脚。我六叔抱着水车哭啊！要不是政府帮助，铲了小苗，重新种别的，下半年就都断了粮！我回到家里，大伙说，吕斌你懂行，给修修吧！我一看哪！齿轮都不合槽，牙都打掉了。轴是球铁做的。老乡们一使呀，一转一"秃噜"，根本扯不上水来。你们说，这还怎么收拾！我心里直冒火，"这是哪个浑蛋厂子做的这种坑人的活儿！"再看哪，哼，就是咱们厂子的，上边还有荣昌铁工厂的牌号呢！你们想，我还怎能在家里呆？我非问问丁翼平不可，为什么拿该回炉的废品，硬往外交，坑害人！

[大家沉默。

刘常胜　偷工减料，这是凭据呀！
梁师傅　做水车的时候，我明知道仓库里有好料，可是我去要的时候，黄庆元倒说："用什么料都得听经理的交派！"
姜　二　（站起）我跟他没完，丁翼平偷工减料差点把我的眼睛给崩瞎了，要不是大家伙……咳，从前就知道干活，他让怎么做，咱怎么做，总觉着"交的上交不上"是丁翼平的事。我们家里也是庄稼人，我咂摸得出这个滋味，庄稼人靠的就是庄稼，弄台坏水车把庄稼毁了，要搁在解放前，没有政府的帮助，别说哭了，卖儿卖女，投河觅井的事都会闹出来。丁翼平的心真狠！
周廷焕　这么稀糟的活儿是怎么交出去的？他要是没给人家干部好处，人家怎么能收？头一批一千台完了，还来个第二批，听说还投了标，咱们细细想想，怎么那么巧，标底会落在丁翼平手里？
刘常胜　诡病大啦！一句话，跟丁翼平干！
吕　斌　不行，我找丁翼平去！
张乐仁　（拦住吕）等等！你来得正好，你带来的事更好！（推吕坐下）姜二那天从医院回来，咱们在那儿聊，你不是怕毛主席没工夫管咱们的事吗？现在，毛主席管了。毛主席出了好主意，号召咱们搞"五反"。"五反"就是跟资本家算这些账！（向大家）吕斌家里这台水车的事，让我们更明白了，奸商们干的这些缺德事是怎么坑害人的。一台坏水车就有六家人受害，一千台，两千台，得有多少老乡受害！全国的水车多了，要都是坏的，那还怎么生产？怎么建设？这对国家

　　　　　　的损失有多大！再说，老乡们一看咱们工人做的水车就是那么糟糕，那还怎么相信咱们工人阶级能领导？咱们跟农民弟兄还怎么团结？照这样下去行不行？要不行怎么办？
刘常胜　一句话，斗争！
周廷焕　把工友们组织起来，开动脑筋，跟他算细账！
梁师傅　等工友们都回来，把吕斌这个事好好地跟大家宣传宣传！
姜　二　冲着我脸上的这块疤，我把我知道的一五一十都给他抖落出来！
张乐仁　对，大家说的都对！我们就是要这样实打实地跟他干！打退资产阶级的猖狂进攻！区上的同志们说过了，我们这回"不全胜，不收兵"！
众　　　好！
张乐仁　好！现在咱们商量一下怎么分工！

　　　　　　　　　　　　　　　　　　——第一场终

第二场

时　间：前场半点钟后。
地　点：丁翼平的办公室，同第一幕第一场。
人　物：丁翼平　李定国　黄庆元　冯二爷　丁小苹　张乐仁
　　　　吕　斌　刘常胜　马师傅　林　辉　平淑文
　　　　检查组人员和工人们。

幕　启：
　　　　丁翼平正与李定国、黄庆元谈话。

黄庆元　（向丁报告）不但他们不肯走，还动员已经回家的马上回来，而且已经回来不少，连梁师傅也回来了。

丁翼平　你对张乐仁说了没有，我要请他们过年？

黄庆元　说了！

丁翼平　他说什么？

黄庆元　他说的可很情绪！他说：工人们会包饺子过年，用不着经理费心；经理顶好老老实实地坦白自己的问题。

丁翼平　（冷笑）我也不劳他费心！我已经在工商联坦白了两次，没有再可坦白的了！对政府，我一向热诚地拥护。对抗美援朝，我领着头捐献。我自信没有对不起政府的地方。

李定国　是啊！你一捐就是五千万，当时连我都不很了解，以为你有点过分积极。这个，工人们难道没看见吗？

丁翼平　李先生，我们可不能说工人们不该积极参加"五反"，那是政府的号召。怕只怕他们闹出偏差，影响到生产！

李定国　经理的心里是真敞亮！

丁翼平　我相信平日对工人们不错；容或呢，因为我口直心快，难免有得罪人的地方，工人里也难说没有以怨报德的人；我们都不得不提防着点！

黄庆元　这么说，表哥觉得你的事情并不严重？

丁翼平　沉着应付，没有什么了不起的！

黄庆元　工人们一哄起来，可就不容易应付！表哥，他们大家伙儿的劲头可很大！

丁翼平　怎么？难道你……

李定国　丁经理已经布置得很周密，我想不至于出什么大岔子！

丁翼平　到底是李先生！李先生，你这几天可太辛苦了！要不是你，谁能把账上的问题都连夜地赶完？大年底下的，连家

|||都不回！这种因公忘私的精神，我非常的佩服！（说着掏出一沓子钞票来给李）马上就过年，总得给大人孩子们添补点衣裳鞋袜的；我的一点小意思！

李定国　年过不过有什么要紧，厂子里的事比过年重要得多。你照顾我这么多年了，我怎能……（不肯接受钞票）

丁翼平　咱们还闹客气吗？拿着！拿着！（将票子塞入李的手中）我就是这么个人：对朋友，我能尽多少力就尽多少！

李定国　那么，我谢谢了！经理！

丁翼平　庆元，这两天可得在厂子里盯着点，不能三心二意！我已经给姑妈送去钱、米面、猪肉白菜，你放心吧！

黄庆元　妈妈一个人也吃不了那么些东西！

丁翼平　我替你尽孝啊！见着工人，你要给他们讲明白了：有厂子，有大家的饭吃；厂子垮了，大家倒霉。他们谁有困难，趁着过年，该送钱的送钱，该送东西的送东西。我们的手得大方一点。为这个用钱，你跟李先生核计、开账，别因小失大！

李定国　这个我们俩会办，准保叫您满意！

丁翼平　庆元，你还得嘱咐马师傅一下，叫他沉住了气，不要乱说话。他平日得罪了不少人，现在他得处处小心谨慎。

黄庆元　刚才我去找张乐仁，碰见了马师傅。他说他要到乡下躲躲去，省得在这里招麻烦。

丁翼平　（想了想）躲躲去也好。可是，他的家就在城里，躲到哪儿去呢？

黄庆元　这儿只有他的老婆孩子，老家还在乡下呢。

丁翼平　好，就叫他回老家吧，过了年听信儿再回来。叫他放心，咱们会照顾他的老婆孩子。你告诉他去！

黄庆元　是啦！（下）

[丁慢慢地来回走，有意无意地打开收音机，听广播："……我们要合作的是反帝、反封建、反官僚资本主义的资产阶级，是遵守共同纲领的资产阶级。我们不许资产阶级方面有勾引干部、施行贿赂种种的反动思想和行为。我们要坚决打退资产阶级的猖狂进攻！'打退资产阶级的猖狂进攻！'（众喊）……"丁听不下去，关上收音机。

丁翼平　（独白）难哪！难！起初，我怕共产党。解放后，看到共产党进城，保护工商业的政策，我还半信半疑。后来，政府派干部来了解厂子里的困难。公家来加工订货，银行贷给我款子，我才完全看明白了共产党真是言行一致。干部们呢，不少乡下人，怪好说话的，天时地利加上人和，我就施展开了本事。厂子一天比一天发达，我也就越来越相信这个政府！可谁知道，政府忽然号召搞"五反"，说什么打退资产阶级的猖狂进攻。作生意就得想办法多赚点钱，天经地义，怎么能算是进攻呢？

李定国　就是说！真不容易明白！我看哪——可不知道对不对——也许是要接收各工厂，都归官办吧？

丁翼平　那倒干脆！交出厂子，省心！办个工厂要费多少精气神啊！

李定国　听说，这次"五反"要搞得很严呢！

丁翼平　共产党办事，除了不说，说了就必办得彻底！昨天八区开大会，当场逮捕了两个违法户！

李定国　我的天！咱们这儿危险不危险哟？

丁翼平　甭担心！有我在这儿，没问题！我自信有点聪明，想得周到。只要咱们自己人里别出岔子，就不要紧！

李定国　但愿如此！

丁翼平　怎么？李先生你也……

李定国　没有！没有！对您，我是一秉忠心！

丁翼平　不要害怕，李先生！只要咱们平安地过去这一关，我还得多借重你，请你作副经理呢！你这么帮忙我，我十分感激，不能叫你白受累！

李定国　经理的抬爱！我挣着你的薪水，该当给你出力！

丁翼平　（沉默一会儿）我叫你交给冯二爷的东西，你交了吗？

李定国　还没交给他。

丁翼平　赶快交给他吧！怎这么不起劲呢？

李定国　好，我马上办！（到门口叫）冯二爷！冯二爷！

[冯应声进来。

冯二爷　要开水吗？我提一壶去！

丁翼平　不要开水。李先生跟你有话说。

李定国　冯二爷，这儿来！（入会计室，冯随下）

[丁愣了一会，打电话。

丁翼平　喂，管清波在吗？……我是丁翼平。……喂，清波吗？你怎么样啊？……什么？……不像话！告诉你，你得交代一点问题！一声不响可不行！……什么？关张？更不像话了！报不下来歇业！我问你，于大璋怎么样了？……没消息？……他老婆给送衣裳去，都不准见面？那不糟了吗？……好吧，你勤打听着点！再见！（放下电话机，发愣）

[冯由会计室出来，手中拿着个白布包儿。丁仍发愣，没理

会他；冯把包儿藏入怀中，往外走。丁小苹跑进来，冯点了点头，匆匆地出去。

丁小苹　爸！
丁翼平　（吓了一跳）啊？（看明白是小苹）你呀！……放假啦？
丁小苹　明天放起。今天，我不放心，回来看看。
丁翼平　不放心什么呀？
丁小苹　学校里请了工人和店员作了报告，告诉我们好多好多资本家施放"五毒"的罪恶行为，我们都非常地气愤！报纸上也登出来：奸商用臭牛肉做罐头，烂棉花做救急包，暗害我们的最可爱的人，我们同学都咬牙切齿，下决心积极参加"五反"运动，打退资产阶级的猖狂进攻！
丁翼平　（机械地）猖狂进攻！
丁小苹　我呀，知道了这些事情之后，就怕起来！
丁翼平　（勉强微笑）你怕什么呢？
丁小苹　爸，你也是资本家呀！
丁翼平　资本家也不都一样！
丁小苹　我一想起那些可恨的奸商，也就想起爸爸来！
丁翼平　干吗那么想呢？
丁小苹　我就想：我爸爸要是跟他们一样，我可怎么办呢？
丁翼平　小苹！小苹！不要再那么想！
丁小苹　我倒愿意不再想，可是不行！那个想法老追着我，叫我苦痛，睡不着觉！
丁翼平　小孩子人家，何必这么心重呢！
丁小苹　到现在，我可是明白了！
丁翼平　想明白你不该那么怀疑自己的父亲？
丁小苹　不是！我想明白了，我爸爸要是犯了"五毒"行为，又拒不坦白，我就不承认他——是爸爸了！

丁翼平　小苹，你知道爸爸很爱你！

丁小苹　我也爱爸爸！

丁翼平　那你应该相信我，我没有什么问题。

丁小苹　你以前不是说过你爱国吗？就是有一点问题，也应该老老实实地向政府坦白！

丁翼平　我的问题，已经去工商联坦白两次了！

丁小苹　是真的？

丁翼平　你看，我还骗自己的女儿吗？

[张乐仁上。

丁翼平　乐仁！来，坐下！

张乐仁　黄庆元告诉我，你要跟我谈一谈。

丁翼平　对了，听说工会把工人都找回来参加"五反"，我很赞成！我虽然已经在工商联坦白了两次，可是难保还有些小问题，没有想起来，希望大家，特别是你，替我想一想，提醒我一声，我好再去交代；既要交代，就须彻底！咱们是老东老伙，一家人，什么问题都该从内部解决，不要闹出事来，叫别人看笑话！

张乐仁　丁经理！你的态度还很不老实啊！

丁翼平　怎么？

张乐仁　在最近几天，（掏出丁发的通知）你对工人还耍花招，通知大家过了元宵节再回来。工人们知道跟谁是一家人，跟谁不是一家人，你的花招麻痹不了我们！

丁小苹　（急）爸……

丁翼平　我要是不老实，干吗在工商联带头儿坦白？

张乐仁　坦白一些鸡毛蒜皮的小事，不解决问题！政府跟工人在一起，绝对不许任何违法资本家混过关去！

〔电话铃响，丁接电话。

丁翼平　喂！唐子明啊！啊！……什么？……钱掌柜那儿已经……哦……啊……你要……那随你的便吧！再见！

〔丁放下电话，张和小苹都在看着他，丁躲开他们的视线。

丁翼平　（过了一会儿，和缓地）乐仁，你一向很能干，我也十分重看你，希望你在这时候多多地帮助我。我们厂子里的事，大家都有责任；有什么事，大家商量着办，别把界限划得那么清楚。
张乐仁　丁翼平，界限我们要划得顶清楚，一点不能含糊。厂子里的事，我们是有责任，我们的责任就是帮助政府检查你的"五毒"行为！
丁翼平　（怒）你既然这么说，那好吧，反正我心里没病，谁也不怕！
丁小苹　（大声地）爸爸你骗人！
丁翼平　（大声地）小孩子，别胡说！
丁小苹　（愤怒地）你应该彻底坦白！

〔稍静。

丁翼平　（不语）
张乐仁　丁翼平，你应该听你女儿的话！
丁小苹　（坚决地）爸爸！我决定在你没有坦白之前，不再见你！（下）

[外面有人吵嚷。刘常胜与吕斌拉着马师傅进来找张乐仁。

刘常胜 老张，工会叫大家回来，参加"五反"，他倒要偷跑。我跟老吕把他抓回来了，你说怎么办！

马师傅 我下乡看看老人们，有什么不对的？我既没有偷谁的抢谁的，这么拉拉扯扯的像什么话呢？

吕　斌 像什么话？你自己想想吧！

张乐仁 马师傅，"五反"是顶重要的事，您怎能不参加呢？

马师傅 我回老家也有要紧的事！

张乐仁 那，你也该告诉我们一声，大家商量商量，为什么偷偷地跑出去呢？您是老师傅，得给大家作个好榜样啊！

丁翼平 据我看，马师傅既然有事，也可以回去。

刘常胜 你少说话！他要走，也许是你的主意！

张乐仁 老刘，用不着起急！

刘常胜 好，你说怎么办？

马师傅 怎么办？我要回家，就回家！

张乐仁 马师傅，一定要走呢，谁也拦不住您；您自己想想，这么一走，不就有点破坏团结的意思吗？

马师傅 我可担不起破坏团结！

张乐仁 那么，就别走啦！毛主席号召的，咱们能不响应吗？

丁翼平 马师傅，你不走也好，我正准备请大家过年呢！往年，我请大家，大家都回了家，请不上。今年，大家伙都在这儿，机会难得，倒要热热闹闹地过一过！

刘常胜 搞"五反"要紧，我们顾不得过年！

丁翼平 两样都顾着，并不冲突！并不冲突！大家伙在一起喝喝酒，划划拳，该多么一团和气！

吕　斌　平日为什么不一团和气呢？一团和气？我是为跟你算账回来的！

丁翼平　（微怒）不要这么说话，好不好？

　　　　〔正在吵闹，外面有打门声，大家静下来。冯二爷在院中应声："来了！来了！"

张乐仁　马师傅，"大炮"是直脾气，不会说话。您还能为赌一口气，就耽误了大事吗？

马师傅　乐仁，冲着你，我可以不走！

　　　　〔屋门外有人问："丁经理在不在？"张迎出去。
　　　　〔黄庆元跑上。

黄庆元　检查组到了！

　　　　〔林辉领着检查组进来。许多工人跟进来。

张乐仁　（指丁）他是这里的经理。

林　辉　你是这里的经理，丁翼平？

　　　　〔丁点头。林把介绍信递给丁，丁紧张地看信。

林　辉　（向大家）根据检举的材料，丁翼平有严重违法的行为。（向丁）我代表北京市人民政府来检查这个厂子！

丁翼平　欢迎！欢迎同志们！（鞠躬）

——幕急下

第三幕

时　间：前幕的数日后，晚间。
地　点：同一幕一场，现在是检查组的办公室。
人　物：平淑文　冯二爷　林　辉　李定国　刘常胜　丁小苹
　　　　张乐仁　梁师傅　马师傅　丁翼平　黄庆元　唐子明

幕　启：

　　　　　　平淑文整理文件，拿起一件文件入会计室。冯二爷拿着白布包儿（二幕二场李定国交给他的）进来，很勇敢地向前走。可是，忽然又立住，把白布包儿藏在背后，呆立。

　　［平出来。

平淑文　二大爷，您还没歇着哪？
冯二爷　没，没哪！
平淑文　有什么事吗？
冯二爷　啊，我看看你们要开水不要？
平淑文　上了岁数，该早点歇着，我们自己会张罗自己。
冯二爷　我问你一句话！
平淑文　说吧，二大爷！
冯二爷　我要是得罪了丁翼平，还能在这儿干活吗？

　　［林辉从会计室出来。

林　辉　淑文同志……

冯二爷　（一惊）哟！（布包掉在地上，包袱摔开，露出账本来，赶紧去拾）

林　辉　几本账？怎么回事呀？

冯二爷　豁出去了，给您！（递账）豁出去了！

林　辉　（接账）到底是怎么一回事？

冯二爷　在你们还没来以前。李定国交给我的，嘱咐我埋起去！我呀，为难透了！埋起去，对不起你们！不埋，怕得罪了丁翼平！

林　辉　可是您还是拿出来了！

冯二爷　这几天听你们所说所讲，都是爱国的大道理，我没法不拿出来！丁翼平爱要我不要，反正我要对得起良心！

林　辉　好！自管放心，二大爷！你做得对，做得好，丁翼平不敢怎样了你！

冯二爷　是啊！我怎么想，怎么不是味儿！好家伙，帮助他欺骗政府，哪儿行呢？

林　辉　你老人家歇歇去吧，我保存着这几本账！甭发愁，您正派，没人敢欺负您！

冯二爷　唉！唉！我都听你的！

林　辉　二大爷，您去告诉李定国一声，我想跟他谈一谈。

冯二爷　是啦！（下）

平淑文　这个老头儿可真不错！林组长，今个晚上再多加点劲儿，大概差不多了，这（指账本）不是又多了一份材料吗？

林　辉　嗯！我先细细地看看去！（拿账入室）

[电话铃响。

平淑文　（接电话）喂，你哪里？……区联络组呀？……林组长？

等一等。（放下电话，到会计室门口）老林，区联络组的电话。

［林应声出来，接电话。

林　辉　喂！老韩吗？我是林辉。……我们已经请示过节委会办公室，准备今天晚上努力一下，估计有突破的可能！昨天的经过很好，他开始交代比较重大的问题。……我已经跟唐子明谈过话了，待会儿他可以来看丁翼平；丁翼平可能进一步地认识政府的宽大政策，不再迟疑。……李定国已经被争取过来，说出不少材料。……后账还没有下落，希望今天能得到。……是的，条件是比较成熟了，你的意见呢？……好，就这么办。有问题再及时地联系。（挂上电话）
平淑文　今儿晚上可以按照计划进行吧？
林　辉　原定八点开会，现在有唐子明来，就再迟一点吧。
平淑文　工人们可都知道八点开会。
林　辉　给大家解释一下吧，做这种事儿得有耐心！你告诉张乐仁一声去。
平淑文　对，我就去。（下）

［李定国上。

李定国　林组长，您找我？
林　辉　李先生，坐下！（给李倒茶）李先生，这两天心里痛快了吧？能回到工人的队伍来，不是件小事，值得高兴。
李定国　我说实话，现在我心里真敞亮了，见了人也敢抬头啦。组长刚一到这里的时候，我是满怀心腹事，尽在不言中；生怕一开口，得罪了丁翼平，丢了饭碗，一家大小没办法。哼，一夜一夜地我在床上折腾！真乃是辗转反侧，睡不着觉，心口窝干辣辣地发疼！

林　辉　现在，大家一致地希望你多尽点力，揭穿了丁翼平的罪行，为人民立功！

李定国　（低声地）他坦白的怎么样啦？

林　辉　由昨天起，才开始交代比较重大的问题，还不完全老实！

李定国　他的心眼多极了，自从一闹"五反"，他就花言巧语地叫我给他造假账，把我搞得像个贼似的。要不是工人们劝导我呀，我得一辈子老做他的狗腿子！

林　辉　李先生，给你点东西看看！

李定国　什么呀？

林　辉　（入室取冯二爷交出的账，出来）这个！

李定国　（看）这……这是假的！

林　辉　我看这也是假的！

李定国　本来是假的！您怎么看出来的？

林　辉　你看，纸角上一点也不毛，没有翻弄过，还不是新造的！他特意叫冯二爷给埋起去，好叫我们一找到，就信以为真！

李定国　您可真有眼力！他叫我告诉冯二爷，埋到容易找到的地方，好骗你们。（苦痛地）这是假的，也是我给他造的！（呆立）

林　辉　（把账送回室内，出来）你可没告诉过我，李先生。

李定国　我，我怕多弄出一份假账来，我多丢一份人哪！

林　辉　那份真账到底在哪儿呢？李先生，这是你立功的好机会。

李定国　这话对！凭您的本事，就是天书也瞒不了您！我告诉过您，我真不知道后账在哪里。是这么回事：丁翼平的确是由我手里把那套后账拿走的。我记得清清楚楚，掌灯以后，工人下了班，他用一块蓝包袱皮，把四本账包得紧紧的，带了走。他放在哪儿，我可就不知道了！（忽然想起，声音放低）还有，他还有个红皮的小本子，比后账还要紧！

林　辉　什么小本子？

李定国　凡是账面上没有的，都记在那个小本儿上。（愣了一会儿）唉！我可掏出这块心病去了！

林　辉　有话窝在心里，的确是块病！李先生，待会儿他要是还不肯交代，我可得请你来跟他对质一下！

李定国　（欲语又止，有为难的神气）

林　辉　李先生，有难处自管说出来；咱们现在是一家人了！

李定国　不便跟他面对面说吧？他厉害，我斗不过他！

林　辉　怕他反咬你一口吗？他不敢，他没理由反咬你！

李定国　（仍不语）

林　辉　（猜透）莫不是他给了你什么好处！那也是他的错儿！他也给了黄庆元、马师傅好处，他们俩还是积极地搞他呀。李先生，我想对了没有？

李定国　（点头）

林　辉　李先生，那是资本家抗拒"五反"、陷害别人的坏招数，所以政府规定：凡是资本家贿赂职员的款子，职员交代出来，都不追还！

李定国　政府是真圣明！真圣明！我没脸，我收过他的钱！

林　辉　你不丢脸！那根本是他陷害你。

李定国　是啊！他老叫我做缺德的事：挑拨工人，破坏他们的团结，造假账……临完，给了我一百五十万，我就……唉！

林　辉　李先生，不必再难过，你现在已经认识清楚丁翼平是什么人，好嘛，跟他干嘛！你已经站到工人这边来，有工人有政府给你撑腰，你还怕什么呢？

[刘常胜匆匆进来。

刘常胜　林组长！（看见李，犹豫了一下）
林　辉　有什么说的？说吧，老刘！
刘常胜　我代表小王、老九他们来求求你！
林　辉　求求我？怎么忽然跟我闹起客气来了？
刘常胜　我们都快急死了！
林　辉　坐下！坐下！干吗那么着急！
刘常胜　我不坐！组长，就凭昨天张乐仁跟我，还有你自己，对丁翼平那么掰开揉碎地启发，他还是不听话。
林　辉　今天他交来一些真材料！
刘常胜　一些反正不是全部吧？我们提议，干干脆脆把他送交法院！凭他犯的罪过，该送法院不该？
李定国　（点头）该！
刘常胜　咱们要是没斗争他，教育他，那是咱们不对。咱们已经快把嘴唇说破了，快把腿跑细了，咱们弄到那么多材料，他还拒不坦白，不送法院，留着他干吗呢？
林　辉　咱们不是今个晚上开会吗？
刘常胜　原定八点，又改晚了点。我们由吃过午饭，就都搓拳磨掌，盼着天黑了好冲锋。可是又往后推了，多叫我们着急呢？
林　辉　多忍一会儿吧，老刘！"五反"运动是要肃清资本家的违法行为，不是要消灭资本家，所以我们必得很细致地去做，不能单凭轰轰烈烈的出气思想。那会叫运动受到损失。咱们斗争他，是为了教育他，改造他，怎可以粗心大意，随便把人家送法院呢？待一会儿唐子明来，情形必定又会有进展，所以迟一点开会。

刘常胜　（怒气稍敛）他要是还不坦白呢？

林　辉　那是他执迷不悟，我们一定请求政府依法惩办。

刘常胜　万一，他马上就都交代了呢？

林　辉　（笑了）那不更好了吗？你怕是那么一来，就摸不着斗争的机会了，是不是？

刘常胜　（也笑了）都叫你猜透了！

李定国　林组长，我先报告：我跟他当面对质！

[丁小苹上。

丁小苹　林组长，我来啦！

林　辉　小苹来啦？等一等啊。老刘，你好好地去给他们解释一下。李先生，你也歇歇去吧。

刘常胜　走吧，李先生。（往外走，又站住）组长，别计较我呀！性子急，老考虑得不够！

林　辉　没人计较你，老刘！

[刘同李下。平上。

平淑文　小苹来啦？（入会计室）

丁小苹　来啦！

林　辉　小苹，家里怎样了？

丁小苹　我来告诉你个好消息，后账啊大概是在家里呢。

林　辉　怎么看出来的？

丁小苹　我一着急，要翻我妈妈的箱子，厉玖同志拦住了我。

林　辉　她做的对！对妈妈应当说服，别乱搜查呀！

丁小苹　虽然没搜，我可火啦，跟妈妈吵起来，招得妈妈说："小苹，你难道要毁了你的亲爸爸吗？"你听，这不是她知道后账在家里的口气吗？

林　辉　小苹，你判断的对！你赶紧回去，告诉妈妈：唐子明坦白了，得到了宽大，待一会儿来看你爸爸。看你妈妈怎样。你还可以告诉她：她交出账来，就算你爸爸自己交出来的。再看她怎样。

丁小苹　好，我马上回去。

林　辉　要给她翻来覆去地讲明白道理，千万不要起急！还有，你父亲有个红皮的小本子，是最要紧的东西。你要留神！

丁小苹　是啦，我得多动动脑筋！

林　辉　对！多动脑筋，少发脾气！

丁小苹　一发脾气，脑筋就不动了！我爸爸怎么样了？

林　辉　昨天你劝他，他受了点感动，你还得加劲儿哟！咱们要既有耐心，又要坚决！

丁小苹　对！（下）

林　辉　淑文，来汇报一下数目字吧，抓紧时间！

平淑文　（出来，看单子）偷税漏税一亿一千二百万，没添没减。偷工减料增加到十二亿七千五百万。

林　辉　包括他今天坦白的两笔？

平淑文　对了。我想，这还不是全面。要知道他违法的全部精确数字，就非把后账追出来不可！

林　辉　对！行贿呢？

平淑文　连手表、钢笔、自行车都算上，总计是九千三百万，可是他只交代了六千三百万。

林　辉　于大璋的那笔呢？

平淑文　今天下半天才交代，算在里边了。他今天说的数目都相当正确。

[张乐仁和梁师傅、马师傅上。

林　辉　怎么样啊？乐仁！
张乐仁　你自己看吧，这不是两位老师傅一块儿来了吗？
林　辉　两位老师傅，你们坐坐，我这就完事。淑文，还有什么？
平淑文　至于盗窃国家资财，包括他套购的，以次料顶好料的，以及收买的赃物，总计是八亿三千三百二十万——这个数字恐怕比实际情形还差得多！
林　辉　好。把这张单子给我。今个晚上，我们非把后账拿到手不可！
平淑文　对！
林　辉　你去叫丁经理来一趟。
平淑文　好！（下）
林　辉　（对张）待会儿丁翼平来了，你先跟他谈谈。（对马）马师傅，你已经交出那么多材料来，立了功！
马师傅　我交材料？说实话，我是怕大家伙斗我！直到今天，我亦从心眼里头明白过来！多亏了乐仁，把梁师傅拉到我家里去，心对心地一谈，要不然哪，我心里还会绕着个大疙瘩！
梁师傅　我平日老看不起你，没想到应该掰开揉碎地劝你！
马师傅　我要说的是这个：为了点小便宜，我替丁翼平催着大家伙马马虎虎地赶活，做出那么多坏东西来，还叫姜二他们受了伤，我简直忘了我是工人！这个呀，叫我心里扎得慌！
林　辉　丁翼平要是不引诱你，你绝不会那样！
马师傅　是呀！这一回要不是你跟张乐仁那么教育我呀，我还不知道什么时候才能归队呢！得啦，把话说出来，我心里痛快点啦！翻了身的工人就得像翻了身的样儿，不是吗？

林　辉　行了,马师傅,这就叫提高了政治觉悟!

[平上。

平淑文　林组长,丁经理来了!(入室)
梁师傅　我们走吧。(同马往外走)

[丁上,与梁遇在门口,未过话。丁进来,又与马相遇。

丁翼平　(惊异)马师傅……你好吗?
马师傅　有什么不好的?我告诉你吧,我归了队!平日你挑拨离间,弄得大伙儿不团结。以后,没那回事啦!(下)
林　辉　乐仁,你再好好地帮助帮助丁经理,跟他谈谈。(入室)
张乐仁　(坐在丁的对面,相视不语)
丁翼平　唉!
张乐仁　谈谈吧,丁经理!
丁翼平　我不知道如何是好啦!
张乐仁　看见马师傅归了队,你心里发慌,是不是?
丁翼平　我,我不慌,我已经交代了不少问题!
张乐仁　最重要的问题,你可还没说!
丁翼平　我交代的是重要问题!
张乐仁　你没有!你只盘算二百万的事儿比一百万的重要,所以老考虑哪个该说,哪个不该说,没从根本上看问题。
丁翼平　没从根本上看问题?
张乐仁　嗯!你到今天还不承认犯了罪,所以老一百万二百万的往外挤,不是真有了觉悟,彻底交代一切!
丁翼平　乐仁,我不过是赚了点钱,我并没偷没抢!

张乐仁　你没像明火路劫那么偷、抢,可是你比他们更厉害!
丁翼平　怎能那样呢?
张乐仁　你知道吕斌干吗回来的?
丁翼平　他……
张乐仁　他家里用的水车就是你出主意偷工减料做的。你口口声声地说,为了抗旱备荒赶任务,你的水车可是拿到乡下就坏了,耽误了生产,叫农民再重新下一回种子!你听明白了,铲去小苗,又下一回种!损失有多么大!你敢说你没有罪行?
丁翼平　(闻所未闻,惊慌)吕,吕斌说的?
张乐仁　他就是为这件事才赶回来的!还有多少多少老乡要跟你算账呢?
丁翼平　(头上已出了汗)我没想到!
张乐仁　你只顾自己赚钱,不管害了多少人!

　　　　[吕斌匆匆上。

张乐仁　吕斌,回来啦?会开得怎么样?
吕　斌　可好啦!到的人很多!
张乐仁　管清波怎样?
吕　斌　管清波叫法院抓走啦!
丁翼平　(惊)什……(只说出这一个字,又故作镇定)
吕　斌　(不看丁,仍对张说)大家那么跟他说理,讲政策,他死不开口,拒不坦白!
张乐仁　他自己执迷不悟,谁想救他也救不了!
吕　斌　(忽然转向丁)丁翼平,我得跟你说说理!
丁翼平　(慌)林组长!林组长!您出来!

林　辉　（应声出来）丁经理，干什么？
丁翼平　我交代问题！
林　辉　什么问题？
丁翼平　水车的！水车的！
林　辉　你已经交代了怎么掺的碎铁。
丁翼平　那还不够！我要都说出来！
林　辉　我早就知道那不够！再多想一想吧，省得老随时补充。
吕　斌　丁翼平，（往前扑，被张拦住）丁翼平，你要还敢不老老实实地交代，你小心点！
林　辉　乐仁，你同吕斌到后边去，叫吕斌给大家作个报告，好不好？
张乐仁　好，吕斌咱们走！（拉吕下）
林　辉　丁经理，你多想一想。有什么要交代的，可以写出来，那儿有纸有笔！（入会计室）
丁翼平　（自言自语）管清波……管清波……

　　　　〔黄庆元同唐子明上。

黄庆元　（到内室门口）林组长，唐经理来了！
林　辉　（在室内）好！
丁翼平　子明！子明！
林　辉　（出来）唐经理，进来谈谈！
唐子明　是！（同林入室）
丁翼平　（看黄要走）庆元，唐子明干吗来了？
黄庆元　不知道！组长叫他来的。（要走）
丁翼平　庆元，你这两天干什么呢？
黄庆元　参加学习，积极搞"五反"，忙得很！
丁翼平　你搞哪门子"五反"？

黄庆元　我是工人嘛，怎能不搞"五反"？
丁翼平　你怎么能是工人呢？
黄庆元　职员也是工人！乍一听，连我自己也吓了一跳；现在，越想越是味儿！
丁翼平　你也搞我？
黄庆元　谁有违法的行为，谁是对象！
丁翼平　你忘恩负义！忘了我提拔你的好处！
黄庆元　林组长叫我看明白了你怎么把我引诱坏了！
丁翼平　你，你出去！
黄庆元　留我，我也不在这儿，还得整理材料去呢！
丁翼平　什么材料？
黄庆元　你的违法行为的！喊！（下）
丁翼平　我完了！完了！连个小跑外的都造了反！

　　〔林同唐走出来。

林　辉　唐经理，你坦白得很好，得到了宽大！
唐子明　可不是嘛！由半违法户改成了基本守法户，我感激政府！
林　辉　政府是怎么说，怎么办！你还检举了别人，立了功！
唐子明　是呀！我既明白了自己的错处，就不能不帮助政府指出别人的弊病！
林　辉　好，你跟丁经理谈一谈吧。
唐子明　您忙您的去，我们俩谈一谈！
林　辉　待会儿见！（入会计室）
丁翼平　（低声）你检举了别人？
唐子明　对！
丁翼平　也检举了我？

唐子明　对了！
丁翼平　在这二三年里，朋友里谁给你的帮助最多？
唐子明　那还用问吗？
丁翼平　你可检举了我！那还算朋友吗？
唐子明　话不是这么讲！甭说小月亮门九号那个小集团，就是比咱们再大多少倍的也顶不住"五反"运动！
丁翼平　你只管把自己洗刷干净了，不管别人！
唐子明　现在我不是看你来了吗？
丁翼平　你就不想想，日后大家还怎么见面？
唐子明　大家都改好了，也就没什么不好见面的了。
丁翼平　也不想想，你拆我的台，我就不会拆你的台！我也会检举你！
唐子明　我彻底坦白了，用不着你再检举我！这不是谁拆谁的台的事，坐窝儿咱们就不该有小月亮门九号那一套！丁大哥，我是来劝你，叫你看清楚：以前咱们做错了，现在咱们得改邪归正！
丁翼平　你仿佛倒怪得意的！
唐子明　我并不那样，我是真心感激政府！凭我所作所为，圈我一年二年，并不委屈我！可是，我一坦白，政府马上宽大！丁大哥，你要能这样，政府也照样办，我劝你别再跟政府叫劲儿！
丁翼平　我不是你！
唐子明　谁都一样！你看，连王先舟那么滑头滑脑的，都已经坦白了，而且上了天津，去检举那里的人，争取立功！只有老管抗拒到底，他可就入了法院！咱们这么多年的交情，我决不会给你出坏主意！
丁翼平　你看政府真能宽大？
唐子明　那要是假的，我怎么能上这儿来呢？
丁翼平　嗯……

唐子明　老丁，你细细琢磨琢磨我的话！

丁翼平　……

唐子明　老丁，我可要走啦！林组长！我走啦！

林　辉　（出来）唐经理，你辛苦了！

唐子明　政府教育明白了我，我还能怕辛苦点吗？好，我改天来请教！

林　辉　继续检举别人，别泄劲！

唐子明　我一定那么办！（下）

林　辉　（送唐至门口，回来）丁经理，看见了唐子明，你还不相信我的话吗？从他身上，你可以看见坦白从宽的政策！从管清波身上，你又可以看出抗拒从严！

丁翼平　林组长，我彻底交代问题！

林　辉　是不是要交出后账？

丁翼平　对！后账啊，我叫李定国交给冯二爷……

林　辉　等等！淑文同志，把那几本账拿来。

平淑文　（拿账出来）给你。（回去）

林　辉　就是这几本吧？

丁翼平　（慌，搭讪）是！是！

林　辉　冯二爷已经交给了我，他也受了教育！

丁翼平　也好，很好！

林　辉　好？这也是假的！什么时候了，你还想……

丁翼平　我，我胡涂！

林　辉　你不胡涂！你自信绝顶聪明！你佩服自己的能干，怎能想你给国家造成多么大的损失呢？你佩服自己布置得好，根本就不想政府的政策，也没看清检查组跟工人的力量……你用加工订货委员会主任委员的名义，假公济私，组织了一群奸商共同作弊，你还口口声声说这是"公私兼顾"。你的那个"公"是什么"公"呢？那只是以你为中心的，你们几个违法资本家的"公"。便宜是你的，损失都是国家和人民的，这就是你的"公私兼顾"。所有这些你想过吗？没有想过。要是想过，你就不会到现在还玩花样！

丁翼平　我该死，我有罪！林组长，我有个最后的请求！

林　辉　什么事？

丁翼平　请允许我给家里布置一下！

林　辉　干吗？家里不是很好吗？

丁翼平　您看，唐子明的买卖比我的小！

林　辉　你是什么意思？哦！你是说你的罪行比唐子明的多，政府饶得了他，饶不了你？你没法不坦白了，可是怕坦白了还得下狱，是吧？

丁翼平　恐怕是要那样！

林　辉　你还是不完全相信政府的政策！

丁翼平　我知道我的罪名有多大！

林　辉　你怎可以光害怕，不想争取宽大呢？唐子明检举了别人，你为什么不那么做呢？那叫戴罪图功！

丁翼平　对了！您说得对！我只顾了忧虑，忘了希望！可是，可是……

林　辉　还有什么顾虑？说吧！看清楚了，我是代表政府来执行政策的。

丁翼平　我感激！我说实话：我怕卖了我的厂子，也不够交罚款的！

林　辉　你又忘了宽大！政府说了没收你的厂子没有？

丁翼平　没有！

林　辉　政府说了你得变卖了工厂赔款？

丁翼平　也没有！

林　辉　那么，为什么你不信任政府，先表现自己的悔过自新，而后服从政府的处理呢？

丁翼平　我呀，只顾了发愁，愁得我只看见了监狱、罚款、没出路！我这么想：该判我五年徒刑，宽大了，减到三年；就说二年吧；等将来我出来，厂子也完了，人也完了，我怎么活下去呢？

林　辉　我问你，咱们的国家是什么样的国家？

丁翼平　新民主主义的国家。

林　辉　要不要建设？

丁翼平　要！

林　辉　在建设里，你的工厂有用没用？

丁翼平　有！有！

林　辉　在建设里，你的厂子有用，可是你施放"五毒"破坏建设，行不行？

丁翼平　不行！

林　辉　好啦，你自己想想吧！

丁翼平　（低头思索）

林　辉　想明白没有？你是不是应当坦白罪行，痛改前非，好好地搞生产？

丁翼平　只要给我机会！给我机会，我一定痛改前非！

林　辉　机会不能凭空掉下来，你得自己去争取！你的后账怎样？

丁翼平　要交出来！我写个字条，马上取去！（写）

林　辉　淑文同志！

平淑文　（由会计室出来）干什么？组长！

林　辉　等等！

丁翼平　（写完）给你！

林　辉　（对平）交给丁太太，取回四本账！

平淑文　（喜）是啦！（下）

林　辉　我要的是你由李定国手里拿去的，用蓝包袱皮裹着，交给你太太的，那四本账！

丁翼平　啊？您全知道？

林　辉　当然！我等着你自己交出来！政府要仁至义尽，我就那么执行！

丁翼平　李定国也……

林　辉　他准备跟你当面对质！

丁翼平　那不必了！不必了！

林　辉　你看，凡是受了你的引诱欺骗的，全受了教育，明白过来！你还有什么顾虑？

　　　　[平同小苹跑上，小苹拿着蓝布包儿。

丁小苹　是这个吧？

丁翼平　是！是！（打开包袱）组长，您看，四本！

林　辉　好！

丁小苹　还有什么该交出来的？

丁翼平　没什么啦！

丁小苹　再想想！再想！

丁翼平　我……

丁小苹　你还有个红皮小本子，对不对？

丁翼平　啊——对！

丁小苹　为什么不交出来呢？

丁翼平　我忘了！

丁小苹　一会儿也没忘！你还是没想通！

丁翼平　我想通了！

丁小苹　怎么想通了？

丁翼平　我，我不该做那些记在小本上的事！

丁小苹　爸！这你才说了真话！

丁翼平　去，跟你妈妈要来！

丁小苹　妈妈已经给了我！（掏小本）给你！你交给林组长，告诉林组长，这是你的……
林　辉　施放"五毒"的纪录！
丁翼平　林组长，我交出我的"五毒"纪录！我请求政府给我应得的处理！
林　辉　把你自己的和别人的坏事都坦白出来，你会得到宽大！

——幕闭

尾 声

时　间：一九五二年秋初，某日中午。
地　点：荣昌厂院内。
人　物：梁师傅　马师傅　姜　二　刘常胜　张乐仁　吕　斌
　　　　　老　九　周廷焕　老　四　小　王　李定国　黄庆元
　　　　　丁小苹　丁翼平　冯二爷　林　辉　工人若干名，可多可少。

幕　启：
　　　　这是午饭后，工人们休息的时候。

　　　　〔院内有一个大葡萄架，架下有工人们做的石凳、石台，大家可以在这儿喝喝茶，下下象棋。架旁有工人们摆起来的小假山，上边有些小草、小花。架旁墙上有壁报。离葡萄架远些，地上杂放着已做成的铁活和一些材料。
　　　　〔左边是车间，右边是经理室，这是大家往来必经之路。
　　　　〔梁师傅和马师傅在石台左右坐着，讨论如何改造一件机器。姜二立着旁听。

梁师傅　老马，你看我这个主意行不行？
马师傅　我看有门儿，梁师傅！
梁师傅　（立）我去把它画出来。
姜　二　老师傅，刚吃完饭，就动脑筋啊？
梁师傅　为了增产嘛！要不是"五反"运动，咱们怎能把七步犁试制成功了呢？这不是件小事！前几天陈列在物资交流展览会上，马上就有人定了货。

姜　二　真露脸！这可不像那一批水车那么丢人了！

梁师傅　是呀！可是，经理才应下一万件定活来，说什么怕设备不够！我要再多改造几部旧机器，堵上他的嘴！马师傅，你说是不是？

马师傅　对！可是呀，咱们太热心改造机器什么的，是不是有点像勾着经理似的呢？机器是经理的呀！

梁师傅　不会有人那么说！你心里还是绕着那些小问题儿，忘了大事！我问你，给乡下造又结实又好用的新式犁，让老乡们多打粮食棉花，好不好？

马师傅　当然好！我知道！

梁师傅　咱们为好好做，多做，这新农具，去改造机器，正是当家作主的好样子，怎么能是勾着经理呢？

马师傅　哼！我又想到岔路上去了！

梁师傅　谁想差了，大家伙就帮他改正！得，我去画个图，待会儿你给看看！

马师傅　行！我在这儿等！

梁师傅　我就来！（下）

姜　二　这老头子是真带劲！

马师傅　他的劲还来得那么正，不像我的心里老那么嘀嘀咕咕的！

[刘常胜匆匆上。

姜　二　"大炮"，来，下盘儿棋吧？

刘常胜　一脑瓜子的事，顾不得下棋！

姜　二　你呀，一干活儿就拼命，一不干活就乱揭问题！

刘常胜　哼，心里乱透了！我到外边遛遛去！（往外走）

　　　　［张乐仁上。

张乐仁　"大炮"你猜我遇见谁了？
刘常胜　谁爱管！
张乐仁　你听着！我遇见了林辉同志！
众　　　真的？
马师傅　他怎么样？
张乐仁　他调到咱们这儿区委会来了，领导私营工厂，待会儿就来看咱们怎么造成的七步犁！
刘常胜　林辉同志都知道了咱们的七步犁？那太棒了！乐仁，我问你……

　　　　［吕斌和老九上，老九手中拿着吕的家信，吕往回抢它。

老　九　乐仁，吕斌接到家信，说他媳妇秋天生娃娃！
张乐仁　嘿，吕斌，你有根！
马师傅　唉，生个大胖小子吧！
刘常胜　生个大胖姑娘也一样！马师傅，别太封建了！吕斌，我给你道喜！
吕　斌　还没生下来，道什么喜？
刘常胜　性子急，先道下喜放着！吕斌，你得请客！
吕　斌　我先赶紧把材料搬进去，搁在手底下，省得上了班出来进去的，浪费时间！走哇，老九！（同九走向那堆材料去）
马师傅　我也找梁师傅去，帮他找那个窍门！（下）
张乐仁　姜二，来，杀一盘？
刘常胜　乐仁，我问你，像咱们这么积极干活，到底为什么呢？

（拉张，不许下棋）

张乐仁　为了增产！你知道，你最积极！
刘常胜　我是积极，可是积极完了，还不是叫经理赚钱？
张乐仁　这个问题，你已经问了我好几次了！我给你解释过：咱们积极生产，并不光为了经理得利润，也为了国家的经济建设。再说，现在有咱们监督着，经理也不能像"五反"以前那么胡来了！
刘常胜　不胡来，反正他还不能不赚钱！
张乐仁　他是赚钱！要不然，他还开工厂干吗？
刘常胜　这么想的不光是我一个人。好，我现在不跟你争，等林辉同志来了，我问问他！
张乐仁　得，行！

[周廷焕同老四上，老四手中拿着三张大字报。周接过一张往墙上贴。

刘常胜　什么呀？（过去看报）
老　四　（念）"物资交流展览会前天成交：荣昌厂包做七步犁一万部，天成厂七千部。"
刘常胜　天成记不是唐子明那儿吗？他那儿的人比咱们少啊！
周廷焕　按说，唐子明要是能做七千，咱们至少还不做三万？
老　四　老周，厂房这两张，我一个人贴去吧。（下）
姜　二　我看他已经应下来一万部，就不错，总比没有强啊！
刘常胜　姜二，你总是这样！
姜　二　怎么？我又不对了？
刘常胜　你太容易满足，不跟你说了！来，杀一盘！（拉姜下棋）
张乐仁　廷焕，我看咱们得好好跟经理谈谈，先叫他多应七步犁。我

　　　　　是这么想：活儿杂，就乱七八糟。真要现在应下几万部来，长期干一种活，就非好好按计划办事不可。这么一来，咱们监督生产不也方便了？准保既能增产，质量又强！

周廷焕　在劳资协商会议上，不光要跟他好好谈谈，还得跟他详详细细地订劳资合同！

刘常胜　吃马！

姜　二　打你的车！

刘常胜　那不行，我不走这一步！

周廷焕　真想上唐子明那儿看看去，看他是怎么搞的！

张乐仁　唐子明不但当初坦白的早，坦白的好，"五反"以后经营信心也高，诸事都跟工人商量！

　　　　　〔梁拿着张纸，同马上。

梁师傅　你们聊什么呢？

周廷焕　我们正说，怎么让经理多应七步犁的活。

　　　　　〔吕斌搬完了材料，擦着汗，回来。

梁师傅　好主意！你看，我这个主意要是能行啊，做犁上的导轮轴就能增产三倍！

姜　二　将军！（刘走一步）再将！

刘常胜　不来了！咱们看梁师傅琢磨出个什么好主意。

梁师傅　你看，这儿加把刀……

吕　斌　梁师傅，你真行！我一做农具，就一眼看着红火苗，一眼看着绿庄稼！

姜　二　那行吗？

吕　斌　这是个比方。咱们做新式农具，为的是乡下多出粮食。咱们做得结实好用，乡下地里就多出金子！

刘常胜　这又是个比方，姜二！

姜　二　这回我听明白了！咱们得好好做，别像水车似的，一用就坏了！

马师傅　梁师傅，给我，我再细瞧瞧！（接过纸）

梁师傅　来，铺在这儿。（同马坐石台旁，讨论）

[李定国拿着新讲义夹子，往外走。

周廷焕　李先生，真下了决心，去学成本会计？

李定国　下了决心！人家梁师傅岁数并不比我小，还日夜地找窍门；全厂的人谁不热心增产，我怎么不该卖点力气，去学新东西呢？

周廷焕　行，李先生！可要是经理拿不出劲头来，光咱们卖力气也不灵！

李定国　经理呀，心里倒是总有点不痛快！

刘常胜　他不痛快？我还更不痛快呢！

周廷焕　李先生，他干吗不痛快？

李定国　你看，应点活得跟大家商议，不顺眼的人也不能轰出去，他不能跟先前那样随心如意啦！

张乐仁　李先生，你怎么不劝导劝导他呢？

李定国　而今对你们我敢说话。对他呀，就怕"话不投机半句多"！

张乐仁　李先生，你应该提醒他：劳资协商会议就是为商量事的。厂子是他的，事情可是大家的！谁的意见对，就该听谁的。

李定国　我总觉得你们去说有力量！不过，以后我也学着张嘴，不说十句吧，也得说那么两三句！

[黄庆元胸前佩着物资交流展览会的工作证,匆匆进来。

黄庆元　李先生,我刚由会上来,还没吃饭。看,积极不积极?
李定国　快吃去吧,给你留着菜呢!(下)
黄庆元　乐仁,先得告诉你一声,咱们可能再应下三万五千台七步犁来!
张乐仁　是吗?
姜　二　好哇!我们都愿意做这路活儿!
黄庆元　乐仁,你催他一板,别叫他放手!
张乐仁　对,我去打电话问问!(跑下)
黄庆元　好!我得先吃饭去;吃完饭,还得到车站去接一批代表!
吕　斌　那你就快吃去吧!
黄庆元　五分钟我把饭吃完,骑上车三分钟到车站,由车站五分钟赶回天坛,积极的高潮!(下)
刘常胜　这家伙,满嘴新名词,专用在错地方!
周廷焕　也别说,人家可是真有进步!

[小王跑上。

小　王　咱们得了爱国卫生运动的锦旗,老吴拿回来的!还不看看去?老吴还要传达几句话呢!老刘,你的功劳不小!(下)
刘常胜　(又高兴了)凭我一晚上打三百多蚊子,还不得锦旗!看看去!(跑下)
吕　斌　带劲!咱们什么事都带头!老周,走!(同周下)

[大家都走开,梁、马也立起来,但仍讨论图样。小苹进来。

马师傅　行啦,差不多了!
梁师傅　看看机器去!
丁小苹　梁师傅,马师傅,你们的手怎那么巧啊?
梁师傅　这又是哪一句啊?小苹!
丁小苹　我参观去了,看见了你们做的七步犁!摆在那儿,那么漂亮,多少人围着看,你们多光荣!
梁师傅　那不光靠手哟!还得靠这个(指脑)跟这个(指心)!
丁小苹　对了!
梁师傅　怎么对了?说说!
丁小苹　(伸手)这是劳动。
梁师傅　对!
丁小苹　(指脑)这是智慧!(指心)这是——热情!对不对?
梁师傅　有点聪明,小苹!
马师傅　你信服我们工人了吧?
丁小苹　怎能不信服呢?解放才三年,你们就做出那么多工业品来,赶明儿个再有一个五年计划,两个五年计划,中国不就真正工业化了吗?梁师傅,我呀立下个志愿,初中一毕业,就去学工业!
马师傅　好帮助你爸爸搞工厂?
丁小苹　不是!我去学开矿!我要跟你们一样,用自己的手生产出东西来!
梁师傅　有出息!好,你在这儿玩,我们俩到车间看看机器,再改改这个图样!
丁小苹　我也跟你们去!(梁、马在前,她在后,向车间走)

　　　　［丁翼平自外来，看见小苹的后影。

丁翼平　小苹，看见乐仁没有？
丁小苹　没有！
丁翼平　你干什么去？
丁小苹　我看机器去！（下）

　　　　［丁往里走，正碰上黄庆元出来。

黄庆元　经理，事儿办得怎样了？
丁翼平　你看见乐仁没有？
黄庆元　他正给你打电话呢。（下）

　　　　［张乐仁上。

张乐仁　回来啦？正给你打电话。那三万五千台应下来没有？
丁翼平　我特意赶回来细问问你。你看设备不成问题？
张乐仁　经理你知道我们会改造旧机器。我们要没改好一部分老机器，七步犁还不会试制成功。你好像还差一点经营的信心！
丁翼平　我有信心！我有！你们都高兴做这路活？
张乐仁　大家一致要求给农民服务。
丁翼平　我实话实说，做这路活的规格是那么严，万一做不好呢！
张乐仁　规格非那么严不可！你保证料好，我们保证活儿好！
丁翼平　嗯！那么……
张乐仁　应下三万五千件来，咱们就有了生产计划，比乱抓活做强的多。
丁翼平　是呀……
张乐仁　你不必顾虑利润，我们多找窍门，找出一个就省多少工，

　　　　　就能减低成本。再能不停工待料，就没有浪费。人家唐子
　　　　　明的厂子就是这么搞的，他并不少赚钱！
丁翼平　我得跟他学学！
张乐仁　再说，政府还帮助工厂解决困难！
丁翼平　我知道。好，我先去应下那三万五千件活来！

　　　　〔梁、马由车间回来。

张乐仁　看，吃过饭休息的这会儿，两位老师傅还动脑筋呢！
梁师傅　经理，我保证七步犁一开工，导轮轴就能增产三倍！你还
　　　　不高兴吗？
马师傅　改造机器这路事儿，梁师傅卖多大力气，我卖多大力气！
丁翼平　两位老师傅，我佩服你们这股子干劲！
马师傅　光佩服我们还不行啊，你也得把劲儿都拿出来呀！
丁翼平　看你们这么干，我含糊不了！

　　　　〔冯二爷跑上。

冯二爷　你们猜谁来了？
张乐仁　是林辉同志吧？
冯二爷　对！
丁翼平　林组长？在哪儿呢？
冯二爷　在前面跟大家说话呢！
丁翼平　（往外跑）林组长！

　　　　〔大家往外迎，周廷焕等同林往里走。

张乐仁　林辉同志，大伙儿都等着你呢！
丁翼平　林组长！林组长！我早想给您道谢去，可找不到您！
林　辉　现在别叫我组长啦，丁经理！生意很好吧？
丁翼平　生意还不错！我马上就到展览会去，应一批活儿。您在哪儿呢？我明天看您去，详细谈谈！
林　辉　我在区委会，你可以随时找我去。
丁翼平　好，我走啦！（要走）噢！忘了让您抽烟！
刘常胜　你快走吧！我这儿有！（抽烟）
丁翼平　再见！（下）
林　辉　自从离开同志们，时常想念大家，来，都坐下，谈谈吧！
冯二爷　林组长，您坐着，我给您沏茶去！
林　辉　别张罗我！
刘常胜　（递烟）老林，你看怎样？
林　辉　（看大家）什么怎样？（众笑）
刘常胜　说错了，你可以驳我；要叫我看哪，"五反"运动也没有胜利到哪儿去！
林　辉　乐仁，老刘是怎么回事？
张乐仁　是这么一回事："五反"以后，丁经理不是不赚钱，可总觉着不大痛快。"大炮"又要一个跟头折出十万八千里，心里也不大痛快！你给他说说吧！
林　辉　丁经理在"五反"以前很痛快。可痛快出毛病来了。我们现在就是要随时矫正他那个想怎么干就怎么干的想法！那是让中国走向资本主义的想法！
周廷焕　决不能走那条路！
刘常胜　可又为什么不一下子改成社会主义呢？
吕　斌　我也那么想。
张乐仁　吕斌，你媳妇要生小孩，不足月行不行？
姜　二　那，准出毛病！

林　辉　咱们得一步一步地走过去，不能一下子跳进去；一跳就也会出毛病！

刘常胜　我看哪，你要是能来作经理，才可我的心！

林　辉　我来作经理，你出资本呀？（众笑）老刘，我们要跟资本家合作，可不能让他们胡来。我们不允许资本家再犯"五毒"，可又要照顾到他们的合理利润。他们有困难，政府还帮忙解决。这样，才能健康地发展，稳步前进！

刘常胜　好家伙，这得绕多少弯儿呀！

林　辉　道路是弯曲的，前途是光明的！不管绕多少弯子，河水总得流到海里去！对吧？

吕　斌　那可费点事！

林　辉　老吕，为了国家，咱们能怕费事吗？资本家必须有经营的信心，咱们必须监督生产，一件活儿也不许打马虎眼。他们有了利润，就该增加工人福利，多添机器什么的……

刘常胜　行了，老林！我心里绕过点弯儿来了！我还得细细琢琢磨去！

[小苹由车间出来。

梁师傅　小苹，你看谁来了！

丁小苹　林辉同志！林辉同志！（要握手，看见手上有黑泥，又缩回去）哟！弄了两手黑！

林　辉　你干什么去了？

丁小苹　我看机器去了，越看越有意思！我已经跟它们发生了感情！多咱我也能用机器做出东西来，那才美呢！

林　辉　对，你看他们，造出那么出色的七步犁来，多么美！

张乐仁　老林，你不是要了解试制七步犁的过程吗？

林　辉　是呀！

张乐仁　来看看我们怎么改造的机器，怎么找到的窍门吧！

林　辉　对！

周廷焕　（抢着说）林辉同志，我们现在团结得好，工会有了力量，绝不像你头一次看见我们的那个样子了！

吕　斌　你看，马师傅现在真卖力气找窍门！

马师傅　那是梁师傅的功劳！

张乐仁　大家伙积极干活，学习也带劲！

梁师傅　我们向来爱干活，现在干得更有劲儿了！

林　辉　老刘，难道这不都是"五反"运动的胜利吗？

梁师傅　我说是！是！

刘常胜　老林，你说的对，我咂摸出点味儿来了！

林　辉　你并没想错，你的性子太急，想偏了点！

吕　斌　别说他性子急，我也差不多！

刘常胜　我是"大炮"，你是"二炮"！（众笑）

梁师傅　我敢说，做了三十多年的工人，我老头子没有像今天这么高兴过！

林　辉　梁师傅，你今天高兴，明天会比今天更高兴，因为呀……

丁小苹　我知道，明天更美丽啊！

林　辉　对，明天更美丽！

[上班铃声。

张乐仁　上班了！老林，到车间看看去！

林　辉　走！

[机器响起来，大家欢笑着走向车间。

——全剧终

全家福

人物表

诸所长——男,三十岁左右,党员,某派出所所长。
平海燕——女,二十四岁,团员,民警。
刘超云——男,二十多岁,民警。
李珍桂——女,四十七八岁,街道上积极分子。王仁利之妻,李天祥的继母,原名王桂珍。
李天祥——男,二十七岁,复员军人。
王仁利——男,五十来岁,运输工人。王秀竹与王新英的父亲。
王仁德——男,四十多岁,仁利之弟,莲花峰人民公社的炊事员。
王秀竹——女,二十五岁,工人。
王新英——男,二十岁,学生。
丁　宏——男,二十六岁,工人,秀竹的未婚夫。
沈维义——男,十九岁,新英的学友,团员。
林三嫂——女,三十岁,与李珍桂同院住。
井奶奶——女,八十岁,与李珍桂同院住。
于　壮——男,二十多岁,民警。
唐大哥——男,三十多岁,工人。
唐大嫂——女,三十岁,唐大哥之妻。

第一幕

第一场

时　　间：一九五八年初春,早晨。
地　　点：北京某胡同内。
人　　物：平海燕　王仁利　李珍桂　林三嫂　井奶奶　刘超云
　　　　　诸所长　李天祥

　　　　　[幕启：某胡同的一株大树下,树叶刚出芽。平海燕立,王
　　　　　仁利倚树而坐。

平海燕　怎样啦？大叔！
王仁利　行了,不要紧啦！
平海燕　我陪您到医院去看看吧？
王仁利　不用！不用！刚才我心里一阵闹得慌,现在过去了！好姑娘,好同志,甭管我啦！我再定定神,就可以去上班！
平海燕　那我可不放心！您要是不愿意上医院,我把您送回家去,然后打电话给您请半天假吧？
王仁利　别,别请假！工作正紧张,我哪能动不动就请假呢？（立）
平海燕　那么,我去给您找点开水,喝完再走？
王仁利　也不用,好同志！唉！同志,你知道吗,在解放前,我专受警察的气！
平海燕　您从前……
王仁利　卖力气吃饭,什么都干过,也蹬过三轮儿。哼,一想起当年的警察,再看看今天的警察,真,真是一言难尽！我受过多少欺侮啊！

平海燕　您受的那些气呀，我也赶上了个尾巴！

王仁利　你比我幸福多了，姑娘！我呀，并不比那时候街面上的任何人特别坏，可也不特别好，没做过对社会有好处的事！一想起来，我心里就发愧！

平海燕　那时候您就恨旧社会！

王仁利　同志，那时候我没有那么高的觉悟！我只能偷偷摸摸地出个坏主意，报复一下！

平海燕　您举个例子吧！

王仁利　啊——在北京沦陷时期，人人得给日本兵行礼！有一天我故意没行礼。日本兵好揍了我一顿。后来，我拉上一个喝醉了的日本兵，我也好好地揍了他一顿！

平海燕　大叔，您有根！

王仁利　别叫我脸上发烧了吧，同志！我有什么根哪？我没做过什么对人有益的事！

平海燕　您现在可是挺好啊！

王仁利　现在我要是再不要强，还算个人吗？北京一解放啊，救了我的命！

平海燕　您现在是……

王仁利　去年还蹬三轮，现在是运输工人了。

平海燕　家里的日子过得还好吧？

王仁利　很好！很好！

平海燕　家里都有什么人哪？

王仁利　（回答不上来）有……啊，有……同志，谢谢你，我行啦，赶紧去上班！（下）

[李珍桂上。

平海燕　慢点走！大叔！李大妈，上哪儿去？
李珍桂　（呆呆地看着王的背影，似乎没听见平的话）……
平海燕　李大妈，我问您上哪儿去？您干吗直勾勾地看着那个人哪？
李珍桂　（不愿意回答）啊，啊，我上车站接我的儿子天祥去！他复员了，回来住几天，然后到工厂搞生产去。
平海燕　天祥就回来？那可真好！
李珍桂　是呀！我说，刚才那个人，你认识吗？
平海燕　不认识。他走着走着直晃悠，我把他搀到树下边坐了一会儿。我问他家里有什么人，他好像不愿意说。
李珍桂　不愿意说？
平海燕　哟！我忘了告诉他，我们管替人民寻亲觅友。难道他也许把家里的人丢啦？解放前那些年，天下大乱，有多少多少人家丢了亲人！
李珍桂　还不光丢了啊，我的好姑娘！卖儿卖女的事多得很呢！那个人不住在咱们这溜儿吧？
平海燕　我没问他在哪儿住，他不像是咱们这一区的。
李珍桂　也没问他姓什么吗？
平海燕　问啦，他姓王，可没说名字。
李珍桂　姓王，姓王……
平海燕　怎么啦？李大妈！
李珍桂　没，没什么！我既做街道工作，就得关心别人哪！
平海燕　在您当治保委员以前，您就爱帮助别人！
李珍桂　你真会鼓励我！好，我快走吧！
平海燕　我给您叫辆三轮吧？
李珍桂　不用！我会坐电车去，一会儿就到！噢，再告诉你一件事，小平！我们院子的林三嫂，前些日子，不是逛厂甸把孩子丢了，叫小刘同志给找回来了吗？

平海燕　是呀，林三嫂三十好几了，还像个孩子，唰唰呼呼的！
李珍桂　从那天起，她积极起来，咱们都得给她打气，对不对？
平海燕　对！我马上看看她去！您快走吧，大妈！
李珍桂　我马上走！一会儿就回来，我想准有大汽车送我们！（下）

〔林三嫂挑着水桶出来。

平海燕　三嫂！挑水去呀？
林三嫂　是呀，我挑，省得又麻烦你们的小刘同志啊！
平海燕　哼，恐怕小刘不见得高兴！
林三嫂　他不高兴，我们可全高兴了呢！李大妈，我，还有全院的人都说了：咱们院子里这么多人，可是天天小刘同志来给井老奶奶挑水，说不下去！今天由我开个头儿，我抓早去挑，挑满了缸！
平海燕　三嫂你真行！
林三嫂　好嘛，就专凭小刘同志给我找着了孩子，我也得卖卖力气！你看我多么马虎呀，净管自己看这个看那个，会把小虎儿给丢了！
平海燕　好在不会真丢了！
林三嫂　那不是因为你们真负责任吗？好家伙，别说真丢了，丢一会儿还差点把我急死呢！
平海燕　三嫂，把孩子送到托儿所去，您也出去找点工作，跃进一下，不好吗？
林三嫂　是呀，我也想过啦，在家里跃进不起来呀！
平海燕　对！得出去加入个什么组织！
林三嫂　可是呀，就怕老林不愿意！
平海燕　请李大妈劝劝他呀！大伙儿不是都愿意听李大妈的话吗？

林三嫂　对！

　　　　［井奶奶出来。

平海燕　老奶奶，您好哇？好几天没看见您啦！
井奶奶　（开玩笑地）你这个姑娘不想着老奶奶嘛！看人家刘同志，林三嫂，真跟我的亲儿女一样！
平海燕　论岁数，我得是您的孙女，老奶奶！
井奶奶　唉！你们真叫我这老婆子心里痛快啊！八十岁了，没想到你们对我都这么好，叫我还想再活八十！三嫂啊，挑半桶吧，我一个人喝不了那么多水！
林三嫂　半桶哪行呢？小刘同志待会儿一看，缸没满，他准得又去挑！
井奶奶　真是的，谁见过当巡捕的给老街坊挑水呢？
林三嫂　老太太，现在不叫当巡捕的，叫人民警察！
井奶奶　我知道啊！可是，五十年前的话呀说着顺嘴儿！
平海燕　老奶奶，您也不光说五十年前的话，对眼前的事也挺关心的！
井奶奶　真会说话呀！你的话就好比玫瑰花儿张开了嘴儿，一股子香味儿钻到我心里去！嗯，嗯，我得告诉你：李大妈呀，刚才上车站接儿子去了。
平海燕　是呀，我刚刚碰见了她，她高高兴兴的！
井奶奶　高高兴兴的？在她出门之前，我去让她喝我一碗刚沏好了的茶。她呀，在屋里掉眼泪呢！
林三嫂　掉眼泪？那不像李大妈呀！她是咱们这儿的积极分子，不管风里雨里，什么事都走到前面，没皱过眉，干吗掉眼泪呢？难道她不爱她的儿子天祥吗？
井奶奶　三嫂，你可千万别乱说！她搬到这儿来的时候，老伴儿已经死啦，她只带着天祥，母子俩呀寸步不离，别提多么亲热啦!

平海燕　您没问过李大妈，她的老伴是谁，从哪儿搬来的?

井奶奶　问过，她只说是由城外头搬来的，别的呀，什么也不说!

平海燕　城外头还有什么亲戚吗?

井奶奶　天祥告诉我，他还有个叔叔!

林三嫂　说也奇怪，这几年了，咱们谁也没见过这个叔叔!

井奶奶　三嫂，我可不准你刨根问底地去问李大妈!你的嘴笨，说话没有分寸!

平海燕　对，三嫂，老奶奶想的对!咱们都愿意帮助人，可别叫人家觉得不好受!

林三嫂　哎!我就是个爆竹筒子!好，我多干事儿，少说话!可是老奶奶也爱发脾气，不像李大妈那么有耐心，会说服人!

井奶奶　反正我比你强点!

平海燕　老奶奶，您想，李大妈干吗掉眼泪呢?

井奶奶　我猜呀，莫非她还另有儿女，所以一听说天祥回来，勾起来伤心?

平海燕　嗯!您想的有点意思!老奶奶，您得下点功夫，随机应变地问问李大妈和天祥。咱们不能袖手旁观，看着别人掉眼泪呀!

林三嫂　哼，我就不掉眼泪。遇见难事，我哇哇地哭!(看见刘超云来了)哟!小刘同志来了，我快跑!(跑下)

刘超云　(赶过来)老奶奶，这是怎么回事?您叫林三嫂给挑水啦?

井奶奶　哪是我的主意呀，她自己要去!得啦，谁挑不一样啊，反正我老婆子沾了大伙儿的光!

[诸所长走来。

诸所长　井奶奶！您好啊？
井奶奶　好啊！诸所长！来，说会儿话吧！
诸所长　不啦，我有事去！小平，你回去查一查拣来的失物，有到期上交的赶紧交上去，我一会儿就回来！老奶奶，再见！（下）
平海燕　我就去，所长！老奶奶，过两天，天长点儿，我来给您拆洗被子！
井奶奶　那就更不敢当啦！再说，李大妈已经定下了，你说晚啦，好姑娘！
刘超云　小平，你去吧，我招呼着老奶奶！
平海燕　老奶奶，再见！有什么事只管叫我们做，我们都是您的儿女！
井奶奶　唉！唉！（望着平的后影）多么体面的姑娘啊！从前哪，我见着穿制服的就躲到远远的去；现在，我越看你们就越爱你们，你们简直都像鲜花似的那么叫人爱看！
刘超云　老奶奶，别夸奖我们了吧！我们的工作并没都做好！我们呢，大多数都年纪轻，嘴上无毛，办事不牢！
井奶奶　你呀，小伙子，谦虚的有点过火！给我挑水的是你，给林三嫂找到孩子的也是你！那天，为救火，你还受了点伤！
刘超云　那……那都算不了什么！
井奶奶　算不了什么？你不明白呀，我们这上了年纪的人，从前遇见的净是惨事儿！现在呀，你们叫我这黄土埋了半截的老婆子心里老热乎乎的！

　　　　［林三嫂挑水回来。

林三嫂　哟！刘同志，还在这儿呢？
刘超云　专等跟你换肩儿呢，三嫂！我来！（抢水桶）
林三嫂　别抢！不把水倒在缸里，不能算我完成任务呀！

井奶奶　三嫂啊，叫他挑进去吧！要不然，你再丢了孩子，他可不管找啦！

林三嫂　老奶奶，您也学会拿我开心啦？（把水桶让给刘）

井奶奶　活到老学到老嘛！（笑）

　　　　［胡同口外有大汽车停住声，众人告别声。

林三嫂　大概是天祥回来了！真快！（迎过去）

　　　　［李天祥扛着行李，同妈妈上。

林三嫂　大兄弟，天祥！回来啦？

李天祥　回来喽！你好哇？三嫂！老奶奶，您更硬朗啦！（放下行李）

井奶奶　唉！我大概永远死不了啦！近来连伤风咳嗽都跟我请了假喽！好孩子，你，你简直像个小老虎嘛！

李珍桂　老奶奶，他不光是身体好啊，还学了文化，已经是初中毕业的程度啦！

井奶奶　文武双全，横是快做元帅了！

李天祥　我复员了，老奶奶，做不了元帅！

李珍桂　天祥过两天就下工厂，我看他做个劳动模范，倒有把握！

刘超云　（出来，仍挑着桶）天祥！天祥同志！（伸出手去）

李天祥　（握手）超云！服务的劲儿还是这么大！（就手儿接过水桶去）

刘超云　怎么回事？

李天祥　怎么回事？有复员军人的地方，叫你去挑水，听说过吗？

井奶奶　别挑喽！谁也别去！我的肚子装不下四桶水！

刘超云　这回不是给您挑，是给林三嫂！

林三嫂 给我挑?

刘超云 啊!你只顾了老奶奶,不看看自己的缸!

林三嫂 我的缸空啦?

刘超云 大概从昨天就空了!

林三嫂 嘿!要是开个竞赛大会,比比谁马虎呀,我准得头奖!

　　　　　[众大笑。

——幕落

第二场

时　间:前场后一日,星期日清早。

地　点:某公园内幽静的一角。

人　物:丁　宏　王秀竹　王新英　沈维义

　　　　[幕启:某公园极为幽静的一角,王秀竹愁苦地坐在一块大石上,丁宏无可如何地来回走,手里拿着张报纸。

丁　宏 (立住)秀竹,事情要一样一样地解决,不能一下子把所有的事都摆出来,弄得什么也解决不了!

王秀竹 唉!

丁　宏 秀竹,别发愁!别的事能不能很快地解决,你我都不知道。可是,你准知道我真心爱你!

王秀竹 丁宏,我真感激你,能够爱我这么一个人!

丁　宏 难道只是感激?

王秀竹　我，我也爱你！

丁　宏　这不结啦，还不赶快结婚，等什么呢？

王秀竹　正是因为我爱你，所以我才叫你再想一想。你工作积极，为人正直，有眼睛的好姑娘都会喜欢你，你何必非抓住我不放手呢？我，我，十三岁就……

丁　宏　为什么老记着那段历史呢？是那个可恨的旧社会把你推进火坑里去的，不是你自己的过错。

王秀竹　可是，可是，进过火坑的女人一辈子也忘不了那回事，一想起来，我就浑身乱颤，手脚出凉汗。

丁　宏　（坐在她旁边，温柔地）秀竹，亲爱的，勇敢点，勇敢点！不再想那个，想现在，想将来，你看，今天你已经是个好工人，病治好了，有了文化，谁问你过去的事呢？你再加加油，明天就可能做个劳动模范！你应当比谁都更高兴，干吗发愁落泪呢？

王秀竹　（有了点笑容）丁宏，你多么好哇！假如我没经过那回事，清清白白地遇见你，我们的爱情该多么干净美丽啊！

丁　宏　看，你还是没解开扣儿，咱们现在的爱情就干净，就美丽！我建议咱们下星期天就结婚，不能再等。

王秀竹　再稍等等吧，要是咱们能够找到我的妈，叫你的父母和我娘看着咱们结婚，有多么好啊！

丁　宏　咱们不是没有找啊，找不到可有什么方法呢？寻人广告登了不止一次，可是……谁知道她老人家……

王秀竹　别乱猜吧，要说死呀，我应当是头一个，病死，打死，折磨死，都很现成，我既没死，叫党给救活，我就相信妈也必定还活着呢。

丁　宏　咱们先结婚，也不妨碍寻找妈妈呀。

王秀竹　她老人家一定也正找我，谁知道她掉了多少眼泪，伤过多少次心呢，对啦，还是先找到妈妈，要是咱们光顾自己的幸福，可还叫老人家天天掉眼泪，咱们不是太自私了吗？想想看，一家子先团圆了，咱们再结婚，不是喜上加喜吗？

丁　宏　好，我听你的话，可是，上哪儿找去呢？怎么找呢？

王秀竹　先找我的弟弟，他年轻，不会像老人那么容易……

丁　宏　那就赶快再登寻人广告吧。

王秀竹　对！可是，谁知道弟弟改了名字没有呢？他也不知道我现在叫王秀竹呀！

丁　宏　就用你的小名好啦。小名叫什么？

王秀竹　叫招弟儿。我的确招来了弟弟，可是又把他丢了。

丁　宏　唉，那年月，够多么惨呀！

王秀竹　（出神地回忆）当初啊，我也就十来岁吧，老拿弟弟当个活洋娃娃，给他梳小辫儿，（丁宏一边听一边翻阅报纸）给他眉毛中间点红点儿，他老实极了，我怎么摆弄他，他也不着急，我一给他梳小辫儿，我们就一齐唱：小小子，坐门墩儿，哭着喊着要媳妇儿，要媳妇干吗呀？点灯说话儿，吹灯作伴儿，明儿早晨起来梳小辫儿。（泣）

丁　宏　秀竹，看，看这里，怎么？又哭啦？别哭！别哭！看这段新闻，（指报）这儿说：母子失散了二十年，会叫人民警察给找到了。他们既然能替别人找到妈妈，也就能找到咱们的妈妈。告诉我，老人家们在解放前是住在北京吗？

王秀竹　也是，也不是。

丁　宏　怎么也是也不是呢？

王秀竹　爸爸妈妈原住在北京，可是日本兵在这儿的时候，混不下去了，爸爸上了张家口。从那以后，我就再也没看见爸爸！据说，他死在那里了。

丁　宏　不管怎么说，人民警察准有办法。走，咱们马上到派出所去。

王秀竹　我，我不敢去。

丁　宏　这是什么话？你知道今天的人民警察都是多么可爱！

王秀竹　不是，你没明白我的意思，一提起那段历史，我就光会哭，说不上话来。

丁　宏　有我帮助你，你不会光哭，不说话，走吧。

王秀竹　我想，还是写信好，一边哭一边写，只耽误自己的时间，不耽误别人的工夫！

丁　宏　也好！马上回去写，你说，我写。

王秀竹　走吧，你多么好啊！

丁　宏　你怎么光说我好呢？说得我怪不好受的。

王秀竹　你是好！你是好！在解放前，我没遇见过你这样的男人。

丁　宏　不解放，也不会有你这样的姑娘，让我拉着你的手走吧？亲爱的！（把报纸扔下）

王秀竹　也好吧。（携手缓缓同下）

[王新英与沈维义同上。

王新英　维义，你去陪妈妈、姐姐吧，不用跟着我。

沈维义　姐姐会招呼着妈妈，我跟你走走吧，看你这愁眉苦脸的样儿。

王新英　维义，你去吧，去吧！别管我，你越照顾我，我心里越不得劲儿，你多么幸福，妈妈那么硬朗，姐姐又那么关心你，看我……

沈维义　新英，你的脾气是有点古怪。

王新英　本来嘛，我这个倒霉蛋儿，几岁的时候就入了孤儿院，你一点也不知道那时候的孤儿院是什么样子，我逃跑过两三次！解放后，我入了教养院，我又逃跑过一次，可是又自动地回去了！

沈维义　我真不放心你，你现在不会由学校里跑出去吧？
王新英　那也难说！一想起妈妈、姐姐来呀，我就要到处去找，找遍了全中国！（拾起那张报纸，随便地看）星期天，每个园子都唱好戏。
沈维义　新英，我去跟妈妈要点钱，请你听"闹天宫"，好不好？
王新英　我没有心情看戏！
沈维义　新英，你不该这样，这会把你的身体搞坏。
王新英　维义，维义，看！（指报）
沈维义　（看）这可是好消息！上派出所去，走！你还记得父母的名字？
王新英　记得，父亲叫王仁利，早死在外边啦，母亲叫王桂珍。
沈维义　姐姐呢？
王新英　就记得小名，招弟儿！大概姐姐也只记得我的小名儿，我的小名叫小马儿。
沈维义　那就行了，这儿（指报）不是说，只要有姓名就行吗？
王新英　恐怕不那么简单！
沈维义　新英，你应当信任咱们的人民警察，他们有智慧，有热情。
王新英　可是呀，维义，万一找不到，我的心里可就更沉重了！
沈维义　你光有顾虑，没有行动，也不对呀。
王新英　行动！行动！失散了十五年，我跟他们面对了面也不认识呀！

　　　　　［丁宏与王秀竹又回来。

丁　宏　对不起，这份报是我的，还没看完，你们不看了吧？
王新英　给你吧，同志，谢谢你！（递）
丁　宏　（接报）秀竹，咱们快走吧？
王秀竹　快走！假若几天之内把他们找到，我不得乐坏了吗！（同下）

王新英 看样子,他们也是找人的,嘿,说句老话儿,人民警察真积了大德啦!

沈维义 嗯,那位女同志还就许是你的姐姐呢。

王新英 哪有那么巧的事?你没听见她叫秀竹吗?

沈维义 你刚才说的,只记得她的小名儿,你怎么知道现在她不叫秀竹?

王新英 你太乐观了,维义。

沈维义 不像你,顾虑这个,顾虑那个,顾虑专家。

王新英 那,都因为自幼儿丢了母亲,你有什么委屈,一直地就去找妈妈说说委屈,心里就轻松了。我有了委屈跟谁说去?藏在心里!你能堂堂正正地当着妈妈落泪,我有眼泪只能掉在枕头上。

沈维义 你的心理分析不坏,该做个小说家,走吧,上派出所去,别再耽误着了。

王新英 万一,万一到了那儿,民警说:只有这么三个名字,叫我们上哪儿找去?我,我受不住。

沈维义 你怎么知道他们会么说呢?顾虑专家,你不去,我替你去,我已经记住了那三个名字了。

王新英 好!我去!你呢?

沈维义 当然陪你去。

王新英 不去告诉你妈妈一声?

沈维义 不用了!妈妈知道,我要是丢了,她会去托人民警察把我找回来。(同下)

——幕落

第三场

时　间：前场后二日，下午。
地　点：李珍桂家中。
人　物：李天祥　井奶奶　林三嫂　李珍桂

[幕启　李天祥独坐看书，时时看看手表。他穿着短夹袄，上面有一块补丁，钉得不大好看。井奶奶进来。

井奶奶　老大！
李天祥　（急立）哟，老奶奶！没听见您进来。
井奶奶　你念书念入了神嘛。
李天祥　快坐下，老奶奶。
井奶奶　我站站，直直腰好。老大，你这哪是休息呢？不说出去逛逛公园，看看电影，一天到晚拿着本书，老念！老念！
李天祥　老奶奶，过两天我去搞工业，不得预备预备吗？况且，我这儿也没光念书。
井奶奶　还干什么呢？
李天祥　外面火上蒸着包子，我看着呢。（看表）还有五分钟就得了，老奶奶，您尝尝我做的豆沙包子吧，准叫您满意。
井奶奶　你在哪儿学的蒸包子呀？
李天祥　部队里呗。
井奶奶　真是一人学会了八宗艺呀！那块补丁也是自己补的呀？补的可差点劲！我要戴上老花镜，还能补得更好看点！
李天祥　是吗？老奶奶！可是您不会演戏！
井奶奶　什么？
李天祥　我说您不会演戏。

井奶奶　这都是哪儿跟哪儿呀?
李天祥　老奶奶,这是名演员倪明霞到部队慰问我们,给我补的。
井奶奶　倪明霞?就是那个长得像仙女、嗓子比笙管笛箫还好听的姑娘?
李天祥　就是她。
井奶奶　真了不得!那么大的角儿还肯补衣裳,真了不得!补得再难看一点,我也没的说了!
李天祥　是嘛!您这么一想,这就跟绣花儿一样好看了!
井奶奶　唉!年头儿变得呀,净出叫人想不到的事,我说老大,别光学这个那个,也得张罗个媳妇,省得衣破无人补啊!
李天祥　当然喽,您等着吃我的喜酒吧。
井奶奶　你看,我还当是你不要媳妇呢!
李天祥　老奶奶,我又不是杜勒斯。
井奶奶　什么毒、辣、私?提又毒、又辣、又自私的人干吗呀?
李天祥　老奶奶,杜勒斯是美国的,他说呀,咱们这儿不要家庭啦。
井奶奶　噢!他怎么知道咱们的事情?地道瞎扯,我就盼着你娶个又能干又漂亮的小媳妇,你妈妈呀,光是街道上的事儿就忙不过来啦,有个儿媳妇,也好帮帮她呀。
李天祥　妈妈可真进步了,真拿别人的事当作自己的事做!
井奶奶　可是呀,她有时候坐着发愣,眼泪在眼圈里转。
李天祥　真的吗?真的吗?
井奶奶　我又不是那个什么斯,能够造谣言吗?
李天祥　她为什么落泪呢?想我?我常写家信呢。
井奶奶　告诉我,老大,她是你的亲娘不是?
李天祥　是亲娘不是?(稍迟疑了一下)是!是!她是最好的妈妈!
井奶奶　嗯!我再问你一句,她还有过别的儿女没有?
李天祥　我不知道。

井奶奶　你怎么连有兄弟姐妹没有都不知道？

李天祥　知道，没有！没有！

井奶奶　她结婚以前的事，你没问过吗？

李天祥　问过，妈妈什么也没告诉过我！

井奶奶　在你们搬进城里以前，你不是有个叔叔，还是舅舅，他也没对你说过什么吗？

李天祥　也没有，老奶奶，您为什么问这些个呢？

井奶奶　我愿意叫咱们都高高兴兴，没有一个人暗地里掉眼泪，掉眼泪的年月过去啦，不是吗？

李天祥　老奶奶，您说的好！据您看，妈妈为什么偷偷地掉眼泪呢？

井奶奶　我这可是乱猜呀，老大，比方说，你妈妈是改嫁过来的，没有把孩子带过来……

李天祥　老奶奶，那……那不会！老奶奶，妈妈一会儿就回来，我不便问她，您跟她说说好不好？假若您真猜对了，我一定想法子找到她的儿女！

井奶奶　你愿意？

李天祥　我添两个兄弟姐妹不好吗？全国的人民都是亲人，何况一母所生的呢？

井奶奶　好！我跟你妈妈说，两个老太太容易说到一块儿。你也别闲着，去找那个叔叔或是舅舅，问问他。你现在是小伙子了，他不至于还不肯对你说实话。

李天祥　可是，好几年没通信了，叫我上哪儿去找呢？

井奶奶　去问派出所呀。

李天祥　喝，老奶奶，您可真有办法！

井奶奶　我哪有办法呀，我就知道派出所的同志什么都管，还管给我挑水呢。

李天祥　对！就那么办！（闻）嗯？怎么有点煳味儿？

林三嫂　（在门口）天祥！锅蒸干了吧？
李天祥　哎哟！忘了！（往外跑）
林三嫂　（入）老奶奶，大伙儿老说我马虎，其实呀，谁也不能永远不粗心。
井奶奶　老给自己宽心丸儿吃，三嫂，我当初做小媳妇的时候啊，连说错一句话，婆婆都能闹一天，我的心老在嗓子眼儿这溜儿。
林三嫂　喝！那够多么难受啊！现在可好喽，没有那样的婆婆啦。哼，古时候做媳妇的得受多少罪呀！
井奶奶　什么古时候呀，那是不远的事儿，你们这年轻的就是不知道从前的苦处。
李天祥　（上）得啦，幸而没把锅烧炸了，老奶奶，您在这儿吃包子，我出去办那回事。（拿起外衣）
林三嫂　怎么？天祥，就准老奶奶吃呀？
李天祥　也有你的，三嫂！告诉我妈，不用等我吃饭。（下）
井奶奶　三嫂，咱们不能把他们的都吃光了啊！
林三嫂　哈哈！老奶奶，我就那么没心眼儿？您放心，我尝七个八个的就行了。
井奶奶　你呀，三嫂，简直是个大孩子！
林三嫂　我逗着您玩哪！我呀，打定了主意，到街道食堂给大伙儿做饭去，您看我有点出息没有？
井奶奶　好！好！你去吧！可有一样儿，你跟三爷商量了没有？
林三嫂　跟他商量干吗？我做的是正经事！
井奶奶　那不大好吧？
李珍桂　（上）老奶奶！三嫂！
井奶奶　李大妈，你又上哪儿去了？看，跑得这么喘嘘嘘的。
李珍桂　反正一天不闲着呗，做了就是做了，还说什么呢？

井奶奶　不是叫你表功,是我要听听。

李珍桂　好吧,我不敢不听老奶奶的话,我呀,一早出去,在大树底下捡着一串儿钥匙。

林三嫂　一串儿钥匙?准是锔碗的丢了的。锔碗的管配钥匙呀!

李珍桂　锔碗的不那么早出来,三嫂,我没顾得干别的,就找了小平去。我们俩都想啊,带着一串钥匙上班的也许不是银行的就是邮局的。多半是邮局的,邮局开门早啊!我们俩就往各处邮局一打电话,果然找到了失主儿,是个女同志,急得都说不上话来啦。

林三嫂　她就马上来,取了走啦?

李珍桂　小平忙,我又怕邮局的女同志脱不开身,我就飞跑给送去了。别的都是小事,我怕把丢东西的人急坏了!

林三嫂　李大妈,您的心眼可真是好哇!

李珍桂　什么好不好的,能替别人伸把手的就伸把手。

林三嫂　李大妈,我跟您学,我打定了主意,去到食堂帮忙,不会做菜,我可会挑水买东西什么的呀。

李珍桂　食堂里正缺你这么一把手,来吧!来吧!可是,你跟三爷商量了吗?

井奶奶　你看如何?李大妈也这么说不是?

林三嫂　我要一跟他商量啊,他准不许我去,他都好,就是有点自私!

李珍桂　三嫂,你必得跟他商量好了。你要是不愿意自己说,我跟他说去。

林三嫂　对!您说比我说更有劲儿!(下)

井奶奶　李大妈你行,真会拉拢人。

李珍桂　团结人,老奶奶!大伙儿的事大伙儿办,先得讲团结。

井奶奶　就是你帮我,我帮你呀。

李珍桂　对了！咱们胡同的食堂就快开啦，我得去找点家伙，送到食堂去。（找东西，放在一处）

井奶奶　我帮帮你吧？

李珍桂　老奶奶坐着歇歇吧！您岁数大了，我们都该伺候您。

井奶奶　我要帮助你几句话！

李珍桂　那好哇！您岁数大，经验多，您说吧。

井奶奶　李大妈，我看哪，你有心事！

李珍桂　心事？我不愁吃，不愁穿，里里外外都顺当，有什么心事呢？

井奶奶　咱们哪可都是过来人，咱们没法儿忘了从前的事。

李珍桂　一忙啊，可也就把那些不痛快的事儿忘啦。

井奶奶　可是你常想，还掉泪呢。

李珍桂　还掉泪？我不是爱掉眼泪的人，井奶奶。

井奶奶　我看见好几次了。

李珍桂　您看错了吧？老太太。

井奶奶　李珍桂，你这个实在人怎么学着说谎呢？

李珍桂　我不会说谎！我是想啊，话说出来有好处，就说；没好处，说它干什么呢？老奶奶，我去给您拿两个包子来，您尝尝，天祥做的馅子！

井奶奶　我不吃！你不对我说实话，我不吃你的包子。（要走）

李珍桂　您慢着点，我搀着您吧！

井奶奶　甭管我！李珍桂。

〔林氏夫妇吵起来。

李珍桂　哟！林家的两口子又吵上啦！（急往外走）

井奶奶　你歇歇，我管管他们去！

李珍桂　您甭分心，交给我吧。

林三嫂 （闯了进来）李大妈，您说这个人可恶不可恶？我听您的话，刚一跟他商量，他就横着来了！他说，我要到食堂去，谁管孩子呢？

李珍桂 咱们有托儿所呀！

林三嫂 我也是那么说。可是，他说，谁出托儿的那份钱呢？

李珍桂 三嫂，三爷说的也对，这么办，你不必整天工作，几时有空，来给挑挑水什么的就行。

井奶奶 你出去，我给你照应着孩子。

李珍桂 要不然呢，你就参加缝纫小组，那有些收入。

林三嫂 可是，我的活计拿不出手去呀！我就是个笨人，我恨我自己这么没本事。

李珍桂 不能那么说，三嫂！我去跟三爷商量商量，你先把这些盆盆罐罐送到食堂去，然后看三爷喜欢你去做什么，再看你愿意不愿意。商量着办，什么事就都好办了，协商好了，你有不会的，我教给你。好，我找三爷去！对，还得给孩子带俩包子，我就是疼你们的小虎儿。（下）

井奶奶 唉！这个人光知道帮助别人，可就是不说自己的委屈。

（三嫂拿筐子装家伙）三嫂，你慢着点，别给碰碎了。

林三嫂 看您说的，我就那么不中用？（说着，把小瓦壶的嘴儿碰掉）得！我是没用，壶嘴儿掉啦。

——幕落

第二幕

第一场
时　间：前场同日。
地　点：西郊莲花峰人民公社。
人　物：于　壮　李天祥　王仁德

　　　　　[幕启：民警于壮正领着天祥往莲花峰人民公社走。看见公社办事处。外面码着些红色的砖。

于　壮　李同志，你进去吧，找炊事员王仁德就行啦。
李天祥　对！谢谢你，同志！
于　壮　不谢！回头到我那儿喝喝茶，再见！（下）
李天祥　再见！
王仁德　（提着菜筐子由对面来，筐内有些瓶子什么的，哼唧着）"社会主义好"……
李天祥　二叔！二叔！
王仁德　谁？谁呀？
李天祥　不认识啦？二叔！我是天祥！
王仁德　天祥？天祥？几年不见，不敢认了，你这是怎么搞的？要跟白塔赛身量吗？（热烈地握手）
李天祥　您老人家也够一瞧啊！雪白的白衣白帽，还发了福，的确像个大师傅了！谁想得到啊，乡下会有食堂，还有这么体面的炊事员！
王仁德　那，看看我们的厨房、饭厅去吧，并不是应有尽有，设备齐全，我是叫你看看那个干净劲儿。（掏出口罩，要戴）

李天祥　二叔，二叔，先别戴啦，说话不方便。
王仁德　（放回口罩）本来就是为叫你看看，不管我们吃什么，我们要做到绝对干净，筷子用完都用开水煮煮，这就是卫生教育嘛。走吧，看看去，我一辈子没做出过什么了不起的事，为这个食堂跟厨房啊，我要是还不觉得骄傲，就有点不忠诚老实了。
李天祥　二叔，我待会儿好好地参观一下，我先要问您几句话。来，爷儿俩坐在这儿（指砖）谈谈好不好？
王仁德　你一定进去参观，我才陪你在这儿坐一会呢。
李天祥　就那么办，一定！（扯王坐下）
王仁德　还得先告诉你，我们连男带女一共才七个炊事员，可供给六百人的饭！所以，我们非发明机器不可，切肉的、切菜的、轧面条的……
李天祥　对！对！我待会儿必定仔仔细细地看看那些机器，我还许提点意见，怎么改善它们呢。
王仁德　那可好，机器不是我们自己发明、制造的吗？有缺点！你就说那个切菜的吧……
李天祥　二叔！二叔！您的热情可真高啊！
王仁德　当然喽！你就说昨个夜里，我梦见了一群鸭子全来访问我，呀、呀、呀地说：王师傅，你是要发明填肥鸭子的机器吗？
李天祥　二叔！二叔！您也听我说两句行不行？
王仁德　行！行！我是办食堂入了迷。
李天祥　那好哇！二叔。
王仁德　好啊？那就还说那个切菜的机器吧。
李天祥　二叔，您稍等等说那个，我问您，王二叔，我妈的娘家姓王吗？
王仁德　啊……你问这个干吗？

李天祥　我是想，假若妈妈的娘家姓王，我该管您叫舅舅，不是吗？
王仁德　啊……叔叔、舅舅，都差不多！差不多，都是亲人。
李天祥　是呀，都是亲人，叫什么没多大关系。
王仁德　对！你要是不愿意叫我二叔，就叫二舅也行，反正我要做好公社的炊事员，这比二叔或二舅都更要紧。
李天祥　要光是为应该怎么称呼您，我也就不细问了。这里有问题，我想弄清楚了，您到底是我妈妈的娘家弟弟，还是她的小叔子？
王仁德　哦……天祥，你妈妈还好吗？
李天祥　好！身体既好，又是街道上的积极分子。我复员了，她见着我特别喜欢。
王仁德　你已经是复员军人？好哇！好哇！再握握手，天祥，你就上我们这儿来，帮助我搞食堂吧。
李天祥　我不久就去搞工业。
王仁德　工厂里也得有食堂啊。
李天祥　二叔，您没回答我的问题，为什么不回答呢？
王仁德　唉！咱们现在都过得怪好的，说那些陈谷子烂芝麻干什么呢？
李天祥　可是，我问的不是陈谷子烂芝麻，是跟妈妈大有关系的事。
王仁德　她怎么啦？
李天祥　她不快活，不快活！
王仁德　你刚才说的，她很健康，又很积极，怎么不快活呢？
李天祥　妈妈背着人常自己掉眼泪。
王仁德　掉眼泪？掉眼泪？
李天祥　对！掉眼泪。我要解决这个问题，您得帮助我。
王仁德　我，我，我很对不起她，这几年也没看她去。
李天祥　妈妈大概不完全因为您不去看她，才掉眼泪。
王仁德　那，那，你记得她是你的后娘？

李天祥 当然记得！可是我爱我的继母！这么多年我没对任何人说过她是我的后妈，妈妈好！比亲的还好！

王仁德 你还知道什么？

李天祥 不知道，所以我来问您。

王仁德 我，我……

李天祥 二叔！我是复员军人，我心里没有那一套老封建思想，不管妈妈有什么样的历史，我也爱她！我也得设法叫她不再偷着掉眼泪，叫妇女暗地里落泪是最残酷的事。

王仁德 我，嗐！

李天祥 二叔，您是这么好的人，您为什么不爱我，不肯对我说实话呢？

王仁德 你等我想一想，想一想！

李天祥 二叔，有什么可想的呢？当初发生了什么事，您照实地告诉我，不就完了？我告诉您，就是当初您把我妈妈卖给我爸爸，我也不恼您，过去做的错事，说出来不省得老背着个包袱吗！

王仁德 没有，没有！我没卖过你妈妈。

李天祥 那么，您有什么对不起我妈妈的小事，就更不成问题了！您知道，我来不为找您的错处，是想法子叫妈妈快活！您不愿意叫她快活吗？

于　壮 （上）王二叔！李同志！找对了？

李天祥 找对了！

王仁德 谢谢您，于同志！这回可找对了，前两回你都没找对。

于　壮 那不是因为叫王仁德的很多吗？

王仁德 是呀，你一找我，我心里就一动，怎么叫王仁德的专会丢了亲人呢！

李天祥 于同志，我问二叔点事，二叔可是不高兴告诉我，你帮帮忙吧！

于　壮　同志，可别错想了二叔，他是我们公社里热爱劳动、肯帮助人的大师傅，而且对谁都老笑脸相迎，有说有笑！

王仁德　是呀，我总算有了进步，没把食堂办砸了锅，天祥，还是先看看食堂吧！来！

李天祥　二叔，您这是叫我着急嘛。

于　壮　什么事呀？王二叔，您看他还是真着急，就跟他说说吧。

王仁德　我……哦，我得赶快做饭去，天祥，你进来！

李天祥　您去吧，二叔，我马上来。

王仁德　好！赶紧来吧。（下）

李天祥　于同志！

于　壮　有话说吧！

李天祥　我跟你说一说吧，我求你帮我点忙。

于　壮　在这儿说，还是到我那儿去？

李天祥　到——到你那儿去吧。

于　壮　好！走！

——幕落

第二场

时　间：前场后二日，晚间。

地　点：沈维义家里。

人　物：沈维义　王新英　平海燕

[幕启：沈维义独自在屋里看书，有点焦急不安，时时往外望一望。

沈维义　新英这个家伙，说来还不来，是有点古怪！可也别怪他……正因为他古怪，才得多帮助他。（院中有人声）是你吗？新英！快进来！（迎上前去）

王新英　（颓丧地进来）我说不到派出所去，你偏叫我去。

沈维义　难道有什么坏处？他们已经说没法儿办啦？

王新英　刚才接到他们的电话，叫我耐心一点，别太着急。

沈维义　本来是该耐心一点，这是民警关切你。

王新英　我看希望不大了，前天你陪我到派出所去的时候，我全身的血都沸腾起来。及至接到这个电话呀，血都一下子降到零度，结成了冰。

沈维义　新英，别这么激动！你看，你只知道姐姐叫招弟儿，姐姐大概也只知道你叫小马儿，哪能那么容易一下子就找到，你也得给人民警察容出点工夫来呀。

王新英　要是根本没去过，我心里倒仿佛老有点希望，这一来呀，一点希望也没有喽！

沈维义　你说的不近情理，有不去找就会找到人的事吗？我相信警察必有办法。

王新英　不说这个了，说点别的。家里怎么一个人没有？

沈维义　大大小小都到街坊家看电视去了，我一来看家，二来等你，没去。

王新英　维义，你真配做个团员，为照顾我，牺牲了看电视！不过，不要再安慰我，那无济于事。

沈维义　好吧，我都听你的！咱们是温课，还是下一盘儿棋？

王新英　你的棋不怎么样，明知准输，还张罗着跟我下一盘儿，也是为安慰我。

沈维义　那么就温课？

王新英　对！我要叫你看明白，我受得住折磨，不管怎么紧张，也还能念书。

沈维义　你这个家伙，好难伺候！告诉你，你应当高兴起来，想想看，要不是北京解放了，你自己说的，你不是要了饭，就是个小偷儿！

王新英　哼，我常把心分成两层儿，一层儿想妈妈、姐姐；一层儿想做个国家的好孩子！

　　　　[门铃响。

沈维义　我看看去。

王新英　我走吧？万一是你的亲戚朋友来了，我搭不上话，怪僵得慌。

沈维义　坐下，少说废话！（下）

王新英　分离了十四五年，的确不容易找，民警同志们，我没怪你们，只怪我自己是个倒霉蛋儿！

　　　　[沈维义同平海燕上。

沈维义　同志，这就是我的同学王新英。

平海燕　你好哇？我叫平海燕，来看看你！

王新英　谢谢！怎么维义同我到派出所去，没看见你？

平海燕　我不是你们这个派出所的。

沈维义　同志，你请坐！

王新英　同志，你找我干什么？

平海燕　你不是正找妈妈和姐姐吗？

王新英　你怎么知道的？

平海燕　你看，许你上派出所提出要求，就不许我去打听吗？（笑）

王新英　对呀，看我这个胡涂劲儿！
沈维义　他呀，这两天有点紧张。
平海燕　别那么紧张，光着急办不了事呀，告诉我点你的事好不好？
王新英　你问吧，同志！
平海燕　你的父亲叫王仁利，十五年前死在外边了？
王新英　对！
平海燕　你的祖母把你留下，可把你妈妈跟姐姐都轰了出去？
王新英　也对！当时的情形我记不清了，后来听大家都这么说，大概不会错。祖母跟妈妈婆媳不和，祖母厉害透了，不久，祖母死啦，我就不是在孤儿院，就是到处去流浪；不论在哪儿吧，反正我睁开眼看不见一个亲人，（勉强地笑）够我受的。
平海燕　是够受的，光是那时候的警察就够咱们受的。
王新英　你怎么知道？同志。
平海燕　我小时候也是苦孩子，拣过煤核儿！
王新英　真的吗？
平海燕　怎么不是真的呢？在垃圾堆上跟一群群的野狗挤来挤去。
王新英　对！对！一听见警察的皮鞋响，咱们就得拼命地跑，叫他们逮住就挨一顿揍。
平海燕　是呀，还有那些推垃圾车的，一个个都那么神气，咱们拣着点好东西，得送给他们，要不然，他们就不许咱们靠近了车身儿。
王新英　越说越对，那时候，我一看见人家妈妈带着孩子拣垃圾呀，就羡慕的不得了，孩子们一叫妈妈，我就躲开，我没有妈妈可叫啊。
平海燕　你妈妈叫王桂珍，是吧？
王新英　对！有人说叫这个名字的多得很，不好找。你看呢？

平海燕　那也没什么。你今年……
王新英　二十岁。自幼失学,所以到现在还在中学里。
平海燕　你看,你二十,妈妈必定是四十以上的人,这就可以把许多许多王桂珍减下去了,太老太小都不合格呀,不是吗?
沈维义　新英,你看,他们多么有办法。
平海燕　妈妈是北京人?
王新英　对!
平海燕　好!这又可以把从外乡来的王桂珍都减了去。
王新英　这么说,有希望? 有希望?
沈维义　动脑筋,有热情,什么事都有成功的希望。
平海燕　是呀,我们要用你的感情去做这个工作,就好比我正找我自己的妈妈、姐姐。
王新英　我相信你!可是,告诉我一句话,到底能找到不能? 别让我老这么冷一阵热一阵的。
沈维义　新英,你又忘了控制自己。
平海燕　没关系!谁找不到妈妈、姐姐,不着急呢?
王新英　同志,你真好!你了解人。
平海燕　你姐姐叫什么?
王新英　光记得小名儿,叫招弟儿。
平海燕　真巧,我的小名儿也叫招弟儿,姐姐比你大几岁?
王新英　大五岁。
平海燕　假若有她的相片,你认得出她来吗?
王新英　大概认不出来。当我想念姐姐的时候,她很具体,赶到一细问我呀,我就,就什么也说不上来了。
平海燕　你连她一点什么也不记得吗?
王新英　我仿佛还记得点姐姐的声音。在梦里,姐姐叫我,姐姐唱"小小子,坐门墩儿",总是那个声音。这也许完全是想

	象,并不是事实。平同志,你问了我这么些事,是不是你心里已经有了点底,知道了我姐姐在哪儿了吗?
平海燕	是这么一回事:我们那儿接到了一封信……
王新英	托你们找人的信?
平海燕	对!
王新英	这怎么跟我拉到了一块儿?
平海燕	写信的人呀,小名叫招弟儿。
王新英	是这么一回事?招弟儿?招弟儿?那一定是我的姐姐!
沈维义	先不忙下结论,新英,在北京,叫招弟儿的大概不止一万个,连这位平同志不也叫招弟儿吗?
平海燕	将来会少起来的,大家不再重男轻女了啊。
王新英	这个招弟儿是干什么的?
平海燕	是个女工人。
王新英	女工人?有个工人姐姐多么好!她在哪个工厂?告诉我,我马上找她去。
平海燕	先别这么忙,我们现在还不能肯定什么呢。
王新英	她是不是找妈妈和弟弟?
平海燕	是。
王新英	那一定是我的姐姐了。哪能就那么巧,我找妈妈和姐姐,她就找妈妈和弟弟?
平海燕	新英,沉住了气,这是一种细致的工作,不能听见风就是雨,就拿你来说吧,你说好像跟祖母在石大人胡同住过,我们就到那里详细地问过,居然还有老街坊记得你的祖母。
王新英	真的呀?
平海燕	真的!据说你入过孤儿院和教养院,我们也都查阅过文件,可惜孤儿院的文件已经找不到了。
王新英	教养院的查到了?

平海燕 查到了，我们这才又到学校去了解，才找到这儿来。你看，你很小就丢了妈妈，过去的事有好些记不清的；我们得由四面八方证明你说的不错，或接近事实，才好去找你的亲人呀。

王新英 对！对！对！平同志，为了我，你这两天跑了几十里路，访问过许多许多人了吧？我，我不知道怎么感谢你才好。

平海燕 要说感谢呀，你到过的那个派出所的同志们比我跑的路多。

王新英 我也得给他们道谢去，待会儿就去。平同志，你看这件事会快解决了吧？

平海燕 我看有希望，不过我还不敢保证刚才谈到的那个招弟儿就是你的姐姐。好吧，咱们今天就谈到这儿吧。我还会来麻烦你呢。

王新英 来麻烦我？是我给你们添了麻烦。

平海燕 不管谁麻烦谁吧，只要我细心，你安心，咱们就好协作了。维义，你帮帮他，别叫他过度紧张。

沈维义 你放心吧，我会好好地看着他。

平海燕 那么，我就走啦。

王新英 维义，咱们送她回去！哟，你还得看家呢。好，我去送，你看家。

平海燕 谁也不必送我，我骑着车呢。新英，这是我的电话号码，你万一又想起一点什么来，随时告诉我。

王新英 一定！不管多么小的小事，只要想起来就告诉你。

平海燕 对！小事儿往往解决大问题。

王新英 还有什么嘱咐我的？

平海燕 你要叫亲人哪天看见个结结实实、活活泼泼的小伙子，别老不好好地吃饭、睡觉。维义，你看我说的对吧？

沈维义 对！他聪明，又肯用功，就是心里老不开展。

王新英　你们等着看吧，找到了我的亲人，我一定不再忧郁，每天睁开眼就嘎嘎地笑，同志，我去把你的车推出去！这院里的拐弯抹角我都摸熟了。（下）

沈维义　（低声地）有点眉目了吧？

平海燕　有点底儿了，我赶紧回去跟所长再研究一下。

沈维义　我还应该干点什么？

平海燕　给新英个精神准备。比方说，他的亲人可能在旧社会里受过污辱什么的，要是没点精神准备，他也许又痛苦。

沈维义　你能说具体一点不能？

平海燕　那用不着！旧社会里什么惨事没有啊？我快走吧，别叫他多心，他非常敏感。

王新英　（在外面喊）怎么还不快来呀？你们嘀咕什么呢？

平海燕　来喽！（跑下，维义跟着）

——幕落

第三场

时　间：前场次日，下午。

地　点：派出所。

人　物：平海燕　李珍桂　唐大嫂　刘超云　诸所长　丁　宏
　　　　王秀竹　王新英　沈维义

[幕启：平海燕正打电话。

平海燕　喂……你是王秀竹吗？……你能来一会儿吗？好！待会儿

见。（又拨）喂，劳驾给找一下王新英。……告诉他，下了课来看看我，好不好？……你一说平海燕，他就知道了！……对！谢谢！

李珍桂 （上）小平！小平！

平海燕 王大妈！

李珍桂 （已答应）哎！（又急改嘴）哟，看你，怎么叫我王大妈呢？

平海燕 我，我也不是怎么回事，这两天净叫错了人，有事吗？大妈！

李珍桂 有事。（忙回至门口）唐大嫂，你进来！（唐上）你看看，你还不愿意进来，怕这里光有老爷儿们。这里也有大姑娘，而且是这么可爱的大姑娘。

平海燕 唐大嫂，请坐吧！有什么事呀？

李珍桂 唐大嫂由乡下来看她的爱人，把住址条子丢了，她只粗粗地记得唐大哥在南河沿肥料厂，找了半天也找不着，急得直哭。交通警把她交给了我，我帮着又找了一阵子，也没用，我就把她领到这儿来了。

平海燕 您等等，我问问小刘，他熟悉城里的地名儿。（叫）小刘！小刘！

刘超云 （上）干吗呀？小平！哟，李大妈，您又拣着什么了？又是一串儿钥匙呀？告诉您，邮局那个干部姓汪，可感激您啦！她要来给您道谢呢！

李珍桂 别叫她来，都忙！只要她没急坏了，咱们心里不就消停了吗？来，帮助帮助这位唐大嫂。南河沿有个肥料厂吗？

刘超云 南河沿？没有肥料厂。我记得那儿有个小自行车修配厂，还有个酱油制造厂。

李珍桂 我们都问过了，没有唐大哥这么个人！

唐大嫂 我呀，真没用，会把住址条儿给丢了。

刘超云 大嫂，别着急，先喝碗水。（给她倒水）

李珍桂　小刘，还有南什么沿儿？

刘超云　南，南沟沿呀！对，我跟那儿联系，看那儿有什么厂子没有。（打电话）

李珍桂　大嫂，你不饿吗？我们这儿可方便，有了食堂。

唐大嫂　不饿，着急就着饱啦！唉！

刘超云　小平，南沟沿有厂子！

平海燕　什么厂子呀？

刘超云　塑料厂。

唐大嫂　对了，是塑料厂！乡下不是搞积肥运动吗？我就把它记成肥料厂啦。

李珍桂　小刘，快跟塑料厂联系吧。

刘超云　对！（再打电话）

李珍桂　唐大嫂，别着急，准能找到！家里有孩子没有啊？

唐大嫂　有两个，都交给老奶奶看着呢。好在，我过两天就回去。

李珍桂　对！孩子最要紧。

唐大嫂　您的孩子都成人了吧？老太太。

李珍桂　都……啊，长大啦。

刘超云　大嫂，大嫂！打对了，来，先跟唐大哥说句话。（递听筒）

唐大嫂　是你呀？老唐！……好，好，我就来。（递回听筒）

刘超云　唐同志，您忙您的，都甭管啦，放心，我马上把大嫂送到。

李珍桂　小刘，你忙吧，我送大嫂去。

唐大嫂　都别送！给我雇上一辆车，我不会走丢了。

刘超云　李大妈，所长还跟您有话说。我去，不把大嫂交到大哥手里，我不放心。大嫂，咱们走吧！

唐大嫂　给你们添够了麻烦，还不走吗？大妈，这位女同志，我谢谢你们！等老唐休息的那天，我们一块儿来道谢。

平海燕　甭来喽，大嫂！您进了城，就跟我们自己的亲戚、朋友一个样。

唐大嫂　那就更得来啦，走亲戚嘛。（同刘下）
平海燕　再见，大嫂！（向李）大妈，来，坐，等等所长。大妈，咱们的食堂、托儿所这么一办起来，缝纫组什么的一定有很大的发展。
李珍桂　那是一定，看着大伙儿干得起劲，我心里真痛快！
平海燕　林三嫂的问题……
李珍桂　解决了！她还是到食堂来。三爷三嫂都是劳苦人民，一说就通，就是可惜呀，咱们说的还不够，人不说不知，木不钻不透啊！
平海燕　您说的对，苦人跟苦人才说得到一块儿呢，您就说我们民警吧，小刘原是油盐店的徒弟……
李珍桂　那我知道，要不怎么沏茶灌水的，他都行呢。
平海燕　我呀，更苦！我拣过煤核儿！
李珍桂　你拣过煤核儿？这还是头一次听说。
平海燕　所以咱们才能打成一片呀。（从抽屉里拿出一本老画报）您看，我那天在旧书摊上看见了这本，随便一翻，照片上敢情有妈妈跟我。
李珍桂　我看看！这是你妈妈呀？
平海燕　啊！这个小不点儿就是我，我们到粥厂去打粥，叫那些假善人给照下来了。
李珍桂　唉！感谢毛主席吧，叫咱们真翻了身。
平海燕　是呀，那时候我淘气极了，招得妈妈到处去喊招弟儿！招弟儿！
李珍桂　你也叫招……
平海燕　是，我小名儿叫招弟。大妈，您没生过姑娘吧？
李珍桂　我……没有。
平海燕　大妈，您是不是有点心事呢？

李珍桂　我……（愣了一会儿，有点发怒）小平，你是有意试探我吗？旧社会过来的人谁没有点心事？你问，井老奶奶也问。

平海燕　大妈！大妈！您怎么啦？我那么问问，是，是要帮助帮助您，您要真有心事，就说说吧。

李珍桂　说？叫我说什么？怎么说？那个旧社会叫人有嘴说不出话来！叫人一辈子说不出话来。

［诸所长上。

诸所长　李大妈，怎么啦？小平，是你招李大妈生了气？

李珍桂　（缓和下来）所长，小平没有，是我自己不好，所长，找我有事吗？

诸所长　我要跟您商量一下，咱们的交通安全宣传还不够理想，胡同窄，车马不少，孩子多……

李珍桂　一点不错，我常常不放心那些孩子们。

诸所长　这一带连大人带孩子都听您的话，您……

李珍桂　好，我先去征求征求老街坊们的意见，再向您汇报吧。（要走）

平海燕　李大妈，刚才……

李珍桂　刚才，忘了刚才那一段儿吧，先办事要紧！（下）

诸所长　刚才是怎么一回事？

平海燕　是这么一回事：您不是说王家姐姐弟弟那件事已经差不多了吗？

诸所长　是呀。你给他们打了电话？

平海燕　打过了。

诸所长　我再问问那个女工人，就可以叫他们见面了。你说呢？

平海燕　我也那么想。可是，他们的妈妈到底是谁呢？我急于要解决这个问题，可就得罪了李大妈。

诸所长　为找王大妈，怎么得罪了李大妈呢？

平海燕　说起来话长。前几天，我遇见了一个运输工人，姓王。

诸所长　他跟这件事有什么关系？啊，想起来了，因为秀竹跟新英也姓王。

平海燕　对了！李大妈呀直勾勾地看着那个人的后影儿，仿佛动了心！我一说那个人姓王啊，李大妈好像更不自在了。我想，这个人就是王仁利。

诸所长　王仁利？王新英的父亲？不要这么草率地下判断吧，况且他们姐弟都说爸爸早死啦！

平海燕　我相信他没死。

诸所长　你是说，王仁利没死，王桂珍就是李珍桂？

平海燕　咱们不是已经遇上好几档儿改名换姓的事了吗？

诸所长　我知道，可是，王仁利要真没死，李大妈就改了嫁，说不通啊！

平海燕　按常理说，的确说不通，可是，那是发生在我还正追土车、拣煤核儿的年月呀！

诸所长　对！老一辈的人都觉得改嫁不体面，所以李大妈不肯说。不对！李大妈亲自宣传过婚姻法，她应当明白了再嫁没有什么不体面，她呀，假若你猜对了，必定有更深的难言之隐。

平海燕　是呀！井老奶奶告诉我，李大妈时常在背地里掉眼泪。

诸所长　老奶奶说的？你就该托老奶奶去了解一下嘛。

平海燕　我当时就托了老奶奶。

诸所长　这做的好，光靠咱们自己，什么事也办不妥当，老奶奶问了没有？

平海燕　问过了。可是，李大妈什么也没说，老奶奶又没有耐性儿，闹了个没结果。老奶奶这才告诉了天祥，天祥上了趟妙峰山，去找他的二叔。

诸所长　他的二叔是谁？
平海燕　叫王仁德。
诸所长　王仁利，王仁德，名字很像哥儿俩。你没查查老户口册子，王家有没有这么个王仁德？
平海燕　查过了，没有他！
诸所长　嗯——那可能是哥儿俩分居另过，各有户口。再说……你说他在妙峰山？
平海燕　是！莲花峰人民公社。
诸所长　妙峰山是老根据地，不像敌伪统治区那样人人有良民证，恐怕连详细的户口底簿子也没有，天祥回来怎么说？
平海燕　天祥说，王仁德是公社里的炊事员，积极分子。
诸所长　那好啊！他对天祥说了什么？
平海燕　什么也没说。
诸所长　奇怪呀！假若王仁德跟李大妈真是叔嫂，可是都不说什么，其中必有……据我看，他们都不光为顾全封建性的那点体面，而是有实在说不出口的痛苦。我们必须帮助他们解除了痛苦，同时又须极其谨慎，不可以冒冒失失地跟李大妈说什么，那会更伤了她的心！
平海燕　我呀，所长，刚才很不对，我想试探试探李大妈，猛孤丁地叫了一声王大妈，她没留着神，答应了。
平海燕　我又说我的小名叫招弟儿，李大妈也直发愣。
诸所长　小平，记住，我们事事都要以诚相见，你不该耍这种小花招儿！
平海燕　所长，以后我不再那样，可是，我的小名真叫招弟儿，一点不假！

［刘超云回来。

刘超云　所长,小平,我把唐大嫂送到了,唐大哥很高兴。
诸所长　超云,你到运输工会去看看有没有一位王仁利。假若有,了解一下。
刘超云　是!见他本人不见?
诸所长　电话上联系,我叫你见,你再去找他。
刘超云　是了,所长!(下)
诸所长　小平,你给西郊打电话。
平海燕　是!所长,天祥说,敢情于壮在那儿呢。(打电话)
诸所长　于壮?他是漂亮手儿呀!

　　　　[敲门。

诸所长　请进来!

　　　　[丁宏与王秀竹进来。

丁　宏　您是所长?
诸所长　对!那是平海燕。来,坐吧!
丁　宏　我叫丁宏,这是王秀竹。
诸所长　都坐下!我接到了你们的信。
丁　宏　事情有眉目吗?
诸所长　我还得问秀竹几句话。
丁　宏　秀竹,坚强点,预备好痛痛快快地说话!
诸所长　秀竹,你有个二叔?

　　　　[平过来纪录。

王秀竹　有！有！给您写信的时候，我忘了写上他的姓名。

诸所长　他叫什么？

王秀竹　叫王仁德。祖母把我们母女赶了出来，妈妈就去找二叔要主意，把我托付给一个朋友照应几天。谁知道……（泪在眶中，竭力控制）

丁　宏　秀竹，先别伤心，往下说！

诸所长　不忙！不忙！慢慢地说！

王秀竹　谁知道，那个朋友不是好人！他们夫妇说日子不好过，怕委屈了我，要把我转托给另一个朋友。

诸所长　这对夫妇姓什么？

王秀竹　他们姓宋，我不知道他们的名字。

诸所长　他们住在哪儿？

王秀竹　离我们不太远，胡同名儿我也忘了。那时候我才不满十岁，没什么心眼儿！

诸所长　也许是宋黑子。要真是他呀，早已经叫我们给抓起来了。往下说吧。

王秀竹　他们把我带到一个姓庄的家里。

诸所长　庄什么？

王秀竹　我也不知道，就听见大家伙儿叫他庄家大爷。

诸所长　他家里什么样子？

王秀竹　相当阔气，有一群小姑娘。当时，虽然有那群小姑娘陪着我玩，我可是一劲儿想念妈妈。我可也不敢哭，怕得罪了庄家大爷。十天过去了，一个月过去了，妈妈还不来，我大着胆子去问庄家大爷。他哈哈地笑了一阵，然后把一条皮鞭扔在我的前面。他说：从现在起，你叫小桃儿了，记住！好好地在这里，不准再问妈妈，你要是不听话，我好

说话儿，皮鞭可比我厉害！我……（要哭）
平海燕　（倒过水来）你喝口水，喘喘气再说，把委屈都说出来。
王秀竹　（含泪地）谢谢你！
丁　宏　秀竹，恨那群混账，恨！把眼泪咽下去，说话！
诸所长　秀竹，你知道庄家大爷早就叫咱们捉住了，给你们报了仇！
王秀竹　（坚强起来）我知道！我们没叫他虐待死的姐妹都参加了公审。我才十三岁呀，他就叫我……要不是毛主席来到北京，我一点也不知道我会成什么样子，十之八九我已经叫他们折磨死啦！党和毛主席是我的重生父母，再造爹娘！（哭）

[静场片刻。

丁　宏　还有什么，都说说.
诸所长　你始终得不到妈妈的消息？
王秀竹　（摇头）在认识了丁宏以后，登了几次报，没结果。所长，您要是能帮忙找到妈妈、弟弟，我发誓要积极劳动，做个最好的女工！
诸所长　丁宏，你是她的……
丁　宏　朋友。我们找到了她的母亲、兄弟，才能结婚；要不然，秀竹不会快活！
王秀竹　丁宏，我还是请你再考虑考虑咱们的婚事。
丁　宏　你怎么还这么说呢？
诸所长　秀竹，解开心里的扣儿吧！你总以为身上有些泥点子，见不得人。那是旧社会那些坏蛋泼在你身上的。现在，已经都洗干净了，你应该高兴，快活，志气昂扬地去工作，去生活，是不是呀？丁宏，你领着她到那边（指旁边的屋子）坐坐去，待会儿我还有话跟你们说呢。

丁　宏　是，所长。来吧，秀竹！（让她先走，看她已入了门，又回来）所长，我爱她，可是她的过去那点历史就好像一条毒蛇缠住她，咬她的心，每逢我一见她掉泪，我就……唉！

诸所长　咱们都好好地安慰她，劝解她，随时随地体贴她，尊重她，好叫她忘了过去，看得起自己。

丁　宏　对！

　　　　［敲门。

诸所长　请进来！

　　　　［王新英与沈维义进来。

丁　宏　哟！上星期天咱们在公园里遇见过。
沈维义　对！今天又碰上了，多么巧！
王新英　（急切地）平同志！平同志！
丁　宏　你们谈吧。（下）
平海燕　新英，这是我们所长！
王新英　所长，有消息没有？有没有？我……
沈维义　新英，刚才说好了不要紧张，看你……
诸所长　来吧，都先坐下。别着急，着急解决不了复杂的问题。我问你，你父亲的灵运回来没有？
王新英　不记得看见过棺材。
诸所长　你记得有个二叔吗？
王新英　记得，我有个二叔！
诸所长　你记得姐姐的一点特点不记得？
王新英　我……（摇头）

平海燕　你不是说,记得她的声音吗?
王新英　对!
诸所长　小平,请他们过来!
平海燕　是,所长!(走向旁室)
王新英　姐姐的声音,是,我似乎常听见姐姐叫我。

　　　　[平拉着王的手,与丁宏同上。

诸所长　秀竹,你看看他(指新英),新英,你看看她!

　　　　[姐弟呆视,不相识。

平海燕　秀竹,说句话。
王秀竹　我……
沈维义　新英,你说句话!
王新英　我,我认不出来!
诸所长　你们的父亲是王仁利?
王新英
　　　　对!
王秀竹
诸所长　母亲是王桂珍?
王新英
　　　　对!
王秀竹
诸所长　你们的二叔是王仁德?
王新英
　　　　对!
王秀竹
诸所长　那就……

[姐弟仍呆视。

丁　宏　秀竹，唱那个，唱那个"小小子"！
王秀竹　小，小小子，坐门墩儿，哭着喊着要媳妇儿……（泣）
王新英　姐姐！大姐！（扑过去）
王秀竹　弟弟！小马儿！（相抱痛哭）
丁　宏　秀竹，别再哭！找到了弟弟，该快活嘛！
沈维义　新英，别再哭！

[姐弟止泪，携手走向所长。

王秀竹　所长，我有了弟弟，我说不出来怎么感激！
王新英　所长！我有了姐姐！有了姐姐，再分分心吧，找到我们的妈妈！
诸所长　你们先回去吧，等有什么消息，我马上通知你们。

——幕落

第三幕

时　　间：前场后二日，星期日上午。
地　　点：派出所，所长室。
人　　物：平海燕　唐大哥　唐大嫂　王秀竹　王新英　诸所长
　　　　　丁　宏　沈维义　刘超云　王仁利　王仁德　李天祥
　　　　　李珍桂　井奶奶　林三嫂

　　　　[幕启：平海燕在阅文件。电话响，她接。

平海燕　喂！……是呀！你是于壮呀？……哦，王仁德正上我们这儿来？好极了！谢谢！再见！（敲门声）请进来！
唐大哥　（同唐大嫂上）同志，我们来给你们道谢！
唐大嫂　道谢喽，同志！
平海燕　这算什么呢？都坐坐吧！
唐大哥　不坐了，你们忙！
唐大嫂　刘同志出去啦？等他回来千万替我说一声！也替我谢谢所长！谢谢街上的交通警！真好哇，穿红道儿衣裳的处处办好事。
平海燕　大嫂就要回去吗？不多住几天？
唐大嫂　不啦，乡下的活儿忙，在这儿我也安不下心去，再见啦！我们去看看李大妈。

　　　　[平与他们握手，往外送，他们下。

王秀竹　（拉着弟弟，欢欢喜喜地进来）海燕同志！

王新英　海燕同志！

平海燕　是你们姐儿俩呀？我真替你们喜欢！看，秀竹的眉头儿不皱着了，新英的脸也亮堂了！

王秀竹　是呀，还有什么比姐姐找到小弟弟更快活的呢？

王新英　看我大姐，既是工人，又有了文化，多么叫人高兴啊！我们哪不知道怎么感谢党和毛主席才好。

诸所长　（上）来啦？秀竹！新英。

王秀竹　诸所长，我们来给您道谢。

王新英　所长，我每个星期天都要来道谢一次。

诸所长　什么时候都欢迎你们来，可是不要老道谢，况且，我们还没把这件事做完呢。

王秀竹　妈妈有消息没有？

诸所长　有点。

王新英　妈妈在哪儿？在哪儿？我恨不能拉着姐姐的手，满街去叫妈妈。

诸所长　还有一些细节没弄好，也快！也快！秀竹，妈妈的脸上有什么特点没有？

王秀竹　脸上稀稀拉拉的有几个麻子。

诸所长　哦！你也记得爸爸的模样吗？

王秀竹　也还记得点儿。

王新英　说说，说说爸爸什么样儿！是四方脸，还是圆脸？有胡子没有？

王秀竹　唉！新英，父亲埋在了什么地方，咱们都不知道。多么惨！多么惨！来了一阵风似的，一家人就死的死散的散了。

　　　　［敲门。

平海燕　请进来！

[丁宏与沈维义上，沈带着小照相机。

丁　宏　所长，海燕同志，他们俩给你们道谢了没有？
诸所长　别紧说道谢吧，叫我心里怪不好受的！
丁　宏　连我也得给你们道谢！你们看，秀竹的脸上有了笑容！她笑一声啊，我就要笑十声！
王新英　姐姐还争取当上劳动模范呀！
沈维义　我们都得道谢！看，这个家伙（指新英）决定争取入团！所长，你就不知道你做了多么大的好事。
丁　宏　所长，等一找到了秀竹的妈妈，我跟秀竹就结婚，请所长来参加婚礼！你肯来吗？肯吗？
诸所长　我有什么不肯呢？
平海燕　没有我的事吗？
丁　宏　当然请你吃糖！我说，咱们都道完谢就走吧。
平海燕　你们上哪儿？
沈维义　我们去找个好地方照几张像，也许在一块儿吃顿饭。
王秀竹　可是，妈妈还没找着呢？就照像？
丁　宏　秀竹，你太死心眼儿了！找到了弟弟还不是天大的喜事吗？
王新英　姐！相信所长吧，他既能找到咱们，也就必定能给咱们找到妈妈！所长，以后您有什么抄写不过来的，还是要编点清洁卫生什么的宣传快板儿，给我个电话，我保证来帮忙，而且要做得顶好。
沈维义　所长，这小家伙的笔底下可棒了，他的作文老得五分！
诸所长　好吧，都去玩玩吧！待会儿呀再回来看看，也许就有好消息。
众　人　谢谢所长！谢谢海燕同志！再见！（下）

平海燕　所长，于壮来了电话，说王仁德就来。

诸所长　那好啊！刚才王秀竹说她妈妈脸上有几个麻子，这一定是李大妈了！可是李大妈为什么还不肯说这件事呢？

平海燕　是呀，我也不明白，我又跟井奶奶、天祥谈过了，他们也跟咱们想的一样，既然李大妈不愿意说，就别太勉强了！天祥很着急，他马上须到新工作岗位去，不把这件事赶紧弄清楚，他心里不会消停。

刘超云　（上）所长，我把王仁利请来了。

诸所长　他来了？

刘超云　对！我已经跟他谈了两次，他躲躲闪闪，不说痛快话，你跟他谈谈吧！

诸所长　你怎么不先来个电话？我应当先去看他，那不更显着亲切，他也许就更容易说出心腹话吗？

刘超云　是他要求来见您的，所长！他说，他的话得对所长说。

诸所长　好，请他进来。

刘超云　（到门口）大叔，您进来吧！（王入）这是我们的所长，这是——（指海燕）

王仁利　——我认识，所长您好？这位女同志，谢谢你前几天照顾我。

平海燕　您完全好了吧？大叔！

王仁利　好啦！好啦！那是在敌伪时期留下的老病根儿，那时候我经常饥一顿、饱一顿的……算了，不说了！

诸所长　快坐下吧，大叔！超云，倒水！（刘去倒水）王大叔，您做运输工人还行吗？顶得住吗？

王仁利　（坐）行！（刘递水）谢谢！

诸所长　超云，你去看看天祥吧！

刘超云　是！大叔，您坐着，我还有点别的事儿。（下）

王仁利　（对刘）再见！（对诸）行！我的力气还不小，可是呀，

	组织上照顾我,只叫我管管联络工作,叫我感动啊!肚子呀,老爱出毛病,那天这位好姑娘看见了……
诸所长	我劝您到医院去好好检查一下。
王仁利	唉!我既是活人,也是死人,这点病算什么呢?
诸所长	不能那么说,大叔!身体好,工作才能好,咱们都是给国家干事儿的,不是吗?
王仁利	对!对!我学习的不够,常那么积极一阵,又消极一阵的。
诸所长	您应当有个家,好有人照管着您。
王仁利	我原来有家,可是,可是……
诸所长	今天是星期天,咱们就作为坐在茶馆,谈谈家常里短,请把事情都告诉我吧,我除了想帮助您,没有别的意思。
王仁利	我知道!我知道!要不然,我还不要求来见您呢。
诸所长	那么就说说吧。
王仁利	唉!唉!(欲语又止)
平海燕	大叔抽烟吗?
王仁利	抽!抽!我这儿有。(掏出烟斗)
平海燕	对!抽着烟,亲亲热热地跟所长谈谈,您要是不喜欢我在一边儿听着,我可以……
王仁利	没有的话,我怕你干什么吗?
平海燕	是呀,我比您的女儿还小一岁呢。
王仁利	我的女儿?我的女儿?她在哪儿?你怎么知道我有个女儿?
平海燕	还有您的儿子,我也认识,他们姐儿俩可好啦!
王仁利	我的儿子小马儿?
诸所长	王大叔,我们找到了您的女儿、儿子,您不喜欢吗?
王仁利	女儿,儿子?我怎能不喜欢呢?难道我的心不是肉做的?可是,我,我,我……所长,我有什么脸见他们呢?
诸所长	大叔,痛痛快快地说吧!我们知道您有心事。

王仁利　心事？我知道儿子、女儿都没有啦，我对不起老祖宗们，我叫王家门儿绝了后。心事，不是心事还是什么呢？

诸所长　大叔！沉沉气，从头儿说吧。

王仁利　（低头想了会儿）所长，在日本兵占领北京的时候……

平海燕　您对我说过了一点。您打过一个日本兵。

王仁利　对！把他揍了个半死，揍完了，我就跑到张家口去，那儿有我一个熟人，给我找了点力气活儿。凑啊，凑啊，凑了两三个月，我才凑了十块钱，托一个铁路警察带回来。所长，那个时代呀，一个人就可以因为十块钱灭了天良。

诸所长　他骗去了您交给他的十块钱？

王仁利　要光是那样，还不算可恨。

诸所长　他对您家里说：您死在了张家口。

王仁利　嗯，他回来对我说，我的老婆带着招弟儿跑啦，改嫁啦，家里只剩下老太太跟小马儿，他知道我会相信，因为我告诉过他，她们婆媳不和。他也知道我不会回京来看看，我打过日本兵，不敢回来。老太太不久就死了，可是他还张罗着替我捎钱，就这么隔不久他吃我十块、八块，我始终闷在葫芦里。我恨我的老婆，竟自不等我回来就改嫁。咱们胜利了，我回到北京，老太太早没啦，儿子也不见了。我去到处找老婆，我真想杀了她，我见着了我的兄弟，王仁德，吓得他直想跑。他说："哥哥，你不早死了吗？"我这才明白了我是活人，可又是死人。

诸所长　这您就不再恨孩子们的妈妈了？她是听说您死了，才又改嫁的。

王仁利　我解不开这个扣儿。请听明白了：我也并不是不恨自己，我要是有出息，何至于跑到外边去混饭吃，把一家子都丢了呢？

诸所长　您卖力气吃饭，没有错处。是那个老社会叫您妻离子散的，您应当原谅您的妻子，她听说您死在外边，无倚无靠，能不找一条活路儿吗？

王仁利　我不能原谅她，尽管她有理由改嫁，可怎么那样狠心把孩子们也弄丢了呢？

诸所长　您的女儿说，是您的老太太把她们母女轰出去的。

王仁利　是……嘿，怎么这些事就都出在我家里呢？

诸所长　有什么社会，有什么家庭。出这种惨事的不止您一家！我们常替人民寻亲觅友，我们知道不少这样的事情！

王仁利　您说的对！您叫我心里亮堂点了。所长，我的儿子、女儿在哪儿呢？

诸所长　您当然想见见他们？

王仁利　十几多年啦，我连作梦都常想看见他们！走在街上，我就像找东西吃的饿鹰，眼睛盯着每一个小姑娘、小小子！我想念他们，想念他们！可是，我又有点怕、怕遇见他们！怎么说呢？您看，万一他们是跟着妈妈，而且表示愿意跟着妈妈，我怎么办呢？再说，倘使他们愿意跟着我，我拿什么养活着他们呢？我告诉您实话，胜利以后，解放以前，我挣的那点钱，全喝了酒，一醉解千愁嘛！要不是北京解放了，我早就真死啦！

诸所长　您现在戒了酒？

王仁利　戒了！只有在心里实在难过的时候，才喝两盅！

诸所长　还是少喝的好，大叔！我问您，您始终没见过孩子们的妈？

王仁利　没有！要是遇见了她，可就麻烦了！即使我不跟她拼命，我也张不开嘴跟她说话呀？我不能明白，不能明白，她是那么好的一个妇人，老实，正直，我妈妈对她那么无情无理，她总是忍着，没有挑拨过是非。怎么，怎么，她就会另嫁了人呢?

[敲门。

诸所长 请进来!
王仁德 (上)您是所长?(看见了哥哥)我……哥哥!哥哥!
王仁利 (愣了会儿)你?老二!
王仁德 是我,哥哥!
王仁利 哼!你没想到我会在这儿吧?你个无情无义的东西。
诸所长 王大叔,别动气,有话慢慢地说。今天咱们要把事情都弄清楚了。
平海燕 (给仁德拿过椅子)您坐吧,二叔。
王仁德 谢谢,同志!谢谢!哥哥,您看,我现在是公社里最得力的炊事员啦!
王仁利 别吹了吧!当初你嫂子找了你去,你怎么就不帮助她,反倒替她找人,叫她改嫁呢?别再叫我哥哥,我没有你这么个弟弟!
王仁德 (低头无语半响)哥哥,当着所长,我把憋在肚子里十多年的话都说出来吧!
王仁利 憋在肚子里是块病!
王仁德 真是一块病!所长,一个像我这样的人哪,遇见那个吃人的年月呀,会做出见不得人的事。
王仁利 你就会抱怨那个年月,不说自己没出息!
诸所长 大叔,听二叔说什么!
王仁德 所长,那时候啊,我只有那么几亩山坡地!到山里加入游击队吧,我舍不得那点地。种地吧,光是保甲长的霸道,就整我个半死。我呀,一点办法也没有!后来,嫂子来找

	我,说哥哥死在了外边。
王仁利	你就不去打听打听我到底是死是活?
王仁德	您说的是废话!三顿饭还混不上,我哪儿来的钱去找您?您说!
王仁利	哼!
王仁德	嫂子来啦,跟我要主意,怎么活下去。我有什么主意呢?最好的主意是:嫂子,您来吧,我养活着您,我有一个杂合面饼子准分给您一半。可是,我连半个饼子也没有啊!我能劝她回到婆婆那儿去?老太太是那么不讲情理的人!我呀,急得直哭,想不出办法!
王仁利	你就劝她改嫁?
王仁德	哥哥,改嫁比饿死强!那年月就是那样,胳臂拧不过大腿去!恰好,一个有点积蓄的人,姓李,生了病,怕自己一死,撇下个十二岁的男孩天祥没人管。
王仁利	你就做了大媒!
王仁德	对!他答应事情说成了,给我二十块钱!
王仁利	二十块钱!
王仁德	我问你,哥哥,那时候你要是白捡二十块钱,你怎么样,是伸手,还是摇头?
王仁利	(苦笑了一下)……
王仁德	可是,嫂子不肯!
王仁利	她不肯?
王仁德	哥哥,别只看你自己不错,别人都是坏东西,别只想你自己委屈,别人都没有心肝!嫂了走后啊,我心里扎着疼了好几天。
诸所长	特别是对妇女,我们男人应当格外小心,别匆匆忙忙地下结论。

王仁利　后来，她怎么还是往前走了呢？
王仁德　她回到城里来，招弟儿丢啦。
王仁利　丢啦？
王仁德　嫂子把招弟托咐给一个姓宋的，姓宋的不是好人。嫂子回到城里，没回家，就先去看招弟儿，可是连姓宋的也没影儿啦。这样，嫂子知道你死了，婆家回不去，招弟儿又丢啦，我穷的帮不上忙，她可怎么办呢？你说？
王仁利　我……我没的说。
王仁德　我告诉嫂子，你自己的骨肉都完了，干吗不行行好，管管李家那个孩子呢？嫂子先看了看天祥，她喜欢这个孩子。
王仁利　她不会答应只管看那个孩子，不嫁给那个病鬼？
王仁德　他们不成为夫妇，姓李的死后，怎么承继那点钱呢？姓李的还有亲戚呀！就是这样，嫂子无可奈何地点了头。不久，姓李的就死啦，嫂子带着天祥搬进城来，躲开李家那些亲戚，省得他们都把眼睛睁得包子那么大，变着法子抢过那点钱去！从那以后，我没再来看嫂子，我心中有愧！有愧！北京解放以后，我又活了，可是，我心里这个疙瘩并没解开！我有勇气克服一切工作上的困难，可是一想起嫂子这件事，我就……
诸所长　二叔，这不都说出来了吗？心里的疙瘩就可以解开啦！二位叔叔，事情到底怎么办呢？
王仁德　叫一家子团圆吧，那不是最好的事吗？
诸所长　您说呢？大叔！
王仁利　我，我，我想老婆！想孩子！可是，谁知道孩子们怎么想，孩子们的妈怎么想呢？
诸所长　那还不好办吗？都是亲骨肉啊！
李天祥　（上）所长！哟！二叔！

王仁德　是我,见见,这是我的大哥,哥哥,这就是那个李天祥,嫂子把他拉扯大了的。

李天祥　您就是……

王仁德　我哥哥并没死。

王仁利　我这该死的人也不是怎么死不了!

李天祥　大叔,啊——

诸所长　就先叫大叔吧,以后再决定该叫什么。

李天祥　大叔,我妈妈是个最好的人,她把我拉扯大,我现在已是复员军人,就去搞工业。您要说愿意合并成一家,我完全拥护,我不能因为我一个人破坏了您一家的团圆!不管以前的事是怎么阴错阳差,今天,我们要都欢天喜地,您说呢?

王仁德　哥哥,我当初受过天祥的父亲二十块钱,我现在——(掏出一包儿钱来)一点小意思儿……我是要减轻一点我心里的包袱。(看仁利不接,放在桌上)

王仁利　天祥,你,你叫我说什么呢?你妈有什么意见呢?

李天祥　小刘同志、井奶奶、林三嫂,和我都劝过妈妈,都觉得从前的事越惨,现在就该越鼓足干劲,一家子高高兴兴地往前干!

刘超云　(上)所长,李大妈来了。(下)

李天祥　(迎上去)妈!妈!进来,别难为情!

王仁德　(迎上去)大嫂,我来了!

李珍桂　(说不上话来,面对着仁利)……

王仁利　(低下头去,然后立起来,走向李珍桂)招弟儿的妈!(哭)

李珍桂　招弟儿的爸!(也哭)

李天祥　妈!妈!别哭!说说心里的委屈!有我,您什么也不用怕!

李珍桂　唉!招弟儿的爸,你说,叫我说什么?

王仁德　哥哥,咱们的妈妈怎么不好,咱们自己怎么不好,该由咱们先说说！大嫂，当时呀，我要是有一碗粥喝，也不至于……我，我呀，就没那个骨头，打破"人穷志短"那句老话！

李天祥　二叔，您也别那么说，假若您当时没成全那回事，我现在在哪儿呢？这听起来，有点自私，可是妈妈并没有只图那几个钱，她的确把我教养大了！

王仁利　她把你养大了，可忍心地把自己的孩子丢了！

李珍桂　你等等，你妈妈把我跟招弟儿轰出来，小马儿始终跟着你妈妈。这不是我的错儿！

王仁利　那么招弟儿呢？

李珍桂　我承认我托错了人。可是，事后一想，我就想到她是叫人家给卖了。我就三天一趟，两天一趟，到一个妇女不该去的地方，去看，去问，想找到她！可是，看不到，问不到！我只能在天祥睡着了的时候叫招弟儿，哭招弟儿，不敢叫天祥听见、看见！我夜夜自己念道：叫我得个暴病死了吧！这种折磨不是一个妇女受得住的！我是个清清白白的人，也不知道怎么会弄得不清不白，连女儿都会进了……找不到招弟儿，我去找小马儿！你妈妈死了，不管你们王家门的后代，我管！小马儿是我身上掉下来的肉！我把孤儿院，连那时候堆垃圾的臭地方都找到了，没有！他是那么小，饿，容易饿死；冻，容易冻死！我的心里老插着一把刀子！

平海燕　（含泪，端过水来，扶李珍桂坐下）大妈！别太伤心了！

李珍桂　北京解放了，天祥越来越有出息，我喜欢；可是一想起招弟儿跟小马儿，我又极难过！

诸所长　李大妈，您为什么不早告诉我们一声儿呢？

李珍桂　孩子们是死是活，我不知道啊！再说，我有什么脸告诉你们呢？改嫁了的活人妻，找从前的儿女？要是传出去，我怎么再做街道工作呢？

王仁德　嫂子，你说活人妻，你知道哥哥没死？

李珍桂　解放前，我知道他是死了；解放后，我才知道他没死！

王仁德　怎么？

李珍桂　我看见过他！

平海燕　就是那回在大树底下……

李珍桂　不止那一回，我早就看见过他，他可是没看见我！我躲得快！我要是向前相认，他必定把我骂化了！他必定跟我要招弟儿跟小马儿，我，我怎么办呢？那天，在大树底下，我以为他是发现了我，我找算账来了，我自信是个干干净净的好人，可是就弄得连哭也不敢当着人哭，我爱咱们的新社会，我把街道上的事当作自己家里的事做，可是，插在我心上的那把刀子，老在那儿插着！我，我说不下去了！仁利，你看怎么办就怎么办吧！

[静场一会儿。

王仁德　哥哥，该你说话！

王仁利　（长叹）唉！

李天祥　我绝对愿意多添几个亲人！妈，咱们那两间屋子，你们老两口住一间，叫弟弟睡我的床，我不是马上得走吗？

刘超云　（上）所长，他们回来了！我请井奶奶去。（下）

王新英　（先跑进来，王秀竹后面跟随）所长，找到妈妈了吗？

王秀竹　妈！（扑过去）妈！我是招弟儿！

王仁利　招弟儿！小马儿！

王秀竹　爸爸！新英，这是爸爸！（秀竹仍抱着妈妈，新英扑奔父亲）孩子们，这不是一个梦吗？
王新英　不是梦！是人民警察做的好事！
李珍桂　孩子们，这是你们的二叔！
王新英
王秀竹　二叔！二叔！
王仁德　孩子们（拿起小包儿），拿着这个吧！（递给新英）我赶紧回公社，你们闲着来看我，我闲着来看你们！所长，我们一家都感激不尽哪！
诸所长　二叔，您就不成个家吗？
王仁德　好所长，你听我的喜信吧！我们厨房里有个寡妇，近来我们感情不错！
王仁利　小马儿（示意）……
王新英　（把钱递回）二叔，您留着结婚用吧！
王仁德　那……
李珍桂　老二，你拿着吧！招弟儿，小马儿，见见你们的大哥天祥。
王秀竹　我是老大，哪儿来的大哥呢？
李珍桂　先见见，待会儿再细说！
李天祥　不管你们俩怎样，我愿意添一个妹妹，一个弟弟！（三人搂在一处）
刘超云　（搀着井奶奶上，林三嫂随后进来）老奶奶，看看吧，这是一家大团圆！
井奶奶　好啊！好啊！我就说嘛，掉眼泪的年月过去了！我说对了吧？
林三嫂　所长，你跟小刘同志说说，他今儿个又抢水桶，不叫我给老奶奶挑水，这不是不尊重妇女吗？
诸所长　小刘，你不要再去挑水，让我去挑吧！

[众笑。

丁　宏　（跑进来）怎么样啦？

王秀竹　都解决了！妈，这是丁宏，我的朋友！

丁　宏　老太太，我跟秀竹马上结婚，诸所长还答应来贺喜呢！

李珍桂　好！好！我马上给招弟儿赶一身新衣裳！所长，小平，小刘，我要说些感谢你们的客气话啊，就不大对了，我要在工作上对得起你们！

王仁利　所长，我也那样。招弟儿的妈，上你那儿去吧？

沈维义　（跑进来）等等，（拿起照像机）都请站好！

林三嫂　也有我吗？

沈维义　都有！照完全体的，再给他们照一张全家福！

——幕落·全剧终

经典阅读文学馆.一

你若安好便是晴天

刘磊 / 主编

红旗出版社

图书在版编目（CIP）数据

你若安好便是晴天 / 刘磊主编. — 北京：红旗出版社，2019.8
（经典阅读文学馆. 一）
ISBN 978-7-5051-4911-3

Ⅰ.①你… Ⅱ.①刘… Ⅲ.①中国文学—现代文学—作品综合集 Ⅳ.①I216.2

中国版本图书馆CIP数据核字（2019）第163336号

书　名　你若安好便是晴天
主　编　刘磊

出 品 人	唐中祥	总 监 制	褚定华
选题策划	华语蓝图	责任编辑	王馥嘉　朱小玲

出版发行	红旗出版社	地　　址	北京市丰台区中核路1号
编 辑 部	010-57274497	邮政编码	100727
发 行 部	010-57270296		
印　　刷	永清县晔盛亚胶印有限公司		
开　　本	880毫米×1168毫米　1/32		
印　　张	40		
字　　数	720千字		
版　　次	2019年8月北京第1版		
印　　次	2020年4月北京第1次印刷		

ISBN 978-7-5051-4911-3　　　　定　价　160.00元（全8册）

版权所有　翻印必究　印装有误　负责调换

前　言

　　古希腊大哲学家亚里士多德有过一段精彩论述，他说："播种一种行为，收获一种习惯；播种一种习惯，收获一种品格；播种一种品格，收获一种命运。"习惯优秀才是真正的优秀。养成良好的习惯可以改变一个人，而良好的阅读习惯更是青少年不可或缺的好习惯之一。

　　阅读是一种需要，也是一种享受。"人的天性像是野生的花草，读书像是修剪移栽。"由此可见，一个人的阅读史就是他的精神发育史。"读书足以怡情，足以傅彩，足以长才。其怡情也，最见于独处幽居之时；其傅彩也，最见于高谈阔论之中；其长才也，最见于处世判事之际。"的确，那些最美的篇章、最有启发性的词句、最感人的情怀，不但让我们心生爱念、心怀感动，更重要的是可以提升我们的文化底蕴，增长我们的才干。在紧张忙碌的学习之余，在轻松悠闲的假日时光里，捧一本书，荡漾于人类最真实的情感和最真挚的文字中，思接千载，神游八荒，慢慢体悟人生，憧憬美好的未来，那才是最好的青春年少。

书是我们的良师益友,"读一本好书就像和许多高尚的人在谈话"。尤其是那些盛传不衰的名家名作,是各民族文化与历史的浓缩,对各国文化的交流、传承起着桥梁和纽带的作用。是经过大浪淘沙,为人们所公认的世界文学园囿里的奇葩。阅读名家名作,就相当于穿越时空和一位位大师在对话,可以开启青少年的心智,陶冶青少年的情操,如春风化雨般,潜移默化地提升青少年的文学素养。

鉴于此,我们根据国家教育部指定的语文新课标阅读目录,反复甄选,披沙拣金,选编了这套《经典阅读文学馆》。本套丛书所选篇目包括"人民艺术家"老舍、民国才女林徽因、雨巷诗人戴望舒等顶尖大师的巅峰之作,可以说,它是一套值得珍藏一生的最佳阅读丛书,这些优秀作品,会让你的生活更加丰富,也能在潜移默化中改变你的人生。

希望本套丛书能成为青少年喜爱阅读、乐于接受的课外读物。让这套丛书陪伴广大青少年朋友走过金色年华,踏上成功之路。

目 录

第一辑 一片阳光

一片阳光 …………………………………… 002

悼志摩 ……………………………………… 007

惟其是脆嫩 ………………………………… 017

山西通信 …………………………………… 021

纪念志摩去世四周年 ……………………… 024

蛛丝和梅花 ………………………………… 032

《文艺丛刊小说选》题记 ………………… 036

究竟怎么一回事 …………………………… 041

彼　此 ……………………………………… 047

夜莺与玫瑰 ………………………………… 053

窗子以外 …………………………………… 060

第二辑 九十九度中

九十九度中 ………………………………… 070

绣　绣 ……………………………………… 094

窘 …………………………………… 107
钟　绿 ………………………………… 128
吉　公 ………………………………… 142

第一辑
一片阳光

一片阳光

放了假,春初的日子松弛下来。将午未午时候的阳光,澄黄的一片,由窗槛横浸到室内,晶莹地四处射。我有点发怔,习惯地在沉寂中惊讶我的周围。我望着太阳那湛明的体质,像要辨别它那交织绚烂的色泽,追逐它那不着痕迹的流动。看它洁净地映到书桌上时,我感到桌面上平铺着一种恬静,一种精神上的豪兴,情趣上的闲逸;即或所谓"窗明几净",那里默守着神秘的期待,漾开诗的气氛。那种静,在静里似可听到那一处琤瑽的泉流,和着仿佛是断续的琴声,低诉着一个幽独者自娱的音调。看到这同一片阳光射到地上时,我感到地面上花影浮动,暗香吹拂左右,人随着响午的光霭花气在变幻,那种动,柔谐婉转有如无声音乐,令人悠然轻快,不自觉地脱落伤愁。至多,在舒扬理智的客观里使我偶一回头,看看过去幼年记忆步履所留的残迹,有点儿惋惜时间；微微怪时间不能保存情绪，保存那一切情绪所曾流连的境界。

倚在软椅上不但奢侈，也许更是一种过失，有闲的过失。但东坡的辩护"懒者常似静，静岂懒者徒"，不是没有道理。如果此刻不倚榻上而"静"，则方才情绪所兜的小小圈子便无条件地失落了去！人家就不可惜它，自己却实在不能不感到这种亲密的损失的可哀。

就说它是情绪上的小小旅行吧，不走并无不可，不过走走未始不是更好。归根说，我们活在这世上到底最珍惜一些什么？果真珍惜万物之灵的人的活动所产生的种种，所谓人类文化？这人类文化到底又靠一些什么？我们怀疑或许就是人身上那一撮精神同机体的感觉，生理心理所共起的情感，所激发出的一串行为，所聚敛的一点智慧，——那么一点点人之所以为人的表现。宇宙万物客观的本无所可珍惜，反映在人性上的山川草木禽兽才开始有了秀丽，有了气质，有了灵犀。反映在人性上的人自己更不用说。没有人的感觉，人的情感，即便有自然，也就没有自然的美，抑或神方面更无所谓人的智慧，人的创造，人的一切生活艺术的表现！这样说来，谁该鄙弃自己感觉上的小小旅行？为壮壮自己胆子，我们更该相信惟其人类有这类情绪的驰骋，实际的世间才赓续着产生我们精神所寄托的文物精萃。

此刻我竟可以微微一咳嗽，乃至于用播音的圆润口调说：我们既然无疑地珍惜文化，即尊重盘古到今种种的艺术——无论是抽象的思想的艺术，或是具体的驾驭天然材料另创的非天然形象——则对于艺术所由来的渊源，那点点人的感觉，人的情感智慧（通称人的情绪的），又当如何地珍惜才算合理？

　　但是情绪的驰骋，显然不是诗或画或任何其他艺术建造的完成。这驰骋此刻虽占了自己生活的若干时间，却并不在空间里占任何一个小小位置！这个情形自己需完全明了。此刻它仅是一种无踪迹的流动，并无栖身的形体。它或含有各种或可捉摸的质素，但是好奇的探讨这个质素而具体要表现它的差事，无论其有无意义，除却本人外，别人是无能为力的。我此刻为着一片清婉可喜的阳光，分明自己在对内心交流变化的各种联想发生一种兴趣的注意，换句话说，这好奇与兴趣的注意已是我此刻生活的活动。一种力量又迫着我来把握住这个活动，而设法表现它，这不易抑制的冲动，或即所谓艺术冲动也未可知！只记得冷静的杜工部散散步，看看花，也不免会有"江上被花恼不彻，无处告诉只颠狂"的情绪上一片紊乱！玲珑煦暖的阳光照人面前，那美的感人力量就不减于花，不容我生硬地自己把情绪分划为有闲与实际的两种，而权其轻重，然后再决定取舍的。我也只有情绪上的一片紊乱。

　　情绪的旅行本偶然的事，今天一开头便为着这片春初晌午的阳光，现在也还是为着它。房间内有两种豪侈的光常叫我的心绪紧张如同花开，趁着感觉的微风，深浅零乱于冷智的枝叶中间。一种是烛光，高高的台座，长垂的烛泪，熊熊红焰当帘幕四下时各处光影掩映。那种闪烁明艳，雅有古意，明明是画中景象，却含有更多诗的成分。另一种便是这初春晌午的阳光，到时候有意无意的大片子洒落满室，那些窗槛栏板几案笔砚浴在光霭中，一时全成了静物图案；再有红蕊细枝点缀几处，室内更是轻香浮溢，叫人俯仰全触到一种灵性。

这种说法怕有点会发生误会，我并不说这片子阳光射入室内，需要笔砚花香那些儒雅的托衬才能动人，我的意思倒是：室内顶寻常的一些供设，只要一片阳光这样又幽娴又洒脱地落在上面，一切都会带上另一种动人的气息。

这里要说到我最初认识的一片阳光。那年我六岁，记得是刚刚出了水珠以后——水珠即寻常水痘，不过我家乡的话叫它做水珠。当时我很喜欢那美丽的名字，忘却它是一种病，因而也觉到一种神秘的骄傲。只要人过我窗口问问出"水珠"么？我就感到一种荣耀。那个感觉至今还印在脑子里。也为这个缘故，我还记得病中奢侈的愉悦心境。虽然同其他多次的害病一样，那次我仍然是孤独地被囚禁在一间房屋里休养的。那是我们老宅子里最后的一进房子：白粉墙围着小小院子，北面一排三间，当中夹着一个开敞的厅堂。我病在东头娘的卧室里。西头是婶婶的住房。娘同婶永远要在祖母的前院里行使她们女人们的职务的，于是我常是这三间房屋惟一留守的主人。

在那三间屋子里病着，那经验是难堪的。时间过得特别慢，尤其是在日中毫无睡意的时候。起初，我仅集注我的听觉在各种似脚步，又不似脚步的上面。猜想着，等候着，希望着人来。间或听听隔墙各种琐碎的声音，由墙基底下传达出来又消敛了去。过一会，我就不耐烦了——不记得是怎样的，我就趿着鞋，捱着木床走到房门边。房门向着厅堂斜斜地开着一扇,我便扶着门框好奇地向外探望。

那时大概刚是午后两点钟光景,一张刚开过饭的八仙桌,异常寂寞地立在当中。桌下一片由厅口处射进来的阳光,泄泄融融地倒在那里。一个绝对悄寂的周围伴着这一片无声的金色的晶莹,不知为什么,忽使我六岁孩子的心里起了一次极不平常的振荡。那里并没有几案花香,美术的布置,只是一张极寻常的八仙桌。如果我的记忆没有错,那上面在不多时间以前,是刚陈列过咸鱼、酱菜一类极寻常俭朴的午餐的。小孩子的心却呆了。或许两只眼睛倒张大一点,四处地望,似乎在寻觅一个问题的答案。为什么那片阳光美得那样动人?我记得我爬到房内窗前的桌子上坐着,有意无意地望望窗外,院里粉墙疏影同室内那片金色和煦绝然不同趣味。顺便我翻开手边娘梳妆用的旧式镜箱,又上下摇动那小排状抽屉,同那刻成花篮形小铜坠子,不时听雀跃过枝清脆的鸟语。心里却仍为着那片阳光隐着一片模糊的疑问。

时间经过二十多年,直到今天,又是这样一泄阳光,一片不可捉摸,不可思议流动的而又恬静的瑰宝,我才明白我那问题是永远没有答案的。事实上仅是如此:一张孤独的桌,一角寂寞的厅堂,一只灵巧的镜箱,或窗外断续的鸟语,和水珠——那美丽小孩子的病名——便凑巧永远同初春静沉的阳光整整复斜斜的成了我回忆中极自然的联想。

悼志摩

十一月十九日我们的好朋友,许多人都爱戴的新诗人,徐志摩突兀的,不可信的,残酷的,在飞机上遇险而死去。这消息在二十日的早上像一根针刺触到许多朋友的心上,顿使那一早的天墨一般地昏黑,哀恸的咽哽锁住每一个人的嗓子。

志摩……死……谁曾将这两个句子连在一处想过!他是那样活泼的一个人,那样刚刚站在壮年的顶峰上的一个人。朋友们常常惊讶他的活动,他那像小孩般的精神和认真,谁又会想到他死?

突然的,他闯出我们这共同的世界,沉入永远的静寂,不给我们一点预告,一点准备,或是一个最后希望的余地。这种几乎近于忍心的决绝,那一天不知震麻了多少朋友的心?现在那不能否认的事实,仍然无情地挡在我们前面。任凭我们多苦楚的哀悼他的惨死,多迫切的希冀能够仍然接触到他原来的音容，事实是不会为体贴我们这悲念而有些许更改，而他也不会为不忍我们这伤悼而有些许活动的可能！这难堪的永远静寂和消沉便是死的最残酷处。

我们不迷信的，没有宗教地望着这死的帷幕，更是丝毫没有把握。张开口我们不会呼吁，闭上眼不会入梦，徘徊在理智和情感的边沿，我们不能预期后会，对这死，我们只是永远发怔，吞咽枯涩的泪；待时间来剥削着哀恸的尖锐，痂结我们每次悲悼的创伤。那一天下午初得到消息的许多朋友不是全跑到胡适之先生家里么？但是除去拭泪相对，默然围坐外，谁也没有主意，谁也不知有什么话说，对这死！

谁也没有主意，谁也没有话说！事实不容我们安插任何的希望，情感不容我们不伤悼这突兀的不幸，理智又不容我们有超自然的幻想！默然相对，默然围坐……而志摩则仍是死去没有回头，没有音讯，永远地不会回头，永远地不会再有音讯。

我们中间没有绝对信命运之说的，但是对着这不测的人生，谁不感到惊异，对着那许多事实的痕迹又如何不感到人力的脆弱，智慧的有限。世事尽有定数？世事尽是偶然？对这永远的疑问我们什么时候能有完全的把握？

在我们前边展开的只是一堆坚质的事实：

"是的，他十九晨有电报来给我……

"十九早晨，是的！说下午三点准到南苑，派车接……

"电报是九时从南京飞机场发出的……

"刚是他开始飞行以后所发……

"派车接去了，等到四点半……说飞机没有到……

"没有到……航空公司说济南有雾……很大……"只是一个钟头的差别；下午三时到南苑，济南有雾！谁相信就是这一个钟头中便可以有这么不同事实的发生，志摩，我的朋友！

他离平的前一晚我仍见到，那时候他还不知道他次晨南旅的，飞机改期过三次，他曾说如果再改下去，他便不走了的。我和他同由一个茶会出来，在总布胡同口分手。在这茶会里我们请的是为太平洋会议来的一个柏雷博士，因为他是志摩生平最爱慕的女作家曼殊斐儿的姊丈，志摩十分的殷勤；希望可以再从柏雷口中得些关于曼殊斐儿早年的影子，只因限于时间，我们茶后匆匆地便散了。

晚上我有约会出去了，回来时很晚，听差说他又来过，适遇我们夫妇刚走，他自己坐了一会儿，喝了一壶茶，在桌上写了些字便走了。我到桌上一看：

"定明早六时飞行，此去存亡不卜……"我怔住了，心中一阵不痛快，却忙给他一个电话。

"你放心。"他说，"很稳当的，我还要留着生命看更伟大的事迹呢，哪能便死？……"

话虽是这样说，他却是已经死了整两周了！

现在这事实一天比一天更结实，更固定，更不容否认。志摩是死了，这个简单残酷的实际早又添上时间的色彩，一周，两周，一直的增长下去……

我不该在这里语无伦次地，尽管呻吟我们做朋友的悲哀情绪。归根说，读者抱着我们文字看，也就是像志摩的请柏雷一样，要从我们口里再听到关于志摩的一些事。这个我明白，只怕我不能使你们满意，因为关于他的事，动听的，使青年人知道这里有个不可多得的人格存在的，实在太多，绝不是几千字可以表达得完。谁也得承认像他这样的一个人，世间便不轻易有几个的，无论在中国或是外国。

我认得他，今年整十年，那时候他在伦敦经济学院，尚未去康桥。我初次遇到他，也就是他初次认识到影响他迁学的狄更生先生。不用说他和我父亲最谈得来，虽然他们年岁上差别不算少，一见面之后便互相引为知己。他到康桥之后由狄更生介绍进了皇家学院，当时和他同学的有我姊丈温君源宁。一直到最近两个月中源宁还常在说他当时的许多笑话，虽然说是笑话，那也是他对志摩最早的一个惊异的印象。

志摩认真的诗情，绝不含有任何矫伪，他那种痴，那种孩子似的天真实能令人惊讶。

源宁说，有一天他在校舍里读书，外边下起了倾盆大雨——惟是英伦那样的岛国才有的狂雨——忽然他听到有人猛敲他的房门，外边跳进一个被雨水淋得全湿的客人。不用说他便是志摩，一进门一把扯着源宁向外跑，说快来我们到桥上去等着。这一来把源宁怔住了，他问志摩等什么在这大雨里。志摩睁大了眼睛，孩子似的高兴地说"看雨后的虹去"。源宁不止说他不去，并且劝志摩趁早将湿透的衣服换下，再穿上雨衣出去，英国的湿气岂是儿戏，志摩不等他说完，一溜烟地自己跑了。

以后我好奇地曾问过志摩这故事的真确,他笑着点头承认这全段故事的真实。我问:"那么下文呢,你立在桥上等了多久,并且看到虹了没有?"他说记不清但是他居然看到了虹。我诧异地打断他对那虹的描写,问他:"怎么你便知道,准会有虹的?"他得意地笑答我说:"完全诗意的信仰!"

"完全诗意的信仰",我可要在这里哭了!也就是为这"诗意的信仰"他硬要借航空的方便达到他"想飞"的宿愿!"飞机是很稳当的"他说,"如果要出事那是我的运命!"他真对运命这样完全诗意的信仰!

志摩,我的朋友,死本来也不过是一个新的旅程,我们没有到过的,不免过分地怀疑,死不定就比这生苦,"我们不能轻易断定那一边没有阳光与人情的温慰",但是我前边说过最难堪的是这永远的静寂。

我们生在这没有宗教的时代,对这死实在太没有把握了。这以后许多思念你的日子,怕要全是昏暗的苦楚,不会有一点点光明,除非我也有你那美丽的诗意的信仰!

我个人的悲绪不禁又来扰乱我对他生前许多清晰的回忆,朋友们原谅。

诗人的志摩用不着我来多说,他那许多诗文便是估价他的天平。我们新诗的历史才是这样的短,恐怕他的判断人尚在我们儿孙辈的中间。我要谈的是诗人之外的志摩。

人家说志摩的为人只是不经意的浪漫,志摩的诗全是抒情诗,这断语从不认识他的人听来可以说很公平,从他朋友们看来实在是对不起他。志摩是个很古怪的人,浪漫固然,但他人格里最精华的却是他对人的同情,和蔼,和优容;没有一个人他对他不和蔼,没有一种人,他不能优容,没有一种的情感,他绝对地不能表同情。

我不说了解,因为不是许多人爱说志摩最不解人情么?我说他的特点也就在这上头。我们寻常人就爱说了解;能了解的我们便同情,不了解的我们便很落寞乃至于酷刻。表同情于我们能了解的,我们以为很适当;不表同情于我们不能了解的,我们也认为很公平。

志摩则不然,了解与不了解,他并没有过分地夸张,他只知道温存,和平,体贴,只要他知道有情感的存在,无论出自何人,在何等情况下,他理智上认为适当与否,他全能表几分同情,他真能体会原谅他人与他自己不相同处。从不会刻薄地单支出严格的迫仄的道德的天平指摘凡是与他不同的人。

他这样的温和,这样的优容,真能使许多人惭愧,我可以忠实地说,至少他要比我们多数的人伟大许多;他觉得人类各种的情感动作全有它不同的,价值放大了的人类的眼光,同情是不该只限于我们划定的范围内。

他是对的,朋友们,归根说,我们能够懂得几个人,了解几桩事,几种情感?哪一桩事,哪一个人没有多面的看法!

为此说来志摩的朋友之多,不是个可怪的事;凡是认得他的人不论深浅对他全有特殊的感情,也是极为自然的结果。而反过来看他自己在他一生的过程中却是很少得着同情的。

不止如是，他还曾为他的一点理想的愚诚几次几乎不见容于社会。但是他却未曾为这个鄙吝他给他人的同情心，他的性情，不曾为受了刺激而转变刻薄暴戾过，谁能不承认他几有超人的宽量。

志摩的最动人的特点，是他那不可信的纯净的天真，对他的理想的愚诚，对艺术欣赏的认真，体会情感的切实，全是难能可贵到极点。

他站在雨中等虹，他甘冒社会的大不韪争他的恋爱自由；他坐曲折的火车到乡间去拜哈岱，他抛弃博士一类的引诱卷了书包到英国，只为要拜罗素做老师，他为了一种特异的境遇，一时特异的感动，从此在生命途中冒险，从此抛弃所有的旧业，只是尝试写几行新诗——这几年新诗尝试的运命并不太令人踊跃，冷嘲热骂只是家常便饭——他常能走几里路去采几茎花，费许多周折去看一个朋友说两句话；这些，还有许多，都不是我们寻常能够轻易了解的神秘。

我说神秘，其实竟许是傻，是痴！事实上他只是比我们认真，虔诚到傻气，到痴！他愉快起来他的快乐的翅膀可以碰得到天，他忧伤起来，他的悲戚是深得没有底。寻常评价的衡量在他手里失了效用，利害轻重他自有他的看法，纯是艺术的情感的脱离寻常的原则，所以往常人常听到朋友们说到他总爱带着嗟叹的口吻说："那是志摩，你又有什么法子！"

他真的是个怪人么？朋友们，不，一点都不是，他只是比我们近情近理，比我们热诚，比我们天真，比我们对万物都更有信仰，对神，对人，对灵，对自然，对艺术！

朋友们，我们失掉的不止是一个朋友，一个诗人，我们丢掉的是个极难得可爱的人格。

至于他的作品全是抒情的么？他的兴趣只限于情感么？更是不对。志摩的兴趣是极广泛的。就有几件，说起来，不认得他的人便要奇怪。

他早年很喜欢数学，他始终极喜欢天文，他对天上星宿的名字和部位就认得很多，最喜暑夜观星，好几次他坐火车都是带着关于宇宙的科学的书。他曾经译过爱因斯坦的相对论，并且在一九二二年便写过一篇关于相对论的东西登在《民铎》杂志上。他常向思成说笑："任公先生的相对论的知识还是从我徐君志摩大作上得来的呢，因为他说他看过许多关于爱因斯坦的哲学都未曾看懂，看到志摩的那篇才懂了。"

今夏我在香山养病，他常来闲谈，有天谈到他幼年上学的经过和美国克莱克大学两年学经济学的景况，我们不禁对笑了半天，后来他在他的《猛虎集》的"序"里也说了那么一段。可是奇怪的！他不像许多天才，幼年里上学，不是不及格，便是被斥退，他是常得优等的，听说有一次康乃尔暑校里一个极严的经济教授还写了信去克莱克大学教授那里恭维他的学生，关于一门很难的功课。

我不是为志摩在这里夸张，因为事实上只有为了这桩事，今夏志摩自己便笑得不亦乐乎！

此外，他的兴趣对于戏剧绘画都极深浓，戏剧不用说，与诗文是那么接近，他领略绘画的天才也颇为可观，后期印象派的几个画家,他都有极精密的爱恶,对于文艺复兴时代那几位,他也很熟悉,他最爱鲍蒂切利和达文骞。自然他也常承认文人喜画常是间接地受了别人论文的影响,他的,就受了法兰(RogerFry)和斐德(Walter Pater)的不少。

对于建筑审美他常常对思成和我道歉说:"太对不起,我的建筑常识全是Ruskins那一套。"他知道我们是讨厌Ruskins的。但是为看一个古建的残址,一块石刻,他比任何人都热心,都更能静心领略。

他喜欢色彩,虽然他自己不会作画,暑假里他曾从杭州给我几封信,他自己叫它们做"描写的水彩画",他用英文极细致地写出西边桑田的颜色,每一分嫩绿,每一色鹅黄,他都仔细地观察到。又有一次他望着我园里一带断墙半晌不语,过后他告诉我说,他正在默默体会,想要描写那墙上向晚的艳阳和刚刚入秋的藤萝。

对于音乐,中西的他都爱好,不止爱好,他那种热心便唤醒过北京一次——也许唯一的一次——对音乐的注意。谁也忘不了那一年,克拉斯拉到北京在"真光"拉一个多钟头的提琴。对旧剧他也得算"在行",他最后在北京那几天我们曾接连地同去听好几出戏,回家时我们讨论的热闹,比任何剧评都诚恳都起劲。

谁相信这样的一个人,这样忠实于"生"的一个人,会这样早地永远地离开我们另投一个世界,永远地静寂下去,不再透些许声息!

我不敢再往下写，志摩若是有灵听到比他年轻许多的一个小朋友拿着老声老气的语调谈到他的为人不觉得不快么？

这里我又来个极难堪的回忆，那一年他在这同一个的报纸上写了那篇伤我父亲惨故的文章，这梦幻似的人生转了几个弯，曾几何时，却轮到我在这风紧夜深里握吊他的惨变。这是什么人生？什么风涛？什么道路？

志摩，你这最后的解脱未始不是幸福，不是聪明，我该当羡慕你才是。

原载《北平晨报》第9版"北晨学园哀悼志摩专号"

1931年12月7日

惟其是脆嫩

活在这非常富于刺激性的年头里,我敢喘一口气说,我相信一定有多数人成天里为观察听闻到的,牵动了神经,从跳动而有血裹着的心底下累积起各种的情感,直冲出嗓子,逼成了语言到舌头上来。这自然丰富的累积,有时更会倾溢出少数人的唇舌,再奔进到笔尖上,另具形式变成在白纸上驰骋的文字。这种文字便全是我们这个时代的出产,大家该千万珍视它!

现在,无论在哪里,假如有一个或多种的机会,我们能把许多这种自然触发出来的文字,交出给同时代的大众见面,因而或能激动起更多方面,更复杂的情感,和由这情感而形成更多方式的文字;一直造成了一大片丰富而且有力的创作的田壤,森林,江山……产生结结实实的我们这个时代特有的表情和文章；我们该不该诚恳地注意到这机会或能造出的事业，各人将各人的一点点心血献出来尝试？

假使，这里又有了机会联聚起许多人，为要介绍许多方面的文字，更进而研讨文章的质的方面；或指出以往文章的历程，或讲究到各种文章上比较的问题，进而无形地讲究到程度和标准等问题。我又敢相信，在这种景况下定会发生更严重鼓励写作的主动力。使创作界增加问题，或许。惟其是增加了问题，才助益到创造界的活泼和健康。文艺绝不是蓬勃丛生的杂草。

我们可否直爽地承认一桩事？创作的鼓动时常要靠着刊物把它的成绩布散出去吹风，晒太阳，和时代的读者把晤的。被风吹冷了，太阳晒萎了，固常有的事。被读者所欢迎，所冷淡，或误会，或同情，归根应该都是激动创造力的药剂！

至于，一来就高举趾，二来就气馁的作者，每个时代都免不了有他们起落踪迹。这个与创作界主体的展动只成枝节问题。哪一个创作兴旺的时代缺得了介绍散布作品的刊物，同那或能同情，或不了解的读众？

创作品是不能不与时代见面的，虽然作者的名姓，则并不一定。伟大作品没有和本时代见面，而被他时代发现珍视的固然有，但也只是偶然例外的事。

希腊悲剧是在几万人前面唱演的，莎士比亚的戏更是街头巷尾的粗人看得到的。到有刊物时代的欧洲，更不用说，一首诗文出来人人争买着看，就是中国在印刷艰难的时候，也是什么"传诵一时";什么"人手一抄"等……

创作的主力固在心底,但逼迫着这只有时间性的情绪语言而留它在空间里的,却常是刊物这一类的鼓励和努力所促成。

现走遍人间是能刺激起创作的主力。尤其在中国,这种日子,那一副眼睛看到了些什么,舌头底下不立刻紧急地想说话,乃至于歌泣!如果创作界仍然有点消沉寂寞的话——努力的少,尝试的稀罕——那或是有别的缘故而使然。

我们问:能鼓励创作界的活跃性的是些什么?刊物是否可以救济这消沉的?努力于刊物的诞生的人们,一定知道刊物又时常会因为别的复杂原因而夭折的。它常是极脆嫩的孩儿……那么有创作冲动的笔锋,努力于刊物的手臂,此刻何不连在一起,再来一次合作,逼着创造界又挺出一个新鲜的萌芽!管它将来能不能成田壤,成森林,成江山,一个萌芽是一个萌芽。

脆嫩?惟其是脆嫩,我们大家才更要来爱护它。

这时代是我们特有的,结果我们单有情感而没有表现这情绪的艺术,眼看着后代人笑我们是黑暗时代的哑子,没有艺术,没有文章,乃至于怀疑到我们有没有情感!

回头再看到祖宗传流下那神气的衣钵,怎不觉得惭愧!说世乱,杜老头子过的是什么日子!辛稼轩当日的愤慨当使我们同情!……何必诉,诉不完。

难道现在我们这时代没有形形色色的人物,喜剧悲剧般的人生作题?难道我们现时没有美丽,没有风雅,没有丑陋、恐慌，没有感慨，没有希望？！难道连经这些天灾人祸，我们都不会描述，身受这许多刺骨的辱痛，我们都不会愤慨高歌进出一缕滚沸的血流？！

难道我们真麻木了不成？难道我们这时代的语辞真贫穷得不能达意？难道我们这时代真没有学问真没有文章？！朋友们努力挺出一根活的萌芽来，记着这个时代是我们的。

原载《大公报·文艺副刊》第1期

1933年9月23日

山西通信

×××：

居然到了山西，天是透明的蓝，白云更流动得使人可以忘记很多的事，单单在一点什么感情底下，打滴溜转；更不用说到那山山水水，小堡垒，村落，反映着夕阳的一角庙，一座塔！景物是美得到处使人心慌心痛。

我是没有出过门的，没有动身之前不容易动，走出来之后却就不知道如何流落才好。

旬日来眼看去的都是图画，日子都是可以歌唱的古事。黑夜里在山场里看河南来到山西的匠人，围住一个大红炉子打铁，火花和铿锵的声响，散到四团黑影里去。微月中步行寻到田垄废庙，划一根"取灯"偷偷照看那瞭望观音的脸，一片平静。几百年来，没有动过感情的，在那一闪光底下，倒像挂上一缕笑意。

我们因为探访古迹走了许多路;在种种情形之下感慨到古今兴废。在草丛里读碑碣,在砖堆中间偶然碰到菩萨的一双手,一个微笑,都是可以激动起一些不平常的感觉来的。

乡村的各种浪漫的位置,秀丽天真;中间人物维持着老老实实的鲜艳颜色,老的扶着拐杖,小的赤着胸背,沿路上点缀的,尽是他们明亮的眼睛和笑脸。

由北平城里来的我们,东看看,西走走,夕阳背在背上,真和掉在另一个世界里一样!云块,天,和我们之间似乎失掉了一切障碍。我乐时就高兴地笑,笑声一直散到对河对山,说不定哪一个林子,哪一个村落里去!我感觉到一种平坦,竟许是辽阔,和地面恰恰平行着舒展开来,感觉的最边沿的边沿,和大地的边沿,永远赛着向前伸……

我不会说,说起来也只是一片疯话,人家不耐烦听。让我描写一些实际情形我又不大会,总而言之,远地里,一片田亩有人在工作,上面青的,黄的,紫的,分行地长着;每一处山坡上,有人在走路,放羊,迎着阳光,背着阳光,投射着转动的光影;每一个小城,前面站着城楼,旁边睡着小庙,那里又托出一座石塔,神和人,都服帖的,满足的,守着他们那一角天地。近地里,则更有的是热闹,一条街里站满了人,孩子头上梳着三个小辫子的,四个小辫子的,乃至于五六个小辫子的,衣服简单到只剩一个红兜肚,上面隐约也绣有她嬷嬷挑的两三朵花!

娘娘庙前面树荫底下,你又能阻止谁来看热闹?教书先生出来了,军队里兵卒拉着马过来了,几个女人娇羞地手拉着手,也扭着来站在一边了,小孩子争着挤,看我们照相,拉皮尺量平面,教书先生帮忙我们拓碑文。

说起来这个那个庙,都是年代可多了,什么时候盖的,谁也说不清了!说话之人来得太多,我们工作实在发生困难了,可是我们大家都顶高兴的,小孩子一边抱着饭碗吃饭,一边睁着大眼看,一点子也不松懈。

我们走时总是一村子的人来送的,儿媳妇指着说给老婆婆听,小孩们跑着还要跟上一段路。开栅镇,小相村,大相村,哪一处不是一样的热闹,看到北齐天保三年造像碑,我们不小心的,漏出一个惊异的叫喊,他们乡里弯着背的,老点儿的人,就也露出一个得意的微笑,知道他们村里的宝贝,居然吓着这古怪的来客了。

"年代多了吧?"他们骄傲地问。"多了多了。"我们高兴地回答,"差不多一千四百年了。""呀,一千四百年!"我们便一齐骄傲起来。

我们看看这里金元重修的,那里明季重修的殿宇,讨论那式样做法的特异处,塑像神气,手续,天就渐渐黑下来,嘴里觉到渴,肚里觉到饿,才记起一天的日子圆圆整整地就快结束了。回来躺在床上,绮丽鲜明的印象仍然挂在眼睛前边,引导着种种适意的梦,同时晚饭上所吃的菜蔬果子,便给养充实着,我们明天的精力,直到一大颗太阳,红红的照在我们的脸上。

原载《大公报·文艺副刊》第96期第12版
1934年8月25日

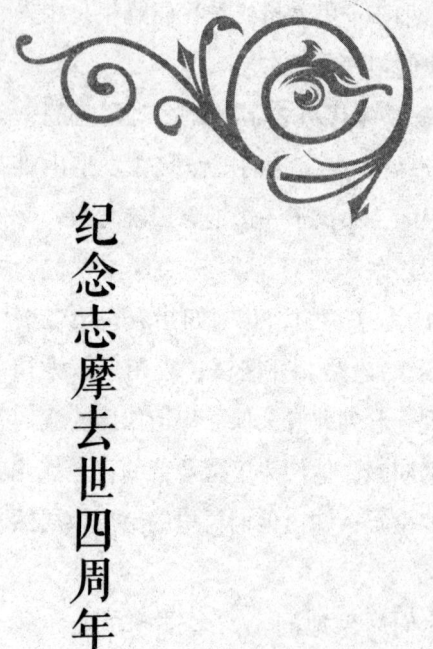

纪念志摩去世四周年

今天是你走脱这世界的四周年！朋友，我们这次拿什么来纪念你？前两次的用香花感伤地围上你的照片，抑住嗓子底下叹息和悲哽，朋友和朋友无聊地对望着，完成一种纪念的形式，俨然是愚蠢的失败。因为那时那种近于伤感，而又不够宗教庄严的举动，除却点明了你和我们中间的距离，生和死的间隔外，实在没有别的成效；几乎完全不能达到任何真实纪念的意义。

去年今日我意外地由浙南路过你的家乡，在昏沉的夜色里我独立火车门外,凝望着那幽黯的站台,默默地回忆许多不相连续的过往残片,直到生和死间居然幻成一片模糊,人生和火车似的蜿蜒一串疑问在苍茫间奔驰。我想起你的:

火车擒住轨,在黑夜里奔
过山,过水,过……

如果那时候我的眼泪曾不自主地溢出睫外,我知道你定会原谅我的。你应当相信我不会向悲哀投降,什么时候我都相信倔强的忠于生的,即使人生如你底下所说:

就凭那精窄的两道,算是轨,
驮着这份重,梦一般的累坠!

就在那时候我记得火车慢慢地由站台拖出,一程一程地前进,我也随着酸怆的诗意,那"车的呻吟","过荒野,过池塘,……过噤口的村庄"。到了第二站——我的一半家乡。

今年又轮到今天这一个日子!世界仍旧一团糟,多少地方是黑云布满着粗筋络往理想的反面猛进,我并不在瞎说,当我写:

信仰只一细炷香,
那点子亮再经不起西风
沙沙的隔着梧桐树吹

朋友，你自己说，如果是你现在坐在我这位子上，迎着这一窗太阳：眼看着菊花影在墙上描画作态；手臂下倚着两叠今早的报纸；耳朵里不时隐隐地听着朝阳门外"打靶"的枪弹声；意识的，潜意识的，要明白这生和死的谜，你又该写成怎样一首诗来，纪念一个死别的朋友？

此时，我却是完全的一个糊涂！习惯上我说，每桩事都像是造物的意旨，归根都是运命，但我明知道每桩事都有我们自己的影子在里面烙印着！我也知道每一个日子是多少机缘巧合凑拢来拼成的图案，但我也疑问其间的排布谁是主宰。

据我看来：死是悲剧的一章，生则更是一场悲剧的主干！我们这一群剧中的角色自身性格与性格矛盾；理智与情感两不相容；理想与现实当面冲突，侧面或反面激成悲哀。日子一天一天向前转，昨日和昨日堆垒起来混成一片不可避脱的背景，做成我们周遭的墙壁或气氛，那么结实又那么飘渺，使我们每一个人站在每一天的每一个时候里都是那么主要，又是那么渺小无能！

此刻我几乎找不出一句话来说，因为，真的，我只是个完全的糊涂；感到生和死一样的不可解，不可懂。

但是我却要告诉你，虽然四年了你脱离去我们这共同活动的世界，本身停掉参加牵引事体变迁的主力，可是谁也不能否认，你仍立在我们烟涛渺茫的背景里，间接的是一种力量，尤其是在文艺创造的努力和信仰方面。

间接的你任凭自然的音韵，颜色，不时的风轻月白，人的无定律的一切情感，悠断悠续的仍然在我们中间继续着生，仍然与我们共同交织着这生的纠纷，继续着生的理想。

你并不离我们太远。你的身影永远挂在这里那里，同你生前一样的飘忽，爱在人家不经意时莅止，带来勇气的笑声也总是那么嘹亮，还有，还有经过你热情或焦心苦吟的那些诗，一首一首仍串着许多人的心旋转。

说到你的诗，朋友，我正要正经的同你再说一些话。你不要不耐烦，这话迟早我们总要说清的。

人说盖棺定论，前者早已成了事实，这后者在这四年中，说来叫人难受，我还未曾读到一篇中肯或诚实的论评，虽然对你的赞美和攻讦由你去世后一两周间，就纷纷开始了。

但是他们每人手里拿的都不像纯文艺的天平；有的喜欢你的为人；有的疑问你私人的道德；有的单单尊崇你诗中所表现的思想哲学；有的仅喜爱那些软弱的细致的句子；有的每发议论必须牵涉到你的个人生活之合乎规矩方圆，或断言你是轻薄，或引证你是浮奢豪侈！

朋友，我知道你从不介意过这些，许多人的浅陋老实或刻薄处你早就领略过一堆，你不止未曾生过气，并且常常表示怜悯同原谅；你的心情永远是那么洁净；头老抬得那么高；胸中老是那么完整的诚挚；臂上老有那么许多不折不挠的勇气。

但是现在的情形与以前却稍稍不同，你自己既已不在这里，做你朋友的，眼看着你被误解，曲解，乃至于谩骂，有时真忍不住替你不平。

但你可别误会我心眼儿窄，把不相干的看成重要，我也知道误解曲解谩骂,都是不相干的,但是朋友,我们谁都需要有人了解我们的时候,真了解了我们,即使是痛下针砭,骂着了我们的弱处错处,那整个的我们却因而更增添了意义,一个作家文艺的总成绩更需要一种就文论文,就艺术论艺术的和平判断。

你在《猛虎集》"序"中说"世界上再没有比写诗更惨的事",你却并未说明为什么写诗是一桩惨事,现在让我来个注脚好不好?

我看一个人一生为着一个愚诚的倾向,把所感受到的复杂的情绪尝味到的生活,放到自己的理想和信仰的锅炉里烧炼成几句悠扬铿锵的语言(哪怕是几声小唱),来满足他自己本能的艺术的冲动,这本来是个极寻常的事,哪一个地方哪一个时代,都不断有这种人。轮着做这种人的多半是为着他情感来的比寻常人浓富敏锐,而为着这情感而发生的冲动更是非实际的——或不全是实际的——追求。而需要那种艺术的满足而已。

说起来写诗的人的动机多么简单可怜,正是如你"序"里所说"我们都是受支配的善良的生灵"!虽然有些诗人因为他们的成绩特别高厚广阔包括了多数人,或整个时代的艺术和思想的冲动,从此便在人间披上神秘的光圈,使"诗人"两字无形中挂着崇高的色彩。这样使一般努力于用韵文表现或描画人在自然万物相交错的情绪思想的,便被人的成见看作夸大狂的旗帜需要同时代人的极冷酷的讥讪和不信任来扑灭它,以挽救人类的尊严和健康。

我承认写诗是惨淡经营,孤立在人中挣扎的勾当,但是因为我知道太清楚了。你在这上面单纯的信仰和诚恳的尝试，为同业者奋斗，卫护他们情感的愚诚，称扬他们艺术的创造，自己从未曾求过虚荣，我觉得你始终是很逍遥舒畅的。

如你自己所说"满头血水"你"仍不曾低头"，你自己相信"一点性灵还在那里挣扎"，"还想在实际生活的重重压迫下透出一些声响来"。

简单地说，朋友，你这写诗的动机是坦白不由自主的，你写诗的态度是诚实，勇敢而倔强的。这在讨论你诗的时候，谁都先得明了的。

至于你诗的技巧问题，艺术上的造诣，在这新诗仍在彷徨歧路的尝试期间，谁也不能坚决地论断，不过有一桩事我很想提醒现在讨论新诗的人，新诗之由于无条件无形制宽泛到几乎没有一定的定义时代，转入这讨论外形内容，以至于音节韵脚章句意象组织等艺术技巧问题的时期，即是根据着对这方面努力尝试过的那一些诗，你的头两个诗集子就是供给这些讨论见解最多材料的根据。

外国的土话说"马总得放在马车的前面"不是？没有一些尝试的成绩放在那里，理论家是不能老在那里发堆空头支票的，不是？

你自己一向不止在那里倔强地尝试用功，你还曾用尽你所有活泼的热心鼓励别人尝试，鼓励"时代"起来尝试，——这种工作是最犯风头嫌疑的，也只有你胆子大头皮硬顶得下来！

我还记得你要印诗集子时，我替你捏一把汗，老实说还替你在有文采的老前辈中间难为情过,我也记得我初听到人家找你办《晨报副刊》时我的焦急,但你居然板起个脸抓起两把鼓槌子为文艺吹打开路乃至于扫地,铺鲜花,不顾旧势力的非难,新势力的怀疑,你干你的事"事在人为,做了再说"那股子劲,以后别处也还很少见。

现在你走了,这些事渐渐在人的记忆中模糊下来,你的诗和文也散漫在各小本集子里,压在有极新鲜的封皮的新书后面,谁说起你来,不是马马虎虎地承认你是过去中一个势力,就是拿能够挑剔看轻你的诗为本事(散文人家很少提到,或许"散文家"没有诗人那么光荣,不值得注意)。

朋友,这是没法子的事,我却一点不为此灰心,因为我有我的信仰。

我认为我们这写诗的动机既如前边所说那么简单愚诚;因在某一时,或某一刻敏锐的接触到生活上的锋芒,或偶然地触遇到理想峰巅上云彩星霞,不由得不在我们所习惯的语言中,编缀出一两串近于音乐的句子来,慰藉自己,解放自己,去追求超实际的真美,读诗者的反应一定有一大半也和我们这写诗的一样诚实天真,仅想在我们句子中间由音乐性的愉悦,接触到一些生活的底蕴掺和着美丽的憧憬;把我们的情绪给他们的情绪搭起一座浮桥,把我们的灵感,给他们生活添些新鲜;把我们的痛苦伤心再揉成他们自己忧郁的安慰!

我们的作品会不会长存下去,也就看它们会不会活在那一些我们从来不认识的人,我们作品的读者,散在各时、各处互相不认识的孤单的人的心里的,这种事它自己有自己的定律，并不需要我们的关心的。你的诗据我所知道的，它们仍旧在这里浮沉流落，你的影子也就浓淡参差的系在那些诗句中，另一端印在许多不相识人的心里。朋友，你不要过于看轻这种间接的生存，许多热情的人他们会为着你的存在，而加增了生的意识的。伤心的仅是那些你最亲热的朋友们和同兴趣的努力者，你不在他们中间的事实，将要永远是个不能填补的空虚。

你走后大家就提议要为你设立一个"志摩奖金"来继续你鼓励人家努力诗文的素志，勉强象征你那种对于文艺创造拥护的热心，使不及认得你的青年人永远对你保存着亲热。如果这事你不觉到太寒伧不够热气，我希望你原谅你这些朋友们的苦心，在冥冥之中笑着给我们勇气来做这一些蠢诚的事吧。

原载《大公报·文艺》第56期星期特刊

1935年12月8日

蛛丝和梅花

真真地就是那么两根蛛丝,由门框边轻轻地牵到一枝梅花上。就是那么两根细丝,迎着太阳光发亮……再多了,那还像样么。一个摩登家庭如何能容蛛网在光天白日里作怪,管它有多美丽,多玄妙,多细致,够你对着它联想到一切自然造物的神工和不可思议处;这两根丝本来就该使人脸红,且在冬天够多特别!可是亮亮的,细细的,倒有点像银,也有点像玻璃质的细丝,委实不算讨厌,尤其是它们那么洒脱风雅,偏偏那样有意无意地斜着搭在梅花的枝梢上。

你向着那丝看,冬天的太阳照满了屋内,窗明几净,每朵含苞的,开透的,半开的梅花在那里挺秀吐香,情绪不禁迷茫缥缈地充溢心胸,在那刹那的时间中振荡。同蛛丝一样的细弱,和不必需,思想开始抛引出去;由过去牵到将来,意识的，非意识的，由门框梅花牵出宇宙，浮云沧波踪迹不定。是人性，艺术，还是哲学，你也无暇计较，你不能制止你情绪的充溢，思想的驰骋，蛛丝梅花竟然是瞬息可以千里！

好比你是蜘蛛，你的周围也有你自织的蛛网，细致地牵引着天地，不怕多少次风雨来吹断它，你不会停止了这生命上基本的活动。此刻……"一枝斜好，幽香不知甚处。"……

拿梅花来说吧，一串串丹红的结蕊缀在秀劲的傲骨上，最可爱，最可赏，等半绽将开地错落在老枝上时，你便会心跳！梅花最怕开，开了便没话说。索性残了，沁香拂散同夜里炉火都能成了一种温存的凄清。记起了，也就是说到梅花，玉兰。初是有个朋友说起初恋时玉兰刚开完，天气每天的暖，住在湖旁，每夜跑到湖边林子里走路，又静坐幽僻石上看隔岸灯火，感到好像仅有如此虔诚的孤对一片泓碧寒星远市，才能把心里情绪抓紧了，放在最可靠最纯净的一撮思想里，始不至亵渎了或是惊着那"瘖痹思服"的人儿。那是极年轻的男子初恋的情景，——对象渺茫高远，反而近求"自我的"郁结深浅——他问起少女的情绪。

就在这里，忽记起梅花。一枝两枝，老枝细枝，横着，虬着，描着影子，喷着细香；太阳淡淡金色地铺在地板上；四壁琳琅，书架上的书和书签都像在发出言语；墙上小对联记不得是谁的集句；中条是东坡的诗。你敛住气，简直不敢喘息，踮起脚，细小的身形嵌在书房中间，看残照当窗，花影摇曳，你像失落了什么，有点迷惘。又像"怪东风着意相寻"，有点儿没主意！浪漫，极端的浪漫。"飞花满地谁为扫?"你问,情绪风似的吹动,卷过,停留在惜花上面。再回头看看,花依旧嫣然不语。"如此娉婷,谁人解看花意",你更沉默,几乎热情地感到花的寂寞,开始怜花,把同情统统诗意地交给了花心!

这不是初恋,是未恋,正自觉"解看花意"的时代。情绪的不同,不止是男子和女子有分别,东方和西方也甚有差异。情绪即使根本相同,情绪的象征,情绪所寄托,所栖止的事物却常常不同。水和星子同西方情绪的联系,早就成了习惯。一颗星子在蓝天里闪,一流冷涧倾泄一片幽愁的平静,便激起他们诗情的波涌,心里甜蜜地、热情地便唱着由那些鹅羽的笔锋散下来的"她的眼如同星子在暮天里闪",或是"明丽如同单独的那颗星,照着晚来的天",或"多少次了,在一流碧水旁边,忧愁倚下她低垂的脸"。惜花,解花太东方,亲昵自然,含着人性的细致是东方传统的情绪。

此外,年龄还有尺寸,一样是愁,却跃跃似喜,十六岁时的,微风零乱,不颓废,不空虚,踮着理想的脚充满希望,东方和西方却一样。人老了脉脉烟雨,愁吟或牢骚多折损诗的活泼。大家如香山、稼轩、东坡、放翁的白发华发,很少不梗在诗里,至少是令人不快。话说远了,刚说是惜花,东方老少都免不了这嗜好,这倒不论老的雪鬓曳杖,深闺里也就攒眉千度。

最叫人惜的花是海棠一类的"春红",那样娇嫩明艳,开过了残红满地,太招惹同情和伤感。但在西方即使也有我们同样的花,也还缺乏我们的廊庑庭院。有了"庭院深深深几许"才有一种庭院里特有的情绪。如果李易安的"斜风细雨"底下不是"重门须闭"也就不"萧条"得那样深沉可爱；李后主的"终日谁来"也一样的别有寂寞滋味。看花更须庭院，常常锁在里面认识，不时还得有轩窗栏杆，给你一点凭借，虽然也用不着十二栏杆倚遍，那么慵弱无聊。

当然旧诗里伤愁太多：一首诗竟像一张美的证券，可以照着市价去兑现！所以庭花，乱红，黄昏，寂寞太滥，时常失却诚实。西洋诗，恋爱总站在前头，或是"忘掉"，或是"记起"，月是为爱，花也是为爱，只是全是真情，也未尝不太腻味。就以两边好的来讲。拿他们的月光同我们的月色比，似乎是月色滋味深长得多。花更不用说了；我们的花"不是预备采下缀成花球，或花冠献给恋人的"，却是一树一树绰约的，个性的，自己立在情人的地位上接受恋歌的。

所以未恋时的对象最自然的是花，不是因为花而起的感慨——十六岁时无所谓感慨——仅是刚说过的自觉解花的情绪。寄托在那清丽无语的上边，你心折它绝韵孤高，你为花动了感情，实说你同花恋爱，也未尝不可，——那惊讶狂喜也不减于初恋。还有那凝望，那沉思……

一根蛛丝！记忆也同一根蛛丝，搭在梅花上就由梅花枝上牵引出去，虽未织成密网，这诗意的前后，也就是相隔十几年的情绪的联络。

午后的阳光仍然斜照，庭院阒然，离离疏影，房里窗棂和梅花依然伴和成为图案，两根蛛丝在冬天还可以算为奇迹，你望着它看，真有点像银，也有点像玻璃，偏偏那么斜挂在梅花的枝梢上。

《文艺丛刊小说选》题记

《大公报·文艺副刊》出了一年多,现在要将这第一年中属于创造的短篇小说提出来,选出若干篇,印成单行本供给读者更方便地阅览。这个工作的确该使认真的作者和读者两方面全都高兴。

这里篇数并不多,人数也不多,但是聚在一个小小的选集里也还结实饱满,拿到手里可以使人充满喜悦的希望。

我们不怕读者读过了以后,这燃起的希望或者又会黯下变成失望。因为这失望竟许是不可免的,如果读者对创造界诚恳地抱着很大的理想,心里早就叠着不平常的企望。

但只要是读者诚实的反应,我们都不害怕。因为这里是一堆作者老实的成绩,合起来代表一年中创造界一部分的试验,无论拿什么标准来衡量它,断定它的成功或失败,谁也没有一句话说的。

现在姑且以编选人对这多篇作品所得的感想来说,供读者浏览评阅这本选集时一种参考,简单的就是底下的一点意见。

如果我们取鸟瞰的形势来观察这个小小的局面,至少有一个最显著的现象展在我们眼下。在这些作品中,在题材的选择上似乎有个很偏的倾向:那就是趋向农村或少受教育分子或劳力者的生活描写。

这倾向并不偶然,说好一点,是我们这个时代对于他们——农人与劳力者——有浓重的同情和关心;说坏一点,是一种盲从趋时的现象。但最公平地说,还是上面的两个原因都有一点关系。描写劳工社会,乡村色彩已成一种风气,且在文艺界也已有一点成绩。初起的作家,或个性不强烈的作家,就容易不自觉的,因袭种种已有眉目的格调下笔。

尤其是在我们这时代,青年作家都很难过自己在物质上享用,优越于一般少受教育的民众,便很自然地要认识乡村的穷苦,对偏僻的内地发生兴趣,反倒撇开自己所熟识的生活不写。拿单篇来讲,许多都写得好,还有些特别写得精彩的。但以创造界全盘试验来看,这种偏向表示贫弱,缺乏创造力量。

并且为良心的动机而写作,那作品的艺术成分便会发生疑问。

我们希望选集在这一点上可以显露出这种创造力的缺乏,或艺术性的不纯真,刺激作家们自己更有个性,更热诚地来刻画这多面错综复杂的人生,不拘泥于任何一个角度。

除却上面对题材的偏向以外,创造文艺的认真却是毫无疑问的。前一时代在流畅文字的烟幕下,刻薄地以讽刺个人博取流行幽默的小说,现已无形地摈出努力创造者的门外,衰灭下去几至绝迹。这个情形实在也是值得我们作者和读者额手相庆的好现象。

在描写上,我们感到大多数所取的方式是写一段故事,或以一两人物为中心,或以某地方一桩事发生的始末为主干,单纯地发展与结束。这也是比较薄弱的手法。这个我们疑惑或是许多作者误会了短篇的限制,把它的可能性看得过窄的缘故。生活大胆的断面,这里少有人尝试,剖示贴己生活的矛盾也无多少人认真地来做。这也是我们中间一种遗憾。

至于关于这里短篇技巧的水准,平均的程度,编选人却要不避嫌疑地提出请读者注意。无疑的,在结构上,在描写上,在叙事与对话的分配上,多数作者已有很成熟自然地运用。

生涩幼稚和冗长散漫的作品,在新文艺早期中毫无愧色地散见于各种印刷物中,现在已完全敛迹。

通篇的连贯,文字的经济,着重点的安排,颜色图画的鲜明,已成为极寻常的标准。在各篇中我们相信读者一定还不会不觉察到那些好处的,为着那些地方就给了编选人以不少愉快和希望。

最后如果不算离题太远，我们还要具体地讲一点我们对于作者与作品的见解。

作品最主要处是诚实。诚实的重要还在题材的新鲜，结构的完整，文字的流丽之上。即是作品需诚实于作者客观所明了，主观所体验的生活。小说的情景即使整个是虚构的，内容的情感却全得借力于迫真的、体验过的情感，毫不能用空洞虚假来支持着伤感的"情节"！

所谓诚实并不是作者必须实际的经过在作品中所提到的生活，而是凡在作品中所提到的生活，的确都是作者在理智上所极明了，在感情上极能体验得出的情景或人性。

许多人因是自疚生活方式不新鲜，而故意地选择了一些特殊浪漫，而自己并不熟识的生活来做题材，然后敲诈自己有限的幻想力去铺张出自己所没有的情感，来骗取读者的同情。

这种创造既浪费文字来夸张虚伪的情景和伤感，那些认真的读者要从文艺里充实生活，认识人生的，自然要感到十分的不耐烦和失望的。

生活的丰富不在生存方式的种类多与少，如做过学徒，又拉过洋车，去过甘肃又走过云南，却在客观的观察力与主观的感觉力同时的锐利敏捷，能多面地明了及尝味所见、所听、所遇，种种不同的情景；还得理会到人在生活上互相的关系与牵连：固定的与偶然的中间所起戏剧式的变化；最后更得有自己特殊的看法及思想，信仰或哲学。

一个生活丰富者不在客观的见过若干事物，而在能主观的激发很复杂、很不同的情感，和能够同情于人性的许多方面的人。

所以一个作者，在运用文字的技术学问外，必须是能立在任何生活上面；能在主观与客观之间，感觉和了解之间，理智上进退有余，情感上横溢奔放；记忆与幻想交错相辅，到了真即是假，假即是真的程度，他的笔下才现着活力真诚。他的作品才会充实伟大，不受题材或文字的影响，而能持久普遍的动人。

这些道理，读者比作者当然还要明白点，所以作品的估价永远操在认真的读者手里，这也是这个选集不得不印书，献与它的公正的评判者的一个原因。

原载《大公报·文艺》第102期星期特刊
1936年3月1日

究竟怎么一回事

写诗究竟是怎么一回事?

写诗,或可说是要抓紧一种一时闪动的力量,一面跟着潜意识浮沉,摸索自己内心所萦回、所着重的情感——喜悦,哀思,忧怨,恋情,或深,或浅,或缠绵,或热烈,又一方面顺着直觉,认识,辨味,在眼前或记忆里官感所触遇的意象——颜色,形体,声音,动静,或细致,或亲切,或雄伟,或诡异;再一方面又追着理智探讨,剖析,理会这些不同的性质,不同分量,流转不定的情感意象所互相融会,交错策动而发生的感念;然后以语言文字(运用其声音意义)经营,描画,表达这内心意象,情绪,理解在同时间或不同时间里，适应或矛盾的所共起的波澜。

写诗，或又可说是自己情感的、主观的所体验了解到的和理智的客观的所体察辨别到的，同时达到一个程度，腾沸横溢，不分宾主地互相起了一种作用，由于本能的冲动，凭着一种天赋的兴趣和灵巧，驾驭一串有声音，有图画，有情感的言语，来表现这内心与外物息息相关的联系，及其所发生的悟理或境界。

写诗，或又可以说是若不知其所以然的，灵巧的，诚挚的，在传译给理想的同情者，自己内心所流动的情感穿过繁复的意象时，被理智所窥探而由直觉与意识分着记取的符录！一方面似是惨淡经营——至少是专诚致意，一方面似是借力于平时不经意的准备，"下笔有神"的妙手偶然拈来；忠于情感，又忠于意象，更忠于那一串刹那间内心整体闪动的感悟。

写诗，或又可说是经过若干潜意识的酝酿，突如其来的，在生活中意识到那么凑巧的一顷刻小小时间；凑巧的，灵异的，不能自已的，流动着一片浓挚或深沉的情感，敛聚着重重繁复演变的情绪，更或凝定人一种单纯超卓的意境，而又本能地迫着你要刻画一种适合的表情。这表情积极的，像要流泪叹息或歌唱欢呼，舞蹈演述；消极的，又像要幽独静处，沉思自语。换句话说，这两者合一，便是一面要天真奔放，热情地自白去邀同情和了解，同时又要寂寞沉默，孤僻地自守来保持悠然自得的完美和严肃！

在这一个凑巧的一顷刻小小时间中（着重于那凑巧的），你的所有直觉、理智、官感、情感、记性和幻想，独立的及交互的都进出它们不平常的锐敏、紧张、雄厚、壮阔及深沉。

在它们潜意识的流动——独立的或交互的融会之间——如出偶然而又不可避免地涌上一闪感悟,和情趣——或即所谓灵感——或是亲切的对自我得失悲欢;或辽阔的对宇宙自然;或智慧的对历史人性。

这一闪感悟或是混沌朦胧,或是透彻明晰。像光同时能照耀洞察,又能揣摩包含你的所有已经尝味,还在尝味,及幻想尝味的"生"的种种形色质量,且又活跃着其间错综重叠于人于我的意义。

这感悟情趣的闪动——灵感的脚步——来得轻时,好比潺潺清水婉转流畅,自然的洗涤,浸润一切事物情感,倒影映月,梦残歌罢,美感的旋起一种超实际的权衡轻重,可抒成慷慨缠绵千行的长歌,可留下如幽咽微叹般的三两句诗词。愉悦的心声,轻灵的心画,常如啼鸟落花,轻风满月,夹杂着情绪的缤纷;泪痕巧笑,奔放轻盈,若有意若无意地遗留在各种言语文字上。

但这感悟情趣的闪动,若激越澎湃来得强时,可以如一片惊涛飞沙,由大处见到纤微,由细弱的物体看它变动,宇宙人生,幻若苦谜。一切又如经过烈火燃烧锤炼,分散,减化成为净纯的茫焰气质,升处所有情感意象于空幻,神秘,变移无定,或不减不变绝对,永恒的玄哲境域里去,卓越隐奥,与人性情理遥远的好像隔成距离。身受者或激昂通达,或禅寂淡远,将不免挣扎于超情感,超意象,乃至于超言语,以心传心的创造。隐晦迷离,如禅偈玄诗,便不可制止地托生在与那幻想境界几不适宜的文字上,估定其生存权。

写诗……

总而言之,天知道究竟写诗是怎么一回事。在写诗的时候,或者是"我知道,天知道";到写了之后,最好学Browning不避嫌疑的自讥的,只承认"天知道",天下关于写诗的笔墨官司便都省了。

我们仅听到写诗人自己说一阵奇异的风吹过,或是一片澄清的月色,一个惊讶,一次心灵的振荡,便开始他写诗的尝试,迷于意境、文字、音乐的搏斗,但是究竟这灵异的风和月,心灵的振荡和惊讶是什么?是不是仍为那可以追踪到内心直觉的活动;到潜意识后面那综错交流的情感与意象;那意识上理智的感念思想;以及要求表现的本能冲动?灵异的风和月所指的当是外界的一种偶然现象,同时却也是指它们是内心活动的一种引火线。诗人说话没有不打比喻的。

我们根本早得承认诗是不能脱离象征比喻而存在的。在诗里情感必依附在意象上,求较具体的表现;意象则必须明晰地或沉着地,恰适地烘托情感,表征含义。

如果这还需要解释,常识的,我们可以问:在一个意识的或直觉的,官感,情感,理智,同时并重的一个时候,要一两句简约的话来代表一堆重叠交错的外象和内心情绪思想所发生的微妙的联系,而同时又不失却原来情感的质素分量,是不是容易或可能的事?

一个比喻或一种象征在字面或事物上可以极简单,而同时可以带着字面事物以外的声音、颜色、形状,引起它们与其他事关系的联想。这个办法可以多方面地来辅助每句话确实的含义,而又加增官感情感理智每方面的刺激和满足,道理甚为明显。

无论什么诗都从不会脱离过比喻象征,或比喻象征式的言语。诗中意象多不是寻常纯客观的意象。诗中的云霞星宿,山川草木,常有人性的感情,同时内心人性的感触反又变成外界的体象,虽简明浅显隐奥繁复各有不同的。但是诗虽不能缺乏比喻象征,象征比喻却并不是诗。

诗的泉源,上面已说过,是意识与潜意识地融会交流错综的情感意象和概念所促成;无疑地,诗的表现必是一种形象、情感思想合一的语言。

但是这种语言,不能仅是语言,它又须是一种类似动作的表情,这种表情又不能只是表情,而须是一种理解概念的传达。它同时须不断传译情感,描写现象,诠释感悟。它不是形体而须创造形体颜色;它是声音,却最多仅要留着长短节奏。最要紧地是按着疾徐高下,和有限的铿锵音调,依附着一串单独或相联的字义上边;它须给直觉意识,情感理智,以整体的快惬。

因为相信诗是这样繁难的一列多方面条件的满足,我们不能不怀疑到纯净意识的,理智的,或可以说是"技术的"创造——或所谓"工"之绝无能为。

诗之所以发生,就不叫它做灵感的来临,主要的亦在那一闪力量突如其来,或灵异的一刹那的"凑巧",将所有繁复的"诗的因素"都齐集荟萃于一俄顷偶然的时间里。所以诗的创造或完成，主要亦当在那灵异的，凑巧的，偶然的活动一部分属意识，一部分属直觉，更多一部分属潜意识的，所谓"不以文而妙"的"妙"。

理智情感，明晰隐晦都不失之过偏。意象瑰丽迷离，转又朴实平淡，像是纷纷纭纭不知所从来，但飘忽中若有必然的缘素可寻，理解玄奥繁难，也像是纷纷纭纭莫明所以。但错杂里又是斑驳分明，情感穿插联系其中，若有若无，给草木气候，给热情颜色。

一首好诗在一个会心的读者前边有时真会是一个奇迹！但是伤感流丽，铺张的意象，涂饰的情感，用人工连缀起来，疏忽地看去，也未尝不像是诗。故作玄奥渊博，颠倒意象，堆砌起重重理喻的诗，也可以赫然惊人一下。

写诗究竟是怎么一回事，真是惟有天知道得最清楚！读者与作者，读者与读者，作者与作者关于诗的意见，历史告诉我传统的是要永远地差别分歧，争争吵吵到无尽时。因为老实地说，谁也仍然不知道写诗是怎么一回事的，除却这篇文字所表示的，勉强以抽象的许多名词，具体的一些比喻来捉摸描写那一种特殊的直觉活动，献出一个极不能令人满意的答案。

原载《大公报·文艺》第206期诗歌特刊
1936年8月30日

彼此

朋友又见面了,点点头笑笑,彼此晓得这一年不比往年,彼此是同增了许多经验。个别地说,这时间中每一人的经历虽都有特殊的形相,含着特殊的滋味,需要个别的情绪来分析来描述。

综合地说,这许多经验却是一整片仿佛同式同色,同大小,同分量的迷惘。你触着那一角,我碰上这一头,归根还是那一片迷惘笼罩着彼此。

七月!——这两字就如同史歌的开头那么有劲——八月,九月带来了那狂风,后来。后来过了年——那无法忘记的除夕!——又是那一月,二月,三月,到了七月,再接再厉地又到了年夜。现在又是一月二月在开始……谁记得最清楚,这串日子是怎样地延续下来,生活如何地变?

想来彼此都不会记得过分清晰,一切都似乎在迷离中旋转,但谁又会忘掉那么切肤的重重忧患的网膜?

经过炮火或流浪的洗礼,变换又变换的日月,难道彼此脸上没有一点记载这经验的痕迹?但是当整一片国土纵横着创痕,大家都是"离散而相失……去故乡而就远",自然"心婵媛而伤怀兮,眇不知其所蹠",脸上所刻那几道并不使彼此惊讶,所以还只是笑笑好。

口角边常添几道酸甜的纹路,可以帮助彼此咀嚼生活。何不默认这一点:在迷惘中人最应该有笑,这种的笑,虽然是敛住神经,敛住肌肉,仅是毅力的后背,它却是必需的,如同保护色对于许多生物,是必需的一样。

那一晚在某江心,某一来船的甲板上,热臭的人丛中,他记起他那时的困顿饥渴和狼狈,旋绕他头上的却是那真实倒如同幻象,幻象又成了真实的狂敌杀人的工具,敏捷而近代型的飞机:美丽得像鱼像鸟……这里黯然的一掬笑是必需的,因为同样的另外一个人懂得那原始的骤然唤起纯筋肉反射作用的恐怖。

他也正在想那时他在某车站台上露宿,天上有月,左右有人,零落如同被风雨摧落后的落叶,瑟索地蜷伏着,他们心里都在回味那一天他们所初次尝到的敌机的轰炸!谈话就可以这样无限制的延长,因为现在都这样的记忆——比这样更辛辣苦楚的——在各人心里真是太多了!随便提起一个地名大家所熟悉的都会或商埠,随着全会涌起怎样的一个最后印象!

再说初入一个陌生城市的一天——这经验现在又多普遍——尤其是在夜间,这里就把个别的情形和感触除外,在大家心底曾留下的还不是一剂彼此都熟识的清凉散?苦里带涩，那滋味侵入脾胃时，小小的冷噤会轻轻在背脊上爬过，用不着丝毫锐性的感伤！

也许他可以说他在那夜进入某某城内时，看到一列小店门前凄惶的灯，黄黄的发出奇异的晕光，使他嗓子里如梗着刺，感到一种发紧的触觉：你所记得的却是某一号车站后面黯白的煤气灯射到陌生的街心里，使你心里好像失落了什么。

那陌生的城市，在地图上指出时，你所经过的同他所经过的也可以有极大的距离，你同他当时的情形也可以完全的不相同。但是在这里，个别的异同似乎非常之不相干；相干的仅是你我会彼此点头，彼此会意，于是也会彼此地笑笑。

七月在卢沟桥与敌人开火以后，纵横中国土地上的脚印密密地衔接起来，更加增了中国地域广漠的证据。每个人参加过这广漠地面上流转的大韵律的，对于尘土和血，两件在寻常不多为人所理会的，极寻常的天然质素，现在每人在他个别的角上，对它们都发生了莫大亲切的认识。每一寸土，每一滴血，这种话，已是可接触，可把持的十分真实的事物，不仅是一句话一个"概念"而已。

在前线的前线，兴奋和疲劳已掺拌着尘土和血另成一种生活的形体魂魄。睡与醒中间，饥与食中间，生和死中间，距离短得几乎不存在！生活只是一股力，死亡一片沉默的恨，事情简单得无可再简单。尚在生存着的，继续着是力，死去的也继续着堆积成更大的恨。恨又生力，力又变恨，惘惘地却勇敢地循环着，其他一切则全是悬在这两者中间悲壮热烈地穿插。

在后方，事情却没有如此简单，生活仍然缓弛地伸缩着；

食宿生死间距离恰像黄昏长影，长长的，尽向前引伸，像要扑入夜色，同夜溶成一片模糊。在日夜宽泛的巡回里于是穿插反更多了，真是天地无穷，人生长勤。生之穿插零乱而琐屑，完全无特殊的色泽或轮廓，更不必说英雄气息壮烈成分。斑斑点点仅像小血锈凝在生活上，在你最不经意中烙印生活。

如果你有志不让生活在小处窳败，逐渐减损，由锐而钝，由张而弛，你就得更感谢那许多极平常而琐碎的磨擦，无日无夜地透过你的神经，肌肉或意识。

这种时候，叹息是悬起了，因一切虽然细小，却绝非从前所熟识的感伤。每件经验都有它粗壮的真实，没有叹息的余地。

口边那酸甜的纹路是实际哀乐所刻划而成，是一种坚忍韧性的笑。因为生活既不是简单的火焰时，它本身是很沉重，需要韧性地支持，需要产生这韧性支持的力量。

现在后方的问题，是这种力量的源泉在哪里？决不凭着平日均衡的理智，——那是不够的，天知道！尤其是在这时候，情感就在皮肤底下"踊跃其若汤"，似乎它所需要的是超理智的冲动！

现在后方被缓的生活，紧的情感，两面磨擦得愁郁无快，居戚戚而不可解，每个人都可以苦恼而又热情地唱"终长夜之曼曼兮，掩此哀而不去"，或"宁溘死而流亡兮，不忍为此之常愁！"支持这日子的主力在哪里呢？你我生死，就不检讨它的意义以自大。也还需要一点结实的凭借才好。

我认得有个人，很寻常地过着国难日子的寻常人，写信给他朋友说，他的嗓子虽然总是那么干哑，他却要哑着嗓子私下告诉他的朋友：他感到无论如何在这时候，他为这可爱的老国家带着血活着，或流着血或不流着血死去，他都觉到荣耀，异于寻常的，他现在对于生与死都必然感到满足。

这话或许可以在许多心弦上叩起回响，我常思索这简单朴实的情感是从哪里来的。信念？像一道泉流透过意识，我开始明了理智同热血的冲动以外，还有个纯真的力量的出处。信心产生力量，又可储蓄力量。

信仰坐在我们中间多少时候了，你我可曾觉察到？信仰所给予我们的力量不也正是那坚忍韧性的倔强？我们都相信，我们只要都为它忠贞地活着或死去，我们的大国家自会永远地向前迈进，由一个时代到又一个时代。

我们在这生是如此艰难，死是这样容易的时候，彼此仍会微笑点头的缘故也就在这里吧？现在生活既这样的彼此患难同味，这信心自是，我们此时最主要的联系，不信你问他为什么仍这样硬朗地活着，他的回答自然也是你的回答，如果他也问你。

信仰坐在我们中间多少时候了？那理智热情都不能代替的信心！

思索时许多事，在思流的过程中，总是那么晦涩，明了时自己都好笑所想到的是那么简单明显的事实！

此时我拭下额汗，差不多可以意识到自己口边的纹路，我尊重着那酸甜的笑，因为我明白起来，它是力量。

话不用再说了，现在一切都是这么彼此，这么共同，个别的情绪这么不相干。当前的艰苦不是个别的，而是普遍的，充满整一个民族，整一个时代！我们今天所叫做生活的，过后它便是历史。客观的无疑我们彼此所熟识的艰苦正在展开一个大时代。所以别忽略了我们现在彼此地点点头。且最好让我们共同酸甜的笑纹，有力地，坚韧地，横过历史。

原载《今日评论》1卷6期

1939年2月5日

夜莺与玫瑰

"她说我若为她采得红玫瑰,便与我跳舞。"青年学生哭着说,"但我全园里何曾有一朵红玫瑰。"

夜莺在橡树上巢中听见,从叶丛里往外看,心中诧异。

青年哭道:"我园中并没有红玫瑰!"他秀眼里满含着泪珠。"呀!幸福倒靠着这些区区小东西!古圣贤书我已读完,哲学的玄秘,我已彻悟,然而因为求一朵红玫瑰不得,我的生活便这样难堪。"

夜莺叹道:"真情人竟在这里。以前我虽不曾认识,我却夜夜地歌唱他:我夜夜将他的一桩桩事告诉星辰,如今我见着他了。他的头发黑如风信子花,嘴唇红比他所切盼的玫瑰,但是挚情已使他脸色憔悴,烦恼已在他眉端引着痕迹。"

青年又低声自语:"王子今晚宴会跳舞,我的爱人也将与会。我若为她采得红玫瑰,她就和我跳舞直到天明,我若为她采得红玫瑰,我将把她抱在怀里,她的头,在我肩上枕着,她的手,在我掌中握着。但我园里没有红玫瑰,我只能寂寞地坐着,看她从我跟前走过,她不睬我,我的心将要粉碎了。"

"这真是个真情人。"夜莺又说着,"我所唱歌,是他尝受的苦楚:我是乐的,在他却是悲痛。'爱'果然是件非常的东西。比翡翠还珍重,比玛瑙更宝贵。珍珠,榴石买不得他,黄金亦不能作他的代价,因为他不是在市上出卖,也不是商人贩卖的东西。"

青年说:"乐师们将在乐坛上弹弄丝竹,我那爱人也将按着弦琴的音节舞蹈。她舞得那么翩翩,连步都不着地,华服的少年们就会艳羡地围着她。但她不同我跳舞,因我没有为她采到红玫瑰。"于是他卧倒在草里,两手掩着脸哭泣。

绿色的小壁虎说:"他为什么哭泣?"说完就竖起尾巴从他跟前跑过。

蝴蝶正追着太阳光飞舞,她亦问说:"唉,怎么?"金盏花亦向他的邻居低声探问道:"唉,怎么?"夜莺说:"他为着一朵红玫瑰哭泣。"

他们叫道:"为着一朵红玫瑰!真笑话!"那小壁虎本来就刻薄,于是大笑。

然而夜莺了解那青年烦恼里的秘密,她静坐在橡树枝上细想"爱"的玄妙。

忽然她张起棕色的双翼,冲天的飞去。她穿过那树林如同影子一般，如同影子一般的，她飞出了花园。

草地当中站着一株绝美的玫瑰树，她看见那树，向前飞去落在一枝枝头上。

她叫道："给我一朵鲜红玫瑰，我为你唱我最婉转的歌。"

可是那树摇头。

"我的玫瑰是白的。"那树回答她，"白如海涛的泡沫，白过山巅上积雪。请你到古日晷旁找我兄弟，或者他能应你所求。"

于是夜莺飞到日晷旁边那丛玫瑰上。

她又叫道："给我一朵鲜红玫瑰，我为你唱最醉人的歌。"

可是那树摇头。

"我的玫瑰是黄的，"那树回答她，"黄如琥珀座上人鱼神的头发，黄过割草人未割以前的金水仙。请你到那青年窗下找我兄弟，或者他能应你所求。"

于是夜莺飞到青年窗下那丛玫瑰上。

她仍旧叫道："给我一朵鲜红玫瑰，我为你唱最甜美的歌。"

可是那树摇头。

那树回答她说："我的玫瑰是红的，红如白鸽的脚趾，红过海底岩下扇动的珊瑚。但是严冬已冻僵了我的血脉，寒霜已啮伤了我的萌芽，暴风已打断了我的枝干，今年我不能再开了。"

夜莺央告说："一朵红玫瑰就够了。只要一朵红玫瑰！请问有甚法子没有？"

那树答道："有一个法子，只有一个，但是太可怕了，我不敢告诉你。"

"告诉我吧。"夜莺勇敢地说,"我不怕。"

那树说道:"你若要一朵红玫瑰,你须在月色里用音乐制成,然后用你自己的心血染他;你须将胸口顶着一根尖刺,为我歌唱;你须整夜的为我歌唱,那刺须刺入你的心头,你生命的血液得流到我的心房里变成我的。"

夜莺叹道:"拿死来买一朵红玫瑰,代价真不小,谁的生命不是宝贵的。坐在青郁的森林里,看太阳在黄金车里,月娘在白珠辇内驰骋,真是一桩乐事。山茶花的味儿真香,山谷里的吊钟花和山坡上野草真美。然而'爱'比生命更可贵,一个鸟的心又怎能和人的心比?"

于是她张起棕色的双翼,冲天的飞去。她穿过那花园如同影子一般,如同影子一般,她荡出了那树林子。

那青年仍旧僵卧在草地上方才她离去的地方,他那副秀眼里的泪珠还没有干。

夜莺喊道:"高兴罢,快乐罢;你将要采到你那朵红玫瑰了。我将用月下的歌音制成她,再用我自己的心血染红她。我向你所求的酬报,仅是要你做一个真挚的情人,因为哲理虽智,爱比她更慧,权力虽雄,爱比她更伟。焰光的色彩是爱的双翅,烈火的颜色是爱的躯干。她有如蜜的口唇,若兰的吐气。"

青年从草里抬头侧耳静听,但是他不懂夜莺对他所说的话,因他只晓得书上所讲的一切。

那橡树却是懂得,他觉得悲伤,因为他极爱怜那枝上结巢的小夜莺。

他轻声说道:"唱一首最后的歌给我听罢,你别去后,我要感到无限的寂寥了。"

于是夜莺为橡树唱起来。她恋别的音调就像在银瓶里涌溢的水浪一般的清悦。

她唱罢时，那青年站起身来从衣袋里抽出一本日记簿和一支笔。

他一面走出那树林，一面自语道："那夜莺的确有些姿态。这是人所不能否认的；但是她有感情么？我怕没有。实在她就像许多美术家一般，尽是仪式，没有诚心。她必不肯为人牺牲。她所想的无非是音乐，可是谁不知道艺术是为己的。虽然，我们总须承认她有醉人的歌喉。可惜那种歌音也是毫无意义，毫无实用。"于是他回到自己室中，躺在他的小草垫的床上想念他的爱人，过了片时他就睡去。

待月娘升到天空，放出她的光艳时，那夜莺也就来到玫瑰枝边，将胸口插在刺上。她胸前插着尖刺，整夜的歌唱，那晶莹的月亮倚在云边静听。她昼夜的，啭着歌喉，那刺越插越深，她生命的血液渐渐溢去。

最先她歌颂的是稚男幼女心胸里爱恋的诞生。于是那玫瑰的顶尖枝上结了一苞卓绝的玫瑰蕾，歌儿一首连着一首的唱，花瓣一片跟着一片的开。起先那瓣儿是黯淡的如同河上罩着的薄雾——黯淡得如同晨曦的脚迹，银灰得好似曙光的翅翼，那枝上玫瑰蕾就像映在银镜里的玫瑰影子或是照在池塘的玫瑰化身。

但是那树还催迫着夜莺紧插那枝刺："靠紧那刺，小夜莺。"那树连声的叫唤，"不然，玫瑰还没开成，晓光就要闯来了。"

于是夜莺越紧插入那尖刺，越扬声的唱她的歌，因她这回所歌颂的是男子与女子性灵里烈情的诞生。

如今那玫瑰瓣上生了一层娇嫩的红晕，如同初吻新娘时新郎的绛颊。但是那刺还未插到夜莺的心房，所以那花心尚留着白色，因为只有夜莺的心血可以染成玫瑰花心。

那树复催迫着夜莺紧插那枝刺："靠紧那刺，小夜莺。"

那树连声地叫唤，"不然玫瑰还没开成，晓光就要闯来了。"

于是夜莺紧紧插入那枝刺，那刺居然插入了她的心，但是一种奇痛穿过她的全身，那种惨痛愈猛，愈烈，她的歌声越狂，越壮，因为她这回歌颂的是因死而完成的挚爱和冢中不朽的烈情。

那卓绝的玫瑰于是变作鲜红，如同东方的天色。花的外瓣红同烈火，花的内心赤如绛玉。

夜莺的声音越唱越模糊了，她的双翅拍动起来，她的眼上起了一层薄膜。她的歌声模糊了，她觉得喉间哽咽了。

于是她放出末次的歌声，白色的残月听见，忘记天晓，挂在空中停着。那红玫瑰听见，凝神战栗着，在清冷的晓风里瓣瓣地开放。回音将歌声领入山坡上的紫洞，将牧童从梦里惊醒。歌声流到河边苇丛中，苇丛将这信息传与大海。

那树叫道："看！这玫瑰已制成了。"然而夜莺并不回答，她已躺在乱草里死去，那刺还插在心头。

日午时青年开窗望外看。

他叫道："怪事，真是难遇的幸运，这儿有朵红玫瑰，这样好玫瑰,我生来从没看见过。他这样美红定有很繁长的拉丁名字。"说着便俯身下去折了这花。

于是他戴上帽子,跑往教授家去,手里拈着红玫瑰。

教授的女儿正坐在门前卷一轴蓝色绸子,她的小狗伏在她脚前。

青年叫道:"你说过我若为你采得红玫瑰,你便同我跳舞。这里有一朵全世界最珍贵的红玫瑰。你可以将他插在你的胸前,我们同舞的时候,这花便能告诉你,我怎样的爱你。"

那女郎只皱着眉头。

她答说:"我怕这花不能配上我的衣裳;而且大臣的侄子送我许多珠宝首饰,人人都知道珠宝比花草贵重。"

青年怒道:"我敢说你是个无情义的人。"他便将玫瑰掷在街心,掉在车辙里,让一个车轮轧过。

女郎说:"无情义?我告诉你罢,你实在无礼,况且到底你是谁?不过一个学生文人。我看像大臣侄子鞋上的那银扣,你都没有。"说着站起身来走回房去。

青年走着自语道:"爱好傻呀,远不如伦理学那般有实用,它所告诉我们的,无非是空中楼阁,实际上不会发生的,和飘渺的虚无不可信的事件。在现在的世界里存在,首要有实用的东西,我还是回到我的哲学和玄学书上去吧。"

于是他回到房中取出一本笨重的,满堆着尘土的大书埋头细读。

窗子以外

话从哪里说起？等到你要说话，什么话都是那样渺茫的找不到个源头。

此刻，就在我眼帘底下坐着是四个乡下人的背影：一个头上包着黯黑的白布，两个褪色的蓝布，又一个光头。他们支起膝盖，半蹲半坐的，在溪沿的短墙上休息。每人手里一件简单的东西：一个是白木棒，一个篮子，那两个在树荫底下我看不清楚。无疑的他们已经走了许多路，再过一刻，抽完一筒旱烟以后，是还要走许多路的。兰花烟的香味频频随着微风，袭到我官觉上来，模糊中还有几段山西梆子的声调，虽然他们坐的地方是在我廊子的铁纱窗以外。

铁纱窗以外，话可不就在这里了。永远是窗子以外，不是铁纱窗就是玻璃窗，总而言之，窗子以外！

所有的活动的颜色声音，生的滋味，全在那里的，你并不是不能看到，只不过是永远的在你窗子以外罢了。多少百里的平原土地，多少区域的起伏的山峦，昨天由窗子外映进你的眼帘，那是多少生命日夜在活动着的所在；每一根青的什么麦黍，都有人流过汗；每一粒黄的什么米粟，都有人吃去；其间，还有的是周折，是热闹，是紧张！可是你则并不一定能看见，因为那所有的周折，热闹，紧张，全都在你窗子以外展演着。

在家里罢，你坐在书房里，窗子以外的景物本就有限。那里两树马缨，几棵丁香；榆叶梅横出风雅的一大枝；海棠因为缺乏阳光，每年只开个两三朵——叶子上满是虫蚁吃的创痕，还卷着一点焦黄的边；廊子幽秀地开着扇子式、六边形的格子窗，透过外院的日光，外院的杂音。什么送煤的来了，偶然你看到一个两个被煤炭染成黔黑的脸；什么米送到了，一个人捎着一大口袋在背上，慢慢踱过屏门；还有自来水，电灯，电话公司来收账的，胸口斜挂着皮口袋，手里推着一辆自行车；更有时厨子来个朋友了，满脸的笑容，"好呀，好呀"地走进门房；什么赵妈的丈夫来拿钱了，那是每月一号一点都不差的，早来了你就听到两个人唧唧哝哝争吵的声浪。那里不是没有颜色，声音，生的一切活动，只是他们和你总隔个窗子，——扇子式的，六边形的，纱的，玻璃的！

你气闷了把笔一搁说，这叫做甚么生活！你站起来，穿上不能算太贵的鞋袜，但这双鞋和袜的价钱也就比——想它做什么，反正有人每月的工资，一定只有这价钱的一半乃至于更少。你出去雇洋车了，拉车的嘴里所讨的价钱当然是要比例价高得多，难道你就傻子似的答应下来？不，不，三十二子，拉就拉,不拉,拉倒!心里也明白,如果真要充内行,你就该说,二十六子,拉就拉——但是你好意思争?

车开始辗动了,世界仍然在你窗子以外。长长的一条胡同,一个个大门紧紧地关着。就是有开的,那也只是露出一角,隐约可以看到里面有南瓜棚子,底下一个女的,坐在小凳上缝缝做做的;另一个,抓住还不能走路的小孩子,伸出头来喊那过路卖白菜的。至于白菜是多少钱一斤,那你是听不见了,车子早已拉得老远,并且你也无需乎知道的。在你每月费用之中,伙食是一定占去若干的。在那一笔伙食费里,白菜又是多么小的一个数。难道你知道了门口卖的白菜多少钱一斤,你真把你哭丧着脸的厨子叫来申斥一顿,告诉他每一斤白菜他多开了你一个"大子儿"?

车越走越远了,前面正碰着粪车,立刻你拿出手绢来,皱着眉,把鼻子蒙得紧紧的,心里不知怨谁好。怨天做的事太古怪;好好的美丽的稻麦却需要粪来浇!怨乡下人太不怕臭,不怕脏,发明那么两个篮子,放在鼻前手车上,推着慢慢走!你怨市里行政人员不认真办事,如此脏臭不卫生的旧习不能改良,十余年来对这粪车难道真无办法?为着强烈的臭气隔着你窗子还不够远,因此你想到社会卫生事业如何还办不好。

路渐渐好起来,前面墙高高的是个大衙门。这里你简直不止隔个窗子,这一带高高的墙是不通风的。你不懂里面有多少办事员,办的都是什么事;多少浓眉大眼的,对着乡下人做买卖的吆喝诈取;多少个又是脸黄黄的可怜虫,混半碗饭分给一家子吃。自欺欺人,里面天天演的到底是甚么把戏?但是如果里面真有两三个人拼了命在那里奋斗，为许多人争一点便利和公道，你也无从知道！

到了热闹的大街了，你仍然像在特别包厢里看戏一样，本身不会，也不必参加那出戏；倚在栏杆上，你在审美的领略，你有的是一片闲暇。但是如果这里洋车夫问你在哪里下来，你会吃一惊，仓卒不知所答。生活所最必需的你并不缺乏什么，你这出来就也是不必需的活动。

偶一抬头，看到街心和对街铺子前面那些人，他们都是急急忙忙的，在时间金钱的限制下采办他们生活所必需的。两个女人手忙脚乱地在监督着店里的伙计称秤。二斤四两，二斤四两的什么东西，且不必去管，反正由那两个女人的认真的神气上面看去，必是非同小可，性命交关的货物。并且如果称得少一点时，那两个女人为那点吃亏的分量必定感到重大的痛苦；如果称得多时，那伙计又知道这年头那损失在东家方面真不能算小。于是那两边的争持是热烈的，必需的，大家声音都高一点；女人脸上呈块红色，头发披下了一缕，又用手抓上去；伙计则维持着客气，口里嚷着：错不了，错不了！热烈的，必需的，在车马纷纭的街心里，忽然由你车边冲出来两个人；男的，女的，个个提起两脚快跑。这又是干什么的，你心想，电车正在拐大弯。那两人原就追着电车，由轨道旁边擦过去，一边追着，一边向电车上卖票的说话。电车是不容易赶的，你在洋车上真不禁替那街心里奔走赶车的担心。但是你也知道如果这趟没赶上，他们就可以在街旁站个半点来钟，那些宁可望穿秋水不雇洋车的人，也就是因为他们的生活而必需计较和节省到洋车同电车价钱上那相差的数目。

　　此刻洋车跑得很快,你心里继续着疑问你出来的目的,到底采办一些甚么必需的货物。眼看着男男女女挤在市场里面,门首出来一个,进去一个,手里都是持着包包裹裹,里边虽然不会全是他们当日所必需的,但是如果当中夹着一盒稍微奢侈的物品,则亦必是他们生活中间闪着亮光的一个愉快!你不是听见那人说么?里面草帽,一块八毛五,贵倒贵点,可是"真不赖"!他提一提帽盒向着打招呼的朋友,他摸一摸他那剃得光整的脑袋,微笑充满了他全个脸。那时那一点迸射着光闪的愉快,当然的归属于他享受,没有一点疑问,因为天知道,这一年中他多少次的克己省俭,使他赚来这一次美满的,大胆的奢侈!

　　那点子奢侈在那人身上所发生的喜悦,在你身上却完全失掉作用,没有闪一星星亮光的希望!你想,整年整月你所花费的,和你那窗子以外的周围生活程度一比较,严格算来,可不都是非常靡费的用途?每奢侈一次,你心上只有多难过一次,所以车子经过的那些玻璃窗口,只有使你更惶恐,更空洞,更怀疑,前后彷徨不着边际。并且看了店里那些形形色色的货物,除非你真是傻子,难道不晓得它们多半是由那一国工厂里制造出来的!奢侈是不能给你愉快的,它只有要加增你的戒惧烦恼。每一尺好看点的纱料,每一件新鲜点的工艺品!

　　你诅咒着城市生活,不自然的城市生活!检点行装说,走了,走了;这沉闷没有生气的生活,实在受不了,我要换个样子过活去。健康的旅行既可以看看山水古刹的名胜,又可以知道点内地纯朴的人情风俗。走了，走了，天气还不算太坏，就是走他一个月六礼拜也是值得的。

没想到不管你走到那里，你永远免不了坐在窗子以内的。不错，许多时髦的学者常常骄傲地带上"考察"的神气，架上科学的眼镜，偶然走到哪里一个陌生的地方瞭望，但那无形中的窗子是仍然存在的。不信，你检查他们的行李，有谁不带着罐头食品，帆布床，以及别的证明你还在你窗子以内的种种零星用品，你再摸一摸他们的皮包，那里短不了有些钞票；一到一个地方，你有的是一个提梁的小小世界。不管你的窗子朝向哪里望，所看到的多半则仍是在你窗子以外，隔层玻璃，或是铁纱！隐隐约约你看到一些颜色，听到一些声音，如果你私下满足了，那也没有甚么，只是千万别高兴起说什么接触了，认识了若干事物人情，天知道那是罪过！洋鬼子们的一些浅薄，千万学不得。

你是仍然坐在窗子以内的，不是火车的窗子，汽车的窗子，就是客栈逆旅的窗子，再不然就是你自己无形中习惯的窗子，把你搁在里面。接触和认识实在谈不到，得天独厚的闲暇生活先不容你。一样是旅行，如果你背上掮的不是照相机而是一点做买卖的小血本，你就需要全副的精神来走路：你得留神投宿的地方；你得计算一路上每吃一次烧饼和几颗沙果的钱；遇着同行的战战兢兢地打招呼，互相捧出诚意，遇着困难时好互相关照帮忙；到了一个地方你是真带着整个血肉的身体到处碰运气，紧张的境遇不容你不奋斗，不与其他奋斗的血和肉的接触，直到经验使得你认识。

前日公共汽车里一列辛苦的脸，那些谈话，里面就有很多生活的分量。陕西过来做生意的老头和那旁坐的一股客气，是不得已的；由交城下车的客人执着红粉包纸烟递到汽车行管事手里也是有多少理由的；穿棉背心的老太婆默默地挟住一个蓝布包袱，一个钱包，是在用尽她的全副本领的。果然到了冀村，她错过站头，还亏别个客人替她要求车夫，将汽车退行两里路，她还不大相信地望着那村站，口里噜苏着这地方和上次如何两样了。开车的一面发牢骚一面爬到车顶替老太婆拿行李，经验使得他有一种涵养，行旅中少不了有认不得路的老太太，这个道理全世界是一样的，伦敦警察之所以特别和蔼，也是从迷路的老太太孩子们身上得来的。

话说了这许多，你仍然在廊子底下坐着，窗外送来溪流的喧响，兰花烟气味早已消失，四个乡下人这时候当已到了上流"庆和义"磨坊前面。昨天那里磨坊的伙计很好笑的满脸挂着面粉，让你看着磨坊的构造；坊下的木轮，屋里旋转着的石碾，又在高低的院落里，来回看你所不经见的农具在日影下列着。院中一棵老槐一丛鲜艳的杂花一条曲曲折折引水的沟渠，伙计和气地伴着说闲话。他用着山西口音，告诉你，那里一年可出五千多包的面粉，每包的价钱约略两块多钱。又说这十几年来，这一带因为山水忽然少了，磨坊关闭了多少家，外国人都把那些磨坊租去作他们避暑的别墅。惭愧的你说，你就是住在一个磨坊里面，他脸上堆起微笑，让面粉一星星在日光下映着，说认得认得，原来你所租的磨坊主人，一个外国牧师，待这村子极和气，乡下人和他还都有好感情。

这真是难得了,并且好感的由来还有实证。就是那一天早上你无意中出去探古寻胜,这一省山明水秀,古刹寺院,动不动就是宋辽的原物。走到山上一个小村的关帝庙里,看到一个铁铎,刻着万历年号,原来是万历赐这村里庆成王的后人的,不知怎样流落到卖古董的手里,七年前让这牧师买去,晚上打着玩,嘹亮的钟声被村人听到,急忙赶来打听,要凑原价买回,情辞恳切,说起这是他们吕姓的祖传宝物,决不能让它流落出境,这牧师于是真个把铁铎还了他们,从此便在关帝庙神前供着。

这样一来你的窗子前面便展开了一张浪漫的图画,打动了你的好奇,管它是隔一层或两层窗子,你也忍不住要打听点底细,怎么明庆成王的后人会姓吕!这下子文章便长了。

如果你的祖宗是皇帝的嫡亲弟弟,你是不会,也不愿,忘掉的。据说庆成王是永乐的弟弟,这赵庄村里的人都是他的后代。不过就是因为他们记得太清楚了,另一朝的皇帝都有些老大不放心,雍正间诏命他们改姓,由姓朱改为姓吕,但是他们还有用二十字排行的方法,使得他们不会弄错他们是这一脉子孙。

这样一来你就有点心跳了,昨天你雇来那打水洗衣服的不也是赵庄村来的,并且还姓吕!果然那土头土脑圆脸大眼的少年是个皇裔贵族,真是有失尊敬了。那么这村子一定穷得不得了,但事实上则不见得。

田亩一片,年年收成也不坏。家家户户门口有特种围墙,像个小小堡垒——当时防匪用的。屋子里面有大漆衣柜衣箱,柜门上白铜擦得亮亮;炕上棉被红红绿绿也颇鲜艳。可是据说关帝庙里已有四年没有唱戏了,虽然戏台还高巍巍的对着正殿。村子这几年穷了,有一位王孙告诉你,唱戏太花钱,尤其是上边使钱。这里到底是隔个窗子,你不懂了,一样年年好收成,为什么这几年村子穷了,只模模糊糊听到什么军队驻了三年多等,更不懂的是,村子向上一年辛苦后的娱乐,关帝庙里唱唱戏,得上面使钱?既然隔个窗子听不明白,你就通气点别尽管问了。

隔着一个窗子你还想明白多少事?昨天雇来吕姓倒水,今天又学洋鬼子东逛西逛,跑到下面养有鸡羊,上面挂有武魁匾额的人家,让他们用你不懂得的乡音招呼你吃茶,炕上坐,坐了半天出到门口,和那送客的女人周旋客气了一回,才恍然大悟,她就是替你倒脏水洗衣裳的吕姓王孙的妈,前晚上还送饼到你家来过!

这里你迷糊了。算了算了!你简直老老实实地坐在你窗子里得了,窗子以外的事,你看了多少也是枉然,大半你是不明白,也不会明白的。

第二辑
九十九度中

九十九度中

　　三个人肩上各挑着黄色、有"美丰楼"字号的大圆篓，用着六个满是泥泞凝结的布鞋，走完一条被太阳晒得滚烫的马路之后，转弯进了一个胡同里去。

　　"劳驾，借光——三十四号甲在哪一头？"在酸梅汤的摊子前面，让过一辆正在飞奔的家车——钢丝轮子亮得晃眼的——又向蹲在墙角影子底下的老头儿，问清了张宅方向后，这三个流汗的挑夫便又努力地往前走。那六只泥泞布履的脚，无条件地继续着他们机械式的展动。

　　在那轻快的一瞥中，坐在洋车上的卢二爷看到黄篓上饭庄的字号，完全明白里面装的是丰盛的筵席，自然地，他估计到他自己午饭的问题。家里饭乏味，菜蔬缺乏个性，太太的脸难看，你简直就不能对她提到那厨子问题。这几天天太热，太热，并且今天已经二十二，什么事她都能够牵扯到薪水问题上，孩子们再一吵，谁能够在家里吃中饭！

"美丰楼饭庄"篓上黑字写得很笨大，方才第三个挑夫挑得特别吃劲，摇摇摆摆地使那黄篓左右地晃……

美丰楼的菜不能算坏，义永居的汤面实在也不错……于是义永居的汤面？还是市场万花斋的点心？东城或西城？找谁同去聊天？逸九新从南边来的住在哪里？或许老孟知道，何不到和记理发馆借个电话？卢二爷估计着，犹豫着，随着洋车的起落。他又好像已经决定了在和记借电话，听到伙计们的招呼："……二爷您好早？……用电话，这边您哪！……"

伸出手臂，他眈一眼金表上所指示的时间，细小的两针分停在两个钟点上，但是分明地都在挣扎着到达十二点上边。在这时间中，车夫感觉到主人在车上翻动不安，便更抓稳了车把，弯下一点背，勇猛地狂跑。二爷心里仍然疑问着面或点心；东城或西城；车已赶过前面的几辆。一个女人骑着自行车，由他左侧冲过去，快镜似的一瞥鲜艳的颜色，脚与腿，腰与背，侧脸、眼和头发，全映进老卢的眼里，那又是谁说过的……老卢就是爱看女人！女人谁又不爱？难道你在街上真闭上眼不瞧那过路的漂亮的！

"到市场，快点。"老卢吩咐他车夫奔驰的终点，于是主人和车夫戴着两顶价格极不相同的草帽，便同在一个太阳底下，向东安市场奔去。

很多好看的碟子和鲜果点心，全都在大厨房院里，从黄色层篓中捡点出来。立着监视的有饭庄的"二掌柜"和张宅的"大师傅"；两人都因为胖的缘故，手里都有把大蒲扇。大师傅举着扇扑一下进来凑热闹的大黄狗。"这东西最讨嫌不过！"这句话大师傅一半拿来骂狗，一半也是来权作和掌柜的寒暄。

"可不是？该死的，这东西最可恶。"二掌柜好脾气地用粗话也骂起狗。

狗无聊地转过头到垃圾堆边闻嗅隔夜的肉骨。

奶妈抱着孙少爷进来，七少奶每月用六元现洋雇她，抱孙少爷到厨房、门房、大门口、街上一些地方喂奶连游玩的。今天的厨房又是这样地不同；饭庄的"头把刀"带着几个伙计在灶边手忙脚乱地炒菜切肉丝，奶妈觉得孙少爷是更不能不来看，果然看到了生人，看到狗，看到厨房桌上全是好看的干果、鱼果、糕饼、点心，孙少爷格外高兴，在奶妈怀里跳，手指着要吃。奶妈随手赶开了几只苍蝇，拣一块山楂糕放到孩子口里，一面和伙计们打招呼。

忽然看到陈升走到院子里找赵奶奶，奶妈对他挤了挤眼含笑地问："什么事值得这么忙？"同时她打开衣襟露出前胸喂孩子奶吃。

"外边挑担子的要酒钱。"陈升没有平时的温和，或许是太忙了的缘故。老太太这次做寿，比上个月四少奶小孙少爷的满月酒的确忙多了。

此刻那三个粗蠢的挑夫蹲在外院槐树荫下，用黝黑的毛巾擦他们的脑袋，等候着他们这满身淋汗的代价。一个探首到里院偷偷看院内华丽的景象。

里院和厨房所呈的纷乱固然完全不同，但是它们纷乱的主要原因则是同样的，为着六十九年前的今天。六十九年前的今天，江南一个富家里又添了一个绸缎金银裹托着的小生命。经过六十九个像今年这样流汗天气的夏天，又产生过另十一个同样需要绸缎金银的生命以后，那个生命乃被称为长寿而又有福气的妇人。这个妇人，今早由两个老妈扶着，坐在床前，拢一下斑白稀疏的鬓发，对着半碗火腿稀饭摇头：

"赵妈，我哪里吃得下这许多？你把锅里的拿去给七少奶的云乖乖吃罢……"

七十年的穿插，已经卷在历史的章页里，在今天的院里能呈露出多少，谁也不敢说，事实是今天，将有很多打扮得极体面的男女来庆祝，庆祝能够维持这样长久寿命的女人，并且为这一庆祝，饭庄里已将许多生物的寿命裁削了，拿它们的肌肉来补充这庆祝者的肠胃。

前两天这院子就为了这事改变了模样，簇新的喜棚支出瓦檐丈余尺高。两旁红喜字玻璃方窗，由胡同的东头，和顺车厂的院里是可以看得很清楚的。前晚上六点左右，小三和环子，两个洋车夫的儿子，倒土筐的时候看到了，就告诉他们嬷："张家喜棚都搭好了，是哪一个孙少爷娶新娘子？"他们嬷为这事，还拿了鞋样到陈大嫂家说个话儿。正看到她在包饺子，笑嘻嘻地得意得很，说老太太做整寿，——多好福气——她当家的跟了张老太爷多少年。昨天张家三少奶还叫她进去，说到日子要她去帮个忙儿。

　　喜棚底下圆桌面就有七八张，方凳更是成叠地堆在一边；几个夫役持着鸡毛帚，忙了半早上才排好五桌。小孩子又多，什么孙少爷，侄孙少爷，姑太太们带来的那几位都够淘气的。李贵这边排好几张，那边小爷们又扯走了排火车玩。天热得厉害，苍蝇是免不了多，点心干果都不敢先往桌子上摆。冰化得也快，篓子底下冰水化了满地！汽水瓶子挤满了厢房的廊上，五少奶看见了只嚷不行，全要冰起来。

　　全要冰起来！真是的，今天的食品全摆起来够像个菜市，四个冰箱也腾不出一点空隙。这新买来的冰又放在哪里好？李贵手里捧着两个绿瓦盆，私下里咕噜着为这筵席所发生的难题。

　　赵妈走到外院传话，听到陈升很不高兴地在问三个挑夫要多少酒钱。

　　"瞅着给罢。"一个说。

　　"怪热天多赏点吧。"又一个抿了抿干燥的口唇，想到方才胡同口的酸梅汤摊子,嘴里觉着渴。

就是这嘴里渴得难受,杨三把卢二爷拉到东安市场西门口,心想方才在那个"喜什么堂"门首,明明看到王康坐在洋车脚蹬上睡午觉。王康上月底欠了杨三十四吊钱,到现在仍不肯还,只顾着躲他。今天债主遇到赊债的赌鬼,心头起了各种的计算——杨三到饿的时候,脾气常常要比平时坏一点。天本来就太热,太阳简直是冒火,谁又受得了!方才二爷坐在车上,尽管用劲踩铃,金鱼胡同走道的学生们又多,你撞我闯的,挤得真可以的。杨三擦了汗一手抓住车把,拉了空车转回头去找王康要账。

"要不着八吊要六吊,再要不着,要他×的几个混蛋嘴巴!"杨三脖干儿上太阳烫得像火烧,"四吊多钱我买点羊肉,吃一顿好的。葱花烙饼也不坏——谁又说大热天不能喝酒?喝点又怕什么——睡得更香。卢二爷到市场吃饭,进去少不了好几个钟头……"

喜燕堂门口挂着彩,几个乐队里人穿着红色制服,坐在门口喝茶——他们把大铜鼓撂在一旁,铜喇叭夹在两膝中间。杨三知道这又是哪一家办喜事。反正一礼拜短不了有两天好日子,就在这喜燕堂,哪一个礼拜没有一辆花马车,里面搀出花溜溜的新娘?今天的花车还停在一旁……

"王康,可不是他!"杨三看到王康在小挑子的担里买香瓜吃。

"有钱的娶媳妇,和咱们没有钱的娶媳妇,还不是一样?花多少钱娶了她,她也短不了要这个那个的——这年头!好媳妇,好!你瞧怎么着?更惹不起!管你要钱,气你喝酒!再有了孩子,又得顾他们吃,顾他们穿……"

王康说话就是要"逗个乐儿",人家不敢说的话他敢说,一群车夫听到他的话,个个高兴地凑点尾声。李荣手里捧着大饼,用着他最现成的粗话引着那几个年轻的笑。李荣从前是拉过家车的——可惜东家回南,把事情就搁下来了——他认得字,会看报,他会用新名词来发议论:"文明结婚可不同了,这年头是最讲'自由''平等'的了。"底下再引用了小报上捡来离婚的新闻打哈哈。

杨三没有娶过媳妇,他想娶,可是"老家儿"早过去了,没有给他定下亲,外面瞎妍的他没敢要。前两天,棚铺的掌柜娘要同他做媒;提起一个姑娘说是什么都不错,这几天不知道怎么又没有讯儿了。今天洋车夫们说笑的话,杨三听了感着不痛快。看看王康的脸在太阳里笑得皱成一团,更使他气起来。

王康仍然笑着说话,没有看到杨三,手里咬剩的半个香瓜里面,黄黄的一把瓜子像不整齐的牙齿向着上面。

"老康!这些日子都到哪里去了?我这儿还等着钱吃饭呢!"杨三乘着一股劲发作。

听到声,王康怔了向后看,"呵,这打哪儿说得呢?"他开始赖账了,"你要吃饭,你打你×的自己腰包里掏!要不然,你出个份子,进去那里边,"他手指着喜燕堂,"吃个现成的席去。"王康的嘴说得滑了,禁不住这样嘲笑着杨三。

周围的人也都跟着笑起来。

本来准备着对付赖账的巴掌,立刻打在王康的老脸上了。必须地扭打,由蓝布幕的小摊边开始,一直扩张到停洋车的地方来往汽车的喇叭,像被打的狗,呜呜叫号。好几辆正在街心奔驰的洋车都停住了,流汗车夫连喊着"靠里!""瞧车!"脾气暴的人顺口就是:"该死的,这大热天,单挑这么个地方!!"

巡警离开了岗位;小孩子们围上来;喝茶的军乐队人员全站起来看;女人们吓得直喊,"了不得,前面出事了罢!"

杨三提高嗓子只嚷着问王康:"十四吊钱,是你——是你拿走了不是?——"

呼喊的声浪由扭打的两人出发,膨胀,膨胀到周围各种人的口里:"你听我说……""把他们拉开……""这样挡着路……瞧腿要紧"。嘈杂声中还有人叉着手远远地喊:"打得好呀,好拳头!"

喜燕堂正厅里挂着金喜字红幛,几对喜联,新娘正在服从号令,连连地深深地鞠躬。外边的喧吵使周围客人的头同时向外面转,似乎打听外面喧吵的原故。新娘本来就是一阵阵地心跳,此刻更加失掉了均衡;一下子撞上,一下子沉下,手里抱着的鲜花随着只是打颤。雷响深入她耳朵里,心房里……

"新郎新妇——三鞠躬"——"……三鞠躬"。阿淑在迷惘里弯腰伸直,伸直弯腰。昨晚上她哭,她妈也哭,将一串经验上得来的教训,拿出来赠给她——什么对老人要忍耐点,对小的要和气,什么事都要让着点——好像生活就是靠容忍和让步支持着!

她焦心的不是在公婆妯娌间的委曲求全。这几年对婚姻问题谁都讨论得热闹,她就不懂那些讨论的道理遇到实际时怎么就不发生关系。她这结婚的实际,并没有因为她多留心报纸上,新文学上,所讨论的婚姻问题,家庭问题,恋爱问题,而减少了问题。

"二十五岁了……"有人问到阿淑的岁数时,她妈总是发愁似的轻轻地回答那问她的人,底下说不清是叹息是啰嗦。

在这旧式家庭里,阿淑算是已经超出应该结婚的年龄很多了。她知道。父母那急着要她出嫁的神情使她太难堪!他们天天在替她选择合适的人家——其实哪里是选择!反对她尽管反对,那只是消极的无奈何的抵抗,她自己明知道是绝对没有机会选择,乃至于接触比较合适、理想的人物!她挣扎了三年,三年的时间不算短,在她父亲看去那更是不可信的长久……

"余家又托人来提了,你和阿淑商量商量吧,我这身体眼见得更糟,这潮湿天……"父亲的话常常说得很响,故意要她听得见,有时在饭桌上脾气或许更坏一点。"这六十块钱，养活这一大家子！养儿养女都不够，还要捐什么钱？干脆饿死！"有时更直接更难堪："这又是谁的新褂子？阿淑，你别学时髦穿了到处走，那是找不着婆婆家的——外面瞎认识什么朋友我可不答应，我们不是那种人家！"……懦弱的母亲低着头装作缝衣："妈劝你将就点……爹身体近来不好，……女儿不能在娘家一辈子的……这家子不算坏；差事不错，前妻没有孩子不能算填房。……"

理论和实际似乎永不发生关系；理论说婚姻得怎样又怎样，今天阿淑都记不得那许多了。实际呢，只要她点一次头，让一个陌生的，异姓的，异性的人坐在她家里，乃至于她旁边，吃一顿饭的手续，父亲和母亲这两三年——竟许已是五六年——来的难题便突然地，在他们是觉得极文明地解决了。

对于阿淑这订婚的疑惧，常使她父亲像小孩子似的自己慰自己：阿淑这门亲事真是运气呀，说时总希望阿淑听见这话。不知怎样，阿淑听到这话总很可怜父亲，想装出高兴样子来慰他。母亲更可怜；自从阿淑订婚以来总似乎对她抱歉，常常哑着嗓子说："看我做母亲的这份心上面。"

看做母亲的那份心上面！那天她初次见到那陌生的，异姓的异性的人，那个庸俗的典型触碎她那一点脆弱的爱美的希望，她怔住了，能去寻死，为婚姻失望而自杀么？可以大胆告诉父亲，这婚约是不可能的么？能逃脱这家庭的苛刑（在爱的招牌下的）去冒险，去漂落么？

她没有勇气说什么,她哭了一会,妈也流了眼泪,后来妈说:阿淑你这几天瘦了,别哭了,做娘的也只是一份心。……现在一鞠躬,一鞠躬地和幸福作别,事情已经太晚得没有办法了。

吵闹的声浪愈加明显了一阵,伴娘为新娘戴上戒指,又由赞礼的喊了一些命令。

迷离中阿淑开始幻想那外面吵闹的原因:洋车夫打电车吧,汽车轧伤了人吧,学生又请愿,当局派军警弹压吧……但是阿淑想怎么我还如是焦急,现在我该像死人一样了,生活的波澜该沾不上我了,像已经临刑的人。但临刑也好,被迫结婚也好,在电影里到了这种无可奈何的时候总有一个意料不到快慰人心的解脱,不合法,特赦,恋人骑着马星夜奔波地赶到……但谁是她的恋人?除却九哥!学政治法律,讲究新思想的九哥,得着他表妹阿淑结婚的消息不知怎样?他恨由父母把持的婚姻……但谁知道他关心么?他们多少年不来往了,虽然在山东住的时候,他们曾经邻居,两小无猜地整天在一起玩。幻想是不中用的,九哥先就不在北平,两年前他回来过一次,她记得自己遇到九哥扶着一位漂亮的女同学在书店前边,她躲过了九哥的视线,惭愧自己一身不入时的装束,她不愿和九哥的女友做个太难堪的比较。

感到手酸、心酸,浑身打颤,阿淑由一堆人拥簇着退到里面房间休息。女客们在新娘前后彼此寒暄招呼,彼此注意大家的装扮。有几个很不客气的在批评新娘子，显然认为不满意。"新娘太单薄点。"一个摺着十几层下颏的胖女人，摇着扇和旁边的六姨说话。阿淑觉到她自己真可以立刻碰得粉碎：这位胖太太像一座石臼，六姨则像一根铁杵横在前面，阿淑两手发抖拉紧了一块丝巾，听老妈在她头上不住地搬弄那几朵绒花。

随着花露水香味进屋子来的，是锡娇和丽丽，六姨的两个女儿，她们的装扮已经招了许多羡慕的眼光。有电影明星细眉的锡娇抓把瓜子嗑着，猩红的嘴唇里露出雪白的牙齿。她暗中扯了她妹妹的衣襟，嘴向一个客人的侧面努了一下。丽丽立刻笑红了脸，拿出一条丝绸手绢蒙住嘴挤出人堆到廊上走。望着已经在席上的男客们。有几个已经提起筷子高高兴兴地在选择肥美的鸡肉，一面讲着笑话，顿时都为着丽丽的笑声，转过脸来镇住眼看她。丽丽扭一下腰，又摆了一下，软的长衫轻轻展开，露出裹着肉色丝袜的长腿走过另一边去。

年轻的茶房穿着蓝布大褂，肩搭一块桌布，由厨房里出来两只手拿四碟冷荤，几乎撞住丽丽。闻到花露香味，茶房忘却顾忌地斜过眼看。昨晚他上菜的时候，那唱戏的云娟坐在首席曾对着他笑，两只水钻耳坠，打秋千似的左右晃。他最忘不了云娟旁座的张四爷，抓住她如玉的手臂劝干杯的情形。笑眯眯的带醉的眼，云娟明明是向着正端着大碗三鲜汤的他笑。他记得放平了大碗，心还怦怦地跳。直到晚上他睡不着，躺在院里板凳上乘凉，随口唱几声"孤王……酒醉……"才算松动了些。今天又是这么一个笑嘻嘻的小姐，穿着这一身软，茶房垂下头去拿酒壶，心底似乎恨谁似的一股气。

"逸九你喝一杯什么？"老卢做东这样问。

"我来一杯香桃冰淇凌吧。"

"你去拣几块好点心，老孟。"主人又招呼那一个客。午饭问题算是如此解决了。为着天热，又为着起得太晚，老卢看到点心铺前面挂的"卫生冰淇凌，咖啡，牛乳，各样点心"这种动人的招牌，便决意里面去消磨时光。约到逸九和老孟来聊天，老卢显然很满意了。

三个人之中，逸九最年少、最摩登。在中学时代就是一口英文，屋子里挂着不是"梨娜"就是"琴妮"的相片，从电影杂志里细心剪下来的，圆一张，方一张，满壁动人的娇憨。——他到上海去了两年，跳舞更是出色了，老卢端详着自己的脚，打算找逸九带他到舞场拜老师去。

"哪个电影好，今天下午？"老孟抓一张报纸看。

邻座上两个情人模样的男女，对面坐着呆看。男人有很温和的脸，抽着烟没有说话；女人的侧相则颇有动人的轮廓，睫毛长长地活动着，脸上时时浮现微笑。她的青纱长衫罩着丰润的肩臂，带着神秘性的淡雅。两人无声地吃着冰淇凌，似乎对于一切完全地满足。老卢、老孟谈着时局，老卢既是机关人员，时常免不了说"我又有个特别的消息，这样看来里面还有原因",于是一层一层地做更详细原因的检讨,深深地浸入政治波澜里面。

逸九看着女人的睫毛,和浮起的笑涡,想到好几年前同在假山后捉迷藏的琼的两条发辫,一个垂前,一个垂后地跳跃。琼已经死了这六七年,谁也没有再提起过她。今天这青长衫的女人单单叫他心底涌起琼的影子。不可思议的,淡淡的,记忆描着活泼的琼。在极旧式的家庭里淘气,二舅舅提根旱烟管,厉声地出来停止她各种的嬉戏。但是琼只是敛住声音低低地笑。雨下大了,院中满是水,又是琼胆子大,把裤腿卷过膝盖,赤着脚到水里装摸鱼。不小心她滑倒了,还是逸九去把她抱回来。和琼差不多大小的还有阿淑,住在对门,他们时常在一起玩,逸九忽然记起瘦小、不爱说话的阿淑来。

"听说阿淑快要结婚了,嬷嘱咐到表姨家问候,不知道阿淑要嫁给谁!"他似乎怕到表姨家。这几年的生疏叫他为难,前年他们遇见一次,装束不入时的阿淑倒有种特有的美,一种灵性……奇怪今天这青长衫女人为什么叫他想起这许多……

"逸九,你有相当的聪明,手腕,你又能巴结女人,你也应该来试试,我介绍你见老王。"

倦了的逸九忽然感到苦闷。

老卢手弹着桌边表示不高兴:"老孟你少说话,逸九这位大少爷说不定他倒愿意去演电影呢!"种种都有一点落伍的老卢嘲笑着翩翩年少的朋友出气。

青纱长衫的女人和她朋友吃完了，站了起来。男的手托着女人的臂腕，无声地绕过他们三人的茶桌前面，走出门去。老卢、老逸九注意到女人有秀美的腿，稳健的步履。两人的融洽，在不言不语中流露出来。

"他们是甜心！"

"愿有情人都成眷属。"

"这女人算好看不？"

三个人同时说出口来，个个有所感触。

午后的热，由窗口外嘘进来，三个朋友吃下许多清凉的东西，更不知做什么好。

"电影院去，咱们去研究一回什么'人生问题''社会问题'吧？"逸九望着桌上的空杯，催促着卢、孟两个走。心里仍然浮着琼的影子。活泼、美丽、健硕，全幻灭在死的幕后，时间一样地向前，计量着死的实在。像今天这样，偶尔地回忆就算是证实琼有过活泼生命的唯一的证据。

东安市场门口洋车像放大的蚂蚁一串，头尾衔接着放在街沿。杨三已不在他寻常停车的地方。

"区里去，好，区里去！咱们到区里说个理去！"就是这样，王康和杨三到底结束了殴打，被两个巡警弹压下来。

刘太太打着油纸伞，端正地坐在洋车上，想金裁缝太不小心了，今天这件绸衫下摆仍然不合适，领也太小，紧得透不了气，想不到今天这样热，早知道还不如穿纱的去。裁缝赶做的活总要出点毛病。实甫现在脾气更坏一点，老嫌女人们麻烦。每次有个应酬你总要听他说一顿的。今天张老太太做整寿，又不比得寻常的场面可以随便……

对面来了浅蓝色衣服的年轻小姐，极时髦的装束使刘太太睁大了眼注意了。

"刘太太哪里去？"蓝衣小姐笑了笑，远远招呼她一声过去了。

"人家的衣服怎么如此合适！"刘太太不耐烦地举着花纸伞。

"呜呜——呜呜……"汽车的喇叭响得震耳。

"打住。"洋车夫紧抓车把，缩住车身前冲的趋势。汽车过去后，由刘太太车旁走出一个巡警，带着两个粗人：一根白绳由一个的臂膀系到另一个的臂上。巡警执着绳端，板着脸走着。一个粗人显然是车夫；手里仍然拉着空车，嘴里咕噜着。很讲究的车身，各件白铜都擦得放亮，后面铜牌上还镌着"卢"字。这又是谁家的车夫，闹出事让巡警拉走。刘太太恨恨地一想车夫们爱肇事的可恶，反正他们到区里去少不了东家设法把他们保出来的……

"靠里！……靠里！"威风的刘家车夫是不耐烦挤在别人车后的——老爷是局长，太太此刻出去阔绰地应酬，洋车又是新打的，两盏灯发出银光……哗啦一下，靠手板在另一个车边擦一下,车已猛冲到前头走了。刘太太的花油纸伞在日光中摇摇荡荡地迎着风,顺着街心溜向北去。

胡同口酸梅汤摊边刚走开了三个挑夫。酸凉的一杯水,短时间地给他们愉快,六只泥泞的脚仍然踏着滚烫的马路行去。卖酸梅汤的老头儿手里正数着几十枚铜元,一把小鸡毛帚夹在腋下。他翻上两颗黯淡的眼珠,看看过去的花纸伞,知道这是到张家去的客人。他想着今天为张家做寿,客人多,他们的车夫少不得来摊上喝点凉的解渴。

"两吊……三吊!……"他动着他的手指,把一叠铜元收入摊边美人牌香烟的纸盒中。不知道今天这冰够不够使用的,他翻开几重荷叶,和一块灰黑色的破布,仍然用着他黯淡的眼珠向瓷缸里的冰块端详了一回。"天不热,喝的人少,天热了,冰又化得太快!"事情哪一件不有为难的地方,他叹口气再翻眼看看过去的汽车。汽车轧起一阵尘土,笼罩着老人和他的摊子。

寒暑表中的水银从早起上升,一直过了九十五度的黑线上。喜棚底下比较荫凉的一片地面上曾聚过各种各色的人物。丁大夫也是其间一个。

丁大夫是张老太太内侄孙,德国学医刚回来不久,麻利,漂亮,现在社会上已经有了声望,和他同席的都借着他是医生的缘故,拿北平市卫生问题做谈料,什么虎疫、伤寒、预防针、微菌,全在吞咽八宝东瓜,瓦块鱼,锅贴鸡,炒虾仁中间讨论过。

"贵医院有预防针,是好极了。我们过几天要来麻烦请教了。"说话的以为如果微菌听到他有打预防针的决心也皆气馁了。

"欢迎,欢迎。"

厨房送上一碗凉菜。丁大夫踌躇之后决意放弃吃这碗菜的权利。

小孩们都抢了盘子边上放的小冰块,含到嘴里嚼着玩,其他客人喜欢这凉菜的也就不少。天实在热!

张家几位少奶奶装扮得非常得体,头上都戴朵红花,表示对旧礼教习尚仍然相当遵守的。在院子中盘旋着做主人,各人心里都明白自己今天的体面。好几个星期前就顾虑到的今天,她们所理想到的今天各种成功,已然顺序地,在眼前实现。虽然为着这重要的今天,各人都轮流着觉得受过委屈;生过气;用过心思和手腕;将就过许多不如意的细节。

老太太颤巍巍地喘息着,继续维持着她的寿命。杂乱模糊的回忆在脑子里浮沉。兰兰七岁的那年……送阿旭到上海医病的那年真热……生四宝的时候在湖南,于是生育、病痛、兵乱、行旅、婚娶,没秩序、没规则地纷纷在她记忆下掀动。

"我给老太太拜寿,您给回一声吧。"

这又是谁的声音?这样大!老太太睁开打瞌睡的眼,看一个浓装的妇人对她鞠躬问好。刘太太,——谁又是刘太太,真是的!今天客人太多了,好吃劲。老太太扶着赵妈站起来还礼。

"别客气了,外边坐吧。"二少奶伴着客人出去。

谁又是这刘太太……谁?……老太太模模糊糊地又做了一些猜想,望着门槛又堕入各种的回忆里去。

坐在门槛上的小丫头寿儿,看着院里石榴花出神。她巴不得酒席可以快点开完,底下人们可以吃中饭,她肚子里实在饿得慌。一早眼睛所接触的,大部分几乎全是可口的食品,但是她仍然是饿着肚子,坐在老太太门槛上等候呼唤。她极想再到前院去看看热闹,但为想到上次被打的情形,只得竭力忍耐。在饥饿中,有一桩事她仍然没有忘掉她的高兴。因为老太太的整寿大少奶给她一副银镯。虽然为着捶背而酸乏的手臂懒得转动,她仍不时得意地举起手来,晃摇着她的新镯子。

午后的太阳斜到东廊上,后院子暂时沉睡在静寂中。幼兰在书房里和羽哭着闹脾气:

"你们都欺侮我,上次赛球我就没有去看。为什么要去?反正人家也不欢迎我,……慧石不肯说,可是我知道你和阿玲在一起玩得上劲。"抽噎的声音微微地由廊上传来。

"等会客人进来了不好看……别哭……你听我说……绝对没有这么回事的。咱们是亲表谁不知道我们亲热,你是我的兰,永远,永远是我的最爱最爱的……你信我……"

"你在哄骗我,我……我永远不会再信你的了……"

"你又来伤我，你心狠……"

声音微下去，也和缓了许多，又过了一些时候。才有轻轻的笑语声。小丫头仍然饿得慌，仍然坐在门槛上没有敢动，她听着小外孙小姐和羽孙少爷老是吵嘴，哭哭啼啼的，她不懂。一会儿他们又笑着一块儿由书房里出来。

"我到婆婆的里间洗个脸去。寿儿你给我打盆洗脸水去。"

寿儿得着打水的命令，高兴地站起来。什么事也比坐着等老太太睡醒都好一点。

"别忘了晚饭等我一桌吃。"羽说完大步地跑出去。

后院顿时又堕入闷热的静寂里：柳条的影子画上粉墙，太阳的红比得胭脂。墙外天蓝蓝的没有一片云，像戏台上的布景。隐隐地送来小贩子叫卖的声音——卖西瓜的——卖凉席的，一阵一阵。

挑夫提起力气喊他孩子找他媳妇。天快要黑下来，媳妇还坐在门口纳鞋底子；赶着那一点天亮再做完一只。一个月她当家的要穿两双鞋子，有时还不够的，方才当家的回家来说不舒服，睡倒在炕上，这半天也没有醒。她放下鞋底又走到旁边一家小铺里买点生姜，说几句话儿。

断续着呻吟，挑夫开始感到苦痛，不该喝那冰凉东西，早知道这大暑天，还不如喝口热茶！迷惘中他看到茶碗，茶缸，施茶的人家，碗，碟，果子杂乱地绕着大圆篓，他又像看到张家的厨房。不到一刻他肚子里像纠麻绳一般痛，发狂地呕吐使他沉入严重的症候里和死搏斗。

挑夫媳妇失了主意,喊孩子出去到药铺求点药。那边时常夏天是施暑药的。……

邻居积渐知道挑夫家里出了事,看过报纸的说许是霍乱,要扎针的。张秃子认得大街东头的西医丁家,他披上小褂子,一边扣纽子,一边跑。丁大夫的门牌挂高高的,新漆大门两扇紧闭着。张秃子找着电铃死命地按,又在门缝里张望了好一会,才有人出来开门。什么事?什么事?门房望着张秃子生气,张秃子看着丁宅的门房说,"劳驾——劳驾您大爷,我们'街坊'李挑子中了暑,托我来行点药。"

"丁大夫和管药房先生'出份子'去了,没有在家,这里也没有旁人,这事谁又懂得?!"门房吞吞吐吐地说,"还是到对门益年堂打听吧。"大门已经差不多关上。

张秃子又跑了,跑到益年堂,听说一个孩子拿了暑药已经走了。张秃子是信教的,他相信外国医院的药,他又跑到那边医院里打听,等了半天,说那里不是施医院,并且也不收传染病的,医生晚上也都回家了,助手没有得上边话不能随便走开的。

"最好快报告区里,找卫生局里人。"管事的告诉他,但是卫生局又在哪里?

到张秃子失望地走回自己院子里的时候,天已经黑了下来,他听见李大嫂的哭声知道事情不行了。院里瓷罐子里还放出浓馥的药味。他顿一下脚,"咱们这命苦的……"他已在想如何去捐募点钱,收殓他朋友的尸体。叫孝子挨家去磕头吧!

天黑了下来,张宅跨院里更热闹,水月灯底下围着许多孩子,看变戏法的由袍子里捧出一大缸金鱼,一盘子"王母蟠桃"献到老太太面前。孩子们都凑上去验看金鱼的真假。老太太高兴地笑。

大爷熟识捧场过的名伶自动地要送戏,正院前边搭着戏台,当差的忙着拦阻外面杂人往里挤,大爷由上海回来,两年中还是第一次——这次碍着母亲整寿的面,不回来太难为情。这几天行市不稳定,工人们听说很活动,本来就不放心走开,并且厂里的老赵靠不住,大爷最记挂……

看到院里戏台上正开场,又看廊上的灯,听听厢房各处传来的牌声,风扇声,开汽水声,大爷知道一切都圆满地进行,明天事完了,他就可以走了。

"伯伯上哪儿去?"游廊对面走出一个清秀的女孩。他怔住了看,慧石——是他兄弟的女儿,已经长得这么大了?大爷伤感着,看他早死兄弟的遗腹女儿,她长得实在像她爸爸……实在像她爸爸……

"慧石,是你。长得这样俊,伯伯快认不得了。"

慧石只是笑,笑。大伯伯还会说笑话,她觉得太料想不到的事,同时她像被电击一样,触到伯伯眼里蕴住的怜爱,一股心酸抓紧了她的嗓子。

她仍只是笑。

"哪一年毕业？"大伯伯问她。

"明年。"

"毕业了到伯伯那里住。"

"好极了。"

"喜欢上海不？"

她摇摇头："没有北平好。可是可以找事做，倒不错。"

伯伯走了，容易伤感的慧石急忙回到卧室里，想哭一哭，但眼睛湿了几回，也就不哭了，又在镜子前抹点粉笑了笑；她喜欢伯伯对她那和蔼态度。嬷常常不满伯伯和伯母的，常说些不高兴他们的话，但她自己却总觉得喜欢这伯伯的。

也许是骨肉关系有种不可思议的亲热，也许是因为感激知己的心，慧石知道她更喜欢她这伯伯了。

厢房里电话铃响。

"丁宅呀，找丁大夫说话？等一等。"

丁大夫的手气不坏，刚和了一牌三翻，他得意地站起来接电话：

"知道了，知道了，回头就去叫他派车到张宅来接。什么？要暑药的？发痧中暑？叫他到平济医院去吧。"

"天实在热，今天，中暑的一定不少。"五少奶坐在牌桌上抽烟，等丁大夫打电话回来。"下午两点的时候刚刚九十九度啦！"她睁大了眼表示严重。

"往年没有这么热，九十九度的天气在北平真可以的了。"一个客人摇了摇檀香扇，急着想做庄。

咯突一声，丁大夫将电话挂上。

报馆到这时候积渐热闹，排字工人流着汗在机器房里忙着。编辑坐到公事桌上面批阅新闻。本市新闻由各区里送到；编辑略略将张宅名伶送戏一节细细看了看，想到方才同太太在市场吃冰淇凌后，遇到街上的打架，又看看那段厮打的新闻，于是很自然地写着"西四牌楼三条胡同卢宅车夫杨三……"新闻里将杨三王康的争斗形容得非常动听，一直到了"扭区成讼"。

再看一些零碎，他不禁注意到挑夫霍乱数小时毙命一节，感到白天去吃冰淇凌是件不聪明的事。

杨三在热臭的拘留所里发愁，想着主人应该得到他出事的消息了，怎么还没有设法来保他出去。王康则在另一间房子里喂臭虫，苟且地睡觉。

"……哪儿呀，我卢宅呀，请王先生说话，……"老卢为着洋车被扣已经打了好几个电话了，在晚饭桌他听着太太的埋怨……那杨三真是太没有样子，准是又喝醉了，三天两回闹事。

"……对啦，找王先生有要紧事，出去饭局了么，回头请他给卢宅来个电话！别忘了！"

这大热晚上难道闷在家里听太太埋怨？杨三又没有回来，还得出去雇车，老卢不耐烦地躺在床上看报，一手抓起一把蒲扇赶开蚊子。

绣绣

因为时局，我的家暂时移居到××。对楼张家的洋房子楼下住着绣绣。那年绣绣十一岁，我十三。起先我们互相感觉到使彼此不自然，见面时便都先后红起脸来，准备彼此回避。但是每次总又同时彼此对望着，理会到对方有一种吸引力，使自己不容易立刻实行逃脱的举动。于是在一个下午，我们便有意距离彼此不远地同立在张家楼前，看许多人用旧衣旧鞋热闹地换碗。

还是绣绣聪明，害羞地由人丛中挤过去，指出一对美丽的小瓷碗给我看，用秘密亲昵的小声音告诉我她想到家里去要一双旧鞋来换。我兴奋地望着她回家的背影，心里漾起一团愉悦的期待。不到一会儿工夫，我便又佩服又喜悦地参观到绣绣同换碗的贩子一段交易的喜剧，变成绣绣的好朋友。

那张小小图画今天还顶温柔地挂在我的胸口。这些年了，我仍能见到绣绣的两条发辫系着大红绒绳，睁着亮亮的眼，抿紧着嘴，边走边跳地过来，一只背在后面的手里提着一双旧鞋。挑卖瓷器的贩子口里衔着旱烟，像一个高大的黑影，笼罩在那两簇美丽得同云一般各色瓷器的担子上面！一些好奇的人都伸过头来看。"这么一点点小孩子的鞋，谁要？"贩子坚硬的口气由旱烟管的斜角里呼出来。

"这是一双皮鞋，还新着呢！"绣绣抚爱地望着她手里旧皮鞋。那双鞋无疑地曾经一度给过绣绣许多可骄傲的体面。鞋面有两道鞋扣。换碗的贩子终于被绣绣说服，取下口里旱烟扣在灰布腰带上，把鞋子接到手中去端详。绣绣知道这机会不应该失落，也就很快地将两只渴慕了许多时候的小花碗捧到她手里。但是鹰爪似的贩子的一只手早又伸了过来，将绣绣手里梦一般美满的两只小碗仍然收了回去。绣绣没有话说，仰着绯红的脸，眼睛潮润着失望的光。

我听见后面有了许多嘲笑的声音，感到绣绣孤立的形势和她周围一些侮辱的压迫，不觉起了一种不平。"你不能欺侮她小！"我听到自己的声音威风地在贩子的肋下响，"能换就快换，不能换，就把皮鞋还给她！"贩子没有理我，也不去理绣绣，忙碌地同别人交易，小皮鞋也还夹在他手里。

"换了吧老李，换了吧，人家一个孩子。"人群中忽有个老年好事的人发出含笑慈祥的声音。"倚老卖老"的他将担子里那两只小碗重新捡出交给绣绣同我:"哪,你们两个孩子拿着这两只碗快走吧!"我惊讶地接到一只碗,不知所措。绣绣却挨过亲热的小脸扯着我的袖子,高兴地笑着示意叫我同她一块儿挤出人堆来。那老人或不知道,他那时塞到我们手里的不止是两只碗,并且是一把鲜美的友谊。

自此以后,我们的往来一天比一天亲密。早上我伴绣绣到西街口小店里买点零星东西。绣绣是有任务的,她到店里所买的东西都是油盐酱醋,她妈妈那一天做饭所必需的物品,当我看到她在店里非常熟识的要她的货物了,从容地付出或找入零碎铜元同吊票时,我总是暗暗地佩服她的能干,羡慕她的经验。最使我惊异的则是她妈妈所给我的印象。黄瘦的,那妈妈是个极懦弱无能的女人,因为带着病,她的脾气似乎非常暴躁。种种的事她都指使着绣绣去做,却又无时无刻不咕噜着,教训着她的孩子。

起初我以为绣绣没有爹,不久我就知道原来绣绣的父亲是个很阔绰的人物。他姓徐,人家叫他徐大爷,同当时许多父亲一样,他另有家眷住在别一处的。绣绣同她妈妈母女两人早就寄住在这张家亲戚楼下两小间屋子里,好像被忘记了的孤寡。绣绣告诉我,她曾到过她爹爹的家,那还是她那新姨娘没有生小孩以前,她妈叫她去同爹要一点钱。绣绣说时脸红了起来,头低了下去,挣扎着心里各种的羞愤和不平。我没有敢说话,绣绣随着也就忘掉了那不愉快的方面,抬起头来告诉我,她爹家里有个大洋狗非常好,"爹爹叫它坐下,它就坐下"。还有一架洋钟,绣绣也不能够忘掉"钟上面有个门",绣绣眼里亮起来,"到了钟点,门会打开,里面跳出一只鸟来,几点钟便叫了几次。""那是——那是爹爹买给姨娘的。"绣绣又偷偷告诉了我。

"我还记得有一次我爹爹抱过我呢,"绣绣说,她常同我讲点过去的事情。"那时候,我还顶小,很不懂事,就闹着要下地,我想那次我爹一定很不高兴的!"绣绣追悔地感到自己的不好,惋惜着曾经领略过又失落了的一点点父亲的爱。"那时候,你太小了当然不懂事。"我安慰着她。"可是……那一次我到爹家里去时,又弄得他不高兴呢!"绣绣心里为了这桩事,大概已不止一次地追想难过着,"那天我要走的时候,"她重新说下去,"爹爹翻开抽屉问姨娘有什么好玩艺儿给我玩,我看姨娘没有答应,怕她不高兴,便说,我什么也不要,爹听见就很生气把抽屉关上,说:'不要就算了!'"——这里绣绣本来清脆的声音显然有点哑,"等我再想说话,爹已经起来把给妈的钱交给我,还说,你告诉她,有病就去医,自己乱吃药,明日吃死了我不管!"这次绣绣伤心地对我诉说着委屈,轻轻抽噎着哭,一直坐在我们后院子门槛上玩,到天黑了才慢慢地踱回家去,背影消失在张家灰暗的楼下。

夏天热起来,我们常常请绣绣过来喝汽水,吃藕,吃西瓜。娘把我太短了的花布衫送给绣绣穿,她活泼地在我们家里玩，帮着大家摘菜，做凉粉，削果子做甜酱，听国文先生讲书，讲故事。她的妈则永远坐在自己窗口里，摇着一把蒲扇，不时颤声地喊："绣绣！绣绣！"底下咕噜着一些埋怨她不回家的话，"……同她父亲一样，家里总坐不住！"

有一天，天将黑的时候，绣绣说她肚子痛，匆匆跑回家去。到了吃夜饭时候，张家老妈到了我们厨房里说，绣绣那孩子病得很厉害，她妈不会请大夫，急得只坐在床前哭。我家里人听见了就叫老陈妈过去看绣绣，带着一剂什么急救散。我偷偷跟在老陈妈后面，也到绣绣屋子去看她。我看到我的小朋友脸色苍白地在一张木床上呻吟着，屋子在那黑夜小灯光下闷热的暑天里，显得更凌乱不堪。那黄病的妈妈除却交叉着两只手发抖地在床边敲着，不时呼唤绣绣外，也不会为孩子预备一点什么适当的东西。大个子的蚊子咬着孩子的腿同手臂，大粒子汗由孩子额角沁出流到头发旁边。老陈妈慌张前后地转，拍着绣绣的背，又问徐大妈妈——绣绣的妈——要开水，要药锅煎药。我偷个机会轻轻溜到绣绣床边叫她，绣绣听到声音还勉强地睁开眼睛看看我作了一个微笑，吃力地低声说，"蚊香……在屋角……劳驾你给点一根……"她显然习惯于母亲的无用。

"人还清楚！"老陈妈放心去熬药。这边徐大奶奶咕噜着，"告诉你过人家的汽水少喝！果子也不好，我们没有那命吃那个……偏不听话，这可招了祸！……你完了小冤家，我的老命也就不要了……"绣绣在呻吟中间显然还在哭辩着:"哪里是那些,妈……今早上……我渴,喝了许多凉水。"

家里派人把我拉回去。我记得那一夜我没得好睡,惦记着绣绣,做着种种可怕的梦。绣绣病了差不多一个月,到如今我也不知道到底患的什么病,他们请过两次不同的大夫,每次买过许多杂药。她妈天天给她稀饭吃。正式的医药没有,营养更是等于零的。

因为绣绣的病,她妈妈埋怨过我们,所以她病里谁也不敢送吃的给她。到她病将愈的时候,我天天只送点儿童画报一类的东西去同她玩。

病后,绣绣那灵活的脸上失掉所有的颜色,更显得异样温柔,差不多超尘的洁净,美得好像画里的童神一般,声音也非常脆弱动听,牵得人心里不能不漾起怜爱。但是以后我常常想到上帝不仁的摆布,把这么美好敏感,能叫人爱的孩子虐待在那么一个环境里,明明父母双全的孩子,却那样零仃孤苦,使她比失却怙恃更茕孑无所依附。当时我自己除却给她一点童年的友谊,作个短时期的游伴以外,毫无其他能力护助着这孩子同她的运命搏斗。

她父亲在她病里曾到她们那里看过她一趟,停留了一个极短的时间。但他因为不堪忍受绣绣妈的一堆存积下的埋怨,他还发气狠心地把她们母女反申斥了、教训了,也可以说是辱骂了一顿。悻悻地他留下一点钱就自己走掉,声明以后再也不来看她们了。

我知道绣绣私下曾希望又希望着她爹去看她们,每次结果都是出了她孩子打算以外的不圆满。这使她很痛苦。这一次她忍耐不住了,她大胆地埋怨起她的妈,"妈妈,都是你这样子闹,所以爹气走了,赶明日他再也不来了!"其实绣绣心里同时也在痛苦着埋怨她爹。她有一次就轻声地告诉过我:"爹爹也太狠心了,妈妈虽然有脾气,她实在很苦的,她是有病。你知道她生过六个孩子,只剩我一个女的,从前,她常常一个人在夜里哭她死掉的孩子,白天老是做活计,样子同现在很两样,脾气也很好的。"但是绣绣虽然告诉过我——她的朋友——她的心绪,对她母亲的同情,徐大奶奶都只听到绣绣对她一时气愤的埋怨,因此便借题发挥起来,夸张着自己的委屈,向女儿哭闹,谩骂。

那天张家有人听得不过意了,进去干涉,这一来,更触动了徐大奶奶的歇斯底里的脾气,索性气结地坐在地上狠命地咬牙捶胸,疯狂似的大哭。等到我也得到消息过去看她们时,绣绣已哭到眼睛红肿,蜷伏在床上一个角里抽搐得像个可怜的迷路的孩子。左右一些邻居都好奇,好事的进去看她们。我听到出来的人议论着她们的事说:"徐大爷前月生个男孩子。前几天替孩子做满月办了好几桌席,徐大奶奶本来就气得几天没有吃好饭,今天大爷来又说了她同绣绣一顿,她更恨透了,巴不得同那个新的人拼命去!凑巧绣绣还护着爹,倒怨起妈来,你想,她可不就气疯了,拿孩子来出气么?"我还听见有人为绣绣不平,又有人说:"这都是孽债,绣绣那孩子,前世里该了他们什么吧?怪可怜的,那点点年纪,整天这样挨着。你看她这场病也会不死?这不是该他们什么还没有还清?!"

绣绣的情况一天不如一天,的确好像有孽债似的,她妈妈的暴躁比以前更迅速地加增,虽然她对绣绣的病不曾有效地维护调摄,为着忧虑女儿的身体那烦恼的事实却增进她的衰弱怔忡的症候,变成一个极易受刺激的妇人。为着一点点事,她就得狂暴地骂绣绣。有几次简直无理地打起孩子来。楼上张家不胜其烦,常常干涉着,因之又引起许多不愉快的口角,给和平的绣绣更多不方便同为难。

我自认已不迷信的了,但是人家说绣绣似来还孽债的话,却偏深深印在我脑子里,让我回味又回味着,使我摆脱不开那里所隐示的果报轮回之说。读过《聊斋志异》同《西游记》的小孩子的脑子里,本来就装着许多荒唐的幻想的,无意的迷信话听了进去便很自然发生了相当影响。此后不多时候我竟暗同绣绣谈起观音菩萨的神通来。两人背着人描下柳枝观音的像夹在书里,又常常在后院偷向西边虔敬地作了一些滑稽的参拜,或烧几炷家里的蚊香。我并且还教导绣绣暗中临时念"阿弥陀佛,救苦救难观世音菩萨",告诉她那可以解脱突来的灾难。病得瘦白柔驯,乖巧可人的绣绣,于是真的常常天真地双垂着眼,让长长睫毛美丽地覆在脸上,合着小小手掌,虔意地喃喃向着传说能救苦的观音祈求一些小孩子的奢望。

"可是,小姊姊,还有耶稣呢?"有一天她突然感觉到她所信任的神明问题有点儿蹊跷,我们两人都是进过教会学校的——我们所受的教育,同当时许多小孩子一样本是矛盾的。

"对了,还有耶稣!"我呆然,无法给她合理的答案。

神明本身既发生了问题,神明自有公道慈悲等说也就跟着动摇了。但是一个漂泊不得于父母的寂寞孩子显然需要可皈依的主宰的,所以据我所知道,后来观音同耶稣竟是同时庄严地在绣绣心里受她不断地敬礼!

这样日子渐渐过去,天凉快下来,绣绣已经又被指使着去临近小店里采办杂物,单薄的背影在早晨凉风中摇曳着,已不似初夏时活泼。看到人总是含羞的不说什么话,除却过来找我一同出街外,也不常到我们这边玩了。

突然的有一天早晨,张家楼下发出异样紧张的声浪,徐大奶奶在哭泣中锐声气愤地在骂着、诉着、喘着,与这锐声相间而发的有沉重的发怒的男子口音。事情显然严重。借着小孩子身份,我飞奔过去找绣绣。张家楼前停着一辆讲究的家车,徐大奶奶房间的门开着一线,张家楼上所有的仆人、厨役、打杂同老妈,全在过道处来回穿行,好奇地听着热闹。屋内秩序比寻常还要紊乱,刚买回来的肉在荷叶上挺着,一把蔬菜萎靡得像一把草,搭在桌沿上,放出灶边或菜市里那种特有气味。一堆碗箸,用过的同未用的,全在一个水盆边放着。墙上美人牌香烟的月份牌已让人碰得在歪斜里悬着。最奇怪的是那屋子里从来未有过的雪茄烟的气雾。徐大爷坐在东边木床上,紧紧锁着眉,怒容满面,口里衔着烟,故作从容地抽着,徐大奶奶由邻居里一个老太婆同一个小脚老妈子按在一张旧藤椅上还断续地颤声地哭着。

当我进门时,绣绣也正拉着楼上张太太的手进来,看见我头低了下去,眼泪显然涌出,就用手背去擦着已经揉得红肿的眼皮。

徐大奶奶见到人进来就锐声地申诉起来。她向着楼上张太太:"三奶奶,你听听我们大爷说的没有理的话!……我就有这么半条老命,也不能平白让他们给弄死!我熬了这二十多年,现在难道就这样子把我撵出去?人得有个天理呀!……我打十七岁来到他家,公婆面上什么没有受过,挨过,……"

张太太望望徐大爷,绣绣也睁着大眼睛望着她的爹,大爷先只是抽着烟严肃的冷酷的不做声。后来忽然立起来,指着绣绣的脸,愤怒地做个强硬的姿势说:"我告诉你,不必说那许多废话,无论如何,你今天非把家里那些地契拿出来交还我不可,……这真是岂有此理!荒唐之至!老家里的田产地契也归你管了,这还成什么话!"

夫妇两人接着都有许多驳难的话;大奶奶怨着丈夫遗弃,克扣她钱,不顾旧情,另有所恋,不管她同孩子两人的生活,在外同那女人浪费。大爷说他妻子,不识大体,不会做人,他没有法子改良她,他只好提另再娶能温顺着他的女人另外过活,坚决不承认有何虐待大奶奶处。提到地契,两人各据理由争执,一个说是那一点该是她老年过活的凭借,一个说是祖传家产不能由她作主分配。相持到吃中饭时分,大爷的态度愈变强硬,大奶奶却喘成一团,由疯狂地哭闹,变成无可奈何的啜泣。别人已渐渐退出。

直到我被家里人连催着回去吃饭时,绣绣始终只缄默地坐在角落里,无望地伴守着两个互相仇视的父母,听着楼上张太太的几次清醒的公平话,尤其关于绣绣自己的地方。张太太说的要点是他们夫妇两人应该看绣绣面上,不要过于固执。她说:"那孩子近来病得很弱。"又说,"大奶奶要留着一点点也是想到将来的事,女孩子长大起来还得出嫁,你不能不给她预备点。"她又说,"我看绣绣很聪明,下季就不进学,开春也应该让她去补习点书。"她又向大爷提议,"我看以后大爷每月再给绣绣筹点学费,这年头女孩不能老不上学尽在家里做杂务的。"

这些中间人的好话到了那生气的两个人耳里,好像更变成一种刺激,大奶奶听到时只是冷讽着:"人家有了儿子了,还顾了什么女儿!"大爷却说:"我就给她学费,她那小气的妈也不见得送她去读书呀?"大奶奶更感到冤枉了,"是我不让她读书么?你自己不说过,女孩子不用读那么些书么?"

无论如何，那两人固执着偏见，急迫只顾发泄两人对彼此的仇恨，谁也无心用理性来为自己的纠纷寻个解决的途径，更说不到顾虑到绣绣的一切。那时我对绣绣的父母两人都恨透了，恨不得要同他们说理，把我所看到各种的情形全盘不平地倾吐出来，叫他们醒悟，乃至于使他们悔过，却始终因自己年纪太小，他们情形太严重，拿不起力量，懦弱地抑制下来。但是当我咬着牙毒恨他们时，我偶然回头看到我的小朋友就坐在那里，眼睛无可奈何地向着一面，失神地愣着，忽然使我起一种很奇怪的感觉。我悟到此刻在我看去无疑问的两个可憎可恨的人，却是那温柔和平绣绣的父母。我很明白即使绣绣此刻也有点恨他们，但是缔结在绣绣温婉的心底的，对这两人到底仍是那不可思议的深爱！

我在惘惘中回家去吃饭，饭后等不到大家散去，我就又溜回张家楼下。这次出我意料以外的，绣绣房前是一片肃静。外面风刮得很大，树叶和尘土由甬道里卷过，我轻轻推门进去，屋里的情形使我不禁大吃一惊，几乎失声喊出来！方才所有放在桌上、木架上的东西，现在一起打得粉碎，扔散在地面上……大爷同大奶奶显然已都不在那里，屋里既无啜泣，也没有沉重的气愤的申斥声，所余仅剩苍白的绣绣，抱着破碎的想望，无限的伤心，坐在老妈子身边。雪茄烟气息尚香馨地笼罩在这一幅惨淡滑稽的画景上面。

"绣绣，这是怎么了？"绣绣的眼眶一红，勉强调了一下哽咽的嗓子,"妈妈不给那——那地契,爹气了就动手扔东西,后来……他们就要打起来,隔壁大妈给劝住,爹就气着走了……妈让他们扶到楼上'三阿妈'那里去了。"

小脚老妈开始用笤帚把地上碎片收拾起来。

忽然在许多凌乱中间,我见到一些花瓷器的残体,我急急拉过绣绣,两人一同俯身去检验。

"绣绣!"我叫起来,"这不是你那两只小瓷碗?也……让你爹砸了么?"

绣绣泪汪汪地点点头,没有答应,云似的两簇花瓷器的担子和初夏的景致又飘过我心头,我捏着绣绣的手,也就默然。外面秋风摇撼着楼前的破百叶窗,两个人看着小脚老妈子将那美丽的尸骸同其他茶壶粗碗的碎片,带着茶叶剩菜,一起送入一个旧簸箕里,葬在尘垢中间。

这世界上许多纷纠使我们孩子的心很迷惑,——那年绣绣十一,我十三。

终于在那年的冬天,绣绣的迷惑终止在一个初落雪的清早里。张家楼房背后那一道河水,冻着薄薄的冰,到了中午,阳光隔着层层的雾惨白地射在上面,绣绣已不用再缩着脖颈,顺着那条路,迎着冷风到那里去了!无意的却把她的迷惑留在我的心里,飘忽于张家楼前同小店中间直到了今日。

窘

暑假中真是无聊到极点,维杉几乎急着学校开课,他自然不是特别好教书的,——平日他还很讨厌教授的生活——不过暑假里无聊到没有办法,他不得不想到做事是可以解闷的。

拿做事当作消遣也许是堕落。中年人特有的堕落。但是,维杉狠命地划一下火柴,中年了又怎样?他又点上他的烟卷连抽了几口。

朋友到暑假里,好不容易找,都跑了,回南的不少,几个年轻的,不用说,更是忙得可以。当然脱不了为女性着忙,有的远赶到北戴河去。只剩下少朗和老晋几个永远不动的金刚,那又是因为他们有很好的房子有太太有孩子,真正过老牌子的中年生活,谁都不像他维杉的四不像的落魄!

维杉已经坐在少朗的书房里有一点多钟了,说着闲话,虽然他吃烟的时候比说话的多。难得少朗还是一味的活泼,他们中间隔着十年倒是一件不很显著的事,虽则少朗早就做过他的四十岁整寿，他的大孩子去年已进了大学。这也是旧式家庭的好处，维杉呆呆地靠在矮榻上想，眼睛望着竹帘外大院子。一缸莲花和几盆很大的石榴树，夹竹桃，叫他对着北京这特有的味道赏玩。他喜欢北京，尤其是北京的房子、院子。有人说北京房子傻透了，尽是一律的四合头，这说话的够多没有意思，他哪里懂得那均衡即对称的庄严？北京派的摆花也是别有味道，连下人对盆花也是特别地珍惜，你看哪一个大宅子的马号院里，或是门房前边，没有几盆花在砖头叠的座子上整齐地放着？想到马号维杉有些不自在了，他可以想象到他的洋车在日影底下停着，车夫坐在脚板上歪着脑袋睡觉，无条件地在等候的主人，而他的主人……

无聊真是到了极点。他想立起身来走，却又看着毒火般的太阳胆怯。他听到少朗在书桌前面说："昨天我亲戚家送来几个好西瓜，今天该冰得可以了。你吃点吧？"

他想回答说："不，我还有点事，就要走了。"却不知不觉地立起身来说："少朗，这夏天我真感觉沉闷，无聊！委实说这暑假好不容易过。"

少朗递过来一盒烟，自己把烟斗衔到嘴里，一手在桌上抓摸洋火。他对维杉看了一眼，似笑非笑地皱了一皱眉头——少朗的眉头是永远有文章的。维杉不觉又有一点不自在，他的事情，虽然是好几年前的事情，少朗知道得最清楚——也许太清楚了。

"你不吃西瓜么？"维杉想拿话岔开。

少朗不响，吃了两口烟，一边站起来按电铃，一边轻轻地说："难道你还没有忘掉？"

"笑话！"维杉急了，"谁的记性抵得住时间？"

少朗的眉头又皱了一皱，他信不信维杉的话很难说。他嘱咐进来的陈升到东院和太太要西瓜，他又说："索性请少爷们和小姐出来一块儿吃。"少朗对于家庭是绝对的旧派，和朋友们一处时很少请太太出来的。

"孩子们放暑假，出去旅行后，都回来了，你还没有看见吧？"

从玻璃窗，维杉望到外边，从石榴和夹竹桃中间跳着走着两个身材很高，活泼泼的青年和一个穿着白色短裙的女孩子。

"少朗，那是你的孩子长得这么大了？"

"不，那个高的是孙家的孩子，比我的大两岁，他们是好朋友，这暑假他就住在我们家里。你还记得孙石年不？这就是他的孩子，好聪明的！"

"少朗，你们要都让你们的孩子这样的长大，我，我觉得简直老了！"

竹帘子一响，旋风般地，三个活龙似的孩子已经站在维杉跟前。维杉和小孩子们周旋，还是维杉有些不自在，他很别扭地拿着长辈的样子问了几句话。起先孩子们还很规矩，过后他们只是乱笑，那又有什么办法？天真烂漫的青年知道什么？

少朗的女儿，维杉三年前看见过一次，那时候她只是十三四岁光景，张着一双大眼睛，转着黑眼珠，玩他的照相机。这次她比较腼腆地站在一边，拿起一把刀替他们切西瓜。维杉注意到她那只放在西瓜上边的手，她在喊"小篁哥"。她说："你要切，我可以给你这一半。"小嘴抿着微笑，她又说："可要看谁切得别致，要式样好！"她更笑得厉害一点。

维杉看她比从前虽然高了许多，脸样却还是差不多那么圆满，除却一个小尖的下颏。笑的时候她的确比不笑的时候大人气一点，这也许是她那排小牙很有点少女的丰神的缘故。她的眼睛还是完全的孩子气，闪亮，闪亮的，说不出是灵敏，还是秀媚。维杉呆呆地想一个女孩子在成人的边沿真像一个绯红的刚成熟的桃子。

孙家的孩子毫不客气地过来催她说："你哪里懂得切西瓜，让我来吧！"

"对了，芝妹，让他吧，你切不好的！"她哥哥也催着她。

"爹爹，他们又打伙着来麻烦我。"她柔和地唤她爹。

"真丢脸，现时的女孩子还要爹爹保护么？"他们父子俩对看着笑了一笑，他拉着他的女儿过来坐下问维杉说："你看她是进国内的大学好，还是送出洋进外国的大学好？"

"什么？这么小就预备进大学？"

"还有两年，"芝先答应出来，"其实只是一年半，因为我年假里便可以完，要是爹让我出洋，我春天就走都可以的，爹爹说是不是？"她望着她的爹。

"小鸟长大了翅膀，就想飞！"

"不，爹，那是大鸟把他们推出巢去学飞！"他们父子俩又交换了一个微笑。这次她爹轻轻地抚着她的手背，她把脸凑在她爹的肩边。

两个孩子在小桌子上切了一会儿西瓜，小孙顶着盘子走到芝前边屈下一膝，顽皮地笑着说："这西夏进贡的瓜，请公主娘娘尝一块！"

她笑了起来拈了一块又向她爹说："爹看他们够多皮？"

"万岁爷，您的御口也尝一块！"

"沅，不先请客人，岂有此理！"少朗拿出父亲样子来。

"这位外邦的贵客，失敬了！"沅递了一块过来给维杉，又张罗着碟子。

维杉又觉着不自在——不自然！说老了他不算老，也实在不老。可是年轻？他也不能算是年轻，尤其是遇着这群小伙子。真是没有办法！他不知为什么觉得窘极了。

此后他们说些什么他不记得，他自己只是和少朗谈了一些小孩子在国外进大学的问题。他好像比较赞成国外大学，虽然他也提出了一大堆缺点和弊病，他嫌国内学生的生活太枯干，不健康，太窄，太老……

"自然，"他说，"成人以后看外国比较有尺寸，不过我们并不是送好些小学生出去，替国家做检查员的。我们只要我们的孩子得着我们自己给不了他们的东西。既然承认我们有给不了他们的一些东西，还不如早些送他们出去自由地享用他们年轻人应得的权利——活泼的生活。奇怪，真的连这一点子我们常常都给不了他们，不要讲别的了。"

"我们"和"他们"！维杉好像在他们中间划出一条界线，分明地分成两组，把他自己分在前辈的一边。他羡慕有许多人只是一味地老成，或是年轻，他虽然分了界线却仍觉得四不像，——窘，对了，真窘！芝看着他，好像在吸收他的议论，他又不自在到万分，拿起帽子告诉少朗他一定得走了。"有一点事情要赶着做。"他又听到少朗说什么"真可惜，不然倒可以一同吃晚饭的。"他觉着自己好笑，嘴里却说："不行，少朗，我真的有事非走不可了。"一边慢慢地踱出院子来。两个孩子推着挽着芝跟了出来送客。到维杉迈上了洋车后他回头看大门口那三个活龙般年轻的孩子站在门槛上笑，尤其是她，略歪着头笑，露着那一排小牙。

又过了两三天的下午，维杉又到少朗那里闲聊，那时已经差不多七点多钟，太阳已经下去了好一会，只留下满天的斑斑的红霞。他刚到门口已经听到院子里的笑声。他跨进西院的月门，只看到小孙和芝在争着拉天棚。

"你没有劲，"小孙说，"我帮你的忙。"他将他的手罩在芝的上边，两人一同狠命地拉。听到维杉的声音，小孙放开手，芝也停住了绳子不拉，只是笑。

维杉一时感着一阵高兴，他往前走了几步对芝说："来，让我也拉一下。"他刚到芝的旁边，忽然吱哑一声，雨一般的水点从他头上喷洒下来，冰凉的水点骤浇到背上，吓了他们一跳，芝撒开手，天棚绳子从她手心溜了出去！原来小沅站在水缸边玩抽水机筒，第一下便射到他们的头上。这下子大家都笑，笑得厉害。芝站着不住地摇她发上的水。维杉踌躇了一下，从袋里掏出他的大手绢轻轻地替她揩发上的水。她两颊绯红了却没有躲走，低着头尽看她擦破的掌心。维杉看到她肩上湿了一小片，晕红的肉色从湿的软白纱里透露出来，他停住手不敢也拿手绢擦，只问她的手怎样了，破了没有。她背过手去说："没有什么！"就溜地跑了。

少朗看他进了书房，放下他的烟斗站起来，他说维杉来得正好，他约了几个人吃晚饭。叔谦已经在屋内，还有老晋，维杉知道他们免不了要打牌的，他笑说："拿我来凑脚，我不来。"

"那倒用不着你，一会儿梦清和小刘都要来的，我们还多了人呢。"少朗得意地吃一口烟，叠起他的稿子。

"他只该和小孩子们耍去。"叔谦微微一笑，他刚才在窗口或者看到了他们拉天棚的情景。维杉不好意思了。可是又自觉得不好意思得毫无道理，他不是拿出老叔的牌子么？可是不相干，他还是不自在。

"少朗的大少爷皮着呢,浇了老叔一头的水!"他笑着告诉老晋。

"可不许你把人家的孩子带坏了。"老晋也带点取笑他的意思。

维杉恼了,恼什么他不知道,说不出所以然。他不高兴起来,他想走,他懊悔他来的,可是他又不能就走。他闷闷地坐下,那种说不出的窘又侵上心来。他接连抽了好几根烟,也不知都说了一些什么话。

晚饭时候孩子们和太太并没有加入,少朗的老派头。老晋和少朗的太太很熟,饭后同了维杉来到东院看她。她们已吃过饭,大家围住圆桌坐着玩。少朗太太虽然已经是中年的妇人,却是样子非常的年轻,又很清雅。她坐在孩子旁边倒像是姊弟。小孙在用肥皂刻一副象棋——他爹是学过雕刻的——芝低着头用尺画棋盘的方格,一只手按住尺,支着细长的手指,右手整齐地用钢笔描。在低垂着的细发底下,维杉看到她抿紧的小嘴,和那微尖的下颏。

"杉叔别走,等我们做完了盘棋和棋子,同杉叔下一盘棋,好不好?"沉问他。"平下,谁也不让谁。"他更高兴着说。

"那倒好,我们辛苦做好了棋盘棋子,你请客!"芝一边说她的哥哥,一边又看一看小孙。

"所以他要学政治。"小孙笑着说。好厉害的小嘴!维杉不觉看他一眼,小孙一头微鬈的黑发让手抓得蓬蓬的。两个伶俐的眼珠老带些顽皮的笑。瘦削的脸却很健硕白皙。他的两只手真有性格，并且是意外的灵动，维杉就喜欢观察人家的手。他看小孙的手抓紧了一把小刀，敏捷地在刻他的棋子，旁边放着两碟颜色，每刻完了一个棋子，他在字上从容地描入绿色或是红色。维杉觉得他很可爱，便放一只手在他肩上说：
"真是一个小美术家！"

刚说完，维杉看见芝在对面很高兴地微微一笑。

少朗太太问老晋家里的孩子怎样了，又殷勤地搬出果子来大家吃。她说她本来早要去看晋嫂的，只是暑假中孩子们在家她走不开。

"你看，"她指着小孩子们说："这一大桌子，我整天地忙着替他们当差。"

"好，我们帮忙的倒不算了，"芝抬起头来笑，又露着那排小牙。"晋叔，今天你们吃的饺子还是孙家篁哥帮着包的呢！"

"是么？"老晋看一看她，又看了小孙，"怪不得，我说那味道怪顽皮的！"

"那红烧鸡里的酱油还是'公主娘'御手亲自下的呢。"小孙嚷着说。

"是么？"老晋看一看维杉，"怪不得你杉叔跪接着那块鸡，差点没有磕头！"

维杉又有点不痛快，也不是真恼，也不是急，只是觉得窘极了。"你这晋叔的学位，"他说："就是这张嘴换来的。听说他和晋婶婶结婚的那一天演说了五个钟头,等到新娘子和傧相站在台上委实站不直了,他才对客人一鞠躬说:"今天只有这几句极简单的话来谢谢大家来宾的好意!"

小孩们和少朗太太全听笑了,少朗太太说:"够了,够了,这些孩子还不够皮的,你们两位还要教他们?"

芝笑得仰不起头来,小孙瞟她一眼,哼一声说:"这才叫做女孩子。"她脸涨红了瞪着小孙看。

棋盘,棋子全画好了。老晋要回去打牌,孩子们拉着维杉不放,他只得留下,老晋笑了出去。维杉只装没有看见。小孙和芝站起来到门边脸盆里争着洗手,维杉听到芝说:

"好痛,刚才绳子擦破了手心。"

小孙说:"你别用胰子就好了。来,我看看。"他拿着她的手仔细看了半天,他们两人拉着一块手巾一同擦手,又咻咻咕咕地说笑。

维杉觉得无心下棋,却不得不下。他们三个人战他一个。起先他懒洋洋地没有注意,过一刻他真有些应接不暇了。不知为什么他却觉着他不该输的,他不愿意输!说起真好笑,可是他的确感着要战胜,孩子不孩子他不管!芝的眼睛镇住看他的棋,好像和弱者表同情似的,他真急了。他野蛮起来了,他居然进攻对方的弱点了,他调用他很有点神气的马了,他走卒了,棋势紧张起来,两边将帅都不能安居在当中了。孩子们的车守住他大帅的脑门顶上,吃力的当然是维杉的棋！没有办法。三个活龙似的孩子，六个玲珑的眼睛，维杉又有什么法子！

他输了输了，不过大帅还真死得英雄，对方的危势也只差一两子便要命的！但是事实上他仍然是输了。下完了以后，他觉得热，出了些汗，他又拿出手绢来刚要揩他的脑门，忽然他呆呆地看着芝的稀疏的头发。

"还不快给杉叔倒茶。"少朗太太喊她的女儿。

芝转身到茶桌上倒了一杯，两只手捧着，端过来。维杉不知为什么又觉得窘极了。

孩子们约他清早里逛北海，目的当然是摇船。他去了，虽然好几次他想设法推辞不去的。他穿他的白嘀裤子葛布上衣，拿了他的草帽微觉得可笑，他近来永远地觉得自己好笑，这种横生的幽默，他自己也不了解的。他一径走到北海的门口还想着要回头的。站岗的巡警向他看了一眼，奇怪，有时你走路时忽然望到巡警的冷静的眼光，真会使你怔一下，你要自问你都做了些什么事，准知道没有一件是违法的么？他买到票走进去，猛抬头看到那桥前的牌楼。牌楼，白石桥，垂柳，都在注视他。——他不痛快极了，挺起腰来健步走到旁边小路上，表示不耐烦。不耐烦的脸本来与他最相宜的，他一失掉了"不耐烦"的神情，他便好像丢掉了好朋友，心里便不自在。懂得吧？他绕到后边，隔岸看一看白塔，它是自在得很，永远带些不耐烦的脸站着——还是坐着？——它不懂得什么年轻,老,这一些无聊的日月,它只是站着不动,脚底下自有湖水,亭榭松柏,杨柳,人——老的小的——忙着他们更换的纠纷!

他奇怪他自己为什么到北海来,不,他也不是懊悔,清早里松荫底下发着凉香,谁懊悔到这里来?他感着像青草般在接受露水的滋润,他居然感着舒快。奢侈的金黄色的太阳横着射过他的辉焰,湖水像锦,莲花莲叶并着肩挨挤成一片,像在争着朝觐这早上的云天!这富足,这绮丽的天然,谁敢不耐烦?维杉到五龙亭边坐下掏出他的烟卷,低着头想要仔细地,细想一些事,去年的,或许前年的,好多年的事,——今早他又像回到许多年前去——可是他总想不出一个所以然来。"本来是,又何必想?要活着就别想!这又是谁说过的话?……"

忽然他看到芝一个人向他这边走来。她穿着葱绿的衣裳,裙子很短,随着她跳跃的脚步飘动,手里玩着一把未开的小纸伞。头发在阳光里,微带些红铜色,那倒是很特别的。她看到维杉笑了一笑,轻轻地跑了几步凑上来,喘着说:"他们租船去了。可是一个不够,我们还要雇一只。"维杉丢下烟,不知不觉地拉着她的手说:

"好,我们去雇一只,找他们去。"

她笑着让他拉着她的手。他们一起走了一些路,才找着租船的人。维杉看她赤着两只健秀的腿,只穿一双统子极短的袜子,和一双白布的运动鞋;微红的肉色和葱绿的衣裳叫他想起他心爱的一张新派作家的画。他想他可惜不会画,不然,他一定知道怎样的画她。——微红的头发,小尖下颏,绿的衣服,红色的腿,两只手,他知道,一定知道怎样的配置。他想象到这张画挂在展览会里,他想象到这张画登在月报上,他笑了。

她走路好像是有弹性地奔腾。龙,小龙!她走得极快,他几乎要追着她。他们雇好船跳下去,船人一竹篙把船撑离了岸,他脱下衣裳卷起衫袖,他好高兴!她说她要先摇,他不肯,他点上烟含在嘴里叫她坐在对面。她忽然又腼腆起来低着头装着看莲花半晌没有说话,他的心像被蜂蜇了一下,又觉得一阵窘,懊悔他出来。他想说话,却找不出一句话说,他尽摇着船也不知过了多少时候她才抬起头来问他说:

"杉叔,美国到底好不好?"

"那得看你自己。"他觉得他自己的声音粗暴,他后悔他这样尖刻地回答她诚恳的问话。他更窘了。

她并没有不高兴,她说:"我总想出去了再说。反正不喜欢我就走。"

这一句话本来很平淡,维杉却觉得这孩子爽快得可爱,他夸她说:"好孩子,这样有决断才好。对了,别错认学位做学问就好了,你预备学什么呢?"

她脸红了半天说:"我还没有决定呢……爹要我先进普通文科再说……我本来是要想学……"她不敢说下去。

"你要学什么坏本领,值得这么胆怯!"

她的脸更红了，同时也大笑起来，在水面上听到女孩子的笑声，真有说不出的滋味，维杉对着她看，心里又好像高兴起来。

"不能宣布么？"他又逗着追问。

"我想，我想学美术——画……我知道学画不该到美国去的，并且……你还得有天才，不过……"

"你用不着学美术的，更不必学画。"维杉禁不住这样说笑。

"为什么？"她眼睛睁得很大。

"因为，"维杉这回觉得有点不好意思了，他低声说："因为你的本身便是美术，你此刻便是一张画。"他不好意思极了，为什么人不能够对着太年轻的女孩子说这种恭维的话？你一说出口，便要感着你自己的蠢，你一定要后悔的。她此刻的眼睛看着维杉，叫他又感着窘到极点了。她的嘴角微微地斜上去，不是笑，好像是鄙薄他这种的恭维她。——没法子，话已经说出来了，你还能收回去？！窘，谁叫他自己找事！

两个孩子已经将船拢来，到他们一处，高兴地嚷着要赛船。小孙立在船上，高高的细长身子穿着白色的衣裳，在荷叶丛前边格外明显。他两只手叉在脑后，眼睛看着天，嘴里吹唱一些调子。他又伸只手到叶丛里摘下一朵荷花。

"接，快接！"他轻轻掷到芝的面前，"怎么了，大清早里睡着了？"

她只是看着小孙笑。

"怎样，你要在哪一边，快拣定了，我们便要赛船了。"维杉很老实地问芝，她没有回答。她哥哥替她决定了，说："别换了，就这样吧。"

赛船开始了，荷叶太密，有时两个船几乎碰上，在这种时候芝便笑得高兴极了，维杉摇船是老手，可是北海的水有地方很浅有时不容易发展，可是他不愿意再在孩子们面前丢丑，他决定要胜过他们，所以他很加小心和力量。芝看到后面船渐渐要赶上时她便催他赶快，他也愈努力了。

太阳积渐热起来，维杉们的船已经比沉的远了很多，他们承认输了预备回去，芝说杉叔一定乏了，该让她摇回去，他答应了她。

他将船板取开躺在船底，仰着看天。芝将她的伞借他遮着太阳。自己把荷叶包在头上摇船。维杉躺着看云，看荷花梗，看水，看岸上的亭子，把一只手丢在水里让柔润的水浪洗着。他让芝慢慢地摇他回去，有时候他张开眼看她，有时候他简直闭上眼睛，他不知道他是快活还是苦痛。

少朗的孩子是老实人，浑厚得很却不笨，听说在学校里功课是极好的。走出北海时，他跟维杉一排走路和他说了好些话。他说他愿意在大学里毕业了才出去进研究院的。他说，可是他爹想后年送妹妹出去进大学；那样子他要是同走，大学里还差一年，很可惜，如果不走，妹妹又不肯白白地等他一年。当然他说小孙比他先一年完，正好可以和妹妹同走。不过他们三个老是在一起惯了，如果他们两人走了，他一个人留在国内一定要感着闷极了，他说，"炒鸡子"这事简直是"糟糕一麻丝"。

他又讲小孙怎样的聪明，运动也好，撑杆跳的式样"简直是太好"，还有游水他也好，"不用说，他简直什么都干！"他又说小孙本来在足球队里的，可是这次和天津比赛时，他不肯练。"你猜为什么？"他问维杉，"都是因为学校盖个喷水池，他整天守着石工看他们刻鱼！"

"他预备也学雕刻么？他爹我认得，从前也学过雕刻的。"维杉问他。

"那我不知道，小孙的文学好，他写了许多很好的诗，——爹爹也说很好的，"沅加上这一句证明小孙的诗的好是可靠的。"不过，他乱得很，稿子不是撕了便是丢了的。"他又说他怎样有时替他捡起抄了寄给《校刊》。总而言之沅是小孙的"英雄崇拜者"。

沅说到他的妹妹，他说他妹妹很聪明，她不像寻常的女孩那么"讨厌"，这里他脸红了，他说"别扭得讨厌，杉叔知道吧？"他又说他班上有两个女学生，对于这个他表示非常的不高兴。

维杉听到这一大篇谈话，知道简单点讲，他维杉自己，和他们中间至少有一道沟，——并不是什么了不得的间隔，——只是一个年龄的深沟，桥是搭得过去的，不过深沟仍然是深沟，你搭多少条桥，沟是仍然不会消灭的。他问沅几岁，沅说："整整的快十九了，"他妹妹虽然是十七，"其实只满十六年。"维杉不知为什么又感着一阵不舒服，他回头看小孙和芝并肩走着，高兴地说笑："十六，十七。"维杉嘴里哼哼着。究竟说三十四不算什么老，可是那就已经是十七的一倍了。谁又愿意比人家岁数大出一倍，老实说！

维杉到家时并不想吃饭，只是连抽了几根烟。

过了一星期，维杉到少朗家里来。门房里陈升走出来说："老爷到对过张家借打电话去，过会子才能回来。家里电话坏了两天，电话局还不派人来修理。"陈升是个打电话专家，有多少曲折的传话，经过他的嘴，就能一字不漏地溜进电话筒。那也是一种艺术。他的方法听着很简单，运用起来的玄妙你就想不到。哪一次维杉走到少朗家里不听到陈升在过厅里向着电话："喂，喂，喂，我说，我说呀！"维杉向陈升一笑，他真不能替陈升想象到没有电话时的烦闷。

"好，陈升，我自己到书房里等他，不用你了。"维杉一个人踱过那静悄悄的西院，金鱼缸，莲花，石榴，他爱这院子，还有隔墙的枣树，海棠。他掀开竹帘走进书房。迎着他眼的是一排丰满的书架。壁上挂的朱拓的黄批，和屋子当中的一大盆白玉兰，幽香充满了整间屋子。维杉很羡慕少朗的生活。

夏天里,你走进一个搭着天棚的一个清凉大院子,静雅的三间又大又宽的北屋,屋里满是琳琅的书籍,几件难得的古董,再加上两三盆珍罕的好花,你就不能不艳羡那主人的清福!

维杉走到套间小书斋里,想写两封信,他忽然看到芝一个人伏在书桌上。他奇怪极了,轻轻地走上前去。

"怎么了?不舒服么,还是睡着了?"

"吓我一跳!我以为是哥哥回来了……"芝不好意思极了。维杉看到她哭红了的眼睛。

维杉起先不敢问,心里感得不过意,后来他伸一只手轻抚着她的头说:"好孩子,怎么了?"

她的眼泪更扑簌簌地掉到裙子上,她拈了一块——真是不到四寸见方——淡黄的手绢拼命地擦眼睛。维杉想,她叫你想到方成熟的桃或是杏,绯红的,饱饱的一颗天真,让人想摘下来赏玩,却不敢真真地拿来吃,维杉不觉得没了主意。他逗她说:

"准是嬷打了!"

她拿手绢蒙着脸偷偷地笑了。

"怎么又笑了?准是你打了嬷了!"

这回她伏在桌上索性咻咻地笑起来。维杉糊涂了。他想把她的小肩膀搂住,吻她的粉嫩的脖颈,但他又不敢。他站着发了一会呆。他看到椅子上放着她的小纸伞,他走过去坐下开着小伞把玩。

她仰起身来，又擦了半天眼睛，才红着脸过来拿她的伞，他不给。

"刚从哪里回来，芝？"他问她。

"车站。"

"谁走了？"

"一个同学，她是我最好的朋友，可是她……她明年不回来了！"她好像仍是很伤心。他看着她没有说话。

"杉叔，您可以不可以给她写两封介绍信，她就快到美国去了。"

"到美国哪一个城？"

"反正要先到纽约的。"

"她也同你这么大么？"

"还大两岁多……杉叔您一定得替我写，她真是好，她是我最好的朋友了……杉叔，您不是有许多朋友吗，你一定得写。"

"好，我一定写。"

"爹说杉叔有许多……许多女朋友。"

"你爹这样说的么？"维杉不知为什么很生气。他问了芝她朋友的名字，他说他明天替她写那介绍信。他拿出烟来很不高兴地抽。这回芝拿到她的伞却又不走。她坐下在他脚边一张小凳上。

"杉叔，我要走了的时候您也替我介绍几个人。"

他看着芝倒翻上来的眼睛，他笑了，但是他又接着叹了一口气。

他说:"还早着呢,等你真要走的时候,你再提醒我一声。"

"可是,杉叔,我不是说女朋友,我的意思是:也许杉叔认得几个真正的美术家或是文学家。"她又拿着手绢玩了一会低着头说:"篁哥,孙家的篁哥,他亦要去的,真的,杉叔,他很有点天才。可是他想不定学什么。他爹爸说他岁数太小,不让他到巴黎学雕刻,要他先到哈佛学文学,所以我们也许可以一同走……我亦劝哥哥同去,他可舍不得这里的大学。"这里她话愈说得快了,她差不多喘不过气来,"我们自然不单到美国,我们以后一定转到欧洲,法国,意大利,对了,篁哥连做梦都是做到意大利去,还有英国……"

维杉心里说:"对了,出去,出去,将来,将来,年轻!荒唐的年轻!他们只想出去飞!飞!叫你怎不觉得自己落伍,老,无聊,无聊!"他说不出的难过,说老,他还没有老,但是年轻?!他看着烟卷没有话说。芝看着他不说话也不敢再开口。

"好,明年去时再提醒我一声,不,还是后年吧?……那时我也许已经不在这里了。"

"杉叔,到哪里去?"

"没有一定的方向,也许过几年到法国来看你……那时也许你已经嫁了……"

芝急了,她说:"没有的话,早着呢!"

维杉忽然做了一件很古怪的事,他俯下身去吻了芝的头发。他又伸过手拉着芝的小手。

少朗推帘子进来,他们两人站起来,赶快走到外间来。芝手里还拿着那把纸伞。少朗起先没有说话,过一会,他皱了一皱他那有文章的眉头问说:"你什么时候来的?"

"刚来。"维杉这样从容地回答他,心里却觉着非常之窘。

"别忘了介绍信,杉叔。"芝叮咛了一句又走了。

"什么介绍信?"少朗问。

"她要我替她同学写几封介绍信。"

"你还在和碧谛通信么?还有雷茵娜?"少朗仍是皱着眉头。

"很少……"维杉又觉得窘到极点了。

星期三那天下午到天津的晚车里,旭窗遇到维杉在头等房间里靠着抽烟,问他到哪里去,维杉说回南,旭窗叫脚行将自己的皮包也放在这间房子里说:

"大暑天,怎么倒不在北京?"

"我在北京,"维杉说,"感得,感得窘极了。"他看一看他拿出来拭汗的手绢,"窘极了!"

"窘极了?"旭窗此时看到卖报的过来,他问他要《大公报》看,便也没有再问下去维杉为什么在北京感着"窘极了"。

钟绿

  钟绿是我记忆中第一个美人，因为一个人一生见不到几个真正负得起"美人"这称呼的人物。所以我对于钟绿的记忆，珍惜得如同他人私藏一张名画轻易不拿出来给人看，我也就轻易地不和人家讲她。除非是一时什么高兴，使我大胆地、兴奋地告诉一个朋友，我如何如何的曾经一次看到真正的美人。

  很小的时候，我常听到一些红颜薄命的故事，老早就印下这种迷信，好像美人一生总是不幸的居多。尤其是，最初叫我知道世界上有所谓美人的，就是一个身世极凄凉的年轻女子。她是我家亲戚，家中传统地认为一个最美的人。虽然她已死了多少年。说起她来，大家总还带着那种感慨，也只有一个美人死后能使人起的那样感慨。说起她，大家总都有一些美感的回忆。我婶娘常记起的是祖母出殡那天，这人穿着白衫来送殡。因为她是个已出嫁过的女子——其实她那时已孀居一年多——照我们乡例,头上缠着白头帕。试想一个静好如花的脸,一个长长窈窕的身材;一身的缟素,借着人家伤痛的丧礼来哭她自己可怜的身世,怎不是一幅绝妙的图画!婶娘说起她时,却还不忘掉提到她的走路如何的有种特有丰神,哭时又如何的辛酸凄婉动人。我那时因为过小,记不起送殡那天看到这素服美人,事后为此不知惆怅了多少回。每当大家晚上闲坐谈到这个人儿时,总害了我竭尽想象力,冥想到了夜深。

也许就是因为关于她,我实在记得不太清楚,仅凭一家人时时的传说,所以这个亲戚美人之为美人,也从未曾在我心里疑问过。过了一些岁月,积渐地,我没有小时候那般理想,事事都有一把怀疑,沙似的挟在里面。我总爱说:绝代佳人,世界上不时总应该有一两个,但是我自己亲眼却没有看见过就是了。这句话直到我遇见了钟绿之后才算是取消了,换了一句:我觉得侥幸,一生中没有疑问地,真正地,见到一个美人。

我到美国××城进入××大学时,钟绿已是离开那学校的旧学生,不过在校里不到一个月的工夫,我就常听到"钟绿"这名字,老学生中间,每一提到校里旧事,总要联想到她。无疑的,她是他们中间最受崇拜的人物。

关于钟绿的体面和她的为人及家世也有不少的神话。一个同学告诉我,钟绿家里本来如何的富有,又一个告诉我,她的父亲是个如何漂亮的军官,哪一年死去的,又一个告诉我，钟绿多么好看，脾气又如何和人家不同。因为着恋爱，又有人告诉我，她和母亲决绝了，自己独立出来艰苦的半工半读，多处流落，却总是那么傲慢、潇洒，穿着得那么漂亮动人。有人还说钟绿母亲是希腊人，是个音乐家，也长得非常好看，她常住在法国及意大利，所以钟绿能通好几国文字。常常的，更有人和我讲了为着恋爱钟绿，几乎到发狂的许多青年的故事。总而言之，关于钟绿的事我实在听得多了，不过当时我听着也只觉到平常，并不十分起劲。

故事中仅有两桩，我却记得非常清楚，深入印象，此后不自觉地便对于钟绿动了好奇心。

一桩是同系中最标致的女同学讲的。她说那一年学校开个盛大艺术的古装表演，中间要用八个女子穿中世纪的尼姑服装。她是监制部的总管，每件衣裳由图案部发出，全由她找人比着裁剪，做好后再找人试服。有一晚，她出去晚饭回来稍迟，到了制衣室门口遇见一个制衣部里人告诉她说，许多衣裳做好正找人试着时，可巧电灯坏了，大家正在到处找来洋蜡点上。

"你猜，"她接着说，"我推开门时看到了什么？……"

她喘口气望着大家笑（听故事的人那时已不止我一个），"你想，你想一间屋子里，高高低低地点了好几根蜡烛；各处射着影子；当中一张桌子上面，默默地，立着那么一个钟绿——美到令人不敢相信的中世纪小尼姑，眼微微地垂下，手中高高擎起一枝点亮的长烛。简单静穆，直像一张宗教画！拉着门环，我半天肃然，说不出一句话来！……等到人家笑声震醒我时，我已经记下这个一辈子忘不了的印象。"

自从听了这桩故事之后，钟绿在我心里便也开始有了根据，每次再听到钟绿的名字时，我脑子里便浮起一张图画。隐隐约约地，看到那个古代年轻的尼姑，微微地垂下眼，擎着一枝蜡走过。

第二次，我又得到一个对钟绿依稀想象的背影，是由于一个男同学讲的故事里来的。这个脸色清癯的同学平常不爱说话，是个忧郁深思的少年——听说那个为着恋爱钟绿，到南非洲去旅行不再回来的同学，就是他的同房好朋友。有一天雨下得很大，我与他同在画室里工作，天已经积渐地黑下来，虽然还不到点灯的时候，我收拾好东西坐在窗下看雨，忽然听他说：

"真奇怪，一到下大雨，我总想起钟绿！"

"为什么呢？"我倒有点好奇了。

"因为前年有一次大雨，"他也走到窗边，坐下来望着窗外，"比今天这雨大多了，"他自言自语地眯上眼睛。"天黑得可怕，许多人全在楼上画图，只有我和勃森站在楼下前门口檐底下抽烟。街上一个人没有，树让雨打得像囚犯一样，低头摇曳。一种说不出来的黯淡和寂寞笼罩着整条没生意的街道，和街道旁边不做声的一切。忽然间，我听到背后门环响，门开了，一个人由我身边溜过，一直下了台阶冲入大雨中走去！……那是钟绿……"

"我认得是钟绿的背影,那样修长灵活,虽然她用了一块折成三角形的绸巾蒙在她头上,一只手在项下抓紧了那绸巾的前面两角,像个俄国村姑的打扮。勃森说钟绿疯了,我也忍不住要喊她回来。'钟绿你回来听我说!'我好像求她那样恳切,听到声,她居然在雨里回过头来望一望,看见是我,她仰着脸微微一笑,露出一排贝壳似的牙齿。"朋友说时回过头对我笑了一笑,"你真想不到世上真有她那样美的人!不管谁说什么,我总忘不了在那狂风暴雨中,她那样扭头一笑,村姑似的包着三角的头巾。"

这张图画有力地穿过我的意识,我望望雨又望望黑影笼罩的画室。朋友叉着手,正经地又说:

"我就喜欢钟绿的一种纯朴,城市中的味道在她身上总那样的不沾着她本身的天真!那一天,我那个热情的同房朋友在楼窗上也发现了钟绿在雨里,像顽皮的村姑,没有笼头的野马,便用劲地喊。钟绿听到,俯下身子一闪,立刻就跑了。上边劈空的雷电,四围纷披的狂雨,一会儿工夫她就消失在那水雾迷漫之中了……"

"奇怪,"他叹口气,"我总老记着这桩事,钟绿在大风雨里似乎是个很自然的回忆。"

听完这段插话之后,我的想象中就又加了另一个隐约的钟绿。

半年过去了,这半年中这个清癯的朋友和我比较的熟起,时常轻声地来告诉我关于钟绿的消息。她是辗转地由一个城到另一个城,经验不断地跟在她脚边,命运好似总不和她合作,许多事情都不畅意。

秋天的时候,有一天我这朋友拿来两封钟绿的来信给我看,笔迹秀劲流丽,如见其人,我留下信细读觉到她很有意思。那时我正初次在夏假中觅工,几次在市城熙熙攘攘中长了见识,更是非常地同情于这流浪的钟绿。

"所谓工业艺术你可曾领教过?"她信里发出嘲笑,"你从前常常苦心教我调颜色,一根一根地描出理想的线条,做什么,你知道么?……我想你决不能猜到两三星期以来,我和十几个本来都很活泼的女孩子,低下头都画一些什么,……你闭上眼睛,喘口气,让我告诉你!墙上的花纸,好朋友!你能相信么?一束一束的粉红玫瑰花由我们手中散下来,整朵的,半朵的——因为有人开了工厂专为制造这种的美丽!……"

"不,不,为什么我要脸红?现在我们都是工业战争的斗士——(多美丽的战争!)——并且你知道,各人有各人不同的报酬;花纸厂的主人今年新买了两个别墅,我们前夜把晚饭减掉一点居然去听音乐了,多谢那一束一束的玫瑰花!……"

幽默地,幽默地她写下去那样顽皮的牢骚。又一封:

"……好了,这已经是秋天,谢谢上帝,人工的玫瑰也会凋零的。这回任何一束什么花,我也决意不再制造了,那种逼迫人家眼睛堕落的差事,需要我所没有的勇敢,我失败了,不知道在心里哪一部分也受点伤。……

"我到乡村里来了,这回是散布知识给村里朴实的人!××书局派我来揽买卖,儿童的书,常识大全,我简直带着'知识'的样本到处走。那可爱的老太太却问我要最新烹调的书,工作到很瘦的妇人要城市生活的小说看,——你知道那种穿着晚服去恋爱的城市浪漫!

"我夜里总找回一些矛盾的微笑回到屋里。乡间的老太太都是理想的母亲,我生平没有吃过更多的牛奶,睡过更软的鸭绒被,原来手里提着锄头的农人,都是这样母亲的温柔给培养出来的力量。我爱他们那简单的情绪和生活,好像日和夜,太阳和影子,农作和食睡,夫和妇,儿子和母亲,幸福和辛苦都那样均匀地放在天平的两头。……

"这农村的妩媚,溪流树荫全合了我的意,你更想不到我屋后有个什么宝贝?一口井,老老实实旧式的一口井,早晚我都出去替老太太打水。真的,这样才是日子,虽然山边没有橄榄树,晚上也缺个织布的机杼,不然什么都回到我理想的已往里去。……

"到井边去汲水,你懂得那滋味么?天呀,我的衣裙让风吹得松散,红叶在我头上飞旋,这是秋天,不瞎说,我到井边去汲水去。回来时你看着我把水罐子扛在肩上回来!"

看完信,我心里又来了一个古典的钟绿。

约略是三月的时候,我的朋友手里拿本书,到我桌边来，问我看过没有这本新出版的书，我由抽屉中也扯出一本叫他看。他笑了，说，你知道这个作者就是钟绿的情人。

我高兴地谢了他，我说："现在我可明白了。"我又翻出书中几行给他看，他看了一遍，放下书默诵了一回，说：

"他是对的，他是对的，这个人实在很可爱，他们完全是了解的。"

此后又过了半个月光景。天气渐渐地暖起来，我晚上在屋子里读书老是开着窗子，窗前一片草地隔着对面远处城市的灯光车马。有个晚上，很夜深了，我觉到冷，刚刚把窗子关上，却听到窗外有人叫我，接着有人拿沙子抛到玻璃上，我赶忙起来一看，原来草地上立着那个清瘦的朋友，旁边有个女人立在我的门前。朋友说："你能不能下来，我们有桩事托你。"

我蹑着脚下楼，开了门，在黑影模糊中听我朋友说："钟绿，钟绿她来到这里，太晚没有地方住，我想，或许你可以设法，明天一早她就要走的。"他又低声向我说，"我知道你一定愿意认识她。"

这事真是来得非常突兀，听到了那么熟识，却又是那么神话的钟绿，竟然意外地立在我的前边，长长的身影穿着外衣，低低的半顶帽遮着半个脸，我什么也看不清楚。我伸手和她握手，告诉她在校里常听到她。她笑着答应我说，希望她能使我失望，远不如朋友所讲的她那么坏！

在黑夜里，她的声音像银铃样，轻轻地摇着，末后宽柔温好，带点回响。她又转身谢谢那个朋友，率真地揽住他的肩膀说："百罗，你永远是那么可爱的一个人。"

她随了我上楼梯，我只觉到奇怪，钟绿在我心里始终成个古典人物，她的实际的存在在此时反觉得荒诞不可信。

我那时是个穷学生，和一个同学住一间不甚大的屋子，恰巧同房的那几天回家去了。我还记得那晚上我在她的书桌上，开了她那盏非常得意的浅黄色灯，还用了我们两人共用的大红浴衣铺在旁边大椅上，预备看书时盖在腿上当毯子享用。屋子的布置本来极简单，我们曾用尽苦心把它收拾得还有几分趣味：衣橱的前面我们用一大幅黑色带金线的旧锦挂上，上面悬着一副我朋友自己刻的金色美人面具，旁边靠墙放两架睡榻，罩着深黄的床幔和一些靠垫，两榻中间隔着一个薄纱的东方式屏风。窗前一边一张书桌，各人有个书架，几件心爱的小古董。

整个房子的神气还很舒适，颜色也带点古黯神秘。钟绿进房来，我就请她坐在我们唯一的大椅上，她把帽子外衣脱下，顺手把大红浴衣披在身上说："你真能让我独占这房里唯一的宝座么？"不知为什么，听到这话，我怔了一下，望着灯下披着红衣的她。看她里面本来穿的是一件古铜色衣裳，腰里一根很宽的铜质软带，一边臂上似乎套着两三副细窄的铜镯子，在那红色浴衣掩映之中，黑色古锦之前，我只觉到她由脸至踵有种神韵，一种名贵的气息和光彩，超出寻常所谓美貌或是漂亮。她的脸稍带椭圆，眉目清扬，有点儿南欧曼达娜的味道；

眼睛青棕色，虽然甚大，却微微有点羞涩。她的头、脸、耳、鼻、口唇、前颈和两只手，则都像雕刻过的形体！每一面和她一面交接得那样清晰，又那样柔和，让光和影在上面活动着。

我的小铜壶里本来烧着茶，我便倒出一杯递给她。这回她却怔了说："真想不到这个时候有人给我茶喝，我这回真的走到中国了。"我笑了说："百罗告诉我你喜欢到井里汲水，好，我就喜欢泡茶。各人有她传统的嗜好，不容易改掉。"就在那时候，她的两唇微微地一抿，像朵花，由含苞到开放，毫无痕迹地轻轻地张开，露出那一排贝壳般的牙齿，我默默地在心里说，我这一生总可以说真正的见过一个称得起美人的人物了。

"你知道，"我说，"学校里谁都喜欢说起你，你在我心里简直是个神话人物，不，简直是古典人物；今天你的来，到现在我还信不过这事的实在性！"

她说："一生里事大半都好像做梦。这两年来我漂泊惯了，今天和明天的事多半是不相连续的多；本来现实本身就是一串不一定能连续而连续起来的荒诞。什么事我现在都能相信得过，尤其是此刻，夜这么晚，我把一个从来未曾遇见过的人的清静打断了，坐在她屋里，喝她几千里以外寄来的茶！"

那天晚上，她在我屋子里不止喝了我的茶，并且在我的书架上搬弄了我的书，我的许多相片，问了我一大堆话，告诉我她有个朋友喜欢中国的诗——我知道那就是那青年作家，她的情人，可是我没有问她。她就在我屋子中间小小灯光下愉悦地活动着，一会儿立在洛阳造像的墨拓前默了一会，停一刻又走过，用手指柔和地，顺着那金色面具的轮廓上抹下来，她搬弄我桌上的唐陶俑和图章。又问我壁上铜剑的铭文。纯净的型和线似乎都在引逗起她的兴趣。

一会儿她倦了，无意中伸个懒腰，慢慢地将身上束的腰带解下，自然地，活泼地，一件一件将自己的衣服脱下，裸露出她雕刻般惊人的美丽。我看着她耐性地，细致地，解除臂上的铜镯，又用刷子刷她细柔的头发，来回地走到浴室里洗面又走出来。她的美当然不用讲，我惊讶的是她所有举动，全个体态，都是那样的有个性，奏着韵律。我心里想，自然舞蹈班中几个美体的同学，和我们人体画班中最得意的两个模特，明蒂和苏茜，她们的美实不过是些浅显的柔和及妍丽而已，同钟绿真无法比较得来。我忍不住兴趣地直爽地笑对钟绿说：

"钟绿你长得实在太美了，你自己知道么？"

她忽然转过来看了我一眼，好脾气地笑起来，坐到我床上。

"你知道你是个很古怪的小孩子么？"她伸手抚着我的头后，（那时我的头是低着的，似乎倒有点难为情起来。）"老实告诉你，当百罗告诉我，要我住在一个中国姑娘的房里时，我倒有些害怕，我想着不知道我们要谈多少孔夫子的道德，东方的政治；我怕我的行为或许会触犯你们谨严的佛教！"

这次她说完，却是我打个哈欠，倒在床上好笑。

她说："你在这里原来住得还真自由。"

我问她是否指此刻我们不拘束的行动讲。我说那是因为时候到底是半夜了，房东太太在梦里也无从干涉，其实她才是个极宗教的信徒，我平日极平常的画稿，拿回家来还曾经惊着她的腼腆。男朋友从来只到过我楼梯底下的，就是在楼梯边上坐着，到了十点半，她也一定咳嗽的。

钟绿笑着说："你的意思是从孔子庙到自由神中间并无多大距离！"

那时我睡在床上和她谈天，屋子里仅点一盏小灯。她披上睡衣，替我开了窗，才回到床上抱着膝盖抽烟，在一小闪光底下，她努着嘴喷出一个一个的烟圈，我又疑心我在做梦。

"我顶希望有一天到中国来，"她说，手里搬弄床前我的夹旗袍，"我还没有看见东方的莲花是什么样子。我顶爱坐帆船了。"

我说："我和你约好了，过几年你来，挑个山茶花开遍了的时节，我给你披上一件长袍，我一定请你坐我家乡里最浪漫的帆船。"

"如果是个月夜，我还可以替你弹一曲希腊的弦琴。"

"也许那时候你更愿意死在你的爱人怀里！如果你的他也来。"我逗着她。

她忽然很正经地却用最柔和的声音说："我希望有这福气。"

就这样说笑着，我蒙眬地睡去。

到天亮时，我觉得有人推我，睁开了眼，看她已经穿好了衣裳，收拾好皮包，俯身下来和我作别。

"再见了，好朋友，"她又淘气地抚着我的头，"就算你做个梦吧。现在你信不信昨夜答应过人，要请她坐帆船？"

可不就像一个梦，我眯着两只眼，问她为何起得这样早。她告诉我要赶六点十分的车到乡下去，约略一个月后，或许回来，那时一定再来看我。她不让我起来送她，无论如何要我答应她，等她一走就闭上眼睛再睡。

于是在天色微明中，我只再看到她歪着一顶帽子，倚在屏风旁边妩媚地一笑，便转身走出去了。一个月以后，她没有回来，其实等到一年半后，我离开××时，她也没有再来过这城的。我同她的友谊就仅仅限于那么一个短短的半夜，所以那天晚上是我第一次，也就是最末次，会见了钟绿。但是即使以后我没有再得到关于她的种种悲惨的消息，我也知道我是永远不能忘记她的。

那个晚上以后，我又得到她的消息时，约在半年以后，百罗告诉我说："钟绿快要出嫁了。她这种的恋爱真能使人相信人生还有点意义，世界上还有一点美存在。这一对情人上礼拜堂去，的确要算上帝的荣耀。"

我好笑忧郁的百罗说这种话，却是私下里也的确相信钟绿披上长纱会是一个奇美的新娘。那时候我也很知道一点新郎的样子和脾气，并且由作品里我更知道他留给钟绿的情绪，私下里很觉到钟绿幸福。至于他们的结婚，我倒觉得很平凡；我不时叹息，想象到钟绿无条件地跟着自然规律走，慢慢地变成一个妻子，一个母亲，渐渐离开她现在的样子，变老，变丑，到了我们从她脸上，身上再也看不出她现在的雕刻般的奇迹来。

谁知道事情偏不这样的经过，钟绿的爱人竟在结婚的前一星期骤然死去，听说钟绿那时正在试着嫁衣，得着电话没有把衣服换下，便到医院里晕死过去，在她未婚新郎的胸口上。当我得到这个消息时，钟绿已经到法国去了两个月，她的情人也已葬在他们本来要结婚的礼拜堂后面。

因为这消息，我却时常想起钟绿试装中世纪尼姑服的故事，有点儿迷信预兆。美人自古薄命的话，更好像有了凭据。但是最使我感恸的消息，还在此后两年多。

当我回国以后，正在家乡游历的时候，我接到百罗一封长信，我真是没有想到钟绿竟死在一条帆船上。关于这一点，我始终疑心这个场面，多少有点钟绿自己的安排，并不见得完全出自偶然。那天晚上对着一江清流，茫茫暮霭，我独立在岸边山坡上，看无数小帆船顺风飘过，忍不住泪下如雨，坐下哭了。

我耳朵里似乎还听见钟绿银铃似的温柔的声音说"就算你做个梦，现在你信不信昨夜答应过请人坐帆船？"

吉公

二三十年前，每一个老派头旧家族的宅第里面，竟可以是一个缩小的社会；内中居住着种种色色的人物，他们错综的性格，兴趣和琐碎的活动，或属于固定的，或属于偶然的，常可以在同一个时间里，展演如一部戏剧。

我的老家，如同当时其他许多家庭一样，在现在看来，尽可以称它做一个旧家族。那个并不甚大的宅子里面，也自成一种社会缩影。我同许多小孩子既在那中间长大，也就习惯于里面各种错综的安排和纠纷；像一条小鱼在海滩边生长，习惯于种种螺壳，蛤蜊，大鱼，小鱼，司空见惯，毫不以那种戏剧性的集聚为稀奇。但是事隔多年，有时反复回味起来，当时的情景反倒十分迫近。眼里颜色浓淡鲜晦，不但记忆浮沉驰骋，情感竟亦在不知不觉中重新伸缩，仿佛有所活动。

不过那大部的戏剧此刻却并不在我念中,此刻吸引我回想的仅是那大部中一小部,那错综的人物中一个人物。

他是我们的舅公,这事实是经"大人们"指点给我们一群小孩子知道的。于是我们都叫他做"吉公",并不疑问到这事实的确实性。但是大人们却又在其他的时候里,间接的或直接的,告诉我们,他并不是我们的舅公的许多话!凡属于故事的话,当然都更能深入孩子的记忆里,这舅公的来历,就永远的在我们心里留下痕迹。

"吉公"是外曾祖母抱来的儿子;这故事一来就有些曲折,给孩子们许多想象的机会。外曾祖母本来自己是有个孩子的,据大人们所讲,他是如何的聪明,如何的长得俊!可惜在他九岁的那年一个很热的夏天里,竟然"出了事"。故事是如此的:他和一个小朋友,玩着抬起一个旧式的大茶壶桶,嘴里唱着土白的山歌,由供着神位的后厅抬到前面正厅里去……(我们心里在这里立刻浮出一张鲜明的图画:两个小孩子,赤着膊;穿着挑花大红肚兜,抬着一个朱漆木桶;里面装着一个白锡镶铜的大茶壶;多少两的粗茶叶,泡得滚热的;——)

但是悲剧也就发生在这幅图画后面,外曾祖父手里拿着一根旱烟管,由门后出来,无意中碰倒了一个孩子,事儿就坏了!那无可偿补的悲剧,就此永远嵌进那温文儒雅读书人的生命里去。

这个吉公用不着说是抱来替代那惨死去的聪明孩子的。但这是又过了十年，外曾祖母已经老了，祖母已将出阁时候的事。讲故事的谁也没有提到吉公小时是如何长得聪明美丽的话。如果讲到吉公小时的情形，且必用一点叹息的口气说起这吉公如何的顽皮，如何的不爱念书，尤其是关于学问是如何的没有兴趣，长大起来，他也始终不能去参加他们认为光荣的考试。

就一种理论讲，我们自己既在那里读书学做对子，听到吉公不会这门事，在心理上对吉公发生了一点点轻视并不怎样不合理。但是事实上我们不止对他的感情总是那么柔和，时常且对他发生不少的惊讶和钦佩。

吉公住在一个跨院的旧楼上边。不止在现时回想起来，那地方是个浪漫的去处，就是在当时，我们也未尝不觉到那一曲小小的旧廊，上边斜着吱吱哑哑的那么一道危梯，是非常有趣味的。

我们的境界既被限制在一所四面有围墙的宅子里，那活泼的孩子心有时总不肯在单调的生活中磋磨过去，故必定竭力地，在那限制的范围以内寻觅新鲜。在一片小小的地面上，我们认为最多变化，最有意思的，到底是人：凡是有人住的，无论哪一个小角落里，似乎都藏着无数的奇异，我们对它便都感着极大兴味。所以挑水老李住的两间平房，远在茶园子的后门边，和退休的老陈妈所看守的厨房以外一排空房，在我们寻觅新鲜的活动中，或可以说长成的过程中，都是绝对必需的。吉公住的那小跨院的旧楼，则更不必说了。

在那楼上，我们所受的教育，所汲取的知识，许多确非负责我们教育的大人们所能想象得到的。随便说吧，最主要的就有自鸣钟的机轮的动作，世界地图，油画的外国军队军舰，和照相技术的种种，但是最要紧的还是吉公这个人，他的生平，他的样子，脾气，他自己对于这些新知识的兴趣。

吉公已是中年人了，但是对于种种新鲜事情的好奇，却还活像个孩子。在许多人跟前，他被认为是个不读书不上进的落魄者，所以在举动上，在人前时，他便习惯于惭愧，谦卑，退让，拘束的神情，唯独回到他自己的旧楼上，他才恢复过来他种种生成的性格，与孩子们和蔼天真地接触。

在楼上他常快乐地发笑；有时为着玩弄小机器一类的东西，他还会带着嘲笑似的，骂我们迟笨——在人前，这些便是绝不可能的事。用句现在极普通的语言讲，吉公是个有"科学的兴趣"的人，那个小小楼屋，便是他私人的实验室。但在当时，吉公只是一个不喜欢做对子读经书的落魄者，那小小角隅实是祖母用着布施式的仁慈和友爱的含忍，让出来给他消磨无用的日月的。

夏天里，约略在下午两点的时候。那大小几十口复杂的家庭里，各人都能将他一份事情打发开来，腾出一点时光睡午觉。小孩们有的也被他们母亲或看妈抓去横睡在又热又闷气的床头一角里去。在这个时候，火似的太阳总显得十分寂寞，无意义地罩着一个两个空院；一处两处洗晒的衣裳；刚开过饭的厨房；或无人用的水缸。在清静中，喜鹊大胆地飞到地面上，像人似的来回走路，寻觅零食，花猫黄狗全都蜷成一团，在门槛旁把头睡扁了似的不管事。

我喜欢这个时候，这种寂寞对于我有说不出的滋味。饭吃过，随便在哪个荫凉处呆着，用不着同伴，我就可以寻出许多消遣来。起初我常常一人走进吉公的小跨院里去，并不为的找吉公，只站在门洞里吹穿堂风，或看那棵大柚子树的树荫罩在我前面来回地摇晃。有一次我满以为周围只剩我一人的，忽然我发现廊下有个长长的人影，不觉一惊。顺着人影偷着看去，我才知道是吉公一个人在那里忙着一件东西。他看我走来便向我招手。

原来这时间也是吉公最宝贵的时候，不轻易拿来糟蹋在午睡上面。我同他的特殊的友谊便也建筑在这点点同情上。他告我他私自学会了照相，家里新买到一架照相机已交给他尝试。夜里，我是看见过的，他点盏红灯，冲洗那种旧式玻璃底片，白日里他一张一张耐性地晒片子，这还是第一次让我遇到！那时他好脾气地指点给我一个人看，且请我帮忙，两次带我上楼取东西。平常孩子们人多他没有工夫讲解的道理，此刻慢吞吞地也都和我讲了一些。

吉公楼上的屋子是我们从来看不厌的，里面东西实在是不少，老式钟表就有好几个，都是亲戚们托他修理的，有的是解散开来卧在一个盘子里，等他一件一件再细心地凑在一起。桌上竟还放着一副千里镜，墙上满挂着许多很古怪翻印的油画，有的是些外国皇族，最多还是有枪炮的普法战争的图画，和一些火车轮船的影片以及大小地图。

"吉公，谁教你怎么修理钟的？"

吉公笑了笑，一点不骄傲，却显得更谦虚的样子，努一下嘴，叹口气说："谁也没有教过吉公什么！"

"这些机器也都是人造出来的，你知道！"他指着自鸣钟，"谁要喜欢这些东西尽可拆开来看看，把它弄明白了。"

"要是拆开了还不大明白呢？"我问他。

他更沉思地叹息了。

"你知道，吉公想大概外国有很多工厂教习所，教人做这种灵巧的机器，凭一个人的聪明一定不会做得这样好。"说话时吉公带着无限的怅惘。我却没有听懂什么工厂什么教习所的话。

吉公又说："我那天到城里去看一个洋货铺里面有个修理钟表的柜台，你说也真奇怪，那个人在那里弄个钟，许多地方还没吉公明白呢！"

在这个时候，我以为吉公尽可以骄傲了，但是吉公的脸上此刻看去却更惨淡，眼睛正望着壁上火轮船的油画看。

"这些钟表实在还不算有意思。"他说，"吉公想到上海去看一次火轮船，那种大机器转动起来够多有趣？"

"伟叔不是坐着那么一个上东洋去了么？"我说，"你等他回来问问他。"

吉公苦笑了:"傻孩子,伟叔是读书人,他是出洋留学的,坐到一个火轮船上,也不到机器房里去的,那里都是粗的工人火夫等管着。"

"那你呢?难道你就能跑到粗人火夫的机器房里去?"孩子们受了大人影响,怀疑到吉公的自尊心。

"吉公喜欢去学习,吉公不在乎那些个,"他笑了,看看我为他十分着急的样子,忙把话转变一点安慰我说:"在外国,能干的人也有专管机器的,好比船上的船长吧,他就也得懂机器还懂地理。军官吧,他就懂炮车里机器,尽念古书不相干的,洋人比我们能干,就为他们的机器……"

这次吉公讲的话很多,我都听不懂,但是我怕他发现我太小不明白他的话,以后不再要我帮忙,故此一直勉强听下去,直到吉公记起廊下的相片,跳起来拉了我下楼。

又过了一些日子,吉公的照相颇博得一家人的称赞,尤其是女人们喜欢得了不得。天好的时候,六婶娘找了几位妯娌,请祖母和姑妈们去她院里照相。六婶娘梳着油光的头,眉目细细地淡淡地画在她的白皙脸上,就同她自己画的兰花一样有几分勉强。她的院里有几棵梅花,几竿竹,一个月门,还有一堆假山,大家都认为可以入画的景致。但照相前,各人对于陈设的准备,也和吉公对于照相机底片等等的部署一般繁重。婶娘指挥丫头玉珍,花匠老王,忙着摆茶几,安放细致的水烟袋及茶杯。前面还要排着讲究的盆花,然后两旁列着几张直背椅各人按着辈分、岁数各个坐成一个姿势,有时还拉着一两个孩子做衬托。

在这种时候,吉公的头与手在他黑布与机器之间耐烦地周旋着。周旋到相当时间,他认为已经到达较完满的程度,才把头伸出观望那被摄影的人众。每次他有个新颖的提议,照相的人们也就有说有笑的起劲。这样祖母便很骄傲起来,这是连孩子们都觉察得出的,虽然我们当时并未了解她的许多伤心。吉公呢,他的全副精神却在那照相技术上边,周围的空气,人情并不在他注意中。等到照相完了,他才微微地感到一种完成的畅适,兴头地掮着照相机,带着一群孩子回去。

还有比这个严重的时候,如同年节或是老人们的生日,或宴客,吉公的照相职务便更为重要了。早上你到吉公屋里去,便看得到厚厚的红布黑布挂在窗上,里面点着小红灯,吉公驼着背在黑暗中来往的工作。他那种兴趣,勤劳和认真,现在回想起来,我相信如果他晚生了三十年,这个社会里必定会有他一个结实的地位的。照相不过是他当时一个不得已的科学上活动,他对于其他机器的爱好,却并不在照相以下。不过在实际上照相既有所贡献于接济他生活的人,他也只好安于这份工作了。

另一次我记得特别清楚,我那喜欢兵器、武艺的祖父,拿了许多所谓"洋枪"到吉公那里,请他给揩擦上油。两人坐在廊下谈天,小孩子们也围上去。吉公开一瓶橄榄油,扯点破布,来回地把玩那些我们认为颇神秘的洋枪,一边议论着洋船,洋炮,及其他洋人做的事。

吉公所懂得的均是具体知识，他把枪支在手里，开开这里，动动那里，演讲一般指手画脚讲到机器的巧妙，由枪到炮，由炮到船，由船到火车，一件一件。祖父感到惊讶了，这已经相信维新的老人听到吉公这许多话，相当地敬服起来，微笑凝神地在那里点头领教。大点的孩子也都闻所未闻地睁大了眼睛；我最深的印象便是那次是祖父对吉公非常愉悦的脸色。

祖父谈到航海，说起他年轻的时候，极想到外国去，听到某处招生学洋文，保送到外洋去，便设法想去投考。但是那时他已聘了祖母，丈人方面得到消息大大的不高兴，竟以要求退婚要挟他把那不高尚的志趣打消。吉公听了，黯淡地一笑，或者是想到了他自己年少时多少的梦，也曾被这同一个读书人给毁掉了。

他们讲到苏黎世运河，吉公便高兴地，同情地，把楼上地图拿下来，由地理讲到历史，甲午呀，庚子呀，我都是在那时第一次听到。我更记得平常不讲话的吉公当日愤慨的议论，我为他不止一点的骄傲，虽然我不明白为什么他的结论总回到机器上。

但是年后吉公离开我们家，却并不为着机器，而是出我们意料外地为着一个女人。

也许是因为吉公的照相相当地出了名，并且时常地出去照附近名胜风景，让一些人知道了，就常有人来请他去照相。为着对于技术的兴趣，他亦必定到人家去尽义务的为人照全家乐，或带着朝珠补褂的单人留影。酬报则时常是些食品、果子。

有一次有人请他去,照相的却是一位未曾出阁的姑娘,这位姑娘因在择婿上稍稍经过点周折,故此她家里对于她的亲事常怀着悲观。与吉公认识的是她堂房哥哥,照相的事是否这位哥哥故意地设施,家里人后来议论得非常热烈,我们也始终不得明了。要紧的是,事实上吉公对于这姑娘一家甚有好感,为着这姑娘的相片也颇尽了些职务:我不记得他是否在相片上设色,至少那姑娘的口唇上是抹了一小点胭脂的。

这事传到祖母耳里,这位相信家教谨严的女人便不大乐意。起前,她觉得一个未出阁的女子,相片交给一个没有家室的男子手里印洗,是不名誉不正当的。并且这女子既不是和我们同一省份,便是属于"外江"人家的,事情尤其要谨慎。在这纠纷中,我才又得听到关于吉公的一段人生悲剧。多少年前他是曾经娶过妻室的,一位年轻美貌的妻子,并且也生过一个孩子,却在极短的时间内,母子两人全都死去。这事除却在吉公一人的心里,这两人的存在几乎不在任何地方留下一点凭据。

现在这照相的姑娘是吉公生命里的一个新转变,在他单调的日月里开出一条路来。不止在人情上吉公也和他人一样需要异性的关心和安慰,就是在事业的野心上,这姑娘的家人也给吉公以不少的鼓励,至少到上海去看火轮船的梦是有了相当的担保,本来悠长没有着落的日子,现在是骤然地点上希望。虽然在人前吉公仍是沉默,到了小院里他却开始愉快地散步;注意到柚子树又开了花;晚上有没有月亮;还买了几条金鱼养到缸里。在楼上他也哼哼一点调子,把风景照片镶成好看的框子,零整地拿出去托人代售。有时他还整理旧箱子;多少年他没有心绪翻检的破旧东西,现在有时也拿出来放在床上、椅背上,尽小孩子们好奇地问长问短,他也满不在乎了。

忽然突兀地他把婚事决定了,也不得我祖母的同意,便把吉期选好,预备去入赘。祖母生气到默不做声,只退到女人家的眼泪里去,呜咽她对于这弟弟的一切失望。家里人看到舅爷很不体面地,到外省人家去入赘,带着一点箱笼什物,自然也有许多与祖母表同情的。但吉公则终于离开那所浪漫的楼屋,去另找他的生活了。

那布着柚子树荫的小跨院渐渐成为一个更寂寞的角隅,那道吱吱哑哑的木梯从此便没有人上下,除却小孩子们有时淘气,上到一半又赶忙下来。现在想来,我不能不称赞吉公当时那一点挣扎的活力,能不甘于一种平淡的现状。那小楼只能尘封吉公过去不幸的影子,却不能把他给活埋在里边。

吉公的行为既是叛离亲族,在旧家庭里许多人就不能容忍这种的不自尊。他婚后的行动,除了带着新娘来拜过祖母外,其他事情便不听到有人提起!似乎过了不久的时候,他也就到上海去,多少且与火轮船有关系。有一次我曾大胆地问过祖父,他似乎对于吉公是否在火轮船做事没有多大兴趣,完全忘掉他们一次很融洽的谈话。在祖母生前,吉公也还有来信,但到她死后,就完全地渺然消失,不通音讯了。

两年前,我南下回到幼年居住的城里去,无意中遇到一位远亲,他告诉我吉公住在城中,境况非常富裕,子女四人,在各个学校里读书,对于科学都非常嗜好,尤其是内中一个,特别聪明,屡得学校奖金等等。于是我也老声老气地发出人事的感慨。如吉公自己生早了三四十年,我说,我希望他这个儿子所生的时代与环境合适于他的聪明,能给他以发展的机会不再复演他老子的悲剧。并且在生命的道上,我祝他早遇到同情的鼓励,敏捷地达到他可能的成功。这得失且并不仅是吉公个人的,而可以计算做我们这老朽的国家的。

       至于我会见到那六十岁的吉公,听到他离开我们家以后一段奋斗的历史,这里实没有细讲的必要,因为那中年以后不经过训练,自己琢磨出来的机器师,他的成就必定是有限的。纵使他有相当天赋的聪明,他亦不能与太不适当的环境搏斗。由于爱好机器,他到轮船上做事,到码头公司里任职,更进而独立的创办他的小规模丝织厂,这些全同他的照相一样,仅成个实际上能博取物质胜利的小事业,对于他精神上超物质的兴趣,已不能有所补助,有所启发。年老了,当时的聪明一天天消失,所余仅是一片和蔼的平庸和空虚。认真地说,他仍是个失败者。如果迷信点的话,相信上天或许要偿补给吉公他一生的委屈,这下文的故事,就应该在他那个聪明孩子和我们这个时代上。但是我则仍然十分怀疑。

经典阅读文学馆. 一

翡冷翠的一夜

刘磊 / 主编

红旗出版社

图书在版编目（CIP）数据

翡冷翠的一夜 / 刘磊主编. — 北京：红旗出版社，2019.8

（经典阅读文学馆. 一）

ISBN 978-7-5051-4911-3

Ⅰ. ①翡… Ⅱ. ①刘… Ⅲ. ①诗集—中国—现代 Ⅳ. ①I226

中国版本图书馆CIP数据核字（2019）第163354号

书　名　翡冷翠的一夜
主　编　刘磊

出 品 人	唐中祥		总 监 制	褚定华
选题策划	华语蓝图		责任编辑	王馥嘉　朱小玲

出版发行	红旗出版社		地　　址	北京市丰台区中核路1号
编 辑 部	010-57274497		邮政编码	100727
发 行 部	010-57270296			
印　　刷	永清县晔盛亚胶印有限公司			
开　　本	880毫米×1168毫米　1/32			
印　　张	40			
字　　数	720千字			
版　　次	2019年8月北京第1版			
印　　次	2020年4月北京第1次印刷			

ISBN 978-7-5051-4911-3　　　　定　价　160.00元（全8册）

版权所有　翻印必究　印装有误　负责调换

前 言

古希腊大哲学家亚里士多德有过一段精彩论述,他说:"播种一种行为,收获一种习惯;播种一种习惯,收获一种品格;播种一种品格,收获一种命运。"习惯优秀才是真正的优秀。养成良好的习惯可以改变一个人,而良好的阅读习惯更是青少年不可或缺的好习惯之一。

阅读是一种需要,也是一种享受。"人的天性像是野生的花草,读书像是修剪移栽。"由此可见,一个人的阅读史就是他的精神发育史。"读书足以怡情,足以傅彩,足以长才。其怡情也,最见于独处幽居之时;其傅彩也,最见于高谈阔论之中;其长才也,最见于处世判事之际。"的确,那些最美的篇章、最有启发性的词句、最感人的情怀,不但让我们心生爱念、心怀感动,更重要的是可以提升我们的文化底蕴,增长我们的才干。在紧张忙碌的学习之余,在轻松悠闲的假日时光里,捧一本书,荡漾于人类最真实的情感和最真挚的文字中,思接千载,神游八荒,慢慢体悟人生,憧憬美好的未来,那才是最好的青春年少。

书是我们的良师益友,"读一本好书就像和许多高尚的人在谈话"。尤其是那些盛传不衰的名家名作,是各民族文化与历史的浓缩,对各国文化的交流、传承起着桥梁和纽带的作用。是经过大浪淘沙,为人们所公认的世界文学园囿里的奇葩。阅读名家名作,就相当于穿越时空和一位位大师在对话,可以开启青少年的心智,陶冶青少年的情操,如春风化雨般,潜移默化地提升青少年的文学素养。

鉴于此,我们根据国家教育部指定的语文新课标阅读目录,反复甄选,披沙拣金,选编了这套《经典阅读文学馆》。本套丛书所选篇目包括"人民艺术家"老舍、民国才女林徽因、雨巷诗人戴望舒等顶尖大师的巅峰之作,可以说,它是一套值得珍藏一生的最佳阅读丛书,这些优秀作品,会让你的生活更加丰富,也能在潜移默化中改变你的人生。

希望本套丛书能成为青少年喜爱阅读、乐于接受的课外读物。让这套丛书陪伴广大青少年朋友走过金色年华,踏上成功之路。

目　录

翡冷翠的一夜…………………………………… 001
雪花的快乐……………………………………… 005
再别康桥………………………………………… 007
残　破…………………………………………… 009
我不知道风是在哪一个方向吹——…………… 012
爱的灵感………………………………………… 014
康桥再会吧……………………………………… 032
在那山道旁……………………………………… 038
五老峰…………………………………………… 040
乡村里的音籁…………………………………… 043
天国的消息……………………………………… 045
梅雪争春………………………………………… 047
这年头活着不易………………………………… 048
杜　鹃…………………………………………… 050
黄　鹂…………………………………………… 052
落叶小唱………………………………………… 054

去　罢	056
不再是我的乖乖！	058
多谢天，我的心又一度地跳荡	061
我有一个恋爱	064
火车擒住轨	066
石虎胡同七号	068
先生！先生！	070
叫化活该	072
海　韵	074
拜　献	077
渺　小	078
两个月亮	079
云　游	081
偶　然	083
最后的那一天	084
雁儿们	086
哀曼殊斐儿	088
两地相思	091
我等候你	094
秋　虫	098
秋　月	100
私　语	102
变与不变	104
山　中	106

她是睡着了	108
春的投生	111
阔的海	113
他眼里有你	114
残　春	116
朝雾里的小草花	117
大　帅	119
你　去	121
人变兽	123
青年曲	124
恋爱到底是什么一回事	125
草上的露珠儿	127
月夜听琴	130
北方的冬天是冬天	133
盖上几张油纸	135
夜半松风	138
这是一个懦怯的世界	139
那一点神明的火焰	141
她怕他说出口	143
卑　微	145
哈　代	146
在病中	149
一块晦色的路碑	151

翡冷翠的一夜

你真的走了,明天?那我,那我,……
你也不用管,迟早有那一天;
你愿意记着我,就记着我,
要不然趁早忘了这世界上
有我,省得想起时空着恼,
只当是一个梦,一个幻想;
只当是前天我们见的残红,
怯怜怜地在风前抖擞,一瓣,
两瓣,落地,叫人踩,变泥……
唉,叫人踩,变泥——变了泥倒干净,
这半死不活的才叫是受罪,

看着寒伧，累赘，叫人白眼——
天呀！你何苦来，你何苦来……
我可忘不了你，那一天你来，
就比如黑暗的前途见了光彩，
你是我的先生，我的爱，我的恩人，
你教给我什么是生命，什么是爱，
你惊醒我的昏迷，偿还我的天真。
没有你我哪知道天是高，草是青？
你摸摸我的心，它这下跳得多快；
再摸我的脸，烧得多焦，亏这夜黑看不见；
爱，我气都喘不过来了，
别亲我了；我受不住这烈火似的活，
这阵子我的灵魂就像是火砖上的
熟铁，在爱的锤子下，砸，砸，
火花四散的飞洒……我晕了，抱着我，
爱，就让我在这清静的园内，
闭着眼，死在你的胸前，多美！
头顶白杨树上的风声，沙沙的，
算是我的丧歌，这一阵清风，
橄榄林里吹来的，带着石榴花香，
就带了我的灵魂走，还有那萤火，
多情的殷勤的萤火，有他们照路，
我到了那三环洞的桥上再停步，
听你在这儿抱着我半暖的身体，

悲声地叫我，亲我，摇我，砸我，……
我就微笑的再跟着清风走，
随他领着我，天堂，地狱，哪儿都成，
反正丢了这可厌的人生，实现这死
在爱里，这爱中心的死，
不强如五百次的投生？……自私，我知道，
可我也管不着……你伴着我死？
什么，不成双就不是完全的"爱死"，
要飞升也得两对翅膀儿打伙，
进了天堂还不一样的要照顾，
我少不了你，你也不能没有我；
要是地狱，我单身去你更不放心，
你说地狱不定比这世界文明（虽则我不信），
像我这娇嫩的花朵，
难保不再遭风暴，不叫雨打，
那时候我喊你，你也听不分明，——
那不是求解脱反投进了泥坑，
倒叫冷眼的鬼串通了冷心的人，
笑我的命运，笑你懦怯的粗心？
这话也有理，那叫我怎么办呢？
活着难，太难，就死也不得自由，
我又不愿你为我牺牲你的前程……
唉！你说还是活着等，等那一天！
有那一天吗？——你在，就是我的信心；

可是天亮你就得走,
你真的忍心丢了我走?
我又不能留你,这是命;
但这花,没阳光晒,没甘露浸,
不死也不免瓣尖儿焦萎,多可怜!
你不能忘我,爱,除了在你的心里,
我再没有命;是,我听你的话,我等,
等铁树儿开花我也得耐心等;
爱,你永远是我头顶的一颗明星:
要是不幸死了,我就变一个萤火,
在这园里,挨着草根,暗沉沉的飞,
黄昏飞到半夜,半夜飞到天明,
只愿天空不生云,我望得见天
天上那颗不变的大星,那是你,
但愿你为我多放光明,隔着夜,
隔着天,通着恋爱的灵犀一点……

雪花的快乐

假若我是一朵雪花,
翩翩的在半空里潇洒,
我一定认清我的方向
——飞扬,飞扬,飞扬,
这地面上有我的方向。

不去那冷寞的幽谷,
不去那凄清的山麓,
也不上荒街去惆怅
——飞扬,飞扬,飞扬,
——你看,我有我的方向!

在半空里娟娟的飞舞,
认明了那清幽的住处,
等着她来花园里探望
——飞扬,飞扬,飞扬,
——啊,她身上有朱砂梅的清香!

那时我凭藉我的身轻,
盈盈的,沾住了她的衣襟,
贴近她柔波似的心胸
——消溶,消溶,消溶
——溶入了她柔波似的心胸。

再别康桥

轻轻的我走了,
正如我轻轻的来;
我轻轻的招手,
作别西天的云彩。

那河畔的金柳,
是夕阳中的新娘;
波光里的艳影,
在我的心头荡漾。

软泥上的青荇,
油油的在水底招摇;
在康桥的柔波里,

我甘心做一条水草!

那榆荫下的一潭,
不是清泉,
是天上虹;
揉碎在浮藻间,
沉淀着彩虹似的梦。

寻梦?撑一支长篙,
向青草更青处漫溯;
满载一船星辉,
在星辉斑斓里放歌。

但我不能放歌,
悄悄是别离的笙箫;
夏虫也为我沉默,
沉默是今晚的康桥!

悄悄的我走了,
正如我悄悄的来;
我挥一挥衣袖,
不带走一片云彩。

残破

一

深深的在深夜里坐着:
当窗有一团不圆的光亮,
风挟着灰土,在大街上
小巷里奔跑;
我要在枯秃的笔尖上袅出
一种残破的残破的音调,
为要抒写我的残破的思潮。

二

深深的在深夜里坐着:
生尖角的夜凉在窗缝里
妒忌屋内残余的暖气,
也不饶恕我的肢体;
但我要用我半干的墨水描成
一些残破的残破的花样,
因为残破,残破是我的思想。

三

深深的在深夜里坐着,
左右是一些丑怪的鬼影;
焦枯的落魄的树木
在冰沉沉的河沿叫喊,
比着绝望的姿势,
正如我要在残破的意识里
重兴起一个残破的天地。

四

深深的在深夜里坐着,
闭上眼回望到过去的云烟;
啊,她还是一枝冷艳的白莲,
斜靠着晓风,万种的玲珑;
但我不是阳光,也不是露水,
我有的只是些残破的呼吸,
如同封锁在壁椽间的群鼠,
追逐着,追求着黑暗与虚无!

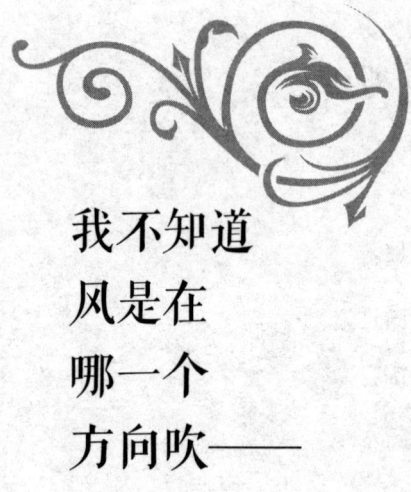

我不知道
风是在
哪一个
方向吹——

我不知道风
是在哪一个方向吹——
我是在梦中,
在梦的轻波里依洄。

我不知道风
是在哪一个方向吹——
我是在梦中,
她的温存,我的迷醉。

我不知道风

是在哪一个方向吹——
我是在梦中,
甜美是梦里的光辉。

我不知道风
是在哪一个方向吹——
我是在梦中,
她的负心,我的伤悲。

我不知道风
是在哪一个方向吹——
我是在梦中,
在梦的悲哀里心碎!

我不知道风
是在哪一个方向吹——
我是在梦中,
黯淡是梦里的光辉。

爱的灵感

下面这些诗行好歹是他撩拨出来的,正如这十年来大多数的诗行好歹是他撩拨出来的!

不妨事了,你先坐着罢,
这阵子可不轻,我当是
已经完了,已经整个的
脱离了这世界,缥缈的,
不知到了哪儿。仿佛有
一朵莲花似的云拥着我,
(她脸上浮着莲花似的笑)
拥着到远极了的地方去……
唉,我真不希罕再回来,
人说解脱,那许就是罢!

我就像是一朵云，一朵
纯白的，纯白的云，一点
不见分量，阳光抱着我，
我就是光，轻灵的一球，
往远处飞，往更远处飞；
什么累赘，一切的烦愁，
恩情，痛苦，怨，全都远了，
就是你——请你给我口水，
是橙子吧，上口甜着哪——
就是你，你是我的谁呀！
就你也不知哪里去了：
就有也不过是晓光里
一发的青山，一缕游丝，
一翳微妙的晕；说至多
也不过如此，你再要多
我那朵云也不能承载，
你，你得原谅，我的冤家！……
不碍，我不累，你让我说，
我只要你睁着眼，就这样，
叫哀怜与同情，不说爱，
在你的泪水里开着花，
我陶醉着它们的幽香；
在你我这最后，怕是吧，
一次的会面，许我放娇，

容许我完全占定了你,
就这一响,让你的热情,
像阳光照着一流幽涧,
透澈我的凄冷的意识,
你手把住我的,正这样,
你看你的壮健,我的衰,
容许我感受你的温暖,
感受你在我血液里流,
鼓动我将次停歇的心,
留下一个不死的印痕:
这是我唯一,唯一的祈求……
好,我再喝一口,美极了,
多谢你。现在你听我说。
但我说什么呢,到今天,
一切事都已到了尽头,
我只等待死,等待黑暗,
我还能见到你,偎着你,
真像情人似的说着话,
因为我够不上说那个,
你的温柔春风似的围绕,
这于我是意外的幸福,
我只有感谢,(她合上眼。)
什么话都是多余,因为
话只能说明能说明的,

更深的意义，更大的真，
朋友，你只能在我的眼里，
在枯干的泪伤的眼里
认取。
我是个平常的人，
我不能盼望在人海里
值得你一转眼的注意。
你是天风：每一个浪花
一定得感到你的力量，
从它的心里激出变化，
每一根小草也一定得
在你的踪迹下低头，在
缘的颤动中表示惊异；
但谁能止限风的前程，
他横掠过海，作一声吼，
狮虎似的扫荡着田野，
当前是冥茫的无穷，他
如何能想起曾经呼吸
到浪的一花，草的一瓣？
遥远是你我间的距离；
远，太远！假如一只夜蝶
有一天得能飞出天外，
在星的烈焰里去变灰
（我常自己想）那我也许

有希望接近你的时间。
唉,痴心,女子是有痴心的,
你不能不信罢?有时候
我自己也觉得真奇怪,
心窝里的牢结是谁给
打上的?为什么打不开?
那一天我初次望到你,
你闪亮得如同一颗星,
我只是人丛中的一点,
一撮沙土,但一望到你,
我就感到异样的震动,
猛袭到我生命的全部,
真像是风中的一朵花,
我内心摇晃得像昏晕,
脸上感到一阵的火烧,
我觉得幸福,一道神异的
光亮在我的眼前扫过,
我又觉得悲哀,我想哭,
纷乱占据了我的灵府。
但我当时一点不明白,
不知这就是陷入了爱!
"陷入了爱",真是的!前缘,
孽债,不知到底是什么?
但从此我再没有平安,

是中了毒，是受了催眠，
教运命的铁链给锁住，
我再不能踌躇：我爱你！
从此起，我的一瓣瓣的
思想都染着你，在醒时，
在梦里，想躲也躲不去，
我抬头望，蓝天里有你，
我开口唱，悠扬里有你，
我要遗忘，我向远处跑，
另走一道，又碰到了你！
枉然是理智的殷勤，因为
我不是盲目，我只是痴。
但我爱你，我不是自私。
爱你，但永不能接近你。
爱你，但从不要享受你。
即使你来到我的身边。
我许向你望，但你不能
丝毫觉察到我的秘密。
我不妒忌，不艳羡，因为
我知道你永远是我的，
它不能脱离我正如我
不能躲避你，别人的爱
我不知道，也无须知晓，
我的是我自己的造作，

正如那林叶在无形中
收取早晚的霞光,我也
在无形中收取了你的。
我可以,我是准备,到死
不露一句,因为我不必。
死,我是早已望见了的。
那天爱的结打上我的
心头,我就望见死,那个
美丽的永恒的世界;死,
我甘愿的投向,因为它
是光明与自由的诞生。
从此我轻视我的躯体,
更不计较今世的浮荣,
我只企望着更绵延的
时间来收容我的呼吸,
灿烂的星做我的眼睛,
我的发丝,那般的晶莹,
是纷披在天外的云霞,
博大的风在我的腋下
胸前眉宇间盘旋,波涛
冲洗我的胫踝,每一个
激荡涌出光艳的神明!
再有电火做我的思想
天边掣起蛇龙的交舞,

雷震我的声音，蓦地里
叫醒了春，叫醒了生命。
无可思量，呵，无可比况，
这爱的灵感，爱的力量！
正如旭日的威棱扫荡
田野的迷雾，爱的来临
也不容平凡，卑琐以及
一切的庸俗侵占心灵，
它那原来清爽的平阳。
我不说死吗？更不畏惧，
再没有疑虑，再不吝惜
这躯体如同一个财库；
我勇猛的用我的时光。
用我的时光，我说？天哪，
这多少年是亏我过的！
没有朋友，离背了家乡，
我投到那寂寞的荒城，
在老农中间学做老农，
穿着大布，脚蹬着草鞋，
栽青的桑，栽白的木棉，
在天不曾放亮时起身，
手搅着泥，头戴着炎阳，
我做工，满身浸透了汗，
一颗热心抵挡着劳倦；

但渐次的我感到趣味,
收拾一把草如同珍宝,
在泥水里照见我的脸,
涂着泥,在坦白的云影
前不露一些羞愧!自然
是我的享受;我爱秋林,
我爱晚风的吹动,我爱
枯苇在晚凉中的颤动,
半残的红叶飘摇到地,
鸦影侵入斜日的光圈;
更可爱是远寺的钟声
交挽村舍的炊烟共做
静穆的黄昏!我做完工,
我慢步的归去,冥茫中
有飞虫在交哄,在天上
有星,我心中亦有光明!
到晚上我点上一支蜡,
在红焰的摇曳中照出
板壁上唯一的画像,
独立在旷野里的耶稣,
(因为我没有你的除了
悬在我心里的那一幅,)
到夜深静定时我下跪,
望着画像做我的祈祷,

有时我也唱，低声的唱，
发放我的热烈的情愫
缕缕青烟似的上通到天。
但有谁听到，有谁哀怜？
你踞坐在荣名的顶巅，
有千万人迎着你鼓掌，
我，陪伴我有冷，有黑夜，
我流着泪，独跪在床前！
一年，又一年，再过一年，
新月望到圆，圆望到残，
寒雁排成了字，又分散，
鲜艳长上我手栽的树，
又叫一阵风给刮做灰。
我认识了季候，星月与
黑夜的神秘，太阳的威，
我认识了地土，它能把
一颗子培成美的神奇，
我也认识一切的生存，
爬虫，飞鸟，河边的小草，
再有乡人们的生趣，我
也认识，他们的单纯与
真，我都认识。
跟着认识
是愉快，是爱，再不畏虑

孤寂的侵凌。那三年间
虽则我的肌肤变成粗，
焦黑熏上脸，剥坼刻上
手脚，我心头只有感谢：
因为照亮我的途径有
爱，那盏神灵的灯，再有
穷苦给我精力，推着我
向前，使我怡然的承当
更大的穷苦，更多的险。
你奇怪吧，我有那能耐？
不可思量是爱的灵感！
我听说古时间有一个
孝女，她为救她的父亲
胆敢上犯君王的天威，
那是纯爱的驱使，我信。
我又听说法国中古时
有一个乡女子叫贞德，
她有一天忽然脱去了
她的村服，丢了她的羊，
穿上戎装拿着刀，带领
十万兵，高叫一声"杀贼"，
就冲破了敌人的重围，
救全了国，那也一定是
爱！因为只有爱能给人

不可理解的英勇和胆,
只有爱能使人睁开眼,
认识真,认识价值,只有
爱能使人全神的奋发,
向前闯,为了一个目标,
忘了火是能烧,水能淹。
正如没有光热这地上
就没有生命,要不是爱,
那精神的光热的根源,
一切光明的惊人的事
也就不能有。
啊,我懂得!
我说"我懂得"我不惭愧:
因为天知道我这几年,
独自一个柔弱的女子,
投身到灾荒的地域去,
走千百里巉岈的路程,
自身挨着饿冻的惨酷
以及一切不可名状的
苦处说来够写几部书,
是为了什么?为了什么
我把每一个老年灾民
不问他是老人是老妇,
当作生身父母一样看,

每一个儿女当作自身
骨血,即使不能给他们
救度,至少也要吹几口
同情的热气到他们的
脸上,叫他们从我的手
感到一个完全在爱的
纯净中生活着的同类?
为了什么甘愿哺啜
在平时乞丐都不屑的
饮食,吞咽腐朽与肮脏
如同可口的膏粱;甘愿
在尸体的恶臭能醉倒
人的村落里工作如同
发见了什么珍异?为了
什么?就为"我懂得",朋友,
你信不?我不说,也不能
说,因为我心里有一个
不可能的爱所以发放
满怀的热到另一方向,
也许我即使不知爱也
能同样做,谁知道,但我
总得感谢你,因为从你
我获得生命的意识和
在我内心光亮的点上,

又从意识的沉潜引渡
到一种灵界的莹澈，又
从此产生智慧的微芒
与无穷尽的精神的勇。
啊，假如你能想象我在
灾地时一个夜的看守！
一样的天，一样的星空，
我独自在旷野里或在
桥梁边或在剩有几簇
残花的藤蔓的村篱边
仰望，那时天际每一个
光亮都为我生着意义，
我饮咽它们的美如同
音乐，奇妙的韵味通流
到内脏与百骸，坦然的
我承受这天赐不觉得
虚怯与羞惭，因我知道
不为己的劳作虽不免
疲乏体肤，但它能拂拭
我们的灵窍如同琉璃，
利便天光无碍的通行。
我话说远了不是？但我
已然诉说到我最后的
回目，你纵使疲倦也得

听到底,因为别的机会
再不会来,你看我的脸
烧红得如同石榴的花;
这是生命最后的光焰,
多谢你不时的把甜水
浸润我的咽喉,要不然
我一定早叫喘息窒死。
你的"懂得"是我的快乐。
我的时刻是可数的了,
我不能不赶快!
我方才
说过我怎样学农,怎样
到灾荒的魔窟中去伸
一只柔弱的奋斗的手,
我也说过我灵的安乐
对满天星斗不生内疚。
但我终究是人是软弱,
不久我的身体得了病,
风雨的毒浸入了纤微,
酿成了猖狂的热。我哥
将我从昏盲中带回家,
我奇怪那一次还不死,
也许因为还有一种罪
我必得在人间受。他们

叫我嫁人，我不能推托。
我或许要反抗，假如我
对你的爱是次一等的，
但因我的既不是时空
所能衡量，我即不计较
分秒间的短长，我做了
新娘，我还做了娘，虽则
天不许我的骨血存留。
这几年来我是个木偶，
一堆任凭摆布的泥土；
虽则有时也想到你，但
这想到是正如我想到
西天的明霞或一朵花，
不更少也不更多。同时
病，一再的回复，销蚀了
我的躯壳，我早准备死，
怀抱一个美丽的秘密，
将永恒的光明交付给
无涯的幽冥。我如果有
一个母亲，我也许不忍
不让她知道，但她早已
死去，我更没有沾恋；我
每次想到这一点便忍
不住微笑漾上了口角。

我想我死去再将我的
秘密化成仁慈的风雨，
化成指点希望的长虹，
化成石上的苔藓，葱翠
淹没它们的冥顽；化成
黑暗中翅膀的舞，化成
农时的鸟歌；化成水面
锦绣的文章；化成波涛，
永远宣扬宇宙的灵通；
化成月的惨绿在每个
睡孩的梦上添深颜色；
化成系星间的妙乐……
最后的转变是未料的；
天叫我不遂理想的心愿
又叫在热谵中漏泄了
我的怀内的珠光！但我
再也不梦想你竟能来，
血肉的你与血肉的我
竟能在我临去的俄顷
陶然的相偎倚，我说，你
听，你听，我说。真是奇怪。
这人生的聚散！
现在我真，真可以死了，我要你
这样抱着我直到我去，

直到我的眼再不睁开,
直到我飞,飞,飞去太空,
散成沙,散成光,散成风,
啊苦痛,但苦痛是短的,
是暂时的;快乐是长的,
爱是不死的:
我,我要睡……

康桥再会吧

康桥,再会吧;
我心头盛满了别离的情绪,
你是我难得的知己,我当年
辞别家乡父母,登太平洋去,
(算来一秋二秋,已过了四度
春秋,浪迹在海外,美土欧洲)
扶桑风色,檀香山芭蕉况味,
平波大海,开拓我心胸神意,
如今都变了梦里的山河,
渺茫明灭,在我灵府的底里;
我母亲临别的泪痕,她弱手
向波轮远去送爱儿的巾色,

海风咸味,海鸟依恋的雅意,
尽是我记忆的珍藏,我每次
摩按,总不免心酸泪落,便想
理箧归家,重向母怀中匍匐,
回复我天伦挚爱的幸福;
我每想人生多少跋涉劳苦,
多少牺牲,都只是枉费无补,
我四载奔波,称名求学,毕竟
在知识道上,采得几茎花草,
在真理山中,爬上几个峰腰,
钧天妙乐,曾否闻得,彩红色,
可仍记得?——但我如何能回答?
我但自喜楼高车快的文明,
不曾将我的心灵污抹,今日
我对此古风古色,桥影藻密,
依然能坦胸相见,惺惺惜别。

康桥,再会吧!
你我相知虽迟,然这一年中
我心灵革命的怒潮,尽冲泻
在你妩媚河身的两岸,此后
清风明月夜,当照见我情热
狂溢的旧痕,尚留草底桥边,
明年燕子归来,当记我幽叹

音节，歌吟声息，缦烂的云纹
霞彩，应反映我的思想情感，
此日撒向天空的恋意诗心，
赞颂穆静腾辉的晚景，清晨
富丽的温柔；听！那和缓的钟声
解释了新秋凉绪，旅人别意，
我精魂腾跃，满想化人音波，
震天彻地，弥盖我爱的康桥，
如慈母之于睡儿，缓抱软吻；
康桥！汝永为我精神依恋之乡！
此去身虽万里，梦魂必常绕
汝左右，任地中海疾风东指，
我亦必纡道西回，瞻望颜色；
归家后我母若问海外交好，
我必首数康桥，在温情冬夜
蜡梅前，再细辨此日相与况味；
设如我星明有福，素愿竟酬，
则来春花香时节，当复西航，
重来此地，再捡起诗针诗线，
绣我理想生命的鲜花，实现
年来梦境缠绵的销魂足迹，
散香柔韵节，增媚河上风流；
故我别意虽深，我愿望亦密，
昨宵明月照林，我已向倾吐

心胸的蕴积,今晨雨色凄清,
小鸟无欢,难道也为是怅别
情深,累藤长草茂,涕泪交零!

康桥!山中有黄金,天上有明星,
人生至宝是情爱交感,即使
山中金尽,天上星散,同情还
永远是宇宙间不尽的黄金,
不昧的明星;赖你和悦宁静
的环境,和圣洁欢乐的光阴,
我心我智,方始经爬梳洗涤,
灵苗随春草怒生,沐日月光辉,
听自然音乐,哺啜古今不朽
——强半汝亲栽育——的文艺精英;
恍登万丈高峰,猛回头惊见
真善美浩瀚的光华,覆翼在
人道蠕动的下界,朗然照出
生命的经纬脉络,血赤金黄,
尽是爱主恋神的辛勤手绩;
康桥!你岂非是我生命的泉源?
你惠我珍品,数不胜数;最难忘
骞士德顿桥下的星磷坝乐,
弹舞殷勤,我常夜半凭阑干,
倾听牧地黑野中倦牛夜嚼,

水草间鱼跃虫咻,轻佻静寞;
难忘春阳晚照,泼翻一海纯金,
淹没了寺塔钟楼,长垣短堞,
千百家屋顶烟突,白水青田,
难忘茂林中老树纵横;巨干上
黛薄茶青,却教斜刺的朝霞,
抹上些微胭脂春意,忸怩神色;
难忘七月的黄昏,远树凝寂,
像墨泼的山形,衬出轻柔暝色,
密稠稠,七分鹅黄,三分橘绿,
那妙意只可去秋梦边缘捕捉;
难忘榆荫中深宵清啭的诗禽,
一腔情热,教玫瑰噙泪点首,
满天星环舞幽吟,款住远近
浪漫的梦魂,深深迷恋香境;
难忘村里姑娘的腮红颈白;
难忘屏绣康河的垂柳婆娑,
娜娜的克莱亚,硕美的校友居;
——但我如何能尽数,总之此地
人天妙合,虽微如寸芥残垣,
亦不乏纯美精神:流贯其间,
而此精神,正如宛次宛士所谓
"通我血液,浃我心脏",
有"镇驯娇伤之功";

我此去虽归乡土,
而临行怫怫,转若离家赴远;
康桥!我故里闻此,能弗怨汝
僭爱,然我自有谠言代汝答付;
我今去了,记好明春新杨梅
上市时节,盼望我含笑归来,
再见吧,我爱的康桥。

在那山道旁

在那山道旁,一天雾蒙蒙的朝上,
初生的小蓝花在草丛里窥觑,
我送别她归去,与她在此分离,
在青草里飘拂,她的洁白的裙衣。

我不曾开言,她亦不曾告辞,
驻足在山道旁,我暗暗的寻思:
"吐露你的秘密,这不是最好时机?"——
露湛的小草花,仿佛恼我的迟疑。

为什么迟疑,这是最后的时机,
在这山道旁,在这雾茫的朝上?

收集了勇气,向着她我旋转身去:——
但是啊,为什么她这满眼凄惶了?

我咽住了我的话,低下了我的头,
火灼与冰激在我的心胸间回荡,
啊,我认识了我的命运,她的忧愁,——
在这浓雾里,在这凄清的道旁!

在那天朝上,在雾茫茫的山道旁,
新生的小蓝花在草丛里睥睨。
我目送她远去,与她从此分离——
在青草间飘拂,她那洁白的裙衣!

五老峰

不可摇撼的神奇,
不容注视的威严,
这耸峙,这横蟠,
这不可攀援的峻险!
看!那巉岩缺处
透露着天,窈远的苍天,
在无限广博的怀抱间,
这磅礴的伟象显现!
是谁的意境,是谁的想象?
是谁的工程与搏造的手痕?
在这亘古的空灵中
陵慢着天风,天体与天氛!

有时朵朵明媚的彩云,
轻颤的,妆缀着老人们的苍鬓,
像一树虬干的古梅在月下
吐露了艳色鲜葩的清芬!
山麓前伐木的村童,
在山涧的清流中洗濯,呼啸,
认识老人们的嗔謇,
迷雾海沫似的喷涌,铺罩,
淹没了谷内的青林,
隔绝了鄱阳的水色袅渺,
陡壁前闪亮着火电,听呀!
五老们在渺茫的雾海外狂笑!
朝霞照他们的前胸,
晚霞戏逗着他们赤秃的头颅;
黄昏时,听异鸟的欢呼,
在他们鸠盘的肩旁怯怯的透露
不昧的星光与月彩:
柔波里,缓泛着的小艇与轻舸;
听呀!在海会静穆的钟声里,
有朝山人在落叶林中过路!
更无有人事的虚荣,
更无有尘世的仓促与噩梦,

灵魂!记取这从容与伟大,
在五老峰前饱啜自由的山风!
这不是山峰,这是古圣人的祈祷,
凝聚成这"冻乐"似的建筑神工,
给人间一个不朽的凭证,——
一个"崛强的疑问"在无极的蓝空!

乡村里的音籁

小舟在垂柳荫间缓泛——
一阵阵初秋的凉风,
吹生了水面的漪绒,
吹来两岸乡村里的音籁。

我独自凭着船窗闲憩,
静看着一河的波幻,
静听着远近的音籁——
又一度与童年的情景默契!

这是清脆的稚儿的呼唤,

田场上工作纷纭,
竹篱边犬吠鸡鸣:
但这无端的悲感与凄惋!

白云在蓝天里飞行,
我欲把恼人的年岁,
我欲把恼人的情爱,
托付与无涯的空灵——消泯;

回复我纯朴的,美丽的童心,
像山谷里的冷泉一勺,
像晓风里的白头乳鹊,
像池畔的草花,自然的鲜明。

天国的消息

可爱的秋景！无声的落叶，
轻盈的，轻盈的，掉落在这小径，
竹篱内，隐约的，有小儿女的笑声：

呖呖的清音，缭绕着村舍的静谧，
仿佛是幽谷里的小鸟，欢噪着清晨，
驱散了昏夜的晦塞，开始无限光明。

刹那的欢欣，昙花似的涌现，
开豁了我的情绪，忘却了春恋，
人生的惶惑与悲哀，惆怅与短促——
在这稚子的欢笑声里，想见了天国！

晚霞泛滥着金色的枫林,
凉风吹拂着我孤独的身形;
我灵海里啸响着伟大的波涛,
应和更伟大的脉搏,更伟大的灵潮!

梅雪争春

——纪念三一八

南方新年里有一天下大雪,
我到灵峰去探春梅的消息;
残落的梅萼瓣瓣在雪里腌,
我笑说这颜色还欠三分艳!

运命说:你赶花朝节前回京,
我替你备下真鲜艳的春景:
白的还是那冷翩翩的飞雪,
但梅花是十三龄童的热血!

这年头活着不易

昨天我冒着大雨到烟霞岭下访桂;
南高峰在烟霞中不见,
在一家松茅铺的屋檐前
我停步,问一个村姑今年
翁家山的桂花有没有去年开的媚

那村姑先对着我身上细细的端详;
活像只羽毛浸瘪了的鸟,
我心想,她定觉得蹊跷,
在这大雨天单身走远道,

倒来没来头的问桂花今年香不香。

"客人,你运气不好,来得太迟又太早;
这里就是有名的满家弄,
往年这时候到处香得凶,
这几天连绵的雨,外加风,
弄得这稀糟,今年的早桂就算完了。"

果然这桂子林也不能给我点子欢喜;
枝上只见焦萎的细蕊,
看着凄凄,唉,无妄的灾!
为什么这到处是憔悴?
这年头活着不易!这年头活着不易!

杜鹃

杜鹃,多情的鸟,他终宵唱:
在夏荫深处,仰望着流云,
飞蛾似围绕亮月的明灯,
星光疏散如海滨的渔火,
甜美的夜在露湛里休憩,
他唱,他唱一声"割麦插禾"——
农夫们在天放晓时惊起。

多情的鹃鸟,他终宵声诉,
是怨,是慕,他心头满是爱,
满是苦,化成缠绵的新歌,
柔情在静夜的怀中颤动;

他唱,口滴着鲜血,斑斑的,
染红露盈盈的草尖,晨光
轻摇着园林的迷梦;他叫,
他叫,他叫一声:"我爱哥哥!"

黄鹂

一掠颜色飞上了树。
"看,一只黄鹂!"
有人说。翘着尾尖,
它不作声,
艳异照亮了浓密——
——像是春光,
火焰,像是热情。

等候它唱,
我们静着望,怕惊了它。
但它一展翅,
冲破浓密,化一朵彩云;

它飞了，不见了，
没了
——像是春光，
火焰，像是热情。

落叶小唱

一阵声响转上了阶沿
（我正挨近着梦乡边；）
这回准是她的脚步了，
在这深夜！

一声剥啄在我的窗上
（我正靠紧着睡乡旁；）
这准是她来闹着玩——你看，
我偏不张皇！

一个声息贴近我的床，
我说（一半是睡梦，一半是迷惘；）
"你总不能明白我，你又何苦

多叫我心伤!"

一声喟息落在我的枕边,
（我已在梦乡里留恋；）
"我负了你！"你说——你的热泪
烫着我的脸！

这音响恼着我的梦魂
（落叶在庭前舞,一阵,又一阵；）
梦完了,呵,回复清醒；恼人的——
却只是秋声！

去罢

去罢，人间，去罢！
我独立在高山的峰上；
去罢，人间，去罢！
我面对着无极的穹苍。
去罢，青年，去罢！
与幽谷的香草同埋；
去罢，青年，去罢！
悲哀付与暮天的群鸦。
去罢，梦乡，去罢！
我把幻景的玉杯摔破；
去罢，梦乡，去罢！
我笑受山风与海涛之贺。

去罢,种种,去罢!
当前有插天的高峰;
去罢,一切,去罢!
当前有无穷的无穷。

不再是我的乖乖!

一

前天我是一个小孩,
这海滩最是我的爱;
早起的太阳赛如火炉,
趁暖来和我做我的功夫:
捡满一衣兜的贝壳,
在这海砂上起造宫阙:
哦,这浪头来得凶恶,

冲了我得意的建筑，——
我喊一声海，海！
你是我小孩儿的乖乖！

二

昨天我是一个"情种"，
到这海滩上来发疯；
西天的晚霞慢慢地死，
血红变成姜黄，又变紫，
一颗星在半空里窥伺，
我匍匐在沙滩里画字，
一个字，一个字，又一个字，
谁说不是我心爱的游戏？
我喊一声海，海！
不许你有一点儿的更改！

三

今天！咳，为什么要有今天？
不比从前，没了我的疯癫，
再没有小孩时的新鲜，
这回再不来这大海的边沿！
头顶不见天光的方便

海上只暗沉沉的一片
暗潮侵蚀了砂字的痕迹
却冲不淡我悲惨的颜色——
我喊一声海,海!
你从此不再是我的乖乖!

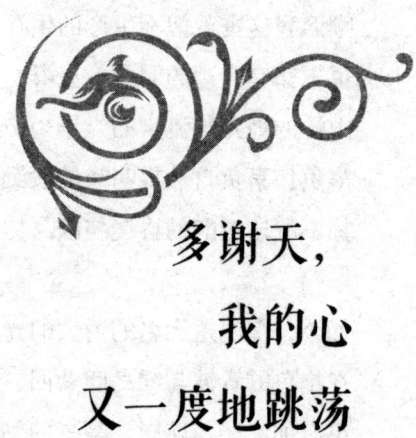

多谢天，
我的心
又一度地跳荡

多谢天！我的心又一度地跳荡，
这天蓝与海青与明洁的阳光
驱净了梅雨时期无欢的踪迹，
也散放了我心头的网罗与纽结，
像一朵曼陀罗花英英的露爽，
在空灵与自由中忘却了迷惘：——
迷惘，迷惘！也不知来自何处，
囚禁着我心灵的自然的流露，
可怖的梦魇，黑夜无边的惨酷，
苏醒的盼切，只增剧灵魂的麻木！

曾经有多少的白昼，黄昏，清晨，

嘲讽我这蚕茧似不生产的生存？
也不知有几遭的明月，星群，晴霞，
山岭的高亢与流水的光华……
辜负！辜负自然界叫唤的殷勤，
惊不醒这沉醉的昏迷与顽冥！

如今，多谢这无名的博大的光辉，
在艳色的青波与绿岛间萦回，
更有那渔船与航影，亭亭的黏附
在天边，唤起辽远的梦境与梦趣；
我不由的惊悚，我不由的感愧
（有时微笑的妩媚是启悟的棒棰）！
是何来倏忽的神明，为我解脱
忧愁，新竹似的豁裂了外箨，
透露内裹的青篁，又为我洗净
障眼的盲翳，重见宇宙的欢欣。

这或许是我生命重新的机兆；
大自然的精神！容纳我的祈祷，
容许我的不踌躇的注视，容许
我的热情的献致，容许我保持
这显示的神奇，这现在与此地
这不可比拟的一切间隔的毁灭！
我更不问我的希望，我的惆怅，

未来与过去只是渺茫的幻想,
更不向人间访问幸福的进门,
只求没时分给我不死的印痕,——
变一颗埃尘,一颗无形的埃尘,
追随着造化的车轮,进行,进行……

我有一个恋爱

我有一个恋爱;——
我爱天上的明星;
我爱他们的晶莹:
人间没有这异样的神明。

在冷峭的暮冬的黄昏,
在寂寞的灰色的清晨。
在海上,在风雨后的山顶——
永远有一颗,万颗的明星!

山涧边小草花的知心,

高楼上小孩童的欢欣,
旅行人的灯亮与南针:——
万万里外闪烁的精灵!

我有一个破碎的魂灵,
像一堆破碎的水晶,
散布在荒野的枯草里——
饱啜你一瞬瞬的殷勤。

人生的冰激与柔情,
我也曾尝味,我也曾容忍;
有时阶砌下蟋蟀的秋吟,
引起我心伤,逼迫我泪零。

我袒露我的坦白的胸襟,
献爱与一天的明星,
任凭人生是幻是真
地球存在或是消泯——
太空中永远有不昧的明星!

火车擒住轨

火车擒住轨,在黑夜里奔:
过山,过水,过陈死人的坟;
过桥,听钢骨牛喘似的叫,
过荒野,过门户破烂的庙;
过池塘,群蛙在黑水里打鼓,
过噤口的村庄,不见一粒火;
过冰清的小站,上下没有客,
月台袒露着肚子,像是罪恶。

这时车的呻吟凉醒了天上
三两个星,躲在云缝里张望;
那是干什么的,他们在疑问,

大凉夜不歇着,直闹又是哼,
长虫似的一条,呼吸是火焰,
一死儿往暗里闯,不顾危险,
就凭那精窄的两道,算是轨,
驮着这份重,梦一般的累坠。

累坠!那些奇异的善良的人,
放平了心安睡,把他们不论
俊的村的命全盘交给了它,
不论爬的是高山还是低洼,
不问深林里有怪鸟在诅咒,
天象的辉煌全对着毁灭走;
只图眼前过得,咧大嘴打呼,
明儿车一到,抢了皮包走路!

这态度也不错!愁没有个底;
你我在天空,那天也不休息,
睁大了眼,什么事都看分明,
但自己又何尝能支使运命?
说什么光明,智慧永恒的美,
彼此同是在一条线上受罪,
就差你我的寿数比他们强,
这玩艺反正是一片糊涂账。

石虎胡同七号

我们的小园庭,有时荡漾着无限温柔:
善笑的藤娘,祖酥怀任团团的柿掌绸缪,
百尺的槐翁,在微风中俯身将棠姑抱搂,
黄狗在篱边,守候睡熟的珀儿,它的小友
小雀儿新制求婚的艳曲,在媚唱无休——
我们的小园庭,有时荡漾着无限温柔。

我们的小园庭,有时淡描着依稀的梦景;
雨过的苍茫与满庭荫绿,织成无声幽冥,
小蛙独坐在残兰的胸前,听隔院蚓鸣,
一片化不尽的雨云,倦展在老槐树顶,

掠檐前作圆形的舞旋，是蝙蝠，还是蜻蜓？
我们的小园庭，有时淡描着依稀的梦景。

我们的小园庭，有时轻喟着一声奈何；
奈何在暴雨时，雨槌下捣烂鲜红无数，
奈何在新秋时，未凋的青叶惆怅地辞树，
奈何在深夜里，月儿乘云艇归去，西墙已度，
远巷薤露的乐音，一阵阵被冷风吹过——
我们的小园庭，有时轻喟着一声奈何。

我们的小园庭，有时沉浸在快乐之中；
雨后的黄昏，满院只美荫，清香与凉风，
大量的蹇翁，巨樽在手，蹇足直指天空，
一斤，两斤，杯底喝尽，满怀酒欢，满面酒红，
连珠的笑响中，浮沉着神仙似的酒翁——
我们的小园庭，有时沉浸在快乐之中。

先生！先生！

钢丝的车轮
在偏僻的小巷内飞奔——
"先生，我给先生请安您哪，先生。"

迎面一蹲身
一个单布褂的女孩颤动着呼声——
雪白的车轮在冰冷的北风里飞奔。

紧紧地跟，紧紧地跟，
破烂的孩子追赶着铄亮的车轮——
"先生，可怜我一文吧，善心的先生！"

"可怜我的妈妈,
她又饿又冻又病,躺在道儿边直呻吟——
您修好,赏给我们一顿窝窝头,您哪,先生!"

"没有带子儿。"
坐车的先生说,车里戴大皮帽的先生——
飞奔,急转的双轮,紧追,小孩的呼声。

一路旋风似的土尘,
土尘里飞转着银晃晃的车轮——
"先生,可是您出门不能不带钱您哪,先生。"

"先生!……先生!"
紫涨的小孩,气喘着,断续的呼声——
飞奔,飞奔,橡皮的车轮不住的飞奔,
飞奔……先生……
飞奔……先生……
先生……先生……先生……

叫化活该

"行善的大姑,修好的爷,"
西北风尖刀似的猛刺着他的脸,
"赏给我一点你们吃剩的油水吧!"
一团模糊的黑影,挨紧在大门边。

"可怜我快饿死了,发财的爷,"
大门内有欢笑,有红炉,有玉杯;
"可怜我快冻死了,有福的爷,"
大门外西北风笑说:"叫化活该!"

我也是战栗的黑影一堆,
蠕伏在人道的前街;
我也只讨一些同情的温暖,

遮掩我的剐残的余骸——

但是沉沉的紧闭的大门,谁来理睬;
街道上只冷风的嘲讽:"叫化活该!"

海韵

一

"女郎,单身的女郎,
你为什么留恋
这黄昏的海边?
女郎,回家吧,女郎!"
"阿不;回家我不回。
我爱这晚风吹!"——
在沙滩上,在暮霭里,
有一个散发的女郎——
徘徊,徘徊。

二

"女郎,散发的女郎,

你为什么彷徨
在这冷清的海上?
女郎,回家吧,女郎!"
"阿不;你听我唱歌,
大海,你唱,我来和。"
在星光下,在凉风里,
轻荡着少女的清音,——
高吟,低哦。

三

"女郎,胆大的女郎!
那天边扯起了黑幕,
这顷刻间有恶风波,——
女郎,回家吧,女郎!"
"阿不;你看我凌空舞,
学一个海鸥没海波。"——
在夜色里,在沙滩上,
急旋着一个苗条的身影,——
婆娑,婆娑。

四

"听呀,那大海的震怒,

女郎，回家吧，女郎！
看呀，那猛兽似的海波，
女郎，回家吧，女郎！"
"阿不；海波他不来吞我，
我爱这大海的颠簸！"
在潮声里，在波光里，
啊，一个慌张的少女在海沫里，
蹉跎，蹉跎。

五

"女郎，在哪里，女郎？
在哪里，你嘹亮的歌声，
在哪里，你窈窕的身影？
在哪里，啊，勇敢的女郎？"
黑夜吞没了星辉，
这海边再没有光芒；
海潮没了沙滩，
沙滩上再不见女郎，——
再不见女郎！

拜献

山,我不赞美你的壮健,
海,我不歌咏你的阔大,
风波,我不颂扬你威力的无边;
但那在雪地里挣扎的小草花,
路旁冥盲中无告的孤寡,
烧死在沙漠里想归去的雏燕,……
给他们,给宇宙间一切无名的不幸,
我拜献,拜献我胸胁间的热,
血管中的血,灵性里的光明;
我的诗歌——在歌声嘹亮的一俄顷,
天外的云彩为你们织造快乐,
起一座虹桥,
指点着永恒的逍遥,
在嘹亮的歌声里消纳了无穷的苦厄!

渺小

我仰望群山的苍老,
他们不说一句话。
阳光描出我的渺小,
小草在我的脚下。

我一人停步在路隅,
倾听空谷的松籁;
青天里有白云盘踞——
转眼间忽又不在。

两个月亮

我望见有两个月亮:
一般的样,不同的相。

一个这时正在天上,
披散着雀毛的衣裳;
她不吝惜她的恩情,
满地全是她的金银。
她不忘故宫的琉璃,
三海间有她的清丽。
她跳出云头,跳上树,
又躲进新绿的藤萝。
她那样玲珑,那样美,
水底的鱼儿也得醉!

但她有一点子不好，
她老爱向瘦小里耗；
有时满天只见星点，
没了那迷人的圆脸，
虽则到时候照样回来，
但这份相思有些难挨！

还有那个你看不见，
虽则不提有多么艳！
她也有她醉涡的笑，
还有转动时的灵妙；
说慷慨她也从不让人，
可惜你望不到我的园林！
可贵是她无边的法力，
常把我灵波向高里提：
我最爱那银涛的汹涌，
浪花里有音乐的银钟；
就那些马尾似的白沫，
也比得珠宝经过雕琢。
一轮完美的明月，
又况是永不残缺！
只要我闭上这一双眼，
她就婷婷的升上了天！

云游

那天你翩翩地在空际云游,
自在,轻盈,你本不想停留
在天的那方或地的那角,
你的愉快是无拦阻的逍遥。

你更不经意在卑微的地面
有一流涧水,虽则你的明艳
在过路时点染了他的空灵,
使他惊醒,将你的倩影抱紧。

他抱紧的是绵密的忧愁,
因为美不能在风光中静止;

他要,你已飞渡万重的山头,
去更阔大的湖海投射影子!

他在为你消瘦,那一流涧水,
在无能地盼望,盼望你飞回!

偶然

我是天空里的一片云，
偶尔投影在你的波心——
你不必讶异，
更无须欢喜——
在转瞬间消灭了踪影。

你我相逢在黑夜的海上，
你有你的，我有我的，方向；
你记得也好，
最好你忘掉
在这交会时互放的光亮！

最后的那一天

在春风不再回来的那一年,
在枯枝不再青条的那一天,
那时间天空再没有光照,
只黑蒙蒙的妖氛弥漫着,
太阳,月亮,星光死去了的空间;

在一切标准推翻的那一天,
在一切价值重估的那时间,
暴露在最后审判的威灵中,
一切的虚伪与虚荣与虚空,
赤裸裸的灵魂们匍匐在主的跟前;——

我爱,那时间你我再不必张皇,
更不须声诉,辩冤,再不必隐藏,——
你我的心,像一朵雪白的并蒂莲,
在爱的青梗上秀挺,欢欣,鲜妍,——
在主的跟前,爱是唯一的荣光。

雁儿们

雁儿们在云空里飞,
看她们的翅膀,
看她们的翅膀,
有时候迂回,
有时候匆忙。

雁儿们在云空里飞,
晚霞在她们身上,
晚霞在她们身上,
有时候银辉,
有时候金芒。

雁儿们在云空里飞,
听她们的歌唱!

听她们的歌唱!
有时候伤悲,
有时候欢畅。

雁儿们在云空里飞,
为什么翱翔?
为什么翱翔?
她们少不少旅伴?
她们有没有家乡?

雁儿们在云空里彷徨,
天地就快昏黑!
天地就快昏黑!
前途再没有天光。
孩子们往哪儿飞?

天地在昏黑里安睡,
昏黑迷住了山林,
昏黑催眠了海水;
这时候有谁在倾听
昏黑里泛起的伤悲。

哀曼殊斐儿

我昨夜梦入幽谷,
听子规在百合丛中泣血,
我昨夜梦登高峰,
见一颗光明泪自天坠落。

古罗马的郊外有座墓园,
静偃着百年前客殇的诗骸;
百年后海岱士黑辇之轮,
又喧响在芳丹卜罗的青林边。

说宇宙是无情的机械,
为甚明灯似的理想闪耀在前?

说造化是真善美之表现,
为甚五彩虹不常住天边?

我与你虽仅一度相见——
但那二十分不死的时间!
谁能信你那仙姿灵态,
竟已朝露似的永别人间?

非也!生命只是个实体的幻梦:
美丽的灵魂,永承上帝的爱宠;
三十年小住,只似昙花之偶现,
泪花里我想见你笑归仙宫。

你记否伦敦约言,曼殊斐儿!
今夏再见于琴妮湖之边;
琴妮湖永抱着白朗矶的雪影,
此日我怅望云天,泪下点点!

我当年初临生命的消息,
梦觉似的骤感恋爱之庄严;
生命的觉悟是爱之成年,
我今又因死而感生与恋之涯沿!

同情是掼不破的纯晶,

爱是实现生命之唯一途径：
死是座伟秘的洪炉，此中
凝炼万象所从来之神明。

我哀思焉能电花似的飞骋，
感动你在天日遥远的灵魂？
我洒泪向风中遥送，
问何时能戡破生死之门？

两地相思

（一）他——

今晚的月亮像她的眉毛，
这弯弯的够多俏！
今晚的天空像她的爱情，
这蓝蓝的够多深！
那样多是你的，我听她说，
你再也不用疑惑；
给你这一团火，她的香唇，
还有她更热的腰身！
谁说做人不该多吃点苦？——
吃到了底才有数。
这来可苦了她，盼死了我，

半年不是容易过!
她这时候,我想,正靠着窗,
手托着俊俏脸庞,
在想,一滴泪正挂在腮边,
像露珠沾上草尖:
在半忧愁半欢喜的预计,
计算着我的归期:
啊,一颗纯洁的爱我的心,
那样的专!那样的真!
还不催快你胯下的牲口,
趁月光清水似流,
趁月光清水似流,赶回家
去亲你唯一的她!

(二)她——

今晚的月色又使我想起
我半年前的昏迷,
那晚我不该喝那三杯酒,
添了我一世的愁;
我不该把自由随手给扔,——
活该我今儿的闷!
他待我倒真是一片至诚,
像竹园里的新笋,

不怕风吹,不怕雨打,一样
他还是往上滋长:
他为我吃尽了苦,就为我
他今天还在奔波;——
我又没有勇气对他明讲
我改变了的心肠!
今晚月儿弓样,到月圆时
我,我如何能躲避!
我怕,我爱,这来我真是难,
恨不能往地底钻;
可是你,爱,永远有我的心,
听凭我是浮是沉;
他来时要抱,我就让他抱,
(这葫芦不破的好)
但每回我让他亲——我的唇,
爱,亲的是你的吻!

我等候你

我等候你。
我望着户外的昏黄
如同望着将来,
我的心震盲了我的听。
你怎还不来?希望
在每一秒钟上允许开花。
我守候着你的步履,
你的笑语,你的脸,
你的柔软的发丝,
守候着你的一切;
希望在每一秒钟上
枯死——你在哪里?
我要你,要得我心里生痛,

我要你火焰似的笑，
要你灵活的腰身，
你的发上眼角的飞星；
我陷落在迷醉的氛围中，
像一座岛，
在蟒绿的海涛间，不自主的在浮沉……
喔，我迫切地想望
你的来临，想望
那一朵神奇的优昙
开上时间的顶尖！
你为什么不来，忍心的！
你明知道，我知道你知道，
你这不来于我是致命的一击，
打死我生命中午放的阳春，
教坚实如矿里的铁的黑暗，
压迫我的思想与呼吸；
打死可怜的希冀的嫩芽，
把我，囚犯似的，交付给
妒与愁苦，生的羞惭
与绝望的惨酷。
这也许是痴。竟许是痴。
我信我确然是痴；
但我不能转拨一支已然定向的舵，
万方的风息都不容许我犹豫——

我不能回头,运命驱策着我!
我也知道这多半是走向
毁灭的路;但
为了你,为了你,
我什么都甘愿;
这不仅我的热情,
我的仅有理性亦如此说。
痴!想磔碎一个生命的纤维
为要感动一个女人的心!
想博得的,能博得的,至多是
她的一滴泪,
她的一阵心酸
竟许一声漠然的冷笑;
但我也甘愿,即使
我粉身的消息传到
一块顽石,她把我看作
一只地穴里的鼠,一条虫,
我还是甘愿!
痴到了真,是无条件的,
上帝也无法调回一个
痴定了的心,如同一个将军
有时调回已上死线的士兵。
枉然,一切都是枉然,
你的不来是不容否认的实在,

虽则我心里烧着泼旺的火,
饥渴着你的一切,
你的发,你的笑,你的手脚;
任何的痴想与祈祷
不能缩短一小寸
你我间的距离!
户外的昏黄已然
凝聚成夜的乌黑,
树枝上挂着冰雪,
鸟雀们典去了它们的啁啾,
沉默是这一致穿孝的宇宙。
钟上的针不断地比着
玄妙的手势,像是指点,
像是同情,像是嘲讽,
每一次到点的打动,我听来是
我自己的心的
活埋的丧钟。

秋虫

秋虫,你为什么来?
人间早不是旧时候的清闲;
这青草,这白露,也是呆:
再也没有用,这些诗材!
黄金才是人们的新宠,
她占了白天,又霸住梦!
爱情:像白天里的星星,
她早就回避,早没了影。
天黑它们也不得回来,
半空里永远有乌云盖。
还有廉耻也告了长假,
他躲在沙漠地里住家,
花尽着开可结不成果,
思想被主义奸污得苦!

你别说这日子过得闷,
晦气脸的还在后面跟!
这一半也是灵魂的懒,
他爱躲在园子里种菜,
"不管,"他说,"听他往下丑——
变猪,变蛆,变蛤蟆,变狗……
过天太阳羞得遮了脸,
月亮残阙了再不肯圆,
到那天人道真灭了种,
我再来打——打革命的钟!"

秋月

一样是月色,
今晚上的,因为我们都在抬头看——
看它,一轮腴满的妩媚,
从乌黑得如同暴徒一般的
云堆里升起——
看得格外的亮,分外的圆。
它展开在道路上,
它飘闪在水面上,
它沉浸在
水草盘结得如同忧愁般的
水底;
它睥睨在古城的雉堞上,
万千的城砖在它的清亮中
呼吸,

它抚摸着
错落在城乡外内的墓墟,
在宿鸟的断续的呼声里,
想见新旧的鬼,
也和我们似的相依偎的站着,
眼珠放着光,
咀嚼着彻骨的阴凉:
银色的缠绵的诗情
如同水面的星磷,
在露盈盈的空中飞舞。
听那四野的吟声——
永恒的卑微的谐和,
悲哀糅合着欢畅,
怨仇与恩爱,
晦冥交抱着火电,
在这复绝的秋夜与秋野的
苍茫中,
"解化"的伟大
在一切纤微的深处
展开了
婴儿的微笑!

私语

秋雨在一流清冷的秋水池,
一棵憔悴的秋柳里,
一条怯懦的秋枝上,
一片将黄未黄的秋叶上,
听他亲亲切切喁喁唼唼,
私语三秋的情思情事,
情语情节,
临了轻轻将他拂落在秋水秋波的秋晕里,
一涡半转,
跟着秋流去。
这秋雨的私语,
三秋的情思情事,

情诗情节,
也掉落在秋水秋波的秋晕里,
一涡半转,
跟着秋流去。

变与不变

树上的叶子说:

"这里又变样儿了,

你看,

有的是抽心烂,有的是卷边焦!"

"可不是。"

答话的是我自己的心:

它也在冷酷的西风里褪色,凋零。

这时候连翩的明星爬上了树尖;

"看这儿,"

它们仿佛说:

"有没有改变?"

"看这儿，"
无形中又发动了一个声音，
"还不是一样鲜明？"
——插话的是我的魂灵。

山中

庭院是一片静,
听市谣围抱;
织成一地松影——
看当头月好!
不知今夜山中,
是何等光景:
想也有月,有松,
有更深的静。
我想攀附月色,
化一阵清风,
吹醒群松春醉,
去山中浮动;

吹下一针新碧,
掉在你窗前;
轻柔如同叹息——
不惊你安眠!

她是睡着了

她是睡着了——
星光下一朵斜欹的白莲,
她入梦境了,
香炉里袅起一缕碧螺烟。
她是睡熟了——
涧泉幽抑了喧响的琴弦,
她在梦乡了——
粉蝶儿,翠蝶儿,翻飞的欢恋。
停匀的呼吸:
清芬渗透了她的周遭的清氛;
有福的清氛,
怀抱着,抚摩着,她纤纤的身形!

奢侈的光阴！
静，沙沙的尽是闪亮的黄金，
平铺着无垠，——
波鳞间轻漾着光艳的小艇。
醉心的光景：
给我披一件彩衣，啜一坛芳醴，
折一枝藤花，
舞，在葡萄丛中，颠倒，昏迷。
看呀，美丽！
三春的颜色移上了她的香肌，
是玫瑰，是月季，
是朝阳里的水仙，鲜妍，芳菲！
梦底的幽秘，
挑逗着她的心——纯洁的灵魂——
像一只蜂儿，
在花心恣意地唐突——温存。
童真的梦境！
静默；休教惊断了梦神的殷勤；
抽一丝金络，
抽一丝银络，抽一丝晚霞的紫曛；
玉腕与金梭，
织缣似的精审，更番的穿度——
化生了彩霞，
神阙，安琪儿的歌，安琪儿的舞。

可爱的梨涡,
解释了处女的梦境的欢喜,
像一颗露珠,
颤动的,在荷盘中闪耀着晨曦。

春的投生

昨晚上,
再前一晚也是的,
在春雨的猖狂中
春
投生入冬的尸体

不觉得脚下的松软,
耳鬓间的温驯吗?
树枝上浮着青,
潭里的水漾成无限的缠绵;
再有你我肢体上
胸膛间的异样的跳动;

桃花早已开上你的脸,
我在更敏锐的消受
你的媚,吞咽
你的连珠的笑;
你不觉得我的手臂
更迫切的要求你的腰身,
我的呼吸投射在你的身上
如同万千的飞萤投向火焰?

这些,还有别的许多说不尽的,
和着鸟雀们的热情回荡,
都在手携手的赞美着
春的投生。

阔的海

阔的海,
空的天,
我不需要,
我也不想放一只巨大的纸鹞,
上天去捉弄四面八方的风。
我只要一分钟,
我只要一点光,
我只要一条缝,——
像一个小孩爬伏
在一间暗屋的窗前,
望着西天边不死的一条缝,
一点光,
一分钟。

他眼里有你

我攀登了万仞的高冈,
荆棘扎烂了我的衣裳,
我向飘渺的云天外望——
上帝,我望不见你!

我向坚厚的地壳里掏,
捣毁了蛇龙们的老巢,
在无底的深潭里我叫——
上帝,我听不到你!

我在道旁见一个小孩：
活泼，秀丽，褴褛的衣衫，
他叫声妈，眼里亮着爱——
上帝！他眼里有你。

残春

昨天我瓶子里斜插着的桃花
是朵朵媚笑在美人的腮边挂；
今儿它们全低了头，全变了相：
红的白的尸体倒悬在青条上。

窗外的风雨报告残春的运命，
丧钟似的音响在黑夜里叮咛：
"你那生命的瓶子里的鲜花也
变了样：艳丽的尸体，谁给收殓？"

朝雾里的小草花

这岂是偶然,
小玲珑的野花!
你轻含着鲜露颗颗,
怦动的,
像是慕光明的花蛾,
在黑暗里想念焰彩,
晴霞;
我此时在这蔓草丛中过路,
无端的内感,
惆怅与惊讶,

在这迷雾里,
在这岩壁下,
思忖着,
泪怦怦的,
人生与鲜露?

大帅

"大帅有命令,以后打死了的尸体
再不用往回挪(叫人看了挫气,)
就往前边儿挖一个大坑,
拿瘪了的弟兄们往里掷,
掷满了给平上土,
给它一个大糊涂,
也不用给做记认,
管他是姓贾姓曾!
也好,省得他们家里人见了伤心:
娘抱着个烂了的头,
弟弟提溜着一只手,
新娶的媳妇到手个脓包的腰身!"
"我说这坑死人也不是没有味儿,
有那西晒的太阳做我们的伴儿,
瞧我这一抄,抄住了老丙,

他大前天还跟我吃烙饼,

叫了壶大白干,

咱们俩随便谈,

你知道他那神气,

一只眼老是这挤;

谁想他来不到三天就做了炮灰,

老丙他打仗倒是勇,

你瞧他身上的窟窿!——

去你的,老丙,咱们来就是当死胚!"

"天快黑了,怎么好,

还有这一大堆?

听炮声,这半天又该是我们的毁!

麻利点儿,我说你瞧,三哥,

那黑刺刺的可不又是一个!

嘿,三哥,有没有死的,

还开着眼流着泪哩!

我说三哥这怎么来,

总不能拿人活着埋!"——

"吁,老五,别言语,

听大帅的话没有错:

见个儿就给铲,

见个儿就给埋,

躲开,瞧我的;

嗷,去你的,谁跟你罗嗦!"

你去

你去,我也走,我们在此分手;
你上那一条大路,你放心走,
你看那街灯一直亮到天边,
你只消跟从这光明的直线!
你先走,我站在此地望着你,
放轻些脚步,别教灰土扬起,
我要认清你远去的身影,
直到距离使我认你不分明。
再不然,我就叫响你的名字,
不断的提醒你,有我在这里,
为消解荒街与深晚的荒凉,
目送你归去……
不,我自有主张,
你不必为我忧虑;你走大路,

我进这条小巷。你看那棵树，
高抵着天，我走到那边转弯，
再过去是一片荒野的凌乱：
有深潭，有浅洼，半亮着止水，
在夜芒中像是纷披的眼泪；
有石块，有钩刺胫踝的蔓草，
在期待过路人疏神时绊倒，
但你不必焦心，我有的是胆，
凶险的途程不能使我心寒。
等你走远了，我就大步地向前，
这荒野有的是夜露的清鲜；
也不愁愁云深裹，但须风动，
云海里便波涌星斗的流汞；
更何况永远照彻我的心底；
有那颗不夜的明珠，我爱你！

人变兽

朋友,这年头真不容易过,
你出城去看光景就有数:
柳林中有乌鸦们在争吵,
分不匀死人身上的脂膏;

城门洞里一阵阵的旋风起,
跳舞着没脑袋的英雄,
那田畦里碧葱葱的豆苗,
你信不信全是用鲜血浇!

还有那井边挑水的姑娘,
你问她为甚腿像带伤——
抹下西山黄昏的一天紫,
也涂不没这人变兽的耻!

青年曲

泣与笑，恋与愿与恩怨，
难得的青年，倏忽的青年，
前面有座铁打的城垣，青年，
你进了城垣，永别了春光，
永别了青年，恋与愿与恩怨！

妙乐与酒与玫瑰，不久住人间，
青年，彩虹不常在天边，
梦里的颜色，不能永葆鲜妍，
你须珍重，青年，你有限的脉搏，
休叫幻景似的消散了你的青年！

恋爱到底是什么一回事

恋爱他到底是什么一回事?——
他来的时候我还不曾出世;
太阳为我照上了二十几个年头,
我只是个孩子,认不识半点愁;
忽然有一天——我又爱又恨那一天——
我心坎里痒齐齐的有些不连牵,
那是我这辈子第一次的上当,

有人说是受伤——你摸摸我的胸膛——
他来的时候我还不曾出世，
恋爱他到底是什么一回事？

这来我变了，一只没笼头的马，
跑遍了荒凉的人生的旷野；
又像那古时间献璞玉的楚人，
手指着心窝，说这里面有真有真，
你不信时一刀拉破我的心头肉，
看那血淋淋的一掬是玉不是玉；
血！那无情的宰割，我的灵魂！
是谁逼迫我发最后的疑问？
疑问！这回我自己幸喜我的梦醒，
上帝，我没有病，再不来对你呻吟！
我再不想成仙，蓬莱不是我的分；
我只要这地面，情愿安分的做人，
从此再不问恋爱是什么一回事，
反正他来的时候我还不曾出世！

草上的露珠儿

草上的露珠儿
颗颗是透明的水晶球,
新归来的燕儿
在旧巢里呢喃个不休;

诗人哟!可不是春至人间
还不开放你
创造的喷泉,
嗤嗤!吐不尽南山北山的璠瑜,
洒不完东海西海的琼珠,
融和琴瑟箫笙的音韵,

饮餐星辰日月的光明!
诗人哟!可不是春在人间,
还不开放你
创造的喷泉!

这一声霹雳
震破了漫天的云雾,
显焕的旭日
又升临在黄金的宝座;
柔软的南风
吹皱了大海慷慨的面容,
洁白的海鸥
上穿云下没波自在优游;

诗人哟!可不是趁航的时候,
还不准备你
歌吟的渔舟!
看哟!那白浪里
金翅的海鲤,
白嫩的长鲵,
虾须和蟛脐!
快哟!一头撒网一头放钩
收! 收!
你父母妻儿亲戚朋友

享定了稀世的珍馐。
诗人哟！可不是趁航的时候，
还不准备你
歌吟的渔舟！
诗人哟！
你是时代精神的先觉者哟！
你是思想艺术的集成者哟！
你是人天之际的创造者哟！
你资材是河海风云，
鸟兽花草神鬼蝇蚊，
一言以蔽之：天文地文人文；

你的洪炉是"印曼桀乃欣"
永生的火焰"烟士披里纯"
炼制着诗化美化灿烂的鸿钧；

你是高高在上的云雀天鹨，
纵横四海不问今古春秋，
散布着希世的音乐锦绣；

你是精神困穷的慈善翁，
你展临真善美的万丈虹，
你居住在真生命的最高峰！

月夜听琴

是谁家的歌声,
和悲缓的琴音,
星茫下,松影间,
有我独步静听。

音波,颤震的音波,
穿破昏夜的凄清,
幽冥,草尖的鲜露,
动荡了我的灵府。

我听,我听,我听出了
琴情,歌者的深心,
枝头的宿鸟休惊,

我们已心心相印。

休道她的芳心忍，
她为你也曾吞声，
休道她淡漠，冰心里
满蕴着热恋的火星。

记否她临别的神情，
满眼的温柔和酸辛，
你握着她颤动的手——
一把恋爱的神经！

记否你临别的心境，
冰流沦彻你全身，
满腔的抑郁，一海的泪，
可怜不自由的魂灵？

松林中的风声哟！
休扰我同情的倾听；
人海中能有几次
恋潮淹没我的心滨？

那边光明的秋月，
已经脱卸了云衣，

仿佛喜声地笑道：
"恋爱是人类的生机！"

我多情的伴侣哟！
我羡你蜜甜的爱唇，
却不道黄昏和琴音
联就了你我的神交？

北方的冬天是冬天

北方的冬天是冬天！
满眼黄沙漠漠的地与天；
赤膊的树枝，
硬搅着北风光，——
一队队敢死的健儿，
傲立在战阵前！
不留半片残青，
没有一丝黏恋，
只拼着精光的筋骨；

凝敛着生命的精液,
耐,耐三冬的霜鞭与雪拳与风剑,
直耐到春阳征服了消杀与枯寂与凶惨,
直耐到春阳打开了生命的牢监,
放出一瓣的树头鲜!
直耐到忍耐的奋斗功效见,
健儿克敌回家酣笑颜!
北方的冬天是冬天!
满眼黄沙茫茫的地与天;
田里一只呆顿的黄牛,
西天边画出几线的悲鸣雁。

盖上几张油纸

一片,一片,半空里
掉下雪片;
有一个妇人,有一个妇人,
独坐在阶沿。

虎虎的,虎虎的,风响
在树林间;
有一个妇人,有一个妇人,
独自在哽咽。

为什么伤心,妇人,

这大冷的雪天？
为什么啼哭，莫非是
失掉了钗钿？

不是的，先生，不是的
不是为钗钿；
也是的，也是的，我不见了
我的心恋。

那边松林里，山脚下，先生。
有一只小木箧，
装着我的宝贝，我的心，
三岁儿的嫩骨！

昨夜我梦见我的儿：
叫一声"娘呀——
天冷了，天冷了，天冷了，
儿的亲娘呀！"

今天果然下大雪，屋檐前
望得见冰条，
我在冷冰冰的被窝里摸——
摸我的宝宝。

方才我买来几张油纸,
盖在儿的床上;
我唤不醒我熟睡的儿——
我因此心伤。

一片,一片,半空里
掉下雪片;
有一个妇人,有一个妇人,
独坐在阶沿。

虎虎的,虎虎的,风响
在树林间;
有一个妇人,有一个妇人,
独自在哽咽。

夜半松风

这是冬夜的山坡,
坡下一座冷落的僧庐,
庐内一个孤独的梦魂:
在忏悔中祈祷,在绝望中沉沦;——

为什么这怒叫,这狂啸,
鼍鼓与金钲与虎与豹?
为什么这幽诉,这私慕,
烈情的惨剧与人生的坎坷——
又一度潮水似的淹没了
这彷徨的梦魂与冷落的僧庐?

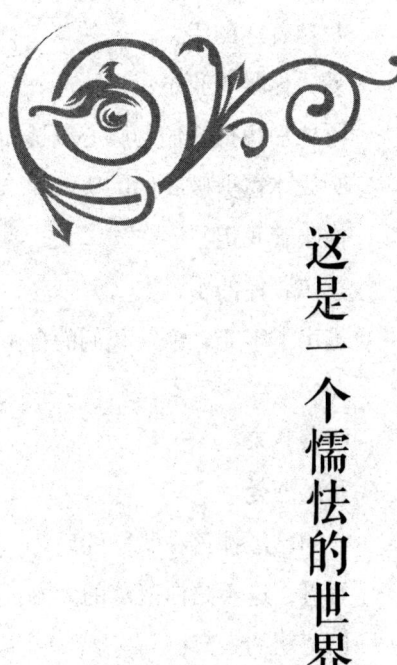

这是一个懦怯的世界

这是一个懦怯的世界：

容不得恋爱，容不得恋爱！

披散你的满头发，

赤露你的一双脚；

跟着我来，我的恋爱，

抛弃这个世界

殉我们的恋爱！

我拉着你的手,
爱,你跟着我走;
听凭荆棘把我们的脚心刺透,
听凭冰雹劈破我们的头,
你跟着我走,
我拉着你的手,
逃出了牢笼,恢复我们的自由!

跟着我来,
我的恋爱!
人间已经掉落在我们的后背,——
看呀,这不是白茫茫的大海?
白茫茫的大海,
白茫茫的大海,
无边的自由,我与你与恋爱!

顺着我的指头看,
那天边一小星的蓝——
那是一座岛,岛上有青草,
鲜花,美丽的走兽与飞鸟;
快上这轻快的小艇,
去到那理想的天庭——
恋爱,欢欣,自由——
辞别了人间,永远!

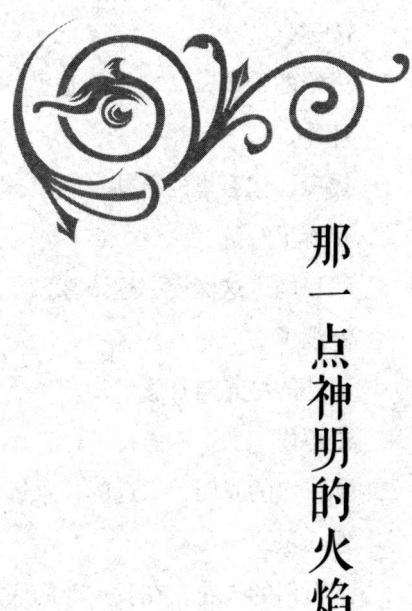

那一点神明的火焰

又是一个深夜,寂寞的深夜,
在山中,
浓雾里不见月影,星光,
就只我:
一个冥蒙的黑影,踥蹀的
沉思,
沉思的踥蹀,在深夜,在山中,
在雾里,
我想着世界,我的身世;懊怅,

凄迷,
灭绝的希冀,又在我的心里
惊悸,
摇曳,像雾里的草须;她
在哪里?
啊!她;这深夜,这浓雾,
淹没了
天外的星光与月彩,却
遮不住
那一点的光明,永远的,永远的,
像一星
宝石似的火花,在我灵魂的底里
我正愿,
我愿保持这不朽的灵光,直到
那一天
时间要求我的尘埃;我的心停止了
跳动,
在时间浩瀚的尘埃里,却还存着
那一点——
那一点神明的火焰,跳动,光艳,
不变!
不变!

她怕他说出口

（朋友，我懂得那一条骨鲠，
难受不是？——难为你的咽喉；）
"看，那草瓣上蹲着一只蚱蜢，
那松林里的风声像是箜篌。"

（朋友，我明白，你的眼水里
闪动着你真情的泪晶；）
"看，那一双蝴蝶连翩地飞；
你试闻闻这紫兰花馨！"

（朋友，你的心在怦怦地动；

我的也不一定是安宁；）
　"看，那一对雌雄的双虹！
　在云天里卖弄着娉婷；"

（这不是玩，还是不出口的好，
我顶明白你灵魂里的秘密；）
　"那是句致命的话，你得想到，
　回头你再来追悔那又何必！"

（我不愿你进火焰里去遭罪，
就我——就我也不情愿受苦！）
　"你看那双虹已经完全破碎；
　花草里不见了蝴蝶儿飞舞。

（耐着！美不过这半绽的花蕾；
何必再添深这颊上的薄晕？）
　"回走吧，天色已是怕人的昏黑，
　明儿再来看鱼肚色的朝云！"

卑微

卑微,卑微,卑微;
风在吹,
无抵抗的残苇;

枯槁它的形容,
心已空,
音调如何吹弄?

它在向风祈祷:
 "忍心好,
将我一拳推倒;

"也是一宗解化——
本无家,
任漂泊到天涯!"

哈代

哈代,厌世的,不爱活的,
这回再不用怨,
一个黑影蒙住他的眼?
去了,他再不露脸。

八十八年不是容易过,
老头活该他的受,
扛着一肩思想的重负,
早晚都不得放手。

为什么放着甜的不尝
暖和的座儿不坐,
偏挑那阴凄的调儿唱,
辣味儿辣得口破。

他是天生那老骨头僵，
一对眼拖着看人，
他看着了谁谁就遭殃，
你不用跟他讲！

他就爱把世界剖着瞧，
是玫瑰也给拆坏；
他没有那画眉的纤巧，
他有夜鸮的古怪！

古怪，他争的就只一点——
一点"灵魂的自由"，
也不是成心跟谁翻脸，
认真就得认个透。

他可不是没有他的爱——
他爱真诚，爱慈悲：
人生就说是一场梦幻，
也不能没有安慰。

这日子你怪得他惆怅，
怪得他话里有刺：
他说乐观是"死尸脸上

抹着粉，搽着胭脂！"

这不是完全放弃希冀，
宇宙还得往下延，
但如果前途还有生机，
思想先不能随便。

为维护这思想的尊严，
诗人他不敢怠惰，
高擎着理想，睁大着眼，
抉剔人生的错误。

现在他去了，再不说话。
（你听这四野的静，）
你爱忘了他就忘了他
（天吊明哲的凋零！）

在病中

我是在病中,这恹恹的倦卧,
看窗外云天,听木叶在风中……
是鸟语吗?院中有阳光暖和,
一地的衰草,墙上爬着藤萝,
有三五斑星的,苍的,在颤动。
一半天也成泥……

城外,啊西山!
太辜负了,今年,翠微的秋容!
那山中的明月,有弯,也有环:
黄昏时谁在听白杨的哀怨?
谁在寒风里赏归鸟的群喧?

有谁上山去漫步,静悄悄的,

去落叶林中捡三两瓣菩提?
有谁去佛殿上披拂着尘封,
在夜色里辨认金碧的神容?
这病中心情:一瞬瞬的回忆,
如同天空,在碧水潭中过路,
透映在水纹间斑驳的云翳;

又如阴影闪过虚白的墙隅,
瞥见时似有,转眼又复消散;
又如缕缕炊烟,才袅袅,又断……
又如暮天里不成字的寒雁,
飞远,更远,化入远山,化作烟!
又如在暑夜看飞星,一道光
碧银银地抹过,更不许端详。

又如兰蕊的清芬偶尔飘过,
谁能留住这没影踪的婀娜?
又如远寺的钟声,随风吹送,
在春宵,轻摇你半残的春梦!

一块晦色的路碑

脚步轻些,过路人!
休惊动那最可爱的灵魂,
如今安眠在这地下,
有绛色的野草花掩护她的余烬。

你且站定,在这无名的土阜边,
任晚风吹弄你的衣襟,
倘如这片刻的静定感动了你的悲悯,
让你的泪珠圆圆地滴下——
为这长眠着的美丽的灵魂!

过路人,假若你也曾
在这人间不平的道上颠顿,
让你此时的感愤凝成最锋利的悲悯,
在你的激震着的心叶上,
刺出一滴,两滴的鲜血——
为这遭冤屈的最纯洁的灵魂!

经典阅读文学馆.一

春

刘磊 / 主编

红旗出版社

图书在版编目（CIP）数据

春 / 刘磊主编. — 北京：红旗出版社，2019.8
（经典阅读文学馆. 一）
ISBN 978-7-5051-4911-3

Ⅰ.①春… Ⅱ.①刘… Ⅲ.①散文集—中国—现代 Ⅳ.①I266

中国版本图书馆CIP数据核字（2019）第163340号

书　名	春
主　编	刘磊

出品人	唐中祥	总监制	褚定华
选题策划	华语蓝图	责任编辑	王馥嘉　朱小玲

出版发行	红旗出版社
编辑部	010-57274497
发行部	010-57270296
印　刷	永清县晔盛亚胶印有限公司
开　本	880毫米×1168毫米　1/32
印　张	40
字　数	720千字
版　次	2019年8月北京第1版
印　次	2020年4月北京第1次印刷

地　址	北京市丰台区中核路1号	
邮政编码	100727	

ISBN 978-7-5051-4911-3　　　定　价　160.00元（全8册）

版权所有　翻印必究　印装有误　负责调换

前 言

古希腊大哲学家亚里士多德有过一段精彩论述,他说:"播种一种行为,收获一种习惯;播种一种习惯,收获一种品格;播种一种品格,收获一种命运。"习惯优秀才是真正的优秀。养成良好的习惯可以改变一个人,而良好的阅读习惯更是青少年不可或缺的好习惯之一。

阅读是一种需要,也是一种享受。"人的天性像是野生的花草,读书像是修剪移栽。"由此可见,一个人的阅读史就是他的精神发育史。"读书足以怡情,足以傅彩,足以长才。其怡情也,最见于独处幽居之时;其傅彩也,最见于高谈阔论之中;其长才也,最见于处世判事之际。"的确,那些最美的篇章、最有启发性的词句、最感人的情怀,不但让我们心生爱念、心怀感动,更重要的是可以提升我们的文化底蕴,增长我们的才干。在紧张忙碌的学习之余,在轻松悠闲的假日时光里,捧一本书,荡漾于人类最真实的情感和最真挚的文字中,思接千载,神游八荒,慢慢体悟人生,憧憬美好的未来,那才是最好的青春年少。

书是我们的良师益友,"读一本好书就像和许多高尚的人在谈话"。尤其是那些盛传不衰的名家名作,是各民族文化与历史的浓缩,对各国文化的交流、传承起着桥梁和纽带的作用。是经过大浪淘沙,为人们所公认的世界文学园囿里的奇葩。阅读名家名作,就相当于穿越时空和一位位大师在对话,可以开启青少年的心智,陶冶青少年的情操,如春风化雨般,潜移默化地提升青少年的文学素养。

鉴于此,我们根据国家教育部指定的语文新课标阅读目录,反复甄选,披沙拣金,选编了这套《经典阅读文学馆》。本套丛书所选篇目包括"人民艺术家"老舍、民国才女林徽因、雨巷诗人戴望舒等顶尖大师的巅峰之作,可以说,它是一套值得珍藏一生的最佳阅读丛书,这些优秀作品,会让你的生活更加丰富,也能在潜移默化中改变你的人生。

希望本套丛书能成为青少年喜爱阅读、乐于接受的课外读物。让这套丛书陪伴广大青少年朋友走过金色年华,踏上成功之路。

目　录

春 …………………………………………………… 001
匆　匆 ……………………………………………… 003
"月朦胧，鸟朦胧，帘卷海棠红" …………………… 005
白水漈 ……………………………………………… 007
生命的价格——七毛钱 …………………………… 008
论雅俗共赏 ………………………………………… 012
《山野掇拾》 ……………………………………… 020
你　我 ……………………………………………… 027
"海阔天空"与"古今中外" ………………………… 045
《燕知草》序 ……………………………………… 074
《子恺漫画》代序 ………………………………… 078
文人宅 ……………………………………………… 081
叶圣陶的短篇小说 ………………………………… 088
择偶记 ……………………………………………… 095
博物院 ……………………………………………… 098
说　梦 ……………………………………………… 106

乞　丐	109
中国学术界的大损失——悼闻一多先生	113
春晖的一月	118
重庆行记	123
外东消夏录	133
撩天儿	140
文物·旧书·毛笔	149

春

盼望着,盼望着,东风来了,春天的脚步近了。

一切都像刚睡醒的样子,欣欣然张开了眼。山朗润起来了,水涨起来了,太阳的脸红起来了。

小草偷偷地从土里钻出来,嫩嫩的,绿绿的。园子里,田野里,瞧去一大片一大片满是的。坐着,躺着,打两个滚,踢几脚球,赛几趟跑,捉几回迷藏。风轻悄悄的,草软绵绵的。

桃树、杏树、梨树,你不让我,我不让你,都开满了花赶趟儿。红的像火,粉的像霞,白的像雪。花里带着甜味儿;闭了眼,树上仿佛已经满是桃儿、杏儿、梨儿。花下成千成百的蜜蜂嗡嗡地闹着,大小的蝴蝶飞来飞去。野花遍地是:杂样儿,有名字的,没名字的,散在草丛里像眼睛,像星星,还眨呀眨的。

"吹面不寒杨柳风",不错的,像母亲的手抚摸着你。风里带来些新翻的泥土的气息,混着青草味儿,还有各种花的香,都在微微润湿的空气里酝酿。鸟儿将巢安在繁花嫩叶当中,高兴起来了,呼朋引伴地卖弄清脆的喉咙,唱出宛转的曲子,跟轻风流水应和着。牛背上牧童的短笛,这时候也成天嘹亮地响着。

雨是最寻常的,一下就是三两天。可别恼。看,像牛毛,像花针,像细丝,密密地斜织着,人家屋顶上全笼着一层薄烟。树叶儿却绿得发亮。小草儿也青得逼你的眼。傍晚时候,上灯了,一点点黄晕的光,烘托出一片安静而和平的夜。在乡下,小路上,石桥边,有撑着伞慢慢走着的人;地里还有工作的农民,披着蓑戴着笠。他们的房屋,稀稀疏疏的,在雨里静默着。

天上风筝渐渐多了,地上孩子也多了。城里乡下,家家户户,老老小小,也都赶趟儿似的,一个个都出来了。舒活舒活筋骨,抖擞抖擞精神,各做各的一份事儿去。"一年之计在于春",刚起头儿,有的是工夫,有的是希望。

春天像刚落地的娃娃,从头到脚都是新的,它生长着。

春天像小姑娘,花枝招展的,笑着,走着。

春天像健壮的青年,有铁一般的胳膊和腰脚,领着我们上前去。

匆匆

燕子去了，有再来的时候；杨柳枯了，有再青的时候；桃花谢了，有再开的时候。但是，聪明的，你告诉我，我们的日子为什么一去不复返呢？——是有人偷了他们吧：那是谁？又藏在何处呢？是他们自己逃走了吧：现在又到了哪里呢？

我不知道他们给了我多少日子，但我的手确乎是渐渐空虚了。在默默里算着，八千多日子已经从我手中溜去；像针尖上一滴水滴在大海里，我的日子滴在时间的流里，没有声音，也没有影子。我不禁头涔涔而泪潸潸了。

去的尽管去了，来的尽管来着；去来的中间，又怎样地匆匆呢？早上我起来的时候，小屋里射进两三方斜斜的太阳。太阳他有脚啊，轻轻悄悄地挪移了；我也茫茫然跟着旋转。于是——洗手的时候，日子从水盆里过去；吃饭的时候，日子从饭碗里过去；默默时，便从凝然的双眼前过去。我觉察他去的匆匆了,伸出手遮挽时,他又从遮挽着的手边过去,天黑时,我躺在床上,他便伶伶俐俐地从我身上跨过,从我脚边飞去了。等我睁开眼和太阳再见,这算又溜走了一日。我掩着面叹息。但是新来的日子的影儿又开始在叹息里闪过了。

在逃去如飞的日子里,在千门万户的世界里的我能做些什么呢?只有徘徊罢了,只有匆匆罢了;在八千多日的匆匆里,除徘徊外,又剩些什么呢?过去的日子如轻烟,被微风吹散了,如薄雾,被初阳蒸融了;我留着些什么痕迹呢?我何曾留着像游丝样的痕迹呢?我赤裸裸来到这世界,转眼间也将赤裸裸地回去吧?但不能平的,为什么偏要白白走这一遭啊?

你聪明的,告诉我,我们的日子为什么一去不复返呢?

1922年3月28日

"月朦胧，鸟朦胧，帘卷海棠红"

    这是一张尺多宽的小小的横幅，马孟容君画的。上方的左角，斜着一卷绿色的帘子，稀疏而长；当纸的直处三分之一，横处三分之二。帘子中央，着一黄色的茶壶嘴似的钩儿——就是所谓软金钩么？"钩弯"垂着双穗，石青色；丝缕微乱，若小曳于轻风中。纸右一圆月，淡淡的青光遍满纸上；月的纯净、柔软与平和，如一张睡美人的脸。从帘的上端向右斜伸而下，是一枝交缠的海棠花。花叶扶疏，上下错落着，共有五丛；或散或密，都玲珑有致。叶嫩绿色，仿佛掐得出水似的；在月光中掩映着，微微有浅深之别。花正盛开，红艳欲流；黄色的雄蕊历历的，闪闪的。衬托在丛绿之间，格外觉着妖娆了。枝欹斜而腾挪，如少女的一只臂膊。枝上歇着一对黑色的八哥,背着月光,向着帘里。一只歇得高些,小小的眼儿半睁半闭的,似乎在入梦之前,还有所留恋似的。那低些的一只别过脸来对着这一只,已缩着颈儿睡了。帘下是空空的,不着一些痕迹。

试想在圆月朦胧之夜,海棠是这样的妩媚而嫣润;枝头的好鸟为什么却双栖而各梦呢?在这夜深人静的当儿,那高踞着的一只八哥儿,又为何尽撑着眼皮儿不肯睡去呢?他到底等什么来着?舍不得那淡淡的月儿么?舍不得那疏疏的帘儿么?不,不,不,您得到帘下去找,您得向帘中去找——您该找着那卷帘人了?他的情韵风怀,原是这样这样的哟!朦胧的岂独月呢;岂独鸟呢?但是,咫尺天涯,教我如何耐得?

我拼着千呼万唤;你能够出来么?

这页画布局那样经济,设色那样柔活,故精彩足以动人。虽是区区尺幅,而情韵之厚,已足沦肌浃髓而有余。我看了这画。瞿然而惊:留恋之怀,不能自已。故将所感受的印象细细写出,以志这一段因缘。但我于中西的画都是门外汉,所说的话不免为内行所笑。——那也只好由他了。

1924年2月1日,温州作

白水漈

几个朋友伴我游白水漈。

这也是个瀑布;但是太薄了,又太细了。有时闪着些须的白光;等你定睛看去,却又没有——只剩一片飞烟而已。从前有所谓"雾縠",大概就是这样了。所以如此,全由于岩石中间突然空了一段;水到那里,无可凭依,凌虚飞下,便扯得又薄又细了。当那空处,最是奇迹。白光嬗为飞烟,已是影子,有时却连影子也不见。有时微风过来,用纤手挽着那影子,它便袅袅的成了一个软弧;但她的手才松,它又像橡皮带儿似的,立刻伏伏贴贴地缩回来了。我所以猜疑,或者另有双不可知的巧手,要将这些影子织成一个幻网。——微风想夺了她的,她怎么肯呢?

幻网里也许织着诱惑;我的依恋便是个老大的证据。

3月16日,宁波作

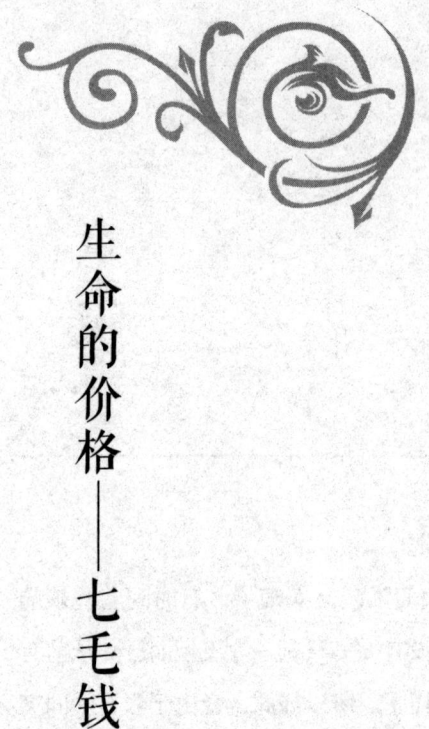

生命的价格——七毛钱

生命本来不应该有价格的；而竟有了价格！人贩子、老鸨，以至近来的绑票土匪，都就他们的所有物，标上参差的价格，出卖于人；我想将来许还有公开的人市场呢！在种种"人货"里，价格最高的，自然是土匪们的票了，少则成千，多则成万；大约是有历史以来，"人货"的最高的行情了。其次是老鸨们所有的妓女，由数百元到数千元，是常常听到的。最贱的要算是人贩子的货色！他们所有的，只是些男女小孩，只是些"生货"，所以便卖不起价钱了。

人贩子只是"仲买人"，他们还得取给于"厂家"，便是出卖孩子们的人家。"厂家"的价格才真是道地呢！《青光》里曾有一段记载，说三块钱买了一个丫头；那是移让过来的，但价格之低，也就够令人惊诧了！"厂家"的价格，却还有更低的！三百钱，五百钱买一个孩子，在灾荒时不算难事！但我不曾见过。我亲眼看见的一条最贱的生命，是七毛钱买来的！这是一个五岁的女孩子。一个五岁的"女孩子"卖七毛钱，也许不能算是最贱；但请您细看：将一条生命的自由和七枚小银元各放在天平的一个盘里，您将发现，正如九头牛与一根牛毛一样，两个盘儿的重量相差实在太远了！

我见这个女孩，是在房东家里。那时我正和孩子们吃饭；妻走来叫我看一件奇事，七毛钱买来的孩子！孩子端端正正地坐在条凳上；面孔黄黑色，但还丰润；衣帽也还整洁可看。我看了几眼，觉得和我们的孩子也没有什么差异；我看不出她的低贱的生命的符记——如我们看低贱的货色时所容易发现的符记。我回到自己的饭桌上，看看阿九和阿菜，始终觉得和那个女孩没有什么不同！但是，我毕竟发现真理了！我们的孩子所以高贵，正因为我们不曾出卖他们，而那个女孩所以低贱，正因为她是被出卖的；这就是她只值七毛钱的缘故了！呀，聪明的真理！

妻告诉我这孩子没有父母，她哥嫂将她卖给房东家姑爷开的银匠店里的伙计,便是带着她吃饭的那个人。他似乎没有老婆,手头很窘的,而且喜欢喝酒,是一个糊涂的人!我想这孩子父母若还在世,或者还舍不得卖她,至少也要迟几年卖她;因为她究竟是可怜可怜的小羔羊。到了哥嫂的手里,情形便不同了!家里总不宽裕,多一张嘴吃饭,多费些布做衣,是显而易见的。将来人大了,由哥嫂卖出,究竟是为难的;说不定还得找补些儿,才能送出去。这可多么冤呀!不如趁小的时候,谁也不注意,做个人情,送了干净!您想,温州不算十分穷苦的地方,也没碰着大荒年,干什么得了七个小毛钱,就心甘情愿地将自己的小妹子捧给人家呢?说等钱用?谁也不信!七毛钱了得什么急事!温州又不是没人买的!大约买卖两方本来相知;那边恰要个孩子玩儿,这边也乐得出脱,便半送半卖的含糊定了交易。我猜想那时伙计向袋里一摸,一股脑儿掏了出来,只有七毛钱!哥哥原也不指望着这笔钱用,也就大大方方收了完事。于是财货两交,那女孩便归伙计管业了!

这一笔交易的将来,自然是在运命手里;女儿本姓"碰",由她去碰罢了!但可知的,运命决不加惠于她!第一幕的戏已启示于我们了!照妻所说,那伙计必无这样耐心,抚养她成人长大!他将像豢养小猪一样,等到相当的肥壮的时候,便卖给屠户,任他宰割去;这其间他得了赚头,是理所当然的!但屠户是谁呢?在她卖做丫头的时候,便是主人!"仁慈的"主人只宰割她相当的劳力,如养羊而剪它的毛一样。到了相当的年纪,便将她配人。能够这样,她虽然被揿在丫头坯里,却还算不幸中之幸哩。但在目下这钱世界里,如此大方的人究竟是少的;我们所见的,十有六七是刻薄人!她若卖到这种人手里,他们必拶榨她过量的劳力。供不应求时,便骂也来了,打也来了!等她成熟时,却又好转卖给人家作妾;平常拶榨的不够,这儿又找补一个尾子!偏生这孩子模样儿又不好;入门不能得丈夫的欢心,容易遭大妇的凌虐,又是显然的!她的一生,将消磨于眼泪中了!也有些主人自己收婢作妾的;但红颜白发,也只空断送了她的一生!和前例相较,只是五十步与百步而已。——更可危的,她若被那伙计卖在妓院里,老鸨才真是个令人肉颤的屠户呢!我们可以想到:她怎样逼她学弹学唱,怎样驱遣她去做粗活!怎样用藤筋打她,用针刺她!怎样督责她承欢卖笑!她怎样吃残羹冷饭!怎样打熬着不得睡觉!怎样终于生了一身毒疮!她的相貌使她只能做下等妓女;她的沦落风尘是终生的!她的悲剧也是终生的!——唉!七毛钱竟买了你的全生命——你的血肉之躯竟抵不上区区七个小银元么!生命真太贱了!生命真太贱了!

  因此想到自己的孩子的运命,真有些胆寒!钱世界里的生命市场存在一日,都是我们孩子的危险!都是我们孩子的侮辱!您有孩子的人呀,想想看,这是谁之罪呢?这是谁之责呢?

4月9日,宁波作

论雅俗共赏

陶渊明有"奇文共欣赏,疑义相与析"的诗句,那是一些"素心人"的乐事,"素心人"当然是雅人,也就是士大夫。这两句诗后来凝结成"赏奇析疑"这个成语,"赏奇析疑"是一种雅事,俗人的小市民和农家子弟是没有份儿的。然而又出现了"雅俗共赏"这一个成语,"共赏"显然是"共欣赏"的简化,可是这是雅人和俗人或俗人跟雅人一同在欣赏,那欣赏的大概不会还是"奇文"罢。这句成语不知道起于什么时代,从语气看来,似乎雅人多少得理会到甚至迁就着俗人的样子,这大概是在宋朝或者更后罢。

原来唐朝的安史之乱可以说是我们社会变迁的一条分水岭。在这之后,门第迅速地垮了台,社会的等级不像先前那样固定了,"士"和"民"这两个等级的分界不像先前的严格和清楚了,彼此的分子在流通着,上下着。而上去的比下来的多,士人流落民间的究竟少,老百姓加入士流的却渐渐多起来。王侯将相早就没有种了,读书人到了这时候也没有种了;只要家里能够勉强供给一些,自己有些天分,又肯用功,就是个"读书种子";去参加那些公开的考试,考中了就有官做,至少也落个绅士。这种进展经过唐末跟五代的长期的变乱加了速度,到宋朝又加上印刷术的发达,学校多起来了,士人也多起来了,士人的地位加强,责任也加重了。这些士人多数是来自民间的新的分子,他们多少保留着民间的生活方式和生活态度。他们一面学习和享受那些雅的,一面却还不能摆脱或蜕变那些俗的。人既然很多,大家是这样,也就不觉其寒尘;不但不觉其寒尘,还要重新估定价值,至少也得调整那旧来的标准与尺度。"雅俗共赏"似乎就是新提出的尺度或标准,这里并非打倒旧标准,只是要求那些雅士理会到或迁就些俗士的趣味,好让大家打成一片。当然,所谓"提出"和"要求",都只是不自觉的看来是自然而然的趋势。

中唐的时期,比安史之乱还早些,禅宗的和尚就开始用口语记录人师的说教。用口语为的是求真与化俗,化俗就是争取群众。安史乱后,和尚的口语记录更其流行,于是乎有了"语录"这个名称,"语录"就成为一种著述体了。到了宋朝,道学家讲学,更广泛地留下了许多语录;他们用语录,也还是为了求真与化俗,还是为了争取群众。所谓求真的

"真"一面是如实和直接的意思。禅家认为第一义是不可说的，语言文字都不能表达那无限的可能，所以是虚妄的。然而实际上语言文字究竟是不免要用的一种"方便"，记录文字自然越接近实际的、直接的说话越好。在另一面这"真"又是自然的意思，自然才亲切，才让人容易懂，也就是更能收到化俗的功效，更能获得广大的群众。道学主要的是中国的正统的思想，道学家用了语录做工具，大大的增强了这种新的文体的地位，语录就成为一种传统了。比语录体稍稍晚些，还出现了一种宋朝叫作"笔记"的东西。这种作品记述有趣味的杂事，范围很宽，一方面发表作者自己的意见，所谓议论，也就是批评，这些批评往往也很有趣味。作者写这种书，只当作对客闲谈，并非一本正经，虽然以文言为主，可是很接近说话。这也是给大家看的，看了可以当作"谈助"，增加趣味。宋朝的笔记最发达，当时盛行，流传下来的也很多。目录家将这种笔记归在"小说"项下，近代书店汇印这些笔记，更直题为"笔记小说"；中国古代所谓"小说"，原是指记述杂事的趣味作品而言的。

　　那里我们得特别提到唐朝的"传奇"。"传奇"据说可以见出作者的"史才、诗笔、议论"，是唐朝士子在投考进士以前用来送给一些大人先生看，介绍自己，求他们给自己宣传的。其中不外乎灵怪、艳情、剑侠三类故事，显然是以供给"谈助"，引起趣味为主。无论照传统的意念，或现代的意念，这些"传奇"无疑的是小说，一方面也和笔记的写作态度有相类之处。照陈寅恪先生的意见，这种"传奇"大概起于民间，文士是仿作，文字里多口语化的地方。陈先生并且说唐朝的古文运动就是从这儿开始。他指出古文运动的领导者韩愈的《毛颖传》，正是仿"传奇"而作。我们看韩愈的"气盛言宜"的理论和他的参差错落的文句，也正是多多少少在口语化。他的门下的"好难""好易"两派，似乎原来也都是在试验如何口语化。可是"好难"的一派过分强调了自己，过分想出奇制胜，不管一般人能够了解欣赏与否，终于被人看做"诡"和"怪"而失败，于是宋朝的欧阳修继承了"好易"的一派的努力而奠定了古文的基础。——以上说的种种，都是"安史之乱"后几百年间自然的趋势，就是那雅俗共赏的趋势。

宋朝不但古文走上了"雅俗共赏"的路，诗也走向这条路。胡适之先生说宋诗的好处就在"做诗如说话"，一语破的指出了这条路。自然，这条路上还有许多曲折，但是就像不好懂的黄山谷，他也提了"以俗为雅"的主张，并且点化了许多俗语成为诗句。实践上"以俗为雅"，并不从他开始，梅圣俞、苏东坡都是好手，而苏东坡更胜。据记载梅和苏都说过"以俗为雅"这句话，可是不大靠得住；黄山谷却在《再次杨明叔韵》一诗的"引"里郑重的提出"以俗为雅，以故为新"，说是"举一纲而张万目"。他将"以俗为雅"放在第一，因为这实在可以说是宋诗的一般作风，也正是"雅俗共赏"的路。但是加上"以故为新"，路就曲折起来，那是雅人自赏,黄山谷所以终于不好懂了。不过黄山谷虽然不好懂,宋诗却终于回到了"做诗如说话"的路,这"如说话",的确是条大路。

雅化的诗还不得不回向俗化,刚刚来自民间的词,在当时不用说自然是"雅俗共赏"的。别瞧黄山谷的有些诗不好懂,他的一些小词可够俗的。柳耆卿更是个通俗的词人。词后来虽然渐渐雅化或文人化,可是始终不能雅到诗的地位,它怎么着也只是"诗馀"。词变为曲,不是在文人手里变,是在民间变的;曲又变得比词俗,虽然也经过雅化或文人化,可是还雅不到词的地位,它只是"词馀"。一方面从晚唐和尚的俗讲演变出来的宋朝的"说话"就是说书,乃至后来的平话以及章回小说,还有宋朝的杂剧和诸宫调等等转变成功的元朝的杂剧和戏文,乃至后来的传奇,以及皮簧戏,更多半是些"不登大雅"的"俗文学"。这些除元杂剧和后来的传奇也算是"词馀"以外,在过去的文学传统里简直没有地位;也就是说这些小说和戏剧在过去的文学传统里多半没有地位,有些有点地位,也不是正经地位。可是虽然俗,大体上却"俗不伤雅",虽然没有什么地位,却总是"雅俗共赏"的玩艺儿。

"雅俗共赏"是以雅为主的,从宋人的"以俗为雅"以及常语的"俗不伤雅",更可见出这种宾主之分。起初成群俗士蜂拥而上,固然逼得原来的雅士不得不理会到甚至迁就着他们的趣味,可是这些俗士摆脱的更多。他们在学习,在享受,也在蜕变,这样渐渐适应那雅化的传统,于是乎新旧打成一片,传统多多少少变了质继续下去。前面说过的文体和诗风的种种改变，就是新旧双方调整的过程，结果迁就的渐渐不觉其为迁就，学习的也渐渐习惯成了自然，传统的确稍稍变了质，但是还是文言或雅言为主，就算跟民众近了一些，近得也不太多。

至于词曲，算是新起于俗间，实在以音乐为重，文辞原是无关轻重的；"雅俗共赏"，正是那音乐的作用。后来雅士们也曾分别将那些文辞雅化，但是因为音乐性太重，使他们不能完成那种雅化，所以词曲终于不能达到诗的地位。而曲一直配合着音乐，雅化更难，地位也就更低，还低了词一等。可是词曲到了雅化的时期，那"共赏"的人却就雅多而俗少了。真正"雅俗共赏"的是唐、五代、北宋的词，元朝的散曲和杂剧，还有平话和章回小说以及皮簧戏等。皮簧戏也是音乐为主，大家直到现在都还在哼着那些粗俗的戏词，所以雅化难以着手，虽然一二十年来这雅化也已经试着在开始。平话和章回小说，传统里本来没有，雅化没有合式的榜样，进行就不易。《三国演义》虽然用了文言，却是俗化的文言，接近口语的文言，后来的《水浒传》《西游记》《红楼梦》等就都用白话了。不能完全雅化的作品在雅化的传统里不能有地位，至少不能有正经的地位。雅化程度的深浅，决定这种地位的高低或有没有，一方面也决定"雅俗共赏"的范围的小和大——雅化越深，"共赏"的人越少，越浅也就越多。所谓多少，主要的是俗人，是小市民和受教育的农家子弟。在传统里没有地位或只有低地位的作品，只算是玩艺儿；然而这些才接近民众，接近民众却还能教"雅俗共赏",雅和俗究竟有共通的地方,不是不相理会的两橛了。

但就玩艺而论,"雅俗共赏"虽然是以雅化的标准为主,"共赏"者却以俗人为主。固然,这在雅方得降低一些,在俗方也得提高一些,要"俗不伤雅"才成;雅方看来太俗,以至于"俗不可耐"的,是不能"共赏"的。但是在什么条件之下才会让俗人所"赏"的,雅人也能来"共赏"呢?我们想起了"有目共赏"这句话。孟子说过"不知子都之姣者,无目者也","有目"是反过来说,"共赏"还是陶诗"共欣赏"的意思。子都的美貌,有眼睛的都容易辨别,自然也就能"共赏"。孟子接着说:"口之于味也,有同嗜焉;耳之于声也,有同听焉;目之于色也,有同美焉。"这说的是人之常情,也就是所谓人情不相远。但是这不相远似乎只限于一些具体的、常识的、现实的事物和趣味。譬如北平罢,故宫和颐和园,包括建筑、风景和陈列的工艺品,似乎是"雅俗共赏"的,天桥在雅人的眼中似乎就有些太俗了。说到文章,俗人所能"赏"的也只是常识的、现实的。后汉的王充出身是俗人。他多多少少代表俗人说话,反对难懂而不切实用的辞赋,却赞美公文能手。公文这东西关系雅俗的现实利益,始终是不曾完全雅化了的。再说后来的小说和戏剧,有的雅人说《西厢记》诲淫,《水浒传》诲盗,这是"高论"。实际上这一部戏剧和这一部小说都是"雅俗共赏"的作品。《西厢记》无视了传统的礼教,《水浒传》无视了传统的忠德,然而"男女"是"人之大欲"之一，"官逼民反"，也是人之常情，梁山泊的英雄正是被压迫的人民所想望的。俗人固然同情这些，一部分的雅人，跟俗人相距还不太远的，也未尝不高兴这两部书说出了他们想说而不敢说的。这可以说是一种快感、一种趣味，可并不是低级趣味；这是有关系的，也未尝不是有节制的。"诲淫""诲盗"只是代表统治者的利益的说话。

十九世纪二十世纪之交是个新时代，新时代给我们带来了新文化，产生了我们的知识阶级。这知识阶级跟从前的读书人不大一样，包括了更多的从民间来的分子，他们渐渐跟统治者拆伙而走向民间。于是乎有了白话正宗的新文学，词曲和小说戏剧都有了正经的地位。还有种种欧化的新艺术。这种文学和艺术却并不能让小市民来"共赏"，不用说农工大众。于是乎有人指出这是新绅士也就是新雅人的欧化，不管一般人能够了解欣赏与否。他们提倡"大众语"运动。但是时机还没有成熟，结果不显著。抗战以来又有"通俗化"运动，这个运动并已经在开始转向大众化。"通俗化"还分别雅俗，还是"雅俗共赏"的路，大众化却更进一步要达到那没有雅俗之分，只有"共赏"的局面。这大概也会是所谓由量变到质变罢。

《山野掇拾》

我最爱读游记。现在是初夏了,在游记里却可以看见烂漫的春花,舞秋风的落叶……——都是我惦记着,盼望着的!这儿是白马湖读游记的时候,我却能到神圣庄严的罗马城,纯朴幽静的Loisieux村——都是我羡慕着,想象着的!游记里满是梦:"后梦赶走了前梦,前梦又赶走了大前梦。"这样地来了又去,来了又去;像树梢的新月,像山后的晚霞,像田间的萤火,像水上的箫声,像隔座的茶香,像记忆中的少女,这种种都是梦。我在中学时,便读了康更甡的《欧洲十一国游记》,——实在只有意大利游记——当时做了许多好梦;滂卑古城最是我低徊留恋而不忍去的!那时柳子厚的山水诸记,也常常引我入胜。后来得见《洛阳伽蓝记》,记诸寺的繁华壮丽,令我神往;又得见《水经注》,所记奇山异水,或令我惊心动魄,或让我游目骋怀。(我所谓"游记",意义较通用者稍广,故将后两种也算在内。)这些或记风土人情,或记山川胜迹,或记"美好的昔日",或记美好的今天,都有或浓或淡的彩色,或工或泼的风致。而我近来读《山野掇拾》,和这些又是不同:在这本书里,写着的只是"大陆的一角""法国的一区",并非特著的胜地,脍炙人口的名所;所以一空依傍,所有的好处都只是作者自己的发现!前举几种中,只有柳子厚的诸作也是如此写出的;但柳氏仅记风物,此书却兼记文化——如Vicard序中所言。所谓"文化",也并非在我们平日意想中的庞然巨物,只是人情之美;而书中写Loisieux村的文化,实较风物为更多:这又有以异乎人。而书中写Loisieux村的文化,实在也非写Loisieux村的文化,只是作者孙福熙先生暗暗地巧巧地告诉我们他的哲学,他的人生哲学。所以写的是"法国的一区",写的也就是他自己!他自己说得好:"我本想尽量掇拾山野风味的,不知不觉地掇拾了许多掇拾者自己。"

但可爱的正是这个"自己",可贵的也正是这个"自己"!

孙先生自己说这本书是记述"人类的大生命分配于他的式样"的,我们且来看看他的生命究竟是什么式样?世界上原有两种人:一种是大刀阔斧的人,一种是细针密线的人。前一种人真是一把"刀",一把斩乱麻的快刀!什么纠纷,什么葛藤,到了他手里,都是一刀两断!——正眼也不去瞧,不用说靠他理纷解结了!他行事只看准几条大干,其余的万千枝叶，都一扫个精光；所谓"擒贼必擒王"，也所谓"以不了了之"！英雄豪杰是如此办法：他们所图远大，是不屑也无暇顾念那些琐细的节目！蠢汉笨伯也是如此办法，他们却只图省事！他们的思力不足，不足剖析入微，鞭辟入里；如两个小儿争闹，做父亲的更不思索，便照例每人给一个耳光！这真是"不亦快哉"！但你我若既不能为英雄豪杰，又不甘做蠢汉笨伯，便自然而然只能企图做后一种人。这种人凡事要问底细；"打破沙缸问到底！还要问沙缸从哪里起？"他们于一言一动之微，一沙一石之细，都不轻轻放过！从前人将桃核雕成一只船，船上有苏东坡、黄鲁直、佛印等；或于元旦在一粒芝麻上写"天下太平"四字，以验目力：便是这种脾气的一面。他们不注重一千一万，而注意一毫一厘；他们觉得这一毫一厘便是那一千一万的具体而微——只要将这一毫一厘看得透彻，正和照相的放大一样，其余也可想见了。他们所以于每事每物，必要拆开来看，拆穿来看；无论锱铢之别，淄渑之辨，总要看出而后已，正如显微镜一样。这样可以辨出许多新异的滋味，乃是他们独得的秘密！总之，他们对于怎样微渺的事物，都觉吃惊；而常人则熟视无睹！故他们是常人而又有以异乎常人。这两种人——孙先生，画家，若容我用中国画来比，我将说前者是"泼笔"，后者是"工笔"。孙先生自己是"工笔"，是后一种人。他的朋友号他为"细磨细琢的春台"，真不错，他的全部都在这儿了！他纪念他的姑母和父亲，他说他们以细磨细琢的工夫传授给他，然而他远不如他们了。从他的父亲那里，他"知道一句话中，除字面上的意思之外，还有别的话在这里边，只听字面，还远不能听懂说话音的意思哩"。这本书的长处，也就在"别的话"这一点；乍看岂不是淡淡的？缓缓咀嚼一番，便会有浓密的滋味从口角流出！你若看过瀼瀼的朝露、皱皱的水波、茫茫的冷月、薄薄的女衫；你若吃过上好的皮丝、鲜嫩的毛笋、新制的龙井茶，你一定懂得我的话。

我最觉得有味的是孙先生的机智。孙先生收藏的本领真好！他收藏着怎样多的虽微末却珍异的材料，就如慈母收藏果饵一样；偶然拈出一两件来，令人惊异他的富有！其实东西本不稀奇，经他一收拾，便觉不凡了。他于人们忽略的地方，加倍地描写，使你于平常身历之境，也会有惊异之感。他的选择的工夫又高明；那分析的描写与精彩的对话，足以显出他敏锐的观察力。所以他的书既富于自己的个性，一面也富于他人的个性，无怪乎他自己也会觉得他的富有了。他的分析的描写含有论理的美，就是精严与圆密；像一个扎缚停当的少年武士，英姿飒爽而又妩媚可人！又像医生用的小解剖刀，银光一闪，骨肉判然！你或者觉得太琐屑了，太腻烦了；但这不是腻烦和琐屑，这乃是悠闲（Idle）。悠闲也是人生的一面，其必要正和不悠闲一样！他的对话的精彩，也正在悠闲这一面！这才真是Loisieux村人的话，因为真的乡村生活是悠闲的。他在这些对话中，介绍我们面晤一个个活泼泼的Loisieux村人！总之，我们读这本书，往往能由几个字或一句话里，窥见事的全部，人的全性；这便是我所谓"孙先生的机智"了。孙先生是画家。他从前有过一篇游记，以"画"名文，题为《赴法途中漫画》；篇首有说明，深以作文不能如作画为恨。其实他只是自谦；他的文几乎全是画，他的作文便是以文字作画！他叙事、抒情、写景，固然是画；就是说理，也还是画。人家说"诗中有画"，孙先生是文中有画；不但文中有画，画中还有诗，诗中还有哲学。

我说过孙先生的画工，现在再来说他的诗意——画本是"无声诗"呀。他这本书是写民间乐趣的；但他有些什么乐趣呢？采葡萄的落后是一；画风柳，纸为风吹，画瀑布，纸为水溅是二；与绿的蚱蜢，黑的蚂蚁等"合画"是三。这些是他已经说出的，但重要的是那未经说出的"别的话"；他爱村人的性格，那纯朴，温厚，乐天，勤劳的性格。他们"反直不想与人相打"；他们不畏缩，不鄙夷，爱人而又自私，藏匿而又坦白；他们只是作工，只是太作工，"真的不要自己的性命！"——非为衣食，也非不为衣食，只是浑然的一种趣味。这些正都是他们健全的地方！你或者要笑他们没有理想，如书中R君夫妇之笑他们雇来的工人；但"没有理想"的可笑，不见得比"有理想"的可笑更甚——在现在的我们，"原始的"与"文化的"实觉得一般可爱。而这也并非全为了对比的趣味，"原始的"实是更近于我们所常读的诗，实是"别有系人心处"！譬如我读这本书，就常常觉得是在读面熟得很的诗！"村人的性格"还有一个"联号"，便是"自然的风物"，孙先生是画家，他之爱自然的风物，是不用说的；而自然的风物便是自然的诗，也似乎不用说的。孙先生是画家，他更爱自然的动象，说也是一种社会的变幻。他爱风吹不绝的柳树，他爱水珠飞溅的瀑布，他爱绿的蚱蜢、黑的蚂蚁、赭褐的六足四翼不曾相识的东西；它们虽怎样地困苦他，但却是活的画，生命的诗！——在人们里，他最爱老年人和小孩子。他敬爱辛苦一生至今扶杖也不能行了的老年人，他更羡慕见火车而抖的小孩子。是的，老年人如已熟的果树，满垂着沉沉的果实，任你去摘了吃；你只要眼睛亮，手法好，必能果腹而回！小孩子则如刚打朵儿的花，蕴藏着无穷的允许：这其间有红的、绿的；有浓的、淡的；有小的、大的；有单瓣的、重瓣的；有香的、有不香的；有努力开花的，有努力结实的——结女人脸的苹果，黄金的梨子，珠子般的红樱桃，璎珞般的紫葡萄……而小姑娘尤为可爱！——读了这本书的，谁不爱那叫喊尖利的"啊"的小姑娘呢？其实胸怀润朗的人，什么于他都是朋友：他觉得一切东西里都有些意思，在习俗的衣裳底下，躲藏着新鲜的身体。凭着这点意思去发展自己的生活，便是诗的生活。"孙先生的诗意"，也便在这儿。

在这种生活的河里伏流着的，便是孙先生的哲学了。他是个含忍与自制的人，是个中和的（Moderate）人；他不能脱离自己，同时却也理会他人。他要"尽量地理会他人的苦乐，——或苦中之乐，或乐中之苦，——免得眼睛生在额上的鄙夷他人，或胁肩谄笑的阿谀他人"。因此他论城市与乡村、男子与女子、团体与个人，都能寻出他们各自的长处与短处。但他也非一味宽容的人，像"烂面朝盆"一样；他是不要阶级的，他同情于一切——便是牛也非例外！他说："我们住在宇宙的大乡土中，一切孩儿都在我们的心中；没有一个乡土不是我的乡土，没有一个孩儿不是我的孩儿！"

这是最大的"宽容"，但是只有一条路的"宽容"——其实已不能叫做"宽容"了。在这"未完的草稿"的世界之中，他虽还免不了疑虑与鄙夷，他虽鄙夷人间的争闹，以为和三个小虫的权利问题一样；但他到底能从他的"泪珠的镜中照见自己以至于一切大千世界的将来的笑影了"。他相信大生命是有希望的；他相信便是那"没有果实，也没有花"的老苹果树，那"只有折断而且曾经枯萎的老干上所生的稀少的枝叶"的老苹果树。"也预备来年开得比以前更繁荣的花，结得更香美的果！"在他的头脑里，世界是不会陈旧的，因为他能够常常从新做起；他并不长吁短叹，叫着不足，他只尽他的力做就是了。他教中国人不必自馁；真的，他真是个不自馁的人！他写出这本书是不自馁，他别的生活也必能不自馁的！或者有人说他的思想近乎"圆通"，但他的本意只是"中和"，并无容得下"调和"的余地；他既"从来不会做所谓漂亮及出风头的事"，自然只能这样缓缓地锲而不舍地去开垦他的乐土！这和他的画笔，诗情，同为他的"细磨细琢的功夫"的表现。

书中有孙先生的几幅画。我最爱《在夕阳的抚弄中的湖景》一幅；那是色彩的世界！而本书的装饰与安排，正如湖景之因夕阳抚弄而可爱，也因孙先生抚弄（若我猜得不错）而可爱！在这些里，我们又可以看见"细磨细琢的春台"呢。

1925年6月9日

你我

现在受过新式教育的人，见了无论生熟朋友，往往喜欢你我相称。这不是旧来的习惯，而是外国语与翻译品的影响。这风气并未十分通行；一般社会还不愿意采纳这种办法——所谓粗人一向你呀我的，却当别论。有一位中等学校校长告诉人，一个旧学生去看他，左一个"你"，右一个"你"，仿佛用指头点着他鼻子，真有些受不了。在他想，只有长辈该称他"你"，只有太太和老朋友配称他"你"。够不上这个份儿，也来"你"呀"你"的，倒像对当差老妈子说话一般，岂不可恼！可不是，从前小说里"弟兄相呼，你我相称"，也得够上那份儿交情才成。而俗语说的"你我不错""你我还这样那样"，也是托熟的口气，指出彼此的依赖与信任。

同辈你我相称，言下只有你我两个，旁若无人；虽然十目所视，十手所指，视他们的，指他们的，管不着。杨震在你我相对的时候，会想到你我之外的"天知地知"，真是一个玄远的托辞，亏他想得出。常人说话称你我，却只是你说给我，我说给你；别人听见也罢，不听见也罢，反正说话的一点儿没有想着他们那些不相干的。自然也有时候"取瑟而歌"，也有时候"指桑骂槐"，但那是话外的话或话里的话，论口气却只对着那一个"你"。这么着，一说你看，你我便从一群人里除外，单独地相对着。离群是可怕又可怜的，只要想想大野里的独行，黑夜里的独处就明白。你我既甘心离群，彼此便非难解难分不可；否则岂不要吃亏？难解难分就是亲昵；骨肉是亲昵，结交也是个亲昵，所以说只有长辈该称"你"，只有太太和老朋友配称"你"。你我相称者，你我相亲而已。然而我们对家里当差老妈子也称"你"，对街上的洋车夫也称"你"，却不是一个味儿。古来以"尔汝"为轻贱之称；就指的这一类。但轻贱与亲昵有时候也难分，譬如叫孩子为"狗儿"，叫情人为"心肝"，明明将人比物，却正是亲昵之至。而长辈称晚辈为"你"，也夹杂着这两种味道——那些亲谊疏远的称"你"，有时候简直毫无亲昵的意思，只显得辈分高罢了。大概轻贱与亲昵有一点相同；就是，都可以随随便便，甚至于动手动脚。

生人相见不称"你"。通称是"先生"，有带姓不带姓之分；不带姓好像来者是自己老师，特别客气，用得少些。北平人称"某爷""某几爷"，如"冯爷""吴二爷"，也是通称，可比"某先生"亲昵些。但不能单称"爷"，与"先生"不同。"先生"原是老师，"爷"却是"父亲"；尊人为师犹之可，尊人为父未免吃亏太甚。（听说前清的太监有称人为"爷"的时候，那是刑余之人，只算例外）至于"老爷"，多一个"老"字，就不会与父亲相混，所以仆役用以单称他的主人，旧式太太用以单称她的丈夫。女的通称"小姐""太太""师母"，却都带姓；"太太""师母"更其如此。因为单称"太太"，自己似乎就是老爷，单称"师母"，自己似乎就是门生，所以非带姓不可。"太太"是北方的通称，南方人却嫌官僚气；"师母"是南方的通称，北方人却嫌头巾气。女人麻烦多，真是无法奈何。比"先生"亲近些是"某某先生""某某兄"，"某某"是号或名字；称"兄"取其仿佛一家人。再进一步就以号相称，同时也可称"你"。在正式的聚会里，有时候得称职衔，如"张部长""王经理"；也可以不带姓，和"先生"一样；偶尔还得加上一个"贵"字，如"贵公使"。下属对上司也得称职衔。但像科员等小角色却不便称衔，只好屈居在"先生"一辈里。

仆役对主人称"老爷""太太"，或"先生""师母"；与同辈分别的，一律不带姓。他们在同一时期内大概只有一个老爷，太太，或先生，师母，是他们衣食的靠山；不带姓正所以表示只有这一对儿才是他们的主人。对于主人的客，却得一律带姓；即使主人的本家，也得带上号码儿，如"三老爷""五太太"。——大家庭用的人或两家合用的人例外。"先生"本可不带姓,"老爷"本是下对上的称呼,也常不带姓;女仆称"老爷",虽和旧式太太称丈夫一样,但身份声调既然各别,也就不要紧。仆役称"师母",决无门生之嫌,不怕尊敬过分;女仆称"太太",毫无疑义,男仆称"太太",与女仆称"老爷"同例。晚辈称长辈,有"爸爸""妈妈""伯伯""叔叔"等称。自家人和近亲不带姓,但有时候带号码儿;远亲和父执,母执,都带姓;干亲带"干"字,如"干娘";父亲的盟兄弟,母亲的盟姊妹,有些人也以自家人论。

这种种称呼,按刘半农先生说,是"名词替代代词",但也可说是他称替代对称。不称"你"而称"某先生",是将分明对面的你变成一个别人;于是乎对你说的话,都不过是关于"他"的。这么着,你我间就有了适当的距离,彼此好提防着;生人间说话提防着些,没有错儿。再则一般人都可以称你"某先生",我也跟着称"某先生",正见得和他们一块儿,并没有单独挨近你身边去。所以"某先生"一来,就对面无你,旁边有人。这种替代法的效用,因所代的他称广狭而转移。譬如"某先生",谁对谁都可称,用以代"你",是十分"敬而远之";又如"某部长",只是僚属对同官与长官之称,"老爷"只是仆役对主人之称,敬意过于前者,远意却不及;至于"爸爸""妈妈",只是弟兄姊妹对父母的称,不像前几个名字可以移用在别人身上,所以虽不用"你",还觉得亲昵,但敬远的意味总免不了有一些;在老人家前头要像在太太或老朋友前头那么自由自在，到底是办不到的。

北方话里有个"您"字，是"你"的尊称，不论亲疏贵贱全可用，方便之至。这个字比那拐弯抹角的替代法干脆多了，只是南方人听不进去，他们觉得和"你"也差不多少。这个字本是闭口音，指众数；"你们"两字就从此出。南方人多用"你们"代"你"。用众数表尊称，原是语言常例。指的既非一个，你旁边便仿佛还有些别人和你亲近的，与说话的相对着；说话的天然不敢侵犯你，也不敢妄想亲近你。这也还是个"敬而远之"。湖北人尊称人为"你家"，"家"字也表众数。如"人家""大家"可见。

此外还有个方便的法子，就是利用呼位，将他称与对称拉在一块儿。说话的时候先叫声"某先生"或别的，接着再说"你怎样怎样"；这么着好像"你"字儿都是对你以外的"某先生"说的，你自己就不会觉得唐突了。这个办法上下一律通行。在上海，有些不三不四的人问路，常叫一声"朋友"，再说"你"；北平老妈子彼此说话，也常叫声"某姐"，再"你"下去——她们觉得这么称呼倒比说"您"亲昵些。但若说"这是兄弟你的事""这是他爸爸你的责任"，"兄弟""你"，"他爸爸""你"简直连成一串儿，与用呼位的大不一样。这种口气只能用于亲近的人。第一例的他称意在加重全句的力量，表示虽与你亲如弟兄，这件事却得你自己办，不能推给别人。第二例因"他"而及"你"，用他称意在提醒你的身份，也是加重那个句子；好像说你我虽亲近，这件事却该由做他爸爸的你,而不由做自己的朋友的你负责任;所以也不能推给别人。又有对称在前他称在后的;但除了"你先生""你老兄"还有敬远之意以外,别的如"你太太""你小姐""你张三""你这个人""你这家伙""你这位先生""你这该死的""你这没良心的东西",却都是些亲口埋怨或破口大骂的话。"你先生""你老兄"的"你"不重读,别的"你"都是重读的。"你张三"直呼姓名,好像听话的是个远哉遥遥的生人,因为只有毫无关系的人,才能直呼姓名;可是加上"你"字,却变了亲昵与轻贱两可之间。近指形容词"这",加上量词"个"成为"这个",都兼指人与物;说"这个人"和说"这个碟子",一样地带些无视的神气在指点着。加上"该死的""没良心的""家伙""东西",无视的神气更足。只有"你这位先生"稍稍客气些;不但因为那"先生",并且因为那量词"位"字。"位"指"地位",用以称人,指那有某种地位的,就与常人有别。至于"你老""你老人家""老人家"是众数,"老"是敬辞——老人常受人尊重。但"你老"用得少些。

最后还有省去对称的办法,却并不如文法书里所说,只限于祈使语气,也不限于上辈对下辈的问语或答语,或熟人间偶然的问答语。如"去吗""不去"之类。有人曾遇见一位颇有名望的省议会议长,随意谈天儿。那议长的说话老是这样的:

去过北京吗?

在哪儿住？

觉得北京怎么样？

几时回来的？

始终没有用一个对称，也没有用一个呼位的他称，仿佛说到一个不知是谁的人。那听话的觉得自己没有了，只看见俨然的议长。可是偶然要敷衍一两句话，而忘了对面人的姓，单称"先生"又觉不值得的时候，这么办却也可以救眼前之急。

生人相见也不多称"我"。但是单称"我"只不过傲慢，仿佛有点儿瞧不起人，却没有那过分亲昵的味儿，与称你我的时候不一样。所以自称比对称麻烦少些。若是不随便称"你""我"字尽可麻麻糊糊通用；不过要留心声调与姿态，别显出拍胸脯指鼻尖的神儿。若是还要谨慎些，在北京可以说"咱"，说"俺"，在南方可以说"我们"；"咱"和"俺"原来也都是闭口音，与"我们"同是众数。自称用众数，表示听话的也在内，"我"说话，像是你和我或你我他联合宣言；这么着，我的责任就有人分担，谁也不能说我自以为是了。也有说"自己"的，如"只怪自己不好""自己没主意，怨谁！"但同样的句子用来指你我也成。至于说"我自己"，那却是加重的语气，与这个不同。又有说"某人""某某人"的；如张三说，"他们老疑心这是某人做的，其实我一点也不知道。"

这个"某人"就是张三，但得随手用"我"字点明。若说"张某人岂是那样的人！"却容易明白。又有说

"人""别人""人家""别人家"的;如,"这可叫人怎么办?""也不管人家死活。"指你我也成。这些都是用他称(单数与众数)替代自称,将自己说成别人;但都不是明确的替代,要靠上下文,加上声调姿态,才能显出作用,不像替代对称那样。而其中如"自己""某人",能替代"我"的时候也不多,可见自称在我的关系多,在人的关系少,老老实实用"我"字也无妨;所以历来并不十分费心思去找替代的名词。

演说称"兄弟""鄙人""个人"或自己名字,会议称"本席",也是他称替代自称,却一听就明白。因为这几个名词,除"兄弟"代"我",平常谈话里还偶然用得着之外,别的差不多都已成了向公众说话专用的自称。"兄弟""鄙人"全是谦词,"兄弟"亲昵些;"个人"就是"自己";称名字不带姓,好像对尊长说话。——称名字的还有仆役与幼儿。仆役称名字兼带姓,如"张顺不敢"。幼儿自称乳名,却因为自我观念还未十分发达,听见人家称自己乳名,也就如法炮制,可教大人听着乐,为的是"像煞有介事"。——"本席"指"本席的人",原来也该是谦称;但以此自称的人往往有一种施施然的声调姿态,所以反觉得傲慢了。这大约是"本"字作怪,从"本总司令"到"本县长",虽也是以他称替代自称,可都是告诫下属的口气,意在显出自己的身份,让他们知所敬畏。这种自称用的机会却不多。对同辈也偶然有要自称职衔的时候,可不用"本"字而用"敝"字。但

"司令"可"敝","县长"可"敝","人"却"敝"不得;"敝人"是凉薄之人,自己骂得未免太苦了些。同辈间也可用"本"字,是在开玩笑的当儿。如"本科员""本书记""本教员",取其气昂昂的,有俯视一切的样子。

他称比"我"更显得傲慢的还有;如"老子""咱老子""大爷我""我某几爷""我某某某"。老子本非同辈相称之词,虽然加上众数的"咱",似乎只是壮声威,并不为的分责任。"大爷""某几爷"也都是尊称,加在"我"上,是增加"我"的气焰的。对同辈自称姓名,表示自己完全是个无关系的陌生人;本不如此,偏取了如此态度,将听话的远远地推开去,再加上"我",更是神气。这些"我"字都是重读的。但除了"我某某某",那几个别的称呼大概是丘八流氓用得多。他称也有比"我"显得亲昵的。如对儿女自称"爸爸""妈",说"爸爸疼你""妈在这儿,别害怕"。对他们称"我"的太多了,对他们称"爸爸""妈"的却只有两个人,他们最亲昵的两个人。所以他们听起来,"爸爸""妈"比"我"鲜明得多。幼儿更是这样;他们既然还不甚懂得什么是"我",用"爸爸""妈"就更要鲜明些。听了这两个名字,不用捉摸,立刻知道是谁而得着安慰;特别在他们正专心一件事或者快要睡觉的时候。若加上"你",说"你爸爸""你妈",没有"我",只有"你的",让大些的孩子听了,亲昵的意味更多。对同辈自称"老某",如"老张",或"兄弟我",如"交给兄弟我办吧,没错儿",也是亲昵的口气。"老某"本是称人之词。单称姓，表示彼此非常之熟，一提到姓就会想起你，再不用别的；同姓的虽然无数，而提到这一姓，却偏偏只想起你。"老"字本是敬辞，但平常说笑惯了的人，忽然敬他一下，只是惊他以取乐罢了；姓上加"老"字，原来怕不过是个玩笑，正和"你老先生""你老人家"有时候用作滑稽的敬语一种。日子久了，不觉得，反变成"熟得很"的意思。于是自称"老张"，就是"你熟得很的张"，不用说，顶亲昵的。"我"在"兄弟"之下，指的是做兄弟的"我"，当然比平常的"我"客气些；但既有他称，还用自称，特别着重那个"我"，多少免不了自负的味儿。这个"我"字也是重读的。用"兄弟我"的也以江湖气的人为多。自称常可省去；或因叙述的方便，或因答语的方便，或因避免那傲慢的字。

"他"字也须因人而施，不能随便用。先得看"他"在不在旁边儿。还得看"他"与说话的和听话的关系如何——是长辈，同辈，晚辈，还是不相干的，不相识的？北平有个"怹"字，用以指在旁边的别人与不在旁边的尊长；别人既在旁边听着，用个敬词，自然合式些。这个字本来也是闭口音，与"您"字同是众数，是"他们"所从出。可是不常听见人说；常说的还是"某先生"。也有称职衔，行业，身份，行次，姓名号的。"他"和"你""我"情形不同，在旁边的还可指认，不在旁边的必得有个前词才明白。前词也不外乎这五样儿。职衔如"部长""经理"。行业如店主叫"掌柜的"，手艺人叫"某师傅"，是通称；做衣服的叫"裁缝"，做饭的叫"厨子"，是特称。身份如妻称夫为"六斤的爸爸"，洋车夫称坐车人为"坐儿"，主人称女仆为"张妈""李嫂"。——"妈""嫂""师傅"都是尊长之称，却用于既非尊长，又非同辈的人，也许称"张妈"是借用自己孩子们的口气，称"师傅"是借用他徒弟的口气，只有称"嫂"才是自己的口气，用意都是要亲昵些。借用别人口气表示亲昵的，如媳妇跟着他孩子称婆婆为"奶奶"，自己矮下一辈儿；又如跟着熟朋友用同样的称呼称他亲戚，如"舅母""外婆"等，自己近走一步儿；只有"爸爸""妈"，假借得极少。对于地位同的既可如此假借，对于地位低的当然更可随便些；反正谁也明白，这些不过说得好听罢了。——行次如称朋友或儿女用"老大""老二"；称男仆也常用"张二""李三"。称号在亲子间，夫妇间，朋友间最多，近亲与师长也常这么称。称姓名往往是不相干的人。有一回政府不让报上直称当局姓名，说应该称衔带姓，想来就是恨这个不相干的劲儿。又有指点似的说"这个人""那个人"的，本是疏远或轻贱之称。可是有时候不愿，不便，或不好意思说出一个人的身份或姓名，也用"那个人"；这里头却有很亲昵的，如要好的男人或女人，都可称"那个人"。至于"这东西""这家伙""那小子"，是更进一步；爱憎同辞，只看怎么说出。又有用泛称的，如"别怪人""别怪人家""一个人别太不知足""人到底是人"。但既是泛称，指你我也未尝不可。又有用虚称的，如"他说某人不好，某人不好"；"某人"虽确有其人，却不定是谁，而两个"某人"所指也非一人。还有"有人"就是"或人"。用这个称呼有四种意思：一是不知其人，如"听说有人译这本书"。二是知其人而不愿明言，如"有人说怎样怎样"，这个人许是个大人物，自己不愿举出他的名字，以免矜夸之嫌。这个人许是个不甚知名的角色，提起来听话的未必知道，乐得不提省事。又如"有人说你的闲话"，却大大不同。三是知其人而不屑明言，如"有人在一家报纸上骂我"。四是其人或他的关系人就在一旁，故意"使子闻之"；如，"有人不乐意，我知道。""我知道，有人恨我，我不怕。"——这么着简直是挑战的态度了。又有前词与"他"字连文的，如"你爸爸他辛苦了一辈子，真是何苦来？"是加重的语气。

　　亲近的及不在旁边的人才用"他"字；但这个字可带有指点的神儿，仿佛说到的就在眼前一样。自然有些古怪，在眼前的尽管用"您"或别的向远处推；不在的却又向近处拉。其实推是为说到的人听着痛快；他既在一旁，听话的当然看得亲切，口头上虽向远处推无妨。拉却是为听话人听着亲切，让他听而如见。因此"他"字虽指你我以外的别人，也有亲昵与轻贱两种情调，并不含含糊糊的"等量齐观"。最亲昵的"他"，用不着前词；如流行甚广的"看见她"歌谣里的"她"字——一个多情多义的"她"字。这还是在眼前的。新婚少妇谈到不在眼前的丈夫，也往往没头没脑地说"他如何如何",一面还红着脸儿。但如"管他,你走你的好了","他——他只比死人多口气",就是轻贱的"他"了。不过这种轻贱的神儿若"他"不在一旁却只能从上下文看出;不像说"你"的时候永远可以从听话的一边直接看出。"他"字除人以外,也能用在别的生物及无生物身上;但只在孩子们的话里如此。指猫指狗用"他"是常事;指桌椅指树木也有用"他"的时候。譬如孩子让椅子绊了一交,哇的哭了;大人可以将椅子打一下,说"别哭。是他不好。我打他"。孩子真会相信,回嗔作喜,甚至于也捏着小拳头帮着捶两下。孩子想着什么都是活的,所以随随便便地"他"呀"他"的,大人可就不成。大人说"他",十回九回指人;别的只称名字,或说"这个""那个""这东西""这件事""那种道理"。但也有例外,像"听他去吧""管他成不成,我就是这么办"。这种"他"有时候指事不指人。还有个"彼"字,口语里已废而不用,除了说"不分彼此""彼此都是一样"。这个"彼"字不是"他",而是与"这个"相对的"那个",已经在"人称"之外。"他"字不能省略,一省就与你我相混;只除了在直截的答语里。

代词的三称都可用名词替代,三称的单数都可用众数替代,作用是"敬而远之"。但三称还可互代;如"大难临头,不分你我""他们你看我,我看你,一句话不说","你""我"就是"彼""此"。又如"此公人弃我取","我"是"自己"。又如论别人,"其实你去不去与人无干,我们只是尽朋友之道罢了"。"你"实指"他"而言。因为要说得活灵活现,才将三人间变为二人间,让听话的更觉得亲切些。意思既指别人,所以直呼"你""我",无需避忌。这都以自称对称替代他称。又如自己责备自己说:"咳,你真糊涂!"这是化一身为两人。又如批评别人,"凭你说干了嘴唇皮,他听你一句才怪"!"你"就是"我",是让你设身处地替自己想。又如,"你只管不动声色地干下去,他们知道我怎么办?""我"就是"你";是自己设身处地替对面人想。这都是着急的口气:我的事要你设想,让你同情我;你的事我代设想,让你亲信我。可不一定亲昵,只在说话当时见得彼此十二分关切就是了。只有"他"字,却不能替代"你""我",因为那么着反把话说远了。

众数指的是一人与一人,一人与众人,或众人与众人,彼此间距离本远,避忌较少。但是也有分别;名词替代,还用得着。如"各位""诸位""诸位先生",都是"你们"的敬词;"各位"是逐指,虽非众数而作用相同。代词名词连文,也用得着。如"你们这些人""你们这班东西",轻重不一样,却都是责备的口吻。又如发牢骚的时候不说"我们"而说"这些人""我们这些人",表示多多少少,是与众不同的人。

但替代"我们"的名词似乎没有。又如不说"他们"而说"人家""那些位""这班东西""那班东西",或"他们这些人"。三称众数的对峙,不像单数那样明白的鼎足而三。"我们""你们""他们"相对的时候并不多;说"我们",常只与"你们""他们"二者之一相对着。这儿的"你们"包括"他们","他们"也包括"你们";所以说"我们"的时候,实在只有两边儿。所谓"你们",有时候不必全都对面,只是与对面的在某些点上相似的人;所谓"我们",也不一定全在身旁,只是与说话的在某些点上相似的人。所以"你们""我们"之中,都有"他们"在内。"他们"之近于"你们"的,就收编在"你们"里;"他们"之近于"我们"的,就收编在"我们"里;于是"他们"就没有了。"我们"与"你们"也有相似的时候,"我们"可以包括"你们","你们"就没有了;只剩下"他们"和"我们"相对着。演说的时候,对听众可以说"你们",也可以说"我们"。说"你们"显得自己高出他们之上,在教训着;说"我们",自己就只在他们之中,在彼此勉励着。听众无疑地是愿意听"我们"的。只有"我们",永远存在,不会让人家收编了去;因为没有"我们",就没有了说话的人。"我们"包罗最广,可以指全人类,而与一切生物无生物对峙着。"你们""他们"都只能指人类的一部分;而"他们"除了特别情形,只能指不在眼前的人,所以更狭窄些。

北平自称的众数有"咱们""我们"两个。第一个发现这两个自称的分别的是赵元任先生。他在《阿丽思漫游奇境记》的凡例里说:"'咱们'是对他们说的,听话的人也在内的。'我们'是对你们或他们说的,听话的人不在内的。"

赵先生的意思也许说，"我们"是对你们或（你们和）他们说的。这么着"咱们"就收编了"你们"，"我们"就收编了"他们"——不能收编的时候，"我们"就与"你们""他们"成鼎足之势。这个分别并非必需，但有了也好玩儿；因为说"咱们"亲昵些，说"我们"疏远些，又多一个花样。北平还有个"俩"字，只能两个，"咱们俩""你们俩""他们俩"，无非显得两个人更亲昵些；不带"们"字也成。还有"大家"是同辈相称或上称下之词，可用在"我们""你们""他们"之下。单用是所有相关的人都在内；加"我们"拉得近些，加"你们"推得远些，加"他们"更远些。至于"诸位大家"，当然是个笑话。

代词三称的领位，也不能随随便便的。生人间还是得用替代，如称自己丈夫为"我们老爷"，称朋友夫人为"你们太太"，称别人父亲为"某先生的父亲"。但向来还有一种简便的尊称与谦称，如"令尊""令堂""尊夫人""令弟""令郎"，以及"家父""家母""内人""舍弟""小儿"等等。"令"字用得最广，不拘那一辈儿都加得上，"尊"字太重，用处就少，"家"字只用于长辈同辈，"舍"字，"小"字只用于晚辈。熟人也有用通称而省去领位的，如自称父母为"老人家"，——长辈对晚辈说他父母，也这么称——称朋友家里人为"老太爷""老太太""太太""少爷""小姐"；可是没有称人家丈夫为"老爷"或"先生"的，只能称"某先生""你们先生"。

此外有称"老伯""伯母""尊夫人"的，为的亲昵些；所省去的却非"你的"而是"我的"。更熟的人可称"我父亲""我弟弟""你学生""你姑娘"，却并不大用"的"字。"我的"往往只用于呼位。如"我的妈呀！""我的儿呀！""我的天呀！"被领位若不是人而是事物，却可随便些。"的"字还用于独用的领位。如"你的就是我的""去他的"。领位有了"的"字，显得特别亲昵似的。也许"的"字是齐齿音，听了觉得挨挤着，紧缩着，才有此感。平常领位，所领的若是人，而也用"的"字，就好像有些过火；"我的朋友"差不多成了一句嘲讽的话，一半怕就是为了那个"的"字。众数的领位也少用"的"字。其实真正众数的领位用的机会也少；用的大多是替代单数的。"我家""你家""他家"有时候也可当众数的领位用，如"你家孩子真懂事""你家厨子走了""我家运气不好"。北平还有一种特别称呼，也是关于自称领位的。譬如女的向人说："你兄弟这样长那样短。""你兄弟"却是她丈夫；男的向人说："你侄儿这样短，那样长。""你侄儿"却是他儿子。这也算对称替代自称，可是大规模的；用意可以说是"敬而近之"。因为"近"，才直称"你"。被领位若是事物，领位除可用替代外，也有用"尊"字的，如"尊行"（行次），"尊寓"，但少极；带滑稽味而上"尊"号的却多，如"尊口""尊须""尊靴""尊帽"等等。

外国的影响引我们抄近路，只用"你""我""他""我们""你们""他们",倒也是干脆的办法;好在声调姿态变化是无穷的。"他"分为三,在纸上也还有用,口头上却用不着;读"她"为"它"或"牠",大可不必,也行不开去。"它"或"牠"用得也太洋味儿,真别扭,有些实在可用"这个""那个"。再说代词用得太多,好些重复是不必要的;而领位"的"字也用得太滥点儿。

1933年8月25日作

"海阔天空"与"古今中外"

有一天,我和一位新同事闲谈。我偶然问道:"你第一次上课,讲些什么?"他笑着答我,"我古今中外了一点钟!"他这样说明事实,且示谦逊之意。我从来不曾想到"古今中外"一个兼词可以作动词用,并且可以加上"了"字表时间的过去;骤然听了,很觉新鲜,正如吃刚上市的广东蚕豆。隔了几日,我用同样的问题问另一位新同事。他却说道:"海阔天空!海阔天空!"我原晓得"海阔凭鱼跃,天空任鸟飞"的联语,——是在一位同学家的厅堂里常常看见的——但这样的用法,却又是第一次听到!我真高兴,得着两个新鲜的意思,让我对于生活的方法,能触类旁通地思索一回。

黄远生在《东方杂志》上曾写过一篇《国民之公毒》,说中国人思想笼统的弊病。他举小说里的例子,文的必是琴棋书画无所不晓，武的必是十八般武艺件件精通！我想，他若举《野叟曝言》里的文素臣，《九尾龟》里的章秋谷，当更适宜，因为这两个都是文武全才！好一个文武"全"才！这"全"字儿竟成了"国民之公毒"！我们自古就有那"博学无所成名"的"大成至圣先师"，又有"一物不知，儒者之耻"的传统的教训，还有那"谈天雕龙"的邹衍之流，所以流风余韵，扇播至今；大家变本加厉，以为凡是大好老必"上知天文，下识地理"，而"中学为体，西学为用"便是这大好老的另一面。"笼统"固然是"全"，"钩通""调和"也正是"全"呀！"全"来"全"去，"全"得乌烟瘴气，一塌糊涂！你瞧西洋人便聪明多了，他们悄悄地将"全知""全能"送给上帝，决不想自居"全"名；所以处处"算帐"，刀刀见血，一点儿不含糊！——他们不懂得那八面玲珑的劲儿！

但是王尔德也说过一句话，貌似我们的公毒而实非；他要"吃尽地球花园里的果子"！他要享乐，他要尽量地享乐！他什么都不管！可是他是"人"，不像文素臣、章秋谷辈是妖怪；他是呆子，不像钩通中西者流是滑头。总之，他是反传统的。他的话虽不免夸大，但不如中国传统思想之甚；因为只说地而不说天。况且他只是"要"而不是"能"，和文素臣辈又是有别；"要"在人情之中，"能"便出人情之外了！"全知""全能"，或者真只有上帝一个；但"全"的要求是谁都有权利的——有此要求，才成其为"人生"！——还有易卜生"全或无"的"全"，那却是一把锋利的钢刀；因为是另一方面的，不具论。

　　但王尔德的要求专属于感觉的世界，我总以为太单调了。人生如万花筒，因时地的殊异，变化不穷，我们要能多方面的了解，多方面的感受，多方面的参加，才有真趣可言；古人所谓"胸襟""襟怀""襟度"，略近乎此。但"多方面"只是概括的要求：究竟能有若干方面，却因人的才力而异——我们只希望多多益善而已！这与传统的"求全"不同，"便是暗中摸索，也可知道吧"。这种胸襟——用此二字所能有的最广义——若要具体地形容，我想最好不过是采用我那两位新同事所说的："海阔天空"与"古今中外"！我将这两个兼词用在积极的意义上，或者更对得起它们些。——"古今中外"原是骂人的话，初见于《新青年》上，是钱玄同先生造作的。后来周作人先生有一篇杂感，却用它的积极的意义，大概是论知识上的宽容的；但这是两三年前的事了，我于那篇文的内容已模糊了。

　　法朗士在他的《灵魂之探险》里说：

> 　　人之永不能跳出己身以外，实一真理，而亦即吾人最大苦恼之一。苟能用一八方观察之苍蝇视线，观览宇宙，或能用一粗鲁而简单之猿猴的脑筋，领悟自然，虽仅一瞬，吾人何所惜而不为？乃于此而竟不能焉。……吾人被锢于一身之内，不啻

被锢于永远监禁之中。

（据杨袁昌英女士译文，见《太平洋》四卷四号）

蔼理斯在他的《感想录》中《自己中心》一则里也说：

我们显然都从自己中心的观点去看宇宙，看重我们自己所演的角色。

（见《语丝》第十三期）

这两种"说数"，我们可总称为"我执"——却与佛法里的"我执"不同。一个人有他的身心，与众人各异；而身心所从来，又有遗传、时代、周围、教育等等，尤其五花八门，千差万别。这些合而织成一个"我"，正如密密的魔术的网一样；虽是无形，而实在是清清楚楚，不易或竟不可逾越的界。于是好的劣的、乖的蠢的、村的俏的、长的短的、肥的瘦的，各有各的样儿，都来了，都来了。"把戏人人会变，各有巧妙不同"；正因各人变各人的把戏，才有了这大千世界呀。说到各人只会变自己的一套把戏，而且只自以为巧妙，自然有些："可怜而可气"；"谓天盖高""谓地盖厚"，区区的"我"，真是何等区区呢！但是——哎呀，且住！亏得尚有"巧妙不同"一句注脚，还可上下其手一番；这"不同"二字正是灵丹妙药，千万不可忽略过去！我们的"我执"，是由命运所决定，其实无法挽回；只有一层，"我"决不是由一架机器铸出来的,决不是从一副印板刷下来的,这其间有种种的不同,上文已约略又约略地拈出了——现在再要拈出一种不同:"我"之广狭是悬殊的!"我执"谁也免不了,也无须免得了,但所执有大有小,有深有浅,这其间却大有文章;所谓上下其手,正指此一关而言。

你想"顶天立地"是一套把戏,是一个"我""局天蹐地",或说"局促如辕下驹",如井底蛙,如磨坊里的驴子,也是一套把戏,也是一个"我"!这两者之间,相差有多少远呢?说得简截些,一是天,一是地;说得噜苏些,一是九霄,一是九渊;说得新鲜些,一是太阳,一是地球!世界上有些人读破万卷书,有些人游遍万里地,乃至达尔文之创进化说,爱因斯坦之创相对原理;但也有些人伏处穷山僻壤,一生只关在家里,亲族邻里之外,不曾见过人,自己方言之外,不曾听过话——天球,地球,固然与他们无干,英国、德国、皇帝、总统、金镑、银洋,也与他们丝毫无涉!他们之所以异于磨坊的驴子者,真是"几希"!也只是蒙着眼,整天儿在屋里绕弯儿,日行千里,足不出户而已。你可以说,这两种人也只是一样,横直跳不出如来佛——"自己!"——的掌心;他们都坐在"自己"的监里,盘算着"自己"的重要呢!是的,但你知道这两种人决不会一样!你我跳不出如来佛的掌心,孙悟空也跳不出他老人家的掌心;但你我能翻十万八千里的筋斗么?若说不能,这就不一样了!"不能"尽管"不能","不同"仍旧"不同"呀。你想天地是怎样怎样的广大,怎样怎样的悠久！若用数字计算起来，只怕你画一整天的圈儿，也未必能将数目里所有的圈儿都画完哩！在这样的天地的全局里，地球已若一微尘，人更数不上了，只好算微尘之微尘吧！人是这样小，无怪乎只能在"自己"里绕圈儿。但是能知道"自己"的小，便是大了；最要紧是在小中求大！长子里的矮子到了矮子中，便是长子了，这便是小中之大。我们要做矮子中的长子，我们要尽其所能地扩大我们自己！我们还是变自己的把戏，但不仅自以为巧妙，还须自以为"比别人"巧妙；我们不但可在内地开一班小杂货铺，我们要到上海去开先施公司！

　　"我"有两方面，深的和广的。"自己中心"可说是深的一面；哲学家说的"自知"（"Knowestthyself"），道德学家说的"自私"——"利己"，也都可算入这一面。如何使得我的身子好？如何使得我的脑子好？我懂得些什么？我喜爱些什么？我做出些什么？我要些什么？怎样得到我所要的？怎样使我成为他们之中一个最重要的角色？这一大串儿的疑问号，总可将深的"我"的面貌的轮廓说给你了；你再"自个儿"去内省一番，就有八九分数了。但你马上也就会发现，这深深的"我"并非独自个儿待着，它还有个亲亲儿的，热热儿的伴儿哩。它俩你搂着我，我搂着你；不知谁给它们缚上了两只脚！就像三足竞走一样，它俩这样永远地难解难分！你若要开玩笑，就说它俩"狼狈为奸"，它俩亦无法自辩的。——可又来！究竟这伴儿是谁呢？这就是那广的"我"呀！我不是说过么?知道世界之大,才知道自己之小!所以"自知"必先要"知他"。兵法有云:"知己知彼,百战百胜。"可以旁证此理。原来"我"即在世界中;世界是一张无大不大的大网,"我"只是一个极微极微的结子;一发尚且会牵动全身,全网难道倒不能牵动一个细小的结子么?实际上,"我"是"极天下之赜"的!"自知"而不先"知他",只是聚在方隅,老死不相往来的办法;只是"不可以语冰"的"夏虫",井底蛙,磨坊里的驴子之流而已。能够"知他",才真有"自知之明";正如铁扇公主的扇子一样,要能放才能收呀。所知愈多,所接愈广;将"自己"散在天下,渗入事事物物之中看它的大小方圆,看它的轻重疏密,这才可以剖析毫芒地渐渐渐渐地认出"自己"的真面目呀。俗语说:"把你烧成了灰,我都认得你!"我们正要这样想:先将这个"我"一拳打碎了,碎得成了灰,然后随风飏举,或飘茵席之上,或堕溷厕之中,或落在老鹰的背上,或跳在珊瑚树的梢上,或藏在爱人的鬓边,或沾在关云长的胡子里,……然后再收灰入掌,抟灰成形,自然便须眉毕现,光采照人,不似初时"浑沌初开"的情景了!所以深的"我"即在广的"我"中,而无深的"我",广的"我"亦无从立脚;这是不做矮子,也不吹牛的道地老实话,所谓有限的无穷也。

在有限中求无穷,便是我们所能有的自由。这或者是"野马以被骑乘的自由为更多"的自由,或者是"和猪有飞的自由一样";但自由总和不自由不同,管他是白的,是黑的！说"猪有飞的自由",在半世纪前,正和说"人有飞的自由"一样。但半世纪后的我们,已可见着自由飞着的人了,虽然还是要在飞机或飞艇里。你或者冷笑着说,有所待而然!有所待而然!至多仍旧是"被骑乘的自由"罢了!但这算什么呢?鸟也要靠翼翅的呀!况且还有将来呢,还有将来的将来呢!就如上文所引法朗士的话:"倘若我们能够一刹那间用了苍蝇的多面的眼睛去观察天地……"目下诚然是做不到的,但竟有人去企图了!我曾见过一册日本文的书,——记得是《童谣の缀方》,卷首有一幅彩图,下面题着《苍蝇眼中的世界》(大意)。图中所有,极其光怪陆离;虽明知苍蝇眼中未必即是如此,而颇信其如此——自己仿佛飘飘然也成了一匹小小的苍蝇,陶醉在那奇异的世界中了!这样前去,谁能说法朗士的"倘若"永不会变成"果然"呢!——"语丝"拉得太长了,总而言之,统而言之,我们只是要变比别人巧妙的把戏,只是要到上海去开先施公司;这便是我们所能有的自由。"秀才不出门,能知天下事。"这种或者稍嫌旧式的了。

那么,来个新的,"看世界面上",我们来做个"世界民"吧——"世界民"(Cosmopolitan)者,据我的字典里说,是"无定居之人",又有"弥漫全世界""世界一家"等义;虽是极简单的解释,我想也就够用,恕不再翻那笨重的大字典了。

我"海阔天空"或"古今中外"了九张稿纸;尽绕着圈儿,你或者有些"头痛"吧?"只听楼板响,不见人下来!"你将疑心开宗明义第一节所说的"生活的方法",我竟不曾"思索"过,只冤着你,"青山隐隐水迢迢"地逗着你玩儿!不!别着急,这就来了也。既说"海阔天空"与"古今中外",又要说什么"方法",实在有些儿像左手望外推,右手又赶着望里拉,岂不可笑!但古语说得好,"大丈夫能屈能伸",我正可老着脸借此解嘲;况且一落言诠,总有边际,你又何苦斤斤较量呢?况且"方法"虽小,其中也未尝无大;这也是所谓"有限的无穷"也。说到"无穷",真使我为难!方法也正是千头万绪,比"一部十七史"更难得多多;虽说"大处着眼,小处下手",但究竟从何处下手,却着实费我踌躇!——有了!我且学着那李逵,从黑松林里跳了出来,挥动板斧,随手劈他一番便了!我就是这个主意!李逵决非吴用;当然不足语于丝丝入扣的谨严的论理的!但我所说的方法,原非斗胆为大家开方案,只是将我所喜欢用的东西,献给大家看看而已。这只是我的"到自由之路",自然只是从我的趣味中寻出来的;而在大宇长宙之中,无量数的"我"之内,区区的我,真是何等区区呢?而且我"本人"既在企图自己的放大,则他日之趣味,是否即今日之趣味,也殊未可知。所以此文也只是我姑妄言之,你姑妄听之;但倘若看了之后,能自己去思索一番,想出真个巧妙的方法,去做个"海阔天空"与"古今中外"的人,那时我虽觉着自己更是狭窄,非另打主意不可,然而总很高兴了;我将仰天大笑,到草帽从头上落下为止。

其实关于所谓"方法",我已露过些口风了:"我们要能多方面的了解,多方面的感受,多方面的参加,才有真趣可言。"

我现在做着教书匠。我做了五年教书匠了,真个腻得慌!黑板总是那样黑,粉笔总是那样白,我总是那样的我!成天儿浑淘淘的,有时对于自己的活着,也会惊诧。我想我们这条生命原像一湾流水,可以随意变成种种的花样;现在却筑起了堰,截断它的流,使它怎能不变成浑淘淘呢?所以一个人老做一种职业,老只觉着是"一种"职业,那真是一条死路!说来可笑,我是常常在想改业的;正如未来派剧本说的"换个丈夫吧",我也不时地提着自己,"换个行当吧!"我不想做官,但很想知道官是怎样做的。这不是一件容易事!《官场现形记》所形容的究竟太可笑了!况且现在又换了世界!《努力周刊》的记者在王内阁时代曾引汤尔和——当时的教育总长——的话:"你们所论的未尝无理;但我到政府里去看看,全不是那么一回事!"(大意)"全不是那么一回事!"可见不入虎穴,焉得虎子!我于是想做个秘书,去看看官到底是怎样做的?因秘书而想到文书科科员:我想一个人赚了大钱,成了资本家,不知究竟是怎样活着的?最要紧,他是怎样想的?我们只晓得他有汽车,有高大的洋房,有姨太太,那是不够的。——由资本家而至于小伙计,他们又怎样度他们的岁月?银行的行员尽爱买马票,当铺的朝奉尽爱在夏天打赤膊——其余的,其余的我便有些茫茫了!我们初到上海,总要到大世界去一回。但上海有个五光十色的商世界,我们怎可不去逛逛呢？我于是想做个什么公司里的文书科科员，尝些商味儿。上海不但有个商世界，还有个新闻世界。我又想做个新闻记者，可以多看些稀奇古怪的人，稀奇古怪的事。此外我想做的事还多！戴着龌龊的便帽，穿着蓝布衫裤的工人，拖着黄泥腿，衔着旱烟管的农人，扛着枪的军人，我都想做做他们的生活看。可是谈何容易；我不是上帝，究竟是没有把握的！这些都是非分的妄想，岂不和癞蛤蟆想吃天鹅肉一样！——话虽如此；"不问收获，只问耕耘"，也未尝不是一种解嘲的办法。况且退一万步讲，能够这样想想，也未尝没有淡淡的味儿，和"加力克"香烟一样的味儿。况且我们的上帝万一真个吝惜他的机会，我也想过了：我从今日今时起，努力要在"黑白生涯"中找寻些味儿，不像往日随随便便地上课下课，想来也是可以的！意大利Amicis的《爱的教育》里说有一位先生，在一个小学校里做了六十年的先生；年老退职之后，还时时追忆从前的事情：一闭了眼，就像有许多的孩子，许多的班级在眼前；偶然听到小孩的书声，便悲伤起来，说："我已没有学校没有孩子了！"可见天下无难事，只怕有心人！但我一面羡慕这位可爱的先生，一面总还打不断那些妄想；我的心不是一条清静的阴道，而是十字街头呀！

　　我的妄想还可以减价，自己从不能做"诸色人等"，却可以结交"诸色人等"的朋友。从他们的生活里，我也可以分甘共苦，多领略些人味儿；虽然到底不如亲自出马的好。《爱的教育》里说："只在一阶级中交际的人，恰和只读一册书籍的学生一样。"真是"有理呀有理"！现在的青年，都喜欢结识几个女朋友；一面固由于性的吸引，一面也正是要润泽这干枯而单调的生活。我的一位先生曾经和我们说：他有一位朋友，新从外国回到北京；待了一个多月，总觉有一件事使他心里不舒畅，却又说不出是什么事。后来有一天，不知怎样，竟被他发现了：原来北京的街上太缺乏女人！他觉得这样的生活，实在干燥无味！但单是女朋友，我觉得还是不够；我又常想结识些小孩子，做我的小朋友。有人说和孩子们作伴，和孩子们共同生活，会使自己也变成一个孩子，一个大孩子；所以小学教师是不容易老的。这话颇有趣，使我相信。我去年上半年和一位有着童心的朋友，曾约了附近一所小学校的学生，开过几回同乐会；大家说笑话，讲故事，拍七，吃糖果，看画片，都很高兴的。后来暑假期到了，他们还抄了我们的地址，说要和我们通信呢。不但学龄儿童可以做我的朋友，便是幼稚园里的也可以的，而且更加有趣哩。且请看这一段：

　　终于，母亲逃出了庭间了。小孩们追到栏栅旁，脸挡住了栅缝，把小手伸出，纷纷地递出面包呀，苹果片呀，牛油块等东西来。一齐叫说：
　　"再会，再会！明天再来，再请过来！"
　　（见《爱的教育》译本第七卷内《幼儿院》中）

　　倘若我有这样的小朋友，我情愿天天去呀！此外，农人，工人，也要相与些才好。我现在住在乡下，常和邻近的农人谈天，又曾和他们喝过酒，觉得另有些趣味。我又晓得在北京，上海的我的朋友的朋友，每天总找几个工人去谈天；我且不管他们谈的什么，只觉每天换几个人谈谈，是很使人新鲜的。若再能交结几个外国朋友，那是更别致了。从前上海中华世界语学会教人学世界语，说可以和各国人通信；后来有人非议他们，说世界语的价值岂就是如此的！非议诚然不错。但与各国人通信，到底是一件有趣的事呀！——还有一件，自己的妻和子女，若在别一方面作为朋友看时，也可得着新的启示的。不信么？试试看！

若你以为阶级的障壁不容易打破，人心的隔膜不容易揭开；你于是皱着眉，哑着嘴，说："要这样地交朋友，真是千难万难！"是的；但是——你太小看自己了，那里就这样地不济事！也罢，我还有一套便宜些的变给你瞧瞧；这就叫做"知人"呀。交不着朋友是没法的，但晓得些别人的"闲事"，总可以的；只须不尽着去自扫门前雪，而能多管些一般人所谓"闲事"，就行了。我所谓"多管闲事"，其实只是"参加"的别名。譬如前次上海日本纱厂工人大罢工，我以为是要去参加的；或者帮助他们，或者只看看那激昂的实况，都无不可。总之，多少知道了他们，使自己与他们间多少有了关系，这就得了。又如我的学生和报馆打官司，我便要到法庭里去听审；这样就可知道法官和被告是怎样的人了。又如吴稚晖先生，我本不认识的；但听过他的讲演，读过他的书，我便能约略晓得他了。——读书真是巧算盘！不但可以知今人，且可以知古人；不但可以知中国人，且可以知洋人。同样的巧算盘便是看报！看报可以遇着许多新鲜的问题，引起新鲜的思索。譬如共产党加入国民党，究竟是利用呢，还是联合作战呢？孙中山先生若死在"段执政"自己夸诩的"革命"之前，曹锟当国的时候，一班大人，老爷，绅士乃至平民，会不会（姑不说"敢不敢"）这样"热诚地"追悼呢？黄色的班禅在京在沪，为什么也会受着那样"热诚的"欢迎呢？英国退还庚子赔款，始而说"用于教育的目的"，继而说"用于相互有益之目的"，——于是有该国的各工业联合会建议，痛斥中国教育之无效，主张用此款筑路——继而又说用于中等教育；真令人目迷五色，到底他们什么葫芦里卖什么药呢？德国新总统为什么会举出兴登堡将军，后事又如何呢？还有，"一夫多妻的新护符"和"新性道德"究竟是一是二呢？欧阳予倩的《回家以后》，到底是不是提倡东方道德呢？——这一大篇账都是从报上"过"过来的，毫不稀奇；但可以证明，看报的确是最便宜的办法，可以知道许多许多的把戏。

旅行也是刷新自己的一帖清凉剂。我曾做过一个设计：四川有三峡的幽峭，有栈道的蜿蜒，有峨嵋的雄伟，我是最向慕的！广东我也想去得长久了。乘了香港的上山电车，可以"上天"；而广州的市政、长堤，珠江的繁华，也使我心痒痒的！由此而北，蒙古的风沙、牛羊、天幕，又在招邀着我！至于红墙黄土的北平，六朝烟水气的南京，先施公司的上海，我总算领略过了。这样游了中国以后,便跨出国门:到日本看她的樱花,看她的富士;到俄国看列宁的墓,看第三国际的开会;到德国访康德的故居,听《月光曲》的演奏;到美国瞻仰巍巍的自由神和世界第一的大望远镜。再到南美洲去看看那莽莽的大平原,到南非洲去看看那茫茫的大沙漠,到南洋群岛去看看那郁郁的大森林——于是浩然归国;若有机缘,再到北极去探一回险,看看冰天雪海,到底如何,那更妙了!梁绍文说得有理:

> 我们不赞成别人整世的关在一个地方而不出来和世界别一部分相接触,倘若如此,简直将数万里的地球缩小到数英里,关在那数英里的圈子内就算过了一生,这未免太不值得!所以我们主张:能够遍游全世界,将世界上的事事物物都放在脑筋里的炽炉中锻炼一过,然后才能成为一种正确的经验,才算有世界的眼光。
>
> (《南洋旅行漫记》上册二五三页)

但在一钱不名的穷措大如我辈者,这种设计恐终于只是"过屠门而大嚼"而已;又怎样办呢?我说正可学胡、梁二先生开国学书目的办法,不妨随时酌量核减;只看能力如何。便是真个不名一钱,也非全无法想。听说日本的谁,因无钱旅行,便在室中绕着圈儿,口里只是叫着,某站到啦,某埠到啦；这样也便过了瘾。这正和孩子们搀瞎子一样：一个蒙了眼做瞎子，一个在前面用竹棒引着他，在室中绕行；这引路的尽喊着到某处啦，到某处啦的口号，彼此便都满足。正是，精神一到，何事不成！这种人却决非磨坊里的驴子；他们的足虽不出户，他们的心尽会日行千里的！

说到心的旅行，我想到《文心雕龙·神思篇》说的：

古人云："形在江海之上，心存魏阙之下。"神思之谓也。……

故寂然凝虑，思接千载；悄然动容，视通万里……

罗素论"哲学的价值"，也说：

"保存宇宙内的思辨（玄想）之兴趣，……总是哲学事业的一部分。"

或者它的最要之价值，就是它所潜思的对象之伟大，结果，便解脱了偏狭的和个人的目的。

哲学的生活是幽静的，自由的。

本能利益的私世界是一个小的世界，搁在一个大而有力的世界中间，迟早必把我们私的世界，磨成粉碎。

我们若不扩大自己的利益，汇涵那外面的整个世界，就好像一个兵卒困在炮台里边，知道敌人不准逃跑，投降是不可避免的一样。

哲学的潜思就是逃脱的一种法门。

（摘抄黄凌霜译《哲学问题》第十五章）

所谓神思，所谓玄想之兴味，所谓潜思，我以为只是三位一体，只是大规模的心的旅行。心的旅行决不以现有的地球为限！到火星去的不是很多么？到太阳去的不也有么？到太阳系外，和我们隔着三十万光年的星上去的不也有么？这三十万光年，是美国南加州威尔逊山绝顶上，口径百寸之最大反射望远镜所能观测的世界之最远距离。"换言之，现在吾人一目之下所望见之世界，不仅现在之世界而已，三十余万年之大过去以来，所有年代均同时见之。历史家尝谓吾人由书籍而知过去，直忘却吾人能直接而见过去耳。"吾人固然能直接而见过去，由书籍而见过去，还能由岩石地层等而见过去，由骨殖化石等而见过去。目下我们所能见的过去，真是悠久，真是伟大！将现在和它相比，真是大海里一根针而已！姑举一例：德国的谁假定地球的历史为二十四点钟，而人类有历史的时期仅为十分钟；人类有历史已五千年了，一千年只等于二分钟而已！一百年只等于十二秒钟而已！十年只等于一又十分之二秒而已！这还是就区区的地球而论呢。若和全宇宙的历史（人能知道么？）相较量，那简直是不配！又怎样办呢？但毫不要紧！心尽可以旅行到未曾凝结的星云里，到大爬虫的中生代，到类人猿的脑筋里；心究竟是有些儿自由的。不过旅行要有向导；我觉《最近物理学概观》《科学大纲》《古生物学》《人的研究》等书都很能胜任的。

心的旅行又不以表面的物质世界为限！它用实实在在的一支钢笔，在实实在在的白瑞典纸簿上一张张写着日记；它马上就能看出钢笔与白纸只是若干若干的微点，叫做电子的——各电子间有许多的空隙，比各电子的总积还大。这正像一张"有结而无线的网"，只是这么空空的；其实说不上什么"一支"与"一张张"的！这么看时，心便旅行到物质的内院，电子的世界了。而老的物质世界只有三根台柱子（三次元），现在新的却添上了一根（四次元）；心也要去逛逛的。心的旅行并且不以物质世界为限！精神世界是它的老家，不用说是常常光顾的。意识的河流里，它是常常驶着一只小船。但这个年头儿，世界是越过越多了。用了坐标轴作地基，竖起方程式的柱子，架上方程式的梁，盖上几何形体的瓦，围上几何形体的墙，这是数学的世界。将各种"性质的共相"（如"白""头"等概念）分门别类地陈列在一个极大的弯弯曲曲、层层叠叠的场上；在它们之间，再点缀着各种"关系的共相"（如"大""类似""等于"等概念）。这是论理的世界。将善人善事的模型和恶人恶事的分门别类陈列着的，是道德的世界。但所谓"模型"，却和城隍庙所塑"二十四孝"的像与十王殿的像绝不相同。模型又称规范，如"正义""仁爱""奸邪"等是——只是善恶的度量衡也；道德世界里，全摆着大大小小的这种度量衡。还是艺术的世界，东边是音乐的旋律，西边是跳舞的曲线，南边是绘画的形色，北边是诗歌的情韵。

——心若是好奇的，它必像唐三藏经过三十六国一样，一一经过这些国土的。

更进一步说，心的旅行也不以存在的世界为限！上帝的乐园，它是要去的；阎罗的十殿，它也是要去的。爱神的弓箭，它是要看看的；孙行者的金箍棒，它也要看看的。总之，神话的世界，它要穿上梦的鞋去走一趟。它从神话的世界回来时，便道又可游玩童话的世界。在那里有苍蝇目中的天地，有永远不去的春天；在那里鸟能唱歌，水也能唱歌，风也能唱歌；在那里有着靴的猫，有在背心里掏出表来的兔子；在那里有水晶的宫殿，带着小白翼子的天使。童话的世界的那边，还有许多邻国，叫做乌托邦，它也可迁道一往观的。姑举一二给你看看。你知道吴稚晖先生是崇拜物质文明的，他的乌托邦自然也是物质文明的。他说，将来大同世界实现时，街上都该铺大红缎子。他在春晖中学校讲演时，曾指着"电灯开关"说：

> 科学发达了，我们讲完的时候，"啤啼叭哒"几声，要到房里去的就到了房里，要到宁波的就到了宁波，要到杭州的就到了杭州。这也算不来什么奇事。

（见《春晖》二十九期）

呀！"啤啼叭哒"几声，心已到了铺着大红缎子的街上了！——若容我借了法朗士的话来说，这些正是"灵魂的冒险"呀。

上面说的都是"大头天话"，现在要说些小玩意儿，新新耳目，所谓能放能收也。我曾说书籍可作心的旅行的向导，现在就谈读书吧。周作人先生说他目下只想无事时喝点茶，读点新书。喝茶我是无可无不可，读新书却很高兴！读新书有如幼时看西洋景，一页一页都有活鲜鲜的意思；又如到一个新地方，见一个新朋友。读新出版的杂志，也正是如此，或者更闹热些。读新书如吃时鲜鲥鱼，读新杂志如到惠罗公司去看新到的货色。我还喜欢读冷僻的书。冷僻的书因为冷僻的缘故，在我觉着和新书一样；仿佛旁人都不熟悉，只我有此眼福，便高兴了。我之所以喜欢搜阅各种笔记，就是这个缘故。尺牍、日记等，也是我所爱读的；因为原是随随便便，老老实实地写来，不露咬牙切齿的样子，便更加亲切，不知不觉将人招了入内。同样的理由，我爱读野史和逸事；在它们里，我见着活泼泼的真实的人。——它们所记，虽只一言一动之微，却包蕴着全个的性格；最要紧的，包蕴着与众不同的趣味。旧有的《世说新语》，新出的《欧美逸话》，都曾给我满足。我又爱读游记；这也是穷措大替代旅行之一法，从前的雅人叫做"卧游"的便是。从游记里，至少可以"知道"些异域的风土人情；好一些，还可以培养些异域的情调。前年在温州师范学校图书馆中，翻看《小方壶斋舆地丛钞》的目录，里面全是游记，虽然已是过时货，却颇引起我的向往之诚。"这许多好东西哟！"尽这般地想着；但终于没有勇气去借来细看，真是很可恨的！后来《徐霞客游记》石印出版，我的朋友买了一部，我又欲读不能！近顷《南洋旅行漫记》和《山野掇拾》出来了，我便赶紧买得，复仇似的读完，这才舒服了。我因为好奇，看报看杂志，也有特别的脾气。看报我总是先看封面广告的。一面是要找些新书，一面是要找些新闻；广告里的新闻，虽然是不正式的，或者算不得新闻，也未可知，但都是第一身第二身的，有时比第三身的正文还值得注意呢。譬如那回中华制糖公司董事的互评，我看得真是热闹煞了！又如"印送安士全书"的广告，"读报至此，请念三声阿弥陀佛"的广告，真是"好聪明的糊涂法子"！看杂志我是先查补白，好寻着些轻松而隽永的东西：或名人的趣语，或当世的珍闻，零金碎玉，更见异彩！——请看"二千年前玉门关外一封情书""时新旦角戏"等标题便知分晓。

我不是曾恭维看报么？假如要参加种种趣味的聚会，那也非看报不可。譬如前一两星期，报上登着世界短跑家要在上海试跑；我若在上海，一定要去看看跑是如何短法？又如本月十六日上海北四川路有洋狗展览会，说有四百头之多；想到那高低不齐的个儿，松密互映，纯驳争辉的毛片，或"嘤嘤"或"呜呜"或"汪汪"的吠声，我也极愿意去的。又我记得在《上海七日刊》上见过一幅法国儿童同乐会的摄影。摄影中济济一堂的满是儿童——这其间自然还有些抱着的母亲，领着的父亲，但不过二三人，容我用了四舍五入法，将他们略去吧。那前面的几个，丰腴圆润的庞儿，覆额的短发，精赤的小腿，我现在还记着呢。最可笑的，高高的房子，塞满了这些儿童，还空着大半截，大半截；若塞满了我们，空气一定是没有那么舒服的，便宜了空气了！这种聚会不用说是极使我高兴的！只是我便在上海，也未必能去；说来可恨恨！这里却要引起我别的感慨，我不说了。此外如音乐会，绘画展览会，我都乐于赴会的。四年前秋天的一个晚上，我曾到上海市政厅去听"中西音乐大会"；那几支广东小调唱得真入神，靡靡是靡靡到了极点，令人欢喜赞叹！而歌者隐身幕内，不露一丝色相，尤动人无穷之思！绘画展览会，我在北京、上海也曾看过几回。但都像走马看花似的，不能自知冷暖——我真是太外行了，只好慢慢来吧。我却最爱看跳舞。五六年前的正月初三的夜里，我看了一个意大利女子的跳舞：黄昏的电灯光映着她裸露的微红的两臂，和游泳衣似的粉红的舞装；那腰真软得可怜，和麦粉搓成的一般。她两手擎着小小的钹，钱孔里拖着深红布的提头；她舞时两臂不住地向各方扇动，两足不住地来往跳跃，钹声便不住地清脆地响着——她舞得如飞一样，全身的曲线真是瞬息万变，转转不穷，如闪电吐舌，如星星眨眼；使人目眩心摇，不能自主。我看过了，恍然若失！从此我便喜欢跳舞。前年暑假时，我到上海，刚碰着卡尔登影戏院开演跳舞片的末一晚，我没有能去一看。次日写信去"特烦"，却如泥牛入海；至今引为憾事！我在北京读书时，又颇爱听旧戏；因为究竟是"外江"人，更爱听旦角戏，尤爱听尚小云的戏，——但你别疑猜，我却不曾用这支笔去捧过谁。我并不懂戏词，甚至连情节也不甚仔细，只爱那宛转凄凉的音调和楚楚可怜的情韵。我在理论上也左袒新戏，但那时的北京实在没有可称为新戏的新戏给我看；我的心也就渐渐冷了。南归以后，新戏固然和北京是"一丘之貉"，旧戏也就每况愈下，毫无足观。我也看过一回机关戏，但只足以广见闻，无深长的趣味可言。直到去年，上海戏剧协社演《少奶奶的扇子》，朋友们都说颇有些意思——在所曾寓目的新戏中，这是得未曾有的。又实验剧社演《葡萄仙子》，也极负时誉；黎明辉女士所唱"可怜的秋香"一句，真是脍炙人口——便是不曾看过这戏的我，听人说了此句，也会有"一种薄醉似的感觉，超乎平常所谓舒适以上"。——《少奶奶的扇子》，我也还无一面之缘——真非到上海去开先施公司不可！上海的朋友们又常向我称述影戏；但我之于影戏，还是"猪八戒吃人参果"呢！也只好慢慢来吧。说起先施公司，我总想起惠罗公司。我常在报纸的后幅看见他家的广告，满幅画着新货色的图样，真是日本书店里所谓"诱惑状"了。我想若常去看看新货色，也是一乐。最好能让我自由地鉴赏地看一回；心爱的也不一定买来，只须多多地、重重地看上几眼，便可权当占有了——朋友有新东西的时候，我常常把玩不肯释手，便是这个主意。

若目下不能到上海去开先施公司，或到上海而无本钱去开先施公司,则还有个经济的办法,我现在正用着呢。不过这种办法,便是开先施公司,也可同时采用的;因为我们原希望"多多益善"呀。现在我所在的地方,是没有绘画展览会;但我和人家借了左一册右一册的摄影集、画片集,也可使我的眼睛饱餐一顿。我看见"群羊",在那淡远的旷原中,披着乳一样白,丝一样软的羽衣的小东西,真和浮在浅浅的梦里的仙女一般。我看见"夕云",地上是疏疏的树木,偃蹇欹侧作势,仿佛和天上的乱云负固似的;那云是层层叠叠的、错错落落的、斑斑驳驳的,使我觉得天是这样厚,这样厚的!我看见"五月雨",是那般蒙蒙密密的一片,三个模糊的日本女子,正各张着有一道白圈儿的纸伞,在台阶上走着,走上一个什么坛去呢;那边还有两个人,却只剩了影儿!

我看见"现在与未来";这是一个人坐着,左手托着一个骷髅,两眼凝视着,右手正支颐默想着。这还是摄影呢,画片更是美不胜收了!弥爱的《晚祷》是世界的名作,不用说了。意大利Gino的名画《跳舞》,满是跃着的腿儿,牵着的臂儿,并着的脸儿;红的,黄的,白的,蓝的,黑的,一片片地飞舞着——那边还攒动着无数的头呢。是夜的繁华哟!是肉的薰蒸哟!还有日本中泽弘光的《夕潮》:红红的落照轻轻地涂在玲珑的水阁上;阁之前浅蓝的潮里,伫立着白衣编发的少女,伴着两只夭矫的白鹤;她们因水光的映射,这时都微微地蓝了;她只扭转头凝视那斜阳的颜色。又椎冢猪知雄的《花》,三个样式不同,花色互异的精巧的瓶子,分插着红白各色的，大的小的鲜花，都丰丰满满的。另有一个细长的和一个荸荠样的瓶子，放在三个大瓶之前和之间；一高一矮，甚是别致，也都插着鲜花，只一瓶是小朵的，一瓶是大朵的。我说的已多了——还有图案画，有时带着野蛮人和儿童的风味，也是我所爱的。书籍中的插画，偶然也有很好的；如什么书里有一幅画，显示惠士敏斯特大寺的里面，那是很伟大的——正如我在灵隐寺的高深的大殿里一般。而房龙《人类的故事》中的插画，尤其别有心思，马上可以引人到他所画的天地中去。

我所在的地方，也没有音乐会。幸而有留声机，机片里中外歌曲乃至国语唱歌都有；我的双耳尚不至太寂寞的。我或向人借来自开自听，或到别人寓处去听，这也是"揩油"之一道了。大约借留声机，借画片，借书，总还算是雅事，不致像借钱一样，要看人家脸孔的（虽然也不免有例外）；所以有时竟可大大方方地揩油。自然，自己的油有时也当大大方方地被别人揩的。关于留声机，北平有零卖一法。一个人背了话匣子（即留声机）和唱片，沿街叫卖；若要买的，就喊他进屋里，让他开唱几片，照定价给他铜子——唱完了，他仍旧将那话匣子等用蓝布包起，背了出门去。我们做学生时，每当冬夜无聊，常常破费几个铜子，买他几曲听听：虽然没有佳片，却也算消寒之一法。听说南方也有做这项生意的人。——我所在的地方，宁波是其一。宁波S中学现有无线电话收音机，我很想去听听大陆报馆的音乐。这比留声机又好了！不但声音更是亲切，且花样日日翻新；二者相差，何可以道里计呢！除此以外,朋友们的箫声与笛韵,也是很可过瘾的;但这看似易得而实难,因为好手甚少。我从前有一位朋友,吹箫极悲酸幽抑之致,我最不能忘怀!现在他从外国回来,我们久不见面,也未写信,不知他还能来一点儿否?

内地虽没有惠罗公司,却总有古董店,尽可以对付一气。我们看看古瓷的细润秀美,古泉币的陆离斑驳,古玉的丰腴有泽,古印的肃肃有仪,胸襟也可豁然开朗。况内地更有好处,为五方杂处,众目具瞻的上海等处所不及的;如花木的趣味,盆栽的趣味便是。上海的匆忙使一般人想不到白鸽笼外还有天地;花是怎样美丽,树是怎样青青,他们似乎早已忘怀了!这是我的朋友郢君所常常不平的。"暮春三月,江南草长,杂花生树,群莺乱飞。"——这在上海人怕只是一场春梦吧!像我所在的乡间:芊芊的碧草踏在脚上软软的,正像吃樱花糖;花是只管开着,来了又去,来了又去——杨贵妃一般的木笔,红着脸的桃花,白着脸的绣球……好一个"香遍满,色遍满的花儿的都"呀!上海是不容易有的!我所以虽向慕上海式的繁华,但也不舍我所在的白马湖的幽静。我爱白马湖的花木,我爱S家的盆栽——这其间有诗有画,我且说给你。一盆是小小的竹子,栽在方的小白石盆里;细细的干子疏疏地隔着,疏疏的叶子淡淡地撇着,更点缀上两三块小石头;颇有静远之意。上灯时,影子写在壁上,尤其清隽可亲。另一盆是棕竹,瘦削的干子亭亭地立着;下部是绿绿的,上部颇劲健地坼着几片长长的叶子,叶根有细极细极的棕丝网着。这像一个丰神俊朗而蓄着微须的少年。这种淡白的趣味，也自是天地间不可少的。

天地间还有一种不可少的趣味，也是简便易得到的，这是"谈天"。——普通话叫做"闲谈"；但我以"谈天"二字，更能说出那"闲旷"的味儿！傅孟真先生在《心气薄弱之中国人》一评里，引顾宁人的话，说南方之学者，"群居终日，言不及义"；北方之学者，"饱食终日，无所用心"。他说"到了现在已经二百多年了，这评语仍然是活泼泼的"。"谈天"大概也只能算"不及义"的言；纵有"及义"的时候，也只是偶然碰到，并非立意如此。若立意要"及义"，那便不是"谈天"而是"讲学"了。"讲学"也有"讲学"的意思，但非我所要说。"终日言不及义"，诚哉是无益之事；而且岂不疲倦？"舌敝唇焦"，也未免"穷斯滥矣"！不过偶尔"茶余酒后""月白风清"，约两个密友，吸着烟卷儿，尝着时新果子，促膝谈心，随兴趣之所至。时而上天，时而入地，时而论书，时而评画，时而纵谈时局，品鉴人伦，时而剖析玄理，密诉衷曲……等到兴尽意阑，便各自回去睡觉；明早一觉醒来，再各奔前程，修持"胜业"，想也不致耽误的。或当公私交集，身心俱倦之后，约几个相知到公园里散散步，不愿散步时，便到绿荫下的长椅上坐着；这时作无定向的谈话，也是极有意味的。至于"'辟克匿克'来江边"，那更非"谈天"不可！我想这种"谈天"，无论如何，总不能算是大过吧。人家说清谈亡了晋朝，我觉得这未免是栽赃的办法。请问晋人的清谈,谁为为之?孰令致之?——这且不说,我单觉得清谈也正是一种"生活之艺术",只要有节制。有的如针尖的微触,有的如剪刀的一断;恰像吹皱一池春水,你的心便会这般这般了。

"谈天"本不想求其有用,但有时也有大用;英哲洛克(Locke)的名著《人间悟性论》中述他著书之由——说有一日,与朋友们谈天,端绪愈引而愈远,不知所从来,也不知所届;他忽然惊异:人知的界限在何处呢?这便是他的大作最初的启示了。——这是我的一位先生亲口告诉我的。

我说海说天,上下古今谈了一番,自然仍不曾跳出我佛世尊——自己——的掌心,现在我还是偃旗息鼓,"回到自己的灵魂"吧。自己有今日的自己,有昨日的自己,有北京时的自己,有南京时的自己,有在父母怀抱中的自己……乃至一分钟有一个自己,一秒钟有一个自己。每一个自己无论大的,小的,都各提挈着一个世界,正如旅客带着一只手提箱一样。各个世界,各个自己之不相同,正如旅客手提箱里所装的东西之不同一样。各个自己与它所提挈的世界是一个大大的联环,决不能拆开的。譬如去年十月,我正仆仆于轮船火车之中。我现在回想那时的我,第一不能忘记的,是江浙战争;第二便是国庆。因战争而写来的父亲的岳父的信,一页页在眼前翻过;因战争而搬家的人,一阵阵在面前走过;眼看学校一日日挨下去,直到关门为止。念头忽然转弯:林纾死了,法朗士死了;国际联盟第五届大会也闭幕了!……正如水的漪涟一样,一圈一圈地尽管晕开去,可以至于非常之多。只区区一个月的我,所提挈的已这样多,则积了三百几十个月的我,所提挈的当有无穷!要算起账来,倒是"大笔头"呢!若有那样细心,再把月化为日,日化为时,时化为分秒,我的世界当更不了不了!这其间有吃的,有睡的,有玩的,有笑的,有哭的,有糊涂的,有聪明的……若能将它们陈列起来,必大有意思;若能影戏片似的将它们摇过去,那更有意思了!人总有念旧之情的。我的一个朋友回到母校作教师的时候,偶然在故纸堆中翻到他十四岁时投考该校的一张相片,便爱它如儿子。我们对于过去的自己,大都像嚼橄榄一样,总有些儿甜的。我们依着时光老人的导引,一步步去温寻已失的自己;这走的便是"忆之路"。在"忆之路"上愈走得远,愈是有味;因苦味渐已蒸散而甜味却还留着的缘故。最远的地方是"儿时",在那里只有一味极淡极淡的甜;所以许多人都惦记着那里。这"忆之路"是颇长的,也是世界上一条大路。要成为一个自由的"世界民",这条路不可不走走的。

  我的把戏变完了——咳!多么贫呢!我总之羡慕齐天大圣;他虽也跳不出佛爷的掌心,但到底能翻十万八千里的筋斗,又有七十二变化的!

1925年5月9日

《燕知草》序

"想当年"一例是要有多少感慨或惋惜的,这本书也正如此。

《燕知草》的名字是从作者的诗句"而今陌上花开日,应有将雏旧燕知"而来;这两句话以平淡的面目,遮掩着那一往的深情,明眼人自会看出。书中所写,全是杭州的事;你若到过杭州,只看了目录,也便可约略知道的。

杭州是历史上的名都,西湖更为古今中外所称道;画意诗情,差不多俯拾即是。所以这本书若可以说有多少的诗味,那也是很自然的。西湖这地方,春夏秋冬,阴晴雨雪,风晨月夜,各有各的样子,各有各的味儿,取之不竭,受用不穷;加上绵延起伏的群山，错落隐现的胜迹，足够教你流连忘返。

难怪平伯会在大洋里想着，会在睡梦里惦着！但"杭州城里"，在我们看，除了吴山，竟没有一毫可留恋的地方。像清河坊、城站，终日是喧阗的市声，想起来只会头晕罢了；居然也能引出平伯的那样怅惘的文字来，乍看真有些不可思议似的。

其实也并不奇，你若细味全书，便知他处处在写杭州，而所着眼的处处不是杭州。不错，他惦着杭州；但为什么与众不同地那样粘着地惦着？他在《清河坊》中也曾约略说起；这正因杭州而外，他意中还有几个人在——大半因了这几个人，杭州才觉可爱的。好风景固然可以打动人心，但若得几个情投意合的人，相与徜徉其间，那才真有味；这时候风景觉得更好。——老实说，就是风景不大好或竟是不好的地方，只要一度有过同心人的踪迹，他们也会老那么惦记着的。他们还能出人意表地说出这种地方的好处；像书中《杭州城站》《清河坊》一类文字，便是如此。再说我在杭州，也待了不少日子，和平伯差不多同时，他去过的地方，我大半也去过；现在就只有淡淡的影象，没有他那迷劲儿。这自然有许多因由，但最重要的，怕还是同在的人的不同吧？这种人并不在多，也不会多。你看这书里所写的，几乎只是和平伯有着几重亲的H君的一家人——平伯夫人也在内；就这几个人，给他一种温暖浓郁的氛围气。他依恋杭州的根源在此，他写这本书的感兴，其实也在此。就是那《塔砖歌》与《陀罗尼经歌》，虽像在发挥着"历史癖与考据癖"，也还是以H君为中心的。

近来有人和我论起平伯,说他的性情行径,有些像明朝人。我知道所谓"明朝人",是指明末张岱、王思任等一派名士而言。这一派人的特征,我惭愧还不大弄得清楚;借了现在流行的话,大约可以说是"以趣味为主"的吧?他们只要自己好好地受用,什么礼法,什么世故,是满不在乎的。他们的文字也如其人,有着"洒脱"的气息。平伯究竟像这班明朝人不像,我虽不甚知道,但有几件事可以给他说明,你看《梦游》的跋里,岂不是说有两位先生猜那篇文像明朝人做的?平伯的高兴,从字里行间露出。这是自画的供招,可为铁证。标点《陶庵梦忆》,及在那篇跋里对于张岱的向往,可为旁证。而周启明先生《杂拌儿》序里,将现在散文与明朝人的文章,相提并论,也是有力的参考。但我知道平伯并不曾着意去模仿那些人,只是性习有些相近,便尔暗合罢了;他自己起初是并未以此自期的;若先存了模仿的心,便只有因袭的气分,没有真情的流露,那倒又不像明朝人了。至于这种名士风是好是坏,合时宜不合时宜,要看你如何着眼;所谓见仁见智,各有不同——像《冬晚的别》《卖信纸》,我就觉得太"感伤"些。平伯原不管那些,我们也不必管;只从这点上去了解他的为人,他的文字,尤其是这本书便好。

这本书有诗,有谣,有曲,有散文,可称五光十色。一个人在一个题目上,这样用了各体的文字抒写,怕还是第一遭吧?我见过一本《水上》,是以西湖为题材的新诗集,但只是新诗一体罢了;这本书才是古怪的综合呢。书中文字颇有浓淡之别。《雪晚归船》以后之作,和《湖楼小撷》《芝田留梦记》等,显然是两个境界。平伯有描写的才力,但向不重视描写。虽不重视,却也不至厌倦,所以还有《湖楼小撷》一类文字。近年来他觉得描写太板滞,太繁缛,太矜持,简直厌倦起来了;他说他要素朴的趣味。《雪晚归船》一类东西便是以这种意态写下来的。这种"夹叙夹议"的体制,却并没有堕入理障中去;因为说得干脆,说得亲切,既不"隔靴搔痒",又非"悬空八只脚"。这种说理,实也是抒情的一法;我们知道,"抽象""具体"的标准,有时是不够用的。至于我的欢喜,倒颇难确说,用杭州的事打个比方罢:书中前一类文字,好像昭贤寺的玉佛,雕琢工细,光润洁白;后一类呢,恕我拟不于伦,像吴山四景园驰名的油酥饼——那饼是入口即化,不留渣滓的,而那茶店,据说是"明朝"就有的。

《重过西园码头》这一篇,大约可以当得"奇文"之名。平伯虽是我的老朋友,而赵心馀却决不是,所以无从知其为人。他的文真是"下笔千言离题万里"。所好者,能从万里外一个筋斗翻了回来;"赵"之与"孙",相去只一间,这倒不足为奇的。所奇者,他的文笔,竟和平伯一样;别是他的私淑弟子罢?其实不但"一样",他那洞达名理,委曲述怀的地方,有时竟是出蓝胜蓝呢。最奇者,他那些经历,有多少也和平伯雷同!这的的括括可以说是天地间的"无独有偶"了。

呜呼!我们怎能起赵君于九原而细细地问他呢?

1928年7月31日晚,北平清华园

《子恺漫画》代序

子恺兄：

　　知道你的漫画将出版，正中下怀，满心欢喜。

　　你总该记得，有一个黄昏，白马湖上的黄昏，在你那间天花板要压到头上来的、一颗骰子似的客厅里，你和我读着竹久梦二的漫画集。你告诉我那篇序做得有趣，并将其大意译给我听。我对于画，你最明白，彻头彻尾是一条门外汉。但对于漫画，却常常要像煞有介事地点头或摇头；而点头的时候总比摇头的时候多——虽没有统计，我肚里有数。那一天我自然也乱点了一回头。

点头之余,我想起初看到一本漫画,也是日本人画的。里面有一幅,题目似乎是《ＡＡ子爵の泪》(上两字已忘记),画着一个微侧的半身像:他严肃的脸上戴着眼镜,有三五颗双钩的泪珠儿,滴滴答答历历落落地从眼睛里掉下来。我同时感到伟大的压迫和轻松的愉悦,一个奇怪的矛盾!梦二的画有一幅——大约就是那画集里的第一幅——也使我有类似的感觉。那幅的题目和内容,我的记性真不争气,已经模糊得很。只记得画幅下方的左角或右角里,并排地画着极粗极肥又极短的一个"!"和一个"?"。可惜我不记得他们哥儿俩谁站在上风,谁站在下风。我明白(自己要脸)他们俩就是整个儿的人生的谜;同时又觉着像是那儿常常见着的两个胖孩子。我心眼里又是糖浆,又是姜汁,说不上是什么味儿。无论如何,我总得惊异;涂呀抹的几笔,便造起个小世界,使你又要叹气又要笑。叹气虽是轻轻的,笑虽是微微的,似一把锋利的裁纸刀,戳到喉咙里去,便可要你的命。而且同时要笑又要叹气,真是不当人子,闹着玩儿!

话说远了。现在只问老兄,那一天我和你说什么来着?——你觉得这句话有些儿来势汹汹,不易招架么?不要紧,且看下文——我说:"你可和梦二一样,将来也印一本。"你大约不曾说什么;是的,你老是不说什么的。我之说这句话,也并非信口开河,我是真的那么盼望着的。况且那时你的小客厅里,互相垂直的两壁上,早已排满了那小眼睛似的漫画的稿；微风穿过它们间时，几乎可以听出"飒飒"的声音。我说的话，便更有把握。现在将要出版的《子恺漫画》，他可以证明我不曾说谎话。

你这本集子里的画，我猜想十有八九是我见过的。我在南方和北方与几个朋友空口白嚼的时候，有时也嚼到你的漫画。我们都爱你的漫画有诗意；一幅幅的漫画，就如一首首的小诗——带核儿的小诗。你将诗的世界东一鳞西一爪地揭露出来，我们这就像吃橄榄似的，老觉着那味儿。《花生米不满足》使我们回到怠懒的儿时，《黄昏》使我们沉入悠然的静默。你到上海后的画，却又不同。你那和平愉悦的诗意，不免要搀上了胡椒末；在你的小小的画幅里，便有了人生的鞭痕。我看了《病车》，叹气比笑更多，正和那天看梦二的画时一样。但是，老兄，真有你的，上海到底不曾太委屈你，瞧你那《买粽子》的劲儿！你的画里也有我不爱的，如那幅《楼上黄昏，马上黄昏》，楼上与马上的实在隔得太近了。你画过的《忆》里的小孩子，他也不赞成。

今晚起了大风。北方的风可不比南方的风，使我心里扰乱；我不再写下去了。

1926年11月2日，北平

文人宅

杜甫《最能行》云，"若道士无英俊才，何得山有屈原宅？"《水经注》，秭归"县北一百六十里有屈原故宅，累石为屋基。"看来只是一堆烂石头，杜甫不过说得嘴响罢了。但代远年湮，渺茫也是当然。往近里说，《孽海花》上的"李纯客"就是李慈铭，书里记着他自撰的楹联，上句云，"保安寺街藏书一万卷"；但现在走过北平保安寺街的人，谁知道哪一所屋子是他住过的？更不用提屋子里怎么个情形，他住着时怎么个情形了。要凭吊，要留连，只好在街上站一会儿出出神而已。

西方人崇拜英雄可真当回事儿，名人故宅往往保存得好。譬如莎士比亚吧，老宅子，新宅子，太太老太太太宅子，都好好的，连家具什物都存着。莎士比亚也许特别些，就是别人，若有故宅可认的话，至少也在墙上用木牌标明，让访古者有低徊之处；无论宅里住着人或已经改了铺子。这回在伦敦所见的四文人宅，时代近，宅内情形比莎士比亚的还好；四所宅子大概都由私人捐款收买，布置起来，再交给公家的。约翰生博士（Samuel Johncom，1709—1784）宅，在旧城，是三层楼房，在一个小方场的一角上，静静的。他一七四八年进宅，直住了十一年；他太太死在这里。他的助手就在三层楼上小屋里编成了他那部大字典。那部寓言小说（Alledgoricalnovel）《剌塞拉斯》（《*Rasselas*》）大概也在这屋子里写成；是晚上写的，只写了一礼拜，为的要付母亲下葬的费用。屋里各处，如门堂、复壁板、楼梯、碗橱、厨房等，无不古气盎然。那著名的大字典陈列在楼下客室里；是第三版，厚厚的两大册。他编著这部字典，意在保全英语的纯粹，并确定字义；因为当时作家采用法国字的实在太多了。字典中所定字义有些很幽默：如"女诗人，母诗人也"（She—Poet，盖准She—Goat——母山羊——字例），又如"燕麦，谷之一种，英格兰以饲马，而苏格兰则以为民食也"，都够损的。——伦敦约翰生社便用这宅子作会所。

济兹（John Keats，1795—1821）宅，在市北汉姆司台德区（Hampstead）。他生卒虽然都不在这屋子里，可是在这儿住，在这儿恋爱，在这儿受人攻击，在这儿写下不朽的诗歌。那时汉姆司台德区还是乡下，以风景著名，不像现时人烟稠密。济兹和他的朋友布朗（Charles Armitage Brown）同住。屋后是个大花园，绿草繁花，静如隔世；中间一棵老梅树，一九二一年干死了，干子还在。据布朗的追记，济慈的《夜莺歌》似乎就在这棵树下写成。布朗说："一八一九年春天，有只夜莺做窠在这屋子近处。济慈常静听它歌唱以自怡悦；一天早晨吃完早饭，他端起一张椅子坐到草地上梅树下，直坐了两三点钟。进屋子的时候，见他拿着几张纸片儿，塞向书后面去。问他，才知道是歌咏我们的夜莺之作。"这里说的梅树，也许就是花园里那一棵。但是屋前还有草地，地上也是一棵三百岁老桑树，枝叶扶疏，至今结桑椹；有人想《夜莺歌》也许在这棵树下写的。济慈的好诗在这宅子里写的最多。

他们隔壁住过一家姓布龙（Brawne）的。有位小姐叫凡耐（Fanny），让济慈爱上了，他俩订了婚，他的朋友颇有人不以为然，为的女的配不上；可是女家也大不乐意，为的济慈身体弱，又像疯疯癫癫的。济慈自己写小姐道："她个儿和我差不多——长长的脸蛋儿——多愁善感——头梳得好——鼻子不坏，就是有点小毛病——嘴有坏处有好处——脸侧面看好，正面看，又瘦又少血色，像没有骨头。身架苗条，姿态如之——胳膊好，手差点儿——脚还可以——她不止十七岁，可是天真烂漫——举动奇奇怪怪的，到处跳跳蹦蹦，给人编诨名，近来愣叫我'自美自的女孩子'——我想这并非生性坏，不过爱闹一点漂亮劲儿罢了。"

一八二〇年二月，济慈从外面回来，吐了一口血。他母亲和三弟都死在痨病上，他也是个痨病底子；从此便一天坏似一天。这一年九月，他的朋友赛焚（Joseph Severn）伴他上罗马去养病；次年二月就死在那里，葬新教坟场，才二十六岁。现在这屋子里陈列着一圈头发，大约是赛焚在他死后从他头上剪下来的。又次年，赛焚向人谈起，说他保存着可怜的济兹一点头发，等个朋友捎回英国去；他说他有个怪想头，想照他的希腊琴的样子作根别针，就用济兹头发当弦子，送给可怜的布龙小姐，只恨找不到这样的手艺人。济兹头发的颜色在各人眼里不大一样：有的说赤褐色，有的说棕色，有的说暖棕色，他二弟两口子说是金红色，赛焚追画他的像，却又画作深厚的棕黄色。布龙小姐的头发，这儿也有一并存着。

他俩订婚戒指也在这儿，镶着一块红宝石。还有一册仿四折本的《莎士比亚》，是济兹常用的。他对于莎士比亚，下过一番苦工夫；书中页边行里都画着道儿，也有些精湛的评语。空白处亲笔写着他见密尔顿发和独坐重读《黎琊王》剧作的两首诗；书名页上记着"给布龙凡耐，一八二〇"，照年份看，准是上意大利去时送了作纪念的。珂罗版印的《夜莺歌》墨迹，有一份在这儿，另有哈代《汉姆司台德宅作》一诗手稿，是哈代夫人捐赠的，宅中出售影印本。济兹书法以秀丽胜，哈代的以苍老胜。

这屋子保存下来却并不易。一九二一年，业主想出售，由人翻盖招租，地段好，脱手一定快的；本区市长知道了，赶紧组织委员会募款一万镑。款还募得不多，投机的建筑公司已经争先向业主讲价钱。在这千钧一发的当儿，亏得市长和本区四名委员迅速行动，用私人名义担保付款，才得挽回危局。后来共收到捐款四千六百五十镑（约合七八万元），多一半是美国人捐的；那时正当大战之后，为这件事在英国募款是不容易的。

加莱尔（Thomas Carlyle, 1795—1881）宅，在泰晤士河旁乞而西区（Chelsea）；这一区至今是文人艺士荟萃之处。加莱尔是维多利亚时代初期的散文家，当时号为"乞而西圣人"。一八三四年住到这宅子里，一直到死。书房在三层楼上，他最后一本书《弗来德力大帝传》就在这儿写的。这间房前面临街，后面是小园子；他让前后都砌上夹墙，为的怕那街上的嚣声，园中的鸡叫。他著书时坐的椅子还在；还有一件呢浴衣。据说他最爱穿浴衣，有不少件；苏格兰国家画院所藏他的画像，便穿着灰呢浴衣，坐在沙发上读书，自有一番宽舒的气象。画中读书用的架子还可看见。宅里存着他几封信，女司事愿意念给访问的人听，朗朗有味。二楼加莱尔夫人屋里放着架小屏，上面横的竖的斜的正的贴满了世界各处风景和人物的画片。

迭更斯（Charles Dickens, 1812—1870）宅，在"西头"，现在是热闹地方。迭更斯出身贫贱，熟悉下流社会情形；他小说里写这种情形，最是酣畅淋漓之至。这使他成为"本世纪最通俗的小说家，又是英国大幽默家之一"，如他的老友浮斯大（Johnforster）给他作的传开端所说。他一八三六年动手写《比克维克秘记》（《Pickwick Papers》），在月刊上发表。起初是绅士比克维克等行猎故事，不甚为世所重；后来仆人山姆（Sam Weller）出现，诙谐嘲讽，百变不穷，那月刊顿时风行起来。迭更斯手头渐宽，这才迁入这宅子里，时在一八三七年。

他在这里写完了《比克维克秘记》，就是这一年印成单行本。他算是一举成名，从此直到他死时，三十四年间，总是蒸蒸日上。来这屋子不多日子，他借了一个饭店举行《秘记》发表周年纪念，又举行他夫妇结婚周年纪念。住了约莫两年，又写成《块肉余生述》《滑稽外史》等。这其间生了两个女儿，房子挤不下了；一八三九年终，他便搬到别处去了。

屋子里最热闹的是画，画着他小说中的人物，墙上大大小小，突梯滑稽，满是的。所以一屋子春气。他的人物虽只是类型，不免奇幻荒唐之处，可是有真味，有人味；因此这么让人欢喜赞叹。屋子下层一间厨房，所谓"丁来谷厨房"，道地老式英国厨房，是特地布置起来的——"丁来谷"是比克维克一行下乡时寄住的地方。厨房架子上摆着带釉陶器，也都画着迭更斯的人物。这宅里还存着他的手杖、头发；一朵玫瑰花，是从他尸身上取下来的；一块小窗户，是他十一岁时住的楼顶小屋里的；一张书桌，他带到美洲去过，临死时给了二女儿，现时罩着紫色天鹅绒，蛮伶俐的。此外有他从这屋子寄出的两封信，算回了老家。

这四所宅子里的东西，多半是人家捐赠；有些是特地买了送来的。也有借得来陈列的。管事的人总是在留意搜寻着，颇为苦心热肠。经常用费大部靠基金和门票、指南等余利；但门票卖的并不多，指南照顾的更少，大约维持也不大容易。格雷（Thomas Gray，1716—1771）以《挽歌辞》（《*Elegy Writtenina Country Churchyard*》）著名。

原题中所云"作于乡村教堂墓地中"，指司妥克波忌士（Stoke Poges）的教堂而言。诗作于一七四二格雷二十五岁时，成于一七五〇，当时诗人怀古之情，死生之感，亲近自然之意，诗中都委婉达出，而句律精妙，音节谐美，批评家以为最足代表英国诗，称为诗中之诗。诗出后，风靡一时，诵读模拟，遍于欧洲各国；历来引用极多，至今已成为英美文学教育的一部分。司妥克波忌士在伦敦西南，从那著名的温泽堡（Windsor Castle）去是很近的。四月一个下午，微雨之后，我们到了那里。一路幽静，似乎鸟声也不大听见。拐了一个小弯儿，眼前一片平铺的碧草，点缀着稀疏的墓碑；教堂木然孤立，像戏台上布景似的。小路旁一所小屋子，门口有小木牌写着格雷陈列室之类。出来一位白发老人，殷勤地引我们去看格雷墓，长方形，特别大，是和他母亲、姨母合葬的，紧挨着教堂墙下。又看水松树（Yew—Tree），老人说格雷在那树下写《挽歌辞》来着；《挽歌辞》里提到水松树，倒是确实的。我们又兜了个大圈子，才回到小屋里，看《挽歌辞》真迹的影印本。还有几件和格雷关系很疏的旧东西。屋后有井，老人自己汲水灌园，让我们想起"灌园叟"来；临别他送我们每人一张教堂影片。

1935年3月21日—23日作

叶圣陶的短篇小说

圣陶谈到他作小说的态度,常喜欢说:"我只是如实地写。"这是作者的自白,我们应该相信。但他初期的创作,在"如实地"取材与描写之外,确还有些别的,我们称为理想,这种理想有相当的一致,不能逃过细心的读者的眼目。后来经历渐渐多了,思想渐渐结实了,手法也渐渐老练了,这才有真个"如实地写"的作品。仿佛有人说过,法国的写实主义到俄国就变了味,这就是加进了理想的色彩。假使这句话不错,圣陶初期的作风可以说是近于俄国的,而后期可以说是近于法国的。

圣陶的身世和对于文艺的见解,顾颉刚先生在《隔膜》序里说得极详。我所见他的生活,也已具于另一文。这里只须指出他是生长在一个古风的城市——苏州——中的人,后来又在一个乡镇——甪直——里住了四五年,一径是做着小学教师;最后才到中国工商业中心的上海市,做商务印书馆的编辑,直至现在。这二十年来时代的大变动,自然也给他不少的影响;辛亥革命,他在苏州;五四运动,他在甪直;五卅运动与国民革命,却是他在上海亲见亲闻的。这几行简短的历史,暗示着他思想变迁的轨迹,他小说里所表现的思想变迁的轨迹。

因为是"如实地写",所以是客观的。他的小说取材于自己及家庭的极少,又不大用第一身,笔锋也不常带情感。但他有他的理想,在人物的对话及作者关于人物或事件的解释里,往往出现,特别在初期的作品中。《不快之感》或《啼声》是两个极端的例子。这是理智的表现。圣陶的静默,是我们朋友里所仅有;他的"爱智",不是偶然的。

爱与自由的理想是他初期小说的两块基石。这正是新文化运动开始时的思潮;但他能用艺术表现,便较一般人为深入。他从母爱性爱一直写到儿童送一个小蚬回家,真算得博大周详。母爱的力量在牺牲自己;顾颉刚先生最爱读的《潜隐的爱》(见顾先生《火灾》序),是一篇极好的代表。一个孤独的蠢笨的乡下妇人用她全部的心与力,偷偷摸摸去爱一个邻家的孩子。这是透过一层的表现。性爱的理想似乎是夫妇一体,《隔膜》与《未厌集》中两篇《小病》,可以算相当的实例。但这个理想是不容易达到的;有时不免来点儿"说谎的艺术"(看《火灾》中《云翳》篇),有时母爱分了性爱的力量,不免觉得"两样";夫妇不能一体时,有时更免不了离婚。离婚是近年常有的现象。但圣陶在《双影》里所写的是女的和男的离了婚,另嫁了一个气味相投的人;后来却又舍不得那男的。这是一个怪思想,是对夫妇一体论的嘲笑。圣陶在这问题上,也许终于是个"怀疑派"罢?至于广泛地爱人爱动物,圣陶以为只有孩子们行;成人是只有隔膜与冷酷罢了。《隔膜》《游泳》(《线下》中),《晨》便写的这一类情形。他又写了些没有爱的人的苦闷,如《归宿》里的青年,《春光不是她的了》里被离弃的妇人,《孤独》里的"老先生"都是的。而《被忘却的》(《火灾》中)里田女士与童女士的同性爱,也正是这种苦闷的另一样写法。

　　自由的一面是解放,还有一面是尊重个性。圣陶特别着眼在妇女与儿童身上。他写出被压迫的妇女,如农妇、童养媳、歌女、妓女等的悲哀;《隔膜》第一篇《一生》便是写一个农妇的。对于中等家庭的主妇的服从与苦辛,他也有哀矜之意。《春游》(《隔膜》中)里已透露出一些反抗的消息;《两封回信》里说得更是明白:女子不是"笼子里的画眉,花盆里的蕙兰",也不是"超人";她"只是和一切人类平等的一个'人'"。他后来在《未厌集》里还有两篇小说(《遗腹子》《小妹妹》),写重男轻女的传统对于女子压迫的力量。圣陶做过多年小学教师,他最懂得儿童,也最关心儿童。他以为儿童不是供我们游戏和消遣的,也不是给我们防老的,他们应有他们自己的地位。他们有他们的权利与生活,我们不应嫌恶他们,也不应将他们当作我们的具体而微看。《啼声》(《火灾》中)是用了一个女婴口吻的激烈的抗议;在圣陶的作品中,这是一篇仅见的激昂的文字。但写得好的是《低能儿》《一课》《义儿》《风潮》等篇;前两篇写儿童的爱好自然,后两篇写教师以成人看待儿童,以致有种种的不幸。其中《低能儿》是早经著名的。此外,他还写了些被榨取着的农人,那些都是被田租的重负压得不能喘气的。他憧憬着"艺术的生活",艺术的生活是自由的,发展个性的;而现在我们的生活,却都被揿在些一定的模型或方式里。圣陶极厌恶这些模型或方式;在这些方式之下,他"只觉一个虚幻的自己包围在广大的虚幻里"(见《隔膜》中《不快之感》)。

圣陶小说的另一面是理想与现实的冲突。假如上文所举各例大体上可说是理想的正面或负面的单纯表现,这种便是复杂的纠纷的表现。如《祖母的心》(《火灾》中)写亲子之爱与礼教的冲突,结果那一对新人物妥协了;这是现代一个极普遍极葛藤的现象。《平常的故事》里,理想被现实所蚕食,几至一些无余;这正是理想主义者烦闷的表白。《前途》与此篇调子相类,但写的是另一面。《城中》写腐败社会对于一个理想主义者的疑忌与阴谋;而他是还在准备抗争。《校长》与《搭班子》里两个校长正在高高兴兴地计划他们的新事业,却来了旧势力的侵蚀；一个妥协了，一个却似乎准备抗争一下。但《城中》与《搭班子》只说到"准备"而止，以后怎样呢？是成功？失败？还是终于妥协呢？据作品里的空气推测，成功是不会的；《城中》的主人公大概要失败，《搭班子》里的大概会妥协吧？圣陶在这里只指出这种冲突的存在与自然的进展，并没有暗示解决的方法或者出路。到写《桥上》与《抗争》，他似乎才进一步地追求了。《桥上》还不免是个人的"浪漫"的行动，作者没有告诉我们全部的故事；《抗争》却有"集团"的意义，但结果是失败了，那领导者做了祭坛前的牺牲。圣陶所显示给我们的，至此而止。还有《在民间》是冲突的别一式。

圣陶后期作品（大概可以说从《线下》后半部起）的一个重要的特色，便是写实主义手法的完成。别人论这些作品，总侧重在题材方面；他们称赞他的"对于城市小资产阶级的描写"。这是并不错的。圣陶的生活与时代都在变动着，他的眼从村镇转到城市，从儿童与女人转到战争与革命的侧面的一些事件了。他写城市中失业的知识工人（《城中》里的《病夫》）和教师的苦闷；他写战争时"城市的小资产阶级"与一部分村镇人物的利己主义，提心吊胆，琐屑等（如茅盾先生最爱的《潘先生在难中》，及《外国旗》）。他又写战争时兵士的生活（《金耳环》）；又写"白色的恐怖。"（如《夜》《冥世别》——《大江月刊》三期）和"目前政治的黑暗"（如《某城纪事》）。他还有一篇写"工人阶级的生活"的《夏夜》(《未厌集》)(看钱杏邨先生《叶绍钧的创作的考察》,见《现代中国文学作家》第二卷)。他这样"描写了广阔的世间";茅盾先生说他作《倪焕之》时才"第一次描写了广阔的世间",似乎是不对的(看《读〈倪焕之〉》,附录在《倪焕之》后面)。他诚然"长于表现城市小资产阶级"(钱语),但他并不是只长于这一种表现,更不是专表现这一种人物,或侧重于表现这一种人物,即使在他后期的作品里。这时期圣陶的一贯的态度,似乎只是"如实地写"一点;他的取材只是选择他所熟悉的,与一般写实主义者一样,并没有显明的"有意的"目的。他的长篇作品《倪焕之》,茅盾先生论为"有意为之的小说",我也有同感;但他在《作者自记》里还说:"每一个人物,我都用严正的态度如实地写",这可见他所信守的是什么了。这时期中的作品,大抵都有着充分的客观的冷静(初期作品,如《饭》也如此,但不多),文字也越发精炼,写实主义的手法至此才成熟了;《晨》这一篇最可代表,是我所最爱的。——只有《冥世别》是个例外;但正如鲁迅先生写不好《不周山》一样,圣陶是不适于那种表现法的。日本藏原惟人《到新写实主义之路》(林伯脩译)里说写实主义有三种。圣陶的应属于第二种,所谓"小布尔乔亚写实主义";在这一点上说他是小资产阶级的作家,我可以承认。

我们的短篇小说,"即兴"而成的最多,注意结构的实在没有几个人;鲁迅先生与圣陶便是其中最重要的。他们的作品都很多,但大部分都有谨严而不单调的布局。圣陶的后期作品更胜于初期的。初期里有些别体,《隔膜》自颇紧凑,但《不快之感》及《啼声》,就没有多少精彩;又《晓行》《旅路的伴侣》两篇(《火灾》中),虽穿插颇费苦心,究竟嫌破碎些(《悲哀的重载》却较好)。这些时候,圣陶爱用抽象观念的比喻,如"失望之渊""烦闷之渊"等,在现在看来,似乎有些陈旧或浮浅了。他又爱用骈句,有时使文字失去自然的风味。而各篇中作者出面解释的地方,往往太正经,又太多。如《苦菜》(《隔膜》中)固是第一身的叙述,但后面那一个公式与其说明,也太煞风景了。圣陶写对话似不顶擅长。各篇中对话往往嫌平板,有时说教气太重;这便在后期作品中也不免。圣陶写作最快,但决非不经心;他在《倪焕之》的《自记》里说:"斟酌字句的癖习越来越深",我们可以知道他平日的态度。他最擅长的是结尾,他的作品的结尾,几乎没有一篇不波俏的。他自己曾戏以此自诩;钱杏邨先生也说他的小说,"往往在收束的地方,使人有悠然不尽之感。"

1930年7月,北平清华园

择偶记

自己是长子长孙,所以不到十一岁就说起媳妇来了。那时对于媳妇这件事简直茫然,不知怎么一来,就已经说上了。是曾祖母娘家人,在江苏北部一个小县份的乡下住着。家里人都在那里住过很久,大概也带着我;只是太笨了,记忆里没有留下一点影子。祖母常常躺在烟榻上讲那边的事,提着这个那个乡下人的名字。起初一切都像只在那白腾腾的烟气里。日子久了,不知不觉熟悉起来了,亲昵起来了。除了住的地方,当时觉得那叫做"花园庄"的乡下实在是最有趣的地方了。因此听说媳妇就定在那里,倒也仿佛理所当然,毫无意见。每年那边田上有人来,蓝布短打扮,衔着旱烟管,带好些大麦粉、白薯干儿之类。他们偶然也和家里人提到那位小姐,大概比我大四岁,个儿高,小脚;但是那时我热心的其实还是那些大麦粉和白薯干儿。

记得是十二岁上,那边捎信来,说小姐痨病死了。家里并没有人叹惜;大约他们看见她时她还小,年代一多,也就想不清是怎样一个人了。父亲其时在外省做官,母亲颇为我的亲事着急,便托了常来做衣服的裁缝做媒。为的是裁缝走的人家多,而且可以看见太太小姐。主意并没有错,裁缝来说一户人家,有钱,两位小姐,一位是姨太太生的;他给说的是正太太生的大小姐。他说那边要相亲。母亲答应了,定下日子,由裁缝带我上茶馆。记得那是冬天,到日子母亲让我穿上枣红宁绸袍子,黑宁绸马褂,戴上红帽结儿的黑缎瓜皮小帽,又叮嘱自己留心些。茶馆里遇见那位相亲的先生,方面大耳,同我现在年纪差不多,布袍布马褂,像是给谁穿着孝。这个人倒是慈祥的样子,不住地打量我,也问了些念什么书一类的话。回来裁缝说人家看得很细:说我的"人中"长,不是短寿的样子,又看我走路,怕脚上有毛病。总算让人家看中了,该我们看人家了。母亲派亲信的老妈子去。老妈子的报告是:大小姐个儿比我大得多,坐下去满满一圈椅;二小姐倒苗苗条条的,母亲说胖了不能生育,像亲戚里谁谁谁;叫裁缝说二小姐。那边似乎生了气,不答应,事情就吹了。

母亲在牌桌上遇见一位太太,她有个女儿,透着聪明伶俐。母亲有了心,回家说那姑娘和我同年,跳来跳去的,还是个孩子。隔了些日子,便托人探探那边口气。那边做的官似乎比父亲的更小,那时正是光复的前年,还讲究这些,所以他们乐意做这门亲。事情已到九成九,忽然出了岔子。本家叔祖母用的一个寡妇老妈子熟悉这家子的事，不知怎么叫母亲打听着了。叫她来问，她的话遮遮掩掩的。到底问出来了，原来那小姑娘是抱来的，可是她一家很宠她，和亲生的一样。母亲心冷了。过了两年，听说她已生了痨病，吸上鸦片烟了。母亲说，幸亏当时没有定下来。我已懂得一些事了，也这末想着。

　　光复那年，父亲生伤寒病，请了许多医生看。最后请着一位武先生，那便是我后来的岳父。有一天，常去请医生的听差回来说，医生家有位小姐。父亲既然病着，母亲自然更该担心我的事。一听这话，便追问下去。听差原只顺口谈天，也说不出个所以然。母亲便在医生来时，叫人问他轿夫，那位小姐是不是他家的。轿夫说是的。母亲便和父亲商量，托舅舅问医生的意思。那天我正在父亲病榻旁，听见他们的对话。舅舅问明了小姐还没有人家，便说："像×翁这样人家怎么样？"医生说："很好呀。"话到此为止，接着便是相亲；还是母亲那个亲信的老妈子去。这回报告不坏，说就是脚大些。事情这样定局，母亲叫轿夫回去说，让小姐裹上点儿脚。妻嫁过来后，说相亲的时候早躲开了，看见的是另一个人。至于轿夫捎的信儿，却引起了一段小小风波。岳父对岳母说："早叫你给她裹脚，你不信；瞧，人家怎么说来着！"岳母说："偏偏不裹，看他家怎么样！"可是到底采取了折中的办法，直到妻嫁过来的时候。

1934年3月作

博物院

伦敦的博物院带画院,只捡大的说,足足有十个之多。在巴黎和柏林,并不"觉得"博物院有这么多似的。柏林的本来少些;巴黎的不但不少,还要多些,但除卢佛宫外,都不大。最要紧的,伦敦各院陈列得有条有理的,又疏朗,房屋又亮,得看;不像卢佛宫,东西那么挤,屋子那么黑,老叫人喘不出气。可是,伦敦虽然得看,说起来也还是千头万绪;真只好捡大的说罢了。

先看西南角。维多利亚亚伯特院最为堂皇富丽。这是个美术博物院,所收藏的都是美术史材料,而装饰用的工艺品尤多,东方的西方的都有。漆器、瓷器、家具、织物、服装、书籍装订,道地五光十色。这里颇有中国东西,漆器瓷器玉器不用说,壁画佛像、罗汉木像,还有乾隆宝座也都见于该院的"东方百珍图录"里。图录里还有明朝李麟(原作Li Ling,疑系此人）画的《波罗球戏图》；波罗球骑着马打，是唐朝从西域传来的。中国现在似乎没存着这种画。院中卖石膏像，有些真大。

自然史院是从不列颠博物院分出来的。这里才真古色古香，也才真"巨大"。看了各种史前人的模型，只觉得远烟似的时代，无从凭吊，无从怀想——满够不上分儿。中生代大爬虫的骨架，昂然站在屋顶下，人还够不上它们一条腿那么长，不用提"项背"了。现代鲸鱼的标本虽然也够大的，但没腿，在陆居的我们眼中就差多了。这里有夜莺，自然是死的，那样子似乎也并不特别秀气；嗓子可真脆真圆，我在话匣片里听来着。

欧战院成立不过十来年。大战各方面，可以从这里略见一斑。这里有模型，有透视画（diorsmas），有照相，有电影机，有枪炮等等。但最多的还是画。大战当年，英国情报部雇用一群少年画家，教他们搁下自己的工作，大规模地画战事画，以供宣传，并作为历史纪录。后来少年画家不够用，连老画家也用上了。那时情报部常常给这些画家开展览会，个人的或合伙的。欧战院的画便是那些展览作品的一部分。少年画家大约都是些立体派，和老画家的浪漫作风迥乎不同。这些画家都透视了战争，但他们所成就的却只是历史纪录，艺术是没有什么的。

现在该到西头来，看人所熟知的不列颠博物院了。考古学的收藏，名人文件，抄本和印本书籍，都数一数二；顾恺之

《女史箴》的卷子和敦煌卷子便在此院中。瓷器也不少，中国的，土耳其的，欧洲各国的都有；中国的不用说，土耳其的青花，浑厚朴拙，比欧洲金的蓝的或刻镂的好。考古学方面，埃及王拉米塞斯第二（约公元前1250）巨大的花岗石像，几乎有自然史院大爬虫那么高，足为我们扬眉吐气；也有坐像。坐立像都僵直而四方，大有虽地动山摇不倒之势。这些像的石质尺寸和形状，表示统治者永久的超人的权力。还有贝叶的《死者的书》，用象形字和俗字两体写成。罗塞他石，用埃及两体字和希腊文刻着诏书一通（公元前195），一七九八年出土；从这块石头上，学者比对希腊文，才读通了埃及文字。

希腊巴昔农庙（Parthenon）的各件雕刻，是该院最足以自豪的。这个庙在雅典，奉祀女神雅典巴昔奴；配利克里斯（Pericles）时代，叫成千带万的艺术家，用最美的大理石，重建起来，总其事的是配氏的好友兼顾问，著名雕刻家费迪亚斯（Phidias）。那时物阜民丰，费了二十年工夫，到了公元前四三五年，才造成。庙是长方形，有门无窗；或单行或双行的石柱围绕着，像女神的马队一般。短的两头，柱上承着三角形的楣；这上面都雕着像。庙墙外上部，是著名的刻壁。庙在一六八七年让威尼斯人炸毁了一部分；一八〇一年，爱而近伯爵从雅典人手里将三角楣上的像、刻壁，和些别的买回英国，费了七万镑，约合百多万元；后来转卖给这博物院，却只要一半价钱。院中特设了一间爱而近室陈列那些艺术品，并参考巴黎国家图书馆所藏的巴昔农庙诸图，做成庙的模型，巍巍然立在石山上。

希腊雕像与埃及大不相同，绝无僵直和紧张的样子。那些艺术家比较自由，得以研究人体的比例；骨架、肌理、皮肉，他们都懂得清楚，而且有本事表现出来。又能抓住要点，使全体和谐不乱。无论坐像立像，都自然，庄严，造成希腊艺术的特色：清明而有力。当时运动竞技极发达，艺术家雕神像，常以得奖的人为"模特儿"，赤裸裸的身体里充满了活动与力量。可是究竟是神像，所以不能是如实的人像而只是理想的人像。这时代所缺少的是热情、幻想；那要等后世艺人去发展了。庙的东楣上运命女神三姊妹像，头已经失去了，可是那衣褶如水的轻妙，衣褶下身体的充盈，也从繁复的光影中显现，几乎不相信是石人。那刻壁浮雕着女神节贵家少女献衣的行列。少女们穿着长袍，庄严的衣褶，和运命女神的又不一样，手里各自拿着些东西；后面跟着成队的老人、妇女，雄赳赳的骑士，还有带祭品的人，齐向诸神而进。诸神清明彻骨，在等待着这一行人众。这刻壁上那么多人，却不繁杂，不零散，打成一片，布局时必然煞费苦心。而细看诸少女诸骑士，也各有精神，绝不一律；其间刀锋或深或浅，光影大异。少壮的骑士更像生龙活虎，千载如见。

院中所藏名人的文件太多了。像莎士比亚押房契，密尔顿出卖《失乐园》的合同（这合同是书记代签，不出密氏亲笔），巴格来夫（Palgrave）的《金库集》稿，格雷的《挽歌》稿，哈代的《苔丝》稿，达文齐、密凯安杰罗的手册，还有维多利亚后四岁时铅笔签字，都亲切有味。至于荷马史诗的贝叶，公元一世纪所写，在埃及发现的，以及九世纪时希伯来文的《旧约圣经》残页，据说也许是世界上最古《圣经》的钞本，却真令人悠然遐想。还有，二世纪时，罗马舰队一官员，向兵丁买了一个七岁的东方小儿为奴，立了一张贝叶契，上端盖着泥印七颗；和英国大宪章的原本，很可比着看。院里藏的中古钞本也不少；那时欧洲僧侣非常闲，日以抄书为事；字用峨特体，多棱角，精工是不用说的。他们最考究字头和插画，必然细心勾勒着上鲜丽的颜色，蓝和金用得多些；颜色也选得精，至今不变。某抄本有岁历图，二幅，画十二月风俗，细致风华，极为少见。每幅下另有一栏，画种种游戏，人物短小，却也滑稽可喜。画目如下：正月，析薪；二月，炬舞；三月，种花，伐木；四月，情人园会；五月，荡舟；六月，比武；七月，行猎，刈麦；八月，获稻；九月，酿酒；十月，耕种；十一月，猎归；十二月，屠豕。钞本和印本书籍之多，世界上只有巴黎国家图书馆可与这博物院相比；此处印本共三百二十万余册。有穹隆顶的大阅览室，圆形，室中桌子的安排，好像车轮的辐，可坐四百八十五人；管理员高踞在毂中。

次看画院。国家画院在西中区闹市口，匹对着特拉伐加方场一百八十四英尺高的纳尔逊石柱子。院中的画不算很多，可是足以代表欧洲画史上的各派，他们自诩，在这一方面，世界上哪儿也及不上这里。最完全的是意大利十五六世纪的作品，特别是佛罗伦司派，大约除了意大利本国，便得上这儿来了。画按派别排列，可也按着时代。但是要看英国美术，此地不成，得上南边儿泰特（Tate）画院去。那画院在泰晤士河边上；一九二八年水上了岸，给浸坏了特耐尔（Joseph Maldord William Turner, 1775—1851）好多画，最可惜。特耐尔是十九世纪英国最大的风景画家，也是印象派的先锋。他是个穷苦的孩子，小时候住在菜市旁的陋巷里，常只在泰晤士河的码头和驳船上玩儿。他对于泰晤士河太熟了，所以后来爱画船，画水，画太阳光。再后来他费了二十多年工夫专研究光影和色彩，轮廓与内容差不多全不管；这便做了印象派的前驱了。他画过一幅《日出：湾头堡子》，那堡子淡得只见影儿，左手一行树，也只有树的意思罢了；可是，瞧，那金黄的朝阳的光，顺着树水似的流过去，你只觉着温暖，只觉着柔和，在你的身上，那光却又像一片海，满处都是的，可是闪闪烁烁，仪态万千，叫你无从捉摸，有点儿着急。特耐尔以前，坚士波罗（Gainsborough, 1727—1788）是第一个脱离荷兰影响的人，用英国景物作风景画的题材，又以画像著名。何嘉士（Hogarth, 1697—1764）画了一套《结婚式》，又生动又亲切，当时刻板流传，风行各处，现存在这画院中。美国大画家惠斯勒（Whistler）称他为英国仅有的大画家。雷诺尔兹（Reynolds, 1723—1792）的画像，与坚士波罗并称。画像以性格与身份为主，第一当然要像。可是从看画者一面说，像主若是历史上的或当代的名人，他们的性格与身份，多少总知道些，看起来自然有味，也略能批评得失。若只是平凡的人，凭你怎样像，陈列到画院里，怕就少有去理会的。因此，画家为维持他们永久的生命计，有时候重视技巧，而将"像"放在第二着。雷诺尔兹与坚士波罗似乎就是这样的人。他们画的像，色调鲜明而缥缈。庄严的男相，华贵的女相，优美活泼的孩子相，都算登峰造极；可就是不大"像"。坚氏的女像总太瘦；雷氏的不至于那么瘦，但是像主往往退回他的画，说太不像。——国家画院旁有个国家画像院，专陈列英国历史上名人的像，文学家、艺术家、科学家、政治家、皇族，应有尽有，约共二千一百五十人。油画是大宗，排列依着时代。这儿也看见雷坚二氏的作品；但就全体而论，历史比艺术多的多。

泰特画院中还藏着诗人勃来克（William Blake，1757—1827）和罗塞蒂（Dante Gabriel Rossetti，1828—1882）的画。前一位是浪漫诗人的先驱，号称神秘派。自幼儿想象多，都表现在诗与画里。他的图案非常宏伟，色彩也如火焰，如一飞冲天的翅膀。所画的人体并不切实，只用作表现姿态，表现动的符号而已。后一位是先拉斐尔派的主角，这一派是诗与画双管齐下的。他们不相信"为艺术的艺术"，而以知识为重。画要叙事，要教训，要接触民众的心，让他们相信美的新观念；画笔要细腻，颜色却不必调和。罗氏作品有着清明的调子，强厚的感情；只是理想虽高，气韵却不够生动似的。当代英国名雕塑家爱勃斯坦（Jacob Epstein）也有几件东西陈列在这里。他是新派的浪漫雕塑家。这派人要在形体的部分中去找新的情感力量，那必是不寻常的部分，足以扩展他们自己情感或感觉的经验的。他们以为这是美，夸张地表现出来；可是俗人却觉得人不像人，物不像物，觉得丑，只认为滑稽画一类。爱氏雕石头，但是塑泥似乎更多：塑泥的表面，决不刮光，就让那么凸凸凹凹地堆着，要的是这股劲儿。塑完了再倒铜。——他也卖素描，形体色调也是那股浪漫劲儿。

以上只有不列颠博物院的历史可以追塑到十八世纪；别的都是十九世纪建立的，但欧战院除外。这些院的建立，固然靠国家的力量，却也靠私人的捐助——捐钱盖房子或捐自己的收藏的都有。各院或全不要门票，像不列颠博物院就是的；或一礼拜中两天要门票，票价也极低。他们印的图片及专册，廉价出售，数量惊人。又差不多都有定期的讲演，一面讲一面领着看；虽然讲的未必怎样精，听讲的也未必怎样多。这种种全为了教育民众，用意是值得我们佩服的。

1936年10月19日作

说梦

伪《列子》里有一段梦话,说得甚好:

"周之尹氏大治产,其下趣役者,侵晨昏而不息。有老役夫筋力竭矣,而使之弥勤。昼则呻呼而即事,夜则昏惫而熟寐。精神荒散,昔昔梦为国君:居人民之上,总一国之事;游燕宫观,恣意所欲,其乐无比。觉则复役人。……尹氏心营世事,虑钟家业,心形俱疲,夜亦昏惫而寐。昔昔梦为人仆:趋走作役,无不为也;数骂杖挞,无不至也。眠中㗅吃呻呼,彻旦息焉。……"

此文原意是要说出"苦逸之复,数之常也;若欲觉梦兼之,岂可得邪?"这其间大有玄味,我是领略不着的;我只是断章取义地赏识这件故事的自身,所以才老远地引了来。我只觉得梦不是一件坏东西。即真如这件故事所说,也还是很有意思的。因为人生有限,我们若能夜夜有这样清楚的梦,则过了一日,足抵两日,过了五十岁,足抵一百岁;如此便宜的事，真是落得的。至于梦中的"苦乐"，则照我素人的见解，毕竟是"梦中的"苦乐，不必斤斤计较的。若必欲斤斤计较，我要大胆地说一句：他和那些在墙上贴红纸条儿，写着"夜梦不祥，书破大吉"的，同样地不懂得梦！

但庄子说道："至人无梦。"伪《列子》里也说道，"古之真人，其觉自忘，其寝不梦。"——张湛注曰："真人无往不忘，乃当不眠，何梦之有？"可知我们这几位先哲不甚以做梦为然，至少也总以为梦是不大高明的东西。但孔子就与他们不同，他深以"不复梦见周公"为憾；他自然是爱做梦的，至少也是不反对做梦的。——殆所谓时乎做梦则做梦者欤？我觉得"至人""真人"，毕竟没有我们的份儿，我们大可不必妄想；只看"乃当不眠"一个条件，你我能做到么？唉，你若主张或实行"八小时睡眠"，就别想做"至人""真人"了！但是，也不用担心，还有为我们捐木梢的：我们知道，愚人也无梦！他们是一枕黑甜，哼呵到晓，一些儿梦的影子也找不着的！我们侥幸还会做几个梦，虽因此失了"至人""真人"的资格，却也因此而得免于愚人，未尝不是运气。至于"至人""真人"之无梦和愚人之无梦，究竟有何分别？却是一个难题。我想偷懒，还是撷拾上文说过的话来答吧："真人……乃当不眠，……"而愚人是"一枕黑甜，哼呵到晓"的！再加一句，此即孔子所谓"上智与下愚不移"也。说到孔子，孔子不反对做梦，难道也做不了"至人""真人"？我说，"唯唯，否否！"孔子是"圣人"，自有他的特殊的地位，用不着再来争"至人""真人"的名号了。但得知道，做梦而能梦周公，才能成其所以为圣人；我们也还是够不上格儿的。

我们终于只能做第二流人物。但这中间也还有个高低。高的如我的朋友P君：他梦见花，梦见诗，梦见绮丽的衣裳，……真可算得有梦皆甜了。低的如我：我在江南时，本忝在愚人之列，照例是漆黑一团地睡到天光；不过得声明，哼呵是没有的。北来以后，不知怎样，陡然聪明起来，夜夜有梦，而且不一其梦。但我究竟是新升格的，梦尽管做，却做不着一个清清楚楚的梦！成夜地乱梦颠倒，醒来不知所云，恍然若失。最难堪的是每早将醒未醒之际，残梦依人，腻腻不去；忽然双眼一睁，如坠深谷，万象寂然——只有一角日光在墙上痴痴地等着！我此时决不起来，必凝神细想，欲追回梦中滋味于万一；但照例是想不出，只惘惘然茫茫然似乎怀念着些什么而已。虽然如此，有一点是知道的：梦中的天地是自由的，任你徜徉，任你翱翔；一睁眼却就给密密的麻绳绑上了，就大大地不同了！我现在确乎有些精神恍惚，这里所写的就够叫你知道。但我不因此诅咒梦；我只怪我做梦的艺术不佳，做不着清楚的梦。若做着清楚的梦，若夜夜做着清楚的梦，我想精神恍惚也无妨的。照现在这样一大串儿糊里糊涂的梦，直是要将这个"我"化成漆黑一团，却有些儿不便。是的，我得学些本事，今夜做他几个好好的梦。我是彻头彻尾赞美梦的，因为我是素人，而且将永远是素人。

乞丐

"外国也有乞丐",是的;但他们的丐道或丐术不大一样。近些年在上海常见的,马路旁水门汀上用粉笔写着一大堆困难情形,求人帮助,粉笔字一边就坐着那写字的人,——北平也见过这种乞丐,但路旁没有水门汀,便只能写在纸上或布上——却和外国乞丐相像;这办法不知是"来路货"呢,还是"此心同,此理同"呢?

伦敦乞丐在路旁画画的多,写字的却少。只在特拉伐加方场附近见过一个长须老者(外国长须的不多),在水门汀上端坐着,面前几行潦草的白粉字。说自己是大学出身,现在一寒至此,大学又有何用,这几句牢骚话似乎颇打动了一些来来往往的人,加上老者那炯炯的双眼,不露半星儿可怜相,也教人有点肃然。他右首放着一只小提箱,打开了,预备人往里扔钱。那地方本是四通八达的闹市,扔钱的果然不少。箱子内外都撒的铜子儿（便士）；别的乞丐却似乎没有这么好的运气。

画画的大半用各色粉笔，也有用颜料的。见到的有三种花样。或双钩To Live（求生）二字，每一个字母约一英尺见方，在双钩的轮廓里精细地作画。字母整齐匀净，通体一笔不苟。或双钩Good Luck（好运）二字，也有只用Luck（运气）一字的。——"求生"是自道；"好运""运气"是为过客颂祷之辞。或画着四五方风景，每方大小也在一英尺左右。通常画者坐在画的一头，那一头将他那旧帽子翻过来放着，铜子儿就扔在里面。

这些画丐有些在艺术学校受过正式训练，有些平日爱画两笔，算是"玩艺儿"。到没了落儿，便只好在水门汀上动起手来了。一九三二年五月十日，这些人还来了一回展览会。那天的晚报（The Evening News）上选印了几幅，有两幅是彩绣的。绣的人诨名"牛津街开特尔老大"，拳乱时做水手，来过中国，他还记得那时情形。这两幅画绣在帆布（画布）上，每幅下了八万针。他绣过英王爱德华像，据说颇为当今王后所赏识；那是他生平最得意的时候，现在却只在牛津街上浪荡着。

晚报上还记着一个人。他在杂戏馆（Halls）干过三十五年，名字常大书在海报上。三年前还领了一个杂戏班子游行各处，他扮演主要的角色。英伦三岛的城市都到过；大陆上到过百来处，美国也到过十来处。也认识贾波林。可是时运不济，"老伦敦"却没一个子儿。他想起从前朋友们说过静物写生多么有意思，自己也曾学着玩儿；到了此时，说不得只好凭着这点"玩艺儿"在泰晤士河长堤上混混了。但是他怕认得他的人太多，老是背向着路中，用大帽檐遮了脸儿。他说在水门汀上作画颇不容易；最怕下雨，几分钟的雨也许毁了整天的工作。他说总想有朝一日再到戏台上去。

画丐外有乐丐。牛津街见过一个，开着话匣子，似乎是坐在三轮自行车上；记得颇有些堂哉皇也的神气。复活节星期五在冷街中却见过一群，似乎一人推着风琴，一人按着，一人高唱《颂圣歌》——那推琴的也和着。这群人样子却就狼狈了。据说话匣子等等都是赁来；他们大概总有得赚的。另一条冷街上见过一个男的带着两个女的，穿着得像刚从垃圾堆里出来似的。一个女的还抹着胭脂，简直是一块块红土！男的奏乐，女的乱七八糟地跳舞，在刚下完雨泥滑滑的马路上。这种女乞丐像很少。又见过一个拉小提琴的人，似乎很年轻，很文雅，向着步道上的过客站着。右手本来抱着个小猴儿；拉琴时先把它抱在左肩头蹲着。拉了没几弓子，猴儿尿了；他只若无其事，让衣服上淋淋漓漓的。

牛津街上还见过一个，那真狼狈不堪。他大概赁话匣子等等的力量都没有；只找了块板儿，三四尺长，五六寸宽，上面安上条弦子，用只玻璃水杯将弦子绷起来。把板儿放在街沿下，便蹲着，两只手穿梭般弹奏着。那是明灯初上的时候，步道上人川流不息；一双双脚从他身边匆匆地跨过去，看见他的似乎不多。街上汽车声脚步声谈话声混成一片，他那独弦的细声细气，怕也不容易让人听见。可是他还是埋着头弹他那一手。

几年前一位朋友还见过背诵迭更斯小说的。大家正在戏园门口排着班等买票；这个人在旁背起《块肉余生述》来，一边念，一边还做着。这该能够多找几个子儿，因为比那些话匣子等等该有趣些。

　　警察禁止空手空口的乞丐，乞丐便都得变做卖艺人。若是无艺可卖，手里也得拿点东西，如火柴皮鞋带之类。路角落里常有男人或女人拿着这类东西默默站着，脸上大都是黯淡的。其实卖艺、卖物，大半也是幌子；不过到底叫人知道自尊些，不许不做事白讨钱。只有瞎子，可以白讨钱。他们站着或坐着；胸前有时挂一面纸牌子，写着"盲人"。又有一种人，在乞丐非乞丐之间。有一回找一家杂耍场不着，请教路角上一个老者。他殷勤领着走，一面说刚失业，没钱花，要我帮个忙儿。给了五个便士（约合中国三毛钱），算是酬劳，他还争呢。其实只有二三百步路罢了。跟着走，诉苦、白讨钱的，只遇着一次；那里街灯很暗，没有警察，路上人也少，我又是外国人，他所以厚了脸皮，放了胆子——他自然不是瞎子。

1935年10月26日作

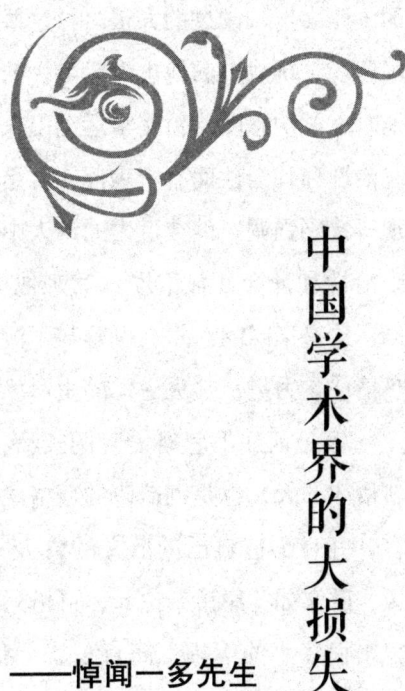

中国学术界的大损失

——悼闻一多先生

一

闻一多先生在昆明惨遭暗杀，激起全国的悲愤。这是民主运动的大损失，又是中国学术的大损失。关于后一方面，作者知道的比较多，现在且说个大概，来追悼这一位多年敬佩的老朋友。

大家都知道闻先生是一位诗人。他的《红烛》，尤其他的《死水》，读过的人很多。这些集子的特色之一，是那些爱国诗。在抗战以前他也许是唯一的爱国新诗人。这里可以看出他对文学的态度。新文学运动以来，许多作者都认识了文学的政治性和社会性而有所表现，可是闻先生认识得特别亲切，表现得特别强调。他在过去的诗人中最敬爱杜甫，就因为杜诗的政治性和社会性最浓厚。后来他更进一步，注意原始人的歌舞：这是集团的艺术，也是与生活打成一片的艺术。他要的是热情，是力量，是火一样的生命。

但是他并不忽略语言的技巧，大家都记得他是提倡诗的新格律的人，也是创造诗的新格律的人。他创造自己的诗的语言，并且创造自己的散文的语言。诗，大家都知道，不必细说；散文如《唐诗杂论》，可惜只有五篇，那经济的字句，那完密而短小的篇幅，简直是诗。我听他近来的演说，有两三回也是这么精悍，字字句句好似称量而出，却又那么自然流畅。他因此也特别能够体会古代语言的曲折处。当然，以上这些都得靠学力，但是更得靠才气，也就是想象。单就读古书而论，固然得先通文字声韵之学；可是还不够，要没有活泼的想象力，就只能做出点滴的饾饤的工作，决不能融会贯通的。这里需要细心，更需要大胆。闻先生能够体会到古代语言的表现方式，他的校勘古书，有些地方胆大得吓人，但却得细心吟味所得；平心静气读下去，不由人不信。校书本有死校活校之分；他自然是活校，而因为知识和技术的一般进步，他的成就骎骎乎驾活校的高邮王氏父子而上之。

他研究中国古代，可是他要使局部化了石的古代复活在现代人的心目中。因为这古代与现代究竟属于一个社会、一个国家，而历史是联贯的。我们要客观地认识古代；可是，是"我们"在客观地认识古代，现代的我们要能够在心目中想象古代的生活，要能够在心目中分享古代的生活，才能认识那活的古代，也许才是那真的古代——这也才是客观的认识古代。闻先生研究伏羲的故事或神话，是将这神话跟人们的生活打成一片；神话不是空想，不是娱乐，而是人民的生命欲和生活力的表现。这是死活存亡的消息，是人与自然斗争的纪录，非同小可。他研究《楚辞》的神话，也是一样的态度。他看屈原，也将他放在整个时代、整个社会里看。他承认屈原是伟大的天才；但天才是活人，不是偶像，只有这么看，屈原的真面目也许才能再现在我们心中。他研究《周易》里的故事，也是先有一整个社会的影像在心里。研究《诗经》也如此，他看出那些情诗里不少歌咏性生活的句子；他常说笑话，说他研究《诗经》，越来越"形而下"了——其实这正表现着生命的力量。

他是有幽默感的人；他的认识古代，有时也靠着这种幽默感。看《匡斋尺牍》里《狼跋》一篇，便知道他能够体会到别人从不曾体会到的古人的幽默感。而所谓"匡斋"本于匡衡说诗解人颐那句话，正是幽默的意思。他的《死水》里《闻一多先生的书桌》，也是一首难得的幽默诗。他有着强大的生命力，常跟我们说要活到八十岁，现在还不满四十八岁，竟惨死在那卑鄙恶毒的枪下!有个学生曾瞻仰他的遗体,见他"遍身血迹,双手抱头,全身痉挛"。唉!他是不甘心的,我们也是不甘心的!

二

闻先生的惨死尤其是中国文学方面一个不容易补偿的损失。

闻先生的专门研究是《周易》《诗经》《庄子》《楚辞》,以及唐诗,许多人都知道。他的研究工作至少有了二十年,发表的文字虽然不算太多,但积存的稿子却很多。这些并非零散的稿子,大都是成篇的,而且他亲手抄写得很工整。只是他总觉得还不够完密,要再加些工夫才愿意编篇成书。这可见他对于学术忠实而谨慎的态度。

他最初在唐诗上多用力量。那时已见出他是个考据家,并已见出他的考据的本领。他注重诗人的年代和诗的年代。关于唐诗的许多错误的解释与错误的批评,都由于错误的年代。他曾将唐代一部分诗人生卒年代可考者制成一幅图表,谁看了都会一目了然。他是学过图案画的,这帮助他在考据上发现了一种新技术;这技术是值得发展的。但如一般所知,他又是个诗人,并且是个在领导地位的新诗人,他亲自经历过创作的甘苦,所以更能欣赏诗人与诗。他的《唐诗杂论》虽然只有五篇,但都是精彩逼人之作。这些不但将欣赏和考据融化得恰到好处,并且创造了一种诗样精粹的风格,读起来句句耐人寻味。

后来他在《诗经》《楚辞》上多用力量。我们知道，要了解古代文学，必须从语言下手，就是从文字声韵下手。但必须能够活用文字声韵的种种条例，才能有所创获。闻先生最佩服王念孙父子，常将《读书杂志》《经义述闻》当作消闲的书读着。他在古书通读上有许多惊人而确切的发明。对于甲骨文和金文，也往往有独到之见。他研究《诗经》，注重那时代的风俗和信仰等等；这几年更利用弗洛依德以及人类学的理论得到一些深入的解释。他对《楚辞》的兴趣似乎更大，而尤集中于其中的神话。他的研究神话，实在给我们学术界开辟了一条新的大路。关于伏羲的故事，他曾将许多神话综合起来，头头是道，创见最多，关系极大。曾听他谈过大概，可惜写出来的还只是一小部分。他研究《周易》，是爱其中的片段的故事，注重的是社会生活经济生活的表现。近三四年他又专力研究《庄子》，探求原始道教的面目，并发现庄子一派政治上不合作的态度。以上种种都跟传统的研究不同：眼光扩大了，深入了，技术也更进步了，更周密了。所以贡献特别多，特别大。近年他又注意整个的中国文学史，打算根据经济史观去研究一番，可惜还没有动手就殉了道。

　　这真是我们一个不容易补偿的损失啊！

1946年7月20日作

春晖的一月

去年在温州,常常看到本刊,觉得很是欢喜。本刊印刷的形式,也颇别致,更使我有一种美感。今年到宁波时,听许多朋友说,白马湖的风景怎样怎样好,更加向往。虽然于什么艺术都是门外汉,我却怀抱着爱"美"的热诚,三月二日,我到这儿上课来了。在车上看见"春晖中学校"的路牌,白地黑字的,小秋千架似的路牌,我便高兴。出了车站,山光水色,扑面而来,若许我抄前人的话,我真是"应接不暇"了。于是我便开始了春晖的第一日。

走向春晖,有一条狭狭的煤屑路。那黑黑的细小的颗粒,脚踏上去,便发出一种摩擦的噪音,给我多少清新的趣味。而最系我心的,是那小小的木桥。桥黑色,由这边慢慢地隆起,到那边又慢慢地低下去，故看去似乎很长。我最爱桥上的栏干，那变形的纹的栏干；我在车站门口早就看见了，我爱它的玲珑！桥之所以可爱，或者便因为这栏干哩。我在桥上逗留了好些时。这是一个阴天。山的容光，被云雾遮了一半，仿佛淡妆的姑娘。但三面映照起来，也就青得可以了，映在湖里，白马湖里，接着水光，却另有一番妙景。我右手是个小湖，左手是个大湖。湖有这样大，使我自己觉得小了。湖水有这样满，仿佛要漫到我的脚下。湖在山的趾边，山在湖的唇边；他俩这样亲密，湖将山全吞下去了。吞的是青的，吐的是绿的，那软软的绿呀，绿的是一片，绿的却不安于一片；它无端地皱起来了。如絮的微痕，界出无数片的绿；闪闪闪闪的，像好看的眼睛。湖边系着一只小船，四面却没有一个人，我听见自己的呼吸。想起"野渡无人舟自横"的诗，真觉物我双忘了。

　　好了，我也该下桥去了；春晖中学校还没有看见呢。弯了两个弯儿，又过了一重桥。当面有山挡住去路；山旁只留着极狭极狭的小径。挨着小径，抹过山角，豁然开朗；春晖的校舍和历落的几处人家，都已在望了。远远看去，房屋的布置颇疏散有致，决无拥挤、局促之感。我缓缓走到校前，白马湖的水也跟我缓缓地流着。我碰着丏尊先生。他引我过了一座水门汀的桥，便到了校里。校里最多的是湖，三面潺潺地流着；其次是草地，看过去芊芊的一片。我是常住城市的人，到了这种空旷的地方，有莫名的喜悦！乡下人初进城，往往有许多的惊异，供给笑话的材料；我这城里人下乡，却也有许多的惊异——我的可笑，或者竟不下于初进城的乡下人。闲言少叙，且说校里的房屋、格式、布置固然疏落有味，便是里面的用具，也无一不显出巧妙的匠意；决无笨伯的手泽。晚上我到几位同事家去看，壁上有书有画，布置井井，令人耐坐。这种情形正与学校的布置，自然界的布置是一致的。美的一致，一致的美，是春晖给我的第一件礼物。

有话即长，无话即短，我到春晖教书，不觉已一个月了。在这一个月里，我虽然只在春晖登了十五日（我在宁波四中兼课），但觉甚是亲密。因为在这里，真能够无町畦。我看不出什么界线，因而也用不着什么防备、什么顾忌；我只照我所喜欢的做就是了。这就是自由了。从前我到别处教书时，总要做几个月的"生客"，然后才能坦然。对于"生客"的猜疑，本是原始社会的遗形物，其故在于不相知。这在现社会，也不能免的。但在这里，因为没有层迭的历史，又结合比较的单纯，故没有这种习染。这是我所深愿的！这里的教师与学生，也没有什么界限。在一般学校里，师生之间往往隔开一无形界限，这是最足减少教育效力的事！学生对于教师，"敬鬼神而远之"；教师对于学生，尔为尔，我为我，休戚不关，理乱不闻！这样两橛的形势，如何说得到人格感化？如何说得到"造成健全人格"？这里的师生却没有这样情形。无论何时，都可自由说话；一切事务，常常通力合作。校里只有协治会而没有自治会。感情既无隔阂，事务自然都开诚布公，无所用其躲闪。学生因无须矫情饰伪，故甚活泼有意思。又因能顺全天性，不遭压抑；加以自然界的陶冶，故趣味比较纯正。——也有太随便的地方，如有几个人上课时喜欢谈闲天，有几个人喜欢吐痰在地板上，但这些总容易矫正的。——春晖给我的第二件礼物是真诚，一致的真诚。

春晖是在极幽静的乡村地方，往往终日看不见一个外人！寂寞是小事；在学生的修养上却有了问题。现在的生活中心，是城市而非乡村。乡村生活的修养能否适应城市的生活，这是一个问题。此地所说适应，只指两种意思：一是抵抗诱惑，二是应付环境——明白些说，就是应付人，应付物。乡村诱惑少，不能养成定力；在乡村是好人的，将来一入城市做事，或者竟抵挡不住。从前某禅师在山中修道，道行甚高；一旦入闹市，"看见粉白黛绿，心便动了"。这话看来有理，但我以为其实无妨。就一般人而论，抵抗诱惑的力量大抵和性格、年龄、学识、经济力等有"相当"的关系。除经济力与年龄外，性格、学识都可用教育的力量提高它，这样增加抵抗诱惑的力量。提高的意思，说得明白些，便是以高等的趣味替代低等的趣味；养成优良的习惯，使不良的动机不容易有效。用了这种方法，学生达到高中毕业的年龄，也总该有相当的抵抗力了；入城市生活又何妨？（不及初中毕业时者，因初中毕业，仍须续入高中，不必自己挣扎，故不成问题。）有了这种抵抗力，虽还有经济力可以作祟，但也不能有大效。前面那禅师所以不行，一因他过的是孤独的生活，故反动力甚大，一因他只知克制，不知替代；故外力一强，便"虎兕出于柙"了！这岂可与现在这里学生的乡村生活相提并论呢？至于应付环境,我以为应付物是小问题,可以随时指导;而且这与乡村,城市无大关系。我是城市的人,但初到上海,也曾因不会乘电车而跌了一交,跌得皮破血流;这与乡下诸公又差得几何呢?若说应付人,无非是机心!什么"逢人只说三分话,未可全抛一片心",便是代表的教训。教育有改善人心的使命;这种机心,有无养成的必要,是一个问题。姑不论这个,要养成这种机心,也非到上海这种地方去不成;普通城市正和乡村一样,是没有什么帮助。凡以上所说,无非要使大家相信,这里的乡村生活的修养,并不一定不能适应将来城市的生活。况且我们还可以举行旅行,以资调剂呢。况且城市生活的修养,虽自有它的好处,但也有流弊。如诱惑太多,年龄太小或性格未佳的学生,或者转易陷溺——那就不但不能磨练定力,反早早地将定力丧失了!所以城市生活的修养不一定比乡村生活的修养有效。——只有一层,乡村生活足以减少少年人的进取心,这却是真的!

说到我自己,却甚喜欢乡村的生活,更喜欢这里的乡村的生活。我是在狭的笼的城市里生长的人,我要补救这个单调的生活,我现在住在繁嚣的都市里,我要以闲适的境界调和它。我爱春晖的闲适!闲适的生活可说是春晖给我的第三件礼物!

我已说了我的"春晖的一月";我说的都是我要说的话。或者有人说,赞美多而劝勉少,近乎"戏台里喝彩"!假使这句话是真的,我要切实声明:我的多赞美,必是情不自禁之故,我的少劝勉,或是观察时期太短之故。

1924年4月12日夜作

重庆行记

这回暑假到成都看看家里人和一些朋友,路过陪都,停留了四日。每天真是东游西走,几乎车不停轮,脚不停步。重庆真忙,像我这个无事的过客,在那大热天里,也不由自主地好比在旋风里转,可见那忙的程度。这倒是现代生活现代都市该有的快拍子。忙中所见,自然有限,并且模糊而不真切。但是换了地方,换了眼界,自然总觉得新鲜些,这就乘兴记下了一点儿。

飞

我从昆明到重庆是飞的。人们总羡慕海阔天空,以为一片茫茫,无边无界,必然大有可观。因此以为坐海船坐飞机是

"不亦快哉！"其实也未必然。晕船晕机之苦且不谈，就是不晕的人或不晕的时候，所见虽大，也未必可观。海洋上见的往往是一片汪洋，水，水，水。当然有浪，但是浪小了无可看，大了无法看——那时得躲进舱里去。船上看浪，远不如岸上，更不如高处。海洋里看浪，也不如江湖里，海洋里只是水，只是浪，显不出那大气力。江湖里有的是遮遮碍碍的，山哪，城哪，什么的，倒容易见出一股劲儿。"江间波浪兼云涌"为的是巫峡勒住了江水；"波撼岳阳城"，得有那岳阳城，并且得在那岳阳城楼上看。

不错，海洋里可以看日出和日落，但是得有运气。日出和日落全靠云霞烘托才有意思。不然，一轮呆呆的日头简直是个大傻瓜！云霞烘托虽也常有，但往往淡淡的，懒懒的，那还是没意思。得浓，得变，一眨眼一个花样，层出不穷，才有看头。这是可遇而不可求的。平生只见过两回的落日，都在陆上，不在水里。水里看见的，日出也罢，日落也罢，只是些傻瓜而已。这种奇观若是有意为之，大概白费气力居多。有一次大家在衡山上看日出，起了个大清早等着。出来了，出来了，有些人跳着嚷着。那时一丝云彩没有，日光直射，叫人睁不开眼，不知那些人看到了些什么，那么跳跳嚷嚷的。许是在自己催眠吧。自然，海洋上也有美丽的日落和日出，见于记载的也有。但是得有运气，而有运气的并不多。

赞叹海的文学，描摹海的艺术，创作者似乎是在船里的少，在岸上的多。海太太太单调，真正伟大的作家也许可以单刀直入，一般离了岸却掉不出枪花来，像变戏法的离开了道具一样。这些文学和艺术引起未曾航海的人许多幻想，也给予已经航海的人许多失望。天空跟海一样，也大也单调。日月星的，云霞的文学和艺术似乎不少，都是下之视上，说到整个儿天空的却不多。星空，夜空还见点儿，昼空除了"青天""明蓝的晴天"或"阴沉沉的天"一类词儿之外，好像再没有什么说的。但是初次坐飞机的人虽无多少文学艺术的背景帮助他的想象，却总还有那"天宽任鸟飞"的想象；加上别人的经验，上之视下，似乎不只是苍苍而已，也有那翻腾的云海，也有那平铺的锦绣。这就够揣摩的。

　　但是坐过飞机的人觉得也不过如此，云海飘飘拂拂地弥漫了上下四方，的确奇。可是高山上就可以看见；那可以是云海外看云海，似乎比飞机上云海中看云海还清切些。苏东坡说得好："不识庐山真面目，只缘身在此山中。"飞机上看云，有时却只像一堆堆破碎的石头，虽也算得天上人间，可是我们还是愿看流云和停云，不愿看那死云，那荒原上的乱石堆。至于锦绣平铺，大概是有的，我却还未眼见。我只见那"亚洲第一大水扬子江"可怜得像条臭水沟似的。城市像地图模型，房屋像儿童玩具，也多少给人滑稽感。自己倒并不觉得怎样藐小，却只不明白自己是什么玩意儿。假如在海船里有时会觉得自己是傻子，在飞机上有时便会觉得自己是丑角吧。然而飞机快是真的，两点半钟，到重庆了，这倒真是个"不亦快哉"！

热

昆明虽然不见得四时皆春,可的确没有一般所谓夏天。今年直到七月初,晚上我还随时穿上衬绒袍。飞机在空中走,一直不觉得热,下了机过渡到岸上,太阳晒着,也还不觉得怎样热。在昆明听到重庆已经很热。记得两年前端午节在重庆一间屋里坐着,什么也不做,直出汗,那是一个时雨时晴的日子。想着一下机必然汗流浃背,可是过渡花了半点钟,满晒在太阳里,汗珠儿也没有沁出一个。后来知道前两天刚下了雨,天气的确清凉些,而感觉既远不如想象之甚,心里也的确清凉些。

滑竿沿着水边一线的泥路走,似乎随时可以滑下江去,然而毕竟上了坡。有一个坡很长,很宽,铺着大石板。来往的人很多,他们穿着各样的短衣,摇着各样的扇子,真够热闹的。片段的颜色和片段的动作混成一幅斑驳陆离的画面,像出于后期印象派之手。我赏识这幅画,可是好笑那些人,尤其是那些扇子。那些扇子似乎只是无所谓地机械地摇着,好像一些无事忙的人。当时我和那些人隔着一层扇子,和重庆也隔着一层扇子,也许是在滑竿儿上坐着,有人代为出力出汗,会那样心地清凉罢。

第二天上街一走,感觉果然不同,我分别了重庆的热了。扇子也买在手里了。穿着成套的西服在大太阳里等大汽车，等到了车，在车里挤着，实在受不住，只好脱了上装，折起挂在膀子上。有一两回勉强穿起上装站在车里，头上脸上直流汗，手帕子简直揩抹不及，眉毛上，眼镜架上常有汗偷偷地滴下。这偷偷滴下的汗最叫人担心，担心它会滴在面前坐着的太太小姐的衣服上、头脸上，就不是太太小姐，而是绅士先生，也够那个的。再说若碰到那脾气躁的人，更是吃不了兜着走。曾在北平一家戏园里见某甲无意中碰翻了一碗茶，泼些在某乙的竹布长衫上，某甲直说好话，某乙却一声不响地拿起茶壶向某甲身上倒下去。碰到这种人，怕会大闹街车，而且是越闹越热，越热越闹，非到宪兵出面不止。

话虽如此，幸而倒没有出什么岔儿，不过为什么偏要白白地将上装挂在膀子上，甚至还要勉强穿上呢？大概是为的绷一手儿罢。在重庆人看来，这一手其实可笑，他们的夏威夷短裤儿照样绷得起，何必要多出汗呢？这儿重庆人和我到底还隔着一个心眼儿。再就说防空洞罢，重庆的防空洞，真是大大有名、死心眼儿的以为防空洞只能防空，想不到也能防热的，我看沿街的防空洞大半开着，洞口横七竖八地安些床铺、马扎子、椅子、凳子；横七竖八地坐着、躺着各样衣着的男人、女人。在街心里走过，瞧着那懒散的样子，未免有点儿烦气。这自然是死心眼儿，但是多出汗又好烦气，我似乎倒比重庆人更感到重庆的热了。

行

衣食住行，为什么却从行说起呢？我是行客，写的是行记，自然以为行第一。到了重庆，得办事，得看人，非行不可，若是老在屋里坐着，压根儿我就不会上重庆来了。再说昆明市区小，可以走路；反正住在那儿，这回办不完的事，还可以留着下回办，不妨从从容容的、十分忙或十分懒的时候，才偶尔坐回黄包车、马车或公共汽车。来到重庆可不能这么办，路远、天热、日子少、事情多，只靠两腿怎么也办不了。

况这儿的车又相应、又方便，又何乐而不坐坐呢？

前几年到重庆，似乎坐滑竿最多，其次黄包车，其次才是公共汽车。那时重庆的朋友常劝我坐滑竿，因为重庆东到西长，有一圈儿马路，南到北短，中间却隔着无数层坡儿。滑竿可以爬坡，黄包车只能走马路，往往要兜大圈子。至于公共汽车，常常挤得水泄不通，半路要上下，得费出九牛二虎之力，所以那时我总是起点上终点下的多，回数自然就少。坐滑竿上下坡，一是脚朝天，一是头冲地，有些惊人，但不要紧，滑竿夫倒把得稳。从前黄包车下打铜街那个坡，却真有惊人的着儿，车夫身子向后微仰，两手紧压着车把，不拉车而让车子推着走，脚底下不由自主地忽紧忽慢，看去有时好像不点地似的，但是一个不小心，压不住车把，车子会翻过去，那时真的是脚不点地了，这够险的。所以后来黄包车禁止走那条街，滑竿现在也限制了,只准上坡时坐。可是公共汽车却大进步了。

这回坐公共汽车最多,滑竿最少。重庆的公用汽车分三类:一是特别快车,只停几个大站,一律廿五元,从那儿坐到哪儿都一样,有些人常拣那候车人少的站口上车,兜个圈子回到原处,再向目的地坐;这样还比走路省时省力,比雇车省时省力省钱。二是专车,只来往政府区的上清寺和商业区的都邮街之间,也只停大站,廿五元。三是公共汽车,站口多,这回没有坐,好像一律十五元,这种车比较慢,行客要的是快,所以我没有坐。慢固然因停得多,更因为等得久。重庆汽车,现在很有秩序了,大家自动地排成单行,依次而进,坐位满人,卖票人便宣布还可以挤几个,意思是还可以"站"几个。这时愿意站的可以上前去,不妨越次,但是还得一个跟一个"挤"满了,卖票宣布停止,叫等下次车,便关门吹哨子走了。公共汽车站多价贱,排班老是很长,在腰站上,一次车又往往上不了几个,因此一等就是二三十分钟,行客自然不能那么耐着性儿。

衣

二十七年春初过桂林,看见满街都是穿灰布制服的,长衫极少,女子也只穿灰衣和裙子。那种整齐、利落、朴素的精神,叫人肃然起敬;这是有训练的公众。后来听说外面人去得多了,长衫又多起来了。国民革命以来,中山服渐渐流行,短衣日见其多，抗战后更其盛行。从前看不起军人，看不惯洋人，短衣不愿穿，只有女人才穿两截衣，哪有堂堂男子汉去穿两截衣的。可是时世不同了，男子倒以短装为主，女子反而穿一截衣了。桂林长衫增多，增多的大概是些旧长衫，只算是回光返照。可是这两三年各处却有不少的新长衫出现，这是因为公家发的平价布不能做短服，只能做长衫，是个将就局儿。相信战后材料方便，还要回到短装的，这也是一种现代化。

四川民众苦于多年的省内混战，对于兵字深恶痛绝，特别称为"二尺五"和"棒客"，列为一等人。我们向来有"短衣帮"的名目，是泛指，"二尺五"却是特指，可都是看不起短衣。四川似乎特别看重长衫，乡下人赶场或入市，往往头缠白布，脚蹬草鞋，身上却穿着青布长衫。是粗布，有时很长，又常东补一块，西补一块的，可不含糊是长衫。也许向来是天府之国，衣食足而后知礼义，便特别讲究仪表，至今还留着些流风余韵罢？然而城市中人却早就在赶时髦改短装了。短装原是洋派，但是不必遗憾，赵武灵王不是改了短装强兵强国吗？短装至少有好些方便的地方：夏天穿个衬衫短裤就可以大模大样地在街上走，长衫就似乎不成。只有广东天热，又不像四川在意小节，短衫裤可以行街。可是所谓短衫裤原是长裤短衫，广东的短衫又很长，所以还行得通，不过好像不及衬衫短裤的派头。

不过衬衫短裤似乎到底是便装，记得北平有个大学开教授会，有一位教授穿衬衫出入，居然就有人提出风纪问题来。三年前的夏季，在重庆我就见到有穿衬衫赴宴的了，这是一位中年的中级公务员,而那宴会是很正式的,座中还有位老年的参政员。可是那晚的确热,主人自己脱了上装,又请客人宽衣,于是短衫和衬衫围着圆桌子,大家也就一样了。西服的客人大概搭着上装来,到门口穿上,到屋里经主人一声"宽衣",便又脱下,告辞时还是搭着走。其实真是多此一举,那么热还绷个什么呢?不如衬衫入座倒干脆些。可是中装的却得穿着长衫来去,只在室内才能脱下。西服客人累累赘赘带着上装,倒可以陪他们受点儿小罪,叫他们不至于因为这点不平而对于世道人心长吁短叹。

战时一切从简,衬衫赴宴正是"从简"。"从简"提高了便装的地位,于是乎造成了短便装的风气。先有皮茄克,春秋冬三季(在昆明是四季),大街上到处都见,黄的、黑的、拉链的、扣钮的、收底的、不收底边的,花样繁多。穿的人青年中年不分彼此,只除了六十以上的老头儿。从前穿的人多少带些个"洋"关系,现在不然,我曾在昆明乡下见过一个种地的,穿的正是这皮茄克,虽然旧些。不过还是司机穿的最早,这成了司机文化一个重要项目。皮茄克更是哪儿都可去,昆明我的一位教授朋友,就穿着一件老皮茄克教书、演讲、赴宴、参加典礼,到重庆开会,差不多是皮茄克为记。这位教授穿皮茄克,似乎在学晏子穿狐裘,三十年就靠那一件衣服,他是不是赶时髦,我不能冤枉人,然而皮茄克上了运是真的。

再就是我要说的这两年至少在重庆风行的夏威夷衬衫,简称夏威夷衫,最简称夏威衣。这种衬衫创自夏威夷,就是檀香山，原是一种土风。夏威夷岛在热带，译名虽从音，似乎也兼义。夏威夷衣自然只宜于热天，只宜于有"夏威"的地方。如中国的重庆等。重庆流行夏威衣却似乎只是近一两年的事。去年夏天一位朋友从重庆回到昆明，说是曾看见某首长穿着这种衣服在别墅的路上散步，虽然在黄昏时分，我的这位书生朋友总觉得不大像样子。今年我却看见满街都是的，这就是所谓上行下效罢？

夏威衣翻领像西服的上装，对襟面袖，前后等长，不收底边，不开叉儿，比衬衫短些。除了翻领，简直跟中国的短衫或小衫一般无二。但短衫穿不上街，夏威衣即可堂哉皇哉在重庆市中走来走去。那翻领是具体而微的西服，不缺少洋味，至于凉快，也是有的。夏威衣的确比衬衫通风；而看起来飘飘然，心上也爽利。重庆的夏威衣五光十色，好像白绸子黄卡叽居多，土布也有，绸的便更见其飘飘然，配长裤的好像比配短裤的多一些。在人行道上有时通过持续来了三五件夏威衣，一阵飘过去似的，倒也别有风味，参差零落就差点劲儿。夏威衣在重庆似乎比皮茄克还普遍些，因为便宜得多，但不知也会像皮茄克那样上品否。到了成都时，宴会上遇见一位上海新来的青年衬衫短裤入门，却不喜欢夏威衣（他说上海也有），说是无礼貌。这可是在成都、重庆人大概不会这样想吧？

1944年9月7日作

外东消夏录

引子

　　这个题目是仿的高士奇的《江村消夏录》。那部书似乎专谈书画,我却不能有那么雅,这里只想谈一些世俗的事。这回我从昆明到成都来消夏。消夏本来是避暑的意思。若照这个意思,我简直是闹笑话,因为昆明比成都凉快得多,决无从凉处到热处避暑之理。消夏还有一个新意思,就是换换生活,变变样子。这是外国想头,摩登想头,也有一番大道理。但在这战时,谁还该想这个!我们公教人员谁又敢想这个!可是既然来了,不管为了多俗的事,也不妨取个雅名字,马虎点儿,就算他消夏罢。谁又去打破沙缸问到底呢?

但是问到底的人是有的。去年参加昆明一个夏令营，营地观音山。七月二十三日便散营了。前一两天，有游客问起，我们向他说这是夏令营，就要结束了。他道："就结束了？夏令完了吗？"这自然是俏皮话。问到底本有两种，一是"耍奸心"，一是死心眼儿。若是耍奸心的话，这儿消夏一词似乎还是站不住。因为动手写的今天是八月二十八日，农历七月初十日，明明已经不是夏天而是秋天。但"录"虽然在秋天，所"录"不妨在夏天；《消夏录》尽可以只录消夏的事，不一定为了消夏而录。还是马虎点儿算了。

外东一词，指的是东门外，跟外西、外南、外北是姊妹花的词儿。成都住的人都懂，但是外省人却弄不明白。这好像是个翻译的名词，跟远东、近东、中东挨肩膀儿。固然为纪实起见，我也可以用草庐或草堂等词，因为我的确住着草房。可是不免高攀诸葛丞相，杜工部之嫌，我怎么敢那样大胆呢？我家是住在一所尼庵里，叫做"尼庵消夏录"原也未尝不可，但是别人单看题目也许会大吃一惊，我又何必故作惊人之笔呢？因此马马虎虎写下"外东消夏录"这个老老实实的题目。

夜大学

四川大学开办夜校，值得我们注意。我觉得与其匆匆忙忙新办一些大学或独立学院，不重质而重量，还不如让一些有历史的大学办办夜校的好。

眉毛高的人也许觉得夜校总不像一回事似的。但是把毕业年限定得长些，也就差不多。东吴大学夜校的成绩好像并不坏。大学教育固然注重提高，也该努力普及，普及也是大学的职分。现代大学不应该像修道院，得和一般社会打成一片才是道理。况且中国有历史的大学不多，更是义不容辞的得这么办。

现在百业发展，从业员增多，其中尽有中学毕业或具有同等学力，有志进修无门可入的人。这些人往往将有用的精力消磨在无聊的酬应和不正当的娱乐上。有了大学夜校，他们便有机会增进自己的学识技能。这也就可以增进各项事业的效率，并澄清社会的恶浊空气。

普及大学教育，有夜校，也有夜班，都得在大都市里，才能有足够的从业员来应试入学。入夜校可以得到大学毕业的资格或学位，入夜班却只能得到专科的资格或证书。学位的用处久经规定，专科资格或证书，在中国因从未办过大学夜班，还无人考虑它们的用处。现时只能办夜校，要办夜班，得先请政府规定夜班毕业的出身才成。固然有些人为学问而学问，但各项从业员中这种人大概不多，一般还是功名心切。就这一般人论，用功名来鼓励他们向学，也并不错。大学生选系，不想到功名或出路的又有多少呢？这儿我们得把眉毛放低些。

四川大学夜校分中国文学、商学、法律三组。法律组有东吴的成例，商学是当今的显学，都在意中。只有中国文学是冷货，居然三分天下有其一，好像出乎意外。不过虽是夜校，却是大学，若全无本国文化的科目，未免难乎其为大，这一组设置可以说是很得体的。这样分组的大学夜校还是初试，希望主持的人用全力来办，更希望就学的人不要三心两意的闹个半途而废才好。

人和书

"人和书"是个好名字，王楷元先生的小书取了这个名字，见出他的眼光和品味。

人和书，大而言之就是世界。世界上哪一桩事离开了人？又哪一桩事离得了书？我是说世界是人所知的一切。知者是人，自然离不了人；有知必录，便也离不开书。小而言之，人和书就是历史，人和书造成了历史；再小而言之就是传记，就是王先生这本书叙述和评论的。传记有大幅，有小品，有工笔，有漫画。这本书是小品，是漫画。虽然是大大的圈儿里一个小小的圈儿，可是不含糊是在大圈儿里，所叙的虽小，所见的却大。

这本书分三部分。第一部分是传记，第三部分也是片段的传记，第二部分评介的著作还是传记。王先生有意"引起读者研读传记的兴趣"，自序里说得明白。撰录近代和现代名人轶事，所谓笔记小说，传统很长。这个传统移植到报纸上，也已多年。可见一般人原是喜欢这种小品的。但是"五四"以来，"现在"遮掩了"过去"，一般青年人减少了历史的兴味，对于这类小品不免冷淡了些。他们可还喜欢简短零星的文坛消息等等，足见到底不能离开人和书。

自序里希望读者"对于伟大人物，由景慕而进于效法，人人以亚贤自许，猛勇精进"。这是一个宏愿。近来在《美国文摘》里见到一文，叙述一位作家叫小亚吉尔的，如何因《褴褛的狄克》一部书而成名，如何专写贫儿努力致富的故事，风行全国，鼓舞人心。他写的是"工作和胜利，上进和前进的故事"，在美国文学中创一新派。他的时代虽然在一九二九以前就过去了，但是许多自己造就的人都还纪念着他的书的深广的影响。可见文学的确有促进人生的力量。王先生的宏愿是可以达成的，有志者大家自勉好了。

成都诗

据说成都是中国第四大城。城太大了，要指出它的特色倒不易。说是有些像北平，不错，有些个。既像北平，似乎就不成其为特色了？然而不然，妙处在像而不像。我记得一首小诗，多少能够抓住这一点儿，也就多少能够抓住这座大城。

这是易君左先生的诗，题目好像就是"成都"两个字。诗道：

> 细雨成都路，微尘护落花。据门撑古木，绕屋噪栖鸦。入暮旋收市，凌晨即品茶。承平风味足，楚客独兴嗟。

住过成都的人该能够领略这首诗的妙处。它抓住了成都的闲味。北平也闲得可以的,但成都的闲是成都的闲,像而不像,非细辨不知。

"绕屋噪栖鸦",自然是那些"据门撑"着的"古木"上栖鸦在噪着。这正是"入暮"的声音和颜色。但是吵着的东南城有时也许听不见,西北城人少些,尤其住宅区的少城,白昼也静悄悄的,该听得清楚那悲凉的叫唤罢。

成都春天常有毛毛雨,而成都花多,爱花的人家也多,毛毛雨的春天倒正是养花天气。那时节真所谓"天街小雨润如酥",路相当好,有点泥滑滑,却不至于"行不得也哥哥"。缓缓地走着,呼吸着新鲜而润泽的空气,叫人闲到心里,骨头里。若是在庭园中踱着,时而看见一些落花,静静地飘在微尘里,贴在软地上,那更闲得没有影儿。

成都旧宅于门前常栽得有一株泡洞树或黄桷树,粗而且大,往往叫人只见树,不见屋,更不见门洞儿。说是"撑",一点儿不冤枉,这些树鬣粗偃蹇,老气横秋,北平是见不着的。可是这些树都上了年纪,也只闲闲的"据"着"撑"着而已。

成都收市真早。前几年初到,真搞不惯;晚八点回家,街上铺子便"噼噼啪啪"一片上门声,暗暗淡淡的,够惨。"早睡早起身体好",农业社会的习惯,其实也不错。这儿人起得也真早,"入暮旋收市,凌晨即品茶",是不折不扣的实录。

　　北平的春天短而多风尘，人家门前也有树，可是成行的多，独据的少。有茶楼，可是不普及，也不够热闹的。北平的闲又是一副格局，这里无须详论。"楚客"是易先生自称。他"兴嗟"于成都的"承平风味"。但诗中写出的"承平风味"，其实无伤于抗战；我们该嗟叹的恐怕是别有所在的。我倒是在想，这种"承平风味"战后还能"承"下去不能呢？在工业化的新中国里，成都这座大城该不能老是这么闲着罢。

蛇尾

　　动手写《引子》的时候，一鼓作气，好像要写成一本书。但是写完了上一段，不觉再三衰竭了。倒底已是秋天，无夏可消，也就"录"不下去了。古人说得好，"乘兴而来，兴尽而返"，只好以此解嘲。这真是蛇尾，虽然并不见虎头。本想写完上段就戛然而止，来个神龙见首不见尾。可是虎头还够不上，还闹什么神龙呢？话说回来，虎头既然够不上，蛇尾也就称不得，老实点，称为蛇足，倒还有个样儿。

1944年8月30日作

撩天儿

《世说新语·品藻》篇有这么一段儿：

王黄门兄弟三人俱诣谢公。子猷，子重多说俗事，子敬寒温而已。既出，坐客问谢公："向三贤熟愈？"谢公曰，"小者最胜。"客曰，"何以知之？"谢公曰，"'吉人之辞寡，躁人之辞多，'推此知之"。

王子敬只谈谈天气，谢安引《易系辞传》的句子称赞他话少的好。《世说》的作者记他的两位哥哥"多说俗事"，那么，"寒温"就是雅事了。"寡言"向来被认为美德，原无雅俗可说；谢安所赞美的似乎是"寒温'而已'"，刘义庆所着眼的却似乎是"'寒温'而已"，他们的看法是不一样的。"寡言"虽是美德，可是"健谈""谈笑风生"，自来也不失为称赞人的语句。这些可以说是美才，和美德是两回事，却并不互相矛盾，只是从另一角度看人罢了。只有"花言巧语"才真是要不得的。古人教人寡言，原来似乎是给执政者和外交官说的。这些人的言语关系往往很大，自然是谨慎的好，少说的好。后来渐渐成为明哲保身的处世哲学，却也有它的缘故。说话不免陈述自己，评论别人。这些都容易落把柄在听话人的手里。旧小说里常见的"逢人只说三分话，未可全抛一片心"，就是教人少陈述自己。《女儿经》里的"张家长，李家短，他家是非你莫管"，就是教人少评论别人。这些不能说没有道理。但是说话并不一定陈述自己，评论别人，像谈论天气之类。就是陈述自己，评论别人，也不一定就"全抛一片心"，或道"张家长，李家短"。"戏法人人会变，各有巧妙不同"，这儿就用得着那些美才了。但是"花言巧语"却不在这儿所谓"巧妙"的里头，那种人往往是别有用心的。所谓"健谈""谈笑风生"，却只是无所用心的"闲谈""谈天""撩天儿"而已。

　　"撩天儿"最能表现"闲谈"的局面。一面是"天儿"，是"闲谈"少不了的题目，一面是"撩"，"闲谈"只是东牵西引那么回事。这"撩"字抓住了它的神儿。日常生活里，商量、和解，乃至演说、辩论等等，虽不是别有用心的说话，却还是有所用心的说话。只有"闲谈"，以消遣为主，才可以算是无所为的，无所用心的说话。人们是不甘静默的，爱说话是天性，不爱说话的究竟是很少的。人们一辈子说的话，总计起来，大约还是闲话多，费话多；正经话太用心了，究竟也是很少的。

人们不论怎么忙，总得有休息；"闲谈"就是一种愉快的休息。这其实是不可少的。访问，宴会，旅行等等社交的活动，主要的作用其实还是闲谈。西方人很能认识闲谈的用处。十八世纪的人说，说话是"互相传达情愫，彼此受用，彼此启发"的。十九世纪的人说："谈话的本来目的不是增进知识，是消遣"。二十世纪的人说："人的百分之九十九的谈话并不比苍蝇的哼哼更有意义些；可是他愿意哼哼，愿意证明他是个活人，不是个蜡人。谈话的目的，多半不是传达观念，而是要哼哼。"

"自然，哼哼也有高下；有的像蚊子那样不停地响，真叫人生气。可是在晚餐会上，人宁愿作蚊子，不愿作哑子。幸而大多数的哼哼是悦耳的，有些并且是快心的。"看！十八世纪还说"启发"，十九世纪只说"消遣"，二十世纪更只说"哼哼"，一代比一代干脆，也一代比一代透彻了。闲谈从天气开始，古今中外，似乎一例。这正因为天气是个同情的话题，无人不知，无人不晓，而又无需乎陈述自己或评论别人。刘义庆以为是雅事，便是因为谈天气是无所为的，无所用心的。但是后来这件雅事却渐渐成为雅俗共赏了；闲谈又叫"谈天"，又叫"撩天儿"，一面见出天气在闲谈里的重要地位，一面也见出天气这个话题已经普遍化到怎样程度。因为太普遍化了，便有人嫌它古老、陈腐；他们简直觉得天气是个俗不可耐的题目。于是天气有时成为笑料，有时跑到讽刺的笔下去。

有一回，一对未婚的中国夫妇到伦敦结婚登记局里，是下午三四点钟了，天上云沉沉的，那位管事的老头儿却还笑着招呼说："早晨好！天儿不错，不是吗？"朋友们传述这个故事，都当作笑话。鲁迅先生的《立论》也曾用"今天天气哈哈哈"讽刺世故人的口吻。那位老头儿和那种世故人来的原是"客套"话，因为太"熟套"了，有时就不免离了谱。但是从此可见谈天气并不一定认真的谈天气，往往只是招呼，只是应酬，至多也只是引子。笑话也罢，讽刺也罢，哼哼总得哼哼的，所以我们都不断地谈着天气。天气虽然是个老题目，可是风云不测，变化多端，未必就是个腐题目；照实际情形看，它还是个好题目。去年二月美大使詹森过昆明到重庆去。昆明的记者问他："此次经滇越路，比上次来昆，有何特殊观感？"他答得很妙："上次天气炎热，此次气候温和，天朗无云，旅行甚为平安舒适。"这是外交辞令，是避免陈述自己和评论别人的明显的例子。天气有这样的作用，似乎也就无可厚非了。

谈话的开始难，特别是生人相见的时候。从前通行请教"尊姓""台甫""贵处"，甚至"贵庚"等等，一半是认真——知道了人家的姓字，当时才好称呼谈话，虽然随后大概是忘掉的多——，另一半也只是哼哼罢了。自从有了介绍的方式，这一套就用不着了。这一套里似乎只有"贵处"一问还可以就答案发挥下去；别的都只能一答而止，再谈下去，就非换题目不可，那大概还得转到天气上去，要不然，也得转到别的一些琐屑的节目上去。如"几时到的？路上辛苦吧？是第一次到这儿罢？"之类。用介绍的方式，谈话的开始更只能是这些节目。若是相识的人，还可以说"近来好吧？""忙得怎么样？"等等。这些琐屑的节目像天气一样是哼哼词儿，可只是特殊的调儿，同时只能说给一个人听，不像天气是普通的调儿，同时可以说给许多人听。所以天气还是打不倒的谈话的引子——从这个引子可以或断或连地牵搭到四面八方去。

但是在变动不居的非常时代，大家关心或感兴趣的题目多，谈话就容易开始，不一定从天气下手。天气跑到讽刺的笔下，大概也就在这当儿。我们的正是这种时代。抗战、轰炸、政治、物价、欧战，随时都容易引起人们的谈话，而且尽够谈一个下午或一个晚上，无须换题目。新闻本是谈话的好题目，在平常日子，大新闻就能够取天气而代之，何况这时代，何况这些又都是关切全民族利害的！政治更是个老题目，向来政府常禁止人们谈，人们却偏爱谈。袁世凯、张作霖的时代，北平茶楼多挂着"莫谈国事"的牌子，正见出人们的爱谈国事来。但是新闻和政治总还是跟在天气后头的多，除了这些，人们爱谈的是些逸闻和故事。这又全然回到茶余酒后的消遣了。还有性和鬼，也是闲谈的老题目。据说美国有个化学家，专心致志地研究他的化学，差不多不知道别的，可就爱谈性，不惜一晚半晚地谈下去。鬼呢，我们相信的明明很少，有时候却也可以独占一个晚上。不过这些都得有个引子，单刀直入是很少的。

谈话也得看是哪一等人。平常总是地位差不多职业相近似的人聚会的时候多，话题自然容易找些。若是聚会里夹着些地位相殊或职业不近的人，那就难点儿。引子倒是有现成的，如上文所说种种，也尽够用了，难的是怎样谈下去。若是知识或见闻够广博的，自然可以抓住些新题目，适合这些特殊的客人的兴趣，同时还不至于冷落了别人。要不然，也可以发挥自己的熟题目，但得说成和天气差不多的雅俗共赏的样子。话题就难在这"共赏"或"同情"上头。不用说，题目的性质是一个决定的因子。可是无论什么地位什么职业的人，总还是人，人情是不相远的。谁都可以谈谈天气，就是眼前的好证据。虽然是自己的熟题目，只要拣那些听起来不费力而可以满足好奇心的节目发挥开去，也还是可以共赏的。

这儿得留意隐藏着自己，自己的知识和自己的身份。但是"自己"并非不能作题目，"自己"也是人，只要将"自己"当作一个不多不少的"人"陈述着，不要特别爱惜，更不要得意忘形，人们也会同情的。自己小小的错误或愚蠢，不妨公诸同好，用不着爱惜。自己的得意，若有可以引起一般人兴趣的地方，不妨说是有一个人如此这般，或者以多报少，像不说"很知道"而说"知道一点儿"之类。用自己的熟题目，还有一层便宜处。若有大人物在座，能找出适合他的口味而大家也听得进去的话题，固然很好，可是万一说了外行话，就会引得那大人物或别的人肚子里笑，不如谈自己的倒是善于用短。无论如何，一番话总要能够教座中人悦耳快心，暂时都忘记了自己的地位和职业才好。

　　有些人只愿意人家听自己的谈话。一个声望高、知识广、听闻多、记性强的人，往往能够独占一个场面，滔滔不绝地谈下去。他谈的也许是若干牵搭着的题目，也许只是一个题目。若是座中只三五个人，这也可以是一个愉快的场面，虽然不免有人抱向隅之感。若是人多了，也许就有另行找伴儿搭话的，那就有些杀风景了。这个独占场面的人若是声望不够高，知识和经验不够广，听话的可窘了。人多还可以找伴儿搭话，人少就只好干耗着，一面想别的。在这种聚会里，主人若是尽可能预先将座位安排成可分可合的局势，也许方便些。平常的闲谈可总是引申别人一点儿，自己也说一点儿，想着是别人乐意听听的；别人若乐意听下去，就多说点儿。还得让那默默无言的和冷冷儿的收起那长面孔，也高兴地听着。这才有意思。闲谈不一定增进人们的知识，可是对人对事得有广泛的知识，才可以有谈的；有些人还得常常读些书报，才不至于谈的老是那几套儿。并且得有好性儿，要不然，净闹别扭，真成了"话不投机半句多"了。记性和机智不用说也是少不得的。记性坏，往往谈得忽断忽连的，教人始而闷气，继而着急。机智差，往往赶不上点儿，对不上茬儿。闲谈总是断片的多，大段的需要长时间，维持场面不易。又总是报告的描写的多，议论少。议论不能太认真，太认真就不是闲谈；可也不能太不认真，太不认真就不成其为议论；得斟酌乎两者之间，所以难。议论自然可以批评人，但是得泛泛儿的，远远儿的；也未尝不可骂人，但是得用同情口吻。你说这是戏！人生原是戏。戏也是有道理的，并不一定是假的。闲谈要有意思；所谓"语言无味"，就是没有意思。不错，闲谈多半是废话，可是有意思的废话和没有意思的还是不一样。"又臭又长"，没有意思；重复，矛盾，老套儿，也没有意思。"又臭又长"也是机智差，重复和矛盾是记性坏，老套儿是知识或见闻太可怜见的。所以除非精力过人，谈话不可太多，时间不可太久，免得露了马脚。古语道，"言多必失"，这儿也用得着。

还有些人只愿意自己听人家的谈话。这些人大概是些不大能，或不？

也有"一锥子也扎不出一句话"的，可是少。那不是笨货就是怪人，可以存而不论。平常所谓不能谈话的，也许是知识或见闻不够用，也许是见的世面少。这种人在家里，在亲密的朋友里，也能有说有笑的，一到了排场些的聚会，就哑了。但是这种人历练历练，能以成。也许是懒。这种人记性大概不好；懒得谈，其实也没谈的。还有，是矜持。这种人是"语不惊人死不休"的。他们在等着一句聪明的话，可是老等不着。——等得着的是"谈言微中"的真聪明人；这种人不能说是不能谈话，只能说是不爱谈话。不爱谈话的却还有深心的人；他们生怕露了什么口风，落了什么把柄似的，老等着人家开口。也还有谨慎的人，他们只是小心，不是深心；只是自己不谈或少谈，并不等着人家。这是明哲保身的人。向来所赞美的"寡言"，其实就是这样的人。但是"寡言"原来似乎是针对着战国时代"好辩"说的。后世有些高雅的人,觉得话多了就免不了说到俗事上去,爱谈话就免不了俗气,这和"寡言"的本义倒还近些。这些爱"寡言"的人也有他们的道理,谢安和刘义庆的赞美都是值得的。不过不能谈话不爱谈话的人,却往往更愿意听人家的谈话,人情究竟是不甘静默的。——就算谈话免不了俗气,但俗的是别人,自己只听听,也乐得的。一位英国的无名作家说过:"良心好,不愧于神和人,是第一件乐事,第二件乐事就是谈话。"就一般人看,闲谈这一件乐事其实是不可少的。

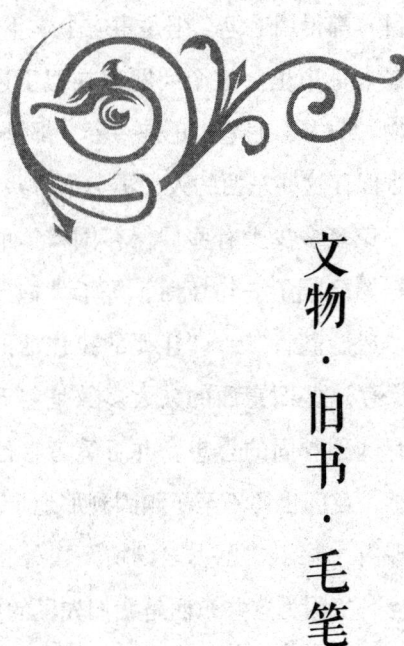

文物·旧书·毛笔

这几个月,北平的报纸上除了战事、杀人案、教育危机等等消息以外,旧书的危机也是一个热闹的新闻题目。此外,北平的文物,主要的是古建筑,一向受人重视,政府设了一个北平文物整理委员会,并且拨过几回不算少的款项来修理这些文物。二月初,这个委员会还开了一次会议,决定为适应北平这个陪都的百年大计,请求政府"核发本年上半年经费",并"加强管理使用文物建筑,以维护古迹"。至于毛笔,多少年前教育部就规定学生作国文以及用国文回答考试题目，都得用毛笔。但是事实上学生用毛笔的时候很少，尤其是在大都市里。这个问题现在似乎还是悬案。在笔者看来，文物、旧书、毛笔，正是一套，都是些遗产、历史、旧文化。主张保存这些东西的人，不免都带些"思古之幽情"，一方面更不免多多少少有些"保存国粹"的意思。"保存国粹"现在好像已成了一句坏话，等于"抱残守阙"，"食古不化"，"迷恋骸骨"，"让死的拉住活的"。笔者也知道今天主张保存这些旧东西的人大多数是些五四时代的人物，不至于再有这种顽固的思想，并且笔者自己也多多少少分有他们的情感，自问也还不至于顽固到那地步。不过细心分析这种主张的理由，除了"思古之幽情"以外，似乎还只能说是"保存国粹"；因为这些东西是我们先民的优良的成绩，所以才值得保存，也才会引起我们的思念。我们跟老辈不同的，应该是保存只是保存而止，让这些东西像化石一样，不再妄想它们复活起来。应该过去的总是要过去的，我们明白这个道理。

  关于拨用巨款修理和油漆北平的古建筑，有一家报纸上曾经有过微词，好像说在这个战乱和饥饿的时代，不该忙着办这些事来粉饰太平。本来呢，若是真太平的话，这一番修饰也许还可以招揽些外国游客，得些外汇来使用。现在这年头，那辉煌的景象却只是战乱和饥饿的现实的一个强烈的对比，强烈的讽刺，的确叫人有些触目惊心。这自然是功利的看法，可是这年头无衣无食的人太多了，功利的看法也是自然的。不过话说回来，现在公家用钱，并没有什么通盘的计划，这笔钱不用

经典阅读文学馆·一

绿

刘磊 / 主编

红旗出版社

图书在版编目（CIP）数据

绿 / 刘磊主编. —— 北京：红旗出版社，2019.8
（经典阅读文学馆. 一）
ISBN 978-7-5051-4911-3

Ⅰ. ①绿… Ⅱ. ①刘… Ⅲ. ①散文集—中国—现代
Ⅳ. ①I266

中国版本图书馆CIP数据核字（2019）第163337号

书　　名	绿		
主　　编	刘磊		
出 品 人	唐中祥	总 监 制	褚定华
选题策划	华语蓝图	责任编辑	王馥嘉　朱小玲
出版发行	红旗出版社	地　　址	北京市丰台区中核路1号
编 辑 部	010-57274497	邮政编码	100727
发 行 部	010-57270296		
印　　刷	永清县晔盛亚胶印有限公司		
开　　本	880毫米×1168毫米　1/32		
印　　张	40		
字　　数	720千字		
版　　次	2019年8月北京第1版		
印　　次	2020年4月北京第1次印刷		

ISBN 978-7-5051-4911-3　　　定　价　160.00元（全8册）

版权所有　翻印必究　印装有误　负责调换

前　言

　　古希腊大哲学家亚里士多德有过一段精彩论述，他说："播种一种行为，收获一种习惯；播种一种习惯，收获一种品格；播种一种品格，收获一种命运。"习惯优秀才是真正的优秀。养成良好的习惯可以改变一个人，而良好的阅读习惯更是青少年不可或缺的好习惯之一。

　　阅读是一种需要，也是一种享受。"人的天性像是野生的花草，读书像是修剪移栽。"由此可见，一个人的阅读史就是他的精神发育史。"读书足以怡情，足以傅彩，足以长才。其怡情也，最见于独处幽居之时；其傅彩也，最见于高谈阔论之中；其长才也，最见于处世判事之际。"的确，那些最美的篇章、最有启发性的词句、最感人的情怀，不但让我们心生爱念、心怀感动，更重要的是可以提升我们的文化底蕴，增长我们的才干。在紧张忙碌的学习之余，在轻松悠闲的假日时光里，捧一本书，荡漾于人类最真实的情感和最真挚的文字中，思接千载，神游八荒，慢慢体悟人生，憧憬美好的未来，那才是最好的青春年少。

书是我们的良师益友，"读一本好书就像和许多高尚的人在谈话"。尤其是那些盛传不衰的名家名作，是各民族文化与历史的浓缩，对各国文化的交流、传承起着桥梁和纽带的作用。是经过大浪淘沙，为人们所公认的世界文学园囿里的奇葩。阅读名家名作，就相当于穿越时空和一位位大师在对话，可以开启青少年的心智，陶冶青少年的情操，如春风化雨般，潜移默化地提升青少年的文学素养。

鉴于此，我们根据国家教育部指定的语文新课标阅读目录，反复甄选，披沙拣金，选编了这套《经典阅读文学馆》。本套丛书所选篇目包括"人民艺术家"老舍、民国才女林徽因、雨巷诗人戴望舒等顶尖大师的巅峰之作，可以说，它是一套值得珍藏一生的最佳阅读丛书，这些优秀作品，会让你的生活更加丰富，也能在潜移默化中改变你的人生。

希望本套丛书能成为青少年喜爱阅读、乐于接受的课外读物。让这套丛书陪伴广大青少年朋友走过金色年华，踏上成功之路。

目　录

绿 ··· 001

荷塘月色 ··· 004

桨声灯影里的秦淮河 ··· 007

蒙自杂记 ··· 017

《梅花》后记 ··· 021

《忆》跋 ··· 025

哀韦杰三君 ·· 029

阿　河 ·· 033

白　采 ·· 042

白种人——上帝的骄子 ······································ 045

柏　林 ·· 049

背　影 ·· 057

房东太太 ··· 060

匆　匆 ·· 066

冬　天 ·· 068

旅行杂记 ··· 071

航船中的文明……………………………………………080

女　人………………………………………………083

飘　零………………………………………………090

儿　女………………………………………………094

扬州的夏日…………………………………………102

威尼斯………………………………………………106

南　京………………………………………………111

看　花………………………………………………117

海行杂记……………………………………………122

沉　默………………………………………………128

给亡妇………………………………………………132

我是扬州人…………………………………………137

白马湖………………………………………………142

说扬州………………………………………………145

潭柘寺　戒坛寺……………………………………149

绿

我第二次到仙岩的时候,我惊诧于梅雨潭的绿了。

梅雨潭是一个瀑布潭。仙瀑有三个瀑布,梅雨瀑最低。走到山边,便听见哗哗哗哗的声音;抬起头,镶在两条湿湿的黑边儿里的,一带白而发亮的水便呈现于眼前了。

我们先到梅雨亭。梅雨亭正对着那条瀑布;坐在亭边,不必仰头,便可见它的全体了。亭下深深的便是梅雨潭。这个亭踞在突出的一角的岩石上,上下都空空儿的;仿佛一只苍鹰展着翼翅浮在天宇中一般。三面都是山,像半个环儿拥着;人如在井底了。这是一个秋季的薄阴的天气。微微的云在我们顶上流着;岩面与草丛都从润湿中透出几分油油的绿意。而瀑布也似乎分外的响了。那瀑布从上面冲下,仿佛已被扯成大小的几绺;不复是一幅整齐而平滑的布。岩上有许多棱角;瀑流经过时,作急剧的撞击,便飞花碎玉般乱溅着了。那溅着的水花,晶莹而多芒;远望去,像一朵朵小小的白梅,微雨似的纷纷落着。据说,这就是梅雨潭之所以得名了。但我觉得像杨花,格外确切些。轻风起来时,点点随风飘散,那更是杨花了。——这时偶然有几点送入我们温暖的怀里,便倏的钻了进去,再也寻它不着。

梅雨潭闪闪的绿色招引着我们;我们开始追捉她那离合的神光了。揪着草,攀着乱石,小心探身下去,又鞠躬过了一个石穹门,便到了汪汪一碧的潭边了。瀑布在襟袖之间;但我的心中已没有瀑布了。我的心随潭水的绿而摇荡。那醉人的绿呀,仿佛一张极大极大的荷叶铺着,满是奇异的绿呀。我想张开两臂抱住她;但这是怎样一个妄想呀。——站在水边,望到那面,居然觉着有些远呢! 这平铺着,厚积着的绿,着实可爱。她松松地皱缬着,像少妇拖着的裙幅;她轻轻地摆弄着,像跳动的初恋的处女的心;她滑滑地明亮着,像涂了"明油"一般,有鸡蛋清那样软、那样嫩,令人想着所曾触过的最嫩的皮肤;她又不杂些儿尘滓,宛然一块温润的碧玉,只清清的一色——但你却看不透她! 我曾见过北京什刹海拂地的绿杨,脱不了鹅黄的底子,似乎太淡了。我又曾见过杭州虎跑寺旁高峻而深密的"绿壁",重叠着无穷的碧草与绿叶的,那又似乎太浓了。其余呢,西湖的波太明了,秦淮河的又太暗了。可爱的,我将什么来比拟你呢? 我怎么比拟得出呢? 大约潭是很深的,故能蕴蓄着这样奇异的绿;仿佛蔚蓝的天融了一块在里面似的,这才这般的鲜润呀。——那醉人的绿呀！我若能裁你以为带，我将赠给那轻盈的舞女；她必能临风飘举了。我若能挹你以为眼，我将赠给那善歌的盲妹；她必明眸善睐了。我舍不得你；我怎舍得你呢？我用手拍着你，抚摩着你，如同一个十二三岁的小姑娘。我又掬你入口，便是吻着她了。我送你一个名字，我从此叫你"女儿绿"，好么？

我第二次到仙岩的时候，我不禁惊诧于梅雨潭的绿了。

荷塘月色

　　这几天心里颇不宁静。今晚在院子里坐着乘凉，忽然想起日日走过的荷塘，在这满月的光里，总该另有一番样子吧。月亮渐渐地升高了，墙外马路上孩子们的欢笑，已经听不见了；妻在屋里拍着闰儿，迷迷糊糊地哼着眠歌。我悄悄地披了大衫，带上门出去。

　　沿着荷塘，是一条曲折的小煤屑路。这是一条幽僻的路；白天也少人走，夜晚更加寂寞。荷塘四面，长着许多树，蓊蓊郁郁的。路的一旁，是些杨柳，和一些不知道名字的树。没有月光的晚上，这路上阴森森的，有些怕人。今晚却很好，虽然月光也还是淡淡的。

　　路上只我一个人，背着手踱着。这一片天地好像是我的；我也像超出了平常的自己，到了另一个世界里。我爱热闹，也爱冷静；爱群居，也爱独处。像今晚上，一个人在这苍茫的月下,什么都可以想,什么都可以不想,便觉是个自由的人。白天里一定要做的事,一定要说的话,现在都可不理。这是独处的妙处,我且受用这无边的荷香月色好了。

曲曲折折的荷塘上面,弥望的是田田的叶子。叶子出水很高,像亭亭的舞女的裙。层层的叶子中间,零星地点缀着些白花,有袅娜地开着的,有羞涩地打着朵儿的;正如一粒粒的明珠,又如碧天里的星星,又如刚出浴的美人。微风过处,送来缕缕清香,仿佛远处高楼上渺茫的歌声似的。这时候叶子与花也有一丝的颤动,像闪电般,霎时传过荷塘的那边去了。叶子本是肩并肩密密地挨着,这便宛然有了一道凝碧的波痕。叶子底下是脉脉的流水,遮住了,不能见一些颜色;而叶子却更见风致了。

月光如流水一般,静静地泻在这一片叶子和花上。薄薄的青雾浮起在荷塘里。叶子和花仿佛在牛乳中洗过一样;又像笼着轻纱的梦。虽然是满月,天上却有一层淡淡的云,所以不能朗照;但我以为这恰是到了好处——酣眠固不可少,小睡也别有风味的。月光是隔了树照过来的,高处丛生的灌木,落下参差的斑驳的黑影,峭楞楞如鬼一般;弯弯的杨柳的稀疏的倩影,却又像是画在荷叶上。塘中的月色并不均匀;但光与影有着和谐的旋律,如梵婀玲上奏着的名曲。

荷塘的四面,远远近近,高高低低都是树,而杨柳最多。这些树将一片荷塘重重围住;只在小路一旁,漏着几段空隙,像是特为月光留下的。树色一例是阴阴的,乍看像一团烟雾;但杨柳的丰姿,便在烟雾里也辨得出。树梢上隐隐约约的是一带远山,只有些大意罢了。树缝里也漏着一两点路灯光,没精打采的,是渴睡人的眼。这时候最热闹的,要数树上的蝉声与水里的蛙声;但热闹是它们的,我什么也没有。

忽然想起采莲的事情来了。采莲是江南的旧俗,似乎很早就有,而六朝时为盛;从诗歌里可以约略知道。采莲的是少年的女子,她们是荡着小船,唱着艳歌去的。采莲人不用说很多,还有看采莲的人。那是一个热闹的季节,也是一个风流的季节。梁元帝《采莲赋》里说得好:

于是妖童媛女,荡舟心许;鹢首徐回,兼传羽杯;櫂将移而藻挂,船欲动而萍开。尔其纤腰束素,迁延顾步;夏始春余,叶嫩花初,恐沾裳而浅笑,畏倾船而敛裾。

可见当时嬉游的光景了。这真是有趣的事,可惜我们现在早已无福消受了。

于是又记起,《西洲曲》里的句子:

采莲南塘秋,莲花过人头;低头弄莲子,莲子清如水。

今晚若有采莲人,这儿的莲花也算得"过人头"了;只不见一些流水的影子,是不行的。这令我到底惦着江南了。——这样想着,猛一抬头,不觉已是自己的门前;轻轻地推门进去,什么声息也没有,妻已睡熟好久了。

1927年7月,北京清华园

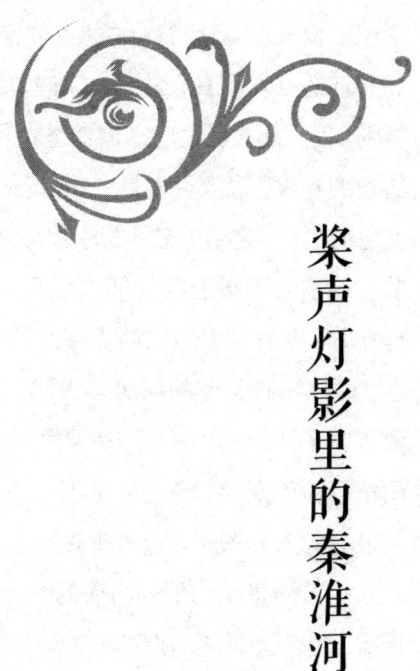

桨声灯影里的秦淮河

一九二三年八月的一晚,我和平伯同游秦淮河,平伯是初泛,我是重来了。我们雇了一只"七板子",在夕阳已去,皎月方升的时候,便下了船。于是桨声"汩——汩",我们开始领略那晃荡着蔷薇色的历史的秦淮河的滋味了。

秦淮河里的船,比北京万生园、颐和园的船好,比西湖的船好,比扬州瘦西湖的船也好。这几处的船不是觉着笨,就是觉着简陋、局促,都不能引起乘客们的情韵。

秦淮河的船约略可分为两种:一是大船;一是小船,就是所谓"七板子"。大船舱口阔大，可容二三十人。里面陈设着字画和光洁的红木家具，桌上一律嵌着冰凉的大理石面。窗格雕镂颇细，使人起柔腻之感。窗格里映着红色蓝色的玻璃；玻璃上有精致的花纹，也颇悦人目；"七板子"规模虽不及大船，但那淡蓝色的栏杆，空敞的舱，也足系人情思。而最出色处却在它的舱前。舱前是甲板上的一部，上面有弧形的顶，西边用疏疏的栏杆支着。里面通常放着两张藤的躺椅。躺下，可以谈天，可以望远，可以顾盼两岸的河房。大船上也有这个，但在小船上更觉清隽罢了。舱前的顶下，一律悬着灯彩；灯的多少，明暗，彩苏的精粗，艳晦，是不一的，但好歹总还你一个灯彩。这灯彩实在是最能勾人的东西。夜幕垂垂地下来时，大小船上都点起灯火。从两重玻璃里映出那辐射着的黄黄的散光，反晕出一片朦胧的烟霭；透过这烟霭，在黯黯的水波里，又逗起缕缕的明漪。在这薄霭和微漪里，听着那悠然的间歇的桨声，谁能不被引入他的美梦去呢？只愁梦太多了，这些大小船儿如何载得起呀？我们这时模模糊糊地谈着明末的秦淮河的艳迹，如《桃花扇》及《板桥杂记》里所载的。我们真神往了。我们仿佛亲见那时华灯映水，画舫凌波的光景了。于是我们的船便成了历史的重载了。我们终于恍然秦淮河的船所以雅丽过于他处，而又有奇异的吸引力的，实在是许多历史的影像使然了。

秦淮河的水是碧阴阴的；看起来厚而不腻，或者是六朝金粉所凝吗？我们初上船的时候，天色还未断黑，那漾漾的柔波是这样恬静、委婉，使我们一面有水阔天空之想，一面又憧憬着纸醉金迷之境了。等到灯火明时，阴阴的变为沉沉的了：黯淡的水光,像梦一般;那偶然闪烁着的光芒,就是梦的眼睛了。我们坐在舱前,因了那隆起的顶棚,仿佛总是昂着首向前走着似的;于是飘飘然如御风而行的我们,看着那些自在的湾泊着的船,船里走马灯般的人物,便像是下界一般,迢迢地远了,又像在雾里看花,尽朦朦胧胧的。

这时我们已过了利涉桥,望见东关头了。沿路听见断续的歌声:有从沿河的妓楼飘来的,有从河上船里度来的。我们明知那些歌声,只是些因袭的言词,从生涩的歌喉里机械地发出来的;但它们经了夏夜的微风的吹漾和水波的摇拂,袅娜着到我们耳边的时候,已经不单是她们的歌声,而混着微风和河水的密语了。于是我们不得不被牵惹着,震撼着,相与浮沉于这歌声里了。

从东关头转湾,不久就到大中桥。大中桥共有三个桥拱,都很阔大,俨然是三座门儿;使我们觉得我们的船和船里的我们,在桥下过去时,真是太无颜色了。桥砖是深褐色,表明它的历史的长久;但都完好无缺,令人感叹于古昔工程的坚美。桥上两旁都是木壁的房子,中间应该有街路?这些房子都破旧了,多年烟熏的迹,遮没了当年的美丽。我想象秦淮河的极盛时,在这样宏阔的桥上,特地盖了房子,必然是油漆得富富丽丽的;晚间必然是灯火通明的,现在却只剩下一片黑沉沉。但是桥上造着房子,毕竟使我们多少可以想见往日的繁华;这也慰情聊胜无了。过了大中桥,便到了灯月交辉、笙歌彻夜的秦淮河,这才是秦淮河的真面目哩。

大中桥外,顿然空阔,和桥内两岸排着密密的人家的景象大异了。一眼望去,疏疏的林,淡淡的月,衬着蔚蓝的天,颇像荒江野渡光景；那边呢，郁丛丛的，阴森森的，又似乎藏着无边的黑暗：令人几乎不信那是繁华的秦淮河了。但是河中眩晕着的灯光，纵横着的画舫，悠扬着的笛韵，夹着那吱吱的胡琴声，终于使我们认识绿如茵陈酒的秦淮水了。此地天裸露着的多些，故觉夜来的独迟些；从清清的水影里，我们感到的只是薄薄的夜——这正是秦淮河的夜。大中桥外，本来还有一座复成桥，是船夫口中的我们的游踪尽处，或也是秦淮河繁华的尽处了。我的脚曾踏过复成桥的脊，在十三四岁的时候。但是两次游秦淮河，却都不曾见着复成桥的面；明知总在前途的，却常觉得有些虚无缥缈似的。我想，不见倒也好。这时正是盛夏。我们下船后，藉着新生的晚凉和河上的微风，暑气已渐渐消散；到了此地，豁然开朗，身子顿然轻了——习习的清风荏苒在面上、手上、衣上，这便又感到了一缕新凉了。南京的日光，大概没有杭州猛烈；西湖的夏夜老是热蓬蓬的，水像沸着一般，秦淮河的水却尽是这样冷冷地绿着。任你人影的憧憧，歌声的扰扰，总像隔着一层薄薄的绿纱面幂似的；它尽是这样静静地，冷冷地绿着。

我们出了大中桥，走不上半里路，船夫便将船划到一旁，停了桨由它荡着。他以为那里正是繁华的极点，再过去就是荒凉了，所以让我们多赏鉴一会儿。他自己却静静地蹲着。他是看惯这光景的了，大约只是一个无可无不可。这无可无不可，无论是升的沉的，总之，都比我们高了。

那时河里热闹极了。船大半泊着，小半在水上穿梭似的来往。停泊着的都在近市的那一边，我们的船自然也夹在其中。

因为这边略略的挤,便觉得那边十分的疏了。在每一只船从那边过去时,我们能画出它的轻轻的影和曲曲的波,在我们的心上;这显着是空,且显着是静了。那时处处都是歌声和凄厉的胡琴声,圆润的喉咙,确乎是很少的。但那生涩的、尖脆的调子能使人有少年的、粗率不拘的感觉,也正可快我们的意。况且多少隔开些儿听着,因为想象与渴慕的作美,总觉更有滋味;而竞发的喧嚣,抑扬的不齐,远近的杂沓,和乐器的嘈嘈切切,合成另一意味的谐音,也使我们无所适从,如随着大风而走。这实在因为我们的心枯涩久了,变为脆弱;故偶然润泽一下,便疯狂似的不能自主了。但秦淮河确也腻人。即如船里的人面,无论是和我们一堆儿泊着的,还是从我们眼前过去的,总是模模糊糊的,甚至渺渺茫茫的;任你张圆了眼睛,揩净了眼垢,也是枉然。这真够人想呢。

在我们停泊的地方,灯光原是纷然的;不过这些灯光都是黄而有晕的。黄已经不能明了,再加上了晕,便更不成了。灯愈多,晕就愈甚;在繁星般的黄的交错里,秦淮河仿佛笼上了一团光雾。光芒与雾气腾腾地晕着,什么都只剩了轮廓了;所以人面的详细的曲线,便消失于我们的眼底了。但灯光究竟夺不了那边的月色;灯光是浑的,月色是清的。在浑沌的灯光里,渗入一派清辉,却真是奇迹!

那晚月儿已瘦削了两三分,她晚妆才罢,盈盈地上了柳梢头。天是蓝得可爱,仿佛一汪水似的;月儿便更出落得精神了。岸上原有三株两株的垂杨树,淡淡的影子,在水里摇曳着。它们那柔细的枝条浴着月光,就像一只只美人的臂膊,交互缠着、挽着,又像是月儿披着的发。而月儿偶尔也从它们的交叉处偷偷窥看我们,大有小姑娘怕羞的样子。岸上另有几株不知名的老树,光光地立着;在月光里照起来,却又俨然是精神矍铄的老人。远处——快到天际线了,才有一两片白云,亮得现出异彩,像是美丽的贝壳一般。白云下便是黑黑的一带轮廓;是一条随意画的不规则的曲线。这一段光景,和河中的风味大异了。但灯与月竟能并存着,交融着,使月成了缠绵的月,灯射着渺渺的灵辉,这正是天之所以厚秦淮河,也正是天之所以厚我们了。

这时却遇着了难解的纠纷。秦淮河上原有一种歌妓,是以歌为业的。从前都在茶舫上,唱些大曲之类。每日午后一时起;什么时候止,却忘记了。晚上照样也有一回,也在黄晕的灯光里。我从前过南京时,曾随着朋友去听过两次。因为茶舫里的人脸太多了,觉得不大适意,终于听不出所以然。前年听说歌妓被取缔了,不知怎的,颇涉想了几次——却想不出什么。这次到南京,先到茶舫上去看看。觉得颇是寂寥,令我无端地怅怅了。不料她们却仍在秦淮河里挣扎着,不料她们竟会纠缠到我们,我于是很张皇了。她们也乘着"七板子",她们总是坐在舱前的。舱前点着石油汽灯,光亮眩人眼目;坐在下面的,自然是纤毫毕见了——引诱客人们的力量,也便在此了。舱里躲着乐工等人,映着汽灯的余辉蠕动着;他们是永远不被注意的。每船的歌妓大约都是二人;天色一黑,她们的船就在大中桥外往来不息地兜生意。无论行着的船,泊着的船,都要来兜揽的。这都是我后来推想出来的。

那晚不知怎样，忽然轮着我们的船了。我们的船好好地停着，一只歌舫划向我们来了；渐渐和我们的船并着了。烁烁的灯光逼得我们皱起了眉头；我们的风尘色全给它托出来了，这使我不安了。这时一个伙计跨过船来，拿着摊开的歌折，就近塞向我的手里，说："点几出吧！"他跨过来的时候，我们船上似乎有许多眼光跟着。同时相近的别的船上也似乎有许多眼睛炯炯地向我们船上看着。我真窘了！我也装出大方的样子，向歌妓们瞥了一眼，但究竟是不成的！我勉强将那歌折翻了一翻，却不曾看清了几字；便赶紧递还那伙计，一面不好意思地说："不要，我们……不要。"他便塞给平伯，平伯掉转头去，摇手说："不要！"那人还腻着不走。平伯又回过脸来，摇着头道："不要！"于是那人重新到我处，我窘着再拒绝了他。他这才有所不屑似的走了。我的心立刻放下，如释了重负一般。我们就开始自白了。

我说我受了道德律的压迫，拒绝了她们；心里似乎很抱歉的。这所谓抱歉，一面对于她们，一面对于我自己。她们于我们虽然没有很奢的希望；但总有些希望的。我们拒绝了她们，无论理由如何充足，却使她们的希望受了伤；这总有几分不作美了。这是我觉得很怅怅的。至于我自己，更有一种不足之感。我这时被四面的歌声诱惑了，降伏了；但是远远的，远远的歌声总仿佛隔着重衣搔痒似的，越搔越搔不着痒处。我于是憧憬着贴耳的妙音了。在歌舫划来时，我的憧憬，变为盼望；我固执地盼望着，有如饥渴。虽然从浅薄的经验里，也能够推知，那贴耳的歌声，将剥去了一切的美妙；但一个平常的人像我的，谁愿凭了理性之力去丑化未来呢？我宁愿自己骗着了。不过我的社会感性是很敏锐的；我的思力能拆穿道德律的西洋镜，而我的感情却终于被它压服着。我于是有所顾忌了，尤其是在众目昭彰的时候。道德律的力，本来是民众赋予的；在民众的面前，自然更显出它的威严了。我这时一面盼望，一面却感到了两重的禁制：一，在通俗的意义上，接近妓者总算一种不正当的行为；二，妓是一种不健全的职业，我们对于她们，应有哀矜勿喜之心，不应赏玩地去听她们的歌。在众目睽睽之下，这两种思想在我心里最为旺盛。她们暂时压倒了我的听歌的盼望，这便成就了我的灰色的拒绝。那时的心实在异常状态中，觉得颇是昏乱。歌舫远去了，暂时宁静之后，我的思绪又如潮涌了。两个相反的意思在我心头往复：卖歌和卖淫不同，听歌和狎妓不同，又干道德什么事？——但是，但是，她们既被逼得以歌为业，她们的歌必无艺术味的；况她们的身世，我们究竟该同情的。所以拒绝倒也是正办。但此意思终于不曾撇开我的听歌的盼望。它力量异常坚强；它总想将别的思绪踏在脚下。从这重重的争斗里，我感到了浓厚的不足之感。这不足之感使我的心盘旋不安，起坐都不安宁了。唉！我承认我是一个自私的人！

平伯呢，却与我不同。他引周启明先生的诗："因为我有妻子，所以我爱一切的女人；因为我有子女，所以我爱一切的孩子。"他的意思可以见了。他因为推及的同情，爱着那些歌妓，并且尊重着她们，所以拒绝了她们。在这种情形下，他自然以为听是对于她们的一种侮辱。但他也是想听歌的，虽然不和我一样。所以在他的心中，当然也有一番小小的争斗；争斗的结果，是同情胜了。至于道德律，在他是没有什么的；因为他很有蔑视一切的倾向，民众的力量在他是不大觉着的。这时他的心意的活动比较简单，又比较松弱，故事后还怡然自若；我却不能了。这里平伯又比我高了。

在我们谈话中间，又来了两只歌舫。伙计照前一样请我们点戏，我们照前一样拒绝了。我受了三次窘，心里的不安更甚了。清艳的夜景也为之减色。船夫大约因为要赶第二趟生意，催着我们回去；我们无可无不可地答应了。我们渐渐和那些晕黄的灯光远了，只有些月色冷清清地随着我们的归舟。我们的船竟没个伴儿，秦淮河的夜正长哩！到大中桥近处，才遇着一只来船。这是一只载妓的板船，黑漆漆的没有一点光。船头上坐着一个妓女；暗里看出，白地小花的衫子，黑的下衣。她手里拉着胡琴，口里唱着青衫的调子。她唱得响亮而圆转；当她的船箭一般驶过去时，余音还袅袅的在我们耳际，使我们倾听而向往。想不到在弩末的游踪里，还能领略到这样的清歌！

这时船过大中桥了，森森的水影，如黑暗张着巨口，要将我们的船吞了下去。我们回顾那渺渺的黄光，不胜依恋之情；我们感到了寂寞了！这一段地方夜色甚浓，又有两头的灯火招邀着；桥外的灯火不用说了，过了桥另有东关头疏疏的灯火。我们忽然仰头看见依人的素月，不由深悔归来之早了！走过东关头，有一两只大船湾泊着，又有几只船向我们来着。嚣嚣的一阵歌声人语，仿佛笑我们无伴的孤舟哩。东关头转弯，河上的夜色更浓了；临水的妓楼上，时时从帘缝里射出一线一线的灯光；仿佛黑暗从酣睡里眨了一眨眼。

  我们默然地对着，静听那"汩——汩"的桨声，几乎要入睡了；朦胧里却温寻着适才的繁华的余味。我那不安的心在静里愈显活跃了！这时我们都有了不足之感，而我的更其浓厚。我们却又不愿回去，于是只能懊悔而怅惘了。船里便满载着怅惘了。直到利涉桥下，微微嘈杂的人声，才使我豁然一惊；那光景却又不同。右岸的河房里，都大开了窗户，里面亮着晃晃的电灯，电灯的光射到水上，蜿蜒曲折，闪闪不息，正如跳舞着的仙女的臂膊。我们的船已在她的臂膊里了；如睡在摇篮里一样，倦了的我们便又入梦了。那电灯下的人物，只觉得像蚂蚁一般，更不去萦念。这是最后的梦，可惜是最短的梦！黑暗重复落在我们面前，我们看见傍岸的空船上一星两星的，枯燥无力又摇摇不定的灯光。我们的梦醒了，我们知道就要上岸了；我们心里充满了幻灭的情思。

1923 年 10 月 11 日写于温州

蒙自杂记

我在蒙自住过五个月,我的家也在那里住过两个月。我现在常常想起这个地方,特别是在人事繁忙的时候。

蒙自小得好,人少得好。看惯了大城的人,见了蒙自的城圈儿会觉得像玩具似的,正像坐惯了普通火车的人,乍踏上个碧石小火车,会觉得像玩具似的。但是住下来,就渐渐觉得有意思。城里只有一条大街,不消几趟就走熟了。书店、文具店、点心店、电筒店,差不多闭了眼就可以找到门儿。城外的名胜去处,南湖、湖里的嵩岛、军山、三山公园,一下午便可走遍,怪省力的。不论城里城外,在路上走,有时候会看不见一个人。整个儿天地仿佛是自己的;自我扩展到无穷远、无穷大。这教我想起了台州和白马湖,在那两处住的时候,也有这种静味。

大街上有一家卖糖粥的,带着卖煎粑粑。桌子凳子乃至碗匙等都很干净，价格又便宜，我们联大师生照顾的特别多。掌柜是个四川人，姓雷，白发苍苍的。他脸上常挂着微笑，却并不是巴结顾客的样儿。他爱点古玩什么的，每张桌子上，竹器磁器占着一半儿；糖粥和粑粑便摆在这些桌子上吃。他家里还藏着些"精品"，高兴的时候，会特地去拿来请顾客赏玩一番。老头儿有个老伴儿，带一个伙计，就这么活着，倒也自得其乐。我们管这个铺子叫"雷稀饭"，管那掌柜的也叫这名儿；他的人缘儿是很好的。

城里最可注意的是人家的门对儿。这里许多门对儿都切合着人家的姓。别地方固然也有这么办的，但没有这里的多。散步的时候边看边猜，倒很有意思。但是最多的是抗战的门对儿。昆明也有，不过按比例说，怕不及蒙自的多；多了，就造成一种氛围气，叫在街上走的人不忘记这个时代的这个国家。这似乎也算利用旧形式宣传抗战建国，是值得鼓励的。眼前旧历年就到了，这种抗战春联，大可提倡一下。

蒙自的正式宣传工作，除党部的标语外，教育局的努力，也值得记载。他们将一座旧戏台改为演讲台，又每天张贴油印的广播消息。这都是有益民众的。他们的经费不多，能够逐步做去，是很有希望的。他们又帮助北大的学生办了一所民众夜校。报名的人非常踊跃，但因为教师和座位的关系，只收了二百人。夜校办了两三个月，学生颇认真，成绩相当可观。那时蒙自的联大要搬到昆明来，便只得停了。教育局长向我表示很可惜；看他的态度，他说的是真心话。蒙自的民众相当乐意接受宣传。联大的学生曾经来过一次灭蝇运动。四五月间蒙自苍蝇真多。有一位朋友在街上笑了一下,一张口便飞进一只去。灭蝇运动之后,街上许多食物铺子,备了冷布罩子,虽然简陋,不能不说是进步。铺子的人常和我们说:"这是你们来了之后才有的呀。"可见他们是很虚心的。

蒙自有个火把节,四乡是在阴历六月二十四晚上,城里是二十五晚上。那晚上城里人家都在门口烧着芦秆或树枝,一处处一堆堆熊熊的火光,围着些男男女女大人小孩;孩子们手里更提着烂布浸油的火球儿晃来晃去的,跳着叫着,冷静的城顿然热闹起来。这火是光,是热,是力量,是青年。四乡地方空阔,都用一棵棵小树烧;想象着一片茫茫的大黑暗里涌起一团团的热火,光景够雄伟的。四乡那些夷人,该更享受这个节,他们该更热烈地跳着叫着罢。这也许是个祓除节,但暗示着生活力的伟大,是个有意义的风俗;在这抗战时期,需要鼓舞精神的时期,它的意义更是深厚。

南湖在冬春两季水很少,有一半简直干得不剩一点二滴儿。但到了夏季,涨得溶溶滟滟的,真是返老还童一般。湖堤上种了成行的由加利树;高而直的干子,不差什么也有"参天"之势,细而长的叶子,像惯于拂水的垂杨,我一站到堤上就禁不住想到北平的什刹海。再加上嵩岛那一带田田的荷叶,亭亭的荷花,更像什刹海了。嵩岛是个好地方,但我看还不如三山公园曲折幽静。这里只有三个小土堆儿,几个朴素小亭儿。可是回旋起伏,树木掩映,这儿那儿更点缀着一些石桌石墩之类;看上去也罢,走起来也罢,都让人有点余味可以咀嚼似的。这不能不感谢那位李嵩军长。南湖上的路都是他的军士筑的，嵩岛和军山也是他重新修整的；而这个小小的公园，更见出他的匠心。这一带他写的匾额很多。他自然不是画家，不过笔势瘦硬，颇有些英气。

联大租借了海关和东方汇理银行旧址，是蒙自最好的地方。海关里高大的由加利树，和一片软软的绿草是主要的调子，进了门不但心胸一宽，而且周身觉得润润的。树头上好些白鹭，和北平太庙里的"灰鹤"是一类，北方叫作"老等"。那洁白的羽毛，那伶俐的姿态，耐人看，一清早看尤好。在一个角落里有一条灌木林的甬道，夜里月光从叶缝里筛下来，该是顶有趣的。另一个角落长着些芒果树和木瓜树，可惜太阳力量不够，果实结得不肥，但沾着点热带味，也叫人高兴。银行里花多，遍地的颜色，随时都有，不寂寞。最艳丽的要数叶子花。花是浊浓的紫，脉络分明活像叶，一丛丛的，一片片的，真是"浓得化不开"。花开的时候真久。我们四月里去，它就开了，八月里走，它还没谢呢。

《梅花》后记

这一卷诗稿的运气真坏！我为它碰过好几回壁，几乎已经绝望。现在承开明书店主人的好意，答应将它印行，让我尽了对于亡友的责任，真是感激不尽！

偶然翻阅卷前的序，后面记着一九二四年二月；算来已是四年前的事了。而无隅的死更在前一年。这篇序写成后，曾载在《时事新报》的《文学旬刊》上。那时即使有人看过，现在也该早已忘怀了吧？无隅的棺木听说还停在上海某处；但日月去得这样快，五年来人事代谢，即在无隅的亲友，他的名字也已有点模糊了吧？想到此，颇有些莫名的寂寞了。我与无隅的末次聚会，是在上海西门三德里一个楼上。那时他在美术专门学校学西洋画，住着万年桥附近小弄堂里一个亭子间。我是先到了那里，再和他同去三德里的。那一暑假，我从温州到上海来玩儿；因为他春间交给我的这诗稿还未改好，所以一面访问，一面也给他个信。见面时，他那瘦黑的、微笑的脸，还和春间一样；从我认识他时，他的脸就是这样。怎么也想不到，隔了不久的日子，他会突然离我们而去！——但我在温州得信很晚，记得仿佛已在他死后一两个月；那时我还忙着改这诗稿，打算寄给他呢。

他似乎没有什么亲戚朋友，至少在上海是如此。他的病情和死期，没人能说得清楚，我至今也还有些茫然；只知道病来得极猛，而又没钱好好医治而已。后事据说是几个同乡的学生凑了钱办的。他们大抵也没钱，想来只能草草收殓罢了。棺木是寄在某处。他家里想运回去，苦于没有这笔钱——虽然不过几十元。他父亲与他朋友林醒民君都指望这诗稿能卖得一点钱。不幸碰了四回壁，还留在我手里；四个年头已飞也似的过去了。自然，这期间我也得负多少因循的责任。直到现在，卖是卖了，想起无隅的那薄薄的棺木，在南方的潮湿里，在数年的尘封里，还不知是什么样子！其实呢，一堆腐骨，原无足惜；但人究竟是人，明知是迷执，打破却也不易的。

无隅的父亲到温州找过我，那大约是一九二二年的春天吧。一望而知，这是一个老实的内地人。他很愁苦地说，为了无隅读书，家里已用了不少钱。谁知道会这样呢？他说，现在无隅还有一房家眷要养活，运棺木的费，实在想不出法。听说他有什么稿子，请可怜可怜，给他想想法吧！我当时答应下来；谁知道一耽搁就是这些年头！后来他还转托了一位与我不相识的人写信问我。我那时已离开温州,因事情尚无头绪,一时忘了作复,从此也就没有音信。现在想来,实在是很不安的。

我在序里略略提过林醒民君,他真是个值得敬爱的朋友!最热心无隅的事的是他;四年中不断地督促我的是他。我在温州的时候,他特地为了无隅的事,从家乡玉环来看我,又将我删改过的这诗稿,端端正正地抄了一遍,给编了目录,就是现在付印的稿本了。我去温州,他也到汉口宁波各地做事;常有信给我,信里总殷勤问起这诗稿。去年他到南洋去,临行还特地来信催我。他说无隅死了好几年了,仅存的一卷诗稿,还未能付印,真是一件难以放下的心事;请再给向什么地方试试,怎样? 他到南洋后,至今尚无消息,海天远隔,我也不知他在何处。现在想寄信由他家里转,让他知道这诗稿已能付印;他定非常高兴。古语说,"一死一生,乃见交情";他之于无隅,这五年以来,有如一日,真是人所难能的!

关心这诗稿的,还有白采与周了因两位先生。白先生有一篇小说,叫《作诗的儿子》,是纪念无隅的,里面说到这诗稿。那时我还在温州。他将这篇小说由平伯转寄给我,附了一信,催促我设法付印。他和平伯,和我,都不相识;因这一来,便与平伯常常通信,后来与我也常通信了。这也算很巧的一段因缘。我又告诉醒民,醒民也和他写了几回信。据醒民说,他曾经一度打算出资印这诗稿;后来因印自己的诗,力量来不及,只好罢了。可惜这诗稿现在行将付印,而他已死了三年,竟不能见着了! 周了因先生,据醒民说,也是无隅的好友。醒民说他要给这诗稿写一篇序,又要写一篇无隅的传。但又说他老是东西飘泊着,没有准儿;只要有机会将这诗稿付印,也就不必等他的文章了。我知道他现在也在南洋什么地方;路是这般远,我也只好不等他了。

春余夏始,是北京最好的日子。我重翻这诗稿,温寻着旧梦,心上倒像有几分秋意似的。

1928年5月9日作

《忆》跋

小燕子其实也无所爱,
只是沉浸在朦胧而飘忽的夏夜梦里罢了。

——《忆》第三十五首

    人生若真如一场大梦,这个梦倒也很有趣的。在这个大梦里,一定还有长长短短,深深浅浅,肥肥瘦瘦,甜甜苦苦,无数无数的小梦。有些已经随着日影飞去;有些还远着哩。飞去的梦便是飞去的生命,所以常常留下十二分的惋惜,在人们心里。人们往往从"现在的梦"里走出,追寻旧梦的踪迹,正如追寻旧日的恋人一样;他越过了千重山,万重水,一直地追寻去。这便是"忆的路"。"忆的路"是愈过愈广阔的,是愈过愈平坦的;曲曲折折的路旁,隐现着几多的驿站,是行客们休止的地方。最后的驿站，在白板上写着朱红的大字："儿时"。这便是"忆的路"的起点，平伯君所徘徊而不忍去的。

飞去的梦因为飞去的缘故，一律是甜蜜蜜而又酸溜溜的。

这便合成了别一种滋味，就是所谓惆怅。而"儿时的梦"和现在差了一世界，那酝酿着的惆怅的味儿，更其肥腴得可以，真腻得人没法儿！你想那颗一丝不挂却又爱着一切的童心，眼见得在那隐约的朝雾里，凭你怎样招着你的手儿，总是不回到腔子里来；这是多么"缺"呢？于是平伯君觉着闷得慌，便老老实实地，像春日的轻风在绿树间微语一般，低低地、密密地将他的可忆而不可捉的"儿时"诉给你。他虽然不能长住在那"儿时"里，但若能多招呼几个伴侣去徘徊几番，也可略减他的空虚之感，那惆怅的味儿，便不至老在他的舌本上腻着了。这是他的聊以解嘲的法门，我们都多少能默喻的。

在朦胧的他儿时的梦里，有像红蜡烛的光一跳一跳的，便是爱。他爱故事讲得好的姊姊，他爱唱沙软而重的眠歌的乳母，他爱流苏帽儿的她。他也爱翠竹丛里一万的金点子和小枕头边一双小红橘子；也爱红绿色的蜡泪和爸爸的顶大的斗篷；也爱剪啊剪啊的燕子和躲在杨柳里的月亮……他有着纯真的、烂漫的心；凡和他接触的，他都与他们稔熟，亲密——他一律地拥抱了他们。所以他是自然（人也在内）的真朋友！

他所爱的还有一件，也得给你提明的，便是黄昏与夜。他说他将像小燕子一样，沉浸在夏夜梦里，便是分明的自白。在他的"忆的路"上，在他的"儿时"里，满布着黄昏与夜的颜色。夏夜是银白色的，带着栀子花儿的香；秋夜是铁灰色的，有青色的油盏火的微芒；春夜最热闹的是上灯节，有各色灯的辉煌，小烛的摇荡；冬夜是数除夕了，红的、绿的、淡黄的颜色，便是年的衣裳。在这些夜里，他那生活的模样儿啊，短短儿的身材，肥肥儿的个儿，甜甜儿的面孔，有着浅浅的笑涡；这就是他的梦，也正是多么可爱的一个孩子！至于那黄昏，都笼罩着银红衫儿、流苏帽儿的她的朦胧影，自然也是可爱的！——但是，他为什么爱夜呢？聪明的你得问了。我说夜是浑融的，夜是神秘的，夜张开了她无长不长的两臂，拥抱着所有的所有的，但你却瞅不着她的面目，摸不着她的下巴；这便因可惊而觉着十三分的可爱。堂堂的白日，界画分明的白日，分割了爱的白日，岂能如她的系着孩子的心呢？夜之国，梦之国，正是孩子的国呀，正是那时的平伯君的国呀！

　　平伯君说他的忆中所有的即使是薄薄的影，只要它们历历而可画，他便摇动了那风魔了的眷念。他说"历历而可画"，原是一句绮语；谁知后来真有为他"历历画出"的子恺君呢？他说"薄薄的影"，自是扮谦的话；但这一个"影"字却是以实道实，确切可靠的。子恺君便在影子上着了颜色——若根据平伯君的话推演起来，子恺君可说是厚其所薄了。影子上着了颜色，确乎格外分明——我们不但能用我们的心眼看见平伯君的梦，更能用我们的肉眼看见那些梦，于是更摇动了平伯君以外的我们的风魔了的眷念了。而梦的颜色加添了梦的滋味；便是平伯君自己，因这一画啊，只怕也要重落到那闷人的、腻腻的惆怅之中而难以自解了！至于我，我呢，在这双美之前，只能重复我的那句老话："我的光荣啊，我若有光荣啊！"

我的儿时现在真只剩下"薄薄的影"。我的"忆的路"几乎是直如矢的；像被大水洗了一般，寂寞到可惊的程度！这大约因为我的儿时实在太单调了；沙漠般展伸着，自然没有我的"依恋"回翔的余地了。平伯君有他的好时光，而以不能重行占领为恨；我是并没有好时光，说不上占领，我的空虚之感是两重的！但人生毕竟是可以相通的；平伯君诉给我们他的"儿时"，子恺君又画出了它的轮廓，我们深深领受的时候，就当是我们自己所有的好了。"你的就是我的，我的就是你的"，岂止"感情聊胜无"呢？培根说，"读书使人充实"；在另一意义上，你容我说吧，这本小小的书确已使我充实了！

1924 年 8 月 17 日，温州

哀韦杰三君

韦杰三君是一个可爱的人，我第一回见他面时就这样想。这一天我正坐在房里，忽然有敲门的声音；进来的是一位温雅的少年。我问他"贵姓"的时候，他将他的姓名写在纸上给我看；说是苏甲荣先生介绍他来的。苏先生是我的同学，他的同乡，他说前一晚已来找过我了，我不在家；所以这回又特地来的。我们闲谈了一会儿，他说怕耽误我的时间，就告辞走了。是的，我们只谈了一会儿，而且并没有什么重要的话——我现在已全忘记——但我觉得已懂得他了，我相信他是一个可爱的人。

第二回来访，是在几天之后。那时新生甄别试验刚完，他的国文课是被分在钱子泉先生的班上。他来和我说，要转到我的班上。我和他说，钱先生的学问，是我素来佩服的；在他班上比在我班上一定好。而且已定的局面，因一个人而变动，也不大方便。他应了几声，也没有说什么，就走了。从此他就不曾到我这里来。有一回，在三院第一排屋的后门口遇见他，他微笑着向我点头；他本是捧了书及墨盒去上课的，这时却站住了向我说："常想到先生那里，只是功课太忙了，总想去的。"我说："你闲时可以到我这里谈谈。"我们就点首作别。三院离我住的古月堂似乎很远，有时想起来，几乎和前门一样。所以半年以来，我只在上课前，下课后几分钟里，偶然遇着他三四次；除上述一次外，都只匆匆地点头走过，不曾说一句话。但我常是这样想：他是一个可爱的人。

他的同乡苏先生，我还是来京时见过一回，半年来不曾再见。我不曾能和他谈韦君；我也不曾和别人谈韦君，除了钱子泉先生。钱先生有一日告诉我，说韦君总想转到我班上；钱先生又说："他知道不能转时，也很安心地用功了，笔记做得很详细的。"我说，自然还是在钱先生班上好。以后这件事还谈起一两次。直到三月十九日早，有人误报了韦君的死信；钱先生站在我屋外的台阶上惋惜地说："他寒假中来和我谈。我因他常是忧郁的样子，便问他为何这样；是为了我吗？他说：'不是，你先生很好的；我是因家境不宽，老是愁烦着。'他说他家里还有一个年老的父亲和未成年的弟弟；他说他弟弟因为家中无钱，已失学了。他又说他历年在外读书的钱，一小半是自己休了学去做教员弄来的，一大半是向人告贷来的。他又说，下半年的学费还没有着落呢。"但他却不愿平白地受人家的钱；我们只看他给大学部学生会起草的请改奖金制为借贷制与工读制的信，便知道他年纪虽轻，做人却有骨气的。

我最后见他，是在三月十八日早上，天安门下电车时。他照平常一样，微笑着向我点头。他的微笑显示他纯洁的心，告诉人，他愿意亲近一切；我是不会忘记的。还有他的静默，我也不会忘记。据陈云豹先生的《行述》，韦君很能说话；但这半年来，我们听见的，却只有他的静默而已。他的静默里含有忧郁、悲苦、坚忍、温雅等等，是最足以引人深长之思和切至之情的。他病中，据陈云豹君在本校追悼会里报告，虽也有一时期，很是躁急，但他终于在离开我们之前，写了那样平静的两句话给校长；他那两句话包蕴着无穷的悲哀，这是静默的悲哀！所以我现在又想，他毕竟是一个可爱的人。

三月十八日晚上，我知道他已危险；第二天早上，听见他死了，叹息而已！但走去看学生会的布告时，知他还在人世，觉得被鼓励似的，忙着将这消息告诉别人。有不信的，我立刻举出学生会布告为证。我二十日进城，到协和医院想去看看他；但不知道医院的规则，去迟了一点钟，不得进去。我很怅惘地在门外徘徊了一会儿，试问门役道："你知道清华学校有一个韦杰三，死了没有？"他的回答，我原也知道的，是"不知道"三字！那天傍晚回来；二十一日早上，便得着他死的信息——这回他真死了！他死在二十一日上午一时四十八分，就是二十日的夜里，我二十日若早去一点钟，还可见他一面呢。这真是十分遗憾的！二十三日同人及同学入城迎灵，我在城里十二点才见报，已赶不及了。下午回来，在校门外看见杠房里的人，知道柩已来了。我到古月堂一问，知道柩安放在旧礼堂里。我去的时候,正在重殓,韦君已穿好了殓衣在照相了。据说还光着身子照了一张相,是照伤口的。我没有看见他的伤口;但是这种情景,不看见也罢了。照相毕,入殓,我走到柩旁:韦君的脸已变了样子,我几乎不认识了!他的两颧突出,颊肉瘪下,掀唇露齿,哪里还像我初见时的温雅呢?这必是他几日间的痛苦所致的。唉,我们可以想见了!我正在乱想,棺盖已经盖上;唉,韦君,这真是最后一面了!我们从此真无再见之期了!死生之理,我不能懂得,但不能再见是事实,韦君,我们失掉了你,更将从何处觅你呢?

韦君现在一个人睡在刚秉庙的一间破屋里,等着他迢迢千里的老父,天气又这样坏;韦君,你的魂也彷徨着吧!

1926 年 4 月 2 日

阿河

我这一回寒假,因为养病,住到一家亲戚的别墅里去。那别墅是在乡下。前面偏左的地方,是一片淡蓝的湖水,对岸环拥着不尽的青山。山的影子倒映在水里,越显得清清朗朗的。水面常如镜子一般。风起时,微有皱痕;像少女们皱她们的眉头,过一会儿就好了。湖的余势束成一条小港,缓缓地不声不响地流过别墅的门前。门前有一条小石桥,桥那边尽是田亩。这边沿岸一带,相间地栽着桃树和柳树,春来当有一番热闹的梦。别墅外面缭绕着短短的竹篱,篱外是小小的路。里边一座向南的楼,背后便倚着山。西边是三间平屋,我便住在这里。院子里有两块草地,上面随便放着两三块石头。另外的隙地上,或罗列着盆栽,或种莳着花草。篱边还有几株枝干蟠曲的大树,有一株几乎要伸到水里去了。

我的亲戚韦君只有夫妇二人和一个女儿。她在外边念书,这时也刚回到家里。她邀来三位同学,同到她家过这个寒假;

两位是亲戚,一位是朋友。她们住着楼上的两间屋子。韦君夫妇也住在楼上。楼下正中是客厅,常是闲着,西间是吃饭的地方;东间便是韦君的书房,我们谈天,喝茶,看报,都在这里。我吃了饭,便是一个人,也要到这里来闲坐一回。我来的第二天,韦小姐告诉我,她母亲要给她们找一个好好的女佣人;长工阿齐说有一个表妹,母亲叫他明天就带来做做看呢。她似乎很高兴的样子,我只是不经意地答应。

平屋与楼屋之间,是一个小小的厨房。我住的是东面的屋子,从窗子里可以看见厨房里人的来往。这一天午饭前,我偶然向外看看,见一个面生的女佣人,两手提着两把白铁壶,正往厨房里走;韦家的李妈在她前面领着,不知在和她说什么话。她的头发乱蓬蓬的,像冬天的枯草一样。身上穿着镶边的黑布棉袄和夹裤,黑里已泛出黄色;棉袄长与膝齐,夹裤也直拖到脚背上。脚倒是双天足,穿着尖头的黑布鞋,后跟还带着两片同色的"叶拔儿"。我想这就是阿齐带来的女佣人了;想完了就坐下看书。晚饭后,韦小姐告诉我,女佣人来了,她的名字叫"阿河"。我说:"名字很好,只是人土些;还能做么?"她说:"别看她土,很聪明呢。"我说:"哦。"便接着看手中的报了。

以后每天早上,中上,晚上,我常常看见阿河挈着水壶来往;她的眼似乎总是望前看的。两个礼拜匆匆地过去了。韦小姐忽然和我说:"你别看阿河土,她的志气很好,她是个可怜的人。我和娘说,把我前年在家穿的那身棉袄裤给了她吧。我嫌那两件衣服太花,给了她正好。娘先不肯,说她来了没有几天；后来也肯了。今天拿出来让她穿，正合式呢。我们教给她打绒绳鞋，她真聪明，一学就会了。她说拿到工钱，也要打一双穿呢。我等几天再和娘说去。"

"她这样爱好！怪不得头发光得多了，原来都是你们教她的。好！你们尽教她讲究，她将来怕不愿回家去呢。"大家都笑了。

旧新年是过去了。因为江浙的兵事，我们的学校一时还不能开学。我们大家都乐得在别墅里多住些日子。这时阿河如换了一个人。她穿着宝蓝色挑着小花儿的布棉袄裤；脚下是嫩蓝色毛绳鞋，鞋口还缀着两个半蓝半白的小绒球儿。我想这一定是她的小姐们给帮忙的。古语说得好，"人要衣裳马要鞍"，阿河这一打扮，真有些楚楚可怜了。她的头发早已是刷得光光的，覆额的留海也梳得十分伏贴。一张小小的圆脸，如正开的桃李花；脸上并没有笑，却隐隐地含着春日的光辉，像花房里充了蜜一般。这在我几乎是一个奇迹；我现在是常站在窗前看她了。我觉得在深山里发见了一粒猫儿眼；这样精纯的猫儿眼，是我生平所仅见！我觉得我们相识已太长久，极愿和她说一句话——极平淡的话，一句也好。但我怎好平白地和她攀谈呢？这样郁郁了一礼拜。

这是元宵节的前一晚上。我吃了饭，在屋里坐了一会儿，觉得有些无聊，便信步走到那书房里。拿起报来，想再细看一回。忽然门钮一响，阿河进来了。她手里拿着三四支颜色铅笔；出乎意料地走近了我。她站在我面前了，静静地微笑着说："白先生，你知道铅笔刨在哪里？"一面将拿着的铅笔给我看。我不自主地立起来，匆忙地应道："在这里。"我用手指着南边柱子。但我立刻觉得这是不够的。我领她走近了柱子。这时我像闪电似的踌躇了一下，便说："我……我……"她一声不响地已将一支铅笔交给我。我放进刨子里刨给她看。刨了两下，便想交给她；但终于刨完了一支，交还了她。她接了笔略看一看，仍仰着脸向我。我窘极了。刹那间念头转了好几个圈子；到底硬着头皮搭讪着说："就这样刨好了。"我赶紧向门外一瞥，就走回原处看报去。但我的头刚低下，我的眼已抬起来了。于是远远地从容地问道："你会吗？"她不曾掉过头来，只"嘤"了一声，也不说话。我看了她背影一会儿。觉得应该低下头了。等我再抬起头来时，她已默默地向外走了。她似乎总是望前看的；我想再问她一句话，但终于不曾出口。我撇下了报，站起来走了一会儿，便回到自己屋里。

　　我一直想着些什么，但什么也没有想出。

　　第二天早上看见她往厨房里走时，我发愿我的眼将老跟着她的影子！她的影子真好。她那几步路走得又敏捷，又匀称，又苗条，正如一只可爱的小猫。她两手各提着一只水壶，又令我想到在一条细细的索儿上抖擞精神走着的女子。这全由于她的腰；她的腰真太软了，用白水的话说，真是软到使我如吃苏州的牛皮糖一样。不只她的腰，我的日记里说得好："她有一套和云霞比美，水月争灵的曲线，织成大大的一张迷惑的网！"而那两颊的曲线，尤其甜蜜可人。她两颊是白中透着微红，润泽如玉。她的皮肤，嫩得可以掐出水来；我的日记里说，"我很想去掐她一下呀！"她的眼像一双小燕子，老是在潋滟的春水上打着圈儿。她的笑最使我记住,像一朵花漂浮在我的脑海里。我不是说过,她的小圆脸像正开的桃花么? 那么,她微笑的时候,便是盛开的时候了:花房里充满了蜜,真如要流出来的样子。她的发不甚厚,但黑而有光,柔软而滑,如纯丝一般。只可惜我不曾闻着一些儿香。唉! 从前我在窗前看她好多次,所得的真太少了;若不是昨晚一见——虽只几分钟——我真太对不起这样一个人儿了。

午饭后,韦君照例地睡午觉去了,只有我、韦小姐和其他三位小姐在书房里。我有意无意地谈起阿河的事。我说:

"你们怎知道她的志气好呢?"

"那天我们教给她打绒绳鞋;"一位蔡小姐便答道,"看她很聪明,就问她为什么不念书? 她被我们一问,就伤心起来了……"

"是的,"韦小姐笑着抢了说,"后来还哭了呢;还有一位傻子陪她淌眼泪呢。"

那边黄小姐可急了,走过来推了她一下。蔡小姐忙拦住道:"人家说正经话,你们尽闹着玩儿! 让我说完了呀——""我代你说啵,"韦小姐仍抢着说,"她说她只有一个爹,没有娘。嫁了一个男人,倒有三十多岁,土头土脑的,脸上满是疱! 他是李妈的邻舍,我还看见过呢……""好了,底下我说吧。"蔡小姐接着道,"她男人又不要好,尽爱赌钱;她一气,就住到娘家来,有一年多不回去了。"

"她今年几岁?"我问。

"十七不知十八? 前年出嫁的,几个月就回家了。"蔡小姐说。

"不,十八,我知道。"韦小姐改正道。

"哦。你们可曾劝她离婚?"

"怎么不劝?"韦小姐应道,"她说十八回去吃她表哥的喜酒,要和她的爹去说呢。"

"你们教她的好事,该当何罪!"我笑了。

她们也都笑了。

十九的早上,我正在屋里看书,听见外面有嚷嚷的声音;这是从来没有的。我立刻走出来看;只见门外有两个乡下人要走进来,却给阿齐拦住。他们只是央告,阿齐只是不肯。这时韦君已走出院中,向他们道:"你们回去吧。人在我这里,不要紧的。快回去,不要瞎吵!"

两个人面面相觑,说不出一句话;俄延了一会儿,只好走了。我问韦君什么事?他说:"阿河啰!还不是瞎吵一回子。"

我想他于男女的事向来是懒得说的,还是回头问他小姐的好;我们便谈到别的事情上去。

吃了饭,我赶紧问韦小姐,她说:"她是告诉娘的,你问娘去。"

我想这件事有些尴尬,便到西间里问韦太太;她正看着李妈收拾碗碟呢。她见我问,便笑着说:

"你要问这些事做什么?她昨天回去,原是借了阿桂的衣裳穿了去的,打扮得娇滴滴的,也难怪,被她男人看见了,便约了些不相干的人,将她抢回去过了一夜。今天早上,她骗她男人,说要到此地来拿行李。她男人就会信她,派了两个人跟着。那知她到了这里,便叫阿齐拦着那跟来的人;她自己便跪在我面前哭诉,说死也不愿回她男人家去。你说我有什么法子? 只好让那跟来的人先回去再说。好在没有几天,她们要上学了,我将来交给她的爹吧。唉,现在的人,心眼儿真是越过越大了;一个乡下女人,也会闹出这样惊天动地的事了!"

"可不是,"李妈在旁插嘴道,"太太你不知道;我家三叔前儿来,我还听他说呢。我本不该说的,阿弥陀佛! 太太,你想她不愿意回婆家,老愿意住在娘家,是什么道理? 家里只有一个单身的老子;你想那该死的老畜生! 他舍不得放她回去呀!"

"低些,真的吗?"韦太太惊诧地问。

"他们说得千真万确的。我早就想告诉太太了,总有些疑心;今天看她的样子,真有几分对呢。太太,你想现在还成什么世界!"

"这该不至于吧。"我淡淡地插了一句。

"少爷,你哪里知道!"韦太太叹了一口气,"——好在没有几天了,让她快些走吧;别将我们的运气带坏了。她的事,我们以后也别谈吧。"

开学的通告来了,我定在二十八走。二十六的晚上,阿河忽然不到厨房里提水了。韦小姐跑来低低地告诉我:"娘叫阿齐将阿河送回去了;我在楼上,都不知道呢。"我应了一声,一句话也没有说。正如每日有三顿饱饭吃的人,忽然绝了粮;却又不能告诉一个人! 而且我觉得她的前面是黑洞洞的,此去不定有什么好歹! 那一夜我是没有好好地睡,只翻来覆去地做梦，醒来却又一例茫然。这样昏昏沉沉地到了二十八早上，懒懒地向韦君夫妇和韦小姐告别而行，韦君夫妇坚约春假再来住，我只得含糊答应着。出门时，我很想回望厨房几眼；但许多人都站在门口送我，我怎好回头呢？

到校一打听，老友陆已来了。我不及料理行李，便找着他，将阿河的事一五一十告诉他。他本是个好事的人；听我说时，时而皱眉，时而叹气，时而擦掌。听到她只十八岁时，他突然将舌头一伸，跳起来道："可惜我早有了我那太太！要不然，我准得想法子娶她！"

"你娶她就好了；现在不知鹿死谁手呢？"

我俩默默相对了一会儿，陆忽然拍着桌子道："有了，老汪不是去年失了恋吗？他现在还没有主儿，何不给他俩撮合一下。"

我正要答说，他已出去了。过了一会子，他和汪来了，进门就嚷着说："我和他说，他不信；要问你呢！"

"事是有的，人呢，也真不错。只是人家的事，我们凭什么去管！"我说。

"想法子呀！"陆嚷着。

"什么法子？你说！"

"好，你们尽和我开玩笑，我才不理会你们呢！"汪笑了。

我们几乎每天都要谈到阿河，但谁也不曾认真去"想法子"。

一转眼已到了春假。我再到韦君别墅的时候，水是绿绿的，桃腮柳眼，着意引人。我却只惦着阿河，不知她怎么样了。那时韦小姐已回来两天。我背地里问她，她说："奇得很！阿齐告诉我,说她二月间来求娘来了。她说她男人已死了心,不想她回去;只不肯白白地放掉她。他教她的爹拿出八十块钱来,人就是她的爹的了;他自己也好另娶一房人。可是阿河说她的爹哪有这些钱? 她求娘可怜可怜她! 娘的脾气你知道。她是个古板的人;她数说了阿河一顿,一个钱也不给! 我现在和阿齐说,让他上镇去时,带个信儿给她,我可以给她五块钱。我想你也可以帮她些,我教阿齐一块儿告诉她吧。只可惜她未必肯再上我们这儿来啰!"

"我拿十块钱吧,你告诉阿齐就是。"

我看阿齐空闲了,便又去问阿河的事。他说:"她的爹正给她东找西找地找主儿呢。只怕难吧,八十块大洋呢! "

我忽然觉得不自在起来,不愿再问下去。

过了两天,阿齐从镇上回来,说:"今天见着阿河了。娘的,齐整起来了。穿起了裙子,做老板娘了! 据说是自己拣中的,这种年头! "

我立刻觉得,这一来全完了! 只怔怔地看着阿齐,似乎想在他脸上找出阿河的影子。咳,我说什么好呢? 愿命运之神长远庇护着她吧!

第二天我便托故离开了那别墅;我不愿再见那湖光山色,更不愿再见那间小小的厨房!

1926 年 1 月 11 日作

白采

　　盛暑中写《白采的诗》一文，刚满一页，便因病搁下。这时候薰宇来了一封信，说白采死了，死在香港到上海的船中。他只有一个人；他的遗物暂存在立达学园里。有文稿、旧体诗词稿、笔记稿，有朋友和女人的通信，还有四包女人的头发！我将薰宇的信念了好几遍，茫然若失了一会儿；觉得白采虽于生死无所容心，但这样的死在将到吴淞口了的船中，也未免太残酷了些——这是我们后死者所难堪的。

　　白采是一个不可捉摸的人。他的历史，他的性格，现在虽从遗物中略知梗概，但在他生前，是绝少人知道的；他也绝口不向人说，你问他他只支吾而已。他赋性既这样遗世绝俗，自然是落落寡合了；但我们却能够看出他是一个好朋友，他是一个有真心的人。

　　"不打不成相识，"我是这样地知道了白采的。这是为学生李芳诗集的事。李芳将他的诗集交我删改，并嘱我作序。那时我在温州，他在上海。我因事忙，一搁就是半年；而李芳已因不知名的急病死在上海。我很懊悔我的需缓，赶紧抽了空给他工作。正在这时，平伯转来白采的信，短短的两行，催我设法将李芳的诗出版；又附了登在《觉悟》上的小说《作诗的儿子》，让我看看——里面颇有讥讽我的话。我当时觉得不应得这种讥讽，便写了一封近两千字的长信，详述事件首尾，向他辩解。信去了便等回信；但是杳无消息。等到我已不希望了，他才来了一张明信片；在我看来，只是几句半冷半热的话而已。我只能以"岂能尽如人意？但求无愧我心！"自解，听之而已。

但平伯因转信的关系，却和他常通函札。平伯来信，屡屡说起他，说是一个有趣的人。有一回平伯到白马湖看我。我和他同往宁波的时候，他在火车中将白采的诗稿《羸疾者的爱》给我看。我在车身不住的动摇中，读了一遍。觉得大有意思。我于是承认平伯的话，他是一个有趣的人。我又和平伯说，他这篇诗似乎是受了尼采的影响。后来平伯来信，说已将此语函告白采，他颇以为然。我当时还和平伯说，关于这篇诗，我想写一篇评论；平伯大约也告诉了他。有一回他突然来信说起此事；他盼望早些见着我的文字，让他知道在我眼中的他的诗究竟是怎样的。我回信答应他，就要做的。以后我们常常通信，他常常提及此事。但现在是三年以后了，我才算将此文完篇；他却已经死了，看不见了！他暑假前最后给我的信还说起他的盼望。天啊！我怎样对得起这样一个朋友，我怎样挽回我的过错呢？

平伯和我都不曾见过白采，大家觉得是一件缺憾。有一回我到上海，和平伯到西门林荫路新正兴里五号去访他：这是按着他给我们的通信地址去的。但不幸得很,他已经搬到附近什么地方去了;我们只好嗒然而归。新正兴里五号是朋友延陵君住过的:有一次谈起白采,他说他姓童,在美术专门学校念书;他的夫人和延陵夫人是朋友,延陵夫妇曾借住他们所赁的一间亭子间。那是我看延陵时去过的,床和桌椅都是白漆的;是一间虽小而极洁净的房子,几乎使我忘记了是在上海的西门地方。现在他存着的摄影里,据我看,有好几张是在那间房里照的。又从他的遗札里,推想他那时还未离婚;他离开新正兴里五号,或是正为离婚的缘故,也未可知。这却使我们事后追想,多少感着些悲剧味了。但平伯终于未见着白采,我竟得和他见了一面。那是在立达学园我预备上火车去上海前的五分钟。这一天,学园的朋友说白采要搬来了;我从早上等了好久,还没有音信。正预备上车站,白采从门口进来了。他说着江西话,似乎很老成了,是饱经世变的样子。我因上海还有约会,只匆匆一谈,便握手作别。他后来有信给平伯说我"短小精悍",却是一句有趣的话。这是我们最初的一面,但谁知也就是最后的一面呢!

去年年底,我在北京时,他要去集美作教;他听说我有南归之意,因不能等我一面,便寄了一张小影给我。这是他立在露台上远望的背影,他说是聊寄伫盼之意。我得此小影,反复把玩而不忍释,觉得他真是一个好朋友。这回来到立达学园,偶然翻阅《白采的小说》,《作诗的儿子》一篇中讥讽我的话,已经删改;而薰宇告我,我最初给他的那封长信,他还留在箱子里。这使我惭愧从前的猜想,我真是小器的人哪! 但是他现在死了,我又能怎样呢? 我只相信,如爱默生的话,他在许多朋友的心里是不死的!

白种人——上帝的骄子

去年暑假到上海，在一路电车的头等里，见一位大西洋人带着一位小西洋人，相并地坐着。我不能确说他俩是英国人或美国人；我只猜他们是父与子。那小西洋人，那白种的孩子，不过十一二岁光景，看去是个可爱的小孩，引我久长地注意。他戴着平顶硬草帽，帽檐下端正地露着长圆的小脸。白中透红的面颊，眼睛上有着金黄的长睫毛，显出和平与秀美。我向来有种癖气：见了有趣的小孩，总想和他亲热，做好同伴；

若不能亲热,便随时亲近亲近也好。在高等小学时,附设的初等里,有一个养着乌黑的秀发的刘君,真是依人的小鸟一般;牵着他的手问他的话时,他只静静地微仰着头,小声儿回答——我不常看见他的笑容,他的脸老是那么幽静和真诚,皮下却烧着亲热的火把。我屡次让他到我家来,他总不肯;后来两年不见,他便死了。我不能忘记他!我牵过他的小手,又摸过他的圆下巴。但若遇着陌生的小孩,我自然不能这么做,那可有些窘了;不过也不要紧,我可用我的眼睛看他——一回,两回,十回,几十回!孩子大概不很注意人的眼睛,所以尽可自由地看,和看女人要遮遮掩掩的不同。我凝视过许多初会面的孩子,他们都不曾向我抗议;至多拉着同在的母亲的手,或倚着她的膝头,将眼看她两看罢了。所以我胆子很大。这回在电车里又发了老癖气,我两次三番地看那白种的孩子,小西洋人!

初时他不注意或者不理会我,让我自由地看他。但看了不几回,那父亲站起来了,儿子也站起来了,他们将到站了。这时意外的事来了。那小西洋人本坐在我的对面;走近我时,突然将脸尽力地伸过来了,两只蓝眼睛大大地睁着,那好看的睫毛已看不见了;两颊的红也已褪了不少了。和平、秀美的脸一变而为粗俗、凶恶的脸了!他的眼睛里有话:"咄!黄种人,黄种的支那人,你——你看吧!你配看我!"他已失了天真的稚气,脸上满布着横秋的老气了!我因此宁愿称他为"小西洋人"。他伸着脸向我足有两秒钟;电车停了,这才胜利地掉过头,牵着那大西洋人的手走了。大西洋人比儿子似乎要高出一半；这时正注目窗外，不曾看见下面的事。儿子也不去告诉他，只独断独行地伸他的脸；伸了脸之后，便又若无其事的，始终不发一言——在沉默中得着胜利，凯旋而去。不用说，这在我自然是一种袭击，"出其不意，攻其不备"的袭击！

这突然的袭击使我张皇失措；我的心空虚了，四面的压迫很严重，使我呼吸不能自由。我曾在 N 城的一座桥上，遇见一个女人；我偶然地看她时，她却垂下了长长的黑睫毛，露出老练和鄙夷的神色。那时我也感到压迫和空虚，但比起这一次，就稀薄多了：我在那小西洋人两颗枪弹似的眼光之下，茫然地觉着有被吞食的危险，于是身子不知不觉地缩小——大有在奇境中的阿丽思的劲儿！我木木然目送那父与子下了电车，在马路上开步走；那小西洋人竟未回头，断然地去了。我这时有了迫切的国家之感！我做着黄种的中国人，而现在还是白种人的世界，他们的骄傲与践踏当然会来的；我所以张皇失措而觉着恐怖着，因为那骄傲我的、践踏我的，不是别人，只是一个十来岁的"白种的"孩子，竟是一个十来岁的白种的"孩子"！我向来总觉得孩子应该是世界的，不应该是一种、一国、一乡、一家的。我因此不能容忍中国的孩子叫西洋人为"洋鬼子"。但这个十来岁的白种的孩子，竟已被揿入人种与国家的两种定型里了。他已懂得凭着人种的优势和国家的强力，伸着脸袭击我了。这一次袭击实是许多次袭击的小影，他的脸上便缩印着一部中国的外交史。他之来上海，或无多日，或已长久，耳濡目染，他的父亲、亲长、先生、父执，乃至同国、同种，都以骄傲践踏对付中国人；而他的读物也推波助澜,将中国编派得一无是处,以长他自己的威风。所以他向我伸脸,决非偶然而已。

这是袭击,也是侮蔑,大大的侮蔑! 我因了自尊,一面感着空虚,一面却又感着愤怒;于是有了迫切的国家之念。我要诅咒这小小的人! 但我立刻恐怖起来了:这到底只是十来岁的孩子呢,却已被传统所埋葬;我们所日夜想往着的"赤子之心",世界之世界(非某种人的世界,更非某国人的世界),眼见得在正来的一代,还是毫无信息的! 这是你的损失,我的损失,他的损失,世界的损失;虽然是这样渺小的一个孩子! 但这孩子却也有可敬的地方:他的从容、他的沉默、他的独断独行、他的一去不回头,都是力的表现,都是强者适者的表现。决不婆婆妈妈的,决不粘粘搭搭的,一针见血,一刀两断,这正是白种人之所以为白种人。

我真是一个矛盾的人。无论如何,我们最要紧的还是看看自己,看看自己的孩子! 谁也是上帝之骄子;这和昔日的王侯将相一样,是没有种的!

1925 年 6 月 19 日

柏林

柏林的街道宽大、干净，伦敦巴黎都赶不上的；又因为不景气，来往的车辆也显得稀些。在这儿走路，尽可以从容自在地呼吸空气，不用张张望望躲躲闪闪。找路也顶容易，因为街道大概是纵横交切，少有"旁逸斜出"的。最大最阔的一条叫菩提树下，柏林大学、国家图书馆、新国家画院、国家歌剧院都在这条街上。东头接着博物院洲、大教堂、故宫；西边到著名的勃朗登堡门为止，长不到二里。过了那座门便是梯尔园，街道还是直伸下去——这一下可长了，三十七八里。勃朗登堡门和巴黎凯旋门一样，也是记功的。建筑在十八世纪末年，有点仿雅典奈昔克里司门的式样。高六十六英尺，宽六十八码半；两边各有六根多力克式石柱子。顶上是站在驷马车里的胜利神像，雄伟庄严，表现出德意志国都的神采。那神像在一八零七年被拿破仑当作胜利品带走，但七年后便又让德国的队伍带回来了。

从菩提树下西去，一出这座门，立刻神气清爽，眼前别有天地；那空阔，那望不到头的绿树，便是梯尔园。这是柏林最大的公园，东西六里，南北约二里。地势天然生得好，加上树种得非常巧妙，小湖小溪，或隐或显，也安排得是地方。大道像轮子的辐，辏向轴心去。道旁齐齐地排着葱郁的高树；树下有时候排着些白石雕像，在深绿的背景上越显得洁白。小道像树叶上的脉络，不知有多少。跟着道走，总有好地方，不辜负你。园子里花坛也不少。罗森花坛是出名的一个，玫瑰最好。一座天然的围墙，圆圆地绕着，上面密密地厚厚地长着绿的小圆叶子；墙顶参差不齐。坛中有两个小方池，满飘着雪白的水莲花，玲珑地托在叶子上，像惺忪的星眼。两池之间是一个皇后的雕像；四周的花香花色好像她的供养。梯尔园人工胜于天然。真正的天然却又是一番境界。曾走过市外"新西区"的一座林子。稀疏的树，高而瘦的干子，树下随意弯曲的路，简直教人想到倪云林的画本。看着没有多大，但走了两点钟，却还没走完。

　　柏林市内市外常看见运动员风的男人女人。女人大概都光着脚亮着胳膊，雄赳赳地走着，可是并不和男人一样。她们不像巴黎女人的苗条，也不像伦敦女人的拘谨，却是自然得好。有人说她们太粗，可是有股劲儿。司勃来河横贯柏林市，河上有不少划船的人。往往一男一女对坐着，男的只穿着游泳衣，也许赤着膊只穿短裤子。看的人绝不奇怪而且有喝彩的。曾亲见一个女大学生指着这样划着船的人说："美啊！"赞美身体，赞美运动，已成了他们的道德。星期六星期日上水边野外看去，男男女女老老少少谁都带一点运动员风。再进一步，便是所谓"自然运动"。大家索性不要那劳什子衣服,那才真是自然生活了。这有一定地方,当然不会随处见着,但书籍杂志是容易买到的,也有这种电影。那些人运动的姿势很好看,很柔软,有点儿像太极拳。在长天大海的背景上来这一套,确是美的,和谐的。日前报上说德国当局要取缔他们,看来未免有些个多事。

　　柏林重要的博物院集中在司勃来河中一个小洲上。这就叫做博物院洲。虽然叫做洲,因为周围陆地太多,河道几乎挤得没有了,加上十六道桥,走上去毫不觉得身在洲中。洲上总共七个博物院,六个是通连着的。最奇伟的是勃嘉蒙(Pergamon)与近东古迹两个。勃嘉蒙在小亚细亚,是希腊的重要城市,就是现在的贝加玛。柏林博物院团在那儿发掘,掘出一座大享殿,是祭大神宙斯用的。这座殿是二千二百年前造的,规模宏壮,雕刻精美。掘出的时候已经残破;经学者苦心研究,知道原来是什么样子,便照着修补起来,安放在一间特建的大屋子里。屋子之大,让人要怎么看这座殿都成。屋顶满是玻璃,让光从上面来,最均匀不过;墙是淡蓝色,衬出这座白石的殿越发有神儿。殿是方锁形,周围都是爱翁匿克式石柱,像是个廊子。当锁口的地方,是若干层的台阶儿。两头也有几层,上面各有殿基;殿基上,柱子下,便是那著名的"壁雕"。壁雕(Frieze)是希腊建筑里特别的装饰;在狭长的石条子上半深浅地雕刻着些故事,嵌在墙壁中间。这种壁雕颇有名作。如现存在不列颠博物院里的雅典巴昔农神殿的壁雕便是。这里的是一百三十二码长,有一部分已经移到殿对面的墙上去。所刻的故事是奥灵匹亚诸神与地之诸子巨人们的战争。其中人物精力饱满,历劫如生。另一间大屋里安放着罗马建筑的残迹。一是大三座门,上下两层,上层全为装饰用。两层各用六对哥林斯式的石柱,与门相间着,隔出略带曲折的廊子。上层三座门是实的,里面各安着一尊雕像,全体整齐秀美之至。一是小神殿。两样都在第二世纪的时候。

近东古迹院里的东西是十九世纪末二十世纪初年德国东方学会在巴比仑和亚述发掘出来的。中间巴比仑的以色他门（Ischtar Gateway）最为壮丽。门建筑在二千五百年前奈补卡德乃沙王第二的手里。门圈儿高三十九英尺,城垛儿四十九英尺,全用蓝色珐琅砖砌成。墙上浮雕着一对对的龙（与中国所谓的龙不同）和牛,黄的白的相间着;上下两端和边上也是这两色的花纹。龙是巴比仑城隍马得的圣物,牛是大神亚达的圣物。这些动物的像稀疏地排列着,一面墙上只有两行,犄角上只有一行;形状也单纯划一。色彩在那蓝的地子上,却非常之鲜明。看上去真像大幅缂丝的图案似的。还有巴比仑王宫里正殿的面墙,是与以色他门同时做的,颜色鲜丽也一样,只不过以植物图案为主罢了。马得祭道两旁屈折的墙基也用蓝珐琅砖;上面却雕着向前走的狮子。这个祭道直通以色他门,现在也修补好了一小段,仍旧安在以色他门前面。另有一件模型,是整个儿的巴比仑城。这也可以慰情聊胜无了。亚述巴先宫的面墙放在以色他门的对面,当然也是修补起来的：周围正正的拱门,一层层又细又密的柱子,在许多直线里透出秀气。

新博物院第一层中央是一座厅。两道宽阔而华丽的楼梯仿佛占住了那间大屋子,但那间屋子还是照样地觉得大不可言。屋里什么都高大;迎着楼梯两座复制的大雕像,两边墙上大幅的历史壁画,一进门就让人觉得万千的气象。德意志人的魄力,真有他们的。楼上本是雕版陈列室,今年改作哥德展览会。有哥德和他朋友们的像,他的画,他的书的插图等等。《浮士德》的插图最多,同一件事各人画来趣味各别。楼下是埃及古物陈列室,大大小小的"木乃伊"都有;小孩的也有。有些在头部放着一块板,板上画着死者的面相;这是用熔蜡画的,画法已失传。这似乎是古人一件聪明的安排,让千秋万岁后,还能辨认他们的面影。另有人种学博物院在别一条街上,分两院。所藏既丰富,又多罕见的。第一院吐鲁番的壁画最多。那些完好的真是妙庄严相;那些零碎的也古色古香。中国日本的东西不少,陈列得有系统极了,中日人自己动手,怕也不过如此。第二院藏的日本的漆器与画很好。史前的材料都收在这院里。有三间屋专陈列一八七一到一八九〇年希利曼(Heinrich Schlieman)发掘特罗衣(Troy)城所得的遗物。

故宫在博物院洲之北,一九二一年改为博物院,分历史的工艺的两部分。历史的部分都是王族用过的公私屋子。这些屋子每间一个样子;屋顶、墙壁、地板、颜色、陈设,各有各的格调。但辉煌精致,是异曲同工的。有一间屋顶作穹隆形状,蓝地金星,俨然夜天的光景。又一间张着一大块伞形的绸子,像在遮着太阳。又一间用了"古络钱"纹做全室的装饰。壁上或画画,或挂画。地板用细木头嵌成种种花样,光滑无比。外国的宫殿外观常不如中国的宏丽,但里边装饰得精美,我们却断乎不及。

故宫西头是皇储旧邸。一九一九年因为国家画院的画拥挤不堪，便将近代的作品挪到这儿，陈列在前边的屋子里。大部分是印象派、表现派，也有立体派。表现派是德国自己的画派。原始的精神，狂热的色调，粗野模糊的构图，你像在大野里大风里大火里。有一件立体派的雕刻，是三个人像。虽然多是些三角形、直线，可是一个有一个的神气，彼此还互相照应，像真会说话一般。表现派的精神现在还多多少少存在：柏林魏坦公司六月间有所谓"民众艺术展览会"，出售小件用具和玩物。玩物里如小动物孩子头之类，颇有些奇形怪状，别具风趣的。还有展览场六月间的展览里，有一部是剪贴画。用颜色纸或布拼凑成形，安排在一块地子上，一面加上些沙子等，教人有实体之感，一面却故意改变形体的比例与线条的曲直，力避写实的手法。有些现代人大约"是"要看了这种手艺才痛快的。

这一回展览里有好些小家屋的模型，有大有小。大概造起来省钱；屋子里空气，光，太阳都够现代人用。没有那些无用的装饰，只看见横竖的直线。用颜色，或用对照的颜色，教人看一所屋子是"整个儿"，不零碎，不琐屑。小家屋如此，"大厦"也如此。德国的建筑与荷兰不同。他们注重实用，以简单为美，有时候未免太朴素些。近年来柏林这种新房子造得不少。这已不是少数艺术家的试验而是一般人的需要了。"新西区"一带便都是的。那一带住屋小而巧，里面的装饰干净利落，不显一点板滞。"大厦"多在东头亚历山大场，似乎美观的少。有些满用横线，像夹沙糕，有些满用直线，这自然说的是窗子。用直线的据说是美国影响。但美国房屋高入云霄，用直线合式；柏林的低多了，又向横里伸张，用直线便大大地不谐和了。"大厦"之外还有"广场"，刚才说的展览场便是其一。这个广场有八座大展览厅，连附属的屋子共占地十八万二千平方英尺；空场子合计起来共占地六十五万平方英尺。乍走进去的时候，摸不着头脑，仿佛连自己也会丢掉似的。建筑都是新式。整个的场子若在空中看，是一幅图案，轻灵而不板重。德意志体育场，中央飞机场，也都是这一类新造的广场。前两个在西，后一个在南，自然都在市外。此外电影院跳舞场往往得风气之先，也有些新式样。如铁他尼亚宫电影院，那台，那灯，那花楼，不是用圆，用弧线，便是用与弧线相近的曲线，要的也是一个干净利落罢了。台上一圈儿一圈儿有些像排箫的是管风琴。管风琴安排起来最累赘，这儿的布置却新鲜悦目，也许电影管风琴简单些，才可以这么办。颜色用白银与淡黄对照，叫人常常清醒。祖国舞场也是新式，但多用直线形；颜色似乎多一种黑。这里面有许多咖啡室。日本室便按日本式陈设，土耳其室便按土耳其式。还有莱茵室，在壁上画着莱茵河的风景，用好些小电灯点缀在天蓝的背景上，看去略得河上的夜的意思——自然，屋里别处是不用灯的。还有雷电室，壁上画着雷电的情景，用电光运转；电射雷鸣，与音乐应和着。爱热闹的人都上那儿去。

柏林西南有个波次丹（Potsdam），是佛来德列大帝的城。城外有个无愁园，园里有个无愁宫，便是大帝常住的地方。大帝迷法国，这座宫，这座园子都仿凡尔赛的样子。但规模小多了，神儿差远了。大帝和伏尔泰是好朋友，他请伏尔泰在宫里住过好些日子，那间屋便在宫西头。宫西边有一架大风车。据说大帝不喜欢那风车日夜转动的声音，派人跟那产主说要买它。出乎意外，产主愣不肯。大帝恼了，又派人去说，不卖便要拆。产主也恼了，说，他会拆，我会告他。大帝想不到乡下人这么倔强，大加赏识，那风车只好由它响了。因此现在便叫它作"历史的风车"。隔无愁宫没多少路，有一座新宫，里面有一间"贝厅"，墙上地上满嵌着美丽的贝壳和宝石，虽然奇诡，却以素雅胜。

1933 年 12 月 22 日作完

背影

　　我与父亲不相见已有二年余了,我最不能忘记的是他的背影。那年冬天,祖母死了,父亲的差使也交卸了,正是祸不单行的日子,我从北京到徐州,打算跟着父亲奔丧回家。到徐州见着父亲,看见满院狼藉的东西,又想起祖母,不禁簌簌地流下眼泪。父亲说:"事已如此,不必难过,好在天无绝人之路!"

　　回家变卖典质,父亲还了亏空;又借钱办了丧事。这些日子,家中光景很是惨淡,一半为了丧事,一半为了父亲赋闲。丧事完毕,父亲要到南京谋事,我也要回到北京念书,我们便同行。

　　到南京时,有朋友约去游逛,勾留了一日;第二日上午便须渡江到浦口,下午上车北去。父亲因为事忙,本已说定不送我,叫旅馆里一个熟识的茶房陪我同去。他再三嘱咐茶房,甚是仔细。但他终于不放心,怕茶房不妥帖;颇踌躇了一会儿。

其实我那年已二十岁，北京已来往过两三次，是没有什么要紧的了。他踌躇了一会儿，终于决定还是自己送我去。我两三回劝他不必去；他只说："不要紧，他们去不好！"

我们过了江，进了车站。我买票，他忙着照看行李。行李太多了，得向脚夫行些小费，才可过去。他便又忙着和他们讲价钱。我那时真是聪明过分，总觉他说话不大漂亮，非自己插嘴不可。但他终于讲定了价钱；就送我上车。他给我拣定了靠车门的一张椅子；我将他给我做的紫毛大衣铺好座位。他嘱我路上小心，夜里要警醒些，不要受凉。又嘱托茶房好好照应我。我心里暗笑他的迂；他们只认得钱，托他们直是白托！而且我这样大年纪的人，难道还不能料理自己吗？唉，我现在想想，那时真是太聪明了。

我说道："爸爸，你走吧。"他往车外看了看，说："我买几个橘子去。你就在此地，不要走动。"我看那边月台的栅栏外有几个卖东西的等着顾客。走到那边月台，须穿过铁道，须跳下去又爬上去。父亲是一个胖子，走过去自然要费事些。我本来要去的，他不肯，只好让他去。我看见他戴着黑布小帽，穿着黑布大马褂，深青布棉袍，蹒跚地走到铁道边，慢慢探身下去，尚不大难。可是他穿过铁道，要爬上那边月台，就不容易了。他用两手攀着上面，两脚再向上缩；他肥胖的身子向左微倾，显出努力的样子。这时我看见他的背影，我的泪很快地流下来了。我赶紧拭干了泪，怕他看见，也怕别人看见。我再向外看时，他已抱了朱红的橘子往回走了。过铁道时，他先将橘子散放在地上，自己慢慢爬下，再抱起橘子走。到这边时，我赶紧去搀他。他和我走到车上,将橘子一股脑儿放在我的皮大衣上。于是扑扑衣上的泥土,心里很轻松似的,过一会儿说:"我走了,到那边来信!"我望着他走出去。他走了几步,回过头看见我,说:"进去吧,里边没人。"等他的背影混入来来往往的人里,再找不着了,我便进来坐下,我的眼泪又来了。

近几年来,父亲和我都是东奔西走,家中光景是一日不如一日。他少年出外谋生,独立支持,做了许多大事。哪知老境却如此颓唐!他触目伤怀,自然情不能自已。情郁于中,自然要发之于外;家庭琐屑便往往触他之怒。他待我渐渐不同往日。但最近两年不见,他终于忘却我的不好,只是惦记着我,惦记着我的儿子。我北来后,他写了一封信给我,信中说道:"我身体平安,惟膀子疼痛厉害,举箸提笔,诸多不便,大约大去之期不远矣。"我读到此处,在晶莹的泪光中,又看见那肥胖的,青布棉袍黑布马褂的背影。唉!我不知何时再能与他相见!

1925 年 10 月在北京

房东太太

歇卜士太太（Mrs. Hibbs）没有来过中国，也并不怎样喜欢中国，可是我们看，她有中国那老味儿。她说人家笑她母女是维多利亚时代的人，那是老古板的意思；但她承认她们是的，她不在乎这个。

真的，圣诞节下午到了她那间黯淡的饭厅里，那家具，那人物，那谈话，都是古气盎然，不像在现代。这时候她还住在伦敦北郊芬乞来路（Finchley Road）。那是一条阔人家的路；可是她的房子已经抵押满期，经理人已经在她门口路边上立了一座木牌，标价招买，不过半年多还没人过问罢了。那座木牌，和篮球架子差不多大，只是低些；一走到门前，准看见。晚餐桌上，听见厨房里尖叫了一声，她忙去看了，回来说，火鸡烤枯了一点，可惜，二十二磅重，还是卖了几件家具买的呢。她可惜的是火鸡，倒不是家具；但我们一点没吃着那烤枯了的地方。

她爱说话,也会说话,一开口滔滔不绝;押房子,卖家具等等,都会告诉你。但是只高高兴兴地告诉你,至少也平平淡淡地告诉你,绝不垂头丧气,绝不唉声叹气。她说话是个趣味,我们听话也是个趣味(在她的话里,她死了的丈夫和儿子都是活的,她的一些住客也是活的);所以后来虽然听了四个多月,倒并不觉得厌倦。有一回早餐时候,她说有一首诗,忘记是谁的,可以作她的墓铭,诗云:

> 这儿一个可怜的女人,
> 她在世永没有住过嘴。
> 上帝说她会复活,
> 我们希望她永不会。
> 其实我们倒是希望她会的。

道地的贤妻良母,她是;这里可以看见中国那老味儿。她原是个阔小姐,从小送到比利时受教育,学法文,学钢琴。钢琴大约还熟,法文可生疏了。她说街上如有法国人向她问话,她想起答话的时候,那人怕已经拐了弯儿了。结婚时得着她姑母一大笔遗产;靠着这笔遗产,她支持了这个家庭二十多年。歇卜士先生在剑桥大学毕业,一心想做诗人,成天住在云里雾里。他二十年只在家里待着,偶然教几个学生。他的诗送到剑桥的刊物上去,原稿却寄回了,附着一封客气的信。他又自己花钱印了一小本诗集,封面上注明,希望出版家采纳印行,但是并没有什么回响。太太常劝先生删诗行,譬如说,四行中可以删去三行罢；但是他不肯割爱，于是乎只好敝帚自珍了。

歇卜士先生却会说好几国话。大战后太太带了先生小姐，还有一个朋友去逛意大利；住旅馆雇船等等，全交给诗人的先生办，因为他会说意大利话。幸而没出错儿。临上火车，到了站台上，他却不见了。眼见车就要开了，太太这一急非同小可，又不会说给别人，只好教小姐去张看，却不许她远走。好容易先生钻出来了，从从容容地，原来他上"更衣室"来着。

太太最伤心她的儿子。他也是大学生，长得一表人才。大战时去从军；训练的时候偶然回家，非常爱惜那庄严的制服，从不教它有一个折儿。大战快完的时候，却来了恶消息，他尽了他的职务了。太太最伤心的是这个时候的这种消息，她在举世庆祝休战声中，迷迷糊糊过了好些日子。后来逛意大利，便是解闷儿去的。她那时甚至于该领的恤金，无心也不忍去领——等到限期已过，即使要领，可也不成了。

小姐现在是她唯一的亲人；她就为这个女孩子活着。早晨一块儿拾掇拾掇屋子，吃完了早饭，一块儿上街散步，回来便坐在饭厅里，说说话，看看通俗小说，就过了一天。晚上睡在一屋里。一星期也同出去看一两回电影。小姐大约有二十四五岁了，高个儿，总在五英尺十寸左右；蟹壳脸，露牙齿，脸上倒是和和气气的。爱笑，说话也天真得像个十二三岁小姑娘。先生死后，他的学生爱利斯（Ellis）很爱歇卜士太太，几次想和她结婚，她不肯。爱利斯是个传记家，有点小名气。那回诗人德拉梅在伦敦大学院讲文学的创造，曾经提到他的书。他很高兴，在歇卜士太太晚餐桌上特意说起这个。但是太太说他的书干燥无味，他送来，她们只翻了三五页就搁在一边儿了。她说最恨猫怕狗，连书上印的狗都怕，爱利斯却养着一大堆。她女儿最爱电影，爱利斯却瞧不起电影。她的不嫁，怎么穷也不嫁，一半为了女儿。

这房子招徕住客，远在歇卜士先生在世时候。那时只收一个人，每日供早晚两餐，连宿费每星期五镑钱，合八九十元，够贵的。广告登出了，第一个来的是日本人，他们答应下了。第二天又来了个西班牙人，却只好谢绝了。从此住这所房的总是日本人多；先生死了，住客多了，后来竟有"日本房"的名字。这些日本人有一两个在外边有女人，有一个还让女人骗了，他们都回来在饭桌上报告，太太也同情地听着。有一回，一个人忽然在饭桌上谈论自由恋爱，而且似乎是冲着小姐说的。这一来太太可动了气。饭后就告诉那个人，请他另外找房住。这个人走了，可是日本人有个俱乐部，他大约在俱乐部里报告了些什么，以后日本人来住的便越过越少了。房间老是空着，太太的积蓄早完了；还只能在房子上打主意，这才抵押了出去。那时自然盼望赎回来，可是日子一天一天过去，情形并不见好。房子终于标卖，而且圣诞节后不久，便卖给一个犹太人了。她想着年头不景气，房子且没人要呢，哪知犹太人到底有钱，竟要了去，经理人限期让房。快到期了，她直说来不及。经理人又向法院告诉，法院出传票叫她去。她去了，女儿搀扶着；她从来没上过堂，法官说欠钱不让房，是要坐牢的。她又气又怕，几乎昏倒在堂上；结果只得答应了加紧找房。这种种也都是为了女儿，她可一点儿不悔。

她家里先后也住过一个意大利人，一个西班牙人，都和小姐做过爱；那西班牙人并且和小姐定过婚，后来不知怎样解了约。小姐倒还惦着他，说是"身架真好看！"太太却说："那是个坏家伙！"后来似乎还有个"坏家伙"，那是太太搬到金树台的房子里才来住的。他是英国人，叫凯德，四十多岁了。先是做公司兜售员，沿门兜售电气扫除器为生。有一天撞到太太旧宅里去了，他要表演扫除器给太太看，太太拦住他，说不必，她没有钱；她正要卖一批家具，老卖不出去，烦着呢。凯德说可以介绍一家公司来买；那一晚太太很高兴，想着他定是个大学毕业生。没两天，果然介绍了一家公司，将家具买去了。他本来住在他姊姊家，却搬到太太家来了。他没有薪水，全靠兜售的佣金；而电气扫除器那东西价钱很大，不容易脱手。所以便干搁起来了。这个人只是个买卖人，不是大学毕业生。大约穷了不止一天，他有个太太，在法国给人家看孩子，没钱，接不回来；住在姊姊家，也因为穷，让人家给请出来了。搬到金树台来，起初整付了一回房饭钱，后来便零碎地半欠半付，后来索性付不出了。不但不付钱，有时连午饭也要叨光。如是者两个多月，太太只得将他赶了出去。回国后接着太太的信，才知道小姐却有点喜欢凯德这个"坏蛋"，大约还跟他来往着。太太最提心这件事，小姐是她的命，她的命绝不能交在一个"坏蛋"手里。

小姐在芬乞来路时，教着一个日本太太英文。那时这位日本太太似乎非常关心歇卜士家住着的日本先生们，老是问这个问那个的；见了他们，也很亲热似的。歇卜士太太瞧着不大顺眼，她想着这女人有点儿轻狂。凯德的外甥女有一回来了，一个摩登少女。她照例将手绢掖在袜带子上，拿出来用时，让太太看在眼里。后来背地里议论道："这多不雅相！"太太在小事情上是很敏锐的。有一晚那爱尔兰女仆端菜到饭厅，没有戴白帽檐儿。太太很不高兴，告诉我们，这个侮辱了主人，也侮辱了客人。但那女仆是个"社会主义"的贪婪的人，也许匆忙中没想起戴帽檐儿；压根儿她怕就觉得戴不戴都是无所谓的。记得那回这女仆带了男朋友到金树台来，是个失业的工人。当时刚搬了家，好些零碎事正得一个人。太太便让这工人帮帮忙，每天给点钱。这原是一举两得，各厢情愿的。不料女仆却当面说太太揩了穷小子的油。太太听说，简直有点莫名其妙。

太太不上教堂去，可是迷信。她虽是新教徒，可是有一回丢了东西，却照人家传给的法子，在家点上一支蜡，一条腿跪着，口诵安东尼圣名，说是这么着东西就出来了。拜圣者是旧教的花样，她却不管。每回做梦，早餐时总翻翻占梦书。她有三本占梦书；有时她笑自己；三本书说的都不一样，甚至还相反呢。喝碗茶，碗里的茶叶，她也爱看；看像什么字头，便知是姓什么的来了。她并不盼望访客，她是在盼望住客啊。到金树台时，前任房东太太介绍一位英国住客继续住下。但这位半老的住客却嫌客人太少，女客更少，又嫌饭桌上没有笑，没有笑话，只看歇卜士太太的独角戏，老母亲似的唠唠叨叨，总是那一套。他终于托故走了，搬到别处去了。我们不久也离开英国，房子于是乎空空的。去年接到歇卜士太太来信，她和女儿已经做了人家管家老妈了；"维多利亚时代"的上流妇人，这世界已经不是她的了。

1937 年 4 月 27~28 日作

匆匆

燕子去了,有再来的时候;杨柳枯了,有再青的时候;桃花谢了,有再开的时候。但是,聪明的,你告诉我,我们的日子为什么一去不复返呢?——是有人偷了他们吧:那是谁?又藏在何处呢?是他们自己逃走了吧:现在又到了哪里呢?

我不知道他们给了我多少日子,但我的手确乎是渐渐空虚了。在默默里算着,八千多日子已经从我手中溜去;像针尖上一滴水滴在大海里,我的日子滴在时间的流里,没有声音,也没有影子。我不禁头涔涔而泪潸潸了。

去的尽管去了,来的尽管来着;去来的中间,又怎样地匆匆呢?早上我起来的时候,小屋里射进两三方斜斜的太阳。太阳他有脚啊,轻轻悄悄地挪移了;我也茫茫然跟着旋转。于是——洗手的时候,日子从水盆里过去;吃饭的时候,日子从饭碗里过去;默默时,便从凝然的双眼前过去。我觉察他去的匆匆了,伸出手遮挽时,他又从遮挽着的手边过去,天黑时，我躺在床上，他便伶伶俐俐地从我身上跨过，从我脚边飞去了。等我睁开眼和太阳再见，这算又溜走了一日。我掩着面叹息。但是新来的日子的影儿又开始在叹息里闪过了。

在逃去如飞的日子里，在千门万户的世界里的我能做些什么呢？只有徘徊罢了，只有匆匆罢了；在八千多日的匆匆里，除徘徊外，又剩些什么呢？过去的日子如轻烟，被微风吹散了，如薄雾，被初阳蒸融了；我留着些什么痕迹呢？我何曾留着像游丝样的痕迹呢？我赤裸裸来到这世界，转眼间也将赤裸裸地回去吧？但不能平的，为什么偏要白白走这一遭啊？

你聪明的，告诉我，我们的日子为什么一去不复返呢？

1922年3月28日

冬天

说起冬天,忽然想到豆腐。是一"小洋锅"(铝锅)白煮豆腐,热腾腾的。水滚着,像好些鱼眼睛,一小块一小块豆腐养在里面,嫩而滑,仿佛反穿的白狐大衣。锅在"洋炉子"(煤油不打气炉)上,和炉子都熏得乌黑乌黑,越显出豆腐的白。这是晚上,屋子老了,虽点着"洋灯",也还是阴暗。围着桌子的是父亲跟我们哥儿三个。"洋炉子"太高了,父亲得常常站起来,微微地仰着脸,觑着眼睛,从氤氲的热气里伸进筷子,夹起豆腐,一一地放在我们的酱油碟里。我们有时也自己动手,但炉子实在太高了,总还是太高了,总还是坐享其成的多。这并不是吃饭,只是玩儿。父亲说晚上冷,吃了大家暖和些。我们都喜欢这种白水豆腐;一上桌就眼巴巴望着那锅,等着热气,等着热气里从父亲筷子上掉下来的豆腐。

又是冬天,记得是阴历十一月十六晚上,跟S君P君在西湖里坐小划子。S君刚到杭州教书,事先来信说:"我们要游西湖，不管它是冬天。"那晚月色真好，现在想起来还像照在身上。本来前一晚是"月当头"；也许十一月的月亮真有些特别吧。那时九点多了，湖上似乎只有我们一只划子。有点风，月光照着软软的水波；当间那一溜儿反光，像新砑的银子。湖上的山只剩了淡淡的影子。山下偶尔有一两星灯火。S君口占两句诗道："数星灯火认渔村，淡墨轻描远黛痕。"我们都不大说话，只有均匀的桨声。我渐渐地快睡着了。P君"喂"了一下，才抬起眼皮，看见他在微笑。船夫问要不要上净慈寺去；是阿弥陀佛生日，那边蛮热闹的。到了寺里，殿上灯烛辉煌，满是佛婆念佛的声音，好像醒了一场梦。这已是十多年前的事了，S君还常常通着信，P君听说转变了好几次，前年是在一个特税局里收特税了，以后便没有消息。

在台州过了一个冬天，一家四口子。台州是个山城，可以说在一个大谷里。只有一条二里长的大街。别的路上白天简直不大见人；晚上一片漆黑。偶尔人家窗户里透出一点灯光，还有走路的拿着的火把；但那是少极了。我们住在山脚下。有的是山上松林里的风声，跟天上一只两只的鸟影。夏末到那里，春初便走，却好像老在过着冬天似的；可是即便冬天也并不冷。我们住在楼上，书房临着大路；路上有人说话，可以清清楚楚地听见。但因为走路的人太少了，间或有点说话的声音，听起来还只当远风送来的，想不到就在窗外。我们是外路人，除上学校去之外，常只在家里坐着。妻也惯了那寂寞，只和我们爷儿们守着。外边虽老是冬天，家里却老是春天。有一回我上街去，回来的时候，楼下厨房的大方窗开着，并排地挨着她们母子三个；三张脸都带着天真微笑地向着我。似乎台州空空的，只有我们四人；天地空空的，也只有我们四人。那时是民国十年，妻刚从家里出来，满自在。现在她死了快四年了，我却还老记着她那微笑的影子。

无论怎么冷，大风大雪，想到这些，我心上总是温暖的。

旅行杂记

这次中华教育改进社在南京开第三届年会,我也想观观光;故"不远千里"地从浙江赶到上海,决于七月二日附赴会诸公的车尾而行。

一 殷勤的招待

七月二日正是浙江与上海的社员乘车赴会的日子。在上海这样大的车站里,多了几十个改进社社员,原也不一定能够显出什么异样;但我却觉得确乎是不同了,"一时之盛"的光景,在车站的一角上,是显然可见的。这是在茶点室的左边;那里丛着一群人,正在向两位特派的招待员接洽。壁上贴着一张黄色的磅纸,写着龙蛇飞舞的字:"二等四元,三等二元。"两位招待员开始执行职务了;这时已是六点四十分,离开车还有二十分钟了。招待员所应做的第一大事,自然是买车票。买车票是大家都会的,买半票却非由他们二位来"优待"一下不可。"优待"可真不是容易的事!他们实行"优待"的时候,要向每个人取名片,票价——还得找钱。他们往还于茶点室和售票处之间,少说些,足有二十次!他们手里是拿着一叠名片和钞票洋钱;眼睛总是张望着前面,仿佛遗失了什么,急急寻觅一样;面部筋肉平板地紧张着;手和足的运动都像不是他们自己的。好容易费了二虎之力,居然买了几张票,凭着名片分发了。每次分发时,各位候补人都一拥而上。等到得不着票子,便不免有了三三两两的怨声了。那两位招待员买票事大,却也顾不得这些。可是钟走得真快,不觉七点还欠五分了。这时票子还有许多人没买着,大家都着急;而招待员竟不出来!有的人急忙寻着他们,情愿取回了钱,自买全票;有的向他们顿足舞手地责备着。他们却只是忙着照名片退钱,一言不发——真好性儿!于是大家三步并作两步,自己去买票子;这一挤非同小可!我除照付票价外,还出了一身大汗,才弄到一张三等车票。这时候对两位招待员的怨声真载道了:"这样的饭桶!""真饭桶!""早做什么事的?""六点钟就来了,还是自己买票,冤不冤!"我猜想这时候两位招待员的耳朵该有些儿热了。其实我倒能原谅他们,无论招待的成绩如何,他们的眼睛和腿总算忙得可以了,这也总算是殷勤;他们也可以对得起改进社了;改进社也可以对得起他们的社员了。——上车后,车就开了;有人问:"两个饭桶来了没有?""没有吧!"车是开了。

二 "躬逢其盛"

七月二日的晚上,花了约莫一点钟的时间,才在大会注册组买了一张旁听的标识。这个标识很不漂亮,但颇有实用。七月三日早晨的年会开幕大典,我得躬逢其盛,全靠着它呢。

七月三日的早晨,大雨倾盆而下。这次大典在中正街公共讲演厅举行。该厅离我所住的地方有六七里路远;但我终于冒了狂风暴雨,乘了黄包车赴会。在这一点上,我的热心绝不下于社员诸君的。

到了会场门首,早已停着许多汽车、马车;我知道这确乎是大典了。走进会场,坐定细看,一切都很从容,似乎离开会的时间还远得很呢——虽然规定的时间已经到了。楼上正中是女宾席,似乎很是寥寥;两旁都是军警席——正和楼下的两旁一样。一个黑色的警察,间着一个灰色的兵士,静默地立着。他们大概不是来听讲的,因为既没有赛磁的社员徽章,又没有和我一样的旁听标识,而且也没有真正的"席"——座位。(我所谓"军警席",是就实际而言,当时场中并无此项名义,合行声明)听说督军省长都要"驾临"该场;他们原是保卫"两长"来的,他们原是监视我们来的,好一个武装的会场!

那时"两长"未到,盛会还未开场;我们忽然要做学生了!一位教员风的女士走上台来,像一道光闪在听众的眼前;她请大家练习《尽力中华》歌。大家茫然地立起,跟着她唱。但"出其不意,攻其不备,"有些人不敢高唱,有些人竟唱不出。所以唱完的时候,她温和地笑着向大家说:"这回太低了,等等再唱一回。"她轻轻地鞠了躬,走了。等了一等,她果然又来了。说完"一——二——三——四"之后,《尽力中华》的歌声果然很响地起来了。她将左手插在腰间,右手上下地挥着,表示节拍;挥手的时候,腰部以上也随着微微地向左右倾侧,显出极为柔软的曲线;她的头略略偏右仰着,嘴唇轻轻地动着,嘴唇以上,尽是微笑。唱完时,她仍笑着说:"好些了,等等再唱。"再唱的时候,她拍着两手,发出清脆的响,其余和前回一样。唱完,她立刻又"一——二——三——四"地要大家唱。大家似乎很惊愕,似乎她真看得大家和学生一样了;但是半秒钟的惊愕与不耐以后,终于又唱起来了——自然有一部分人,因疲倦而休息。于是大家的临时的学生时代告终。不一会儿,场中忽然纷扰,大家的视线都集中在东北角上;这是齐督军和韩省长来了,开会的时间真到了!

空空的讲坛上,这时竟济济一台了。正中有三张椅子,两旁各有一排椅子。正中的三人是齐燮元、韩国钧,另有一个西装少年;后来他演说,才知是"高督办"——就是讳"恩洪"的了——的代表。这三人端坐在台的正中,使我联想到大雄宝殿上的三尊佛像;他们虽坦然地坐着,我却无端地为他们"惶恐"着。——于是开会了,照着秩序单进行。详细的情形,有各报记述可看,毋庸在下再来饶舌。现在单表齐燮元、韩国钧和东南大学校长郭秉文博士的高论。齐燮元究竟是督军兼巡阅使,他的声音是加倍的洪亮;那时场中也特别肃静——齐燮元究竟与众不同呀!他咬字眼儿真咬得清白;他的话是"字本位",是一个字一个字吐出来的。字与字间的时距,我不能指明,只觉比普通人说话延长罢了;最令我惊异而且焦躁的,是有几句说完之后。那时我总以为第二句应该开始了,岂知一等不来,二等不至,三等不到;他是在唱歌呢,这儿碰着全休止符了!等到三等等完,四拍拍毕,第二句的第一个字才姗姗地来了。这其间至少有一分钟;要用主观的计时法,简直可说足有五分钟!说来说去,究竟他说的是什么呢?我恭恭敬敬地答道:半篇八股!他用拆字法将"中华教育改进社"一题拆为四段:先做"教育"二字,是为第一股;次做"教育改进",是为第二股;"中华教育改进"是第三股;加上"社"字,是第四股。层层递进,如他由督军而升巡阅使一样。齐燮元本是廪贡生,这类文章本是他的拿手戏;只因时代维新,不免也要改良一番,才好应世;八股只剩了四股,大约便是为此了。最教我不忘记的,是他说完后的那一鞠躬。那一鞠躬真是与众不同,鞠下去时,上半身全与讲桌平行,我们只看见他一头的黑发;他然后慢慢地立起退下。这期间费了普通人三个一鞠躬的时间,是的的确确的。

　　接着便是韩国钧了。他有一篇改进社开会词,是开会前已分发了的。里面曾有一节,论及现在学风的不良,颇有痛心疾首之慨。我很想听听他的高见。但他却不曾照本宣扬,他这时另有一番说话。他也经过了许多时间;但不知是我的精神不济,还是另有原因,我毫没有领会他的意思。只有煞尾的时候,他提高了喉咙,我也竖起了耳朵,这才听见他的警句了。他说:"现在政治上南北是不统一的。今天到会诸君,却南北都有,同以研究教育为职志,毫无畛域之见。可见统一是要靠文化的,不能靠武力!"这最后一句话确是漂亮,赢得如雷的掌声和许多轻微的赞叹。他便在掌声里退下。这时我们所注意的,是在他肘腋之旁的齐燮元;可惜我眼睛不佳,不能看到他面部的变化,因而他的心情也不能详说:这是很遗憾的。于是——是我行文的"于是",不是事实的"于是",请注意——来了郭秉文博士。他说,我只记得他说:"青年的思想应稳健,正确。"旁边有一位告诉我说:"这是齐燮元的话。"但我却发现了,这也是韩国钧的话,便是开会辞里所说的。究竟是谁的话呢?或者是"英雄所见,大略相同"吗?这却要请问郭博士自己了。但我不能明白:什么思想才算正确和稳健呢?郭博士的演说里不曾下注脚,我也只好终于莫测高深了。

还有一事,不可不记。在那些点缀会场的警察中,有一个瘦长的,始终笔直地站着,几乎不曾移过一步,真像石像一般,有着可怕的静默。我最佩服他那昂着的头和垂着的手;那天真苦了他们三位了!另有一位警官,也颇可观。他那肥硕的身体,凸出的肚皮,老是背着的双手,和那微微仰起的下巴,高高翘着的仁丹胡子,以及胸前累累挂着的徽章——那天场中,这后两件是他所独有的——都显出他的身份和骄傲。他在楼下左旁往来地徘徊着,似乎在督率着他的部下。我不能忘记他。

三 第三人称

七月廿日,正式开会。社员全体大会外,便是许多分组会议。我们知道全体大会不过是那么回事,值得注意的是后者。我因为也忝然地做了国文教师,便决然无疑地投到国语教学组旁听。不幸听了一次,便生了病,不能再去。那一次所议的是"采用他,她,牠案"(大意如此,原文忘记了);足足议了两个半钟头,才算不解决地解决了。这次讨论,总算详细已极,无微不至;在讨论时,很有几位英雄,舌本翻澜,妙绪环涌,使得我茅塞顿开,摇头佩服。这不可以不记。

其实我第一先应该佩服提案的人!在现在大家已经"采用""他、她、牠"的时候,他才从容不迫地提出了这件议案,真可算得老成持重,"不敢为天下先",确遵老子遗训的了。在我们礼义之邦,无论何处,时间先生总是要先请一步的;所以这件议案不因为他的从容而被忽视,反因为他的从容而被尊崇,这就是所谓"让德"。且看当日之情形,谁不兴高而采烈?便可见该议案的号召之力了。本来呢,"新文学"里的第三人称代名词也太分歧了!既"她""伊"之互用,又"她""它"之不同,更有"佢""彼"之流,窜跳其间;于是乎乌烟瘴气,一塌糊涂!提案人虽只为辨"性"起见,但指定的三字,皆属于也字系统,俨然有正名之意。将来"也"字系统若竟成为正统,那开创之功一定要归于提案人的。提案人有如彼的力量,如此的见解,怎不教人佩服?

讨论的中心点是在女人,就是在"她"字。"人"让他站着,"牛"也让它站着;所绕不过的是"女"人,就是"她"字旁边立着的那"女"人!于是辩论开始了。一位教师说:"据我的'经验',女学生总不喜欢'她'字——男人的'他',只标一个'人'字旁，女子的'她'，却特别标一个'女'字旁，表明是个女人；这是她们所不平的！我发出的讲义，上面的'他'字，她们常常要将'人'字旁改成'男'字旁，可以见她们报复的意思了。"大家听了，都微微笑着，像很有味似的。另一位却起来驳道："我也在女学堂教书，却没有这种情形！"海格尔的定律不错，调和派来了，他说："这本来有两派：用文言的欢喜用'伊'字，如周作人先生便是；用白话的欢喜用'她'字，'伊'字用得少些；其实两个字都是一样的。""用文言的欢喜用'伊'字"，这句话却有意思！文言里间或有"伊"字看见，这是真理；但若说那些"伊"都是女人，那却不免委屈了许多男人！周作人先生提倡用"伊"字也是实，但只是用在白话里；我可保证，他决不曾有什么"用文言"的话！而且若是主张"伊"字用于文言，那和主张人有两只手一样，何必周先生来提倡呢？于是又冤枉了周先生！调和终于无效，一位女教师立起来了。大家都倾耳以待，因为这是她们的切身问题，必有一番精当之论！她说话快极了，我听到的警句只是："历来加'女'字旁的字都是不好的字；'她'字是用不得的！"一位"他"立刻驳道："'好'字岂不是'女'字旁吗？"大家都大笑了，在这大笑之中，忽有苍老的声音："我看'他'字譬如我们普通人坐三等车；'她'字加了'女'字旁，是请她们坐二等车，有什么不好呢？"这回真哄堂了，有几个人笑得眼睛亮晶晶的，眼泪几乎要出来；真是所谓"笑中有泪"了。后来的情形可有些模糊，大约便在谈笑中收了场；于是乎一幕喜剧告成。"二等车""三等车"这一个比喻，真是新鲜，足为修辞学开一崭新的局面，使我有永远的趣味。从前贾宝玉说男人的骨头是泥做的，女人的骨头是水做的，至今传为佳话；现在我们的辩士又发明了这个"二三等车"的比喻，真是媲美前修，启迪来学了。但这个"二三等之别"究竟也有例外；我离开南京那一晚，明明在三等车上看见三个"她"！我想："她""她""她"何以不坐二等车呢？ 难道客气不成？——那位辩士的话应该是不错的！

1924 年 7 月 14 日，温州

航船中的文明

第一次乘夜航船,从绍兴府桥到西兴渡口。

绍兴到西兴本有汽油船。我因急于来杭,又因年来逐逐于火车轮船之中,也想"回到"航船里,领略先代生活的异样的趣味;所以不顾亲戚们的坚留和劝说(他们说航船里是很苦的),毅然决然地于下午六时左右下了船。有了"物质文明"的汽油船,却又有"精神文明"的航船,使我们徘徊其间,左右顾而乐之,真是二十世纪中国人的幸福了!

航船中的乘客大都是小商人;两个军弁是例外。满船没有一个士大夫;我区区或者可充个数儿,——因为我曾读过几年书,又忝为大夫之后——但也是例外之例外! 真的,那班士大夫到哪里去了呢? 这不消说得,都到了轮船里去了! 士大夫虽也擎着大旗拥护精神文明,但千虑不免一失,竟为那物质文明的孙儿,满身洋油气的小顽意儿骗得定定的,忍心害理地撇了那老相好。于是航船虽然照常行驶,而光彩已减少许多!这确是一件可以慨叹的事;而"国粹将亡"的呼声,似也不是徒然的了。呜呼,是谁之咎欤?

既然来到这"精神文明"的航船里,正可将船里的精神文明考察一番,才不虚此一行。但从哪里下手呢?这可有些为难,踌躇之间,恰好来了一个女人。——我说"来了",仿佛亲眼看见,而孰知不然;我知道她"来了",是在听见她尖锐的语音的时候。至于她的面貌,我至今还没有看见呢。这第一要怪我的近视眼,第二要怪那袭人的暮色,第三要怪——哼——要怪那"男女分坐"的精神文明了。女人坐在前面,男人坐在后面;那女人离我至少有两丈远,所以便不可见其脸了。且慢,这样左怪右怪,"其词若有憾焉",你们或者猜想那女人怎样美呢。而孰知又大大的不然!我也曾"约略的"看来,都是乡下的黄面婆而已。至于尖锐的语音,那是少年的妇女所常有的,倒也不足为奇。然而这一次,那来了的女人的尖锐的语音竟致劳动区区的执笔者,却又另有缘故。在那语音里,表示出对于航船里精神文明的抗议;她说:"男人女人都是人!"她要坐到后面来,(因前面太挤,实无他故,合并声明)而航船里的"规矩"是不许的。船家拦住她,她仗着她不是姑娘了,便老了脸皮,大着胆子,慢慢地说了那句话。她随即坐在原处,而"批评家"的议论繁然了。一个船家在船沿上走着,随便地说:"男人女人都是人,是的,不错。做秤钩的也是铁,做秤锤的也是铁，做铁锚的也是铁，都是铁呀！"这一段批评大约十分巧妙，说出诸位"批评家"所要说的，于是众喙都息，这便成了定论。至于那女人，事实上早已坐下了；"孤掌难鸣"，或者她饱饫了诸位"批评家"的宏论，也不要鸣了罢。"是非之心"，虽然"人皆有之"，而撑船经商者流，对于名教之大防，竟能剖辨得这样"详明"，也着实亏他们了。中国毕竟是礼义之邦，文明之古国呀！——我悔不该乱怪那"男女分坐"的精神文明了！

"祸不单行"，凑巧又来了一个女人。她是带着男人来的。——呀，带着男人！正是；所以才"祸不单行"呀！——说得满口好绍兴的杭州话，在黑暗里隐隐露着一张白脸；带着五六分城市气。

船家照他们的"规矩"，要将这一对儿生剌剌地分开；男人不好意思做声，女的却抢着说："我们是'一堆生'的！"太亲热的字眼，竟在"规规矩矩的"航船里说了！于是船家命令地嚷道："我们有我们的规矩，不管你'一堆生'不'一堆生'的！"大家都微笑了。有的沉吟地说："一堆生的？"有的惊奇地说："一'堆'生的！"有的嘲讽地说："哼，一堆生的！"在这四面楚歌里，凭你怎样伶牙俐齿，也只得服从了！"妇者，服也"，这原是她的本行呀。只看她毫不置辩，毫不懊恼，还是若无其事地和人攀谈，便知她确乎是"服也"了。这不能不感谢船家和乘客诸公"卫道"之功；而论功行赏，船家尤当首屈一指。呜呼，可以风矣！

在黑暗里征服了两个女人，这正是我们的光荣；而航船中的精神文明，也粲然可见了——于是乎书。

女人

　　白水是个老实人,又是个有趣的人。他能在谈天的时候,滔滔不绝地发出长篇大论。这回听勉子说,日本某杂志上有《女?》一文,是几个文人以"女"为题的桌话的记录。他说:"这倒有趣,我们何不也来一下?"我们说:"你先来!"他搔了搔头发道:"好!就是我先来;你们可别临阵脱逃才好。"我们知道他照例是开口不能自休的。果然,一番话费了这多时候,以致别人只有补充的工夫,没有自叙的余裕。那时我被指定为临时书记,曾将桌上所说,拉杂写下。现在整理出来,便是以下一文。因为十之八是白水的意见,便用了第一人称,作为他自述的模样;我想,白水大概不至于不承认吧?

　　老实说,我是个欢喜女人的人;从国民学校时代直到现在,我总一贯地欢喜着女人。虽然不曾受着什么"女难",而女人的力量,我确是常常领略到的。女人就是磁石,我就是一块软铁;为了一个虚构的或实际的女人,呆呆地想了一两点钟,乃至想了一两个星期，真有不知肉味光景，这种事是屡屡有的。在路上走，远远的有女人来了，我的眼睛便像蜜蜂们嗅着花香一般，直攫过去。但是我很知足，普通的女人，大概看一两眼也就够了，至多再掉一回头。像我的一位同学那样，遇见了异性，就立正向左或向右转，仔细用他那两只近视眼，从眼镜下面紧紧追出去半日，然后看不见，然后开步走——我是用不着的。我们地方有句土话说："乖子望一眼，呆子望到晚"。我大约总在"乖子"一边了。我到无论什么地方，第一总是用我的眼睛去寻找女人。在火车里，我必走遍几辆车去发现女人；在轮船里，我必走遍全船去发现女人。我若找不到女人时，我便逛游戏场去，赶庙会去，我大胆地加了一句：参观女学校去；这些都是女人多的地方。于是我的眼睛更忙了！我拖着两只脚跟着她们走，往往直到疲倦为止。

我所追寻的女人是什么呢？我所发现的女人是什么呢？这是艺术的女人。从前人将女人比做花，比做鸟，比做羔羊；他们只是说，女人是自然手里创造出来的艺术，使人们欢喜赞叹——正如艺术的儿童是自然的创作，使人们欢喜赞叹一样。不独男人欢喜赞叹，女人也欢喜赞叹；而"妒"便是欢喜赞叹的另一面，正如"爱"是欢喜赞叹的一面一样。受欢喜赞叹的，又不独是女人，男人也有。"此柳风流可爱，似张绪当年"，便是好例；而"美丰仪"一语，尤为"史不绝书"。但男人的艺术气分，似乎总要少些；贾宝玉说得好：男人的骨头是泥做的，女人的骨头是水做的。这是天命呢？还是人事呢？我现在还不得而知；只觉得事实是如此罢了。你看，目下学绘画的"人体习作"的时候，谁不用了女人做他的模特儿呢？这不是因为女人的曲线更为可爱么？我们说，自有历史以来，女人是比男人更其艺术的；这句话总该不会错吧？所以我说，艺术的女人。所谓艺术的女人，有三种意思：是女人中最为艺术的，是女人的艺术的一面，是我们以艺术的眼去看女人。我说女人比男人更其艺术的，是一般的说法；说女人中最为艺术的，是个别的说法。——而"艺术"一词，我用它的狭义，专指眼睛的艺术而言，与绘画、雕刻、跳舞同其范类。艺术的女人便是有着美好的颜色和轮廓和动作的女人，便是她的容貌、身材、姿态，使我们看了感到"自己圆满"的女人。这里有一块天然的界碑，我所说的只是处女、少妇、中年妇人，那些老太太们，为她们的年岁所侵蚀，已上了凋零与枯萎的路途，在这一件上，已是落伍了。女人的圆满相，只是她的"人的诸相"之一；她可以有大才能、大智慧、大仁慈、大勇毅、大贞洁等等，但都无碍于这一相。诸相可以帮助这一相，使其更臻于充实；这一相也可帮助诸相，分其圆满于它们，有时更能遮盖它们的缺处。我们之看女人，若被她的圆满相所吸引，便会不顾自己，不顾她的一切，而只陶醉于其中；这个陶醉是刹那的，无关心的，而且在沉默之中的。

我们之看女人，是欢喜而绝不是恋爱。恋爱是全般的，欢喜是部分的。恋爱是整个"自我"与整个"自我"的融合，故坚深而久长；欢喜是"自我"间断片的融合，故轻浅而飘忽。这两者都是生命的趣味，生命的姿态。但恋爱是对人的，欢喜却兼人与物而言。此外本还有"仁爱"，便是"民胞物与"

之怀;再进一步,"天地与我并生,万物与我为一",便是"神爱""大爱"了。这种无分物我的爱,非我所要论;但在此又须立一界碑,凡伟大庄严之像,无论属人属物,足以吸引人心者,必为这种爱;而优美艳丽的光景则始在"欢喜"的阈中。至于恋爱,以人格的吸引为骨子,有极强的占有性,又与二者不同。Y君以人与物平分恋爱与欢喜,以为"喜"仅属物,"爱"乃属人;若对人言"喜",便是蔑视他的人格了。现在有许多人也以为将女人比花,比鸟,比羔羊,便是侮辱女人;赞颂女人的体态,也是侮辱女人。所以者何?便是蔑视她们的人格了!但我觉得我们若不能将"体态的美"排斥于人格之外,我们便要慢慢地说这句话!而美若是一种价值,人格若是建筑于价值的基石上,我们又何能排斥那"体态的美"呢?所以我以为只须将女人的艺术的一面作为艺术而鉴赏它,与鉴赏其他优美的自然一样;艺术与自然是"非人格"的,当然便说不上"蔑视"与否。在这样的立场上,将人比物,欢喜赞叹,自与因袭的玩弄的态度相差十万八千里,当可告无罪于天下。只有将女人看作"玩物",才真是蔑视呢;即使是在所谓的"恋爱"之中。艺术的女人,是的,艺术的女人!我们要用惊异的眼去看她,那是一种奇迹!

我之看女人,十六年于兹了,我发现了一件事,就是将女人作为艺术而鉴赏时,切不可使她知道;无论是生疏的,还是较熟悉的。因为这要引起她性的自卫的羞耻心或他种嫌恶心,她的艺术味便要变稀薄了;而我们因她的羞耻或嫌恶而关心,也就不能静观自得了。所以我们只好秘密地鉴赏;艺术原来是秘密的呀，自然的创作原来是秘密的呀。但是我所欢喜的艺术的女人，究竟是怎样的呢？　您得问了。让我告诉您：我见过西洋女人，日本女人，江南江北两个女人，城内的女人，名闻浙东西的女人；但我的眼光究竟太狭了，我只见过不到半打的艺术的女人！而且其中只有一个西洋人，没有一个日本人！那西洋的处女是在Y城里一条僻巷的拐角上遇着的，惊鸿一瞥似的便过去了。其余有两个是在两次火车里遇着的，一个看了半天，一个看了两天；还有一个是在乡村里遇着的，足足看了三个月，我以为艺术的女人第一是有她的温柔的空气；使人如听着箫管的悠扬，如嗅着玫瑰花的芬芳，如躺着在天鹅绒的厚毯上。她是如水的密，如烟的轻，笼罩着我们；我们怎能不欢喜赞叹呢？这是由她的动作而来的；她的一举步，一伸腰，一掠鬓，一转眼，一低头，乃至衣袂的微扬，裙幅的轻舞，都如蜜的流，风的微漾；我们怎能不欢喜赞叹呢？　最可爱的是那软软的腰儿；从前人说临风的垂柳，《红楼梦》里说晴雯的"水蛇腰儿"，都是说腰肢的细软的；但我所欢喜的腰呀，简直和苏州的牛皮糖一样，使我满舌头的甜，满牙齿的软呀。腰是这般软了，手足自也有飘逸不凡之慨。你瞧她的足胫多么丰满呢！从膝关节以下，渐渐地隆起，像新蒸的面包一样；后来又渐渐渐渐地缓下去了。这足胫上正罩着丝袜，淡青的？或者白的？拉得紧紧的，一些儿皱纹没有，更将那丰满的曲线显得丰满了；而那闪闪的鲜嫩的光，简直可以照出人的影子。你再往上瞧，她的两肩又多么亭匀呢！像双生的小羊似的，又像两座玉峰似的；正是秋山那般瘦，秋水那般平呀。肩以上，便到了一般人讴歌颂赞所集的"面目"了。我最不能忘记的，是她那双鸽子般的眼睛，伶俐到像要立刻和人说话。在惺忪微倦的时候，尤其可喜，因为正像一对睡了的褐色小鸽子。那润泽而微红的双颊，苹果般照耀着的，恰如曙色之与夕阳，巧妙地相映衬着。再加上那覆额的，稠密而蓬松的发，像天空的乱云一般，点缀得更有情趣了。而她那甜蜜的微笑也是可爱的东西；微笑是半开的花朵，里面流溢着诗与画与无声的音乐。是的，我说的已多了；我不必将我所见的，一个人一个人分别说给你，我只将她们融合成一个 Sketch 给你看——这就是我的惊异的型，就是我所谓艺术的女子的型。但我的眼光究竟太狭了！我的眼光究竟太狭了！

在女人的聚会里，有时也有一种温柔的空气；但只是笼统的空气，没有详细的节目。所以这是要由远观而鉴赏的，与个别的看法不同；若近观时，那笼统的空气也许会消失了的。说起这艺术的"女人的聚会"，我却想着数年前的事了，云烟一般，好惹人怅惘的。在P城一个礼拜日的早晨，我到一所宏大的教堂里去做礼拜；听说那边女人多，我是礼拜女人去的。那教堂是男女分坐的。我去的时候，女座还空着，似乎颇遥遥的；我的遐想便去充满了每个空座里。忽然眼睛有些花了，在薄薄的香泽当中，一群白上衣、黑背心、黑裙子的女人，默默地、远远地走进来了。我现在不曾看见上帝，却看见了带着翼子的这些安琪儿了！另一回在傍晚的湖上，暮霭四合的时候，一只插着小红花的游艇里，坐着八九个雪白雪白的白衣的姑娘；湖风舞弄着她们的衣裳，便成一片浑然的白。我想她们是湖之女神，以游戏三昧，暂现色相于人间的呢！第三回在湖中的一座桥上，淡月微云之下，倚着十来个，也是姑娘，朦朦胧胧地与月一齐白着。在抖荡的歌喉里，我又遇着月姊儿的化身了！——这些是我所发现的又一型。

是的，艺术的女人，那是一种奇迹！

1925 年 2 月 15 日，白马湖

飘零

一个秋夜,我和P坐在他的小书房里,在晕黄的电灯光下,谈到W的小说。

"他还在河南吧? C大学那边很好吧?"我随便问着。

"不,他上美国去了。"

"美国? 做什么去?"

"你觉得很奇怪吧?——波定谟约翰郝勃金医院打电报约他做助手去。"

"哦! 就是他研究心理学的地方! 他在那边成绩总很好?——这回去他很愿意吧?"

"不见得愿意。他动身前到北京来过,我请他在启新吃饭;他很不高兴的样子。"

"这又为什么呢?"

"他觉得中国没有他做事的地方。"

"他回来才一年呢。C大学那边没有钱吧?"

"不但没有钱,他们说他是疯子!"

"疯子!"

我们默然相对,暂时无话可说。

我想起第一回认识W的名字,是在《新生》杂志上。那时我在P大学读书,W也在那里。我在《新生》上看见的是他的小说;但一个朋友告诉我,他心理学的书读得真多;P大学图书馆里所有的,他都读了。文学书他也读得不少。他说他是无一刻不读书的。我第一次见他的面,是在P大学宿舍的走道上;他正和朋友走着。有人告诉我,这就是W了。微曲的背,小而黑的脸,长头发和近视眼,这就是W了。以后我常常看他的文字,记起他这样一个人。有一回我拿一篇心理学的译文,托一个朋友请他看看。他逐一给我改正了好几十条,不曾放松一个字。永远的惭愧和感谢留在我心里。

我又想到杭州那一晚上。他突然来看我了。他说和P游了三日,明早就要到上海去。他原是山东人;这回来上海,是要上美国去的。我问起哥伦比亚大学的《心理学,哲学与科学方法》杂志,我知道那是有名的杂志。但他说里面往往一年没有一篇好文章,没有什么意思。他说近来各心理学家在英国开了一个会,有几个人的话有味。他又用铅笔随便地在桌上一本簿子的后面,写了《哲学的科学》一个书名与其出版处,说是新书,可以看看。他说要走了。我送他到旅馆里。见他床上摊着一本《人生与地理》,随便拿过来翻着。他说这本小书很著名,很好的。我们在晕黄的电灯光下,默然相对了一会儿,又问答了几句简单的话;我就走了。直到现在,还不曾见过他。

他到美国去后，初时还写了些文字，后来就没有了。他的名字，在一般人心里，已如远处的云烟了。我倒还记着他。两三年以后，才又在《文学日报》上见到他一首诗，是写一种情趣的。我只念过他这一首诗。他的小说我却念过不少；最使我不能忘记的是那篇《雨夜》，是写北京人力车夫的生活的。W是学科学的人，应该很冷静，但他的小说却又很热很热的。

这就是W了。

P也上美国去，但不久就回来了。他在波定谟住了些日子，W是常常见着的。他回国后，有一个热天，和我在南京清凉山上谈起W的事。他说W在研究行为派的心理学。他几乎终日在实验室里；他解剖过许多老鼠，研究它们的行为。P说自己本来也愿意学心理学的；但看了老鼠临终的颤动，他执刀的手便战战地放不下去了。因此只好改行。而W是"奏刀騞然""踌躇满志"，P觉得那是不可及的。P又说W研究动物行为既久，看明它们所有的生活，只是那几种生理的欲望，如食欲、性欲、所玩的把戏，毫无什么大道理存乎其间。因而推想人的生活，也未必别有何种高贵的动机；我们第一要承认我们是动物，这便是真人。W的确是如此做人的。P说他也相信W的话；真的，P回国后的态度是大大的不同了。W只管做他自己的人，却得着P这样一个信徒，他自己也未必料得着的。

P又告诉我W恋爱的故事。是的，恋爱的故事！P说这是一个日本人，和W一同研究的，但后来走了，这件事也就完了。P说得如此冷淡，毫不像我们所想的恋爱的故事！P又曾指出《来日》上W的一篇《月光》给我看。这是一篇小说，叙述一对男女趁着月光在河边一只空船里密谈。那女的是个有夫之妇。这时四无人迹,他俩谈得亲热极了。但P说W的胆子太小了,所以这一回密谈之后,便撒了手。这篇文字是W自己写的,虽没有如火如荼的热闹,但却别有一种意思。科学与文学,科学与恋爱,这就是W了。

"'疯子'!"我这时忽然似乎彻悟了说,"也许是的吧? 我想。一个人冷而又热,是会变疯子的。"

"唔。"P点头。

"他其实大可以不必管什么中国不中国了;偏偏又恋恋不舍的!"

"是啰。W这回真不高兴。K在美国借了他的钱。这回他到北京,特地老远地跑去和K要钱。K的没钱,他也知道;他也并不指望这笔钱用。只想借此去骂他一顿罢了,据说拍了桌子大骂呢!"

"这与他的写小说一样的道理呀! 唉,这就是W了。"

P无语,我却想起一件事:"W到美国后有信来么?"

"长远了,没有信。"

我们于是都又默然。

1926年7月20日,白马湖

儿女

　　我现在已是五个儿女的父亲了。想起圣陶喜欢用的蜗牛背了壳的比喻，便觉得不自在。新近一位亲戚嘲笑我说，要剥层皮呢！更有些悚然了。十年前刚结婚的时候，在胡适之先生的《藏晖室札记》里，见过一条，说世界上有许多伟大的人物是不结婚的；文中并引培根的话，有妻子者，其命定矣。当时确吃了一惊，仿佛梦醒一般；但是家里已是不由分说给娶了媳妇，又有什么可说？现在是一个媳妇，跟着来了五个孩子；两个肩头上，加上这么重一副担子，真不知怎样走才好。命定是不用说了；从孩子们那一面说，他们该怎样长大，也正是可以忧虑的事。我是个彻头彻尾自私的人，做丈夫已是勉强，做父亲更是不成。自然，"子孙崇拜"，"儿童本位"的哲理或伦理，我也有些知道；既做着父亲，闭了眼抹杀孩子们的权利，知道是不行的。可惜这只是理论，实际上我是仍旧按照古老的传统，在野蛮地对付着，和普通的父亲一样。近来差不多是中年的人了,才渐渐觉得自己的残酷;想着孩子们受过的体罚和叱责,始终不能辩解——像抚摩着旧创痕那样,我的心酸溜溜的。有一回,读了有岛武郎《与幼小者》的译文,对了那种伟大的、沉挚的态度,我竟流下泪来了。去年父亲来信,问起阿九,那时阿九还在白马湖呢;信上说,我没有耽误你,你也不要耽误他才好。我为这句话哭了一场;我为什么不像父亲的仁慈?我不该忘记,父亲怎样待我们来着! 人性许真是二元的,我是这样地矛盾;我的心像钟摆似的来去。

你读过鲁迅先生的《幸福的家庭》吗? 我的便是那一类的幸福的家庭! 每天午饭和晚饭,就如两次潮水一般。先是孩子们你来他去地在厨房与饭间里查看,一面催我或妻发开饭的命令。急促繁碎的脚步,夹着笑和嚷,一阵阵袭来,直到命令发出为止。他们一递一个地跑着喊着,将命令传给厨房里佣人;便立刻抢着回来搬凳子。于是这个说,我坐这儿! 那个说,大哥不让我! 大哥却说,小妹打我! 我给他们调解,说好话。但是他们有时候很固执,我有时候也不耐烦,这便用着叱责了;叱责还不行,不由自主地,我的沉重的手掌便到他们身上了。于是哭的哭,坐的坐,局面才算定了。接着可又你要大碗,他要小碗,你说红筷子好,他说黑筷子好;这个要干饭,那个要稀饭,要茶要汤,要鱼要肉,要豆腐,要萝卜;你说他菜多,他说你菜好。妻是照例安慰着他们,但这显然是太迂缓了。我是个暴躁的人,怎么等得及? 不用说,用老法子将他们立刻征服了;虽然有哭的,不久也就抹着泪捧起碗了。吃完了,纷纷爬下凳子,桌上是饭粒呀,汤汁呀,骨头呀,渣滓呀,加上纵横的筷子,欹斜的匙子,就如一块花花绿绿的地图模型。吃饭而外,他们的大事便是游戏。游戏时,大的有大主意,小的有小主意,各自坚持不下,于是争执起来;或者大的欺负了小的,或者小的竟欺负了大的,被欺负的哭着嚷着,到我或妻的面前诉苦;我大抵仍旧要用老法子来判断的,但不理的时候也有。最为难的,是争夺玩具的时候:这一个的与那一个的是同样的东西,却偏要那一个的;而那一个便偏不答应。在这种情形之下,不论如何,终于是非哭了不可的。这些事件自然不至于天天全有,但大致总有好些起。我若坐在家里看书或写什么东西,管保一点钟里要分几回心,或站起来一两次的。若是雨天或礼拜日,孩子们在家的多,那么,摊开书竟看不下一行,提起笔也写不出一个字的事,也有过的。我常和妻说,我们家真是成日的千军万马呀!有时是不但成日,连夜里也有兵马在进行着,在有吃乳或生病的孩子的时候!

我结婚那一年,才十九岁。二十一岁,有了阿九;二十三岁,又有了阿菜。那时我正像一匹野马,那能容忍这些累赘的鞍鞯、辔头和缰绳?摆脱也知是不行的,但不自觉地时时在摆脱着。现在回想起来,那些日子,真苦了这两个孩子;真是难以宽宥的种种暴行呢!阿九才两岁半的样子,我们住在杭州的学校里。不知怎地,这孩子特别爱哭,又特别怕生人。一不见了母亲,或来了客,就哇哇地哭起来了。学校里住着许多人,我不能让他扰着他们,而客人也总是常有的;我懊恼极了,有一回,特地骗出了妻,关了门,将他按在地下打了一顿。这件事,妻到现在说起来,还觉得有些不忍;她说我的手太辣了,到底还是两岁半的孩子! 我近年常想着那时的光景,也觉黯然。阿菜在台州,那是更小了;才过了周岁,还不大会走路。也是为了缠着母亲的缘故吧,我将她紧紧地按在墙角里,直哭喊了三四分钟;因此生了好几天病。妻说,那时真寒心呢! 但我的苦痛也是真的。我曾给圣陶写信,说孩子们的折磨,实在无法奈何;有时竟觉着还是自杀的好。这虽是气愤的话,但这样的心情,确也有过的。后来孩子是多起来了,磨折也磨折得久了,少年的锋棱渐渐地钝起来了;加以增长的年岁增长了理性的裁制力,我能够忍耐了——觉得从前真是一个不成材的父亲,如我给另一个朋友信里所说。但我的孩子们在幼小时,确比别人的特别不安静,我至今还觉如此。我想这大约还是由于我们抚育不得法;从前只一味地责备孩子,让他们代我们负起责任,却未免是可耻的残酷了!

正面意义的幸福,其实也未尝没有。正如谁所说,小的总是可爱,孩子们的小模样、小心眼儿,确有些叫人舍不得的。阿毛现在五个月了,你用手指去拨弄她的下巴,或向她做趣脸,她便会张开没牙的嘴格格地笑,笑得像一朵正开的花。她不愿在屋里待着;待久了,便大声儿嚷。妻常说,姑娘又要出去溜达了。她说她像鸟儿般,每天总得到外面溜一些时候。闰儿上个月刚过了三岁,笨得很,话还没有学好呢。他只能说三四个字的短语或句子,文法错误,发音模糊,又得费气力说出;我们老是要笑他的。他说"好"字,总变成"小"字;问他"好不好"? 他便说"小",或"不小"。我们常常逗着他说这个字玩儿;他似乎有些觉得,近来偶然也能说出正确的"好"字了,特别在我们故意说成"小"字的时候。他有一只搪瓷碗,是一毛来钱买的;买来时,老妈子教给他:"这是一毛钱。"他便记住"一毛"两个字,管那只碗叫"一毛",有时竟省称为"毛"。这在新来的老妈子,是必需翻译了才懂的。他不好意思,或见着生客时,便咧着嘴痴笑;我们常用了土话,叫他作"呆瓜"。他是个小胖子,短短的腿,走起路来,蹒跚可笑;若快走或跑,便更好看了。他有时学我,将两手叠在背后,一摇一摆的;那是他自己和我们都要乐的。他的大姊便是阿菜,已是七岁多了,在小学校里念着书。在饭桌上,一定得啰啰唆唆地报告些同学或他们父母的事情;气喘喘地说着,不管你爱听不爱听。说完了总问我:"爸爸认识吗?爸爸知道吗?"妻常禁止她吃饭时说话,所以她总是问我。她的问题真多:看电影便问电影里的是不是人?是不是真人?怎么不说话?看照相也是一样。不知谁告诉她,兵是要打人的。她回来便问,兵是人么?为什么打人?近来大约听了先生的话,回来又问张作霖的兵是帮谁的?蒋介石的兵是不是帮我们的?诸如此类的问题,每天短不了,常常闹得我不知怎样答才行。她和闰儿在一处玩儿,一大一小,不很合式,老是吵着哭着。但合式的时候也有:譬如这个往床底下躲,那个便钻进去追着;这个钻出来,那个也跟着从这个床到那个床,只听见笑着,嚷着,喘着,真如妻所说,像小狗似的。现在在京的,便只有这三个孩子;阿九和转儿是去年北来时,让母亲暂时带回扬州去了。阿九是欢喜书的孩子,他爱看《水浒》《西游记》《三侠五义》《小朋友》等；没有事便捧着书坐着或躺着看。只不欢喜《红楼梦》，说是没有味儿。是的，《红楼梦》的味儿，一个十岁的孩子，哪里能领略呢？ 去年我们事实上只能带两个孩子来；因为他大些，而转儿是一直跟着祖母的，便在上海将他俩丢下。我清清楚楚记得那分别的一个早上。我领着阿九从二洋泾桥的旅馆出来，送他到母亲和转儿住着的亲戚家去。妻嘱咐说，买点吃的给他们吧。我们走过四马路，到一家茶食铺里。阿九说要熏鱼，我给买了；又买了饼干，是给转儿的。便乘电车到海宁路。下车时，看着他的害怕与累赘，很觉恻然。到亲戚家，因为就要回旅馆收拾上船，只说了一两句话便出来；转儿望望我，没说什么，阿九是和祖母说什么去了。我回头看了他们一眼，硬着头皮走了。后来妻告诉我，阿九背地里向她说："我知道爸爸欢喜小妹，不带我上北京去。"其实这是冤枉的。他又曾和我们说："暑假时一定来接我啊！"我们当时答应着；但现在已是第二个暑假了，他们还在迢迢的扬州待着。他们是恨着我们呢？还是惦着我们呢？妻是一年来老放不下这两个，常常独自暗中流泪；但我有什么法子呢！想到"只为家贫成聚散"一句无名的诗，不禁有些凄然。转儿与我较生疏些。但去年离开白马湖时，她也曾用了生硬的扬州话（那时她还没有到过扬州呢），和那特别尖的小嗓子向着我："我要到北京去。"她晓得什么北京，只跟着大孩子们说罢了；但当时听着，现在想着的我，却真是抱歉呢。这兄妹俩离开我，原是常事，离开母亲，虽也有过一回，这回可是太长了；小小的心儿，不知道是怎样忍耐那寂寞来着！

我的朋友大概都是爱孩子的。少谷有一回写信责备我，说儿女的吵闹，也是很有趣的，何至可厌到如我所说；他说他真不解。子恺为他家华瞻写的文章，真是"蔼然仁者之言"。圣陶也常常为孩子操心：小学毕业了，到什么中学好呢？——这样的话，他和我说过两三回了。我对他们只有惭愧！可是近来我也渐渐觉着自己的责任。我想，第一该将孩子们团聚起来，其次便该给他们些力量。我亲眼见过一个爱儿女的人，因为不曾好好地教育他们，便将他们荒废了。他并不是溺爱，只是没有耐心去料理他们，他们便不能成材了。我想我若照现在这样下去，孩子们也便危险了。我得计划着，让他们渐渐知道怎样去做人才行。但是要不要他们像我自己呢？这一层，我在白马湖教初中学生时，也曾从师生的立场上问过丏尊，他毫不踌躇地说："自然啰。"近来与平伯谈起教子，他却答得妙，"总不希望比自己坏啰"。是的，只要不比自己坏就行，像不像倒是不在乎的。职业、人生观等，还是由他们自己去定的好；自己顶可贵，只要指导，帮助他们去发展自己，便是极贤明的办法。

予同说："我们得让子女在大学毕了业，才算尽了责任。"SK说："不然，要看我们的经济，他们的材质与志愿；若是中学毕了业，不能或不愿升学，便去做别的事，譬如做工人吧，那也并非不行的。"自然，人的好坏与成败，也不尽靠学校教育；说是非大学毕业不可，也许只是我们的偏见。在这件事上，我现在毫不能有一定的主意；特别是这个变动不居的时代，知道将来怎样？好在孩子们还小，将来的事且等将来吧。

目前所能做的,只是培养他们基本的力量、胸襟与眼光;孩子们还是孩子们,自然说不上高的远的,慢慢从近处小处下手便了。这自然也只能先按照我自己的样子:神而明之,存乎其人,光辉也罢,倒霉也罢,平凡也罢,让他们各尽各的力去。我只希望如我所想的,从此好好地做一回父亲,便自称心满意。想到那狂人救救孩子的呼声,我怎敢不悚然自勉呢?

1928年6月24日晚写毕,北京清华园

扬州的夏日

扬州从隋炀帝以来，是诗人文士所称道的地方；称道的多了，称道得久了，一般人便也随声附和起来。直到现在，你若向人提起扬州这个名字，他会点头或摇头说："好地方！好地方！"特别是没去过扬州而念过些唐诗的人，在他心里，扬州真像蜃楼海市一般美丽；他若念过《扬州画舫录》一类书，那更了不得了。但在一个久住扬州像我的人，他却没有那么多美丽的幻想，他的憎恶也许掩住了他的爱好；他也许离开了三四年并不去想它。若是想呢——你说他想什么？女人；不错，这似乎也有名，但怕不是现在的女人吧？——他也只会想着扬州的夏日，虽然与女人仍然不无关系的。

北方和南方一个大不同，在我看，就是北方无水而南方有。诚然，北方今年大雨，永定河、大清河甚至决了堤防，但这并不能算是有水；北平的三海和颐和园虽然有点儿水，但太平衍了，一览而尽，船又那么笨头笨脑的。有水的仍然是南方。扬州的夏日，好处大半便在水上——有人称为瘦西湖，这个名字真是太瘦了，假西湖之名以行，雅得这样俗，老实说，我是不喜欢的。下船的地方便是护城河，曼衍开去，曲曲折折，直到平山堂——这是你们熟悉的名字——有七八里河道，还有许多权权桠桠的支流。这条河其实也没有顶大的好处，只是曲折而有些幽静，和别处不同。

沿河最著名的风景是小金山，法海寺，五亭桥；最远的便是平山堂了。金山你们是知道的，小金山却在水中央。在那里望水最好，看月自然也不错——可是我还不曾有过那样福气。下河的人十之九是到这儿的，人不免太多些。法海寺有一个塔，和北海的一样，据说是乾隆皇帝下江南，盐商们连夜督促匠人造成的。法海寺著名的自然是这个塔；但还有一桩，你们猜不着，是红烧猪头。夏天吃红烧猪头，在理论上也许不甚相宜；可是在实际上，挥汗吃着，倒也不坏的。五亭桥如名字所示，是五个亭子的桥。桥是拱形，中一亭最高，两边四亭，参差相称；最宜远看，或看影子，也好。桥洞颇多，乘小船穿来穿去，另有风味。平山堂在蜀冈上。登堂可见江南诸山淡淡的轮廓；"山色有无中"一句话，我看是恰到好处，并不算错。这里游人较少，闲坐在堂上，可以永日。沿路光景，也以闲寂胜。从天宁门或北门下船。蜿蜒的城墙，在水里倒映着苍黝的影子，小船悠然地撑过去，岸上的喧扰像没有似的。

船有三种：大船专供宴游之用，可以挟妓或打牌。小时候常跟了父亲去，在船里听着谋得利洋行的唱片。现在这样乘船的大概少了吧？其次是小划子，真像一瓣西瓜，由一个男人或女人用竹篙撑着。乘的人多了，便可雇两只，前后用小凳子跨着：这也可算得方舟了。后来又有一种洋划，比大船小，比小划子大，上支布篷，可以遮日遮雨。洋划渐渐地多，大船渐渐地少，然而小划子总是有人要的。这不独因为价钱最贱，也因为它的伶俐。一个人坐在船中，让一个人站在船尾上用竹篙一下一下地撑着，简直是一首唐诗，或一幅山水画。而有些好事的少年，愿意自己撑船，也非小划子不行。小划子虽然便宜，却也有些分别。譬如说，你们也可想到的，女人撑船总要贵些；姑娘撑的自然更要贵啰。这些撑船的女子，便是有人说过的瘦西湖上的船娘。船娘们的故事大概不少，但我不很知道。据说以乱头粗服，风趣天然为胜；中年而有风趣，也仍然算好。可是起初原是逢场作戏，或尚不伤廉惠；以后居然有了价格，便觉意味索然了。

  北门外一带，叫作下街，茶馆最多，往往一面临河。船行过时，茶客与乘客可以随便招呼说话。船上人若高兴时，也可以向茶馆中要一壶茶，或一两种小笼点心，在河中喝着，吃着，谈着。回来时再将茶壶和所谓小笼，连价款一并交给茶馆中人。撑船的都与茶馆相熟，他们不怕你白吃。扬州的小笼点心实在不错：我离开扬州，也走过七八处大大小小的地方，还没有吃过那样好的点心；这其实是值得惦记的。茶馆的地方大致总好，名字也颇有好的。如香影廊，绿杨村，红叶山庄，都是到现在还记得的。绿杨村的幌子，挂在绿杨树上，随风飘展，使人想起"绿杨城郭是扬州"的名句。里面还有小池、丛竹、茅亭,景物最幽。这一带的茶馆布置都历落有致,迥非上海、北平方方正正的茶楼可比。

下河总是下午。傍晚回来,在暮霭朦胧中上了岸,将大褂折好搭在腕上,一手微微摇着扇子;这样进了北门或天宁门走回家中。这时候可以念"又得浮生半日闲"那一句诗了。

威尼斯

威尼斯（Venice）是一个别致地方。出了火车站，你立刻便会觉得：这里没有汽车，要到哪儿，不是搭小火轮，便是雇"刚朵拉"（Gondola）。大运河穿过威尼斯像反写的S，这就是大街。另有小河道四百十八条，这些就是小胡同。轮船像公共汽车，在大街上走；"刚朵拉"是一种摇橹的小船，威尼斯所特有，它哪儿都去。威尼斯并非没有桥；三百七十八座，有的是。只要不怕转弯抹角，哪儿都走得到，用不着下河去。可是轮船中人还是很多，"刚朵拉"的买卖也似乎并不坏。

威尼斯是"海中的城"，在意大利半岛的东北角上，是一群小岛，外面一道沙堤隔开亚得利亚海。在圣马克方场的钟楼上看，花团锦簇似的东一块西一块在绿波里荡漾着。远处是水天相接，一片茫茫。这里没有什么煤烟，天空干干净净；在温和的日光中，一切都像透明的。中国人到此，仿佛在江南的水乡；夏初从欧洲北部来的，在这儿还可看见清清楚楚的春天的背影。海水那么绿,那么酽,会带你到梦中去。

威尼斯不单是明媚,在圣马克方场走走就知道。这个广场南面临着一道运河;场中偏东南便是那可以望远的钟楼。威尼斯最热闹的地方是这儿,最华妙庄严的地方也是这儿。除了西边,围着的都是三百年以上的建筑,东边居中是圣马克堂,却有了八九百年——钟楼便在它的右首。再向右是"新衙门";教堂左首是"老衙门"。这两溜儿楼房的下一层,现在满开了铺子。铺子前面是长廊,一天到晚是来来去去的人。紧接着教堂,直伸向运河去的是公爷府;这个一半属于小方场,另一半便属于运河了。

圣马克堂是方场的主人,建筑在十一世纪,原是卑赞廷式,以直线为主。十四世纪加上戈昔式的装饰,如尖拱门等;十七世纪又掺入文艺复兴期的装饰,如栏干等。所以庄严华妙,兼而有之;这正是威尼斯的漂亮劲儿。教堂里屋顶与墙壁上满是碎玻璃嵌成的画,大概是真金色的底,蓝色或红色的圣灵像。这些像非常肃穆。教堂的地是用大理石铺的,颜色花样种种不同。在那种空阔阴暗的氛围中,你觉得伟丽,也觉得森严。教堂左右那两溜儿楼房,式样各别,并不对称;钟楼高三百二十二英尺,也偏在一边儿。但这两溜房子都是三层,都有许多拱门,恰与教堂的门面与圆顶相称;又都是白石造成,越衬出教堂的金碧辉煌来。教堂右边是向运河去的路,是一个小方场,本来面目显得空阔些,钟楼恰好填了这个空子。好像我们戏里的大将出场,后面一杆旗子总是偏着取势;这方场的建筑,节奏其实是和谐不过的。十八世纪意大利卡那来陀

（Ganaletto）一派画家专画威尼斯的建筑，取材于这方场的很多。德国德莱司敦画院中有几张，真好。

公爷府里有好些名人的壁画和屋顶画，丁陶来陀（Tintoretto，十六世纪）的大画《乐园》最著名；但更重要的是它建筑的价值。运河上有了这所房子，增加了不少颜色。这全然是戈昔式；动工在九世纪初，以后屡次遭火，屡次重修，现在的据说还是原来的式样。最好看的是它的西南两面；西南斜对着圣马克方场，南面正在运河上。在运河里看，真像在画中。它也是三层：下两层是尖拱门，一眼看去，无数的柱子。最下层的拱门简单疏阔，是载重的样子；上一层便繁密得多，为装饰之用；最上层却更简单，都是整块的墙面。墙面上用白的与玫瑰红的大理石砌成素朴的方纹，在日光里鲜明得像少女一般。威尼斯真不愧着色的能手。这所房子从运河中看，好像在水里。下两层是玲珑的架子，上一层才是屋子；这是很巧的结构，加上那艳而雅的颜色，令人有惝恍迷离之感。府后有太息桥；从前一边是监狱，一边是法院，狱囚提讯须过这里，所以得名。拜伦诗中曾咏此，因而便脍炙人口起来，其实也只是近世的东西。

威尼斯的夜曲是很著名的。夜曲本是一种抒情的曲子，夜晚在人家窗下随便唱。可是运河里也有：晚上在圣马克方场的河边上，看见河中有红绿的纸球灯，便是唱夜曲的船。雇了"刚朵拉"摇过去，靠着那个船停下，船在水中间，两边挨次排着"刚朵拉"在微波里荡着，像是两只翅膀。唱曲的有男有女，围着一张桌子坐，轮到了便站起来唱，旁边有音乐和着。曲词自然是意大利语,意大利的语音据说是最纯粹、最清朗。听起来似乎的确斩截些,女人的尤其如此——意大利的歌女是出名的。音乐节奏繁密,声情热烈,想来是最流行的"爵士乐"。在微微摇摆的红绿灯球底下,颤着酽酽的歌喉,运河上一片朦胧的夜也似乎透出玫瑰红的样子。唱完几曲之后,船上有人跨过来,反拿着帽子收钱,多少随意。不愿意听了,还可到第二处去。这个略略像当年的秦淮河的光景,但秦淮河却热闹得多。

从圣马克方场向西北去,有两个教堂在艺术上是很重要的。一个是圣罗珂堂,旁边有一所屋子,墙上屋顶上满是画;楼上下大小三间屋,共六十二幅画,是丁陶来陀的手笔。屋里暗极,只有早晨看得清楚。丁陶来陀作画时,因地制宜,大部分只粗粗勾勒,利用阴影,教人看了觉得是几经琢磨似的。"十字架"一幅在楼上小屋内,力量最雄厚。佛拉利堂在圣罗珂近旁,有大画家铁沁(Titian,十六世纪)和近代雕刻家卡奴洼(Ganova)的纪念碑。卡奴洼的,灵巧,是自己打的样子;铁沁的,宏壮,是十九世纪中叶才完成的。他的《圣处女升天图》挂在神坛后面,那朱红与亮蓝两种颜色鲜明极了,全幅气韵流动,如风行水上。倍里尼(GiovaniBellini,十五世纪)的《圣母像》,也是他的精品。他们都还有别的画在这个教堂里。

从圣马克方场沿河直向东去,有一处公园;从一八九五年起,每两年在此地开国际艺术展览会一次。今年是第十八届;加入展览的有意、荷、比、西、丹、法、英、奥、苏俄、美、匈、瑞士、波兰等十三国，意大利的东西自然最多，种类繁极了；未来派立体派的图画雕刻，都可见到，还有别的许多新奇的作品，说不出路数。颜色大概鲜明，教人眼睛发亮；建筑也是新式，简洁不罗嗦，痛快之至。苏俄的作品不多，大概是工农生活表现，兼有沉毅和高兴的调子。他们也用鲜的颜色，但显然没有很费心思在艺术上，作风老老实实，并不向牛犄角里寻找新奇的玩意儿。

威尼斯的玻璃器皿，刻花皮件，都是名产，以典丽风华胜，缂丝也不错。大理石小雕像，是著名大品的缩本，出于名手的还有味。

南京

  南京是值得留连的地方,虽然我只是来来去去,而且又都在夏天。也想夸说夸说,可惜知道的太少;现在所写的,只是一个旅行人的印象罢了。

  逛南京像逛古董铺子,到处都有些时代侵蚀的遗痕。你可以摩挲,可以凭吊,可以悠然遐想;想到六朝的兴废,王谢的风流,秦淮的艳迹。这些也许只是老调子,不过经过自家一番体贴,便不同了。所以我劝你上鸡鸣寺去,最好选一个微雨天或月夜。在朦胧里,才酝酿着那一缕幽幽的古味。你坐在一排明窗的豁蒙楼上,吃一碗茶,看面前苍然蜿蜒着的台城。台城外明净荒寒的玄武湖就像大涤子的画。豁蒙楼一排窗子安排得最有心思,让你看的一点不多,一点不少。寺后有一口灌园的井,可不是那陈后主和张丽华躲在一堆儿的"胭脂井"。那口胭脂井不在路边得破费点工夫寻觅。井栏也不在井上;要看,得老远地上明故宫遗址的古物保存所去。

从寺后的园地，拣着路上台城；没有垛子，真像平台一样。踏在茸茸的草上，说不出的静。夏天白昼有成群的黑蝴蝶，在微风里飞；这些黑蝴蝶上下旋转地飞，远看像一根粗的圆柱子。城上可以望南京的每一角。这时候若有个熟悉历代形势的人，给你指点，隋兵是从这角进来的，湘军是从那角进来的，你可以想象异样装束的队伍，打着异样的旗帜，拿着异样的武器，汹汹涌涌地进来，远远仿佛还有哭喊之声。假如你记得一些金陵怀古的诗词，趁这时候暗诵几回，也可印证印证，许更能领略作者当日的情思。

从前可以从台城爬出去，在玄武湖边；若是月夜，两三个人，两三个零落的影子，歪歪斜斜地挪移下去，够多好。现在可不成了，得出寺，下山，绕着大弯儿出城。七八年前，湖里几乎长满了苇子，一味地荒寒，虽有好月光，也不大能照到水上；船又窄，又小，又漏，教人逛着愁着。这几年大不同了，一出城，看见湖，就有烟水苍茫之意；船也大多了，有藤椅子可以躺着。水中岸上都光光的；亏得湖里有五个洲子点缀着，不然便一览无余了。这里的水是白的，又有波澜，俨然长江大河的气势，与西湖的静绿不同，最宜于看月，一片空蒙，无边无界。若在微醺之后，迎着小风，似睡非睡地躺在藤椅上，听着船底汩汩的波响与不知何方来的箫声，真会教你忘却身在哪里。五个洲子似乎都局促无可看，但长堤宛转相通，却值得走走。湖上的樱桃最出名。据说樱桃熟时，游人在树下现买，现摘，现吃，谈着笑着，多热闹的。

清凉山在一个角落里，似乎人迹不多。扫叶楼的安排与豁蒙楼相仿佛，但窗外的景象不同。这里是滴绿的山环抱着，山下一片滴绿的树；那绿色真是扑到人眉宇上来。若许我再用画来比，这怕像王石谷的手笔了。在豁蒙楼上不容易坐得久，你至少要上台城去看看。在扫叶楼上却不想走；窗外的光景好像满为这座楼而设，一上楼便什么都有了。夏天去确有一股"清凉"味。这里与豁蒙楼全有素面吃，又可口，又贱。

莫愁湖在华严庵里。湖不大，又不能泛舟，夏天却有荷花荷叶，临湖一带屋子，凭栏眺望，也颇有远情。莫愁小像，在胜棋楼下，不知谁画的，大约不很古吧；但脸子开得秀逸之至，衣褶也柔活之至，大有"挥袖凌虚翔"的意思；若让我题，我将毫不踌躇地写上"仙乎仙乎"四字。另有石刻的画像，也在这里，想来许是那一幅画所从出；但生气反而差得多。这里虽也临湖，因为屋子深，显得阴暗些；可是古色古香，阴暗得好。诗文联语当然多，只记得王湘绮的半联云："莫轻他北地胭脂，看艇子初来，江南儿女无颜色。"气概很不错。所谓胜棋楼，相传是明太祖与徐达下棋，徐达胜了，太祖便赐给他这一所屋子。太祖那样人，居然也会做出这种雅事来了。左手临湖的小阁却敞亮得多，也敞亮得好。有曾国藩画像，忘记是谁横题着"江天小阁坐人豪"一句。我喜欢这个题句，"江天"与"坐人豪"，景象阔大，使得这屋子更加开朗起来。

秦淮河我已另有记。但那文里所说的情形，现在已大变了。从前读《桃花扇》《板桥杂记》一类书，颇有沧桑之感；现在想到自己十多年前身历的情形，怕也会有沧桑之感了。前年看见夫子庙前旧日的画舫，那样狼狈的样子，又在老万全酒栈看秦淮河水，差不多全黑了，加上巴掌大，透不出气的所谓秦淮小公园，简直有些厌恶，再别提做什么梦了。贡院原也在秦淮河上，现在早拆得只剩一点儿了。民国五年父亲带我去看过，已经荒凉不堪，号舍里草都长满了。父亲曾经办过江南闱差，熟悉考场的情形，说来头头是道。他说考生入场时，都有送场的，人很多，门口闹嚷嚷的。天不亮就点名，搜夹带。大家都归号。似乎直到晚上，头场题才出来，写在灯牌上，由号军扛着在各号里走。所谓"号"，就是一条狭长的胡同，两旁排列着号舍，口儿上写着什么天字号，地字号等等的。每一号舍之大，恰好容一个人坐着；从前人说是像轿子，真不错。几天里吃饭，睡觉，做文章，都在这轿子里；坐的伏的各有一块硬板，如是而已。官号稍好一些，是给达官贵人的子弟预备的，但得补褂朝珠地入场，那时是夏秋之交，天还热，也够受的。父亲又说，乡试时场外有兵巡逻，防备通关节。场内也竖起黑幡，叫鬼魂们有冤报冤，有仇报仇；我听到这里，有点毛骨悚然。现在贡院已变成碎石路；在路上走的人，怕很少想起这些事情的了吧？

明故宫只是一片瓦砾场，在斜阳里看，只感到李太白《忆秦娥》的"西风残照，汉家陵阙"二语的妙。午门还残存着，遥遥直对洪武门的城楼，有万千气象。古物保存所便在这里，可惜规模太小，陈列得也无甚次序。明孝陵道上的石人石马，虽然残缺零乱，还可见泱泱大风；享殿并不巍峨，只陵下的隧道，阴森袭人，夏天在里面待着，凉风沁人肌骨。这陵大概是开国时草创的规模，所以简朴得很；比起长陵，差得真太远了。

然而简朴得好。

雨花台的石子，人人皆知；但现在怕也捡不着什么了。那地方毫无可看。记得刘后村的诗云："昔年讲师何处在，高台犹以'雨花'名。有时宝向泥寻得，一片山无草敢生。"我所感的至多也只如此。还有，前些年南京枪决囚人都在雨花台下，所以洋车夫遇见别的车夫和他争先时，常说："忙什么！赶雨花台去！"这和从前北京车夫说"赶菜市口儿"一样。现在时移势异，这种话渐渐听不见了。

燕子矶在长江里看，一片绝壁，危亭翼然，的确惊心动魄。但到了上边，逼窄污秽，毫无可以盘桓之处。燕山十二洞，去过三个。只三台洞层层折折，由幽入明，别有匠心，可是也年久失修了。

南京的新名胜，不用说，首推中山陵。中山陵全用青白两色，以象征青天白日，与帝王陵寝用红墙黄瓦的不同。假如红墙黄瓦有富贵气，那青琉璃瓦的享堂，青琉璃瓦的碑亭却有名贵气。从陵门上享堂，白石台阶不知多少级，但爬得够累的；然而你远看，决想不到会有这么多的台阶儿。这是设计的妙处。德国波慈达姆元愁官前的石阶，也同此妙。享堂进去也不小；可是远处看，简直小得可以，和那白石的飞阶不相称，一点儿压不住，仿佛高个儿戴着小尖帽。近处山角里一座阵亡将士纪念塔，粗粗的，矮矮的，正当着一个青青的小山峰，让两边儿的山紧紧抱着，静极，稳极。——谭墓没去过，听说颇有点丘壑。中央运动场也在中山陵近处，全仿外洋的样子。全国运动会时，也不知有多少照相与描写登在报上；现在是时髦的游泳的地方。

若要看旧书，可以上江苏省立图书馆去。这在汉西门龙蟠里，也是一个角落里。这原是江南图书馆，以丁丙的善本书室藏书为底子；词曲的书特别多。此外中央大学图书馆近年来也颇有不少书。中央大学是个散步的好地方。宽大，干净，有树木；黄昏时去兜一个或大或小的圈儿，最有意思。后面有个梅庵，是那会写字的清道人的遗迹。这里只是随宜地用树枝搭成的小小的屋子。庵前有一株六朝松，但据说实在是六朝桧；桧荫遮住了小院子，真是不染一尘。

南京茶馆里干丝很为人所称道。但这些人必没有到过镇江、扬州，那儿的干丝比南京细得多，又从来不那么甜。我倒是觉得芝麻烧饼好，一种长圆的，刚出炉，既香，且酥，又白，大概各茶馆都有。成板鸭才是南京的名产，要热吃，也是香得好；肉要肥要厚，才有咬嚼。但南京人都说盐水鸭更好，大约取其嫩，其鲜；那是冷吃的，我可不知怎样，老觉得不大得劲儿。

看花

　　我生长在大江北岸一个城市里,那儿的园林本是著名的,但近来却很少;似乎自幼就不曾听见过"我们今天看花去"一类话,可见花事是不盛的。有些爱花的人,大都只是将花栽在盆里,一盆盆搁在架上;架子横放在院子里。院子照例是小小的,只够放下一个架子;架上至多搁二十多盆花罢了。有时院子里依墙筑起一座"花台",台上种一株开花的树;也有在院子里地上种的。但这只是普通的点缀,不算是爱花。

　　家里人似乎都不甚爱花;父亲只在领我们上街时,偶然和我们到"花房"里去过一两回。但我们住过一所房子,有一座小花园,是房东家的。那里有树,有花架(大约是紫藤花架之类),但我当时还小,不知道那些花木的名字;只记得爬在墙上的是蔷薇而已。园中还有一座太湖石堆成的洞门;现在想来,似乎也还好的。在那时由一个顽皮的少年仆人领了我去,却只知道跑来跑去捉蝴蝶;有时掐下几朵花,也只是随意揉弄着,随意丢弃了。至于领略花的趣味，那是以后的事：夏天的早晨，我们那地方有乡下的姑娘在各处街巷，沿门叫着："卖栀子花了。"栀子花不是什么高品，但我喜欢那白而晕黄的颜色和那肥肥的个儿，正和那些卖花的姑娘有着相似的韵味。栀子花的香，浓而不烈，清而不淡，也是我乐意的。我这样便爱起花来了。也许有人会问："你爱的不是花吧？"这个我自己其实也已不大弄得清楚，只好存而不论了。

在高小的一个春天，有人提议到城外F寺里吃桃子去，而且预备白吃；不让吃就闹一场，甚至打一架也不在乎。那时虽远在五四运动以前，但我们那里的中学生却常有打进戏园看白戏的事。中学生能白看戏，小学生为什么不能白吃桃子呢？我们都这样想，便由那提议人纠合了十几个同学，浩浩荡荡地向城外而去。到了F寺，气势不凡地呵叱着道人们（我们称寺里的工人为道人），立刻领我们向桃园里去。道人们踌躇着说："现在桃树刚才开花呢。"但是谁信道人们的话？我们终于到了桃园里。大家都丧了气，原来花是真开着呢！这时提议人P君便去折花。道人们是一直步步跟着的，立刻上前劝阻，而且用起手来。但P君是我们中最不好惹的；"说时迟，那时快"，一眨眼，花在他的手里，道人已踉跄在一旁了。那一园子的桃花，想来总该有些可看；我们却谁也没有想着去看。只嚷着："没有桃子，得沏茶喝！"道人们满肚子委屈地引我们到"方丈"里，大家各喝一大杯茶。这才平了气，谈谈笑笑地进城去。大概我那时还只懂得爱一朵朵的栀子花，对于开在树上的桃花，是并不了然的；所以眼前的机会，便从眼前错过了。

以后渐渐念了些看花的诗，觉得看花颇有些意思。但到北平读了几年书，却只到过崇效寺一次；而去得又嫌早些，那有名的一株绿牡丹还未开呢。北平看花的事很盛，看花的地方也很多；但那时热闹的似乎也只有一班诗人名士，其余还是不相干的。那正是新文学运动的起头，我们这些少年，对于旧诗和那一班诗人名士，实在有些不敬；而看花的地方又都远不可言，我是一个懒人，便干脆地断了那条心了。后来到杭州做事，遇见了Y君，他是新诗人兼旧诗人，看花的兴致很好。我和他常到孤山去看梅花。孤山的梅花是古今有名的，但太少；又没有临水的，人也太多。有一回坐在放鹤亭上喝茶，来了一位方面有须，穿着花缎马褂的人，用湖南口音和人打招呼道："梅花盛嗒！""盛"字说得特别重，使我吃了一惊；但我吃惊的也只是说在他嘴里"盛"这个声音罢了，花的盛不盛，在我倒并没有什么的。

有一回，Y来说，灵峰寺有三百株梅花；寺在山里，去的人也少。我和Y，还有N君，从西湖边雇船到岳坟，从岳坟入山。曲曲折折走了好一会儿，又上了许多石级，才到山上寺里。寺甚小，梅花便在大殿西边园中。园也不大，东墙下有三间净室，最宜喝茶看花；北边有座小山，山上有亭，大约叫"望海亭"吧，望海是未必，但钱塘江与西湖是看得见的。梅树确是不少，密密地低低地整列着。那时已是黄昏，寺里只我们三个游人；梅花并没有开，但那珍珠似的繁星似的骨朵儿，已经够可爱了；我们都觉得比孤山上盛开时有味。大殿上正做晚课，送来梵呗的声音，和着梅林中的暗香，真叫我们舍不得回去。

在园里徘徊了一会儿,又在屋里坐了一会儿,天是黑定了,又没有月色,我们向庙里要了一个旧灯笼,照着下山。路上几乎迷了道,又两次三番地狗咬;我们的Y诗人确有些窘了,但终于到了岳坟。船夫远远迎上来道:"你们来了,我想你们不会冤我呢!"在船上,我们还不离口地说着灵峰的梅花,直到湖边电灯光照到我们的眼。

Y回北平去了,我也到了白马湖。那边是乡下,只有沿湖与杨柳相间着种了一行小桃树,春天花发时,在风里娇媚地笑着。还有山里的杜鹃花也不少。这些日日在我们眼前,从没有人煞有介事地提议:"我们看花去。"但有一位S君,却特别爱养花;他家里几乎是终年不离花的。我们上他家去,总看他在那里不是拿着剪刀修理枝叶,便是提着壶浇水。我们常乐意看着。他院子里一株紫薇花很好,我们在花旁喝酒,不知多少次。白马湖住了不过一年,我却传染了他那爱花的嗜好。但重到北平时,住在花事很盛的清华园里,接连过了三个春,却从未想到去看一回。只在第二年秋天,曾经和孙三先生在园里看过几次菊花。"清华园之菊"是著名的,孙三先生还特地写了一篇文,画了好些画。但那种一盆一干一花的养法,花是好了,总觉没有天然的风趣。直到去年春天,有了些余闲,在花开前,先向人问了些花的名字。一个好朋友是从知道姓名起的,我想看花也正是如此。恰好Y君也常来园中,我们一天三四趟地到那些花下去徘徊。今年Y君忙些,我便一个人去。我爱繁花老干的杏,临风婀娜的小红桃,贴梗累累如珠的紫荆;但最恋恋的是西府海棠。海棠的花繁得好,也淡得好;

艳极了，却没有一丝荡意。疏疏的高干子，英气隐隐逼人。可惜没有趁着月色看过；王鹏运有两句词道："只愁淡月朦胧影，难验微波上下潮。"我想月下的海棠花，大约便是这种光景吧。为了海棠，前两天在城里特地冒了大风到中山公园去，看花的人倒也不少；但不知怎的，却忘了畿辅先哲祠。Y告我那里的一株，遮住了大半个院子；别处的都向上长，这一株却是横里伸张的。花的繁没有法说；海棠本无香，昔人常以为恨，这里花太繁了，却酝酿出一种淡淡的香气，使人久闻不倦。Y告我，正是刮了一日还不息的狂风的晚上；他是前一天去的。他说他去时地上已有落花了，这一日一夜的风，准完了。他说北平看花，是要赶着看的，春光太短了，又晴的日子多；今年算是有阴的日子了，但狂风还是逃不了的。我说北平看花，比别处有意思，也正在此。这时候，我似乎不甚菲薄那一班诗人名士了。

海行杂记

这回从北京南归,在天津搭了通州轮船,便是去年曾被盗劫的。盗劫的事,似乎已很渺茫;所怕者船上的肮脏,实在令人不堪耳。这是英国公司的船;这样的肮脏似乎尽够玷污了英国国旗的颜色。但英国人说:这有什么呢? 船原是给中国人乘的,肮脏是中国人的自由,英国人管得着! 英国人要乘船,会去坐在大菜间里,那边看看是什么样子? 那边,官舱以下的中国客人是不许上去的,所以就好了。是的,这不怪同船的几个朋友要骂这只船是"帝国主义"的船了。"帝国主义的船"! 我们到底受了些什么"压迫"呢? 有的,有的!

我现在且说茶房吧。

我若有常常恨着的人,那一定是宁波的茶房了。他们的地盘,一是轮船,二是旅馆。他们的团结,是宗法社会而兼梁山泊式的;所以未可轻侮,正和别的"宁波帮"一样。他们的职务本是照料旅客；但事实正好相反，旅客从他们得着的只是侮辱、恫吓与欺骗罢了。中国原有"行路难"之叹，那是因交通不便的缘故；但在现在便利的交通之下，即老于行旅的人，也还时时发出这种叹声，这又为什么呢？茶房与码头工人之艰于应付，我想比仅仅的交通不便，有时更显其"难"吧！所以从前的"行路难"是唯物的；现在的却是唯心的。这固然与社会的一般秩序及道德观念有多少关系，不能全由当事人负责任；但当事人的"性格恶"实也占着一个重要的地位的。

我是乘船既多，受侮不少，所以姑且说轮船里的茶房。你去定舱位的时候，若遇着乘客不多，茶房也许会冷脸相迎；若乘客拥挤，你可就倒霉了。他们或者别转脸，不来理你；或者用一两句比刀子还尖的话，打发你走路——譬如说："等下趟吧。"他说得如此轻松，凭你急死了也不管。大约行旅的人总有些异常，脸上总有一副着急的神气。他们是以逸待劳的，乐得和你开开玩笑，所以一切反应总是懒懒的，冷冷的；你愈急，他们便愈乐了。他们于你也并无仇恨，只想玩弄玩弄，寻寻开心罢了，正和太太们玩弄叭儿狗一样。所以你记着：上船定舱位的时候，千万别先高声呼唤茶房。你不是急于要找他们说话吗？但是他们先得训你一顿，虽然只是低低地自言自语："啥事体啦？哇啦哇啦的！"接着才响声说："噢，来哉，啥事体啦？"你还得记着：你的话说得愈慢愈好，愈低愈好；不要太客气，也不要太不客气。这样你便是门槛里的人，便是内行；他们固然不见得欢迎你，但也不会玩弄你了——只冷脸和你简单说话；要知道这已算承蒙青眼，应该受宠若惊的了。

定好了舱位,你下船是愈迟愈好;自然,不能过了开船的时候。最好开船前两小时或一小时到船上,那便显得你是一个有"涵养功夫"的,非急莘莘的"阿木林"可比了。而且茶房也得上岸去办他自己的事,去早了倒绊住了他;他虽然可托同伴代为招呼,但总之麻烦了。为了客人而麻烦,在他们是不值得,在客人是不必要;所以客人便只好受"阿木林"的待遇了。有时船于明早十时开行,你今晚十点上去,以为晚上总该合式了;但也不然。晚上他们要打牌,你去了足以扰乱他们的清兴;他们必也恨恨不平的。这其间有一种"分",一种默喻的"规矩",有一种"门槛经",你得先做若干次"阿木林",才能应付得"恰到好处"呢。

开船以后,你以为茶房闲了,不妨多呼唤几回。你若真这样做时,又该受教训了。茶房日里要谈天,料理私货;晚上要抽大烟,打牌,那有闲工夫来伺候你!他们早上给你舀一盆脸水,日里给你开饭,饭后给你拧手巾;还有上船时给你摊开铺盖,下船时给你打起铺盖:好了,这已经多了,这已经够了。此外若有特别的事要他们做时,那只算是额外效劳。你得自己走出舱门,慢慢地叫着茶房,慢慢地和他说,他也会照你所说的做,而不加损害于你。最好是预先打听了两个茶房的名字,到这时候悠然叫着,那是更其有效的。但要叫得大方,仿佛很熟悉的样子,不可有一点讷讷。叫名字所以更其有效者,被叫者觉得你有意和他亲近(结果酒资不会少给),而别的茶房或竟以为你与这被叫者本是熟悉的,因而有了相当的敬意;所以你第二次第三次叫时,别人往往会帮着你叫的。但你也只能偶尔叫他们；若常常麻烦，他们将发现，你到底是"阿木林"而冒充内行，他们将立刻改变对你的态度了。至于有些人睡在铺上高声朗诵地叫着"茶房"的，那确似乎搭足了架子；在茶房眼中，其为"阿"字号无疑了。他们于是忿然地答应："啥事体啦？哇啦啦！"但走来倒也会走来的。你若再多叫两声，他们又会说："啥事体啦？茶房当山歌唱！"除非你真麻木，或真生了气，你大概总不愿再叫他们了吧。

"子入太庙，每事问"，至今传为美谈。但你入轮船，最好每事不必问。茶房之怕麻烦，之懒惰，是他们的特征；你问他们，他们或说不晓得，或故意和你开开玩笑，好在他们对客人们，除行李外，一切是不负责任的。大概客人们最普遍的问题是"明天可以到吧？""下午可以到吧？"一类。他们或随便答复，或说："慢慢来好啰，总会到的。"或简单地说："早呢！"总是不得要领的居多。他们的话常常变化，使你不能确信；不确信自然不问了。他们所要的正是耳根清净呀。

茶房在轮船里，总是盘踞在所谓"大菜间"的吃饭间里。他们常常围着桌子闲谈，客人也可插进一两个去。但客人若是坐满了，使他们无处可坐，他们便恨恨了；若在晚上，他们老实不客气将电灯灭了，让你们暗中摸索去吧。所以这吃饭间里的桌子竟像他们专利的。当他们围桌而坐，有几个固然有话可谈；有几个却连话也没有，只默默坐着，或者在打牌。我似乎为他们觉着无聊，但他们也就这样过去了。他们的脸上充满了倦怠、嘲讽、麻木的气氛，仿佛下功夫练就了似的。最可怕的就是这满脸：所谓"施施然拒人于千里之外"者，便是这种脸了。晚上映着电灯光，多少遮过了那灰滞的颜色；他们也开始有了些生气。他们搭了铺抽大烟，或者拖开桌子打牌。他们抽了大烟，渐有笑语；他们打牌，往往通宵达旦——牌声、争论声充满那小小的"大菜间"里。客人们，尤其是抱了病，可睡不着了；但于他们有什么相干呢？活该你们洗耳恭听呀！他们也有不抽大烟，不打牌的，便搬出香烟画片来一张张细细赏玩：这却是"雅人深致"了。

我说过茶房的团结是宗法社会而兼梁山泊式的，但他们中间仍不免时有战氛。浓郁的战氛在船里是见不着的；船里所见，只是轻微淡远的罢了。"唯口出好兴戎"，茶房的口，似乎很值得注意。他们的口，一例是练得极其尖刻的；一面自然也是地方性使然。他们大约是"宁可输在腿上，不肯输在嘴上"。所以即使是同伴之间，往往因为一句有意的或无意的、不相干的话，动了真气，抢眉竖目地恨恨半天而不已。这时脸上全失了平时冷静的颜色，而换上热烈的狰狞了。但也终于只是口头"恨恨"而已，真个拔拳来打，举脚来踢的，倒也似乎没有。语云，"君子动口，小人动手"；茶房们虽有所争乎，殆仍不失为君子之道也。有人说，"这正是南方人之所以为南方人"，我想，这话也有理。茶房之于客人，虽也"不肯输在嘴上"，但全是玩弄的态度，动真气的似乎很少；而且你愈动真气，他倒愈可以玩弄你。这大约因为对于客人，是以他们的团体为靠山的；客人总是孤单的多，他们"倚众欺"起来，不怕你不就范的：所以用不着动真气。而且万一吃了客人的亏，那也必是许多同伴陪着他同吃的，不是一个人失了面子：又何必动真气呢？克实说来，客人要他们动真气，还不够资格呢！至于他们同伴间的争执，那才是切身的利害，而且单枪匹马做去，毫无可恃的现成的力量；所以便是小题，也不得不大做了。

茶房若有向客人微笑的时候，那必是收酒资的几分钟了。酒资的数目照理虽无一定，但却有不成文的谱。你按着谱斟酌给与，虽也不能得着一声"谢谢"，但言语的压迫是不会来的了。你若给得太少，离谱太远，他们会始而嘲你，继而骂你，你还得加钱给他们；其实既受了骂，大可以不加的了，但事实上大多数受骂的客人，慑于他们的威势，总是加给他们的。加了以后，还得听许多唠叨才罢。有一回，和我同船的一个学生，本该给一元钱的酒资的，他只给了小洋四角。茶房狠狠力争，终不得要领，于是说："你好带回去做车钱吧！"将钱向铺上一撂，忿然而去。那学生后来终于添了一些钱重交给他；他这才默然拿走，面孔仍是板板的，若有所不屑然。付了酒资，便该打铺盖了；这时仍是要慢慢来的，一急还是要受教训，虽然你已给过酒资了。铺盖打好以后，茶房的压迫才算是完了，你再预备受码头工人和旅馆茶房的压迫吧。我原是声明了叙述通州轮船中事的，但却做了一首"诅茶房文"；在这里，我似乎有些自己矛盾。不，"天下老鸦一般黑"，我们若很谨慎地将这句话只用在各轮船里的宁波茶房身上，我想是不会悖谬的。所以我虽就一般立说，通州轮船的茶房却已包括在内；特别指明与否，是无关重要的。

1926年7月，白马湖

沉默

沉默是一种处世哲学,用得好时,又是一种艺术。

谁都知道口是用来吃饭的,有人却说是用来接吻的。我说都没有错儿;但是若统计起来,口的最多的(也许不是最大的)用处,还应该是说话,我相信。按照时下流行的议论,说话大约也算是一种"宣传",自我的宣传。所以说话彻头彻尾是为自己的事。若有人一口咬定是为别人,凭了种种神圣的名字;我却也愿意让步,请许我这样说:说话有时的确只是间接地为自己,而直接地算是为别人!

自己以外有别人,所以要说话;别人也有别人的自己,所以又要少说话或不说话。于是乎我们要懂得沉默。你若念过鲁迅先生的《祝福》,一定会立刻明白我的意思。

一般人见生人时,大抵会沉默的,但也有不少例外。常在火车轮船里,看见有些人迫不及待似的到处向人问讯、攀谈,无论那是搭客或茶房,我只有羡慕这些人的健康;因为在中国这样旅行中，竟会不感觉一点儿疲倦！见生人的沉默，大约由于原始的恐惧，但是似乎也还有别的。假如这个生人的名字，你全然不熟悉，你所能做的工作，自然只是有意或无意地防御——像防御一个敌人。沉默便是最安全的防御战略。你不一定要他知道你，更不想让他发现你的可笑的地方——一个人总有些可笑的地方不是——你只让他尽量说他所要说的，若他是个爱说的人。末了，你恭恭敬敬和他分别。假如这个生人，你愿意和他做朋友，你也还是得沉默。但是得留心听他的话，选出几处，加以简短的、相当的赞词；至少也得表示相当的同意。这就是知己的开场，或说起码的知己也可。假如这个人是你所敬仰的或未必敬仰的"大人物"，你记住，更不可不沉默！大人物的言语，乃至脸色眼光，都有异样的地方；你最好远远地坐着，让那些勇敢的同伴上前线去。自然，我说的只是你偶然地遇着或随众访问大人物的时候。若你愿意专诚拜谒，你得另想办法；在我，那却是一件可怕的事——你看看大人物与非大人物或大人物与大人物间谈话的情形，准可以满足，而不用从牙缝里进出一个字。说话是一件费神的事，能少说或不说以及应少说或不说的时候，沉默实在是长寿之一道。至于自我宣传，诚哉重要——谁能不承认这是重要呢？但对于生人，这是白费的；他不会领略你宣传的旨趣，只暗笑你的宣传热；他会忘记得干干净净，在和你一鞠躬或一握手以后。

朋友和生人不同，就在他们能听也肯听你的说话——宣传。这不用说是交换的，但是就是交换的也好。他们在不同的程度下了解你，谅解你；他们对于你有了相当的趣味和礼貌。

你的话满足他们的好奇心,他们就趣味地听着;你的话严重或悲哀,他们因为礼貌的缘故,也能暂时跟着你严重或悲哀。在后一种情形里,满足的是你;他们所真感到的怕倒是矜持的气氛。他们知道"应该"怎样做;这其实是一种牺牲,"应该"也"值得"感谢的。但是即使在知己的朋友面前,你的话也还不应该说得太多;同样的故事、情感和警句、隽语,也不宜重复地说。《祝福》就是一个好榜样。你应该相当地节制自己,不可妄想你的话占领朋友们整个的心——你自己的心,也不会让别人完全占领呀。你更应该知道怎样藏匿你自己。

只有不可知、不可得的,才有人去追求;你若将所有的尽给了别人,你对于别人、对于世界,将没有丝毫意义,正和医学生实习解剖时用过的尸体一样。那时是不可思议的孤独,你将不能支持自己,而倾仆到无底的黑暗里去。一个情人常喜欢说:"我愿意将所有的都献给你!"谁真知道他或她所有的是些什么呢?第一个说这句话的人,只是表示自己的慷慨,至多也只是表示一种理想;以后跟着说的,更只是"口头禅"而已。所以朋友间,甚至恋人间,沉默还是不可少的。你的话应该像黑夜的星星,不应该像除夕的爆竹——谁稀罕那彻宵的爆竹呢?而沉默有时更有诗意。譬如在下午,在黄昏,在深夜,在大而静的屋子里,短时的沉默,也许远胜于连续不断的倦怠了的谈话。有人称这种境界为"无言之美",你瞧,多漂亮的名字——至于所谓"拈花微笑",那更了不起了!

可是沉默也有不行的时候。人多时你容易沉默下去,一主一客时,就不准行。你的过分沉默,也许把你的生客惹恼了,赶跑了！倘使你愿意赶他，当然很好；倘使你不愿意呢，你就得不时地让他喝茶、抽烟、看画片、读报、听话匣子，偶然也和他谈谈天气、时局——只是复述报纸的记载，加上几个不能解决的疑问——总以引他说话为度。于是你点点头，哼哼鼻子，时而叹叹气，听着。他说完了，你再给起个头，照样地听着。但是我的朋友遇见过一个生客，他是一位准大人物，因某种礼貌关系去看我的朋友。他坐下时，将两手笼起，搁在桌上。说了几句话，就止住了，两眼炯炯地直看着我的朋友。我的朋友窘极，好容易陆陆续续地找出一句半句话来敷衍。这自然也是沉默的一种用法，是上司对属僚保持威严用的。

用在一般交际里，未免太露骨了；而在上述的情形中，不为主人留一些余地，更属无礼。大人物以及准大人物之可怕，正在此等处。至于应付的方法，其实倒也有，那还是沉默；只消照样笼了手，和他对看起来，他大约也就无可奈何了吧？

给亡妇

谦,日子真快,一眨眼你已经死了三个年头了。这三年里世事不知变化了多少回,但你未必注意这些个,我知道。你第一惦记的是你几个孩子,第二便轮着我。孩子和我平分你的世界,你在日如此;你死后若还有知,想来还如此。告诉你,我夏天回家来着:迈儿长得结实极了,比我高一个头。闰儿父亲说是最乖,可是没有先前胖了。采芷和转子都好。五儿全家夸她长得好看;却在腿上生了湿疮,整天坐在竹床上不能下来,看了怪可怜。六儿,我怎么说好,你明白,你临终时也和母亲谈过,这孩子是只可以养着玩儿的,他左挨右挨,去年春天,到底没有挨过去。这孩子生了几个月,你的肺病就重起来了。我劝你少亲近他,只监督着老妈子照管就行。你总是忍不住,一会儿提,一会儿抱的。可是你病中为他操的那一份儿心也够瞧的。那一个夏天他病的时候多,你成天儿忙着,汤呀,药呀,冷呀,暖呀,连觉也没有好好儿睡过。哪里有一分一毫想着你自己。瞧着他硬朗点儿你就乐，干枯的笑容在黄蜡般的脸上，我只有暗中叹气而已。

从来想不到做母亲的要像你这样。从迈儿起，你总是自己喂乳，一连四个都这样。你起初不知道按钟点儿喂，后来知道了，却又弄不惯；孩子们每夜里几次将你哭醒了，特别是闷热的夏季。我瞧你的觉老没睡足。白天里还得做菜，照料孩子，很少得空儿。你的身子本来坏，四个孩子就累你七八年。到了第五个，你自己实在不成了，又没乳，只好自己喂奶粉，另雇老妈子专管她。但孩子跟老妈子睡，你就没有放过心；夜里一听见哭，就竖起耳朵听，工夫一大就得过去看。

十六年初，和你到北京来，将迈儿、转子留在家里；三年多还不能去接他们，可真把你惦记苦了。你并不常提，我却明白。你后来说你的病就是惦记出来的；那个自然也有份儿，不过大半还是养育孩子累的。你的短短的十二年结婚生活，有十一年耗费在孩子们身上；而你一点不厌倦，有多少力量用多少，一直到自己毁灭为止。你对孩子一般儿爱，不问男的女的、大的小的。也不想到什么"养儿防老，积谷防饥"，只拼命地爱去。你对于教育老实说有些外行，孩子们只要吃得好玩得好就成了。这也难怪你，你自己便是这样长大的。况且孩子们原都还小，吃和玩本来也要紧的。你病重的时候最放不下的还是孩子。病得只剩皮包着骨头了，总不信自己不会好，老说："我死了，这一大群孩子可苦了。"后来说送你回家，你想着可以看见迈儿和转子，也愿意；你万不想到会一走不返的。我送车的时候，你忍不住哭了，说："还不知能不能再见？"可怜，你的心我知道，你满想着好好儿带着六个孩子回来见我的。谦，你那时一定这样想，一定的。

除了孩子，你心里只有我。不错，那时你父亲还在；可是你母亲死了，他另有个女人，你老早就觉得隔了一层似的。出嫁后第一年你虽还一心一意依恋着他老人家，到第二年上我和孩子可就将你的心占住，你再没有多少工夫惦记他了。你还记得第一年我在北京，你在家里。家里来信说你待不住，常回娘家去。我动气了，马上写信责备你。你叫人写了一封复信，说家里有事，不能不回去。这是你第一次也可以说第末次的抗议，我从此就没给你写信。暑假时带了一肚子主意回去，但见了面，看你一脸笑，也就拉倒了。打这时候起，你渐渐从你父亲的怀里跑到我这儿。你换了金镯子帮助我的学费，叫我以后还你；但直到你死，我没有还你。你在我家受了许多气，又因为我家的缘故受你家里的气，你都忍着。这全为的是我，我知道。那回我从家乡一个中学半途辞职出走。家里人讽你也走。哪里走！只得硬着头皮往你家去。那时你家像个冰窖子，你们在窖里足足住了三个月。好容易我才将你们领出来了，一同上外省去。小家庭这样组织起来了。你虽不是什么阔小姐，可也是自小娇生惯养的，做起主妇来，什么都得干一两手；你居然做下去了，而且高高兴兴地做下去了。菜照例满是你做，可是吃的都是我们；你至多夹上两三筷子就算了。你的菜做得不坏，有一位老在行大大地夸奖过你。你洗衣服也不错，夏天我的绸大褂大概总是你亲自动手。你在家老不乐意闲着；坐前几个"月子"，老是四五天就起床，说是躺着家里事没条没理的。其实你起来也还不是没条理；咱们家那么多孩子，哪儿来条理？在浙江住的时候，逃过两回兵难，我都在北平。真亏你领着母亲和一群孩子东藏西躲的；末一回还要走多少里路，翻一道大岭。这两回差不多只靠你一个人。你不但带了母亲和孩子们，还带了我一箱箱的书；你知道我是最爱书的。在短短的十二年里，你操的心比人家一辈子还多；谦，你那样身子怎么经得住！你将我的责任一股脑儿担负了去，压死了你；我如何对得起你！

你为我的劳什子书也费了不少神；第一回让你父亲的男佣人从家乡捎到上海去。他说了几句闲话，你气得在你父亲面前哭了。第二回是带着逃难，别人都说你傻子。你有你的想头："没有书怎么教书？况且他又爱这个玩意儿。"其实你没有晓得，那些书丢了也并不可惜；不过叫你怎么晓得，我平常从来没和你谈过这些个！总而言之，你的心是可感谢的。这十二年里你为我吃的苦真不少，可是没有过几天好日子。我们在一起住，算来也还不到五个年头，无论日子怎么坏，无论是离是合，你从来没对我发过脾气，连句怨言也没有。别说怨我，就是怨命也没有过。老实说，我的脾气可不大好，迁怒的事儿有的是。那些时候你往往抽噎着流眼泪，从不回嘴，也不号啕。不过我也只信得过你一个人，有些话我只和你一个人说，因为世界上只你一个人真关心我，真同情我。你不但为我吃苦，更为我分苦；我之有我现在的精神，大半是你给我培养着的。这些年来我很少生病。但我最不耐烦生病，生了病就呻吟不绝，闹那伺候病的人。你是领教过一回的，那回只一两点钟，可是也够麻烦了。你常生病，却总不开口，挣扎着起来；一来怕搅我，二来怕没人做你那份儿事。我有一个坏脾气，怕听人生病，也是真的，后来你天天发烧，自己还以为南方带来的疟疾，一直瞒着我。明明躺着，听见我的脚步，一骨碌就坐起来。我渐渐有些奇怪，让大夫一瞧，你可糟了，你的一个肺已烂了个大窟窿了！大夫劝你到西山去静养，你丢不下孩子，又舍不得钱；劝你在家里躺着，你也丢不下那份儿家务。越看越不行了，这才送你回去。明知凶多吉少，想不到只一个月工夫你就完了！本来盼望还见得着你，这一来可拉倒了。你也何尝想到这个？父亲告诉我，你回家独住着一所小住宅，还嫌没有客厅，怕我回去不便哪。

前年夏天回家，上你坟上去。你睡在祖父母的下首，想来还不孤单的。只是当年祖父母的坟太小了，你正睡在圹底下。这叫作"抗圹"，在生人看来是不安心的；等着想办法吧。那时圹上圹下密密地长着青草，朝露浸湿了我的布鞋。你刚埋了半年多，只有圹下多出一块土，别的全然看不出新坟的样子。我和隐今夏回去，本想到你的坟上来；因为她病了没来成。我们想告诉你，五个孩子都好，我们一定尽心教养他们，让他们对得起死了的母亲——你！谦，好好儿放心安睡吧，你。

我是扬州人

有些国语教科书里选得有我的文章，注解里或说我是浙江绍兴人，或说我是江苏江都人，就是扬州人。有人疑心江苏江都人是错了，特地老远地写信托人来问我。我说两个籍贯都不算错，但是若打官话，我得算浙江绍兴人。浙江绍兴是我的祖籍或原籍，我从进小学就填的这个籍贯；直到现在，在学校里服务快三十年了，还是报的这个籍贯。不过绍兴我只去过两回，每回只住了一天；而我家里除先母外，没一个人会说绍兴话。

我家是从先祖才到江苏东海做小官。东海就是海州，现在是陇海路的终点。我就生在海州。四岁的时候先父又到邵伯镇做小官，将我们接到那里。海州的情形我全不记得了，只对海州话还有亲热感，因为父亲的扬州话里夹着不少海州口音。在邵伯住了差不多两年，是住在万寿宫里。万寿宫的院子很大，很静；门口就是运河。河坎很高，我常向河里扔瓦片玩儿。邵伯有个铁牛湾，那儿有一条铁牛镇压着。父亲的当差常抱我去看它，骑它，抚摩它。镇里的情形我也差不多忘记了。只记住在镇里一家人家的私塾里读过书，在那里认识了一个好朋友叫江家振。我常到他家玩儿，傍晚和他坐在他家荒园里一根横倒的枯树干上说着话，依依不舍，不想回家。这是我第一个好朋友，可惜他未成年就死了；记得他瘦得很，也许是肺病吧？

六岁那一年父亲将全家搬到扬州。后来又迎养先祖父和先祖母。父亲曾到江西做过几年官，我和二弟也曾去过江西一年；但是老家一直在扬州住着。我在扬州读初等小学，没毕业；读高等小学，毕了业；读中学，也毕了业。我的英文得力于高等小学里的一位黄先生，他已经过世了。还有陈春台先生，他现在是北平著名的数学教师。这两位先生讲解英文真清楚，启发了我学习的兴趣；只恨我始终没有将英文学好，愧对这两位老师。还有一位戴子秋先生，也早过世了，我的国文是跟他老人家学着做通了的。那是辛亥革命之后在他家夜塾里的时候。中学毕业，我是十八岁，那年就考进了北京大学预科，从此就不常在扬州了。

就在十八岁那年冬天，父亲母亲给我在扬州完了婚。内人武钟谦女士是杭州籍，其实也是在扬州长成的。她从不曾去过杭州；后来同我去是第一次。她后来因为肺病死在扬州，我曾为她写过一篇《给亡妇》。我和她结婚的时候，祖父已死了好几年了。结婚后一年祖母也死了。他们两老都葬在扬州，我家于是有祖茔在扬州了。后来亡妇也葬在这祖茔里。母亲在抗战前两年过去，父亲在胜利前四个月过去，遗憾的是我都不在扬州；他们也葬在那祖茔里。这中间叫我痛心的是死了第二个女儿！她性情好，爱读书，做事负责任，待朋友最好。已经成人了，不知什么病，一天半就完了！她也葬在祖茔里。我有九个孩子。除第二个女儿外，还有一个男孩不到一岁就死在扬州；其余亡妻生的四个孩子都曾在扬州老家住过多少年。这个老家直到今天夏初才解散了，但是还留着一位老年的庶母在那里。

我家跟扬州的关系，大概够得上古人说的"生于斯，死于斯，歌哭于斯"了。现在亡妻生的四个孩子都已自称为扬州人了；我比起他们更算是在扬州长成的，天然更该算是扬州人了。但是从前一直马马虎虎地骑在墙上，并且自称浙江人的时候还多些，又为了什么呢？这一半因为报的是浙江籍，求其一致；一半也还有些别的道理。这些道理第一桩就是籍贯是无所谓的。那时要做一个世界人，连国籍都觉得狭小，不用说省籍和县籍了。那时在大学里觉得同乡会最没有意思。

我同住的和我来往的自然差不多都是扬州人，自己却因为浙江籍，不去参加江苏或扬州同乡会。可是虽然是浙江绍兴籍，却又没跟一个地道的浙江人来往，因此也就没人拉我去开浙江同乡会，更不用说绍兴同乡会了。这也许是两栖或骑墙的好处吧？然而出了学校以后到底常常会到道地绍兴人了。我既然不会说绍兴话，并且除了花雕和兰亭外几乎不知道绍兴的别的情形，于是乎往往只好承认自己是假绍兴人。那虽然一半是玩笑，可也有点儿窘的。

还有一桩道理就是我有些讨厌扬州人；我讨厌扬州人的小

气和虚气。小是眼光如豆,虚是虚张声势,小气无须举例。虚气,例如已故的扬州某中央委员,坐包车在街上走,除拉车的外,又跟上四个人在车子边推着跑着。我曾经写这一篇短文,指出扬州人这些毛病。后来要将这篇文收入散文集《你我》里,商务印书馆不肯(出版),怕再闹出"闲话扬州"的案子。这当然也因为他们总以为我是浙江人,而浙江人骂扬州人是会得罪扬州人的。但是我也并不抹煞扬州的好处,曾经写过一篇《扬州的夏日》,还有在《看花》里也提起扬州福缘庵的桃花。再说现在年纪大些了,觉得小气和虚气都可以算是地方气,绝不止是扬州人如此。从前自己常答应人说自己是绍兴人,一半又因为绍兴人有些憨气,而扬州人似乎太聪明。其实扬州人也未尝没憨气,我的朋友任中敏(二北)先生,办了这么多年汉民中学,不管人家理会不理会,难道还不够"憨"的!绍兴人固然有憨气,但是也许还有别的气我讨厌的,不过我不深知罢了。这也许是阿Q的想法吧?然而我对于扬州的确渐渐亲热起来了。

扬州真像有些人说的,不折不扣是个有名的地方。不用远说,李斗《扬州画舫录》里的扬州就够羡慕的。可是现在衰落了,经济上是一日千丈的衰落了,只看那些没精打采的盐商家就知道。扬州人在上海被称为江北佬,这名字总而言之表示低等的人。江北佬在上海是受欺负的,他们于是学些不三不四的上海话来冒充上海人。到了这地步他们可竟会忘其所以地欺负起那些新来的江北佬了。这就养成了扬州人的自卑心理。抗战以来许多扬州人来到西南,大半都自称为上海人,就靠着那一点不三不四的上海话；甚至连这一点都没有，也还自称为上海人。其实扬州人在本地也有他们的骄傲的。他们称徐州以北的人为侉子，那些人说的是侉话。他们笑镇江人说话土气，南京人说话大舌头，尽管这两个地方都在江南。英语他们称为蛮话，说这种话的当然是蛮子了。然而这些话只好关着门在家里说，到上海一看，立刻就会矮上半截，缩起舌头不敢喷一声了。扬州真是衰落得可以啊！

我也是一个江北佬，一大堆扬州口音就是招牌，但是我却不愿做上海人；上海人太狡猾了。况且上海对我太生疏，生疏的程度跟绍兴对我也差不多；因为我知道上海虽然也许比知道绍兴多些，但是绍兴究竟是我的祖籍，上海是和我水米无干的。然而年纪大起来了，世界人到底做不成，我要一个故乡。俞平伯先生有一行诗，说"把故乡掉了"。其实他掉了故乡又找到了一个故乡；他诗文里提到苏州那一股亲热，是可羡慕的，苏州就算是他的故乡了。他在苏州度过他的童年，所以提起来一点一滴都亲亲热热的，童年的记忆最单纯、最真切，影响最深、最久；种种悲欢离合，回想起来最有意思。"青灯有味是儿时"，其实不止青灯，儿时的一切都是有味的。这样看，在哪儿度过童年，就算哪儿是故乡，大概差不多吧？这样看，就只有扬州可以算是我的故乡了。何况我的家又是"生于斯，死于斯，歌哭于斯"呢？所以扬州好也罢歹也罢，我总该算是扬州人的。

白马湖

今天是个下雨的日子。这使我想起了白马湖；因为我第一回到白马湖，正是微风飘萧的春日。

白马湖在甬绍铁道的驿亭站，是个极小极小的乡下地方。在北方说起这个名字，管保一百个人一百个人不知道。但那却是一个不坏的地方。这名字先就是一个不坏的名字。据说从前有个姓周的骑白马入湖仙去，所以有这个名字。这个故事也是一个不坏的故事。假使你乐意搜集，或也可编成一本小书，交北新书局印去。

白马湖并非圆圆的或方方的一个湖，如你所想到的，这是曲曲折折大大小小许多湖的总名。湖水清极了，如你所能想到的，一点儿不含糊像镜子。沿铁路的水，再没有比这里清的，这是公论。遇到旱年的夏季，别处湖里都长了草，这里却还是一清如故。白马湖最大的也是最好的一个，便是我们住过的屋的门前那一个。那个湖不算小，但湖口让两面的山包抄住了。

外面只见微微的碧波而已,想不到有那么大的一片。湖的尽里头,有一个三四十户人家的村落,叫作西徐岙,因为姓徐的多。这村落与外面本是不相通的,村里人要出来得撑船。后来春晖中学在湖边造了房子,这才造了两座玲珑的小木桥,筑起一道煤屑路,直通到驿亭车站。那是窄窄的一条人行路,蜿蜒曲折的,路上虽常不见人,走起来却不见寂寞。尤其在微雨的春天,一个初到的来客,他左顾右盼,是只有觉得热闹的。

  春晖中学在湖的最胜处,我们住过的屋也相去不远,是半西式。湖光山色从门里从墙头进来,到我们窗前、桌上。我们几家接连着;丏翁的家最讲究。屋里有名人字画,有古瓷,有铜佛,院子里满种着花。屋子里的陈设又常常变换,给人新鲜的受用。他有这样好的屋子,又是好客如命,我们便不时地上他家里喝老酒。丏翁夫人的烹调也极好,每回总是满满的盘碗拿出来,空空的收回去。白马湖最好的时候是黄昏。湖上的山笼着一层青色的薄雾,在水里映着参差的模糊的影子。水光微微地暗淡,像是一面古铜镜。轻风吹来,有一两缕波纹,但随即平静了。天上偶见几只归鸟,我们看着它们越飞越远,直到不见为止。这个时候便是我们喝酒的时候。我们说话很少;上了灯话才多些,但大家都已微有醉意,是该回家的时候了。若有月光也许还得徘徊一会儿;若是黑夜,便在暗里摸索醉着回去。

  白马湖的春日自然最好。山是青得要滴下来,水是满满的、软软的。小马路的两边,一株间一株地种着小桃与杨柳。小桃上各缀着几朵重瓣的红花,像夜空的疏星。杨柳在暖风里不住地摇曳。在这路上走着,时而听见锐而长的火车的笛声是别有风味的。在春天，不论是晴是雨，是月夜是黑夜，白马湖都好。雨中田里菜花的颜色最早鲜艳；黑夜虽什么不见，但可静静地受用春天的力量。夏夜也有好处，有月时可以在湖里划小船，四面满是青霭。船上望别的村庄，像是蜃楼海市，浮在水上，迷离惝恍的；有时听见人声或犬吠，大有世外之感。若没有月呢，便在田野里看萤火。那萤火不是一星半点的，如你们在城中所见；那是成千成百的萤火。一片儿飞出来，像金线网似的，又像耍着许多火绳似的。只有一层使我愤恨。那里水田多，蚊子太多，而且几乎全闪闪烁烁是疟蚊子。我们一家都染上了疟病，至今三四年了，还有未断根的。蚊子多足以减少露坐夜谈或划船夜游的兴致，这未免是美中不足了。

离开白马湖是三年前的一个冬日。前一晚"别筵"上，有丐翁与云君。我不能忘记丐翁，那是一个真挚豪爽的朋友。但我也不能忘记云君，我应该这样说，那是一个可爱的孩子。

说扬州

在第十期上看到曹聚仁先生的《闲话扬州》，比那本出名的书有味多了。不过那本书将扬州说得太坏，曹先生又未免说得太好；也不是说得太好，他没有去过那里，所说的只是从诗赋中、历史上得来的印象。这些自然也是扬州的一面，不过已然过去，现在的扬州却不能再给我们那种美梦。

自己从七岁到扬州，一住十三年，才出来念书。家里是客籍，父亲又是在外省当差事的时候多，所以与当地贤豪长者并无来往。他们的雅事，如访胜、吟诗、赌酒，书画名家，烹调佳味，我那时全没有份，也全不在行。因此虽住了那么多年，并不能做扬州通，是很遗憾的。记得的只是光复的时候，父亲正病着，让一个高等流氓凭了军政府的名字，敲了一竹杠；还有，在中学的几年里，眼见所谓"甩子团"横行无忌。"甩子"是扬州方言，有时候指那些"怯"的人，有时候指那些满不在乎的人。"甩子团"不用说是后一类，他们多数是绅宦家子弟，仗着家里或者"帮"里的势力,在各公共场所闹标劲,如看戏不买票,起哄等等,也有包揽词讼、调戏妇女的。更可怪的,大乡绅的仆人可以指挥警察区区长,可以大模大样地招摇过市——这都是民国五六年的事,并非前清君主专制时代。自己当时血气方刚,看了一肚子气;可是人微言轻,也只好让那口气憋着罢了。

从前扬州是个大地方,如曹先生那文所说;现在盐务不行了,简直就算个没"落儿"的小城。

可是一般人还忘其所以地要气派,自以为美,几乎不知天多高地多厚。这真是所谓"夜郎自大"了。扬州人有"扬虚子"的名字;这个"虚子"有两种意思,一是大惊小怪,二是以少报多,总而言之,不离乎虚张声势的毛病。他们还有个"扬盘"的名字,譬如东西买贵了,人家可以笑话你是"扬盘";又如店家价钱要得太贵,你可以诘问他,"把我当扬盘看么?"盘是捧出来给别人看的,正好形容耍气派的扬州人。又有所谓"商派",讥笑那些仿效盐商的奢侈生活的人,那更是气派中之气派了。但是这里只就一般情形说,刻苦诚笃的君子自然也有;我所敬爱的朋友中,便不缺乏扬州人。

提起扬州这地名,许多人想到的是出女人的地方。但是我长到那么大,从来不曾在街上见过一个出色的女人,也许那时女人还少出街吧? 不过从前人所谓"出女人",实在指姨太太与妓女而言;那个"出"字就和出羊毛、出苹果的"出"字一样。《陶庵梦忆》里有"扬州瘦马"一节,就记的这类事;但是我毫无所知。不过纳妾与狎妓的风气渐渐衰了,"出女人"那句话怕迟早会失掉意义的吧。

　　另有许多人想，扬州是吃得好的地方。这个保你没错儿。北平寻常提到江苏菜，总想着是甜甜的、腻腻的。现在有了淮扬菜，才知道江苏菜也有不甜的；但还以为油重，和山东菜的清淡不同。其实真正油重的是镇江菜，上桌子常教你腻得无可奈何。扬州菜若是让盐商家的厨子做起来，虽不到山东菜的清淡，却也滋润、利落，决不腻嘴腻舌；不但味道鲜美，颜色也清丽悦目。扬州又以面馆著名。好在汤味醇美，是所谓白汤，由种种出汤的东西如鸡鸭鱼肉等熬成，好在它的厚，和啖熊掌一般。也有清汤，就是一味鸡汤，倒并不出奇。内行的人吃面要"大煮"；普通将面挑在碗里，浇上汤，"大煮"是将面在汤里煮一会，更能入味些。扬州最著名的是茶馆；早上去下午去都是满满的。吃的花样最多。坐定了沏上茶，便有卖零碎的来兜揽，手臂上挽着一个黯淡的柳条筐，筐子里摆满了一些小蒲包分放着瓜子、花生、炒盐豆之类。又有炒白果的，在担子上铁锅爆着白果，一片铲子的声音。得先告诉他，才给你炒。炒得壳子爆了，露出黄亮的仁儿，铲在铁丝罩里送过来，又热又香。还有卖五香牛肉的，让他抓一些，摊在干荷叶上；叫茶房拿点好麻酱油来，拌上慢慢地吃，也可向卖零碎的买些白酒——扬州普通都喝白酒——喝着，这才叫茶房烫干丝。北平现在吃干丝，都是所谓煮干丝；那是很浓的，当菜很好，当点心却未必合适。烫干丝先将一大块方的白豆腐干飞快地切成薄片，再切为细丝，放在小碗里，用开水一浇，干丝便熟了；逼去了水，拨成圆锥似的，再倒上麻酱油，搁一撮虾米和干笋丝在尖儿，就成。

说时迟,那时快,刚瞧着在切豆腐干,一眨眼已端来了。烫干丝就是清得好,不妨碍你吃别的。接着该要小笼点心。北平淮扬馆子出卖的汤包,诚哉是好,在扬州却少见;那实在是淮阴的名字,扬州不该掠美。扬州的小笼点心,肉馅儿的,蟹肉馅儿的,笋肉馅儿的且不用说,最可口的是菜包子菜烧卖,还有干菜包子。菜选那最嫩的,剁成泥,加一点儿糖一点儿油,蒸得白生生的、热腾腾的,到口轻松地化去,留下一丝儿余味。干菜也是切碎,也是加一点儿糖和油,燥湿恰到好处;细细地咬嚼,可以嚼出一点橄榄般的回味来。这么着每样吃点儿也并不太多。要是有饭局,还尽可以从容地去。但是要老资格的茶客才能这样有分寸;偶尔上一回茶馆的本地人和外地人,却总忍不住狼吞虎咽,到了儿捧着肚子走出。

扬州游览以水为主,以船为主,已另有文记过,此处从略。城里城外古迹很多,如"文选楼""天保城""雷塘""二十四桥"等,却很少人留意;大家常去的只是史可法的"梅花岭"罢了。倘若有相当的假期,邀上两三个人去寻幽访古倒有意思;自然,得带点花生米、五香牛肉、白酒。

1934 年 10 月 14 日作

潭柘寺 戒坛寺

早就知道潭柘寺、戒坛寺。在商务印书馆的《北平指南》上，见过潭柘铜图，小小的一块，模模糊糊的，看了一点没有想去的意思。后来不断地听人说起这两座庙；有时候说路上不平静，有时候说路上红叶好。说红叶好的劝我秋天去；但也有人劝我夏天去。有一回骑驴上八大处，赶驴的问逛过潭柘寺没有，我说没有。他说潭柘寺风景好，那儿满是老道，他去过，离八大处七八十里地，坐轿骑驴都成。我不大喜欢老道的装束，尤其是那满蓄着的长头发，看上去啰里啰唆，龌里龌龊的。更不想骑驴走七八十里地，因为我知道驴子与我都受不了。真打动我的倒是"潭柘寺"这个名字。不懂不是？就是不懂的妙。

躲懒的人念成"潭拓寺",那更莫名其妙了。这怕是中国文法的花样;要是来个欧化,说是"潭和柘的寺",那就用不着咬嚼或吟味了。还有在一部诗话里看见近人咏戒台松的七古,诗腾挪夭矫,想来松也如此。所以去。但是在夏秋之前的春天,而且是早春;北平的早春是没有花的。

这才认真打听去过的人。有的说住潭柘寺好,有的说住戒坛寺好。有的人说路太难走,走到了筋疲力尽,再没兴致玩儿;有人说走路有意思。又有人说,去时坐了轿子,半路上前后两个轿夫吵起来,把轿子搁下,直说不抬了。于是心中暗自决定,不坐轿,也不走路;取中道,骑驴子。又按普通说法,总是潭柘寺在前,戒坛寺在后,想着戒坛寺一定远些;于是决定住潭柘寺,因为一天回不来,必得住。门头沟下车时,想着人多,怕雇不着许多驴,但是并不然——雇驴的时候,才知道戒坛去便宜一半,那就是说近一半。这时候自己忽然逗起能来,要走路。走吧。

这一段路可够瞧的。像是河床,怎么也挑不出没有石子的地方,脚底下老是绊来绊去的,叫人心烦。又没有树木,甚至于没有一根草。这一带原是煤窑,拉煤的大车往来不绝,尘土里饱和着煤屑,变成黯淡的深灰色,教人看了透不出气来。走一点钟光景。自己觉得已经有点办不了,怕没有走到便筋疲力尽;幸而山上下来一条驴,如获至宝似的雇下,骑上去。这一天东风特别大。平常骑驴就不稳,风一大真是祸不单行。山上东西都有路,很窄,下面是斜坡;本来从西边走,驴夫看风势太猛,将驴拉上东路。就这么着,有一回还几乎让风将驴吹倒;

若走西边，没有准儿会驴我同归哪。想起从前人画风雪骑驴图，极是雅事；大概那不是上潭柘寺去的。驴背上照例该有些诗意，但是我，下有驴子，上有帽子眼镜，都要照管；又有迎风下泪的毛病，常要掏手巾擦干。当其时真恨不得生出第三只手来才好。

　　东边山峰渐起，风是过不来了；可是驴也骑不得了，说是坎儿多。坎儿可真多。这时候精神倒好起来了：崎岖的路正可以练腰脚，处处要眼到心到脚到，不像平地上。人多更有点竞赛的心理，总想走上最前头去，再则这儿的山势虽然说不上险，可是突兀、丑怪、巉刻的地方有的是。我们说这才有点儿山的意思；老像八大处那样，真叫人气闷闷的。于是一直走到潭柘寺后门；这段坎儿路比风里走过的长一半，小驴毫无用处，驴夫说："咳，这不过给您做个伴儿！"

　　墙外先看见竹子，且不想进去。又密，又粗，虽然不够绿。北平看竹子，真不易。

　　又想到八大处了，大悲庵殿前那一溜儿，薄得可怜，细得也可怜，比起这儿，真是小巫见大巫了。进去过一道角门，门旁突然亭亭地矗立着两竿粗竹子，在墙上紧紧地挨着；要用批文章的成语，这两竿竹子足称得起"天外飞来之笔"。

　　正殿屋角上两座琉璃瓦的鸱吻，在台阶下看，值得徘徊一下。神话说殿基本是青龙潭，一夕风雨，顿成平地，涌出两鸱吻。只可惜现在的两座太新鲜，与神话的朦胧幽秘的境界不相称。但还是值得看，为的是大得好，在太阳里嫩黄得好，闪亮得好；那拴着的四条黄铜链子也映衬得好。寺里殿很多，层层折折高上去，走起来已经不平凡，每殿大小又不一样，塑像摆设也各出心裁。看完了，还觉得无穷无尽似的。正殿下延清阁是待客的地方，远处群山像屏障似的。屋子结构甚巧，穿来穿去，不知有多少间，好像一所大宅子。可惜尘封不扫，我们住不着。话说回来，这种屋子原也不是预备给我们这么多人挤着住的。寺门前一道深沟，上有石桥；那时没有水，若是现在去，倚在桥上听潺潺的水声，倒也可以忘我忘世。过桥四株马尾松，枝枝覆盖，叶叶交通，另成一个境界。西边小山上有个古观音洞。洞无可看，但上去时在山坡上看潭柘的侧面，宛如仇十洲的《仙山楼阁图》；往下看是陡峭的沟岸，越显得深深无极，潭柘简直有海上蓬莱的意味了。寺以泉水著名，到处有石槽引水长流，倒也涓涓可爱。只是流觞亭雅得那样俗，在石地上楞刻着蚯蚓般的槽；那样流觞，怕只有孩子们愿意干。现在兰亭的"流觞曲水"也和这儿的一鼻孔出气，不过规模大些。晚上因为带的铺盖薄，冻得睁着眼，却听了一夜的泉声；心里想要不冻着，这泉声够多清雅啊！寺里并无一个老道，但那几个和尚，满身铜臭，满眼势利，教人老不能忘记，倒也麻烦的。

第二天清早，二十多人满雇了牲口，向戒坛寺而去，颇有浩浩荡荡之势。我的是一匹骡子，据说稳得多。这是第一回，高高兴兴骑上去。这一路要翻罗喉岭。只是土山，可是道儿窄，又曲折；虽不高，老那么凸凸凹凹的。许多处只容得一匹牲口过去。平心说，是险点儿。一想起古来用兵，从间道袭敌人，许也是这种光景吧。

戒坛寺在半山上，山门是向东的。一进去就觉得平旷；南面只有一道低低的砖栏,下边是一片平原,平原尽处才是山,与众山屏蔽的潭柘寺气象便不同。进二门;更觉得空阔疏朗,仰看正殿前的平台,仿佛汪洋千顷。这平台东西很长,是戒坛最胜处,眼界最宽,叫人想起"振衣千仞冈"的诗句。三株名松都在这里。"卧龙松"与"抱塔松"同是偃仆的姿势,身躯奇伟,鳞甲苍然,有飞动之意。"九龙松"老干槎丫,如张牙舞爪一般。若在月光底下,森森然的松影当更有可看。此地最宜低徊流连,不是匆匆一览所可领略。潭柘以层折胜,戒坛以开朗胜;但潭柘似乎更幽静些。戒坛的和尚,春风满面,却远胜于潭柘的;我们之中颇有悔不该在潭柘的。戒坛后山上也有个观音洞。洞宽大而深,大家点了火把嚷嚷闹闹地下去;半里光景的洞满是油烟,满是声音。洞里有石虎、石龟、上天梯、海眼等等,无非是凑凑人的热闹而已。

还是骑骡子。回到长辛店的时候,两条腿几乎不是我的了。

1934年8月3日作

经典阅读文学馆.一

藤野先生

刘磊 / 主编

红旗出版社

图书在版编目（CIP）数据

藤野先生 / 刘磊主编. —— 北京：红旗出版社，2019.8
（经典阅读文学馆. 一）
ISBN 978-7-5051-4911-3

Ⅰ. ①藤… Ⅱ. ①刘… Ⅲ. ①鲁迅散文—散文集 Ⅳ. ①I210.4

中国版本图书馆CIP数据核字（2019）第163353号

书　名	藤野先生		
主　编	刘磊		
出品人	唐中祥	总监制	褚定华
选题策划	华语蓝图	责任编辑	王馥嘉　朱小玲
出版发行	红旗出版社	地　　址	北京市丰台区中核路1号
编辑部	010-57274497	邮政编码	100727
发行部	010-57270296		
印　刷	永清县晔盛亚胶印有限公司		
开　本	880毫米×1168毫米　1/32		
印　张	40		
字　数	720千字		
版　次	2019年8月北京第1版		
印　次	2020年4月北京第1次印刷		
ISBN 978-7-5051-4911-3		定价	160.00元（全8册）

版权所有　翻印必究　印装有误　负责调换

前　言

　　古希腊大哲学家亚里士多德有过一段精彩论述，他说："播种一种行为，收获一种习惯；播种一种习惯，收获一种品格；播种一种品格，收获一种命运。"习惯优秀才是真正的优秀。养成良好的习惯可以改变一个人，而良好的阅读习惯更是青少年不可或缺的好习惯之一。

　　阅读是一种需要，也是一种享受。"人的天性像是野生的花草，读书像是修剪移栽。"由此可见，一个人的阅读史就是他的精神发育史。"读书足以怡情，足以傅彩，足以长才。其怡情也，最见于独处幽居之时；其傅彩也，最见于高谈阔论之中；其长才也，最见于处世判事之际。"的确，那些最美的篇章、最有启发性的词句、最感人的情怀，不但让我们心生爱念、心怀感动，更重要的是可以提升我们的文化底蕴，增长我们的才干。在紧张忙碌的学习之余，在轻松悠闲的假日时光里，捧一本书，荡漾于人类最真实的情感和最真挚的文字中，思接千载，神游八荒，慢慢体悟人生，憧憬美好的未来，那才是最好的青春年少。

书是我们的良师益友,"读一本好书就像和许多高尚的人在谈话"。尤其是那些盛传不衰的名家名作,是各民族文化与历史的浓缩,对各国文化的交流、传承起着桥梁和纽带的作用。是经过大浪淘沙,为人们所公认的世界文学园囿里的奇葩。阅读名家名作,就相当于穿越时空和一位位大师在对话,可以开启青少年的心智,陶冶青少年的情操,如春风化雨般,潜移默化地提升青少年的文学素养。

鉴于此,我们根据国家教育部指定的语文新课标阅读目录,反复甄选,披沙拣金,选编了这套《经典阅读文学馆》。本套丛书所选篇目包括"人民艺术家"老舍、民国才女林徽因、雨巷诗人戴望舒等顶尖大师的巅峰之作,可以说,它是一套值得珍藏一生的最佳阅读丛书,这些优秀作品,会让你的生活更加丰富,也能在潜移默化中改变你的人生。

希望本套丛书能成为青少年喜爱阅读、乐于接受的课外读物。让这套丛书陪伴广大青少年朋友走过金色年华,踏上成功之路。

目 录

朝花夕拾

小 引 ··· 002

狗·猫·鼠 ··· 004

阿长与《山海经》 ······························ 013

二十四孝图 ··· 019

五猖会 ·· 026

无 常 ··· 031

从百草园到三味书屋 ·························· 039

父亲的病 ·· 044

琐 记 ··· 050

藤野先生 ·· 058

范爱农 ·· 065

《朝花夕拾》后记 ······························ 073

野草

- 《野草》题辞 ………………………………… 085
- 求乞者 ………………………………………… 087
- 影的告别 ……………………………………… 089
- 我的失恋 ……………………………………… 091
- 复仇（一）…………………………………… 093
- 复仇（二）…………………………………… 095
- 希　望 ………………………………………… 097
- 雪 ……………………………………………… 100
- 风　筝 ………………………………………… 102
- 死　火 ………………………………………… 105
- 狗的驳诘 ……………………………………… 107
- 失掉的好的地狱 ……………………………… 108
- 颓败线的颤动 ………………………………… 110
- 死　后 ………………………………………… 113
- 这样的战士 …………………………………… 118
- 蜡　叶 ………………………………………… 120
- 淡淡的血痕中 ………………………………… 122

南腔北调集

- 一　觉 ………………………………………… 125
- 为了忘却的记念 ……………………………… 128
- 作文秘诀 ……………………………………… 139
- 谈金圣叹 ……………………………………… 143

真假堂·吉诃德…………………………………… 146
世故三昧………………………………………… 149

朝花夕拾

小引

  我常想在纷扰中寻出一点闲静来，然而委实不容易。目前是这么离奇，心里是这么芜杂。一个人做到只剩了回忆的时候，生涯大概总要算是无聊了罢，但有时竟会连回忆也没有。中国的做文章有轨范，世事也仍然是螺旋。前几天我离开中山大学的时候，便想起四个月以前的离开厦门大学；听到飞机在头上鸣叫，竟记得了一年前在北京城上日日旋绕的飞机。我那时还做了一篇短文，叫《一觉》。现在是，连这"一觉"也没有了。

  广州的天气热得真早，夕阳从西窗射入，逼得人只能勉强穿一件单衣。书桌上的一盆"水横枝"，是我先前没有见过的：就是一段树，只要浸在水中，枝叶便青葱得可爱。看看绿叶，编编旧稿，总算也在做一点事。做着这等事，真是虽生之日，犹死之年，很可以驱除炎热的。

  前天，已将《野草》编定了；这回便轮到陆续载在《莽原》上的《旧事重提》，我还替它改了一个名称：《朝花夕拾》。带露折花，色香自然要好得多，但是我不能够。便是现在心目中的离奇和芜杂，我也还不能使它即刻幻化，转成离奇和芜杂的文章。或者，他日仰看流云时，会在我的眼前一闪烁罢。

我有一时，曾经屡次忆起儿时在故乡所吃的蔬果：菱角、罗汉豆、茭白、香瓜。凡这些，都是极其鲜美可口的；都曾是使我思乡的蛊惑。后来，我在久别之后尝到了，也不过如此；惟独在记忆上，还有旧来的意味存留。它们也许要哄骗我一生，使我时时反顾。

这十篇就是从记忆中抄出来的，与实际情况或有些不同，然而我现在只记得是这样。文体大概很杂乱，因为是或作或辍，经了九个月之多。环境也不一：前两篇写于北京寓所的东壁下；中三篇是流离中所作，地方是医院和木匠房；后五篇却在厦门大学的图书馆的楼上，已经是被学者们挤出集团之后了。

一九二七年五月一日
鲁迅于广州白云楼记

狗·猫·鼠

从去年起,仿佛听得有人说我是仇猫的。那根据自然是在我的那一篇《兔和猫》;这是自画招供,当然无话可说,——但倒也毫不介意。一到今年,我可很有点担心了。我是常不免于弄弄笔墨的,写了下来,印了出去,对于有些人似乎总是搔着痒处的时候少,碰着痛处的时候多。万一不谨,甚而至于得罪了名人或名教授,或者更甚而至于得罪了"负有指导青年责任的前辈"之流,可就危险已极。为什么呢?因为这些大角色是"不好惹"的。怎地"不好惹"呢?就是怕要浑身发热之后,做一封信登在报纸上,广而告之道:"看哪!狗不是仇猫的么?鲁迅先生却自己承认是仇猫的,而他还说要打'落水狗'!"这"逻辑"的奥义,即在用我的话,来证明我倒是狗,于是而凡有言说,全都根本推翻,即使我说二二得

四、三三见九,也没有一字不错。这些既然都错,则绅士口头的二二得七、三三见千等等,自然就不错了。

我于是就间或留心着查考它们成仇的"动机"。这也并非敢妄学现下的学者以动机来褒贬作品的那些时髦,不过想给自己预先洗刷洗刷。据我想,这在动物心理学家,是用不着费什么力气的,可惜我没有这学问。后来,在覃哈特博士(Dr. O.Dahnhardt)的《自然史底国民童话》里,总算发现了那原因了。据说,是这么一回事:动物们因为要商议要事,开了一个会议,鸟、鱼、兽都齐集了,单是缺了象。大家议定,派伙计去迎接它,拈到了当这差使的阄的就是狗。"我怎么找到那象呢?我没有见过它,也和它不认识。"它问。"那容易,"大众说,"它是驼背的。"狗去了,遇见一只猫。那猫立刻弓起脊梁来。狗便招待,同行,将弓着脊梁的猫介绍给大家道:"象在这里!"但是大家都嗤笑它了。从此以后,狗和猫便成了仇家。

日耳曼人走出森林虽然还不很久,学术文艺却已经很可观,便是书籍的装潢,玩具的工致,也无不令人心爱。独有这一篇童话却实在不漂亮;结怨也结得没有意思。猫的弓起脊梁,并不是希图冒充,故意摆架子的,其咎却在狗的自己没眼力。然而原因也总可以算作一个原因。我的仇猫,是和这大大两样的。

其实人禽之辨,本不必这样严。在动物界,虽然并不如古人所幻想的那样舒适自由,可是啰嗦做作的事总比人间少。它们适性任情,对就对,错就错,不说一句分辩话。虫蛆也许是不干净的,但它们并没有自鸣清高;鸷禽猛兽以较弱的动物为饵，不妨说是凶残的罢，但它们从来就没有竖过"公理""正义"的旗子，使牺牲者直到被吃的时候为止，还是一味佩服赞叹它们。人呢，能直立了，自然是一大进步；能说话了，自然又是一大进步；能写字作文了，自然又是一大进步。然而也就堕落，因为那时也开始了说空话。说空话尚无不可，甚至于连自己也不知道说着违心之论，则对于只能嗥叫的动物，实在免不得"颜厚有忸怩"。假使真有一位一视同仁的造物主，高高在上，那么，对于人类的这些小聪明，也许倒以为多事，正如我们在万生园（动物园）里，看见猴子翻筋斗，母象请安，虽然往往破颜一笑，但同时也觉得不舒服，甚至于感到悲哀，以为这些多余的聪明，倒不如没有的好罢。然而，既经为人，便也只好"党同伐异"，学着人们的说话，随俗来谈一谈，辩一辩了。

现在说起我仇猫的原因来，自己觉得是理由充足，而且光明正大的。一、它的性情就和别的猛兽不同，凡捕食雀鼠，总不肯一口咬死，定要尽情玩弄、放走、又捉住、又放走，直待自己玩厌了，这才吃下去，颇与人们的幸灾乐祸，慢慢地折磨弱者的坏脾气相同。二、它不是和狮虎同族的么？可是有这么一副媚态！但这也许是限于天分之故罢，假使它的身材比现在大十倍，那就真不知道它所取的是怎么一种态度。然而，这些口实，仿佛又是现在提起笔来的时候添出来的，虽然也像是当时涌上心来的理由。要说得可靠一点，或者倒不如说不过因为它们配合时候的嗥叫，手续竟有这么繁重，闹得别人心烦，尤其是夜间要看书、睡觉的时候。当这些时候，我便要用长竹竿去攻击它们。狗们在大道上交配时,常有闲汉拿了木棍痛打;我曾见勃鲁盖尔(P. Bruegel d.A)的一张铜版画"Allegorie der Wollust"上,也画着这回事,可见这样的举动,是中外古今一致的。自从那执拗的奥地利学者弗洛伊德(S. Freud)提倡了精神分析说——Psychoanalysis,听说章士钊先生是译作"心解"的,虽然简古,可是实在难解得很——以来,我们的名人名教授也颇有隐隐约约,捡来应用的了,这些事便不免又要归宿到性欲上去。打狗的事我不管,至于我的打猫,却只因为它们嚷嚷,此外并无恶意,我自信我的嫉妒心还没有这么博大,当现下"动辄获咎"之秋,这是不可不预先声明的。例如人们当配合之前,也很有些手续,新的是写情书,少则一束,多则一捆;旧的是什么"问名""纳采",磕头作揖(去年海昌蒋氏在北京举行婚礼,拜来拜去,就十足拜了三天),还印有一本红面子的《婚礼节文》,《序论》里大发议论道:"平心论之,既名为礼,当必繁重。专图简易,何用礼为?……然则世之有志于礼者,可以兴矣!不可退居于礼所不下之庶人矣!"然而我毫不生气,这是因为无须我到场;因此也可见我的仇猫,理由实在简简单单,只为了它们在我的耳朵边尽嚷的缘故。人们的各种礼式,局外人可以不见不闻,我就满不管,但如果当我正要看书或睡觉的时候,有人来勒令朗诵情书,奉陪作揖,那是为自卫起见,还要用长竹竿来抵御的。还有,平素不大交往的人,忽而寄给我一个红帖子,上面印着"为舍妹出阁""小儿完姻""敬请观礼"或"阖第光临"这些含有"阴险的暗示"的句子,使我不花钱便总觉得有些过意不去的，我也不十分高兴。

但是，这都是近时的话。再一回忆，我的仇猫却远在能够说出这些理由之前，也许是还在十岁上下的时候了。至今还分明记得，那原因是极其简单的：只因为它吃老鼠，——吃了我饲养着的可爱的小小的隐鼠。

听说西洋是不很喜欢黑猫的，不知道可确；但Edgar Allan Poe的小说里的黑猫，却实在有点骇人。日本的猫善于成精，传说中的"猫婆"，那食人的惨酷确是更可怕。中国古时候虽然曾有"猫鬼"，近来却很少听到猫的兴妖作怪，似乎古法已经失传，老实起来了。只是我在童年，总觉得它有点妖气，没有什么好感。那是一个我的幼时的夏夜，我躺在一株大桂树下的小板桌上乘凉，祖母摇着芭蕉扇坐在桌旁，给我猜谜，讲故事。忽然，桂树上沙沙地有趾爪的爬搔声，一对闪闪的眼睛在暗中随声而下，使我吃惊，也将祖母讲着的话打断，另讲猫的故事了——

"你知道么？猫是老虎的先生。"她说，"小孩子怎么会知道呢，猫是老虎的师父。老虎本来是什么也不会的，就投到猫的门下来。猫就教给它扑的方法，捉的方法，吃的方法，像自己的捉老鼠一样。这些教完了；老虎想，本领都学到了，谁也比不过它了，只有猫老师还比自己强，要是杀掉猫，自己便是最强的角色了。它打定主意，就上前去扑猫。猫早就知道它的来意的，一跳，便上了树，老虎却只能眼睁睁地在树下蹲着。它还没有将一切本领传授完，还没有教给它上树。"

这是侥幸的，我想，幸而老虎很性急，否则从桂树上就会爬下一只老虎来。然而究竟很怕人，我要进屋子里睡觉去了。夜色更加黯然；桂叶瑟瑟地作响，微风也吹动了，想来草席定已微凉，躺着也不至于烦得翻来覆去了。

几百年的老屋中的豆油灯的微光下，是老鼠跳梁的世界，飘忽地走着，吱吱地叫着，那态度往往比"名人名教授"还轩昂。猫是饲养着的，然而吃饭不管事。祖母她们虽然常恨鼠子们啮破了箱柜，偷吃了东西，我却以为这也算不得什么大罪，也和我不相干，况且这类坏事大概是大个子的老鼠做的，决不能诬陷到我所爱的小鼠身上去。这类小鼠大抵在地上走动，只有拇指那么大，也不很畏惧人，我们那里叫它"隐鼠"，与专住在屋上的伟大者是两种。我的床前就帖着两张花纸：一是"八戒招赘"，满纸长嘴大耳，我以为不甚雅观；别的一张"老鼠成亲"却可爱，自新郎新妇以至侯相，宾客，执事，没有一个不是尖腮细腿，像煞读书人的，但穿的都是红衫绿裤。我想，能举办这样大仪式的，一定只有我所喜欢的那些隐鼠。现在是粗俗了，在路上遇见人类的迎娶仪仗，也不过当作性交的广告看，不甚留心；但那时的想看"老鼠成亲"的仪式，却极其神往，即使像海昌蒋氏似的连拜三夜，怕也未必会看得心烦。正月十四的夜，是我不肯轻易便睡，等候它们的仪仗从床下出来的夜。然而仍然只看见几个光着身子的隐鼠在地面游行，不像正在办着喜事。直到我熬不住了，快快睡去，一睁眼却已经天明，到了灯节了。也许鼠族的婚仪，不但不分请帖，来收罗贺礼，虽是真的"观礼"，也绝对不欢迎的罢，我想，这是它们向来的习惯，无法抗议的。

老鼠的大敌其实并不是猫。春后，你听到它"咋！咋咋咋咋！"地叫着，大家称为"老鼠数铜钱"的，便知道它的可怕的屠伯已经光降了。这声音是表现绝望的惊恐的，虽然遇见猫，还不至于这样叫。猫自然也可怕，但老鼠只要窜进一个小洞去，它也就奈何不得，逃命的机会还很多。独有那可怕的屠伯——蛇，身体是细长的，圆径和鼠子差不多，凡鼠子能到的地方，它也能到，追逐的时间也格外长，而且万难幸免，当"数钱"的时候，大概是已经没有第二步办法的了。

有一回，我就听得一间空屋里有着这种"数钱"的声音，推门进去，一条蛇伏在横梁上，看地上，躺着一只隐鼠，口角流血，但两胁还是一起一落的。取来给躺在一个纸盒子里，大半天，竟醒过来了，渐渐地能够饮食，行走，到第二日，似乎就复了原，但是不逃走。放在地上，也时时跑到人面前来，而且缘腿而上，一直爬到膝髁。给放在饭桌上，便捡吃些菜渣，舔舔碗沿；放在我的书桌上，则从容地游行，看见砚台便舔吃了研着的墨汁。这使我非常惊喜了。我听父亲说过的，中国有一种墨猴，只有拇指一般大，全身的毛是漆黑而且发亮的。它睡在笔筒里，一听到磨墨，便跳出来，等着，等到人写完字，套上笔，就舔尽了砚上的余墨，仍旧跳进笔筒里去了。我就极愿意有这样的一个墨猴，可是得不到；问哪里有，哪里买的呢，谁也不知道。"慰情聊胜无"，这隐鼠总可以算是我的墨猴了罢，虽然它舔吃墨汁，并不一定肯等到我写完字。

现在已经记不分明，这样地大约有一两月；有一天，我忽然感到寂寞了，真所谓"若有所失"。我的隐鼠，是常在眼前游行的，或桌上，或地上。而这一日却大半天没有见，大家吃午饭了，也不见它走出来，平时，是一定出现的。我再等着，再等它一半天，然而仍然没有见。

长妈妈，一个一向带领着我的女工，也许是以为我等得太苦了罢，轻轻地来告诉我一句话。这即刻使我愤怒而且悲哀，决心和猫们为敌。她说：隐鼠是昨天晚上被猫吃去了！

当我失掉了所爱的，心中有着空虚时，我要充填以报仇的恶念！

我的报仇，就从家里饲养着的一只花猫起手，逐渐推广，至于凡所遇见的诸猫。最先不过是追赶，袭击；后来却愈加巧妙了，能飞石击中它们的头，或诱入空屋里面，打得它垂头丧气。这作战继续得颇长久，此后似乎猫都不来近我了。但对于它们纵使怎样战胜，大约也算不得一个英雄；况且中国毕生和猫打仗的人也未必多，所以一切韬略，战绩，还是全都省略了罢。

但许多天之后，也许是已经经过了大半年，我竟偶然得到一个意外的消息：那隐鼠其实并非被猫所害，倒是它缘着长妈妈的腿要爬上去，被她一脚踏死了。

这确是先前所没有料想到的。现在我已经记不清当时是怎样一个感想，但和猫的感情却终于没有融和；到了北京，还因为它伤害了兔的儿女们，便旧隙夹新嫌，使出更辣的辣手。"仇猫"的话柄，也从此传扬开来。

然而在现在，这些早已是过去的事了，我已经改变态度，对猫颇为客气，倘其万不得已，则赶走而已，决不打伤它们，更何况杀害。这是我近几年的进步。经验既多，一旦大悟，知道猫的偷鱼肉，拖小鸡，深夜大叫；人们自然十之九是憎恶的，而这憎恶是在猫身上。假如我出而为人们驱除这憎恶,打伤或杀害了它,它便立刻变为可怜,那憎恶倒移在我身上了。所以,目下的办法,是凡遇猫们捣乱,至于有人讨厌时,我便站出去,在门口大声叱曰:"嘘!滚!"小小平静,即回书房,这样,就长保着御侮保家的资格。其实这方法,中国的官兵就常在实做的,他们总不肯扫清土匪或扑灭敌人,因为这么一来,就要不被重视,甚至于因失其用处而被裁汰。我想,如果能将这方法推广应用,我大概也总可望成为所谓"指导青年"的"前辈"的罢,但现下也还未决心实践,正在研究而且推敲。

一九二六年二月二十一日

阿长与《山海经》

长妈妈,已经说过,是一个一向带领着我的女工,说得阔气一点,就是我的保姆。我的母亲和许多别的人都这样称呼她,似乎略带些客气的意思。只有祖母叫她阿长。我平时叫她"阿妈",连"长"字也不带;但到憎恶她的时候——例如知道了谋死我那隐鼠的却是她的时候,就叫她阿长。

我们那里没有姓长的;她生得黄胖而矮,"长"也不是形容词。又不是她的名字,记得她自己说过,她的名字是叫作什么姑娘的。什么姑娘,我现在已经忘却了,总之不是长姑娘;也终于不知道她姓什么。记得她也曾告诉过我这个名称的来历：先前的先前，我家有一个女工，身材生得很高大，这就是真阿长。后来她回去了，我那什么姑娘才来补她的缺，然而大家因为叫惯了，没有再改口，于是她从此也就成为长妈妈了。

虽然背地里说人长短不是好事情，但倘使要我说句真心话，我可只得说：我实在不大佩服她。最讨厌的是常喜欢切切察察，向人们低声絮说些什么事，还竖起第二个手指，在空中上下摇动，或者点着对手或自己的鼻尖。我的家里一有些小风波，不知怎的我总疑心和这"切切察察"有些关系。又不许我走动，拔一株草，翻一块石头，就说我顽皮，要告诉我的母亲去了。一到夏天，睡觉时她又伸开两脚两手，在床中间摆成一个"大"字，挤得我没有余地翻身，久睡在一角的席子上，又已经烤得那么热。推她呢，不动；叫她呢，也不闻。

"长妈妈生得那么胖，一定很怕热罢？晚上的睡相，怕不见得很好罢？……"

母亲听到我多回诉苦之后，曾经这样地问过她。我也知道这意思是要她多给我一些空席。她不开口。但到夜里，我热得醒来的时候，却仍然看见满床摆着一个"大"字，一条臂膊还搁在我的颈子上。我想，这实在是无法可想了。

但是她懂得许多规矩；这些规矩，也大概是我所不耐烦的。一年中最高兴的时节，自然要数除夕了。辞岁之后，从长辈得到压岁钱，红纸包着，放在枕边，只要过一宵，便可以随意使用。睡在枕上，看着红包，想到明天买来的小鼓、刀枪、泥人、糖菩萨……然而她进来，又将一个福橘放在床头了。

"哥儿，你牢牢记住！"她极其郑重地说，"明天是正月初一,清早一睁开眼睛,第一句话就得对我说,'阿妈,恭喜恭喜!'记得么?你要记着,这是一年的运气的事情。不许说别的话!说过之后,还得吃一点福橘。"她又拿起那橘子来在我的眼前摇了两摇,"那么,一年到头,顺顺溜溜……"

梦里也记得元旦的,第二天醒得特别早,一醒,就要坐起来。她却立刻伸出臂膊,一把将我按住。我惊异地看她时,只见她惶急地看着我。

她又有所要求似的,摇着我的肩。我忽而记得了——

"阿妈,恭喜……"

"恭喜恭喜!大家恭喜!真聪明!恭喜恭喜!"她于是十分欢喜似的,笑将起来,同时将一点冰冷的东西,塞在我的嘴里。我大吃一惊之后,也就忽而记得,这就是所谓福橘,元旦辟头的磨难,总算已经受完,可以下床玩耍去了。

她教给我的道理还很多,例如说人死了,不该说死掉,必须说"老掉了";死了人、生了孩子的屋子里,不应该走进去;饭粒落在地上,必须拣起来,最好是吃下去;晒裤子用的竹竿底下,是万不可钻过去的……此外,现在大抵忘却了,只有元旦的古怪仪式记得最清楚。总之,都是些烦琐之至,至今想起来还觉得非常麻烦的事情。

然而我有一时也对她发生过空前的敬意。她常常对我讲"长毛"。她之所谓"长毛"者,不但洪秀全军,似乎连后来一切土匪强盗都在内,但除却革命党,因为那时还没有。她说得长毛非常可怕,他们的话就听不懂。她说先前长毛进城的时候,我家全都逃到海边去了,只留一个门房和年老的煮饭老妈子看家。后来长毛果然进门来了,那老妈子便叫他们"大王",——据说对长毛就应该这样叫,——诉说自己的饥饿。长毛笑道:"那么,这东西就给你吃了罢!"将一个圆圆的东西掷了过来,还带着一条小辫子,正是那门房的头。煮饭老妈子从此就骇破了胆,后来一提起,还是立刻面如土色,自己轻轻地拍着胸脯道:"啊呀,骇死我了,骇死我了……"

我那时似乎倒并不怕,因为我觉得这些事和我毫不相干的,我不是一个门房。但她大概也即觉到了,说道:"像你似的小孩子,长毛也要掳的,掳去做小长毛。还有好看的姑娘,也要掳。"

"那么,你是不要紧的。"我以为她一定最安全了,既不做门房,又不是小孩子,也生得不好看,况且颈子上还有许多灸疮疤。

"哪里的话?!"她严肃地说,"我们就没有用处?我们也要被掳去。城外有兵来攻的时候,长毛就叫我们脱下裤子,一排一排地站在城墙上,外面的大炮就放不出来;再要放,就炸了!"

这实在是出于我意想之外的,不能不惊异。我一向只以为她满肚子是麻烦的礼节罢了,却不料她还有这样伟大的神力。从此对于她就有了特别的敬意,似乎实在深不可测;夜间的伸开手脚,占领全床,那当然是情有可原的了,倒应该我退让。

这种敬意,虽然也逐渐淡薄起来,但完全消失,大概是在知道她谋害了我的隐鼠之后。那时就极严重地诘问,而且当面叫她阿长。我想我又不真做小长毛,不去攻城,也不放炮,更不怕炮炸,我惧惮她什么呢!

但当我哀悼隐鼠,给它复仇的时候,一面又在渴慕着绘图的《山海经》了。这渴慕是从一个远房的叔祖惹起来的。他是一个胖胖的,和蔼的老人,爱种一点花木,如珠兰、茉莉之类,还有极其少见的,据说从北边带回去的马缨花。他的太太却正相反,什么也莫名其妙,曾将晒衣服的竹竿搁在珠兰的枝条上,枝折了,还要愤愤地咒骂道:"死尸!"这老人是个寂寞者,因为无人可谈,就很爱和孩子们往来,有时简直称我们为"小友"。在我们聚族而居的宅子里,只有他书多,而且特别。制艺和试帖诗,自然也是有的;但我却只在他的书斋里,看见过陆玑的《毛诗草木鸟兽虫鱼疏》,还有许多名目很生的书籍。我那时最爱看的是《花镜》,上面有许多图。他说给我听,曾经有过一部绘图的《山海经》,画着人面的兽、九头的蛇、三脚的鸟、生着翅膀的人、没有头而以两乳当作眼睛的怪物……可惜现在不知道放在哪里了。

我很愿意看看这样的图画,但不好意思力逼他去寻找,他是很疏懒的。问别人呢,谁也不肯真实地回答我。压岁钱还有几百文,买罢,又没有好机会。有书买的大街离我家远得很,我一年中只能在正月间去玩一趟,那时候,两家书店都紧紧地关着门。

玩的时候倒是没有什么的,但一坐下,我就记得绘图的《山海经》。

大概是太过于念念不忘了,连阿长也来问《山海经》是怎么一回事。这是我向来没有和她说过的,我知道她并非学者,说了也无益;但既然来问,也就都对她说了。

过了十多天,或者一个月罢,我还很记得,是她告假回家以后的四五天,她穿着新的蓝布衫回来了,一见面,就将一包书递给我,高兴地说道:

"哥儿,有画儿的'三哼经',我给你买来了!"

我似乎遇着了一个霹雳,全体都震悚起来;赶紧去接过来,打开纸包,是四本小小的书,略略一翻,人面的兽、九头的蛇……果然都在内。

这又使我发生新的敬意了,别人不肯做,或不能做的事,她却能够做成功。她确有伟大的神力。谋害隐鼠的怨恨,从此完全消灭了。

这四本书,乃是我最初得到,最为心爱的宝书。

书的模样,到现在还在眼前。可是从还在眼前的模样来说,却是一部刻印都十分粗拙的本子。纸张很黄,图像也很坏,甚至于几乎全用直线凑合,连动物的眼睛也都是长方形的。但那是我最为心爱的宝书,看起来,确是人面的兽、九头的蛇、一脚的牛、袋子似的帝江、没有头而"以乳为目,以脐为口",还要"执干戚而舞"的刑天。

此后我就更其搜集绘图的书,于是有了石印的《尔雅音图》和《毛诗品物图考》,又有了《点石斋丛画》和《诗画舫》。《山海经》也另买了一部石印的,每卷都有图赞,绿色的画,字是红的,比那木刻的精致得多了。这一部直到前年还在,是缩印的郝懿行疏。木刻的却已经记不清是什么时候失掉了。

我的保姆,长妈妈即阿长,辞了这人世,大概也有了三十年了罢。我终于不知道她的姓名,她的经历;仅知道有一个过继的儿子,她大约是青年守寡的孤孀。

二十四孝图

我总要上下四方寻求，得到一种最黑，最黑，最黑的咒文，先来诅咒一切反对白话，妨害白话者。即使人死了真有灵魂，因这最恶的心，应该堕入地狱，也将决不改悔，总要先来诅咒一切反对白话，妨害白话者。

自从所谓"文学革命"以来，供给孩子的书籍，和欧、美、日本的一比较，虽然很可怜，但总算有图有说，只要能读下去，就可以懂得的了。可是一班别有心肠的人们，便竭力来阻遏它，要使孩子的世界中，没有一丝乐趣。北京现在常用"马虎子"这一句话来恐吓孩子们。或者说，那就是《开河记》上所载的，给隋炀帝开河，蒸死小儿的麻叔谋；正确地写起来，须是"麻胡子"。那么，这麻叔谋乃是胡人了。但无论他是什么人，他的吃小孩究竟也还有限，不过尽他的一生。妨害白话者的流毒却甚于洪水猛兽,非常广大,也非常长久,能使全中国化成一个麻胡子,凡有孩子都死在他肚子里。

只要对于白话来加以谋害者,都应该灭亡!

这些话,绅士们自然难免要掩住耳朵的,因为就是所谓"跳到半天空,骂得体无完肤,——还不肯罢休"。而且文士们一定也要骂,以为大悖于"文格",亦即大损于"人格"。岂不是"言者心声也"么?"文"和"人"当然是相关的,虽然人间世本来千奇百怪,教授们中也有"不尊敬"作者的人格而不能"不说他的小说好"的特别种族。但这些我都不管,因为我幸而还没有爬上"象牙之塔"去,正无须怎样小心。倘若无意中竟已撞上了,那就即刻跌下来罢。然而在跌下来的中途,当还未到地之前,还要说一遍:

只要对于白话来加以谋害者,都应该灭亡!

每看见小学生欢天喜地地看着一本粗拙的《儿童世界》之类,另想到别国的儿童用书的精美,自然要觉得中国儿童的可怜。但回忆起我和我的同窗小友的童年,却不能不以为它幸福,给我们的永逝的韶光一个悲哀的吊唁。我们那时有什么可看呢,只要略有图画的本子,就要被塾师,就是当时的"引导青年的前辈"禁止,呵斥,甚而至于打手心。我的小同学因为专读"人之初性本善"读得要枯燥而死了,只好偷偷地翻开第一页,看那题着"文星高照"四个字的恶鬼一般的魁星像,来满足他幼稚的爱美的天性。昨天看这个,今天也看这个,然而他们的眼睛里还闪出苏醒和欢喜的光辉来。

在书塾之外,禁令可比较地宽了,但这是说自己的事,各人大概不一样。我能在大众面前,冠冕堂皇地阅看的,是《文昌帝君阴骘文图说》和《玉历钞传》,都画着冥冥之中赏善罚恶的故事,雷公电母站在云中,牛头马面布满地下,不但"跳到半天空"是触犯天条的,即使半语不合,一念偶差,也都得受相当的报应。这所报的也并非"睚眦之怨",因为那地方是鬼神为君,"公理"作宰,请酒下跪,全都无功,简直是无法可恕。在中国的天地间,不但做人,便是做鬼,也艰难极了。然而究竟很有比阳间更好的处所:无所谓"绅士",也没有"流言"。

　　阴间,倘要稳妥,是颂扬不得的。尤其是常常好弄笔墨的人,在现在的中国,流言的治下,而又大谈"言行一致"的时候。前车可鉴,听说阿尔志跋绥夫曾答一个少女的质问说:"惟有在人生的事实这本身中寻出欢喜者,可以活下去。倘若在那里什么也不见,他们其实倒不如死。"于是乎有一个叫做密哈罗夫的,寄信嘲骂他道:"……所以我完全诚实地劝你自杀来祸福你自己的生命,因为这第一是合于逻辑,第二是你的言语和行为不至于背驰。"

　　其实这论法就是谋杀,他就这样地在他的人生中寻出欢喜来。阿尔志跋绥夫只发了一大通牢骚,没有自杀。密哈罗夫先生后来不知道怎样,这一个欢喜失掉了,或者另外又寻到了"什么"了罢。诚然,"这些时候,勇敢,是安稳的;情热,是毫无危险的。"

　　然而,对于阴间,我终于已经颂扬过了,无法追改;虽有"言行不符"之嫌,但确没有受过阎王或小鬼的半文津

贴,则差可以自解。总而言之,还是仍然写下去罢:

我所看的那些阴间的图画,都是家藏的老书,并非我所专有。我所收得的最先的画图本子,是一位长辈的赠品:《二十四孝图》。这虽然不过薄薄的一本书,但是下图上说,鬼少人多,又为我一人所独有,使我高兴极了。那里面的故事,似乎是谁都知道的;便是不识字的人,例如阿长,也只要一看图画便能够滔滔地讲出这一段的事迹。但是,我于高兴之余,接着就是扫兴,因为我请人讲完了二十四个故事之后,才知道"孝"有如此之难,对于先前痴心妄想,想做孝子的计划,完全绝望了。

"人之初,性本善"么?这并非现在要加研究的问题。但我还依稀记得,我幼小时候实未尝蓄意忤逆,对于父母,倒是极愿意孝顺的。不过年幼无知,只用了私见来解释"孝顺"的做法,以为无非是"听话""从命",以及长大之后,给年老的父母好好地吃饭罢了。自从得了这一本孝子的教科书以后,才知道并不然,而且还要难到几十几百倍。其中自然也有可以勉力仿效的,如"子路负米""黄香扇枕"之类;"陆绩怀橘"也并不难,只要有阔人请我吃饭。"鲁迅先生作宾客而怀橘乎?"我便跪答云:"吾母性之所爱,欲归以遗母。"阔人大佩服,于是孝子就做稳了,也非常省事;"哭竹生笋"就可疑,怕我的精诚未必会这样感动天地。但是哭不出笋来,还不过抛脸而已;一到"卧冰求鲤",可就有性命之虞了。我乡的天气是温和的,严冬中,水面也只结一层薄冰,即使孩子的重量怎样小,躺上去,也一定哗喇一声,冰破落水,鲤鱼还不及游过来。自然，必须不顾性命，这才孝感神明，会有出乎意料之外的奇迹，但那时我还小，实在不明白这些。

其中最使我不解，甚至于发生反感的，是"老莱娱亲"和"郭巨埋儿"两件事。

我至今还记得，一个躺在父母跟前的老头子，一个抱在母亲手上的小孩子，是怎样地使我发生不同的感想呵。他们一手都拿着"摇咕咚"。这玩意儿确是可爱的，北京称为小鼓，盖即鼗也，朱熹曰："鼗，小鼓，两旁有耳；持其柄而摇之，则旁耳还自击，"咕咚咕咚地响起来。然而这东西是不该拿在老莱子手里的，他应该扶一枝拐杖。现在这模样，简直是装佯，侮辱了孩子。我没有再看第二回，一到这一页，便急速地翻过去了。

那时的《二十四孝图》，早已不知去向了，目下所有的只是一本日本小田海仙所画的本子，叙老莱子事云："行年七十，言不称老，常著五色斑斓之衣，为婴儿戏于亲侧。又常取水上堂，诈跌仆地，作婴儿啼，以娱亲意。"大约旧本也差不多，而招我反感的便是"诈跌"。无论忤逆，无论孝顺，小孩子多不愿意"诈"作，听故事也不喜欢是谣言，这是凡有稍稍留心儿童心理的都知道的。

然而在较古的书上一查，却还不至于如此虚伪。师觉授《孝子传》云："老莱子……常衣斑斓之衣，为亲取饮，上堂脚跌，恐伤父母之心，僵仆为婴儿啼。"（《太平御览》四百十三引）较之今说，似稍近于人情。不知怎地，后之君子却一定要改得他"诈"起来，心里才能舒服。邓伯道弃子救侄，想来也不过"弃"而已矣，昏妄人也必须说他将儿子捆在树上，使他追不上来才肯歇手。正如将肉麻当做有趣一般，以不情为伦纪，诬蔑了古人，教坏了后人。老莱子即是一例，道学先生以为他白璧无瑕时，他却已在孩子的心中死掉了。

至于玩着"摇咕咚"的郭巨的儿子，却实在值得同情。他被抱在他母亲的臂膊上，高高兴兴地笑着；他的父亲却正在掘窟窿，要将他埋掉了。说明云："汉郭巨家贫，有子三岁，母尝减食与之。巨谓妻曰，贫乏不能供母，子又分母之食。盍埋此子？"但是刘向《孝子传》所说，却又有些不同：巨家是富的，他都给了两弟；孩子是才生的，并没有到三岁。结末又大略相像了，"及掘坑二尺，得黄金一釜，上云：天赐郭巨，官不得取，民不得夺！"

我最初实在替这孩子捏一把汗，待到掘出黄金一釜，这才觉得轻松。然而我已经不但自己不敢再想做孝子，并且怕我父亲去做孝子了。家景在坏下去，常听到父母愁柴米；祖母又老了，倘使我的父亲竟学了郭巨，那么，该埋的不正是我么？如果一丝不走样，也掘出一釜黄金来，那自然是如天之福，但是，那时我虽然年纪小，似乎也明白天下未必有这样的巧事。

现在想起来，实在很觉得傻气。这是因为现在已经知道了这些老玩意儿，本来谁也不实行。整饬伦纪的文电是常有的，却很少见绅士赤条条地躺在冰上面，将军跳下汽车去负米。何况现在早长大了，看过几部古书，买过几本新书，什么《太平御览》咧，《古孝子传》咧，《人口问题》咧，《节制生育》咧，《二十世纪是儿童的世界》咧，可以抵抗被埋的理由多得很。不过彼一时，此一时，彼时我委实有点害怕：掘好深坑，不见黄金，连"摇咕咚"一同埋下去，盖上土，踏得实实的，又有什么法子可想呢？我想，事情虽然未必实现，但我从此总怕听到我的父母愁穷，怕看见我的白发的祖母，总觉得她是和我不两立，至少，也是一个和我的生命有些妨碍的人。后来这印象日见其淡了，但总有一些留遗，一直到她去世——这大概是送给《二十四孝图》的儒者所万料不到的罢。

五月十日

五猖会

　　孩子们所盼望的，过年过节之外，大概要数迎神赛会的时候了。但我家的所在很偏僻，待到赛会的行列经过时，一定已在下午，仪仗之类，也减而又减，所剩的极其寥寥。往往伸着颈子等候多时，却只见十几个人抬着一个金脸或蓝脸红脸的神像匆匆地跑过去。于是，完了。

　　我常存着这样的一个希望：这一次所见的赛会，比前一次繁盛些。可是结果总是一个"差不多"；也总是只留下一个纪念品，就是当神像还未抬过之前，花一文钱买下的，用一点烂泥，一点颜色纸，一枝竹签和两三枝鸡毛所做的，吹起来会发出一种刺耳的声音的哨子，叫作"吹都都"的，呲呲地吹它两三天。

　　现在看看《陶庵梦忆》，觉得那时的赛会，真是豪奢极了，虽然明人的文章，怕难免有些夸大。因为祷雨而迎龙王，现在也还有的，但办法却已经很简单，不过是十多人盘旋着一条龙，以及村童们扮些海鬼。那时却还要扮故事，而且实在奇拔得可观。他记扮《水浒传》中人物云："……于是分头四出，寻黑矮汉，寻梢长大汉，寻头陀，寻胖大和尚，寻茁壮妇人，寻姣长妇人，寻青面，寻歪头，寻赤须，寻美髯，寻黑大汉，寻赤脸长须。大索城中；无，则之郭，之村，之山僻，之邻府州县。用重价聘之，得三十六人，梁山泊好汉，个个呵活，臻臻至至，人马称娖而行。……"这样的白描的活古人，谁能不动一看的雅兴呢？可惜这种盛举，早已和明社一同消灭了。

赛会虽然不像现在上海的旗袍，北京的谈国事，为当局所禁止，然而妇孺们是不许看的，读书人即所谓士子，也大抵不肯赶去看。只有游手好闲的闲人，这才跑到庙前或衙门前去看热闹；我关于赛会的知识，多半是从他们的叙述上得来的，并非考据家所贵重的"眼学"。然而记得有一回，也亲见过较盛的赛会。开首是一个孩子骑马先来，称为"塘报"；过了许久，"高照"到了，长竹竿揭起一条很长的旗，一个汗流浃背的胖大汉用两手托着；他高兴的时候，就肯将竿头放在头顶或牙齿上，甚而至于鼻尖。其次是所谓"高跷""抬阁""马头"了；还有扮犯人的，红衣枷锁，内中也有孩子。我那时觉得这些都是有光荣的事业，与闻其事的即全是大有运气的人，——大概羡慕他们的出风头罢。我想，我为什么不生一场重病，使我的母亲也好到庙里去许下一个"扮犯人"的心愿的呢？……然而我到现在终于没有和赛会发生关系过。

要到东关看五猖会去了。这是我儿时所罕逢的一件盛事。因为那会是全县中最盛的会，东关又是离我家很远的地方，出城还有六十多里水路，在那里有两座特别的庙。一是梅姑庙,就是《聊斋志异》所记,室女守节,死后成神,却篡取别人的丈夫的;现在神座上确塑着一对少年男女,眉开眼笑,殊与"礼教"有妨。其一便是五猖庙了,名目就奇特。据有考据癖的人说:这就是五通神。然而也并无确据。神像是五个男人,也不见有什么猖獗之状;后面列坐着五位太太,却并不"分坐",远不及北京戏园里界限之谨严。其实呢,这也是殊与"礼教"有妨的,——但他们既然是五猖,便也无法可想,而且自然也就"又作别论"了。

因为东关离城远,大清早大家就起来。昨夜预定好的三道明瓦窗的大船,已经泊在河埠头,船椅、饭菜、茶炊、点心盒子,都在陆续搬下去了。我笑着跳着,催他们要搬得快。忽然,工人的脸色很谨肃了,我知道有些蹊跷,四面一看,父亲就站在我背后。

"去拿你的书来。"他慢慢地说。

这所谓"书",是指我开蒙时候所读的《鉴略》。因为我再没有第二本了。我们那里上学的岁数是多拣单数的,所以这使我记住我其时是七岁。

我忐忑着,拿了书来了。他使我同坐在堂中央的桌子前,教我一句一句地读下去。我担着心,一句一句地读下去。

两句一行,大约读了二三十行罢,他说:

"给我读熟。背不出,就不准去看会。"

他说完,便站起来,走进房里去了。

我似乎从头上浇了一盆冷水。但是,有什么法子呢?自然是读着,读着,强记着,——而且要背出来。

粤自盘古，生于太荒，
首出御世，肇开混茫。

就是这样的书，我现在只记得前四句，别的都忘却了；那时所强记的二三十行，自然也一齐忘却在里面了。记得那时听人说，读《鉴略》比读《千字文》《百家姓》有用得多，因为可以知道从古到今的大概。知道从古到今的大概，那当然是很好的，然而我一字也不懂。"粤自盘古"就是"粤自盘古"，读下去，记住它，"粤自盘古"呵！"生于太荒"呵！

应用的物件已经搬完，家中由忙乱转成静肃了。朝阳照着西墙，天气很清朗。母亲，工人，长妈妈即阿长，都无法营救，只默默地静候着我读熟，而且背出来。在百静中，我似乎头里要伸出许多铁钳，将什么"生于太荒"之流夹住；也听到自己急急诵读的声音发着抖，仿佛深秋的蟋蟀，在夜中鸣叫似的。

他们都等候着；太阳也升得更高了。

我忽然似乎已经很有把握，便即站了起来，拿书走进父亲的书房，一气背将下去，梦似的就背完了。

"不错。去罢。"父亲点着头，说。

大家同时活动起来，脸上都露出笑容，向河埠走去。工人将我高高地抱起，仿佛在祝贺我的成功一般，快步走在最前头。

我却并没有他们那么高兴。开船以后，水路中的风景，盒子里的点心，以及到了东关的五猖会的热闹，对于我似乎都没有什么大意思。

直到现在，别的完全忘却，不留一点痕迹了，只有背诵《鉴略》这一段，却还分明如昨日事。

我至今一想起，还诧异我的父亲何以要在那时候叫我来背书。

五月二十五日

无 常

迎神赛会这一天出巡的神,如果是掌握生杀之权的,——不,这生杀之权四个字不大妥,凡是神,在中国仿佛都有些随意杀人的权柄似的,倒不如说是职掌人民的生死大事的罢,就如城隍和东岳大帝之类。那么,他的卤簿中间就另有一群特别的角色:鬼卒、鬼王,还有活无常。

这些鬼物们,大概都是由粗人和乡下人扮演的。鬼卒和鬼王是红红绿绿的衣裳,赤着脚;蓝脸,上面又画些鱼鳞,也许是龙鳞或别的什么鳞罢,我不大清楚。鬼卒拿着钢叉,叉环振得琅琅地响,鬼王拿的是一块小小的虎头牌。据传说,鬼王是只用一只脚走路的;但他究竟是乡下人,虽然脸上已经画上些鱼鳞或者别的什么鳞,却仍然只得用了两只脚走路。所以看客对于他们不很敬畏,也不大留心,除了念佛老妪和她的孙子们为面面圆到起见,也照例给他们一个"不胜屏营待命之至"的仪节。

至于我们——我相信:我和许多人——所最愿意看的,

却在活无常。他不但活泼而诙谐,单是那浑身雪白这一点,在红红绿绿中就有"鹤立鸡群"之概。只要望见一顶白纸的高帽子和他手里的破芭蕉扇的影子,大家就都有些紧张,而且高兴起来了。

人民之于鬼物,惟独与他最为稔熟,也最为亲密,平时也常常可以遇见他。譬如城隍庙或东岳庙中,大殿后面就有一间暗室,叫作"阴司间",在才可辨色的昏暗中,塑着各种鬼:吊死鬼、跌死鬼、虎伤鬼、科场鬼……而一进门口所看见的长而白的东西就是他。我虽然也曾瞻仰过一回这"阴司间",但那时胆子小,没有看明白。听说他一手还拿着铁索,因为他是勾摄生魂的使者。相传樊江东岳庙的"阴司间"的构造,本来是极其特别的:门口是一块活板,人一进门,踏着活板的这一端,塑在那一端的他便扑过来,铁索正套在你脖子上。后来吓死了一个人,钉实了,所以在我幼小的时候,这就已不能动。

倘使要看个分明,那么,《玉历钞传》上就画着他的像,不过《玉历钞传》也有繁简不同的本子的,倘是繁本,就一定有。身上穿的是斩衰凶服,腰间束的是草绳,脚穿草鞋,项挂纸锭;手上是破芭蕉扇,铁索,算盘;肩膀是耸起的,头发却披下来;眉眼的外梢都向下,像一个"八"字。头上一顶长方帽,下大顶小,按比例一算,该有二尺来高罢;在正面,就是遗老遗少们所戴瓜皮小帽的缀一粒珠子或一块宝石的地方,直写着四个字道:"一见有喜"。有一种本子上,却写的是"你也来了"。这四个字,是有时也见于包公殿的匾额上的,至于他的帽上是何人所写,他自己还是阎罗王,我可没有研究出。

《玉历钞传》上还有一种和活无常相对的鬼物,装束也相仿,叫作"死有分"。这在迎神时候也有的,但名称却讹作死无常了,黑脸,黑衣,谁也不爱看。在"阴死间"里也有的,胸口靠着墙壁,阴森森地站着;那才真真是"碰壁"。凡有进去烧香的人们,必须摩一摩他的脊梁,据说可以摆脱了晦气;我小时也曾摩过这脊梁来,然而晦气似乎终于没有脱,——也许那时不摩,现在的晦气还要重罢,这一节也还是没有研究出。

我也没有研究过小乘佛教的经典,但据耳食之谈,则在印度的佛经里,焰摩天是有的,牛首阿旁也有的,都在地狱里做主任。至于勾摄生魂的使者的这无常先生,却似乎于古无征,耳所习闻的只有什么"人生无常"之类的话。大概这意思传到中国之后,人们便将他具象化了。这实在是我们中国人的创作。

然而人们一见他,为什么就都有些紧张,而且高兴起来呢?

凡有一处地方,如果出了文士学者或名流,他将笔头一扭,就很容易变成"模范县"。我的故乡,在汉末虽曾经虞仲翔先生揄扬过,但是那究竟太早了,后来到底免不了产生所谓"绍兴师爷",不过也并非男女老小全是"绍兴师爷",别的"下等人"也不少。这些"下等人",要他们发什么"我们现在走的是一条狭窄险阻的小路,左面是一个广漠无际的泥潭,右面也是一片广漠无际的浮砂,前面是遥遥茫茫荫在薄雾的里面的目的地"那样热昏似的妙语,是办不到的,可是在无意中,看得往这"荫在薄雾的里面的目的地"的道路很明白:求婚,结婚,养孩子,死亡。但这自然是专就我的故乡而言,若是"模范县"里的人民,那当然又作别论。他们——敝同乡"下等人"——的许多,活着,苦着,被流言,被反噬,因了积久的经验,知道阳间维持"公理"的只有一个会,而且这会的本身就是"遥遥茫茫",于是乎势不得不发生对于阴间的神往。人是大抵自以为衔些冤抑的;活的"正人君子"们只能骗鸟,若问愚民,他就可以不假思索地回答你:公正的裁判是在阴间!

想到生的乐趣,生固然可以留恋;但想到生的苦趣,无常也不一定是恶客。无论贵贱,无论贫富,其时都是"一双空手见阎王",有冤的得伸,有罪的就得罚。然而虽说是"下等人",也何尝没有反省?自己做了一世人,又怎么样呢?未曾"跳到半天空"么?没有"放冷箭"么?无常的手里就拿着大算盘,你摆尽臭架子也无益。对付别人要滴水不漏的公理,对自己总还不如虽在阴司里也还能够寻到一点私情。然而那又究竟是阴间,阎罗天子,牛首阿旁,还有中国人自己想出来的马面,都是并不兼差,真正主持公理的角色,虽然他们并没有在报上发表过什么大文章。当还未做鬼之前,有时先不欺心的人们,遥想着将来,就又不能不想在整块的公理中,来寻一点情面的末屑,这时候,我们的活无常先生便见得可亲爱了,利中取大,害中取小,我们的古哲墨翟先生谓之"小取"云。

在庙里泥塑的,在书上墨印的模样上,是看不出他那可爱来的。最好是去看戏。但看普通的戏也不行,必须看"大戏"或者"目连戏"。目连戏的热闹,张岱在《陶庵梦忆》上也曾夸张过,说是要连演两三天。在我幼小时候可已经不然了,也如大戏一样,始于黄昏,到次日的天明便完结。这都是敬神禳灾的演剧,全本里一定有一个恶人,次日的将近天明便是这恶人的收场的时候,"恶贯满盈",阎王出票来勾摄了,于是乎这活的活无常便在戏台上出现。

我还记得自己坐在这一种戏台下的船上的情形,看客的心情和普通是两样的。平常愈夜深愈懒散,这时却愈起劲。他所戴的纸糊的高帽子,本来是挂在台角上的,这时预先拿进去了;一种特别乐器,也准备使劲地吹。这乐器好像喇叭,细而长,可有七八尺,大约是鬼物所爱听的罢,和鬼无关的时候就不用;吹起来,Nhatu, nhatu, nhatutututuu地响,所以我们叫它"目连嗐头"。

在许多人期待着恶人的没落的凝望中,他出来了,服饰比画上还简单,不拿铁索,也不带算盘,就是雪白的一条莽汉,粉面朱唇,眉黑如漆,蹙着,不知道是在笑还是在哭。但他一出台就须打一百零八个嚏,同时也放一百零八个屁,这才自述他的履历。可惜我记不清楚了,其中有一段大概是这样:

……
大王出了牌票,叫我去拿隔壁的癞子。
问了起来呢,原来是我堂房的阿侄。
生的是什么病?
伤寒,还带痢疾。
看的是什么郎中?
下方桥的陈念义la儿子。
开的是怎样的药方?

> 附子,肉桂,外加牛膝。
> 第一煎吃下去,冷汗发出;
> 第二煎吃下去,两脚笔直。
> 我道nga阿嫂哭得悲伤,暂放他还阳半刻。
> 大王道我是得钱买放,就将我捆打四十!

这叙述里的"子"字都读作入声。陈念义是越中的名医,俞仲华曾将他写入《荡寇志》里,拟为神仙;可是一到他的令郎,似乎便不大高明了。la者"的"也;"儿"读若"倪",倒是古音罢;nga者,"我的"或"我们的"之意也。

他口里的阎罗天子仿佛也不大高明,竟会误解他的人格,——不,鬼格。但连"还阳半刻"都知道,究竟还不失其"聪明正直之谓神"。不过这惩罚,却给了我们的活无常以不可磨灭的冤苦的印象,一提起,就使他更加蹙紧双眉,捏定破芭蕉扇,脸向着地,鸭子浮水似的跳舞起来。

Nhatu,nhatu,nhatu-nhatu-nhatututuu!目连嗐头也冤苦不堪似的吹着。

他因此决定了:

> 难是弗放者个!
> 哪怕你,铜墙铁壁!
> 哪怕你,皇亲国戚!
> ……

"难"者,"今"也;"者个"者"的了"之意,词之决也。"虽有忮心,不怨飘瓦",他现在毫不留情了,然而这是受了阎罗老子的督责之故,不得已也。一切鬼众中,就是他有点人情;我们不变鬼则已,如果要变鬼,自然就只有他可以比较地相亲近。

我至今还确凿记得,在故乡时候,和"下等人"一同,常常这样高兴地正视过这鬼而人,理而情,可怖而可爱的无常;而且欣赏他脸上的哭或笑,口头的硬语与谐谈……

迎神时候的无常,可和演剧上的又有些不同了。他只有动作,没有言语,跟定了一个捧着一盘饭菜的小丑似的角色走,他要去吃;他却不给他。另外还加添了两名角色,就是"正人君子"之所谓"老婆儿女"。凡"下等人",都有一种通病:常喜欢以己之所欲,施之于人。虽是对于鬼,也不肯给他孤寂,凡有鬼神,大概总要给他们一对一对地配起来。无常也不在例外。所以,一个是漂亮的女人,只是很有些村妇样,大家都称她无常嫂;这样看来,无常是和我们平辈的,无怪他不摆教授先生的架子。一个是小孩子,小高帽,小白衣;虽然小,两肩却已经耸起了,眉目的外梢也向下。这分明是无常少爷了,大家却叫他阿领,对于他似乎都不很表敬意;猜起来,仿佛是无常嫂的前夫之子似的。但不知何以相貌又和无常有这么像?吁!鬼神之事,难言之矣,只得姑且置之弗论。至于无常何以没有亲儿女,到今年可很容易解释了;鬼神能前知,他怕儿女一多,爱说闲话的就要旁敲侧击地锻成他拿卢布,所以不但研究,还早已实行了"节育"了。

这捧着饭菜的一幕,就是"送无常"。因为他是勾魂使者,所以民间凡有一个人死掉之后,就得用酒饭恭送他。至于不给他吃,那是赛会时候的开玩笑,实际上并不然。但是,和无常开玩笑,是大家都有此意的,因为他爽直,爱发议论,有人情,——要寻真实的朋友,倒还是他妥当。

有人说,他是生人走阴,就是原是人,梦中却入冥去当差的,所以很有些人情。我还记得住在离我家不远的小屋子里的一个男人,便自称是"走无常",门外常常燃着香烛。但我看他脸上的鬼气反而多。莫非入冥做了鬼,倒会增加人气的么?吁!鬼神之事,难言之矣,这也只得姑且置之弗论了。

六月二十三日

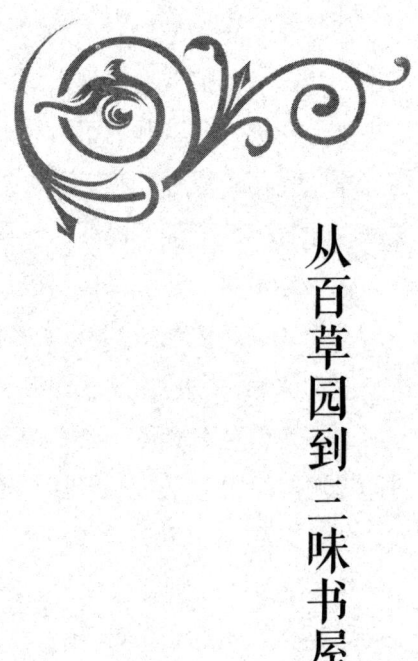

从百草园到三味书屋

　　我家的后面有一个很大的园,相传叫作百草园。现在是早已并屋子一起卖给朱文公的子孙了,连那最末次的相见也已经隔了七八年。其中似乎确凿只有一些野草,但那时却是我的乐园。

　　不必说碧绿的菜畦,光滑的石井栏,高大的皂荚树,紫红的桑椹;也不必说鸣蝉在树叶里长吟,肥胖的黄蜂伏在菜花上,轻捷的叫天子(云雀)忽然从草间直窜向云霄里去了。单是周围的短短的泥墙根一带,就有无限趣味。油蛉在这里低唱,蟋蟀们在这里弹琴。翻开断砖来,有时会遇见蜈蚣;还有斑蝥，倘若用手指按住它的脊梁，便会"啪"的一声，从后窍喷出一阵烟雾。何首乌藤和木莲藤缠络着，木莲有莲房一般的果实，何首乌有臃肿的根。有人说，何首乌根是有像人形的，吃了便可以成仙，我于是常常拔它起来，牵连不断地拔起来，也曾因此弄坏了泥墙，却从来没有见过有一块根像人样。如果不怕刺，还可以摘到覆盆子，像小珊瑚珠攒成的小球，又酸又甜，色味都比桑椹要好得远。

长的草里是不去的，因为相传这园里有一条很大的赤练蛇。

长妈妈曾经讲给我一个故事听：先前，有一个读书人住在古庙里用功，晚间，在院子里纳凉的时候，突然听到有人在叫他。他答应着，四面看时，却见一个美女的脸露在墙头上，向他一笑，隐去了。他很高兴，但竟给那走来和他夜谈的老和尚识破了机关。老和尚说他脸上有些妖气，一定遇见"美女蛇"了。那是人首蛇身的怪物，能唤人名，倘一答应，夜间便要来吃这人的肉的。他自然吓得要死，而那老和尚却道无妨，给他一个小盒子，说只要放在枕边，便可高枕而卧。他虽然照样办了，却总是睡不着——当然睡不着的。到半夜，果然来了，沙沙沙！门外像是风雨声。他正抖作一团时，却听得"豁"的一声，一道金光从枕边飞出，外面便什么声音也没有了，那金光也就飞回来，敛在盒子里。后来呢？后来，老和尚说，这是飞蜈蚣，它能吸蛇的脑髓，美女蛇就被它治死了。

结末的教训是：所以倘有陌生的声音叫你的名字，你万万不可答应他。

这故事很使我觉得做人之险，夏夜乘凉，往往有些担心，不敢去看墙上，而且极想得到一盒老和尚那样的飞蜈蚣。走到百草园的草丛旁边时，也常常这样想。但直到现在，总还没有得到，但也没有遇见过赤练蛇和美女蛇。叫我名字的陌生声音自然是常有的，然而都不是美女蛇。

冬天的百草园比较地无味；雪一下，可就两样了。拍雪人（将自己的全形印在雪上）和塑雪罗汉需要人们鉴赏，这是荒园，人迹罕至，所以不相宜，只好来捕鸟。薄薄的雪，是不行的。总须积雪盖了地面一两天，鸟雀们久已无处觅食的时候才好。扫开一块雪，露出地面，用一支短棒支起一面大的竹筛来，下面撒些秕谷，棒上系一条长绳，人远远地牵着，看鸟雀下来啄食，走到竹筛底下的时候，将绳子一拉，便罩住了。但所得的是麻雀居多，也有白颊的"张飞鸟"，性子很躁，养不过夜的。

这是闰土的父亲所传授的方法，我却不大能用。明明见它们进去了，拉了绳，跑去一看，却什么都没有，费了半天力，捉住的不过三四只。闰土的父亲是小半天便能捕获几十只，装在叉袋里叫着撞着的。我曾经问他得失的缘由，他只静静地笑道：你太性急，来不及等它走到中间去。

我不知道为什么家里的人要将我送进书塾里去了，而且还是全城中称为最严厉的书塾。也许是因为拔何首乌毁了泥墙罢，也许是因为将砖头抛到间壁的梁家去了罢，也许是因为站在石井栏上跳了下来罢，……都无从知道。总而言之：我将不能常到百草园了。Ade（德语，译为"别了"），我的蟋蟀们！Ade，我的覆盆子们和木莲们！

出门向东，不上半里，走过一道石桥，便是教我的私塾先生的家了。从一扇黑油的竹门进去,第三间是书房。中间挂着一块匾道:三味书屋;匾下面是一幅画,画着一只很肥大的梅花鹿伏在古树下。没有孔子牌位,我们便对着那匾和鹿行礼。第一次算是拜孔子,第二次算是拜先生。

第二次行礼时,先生便和蔼地在一旁答礼。他是一个高而瘦的老人,须发都花白了,还戴着大眼镜。我对他很恭敬,因为我早听到,他是本城中极方正、质朴、博学的人。

不知从哪里听来的,东方朔也很渊博,他认识一种虫,名曰"怪哉",冤气所化,用酒一浇,就消释了。我很想详细地知道这故事,但阿长是不知道的,因为她毕竟不渊博。现在得到机会了,可以问先生。

"先生,'怪哉'这虫,是怎么一回事?"我上了生书,将要退下来的时候,赶忙问。

"不知道!"他似乎很不高兴,脸上还有怒色了。

我才知道做学生是不应该问这些事的,只要读书,因为他是渊博的宿儒,决不至于不知道,所谓不知道者,乃是不愿意说。年纪比我大的人,往往如此,我遇见过好几回了。

我就只读书,正午习字,晚上对课。先生最初这几天对我很严厉,后来却好起来了,不过给我读的书渐渐加多,对课也渐渐地加上字去,从三言到五言,终于到七言了。

三味书屋后面也有一个园,虽然小,但在那里也可以爬上花坛去折腊梅花,在地上或桂花树上寻蝉蜕。最好的工作是捉了苍蝇喂蚂蚁,静悄悄的没有声音。然而同窗们到园里的太多,太久,可就不行了,先生在书房里便大叫起来:

"人都到哪里去了!"

便一个一个陆续走回去;一同回去,也不行的。他有一条戒尺,但是不常用,也有罚跪的规则,但也不常用,普通总不过瞪几眼,大声道:

"读书!"

大家放开喉咙读一阵书,真是人声鼎沸。有念"仁远乎哉我欲仁斯仁至矣"的,有念"笑人齿缺曰狗窦大开"的,有念"上九潜龙勿用"的,有念"厥土下上上错厥贡苞茅橘柚"的……先生自己也念书。后来,我们的声音便低下去,静下去了,只有他还大声朗读着:

"铁如意,指挥倜傥,一座皆惊呢——;金叵罗,颠倒淋漓噫,千杯未醉嗬——……"

我疑心这是极好的文章,因为读到这里,他总是微笑起来,而且将头仰起,摇着,向后面拗过去,拗过去。

先生读书入神的时候,于我们是很相宜的。有几个便用纸糊的盔甲套在指甲上做戏。我是画画儿,用一种叫作"荆川纸"的,蒙在小说的绣像上一个个描下来,像习字时候的影写一样。读的书多起来,画的画也多起来;书没有读成,画的成绩却不少了,最成片段的是《荡寇志》和《西游记》的绣像,都有一大本。后来,为要钱用,卖给了一个有钱的同窗了。他的父亲是开锡箔店的,听说现在他已经做了店主,而且快要升到绅士的地位了。这东西早已没有了吧。

九月十八日

父亲的病

大约十多年前罢，S城中曾经盛传过一个名医的故事：

他出诊原来是一元四角，特拔十元，深夜加倍，出城又加倍。有一夜，一家城外人家的闺女生急病，来请他了，因为他其时已经阔得不耐烦，便非一百元不去。他们只得都依他。待去时，却只是草草地一看，说道"不要紧的"，开一张方，拿了一百元就走。那病家似乎很有钱，第二天又来请了。他一到门，只见主人笑面承迎，道："昨晚服了先生的药，好得多了，所以再请你来复诊一回。"仍旧引到房里，老妈子便将病人的手拉出帐外来。他一按，冷冰冰的，也没有脉，于是点点头道："唔，这病我明白了。"从从容容走到桌前，取了药方纸，提笔写道：

"凭票付英洋壹百元整。"下面是署名，画押。

"先生，这病看来很不轻了，用药怕还得重一点罢。"

主人在背后说。

"可以。"他说。于是另开了一张方。

"凭票付英洋贰百元整。"下面仍是署名,画押。

这样,主人就收了药方,很客气地送他出来了。

我曾经和这名医周旋过两整年,因为他隔日一回,来诊我的父亲的病。那时虽然已经很有名,但还不至于阔得这样不耐烦;可是诊金却已经是一元四角。现在的都市上,诊金一次十元并不算奇,可是那时是一元四角已是巨款,很不容易张罗的了;又何况是隔日一次。他大概的确有些特别,据舆论说,用药就与众不同。我不知道药品,所觉得的,就是"药引"的难得,新方一换,就得忙一大场。先买药,再寻药引。"生姜"两片,竹叶十片去尖,他是不用的了。起码是芦根,须到河边去掘;一到经霜三年的甘蔗,便至少也得搜寻两三天。可是说也奇怪,大约后来总没有购求不到的。

据舆论说,神妙就在这地方。先前有一个病人,百药无效;待到遇见了什么叶天士先生,只在旧方上加了一味药引:梧桐叶。只一服,便霍然而愈了。"医者,意也。"其时是秋天,而梧桐先知秋气。其先百药不投,今以秋气动之,以气感气,所以……我虽然并不了然,但也十分佩服,知道凡有灵药,一定是很不容易得到的,求仙的人,甚至于还要拼了性命,跑进深山里去采呢。

这样有两年,渐渐地熟识,几乎是朋友了。父亲的水肿是逐日厉害,将要不能起床;我对于经霜三年的甘蔗之流也逐渐失了信仰,采办药引似乎再没有先前一般踊跃了。正在这时

候,他有一天来诊,问过病状,便极其诚恳地说:

"我所有的学问,都用尽了。这里还有一位陈莲河先生,本领比我高。我荐他来看一看,我可以写一封信。可是,病是不要紧的,不过经他的手,可以格外好得快……"

这一天似乎大家都有些不欢,仍然由我恭敬地送他上轿。进来时,看见父亲的脸色很异样,和大家谈论,大意是说自己的病大概没有希望的了;他因为看了两年,毫无效验,脸又太熟了,未免有些难以为情,所以等到危急时候,便荐一个生手自代,和自己完全脱了干系。但另外有什么法子呢?本城的名医,除他之外,实在也只有一个陈莲河了。明天就请陈莲河。

陈莲河的诊金也是一元四角。但前回的名医的脸是圆而胖的,他却长而胖了:这一点颇不同。还有用药也不同,前回的名医是一个人还可以办的,这一回却是一个人有些办不妥帖了,因为他一张药方上,总兼有一种特别的丸散和一种奇特的药引。

芦根和经霜三年的甘蔗,他就从来没有用过。最平常的是"蟋蟀一对",旁注小字道:"要原配,即本在一窠中者。"似乎昆虫也要贞节,续弦或再醮,连做药资格也丧失了。但这差使在我并不为难,走进百草园,十对也容易得,将它们用线一缚,活活地掷入沸汤中完事。然而还有"平地木十株"呢,这可谁也不知道是什么东西了,问药店,问乡下人,问卖草药的,问老年人,问读书人,问木匠,都只是摇摇头,临末才记起了那远房的叔祖,爱种一点花木的老人,跑去一问,他果然知道,是生在山中树下的一种小树,能结红子如小珊瑚珠的,普通都称为"老弗大"。

"踏破铁鞋无觅处,得来全不费功夫。"药引寻到了,然而还有一种特别的丸药:败鼓皮丸。这"败鼓皮丸"就是用打破的旧鼓皮做成;水肿一名鼓胀,一用打破的鼓皮自然就可以克伏他。清朝的刚毅因为憎恨"洋鬼子",预备打他们,练了些兵称作"虎神营",取虎能食羊,神能伏鬼的意思,也就是这道理。可惜这一种神药,全城中只有一家出售的,离我家就有五里,但这却不像平地木那样,必须暗中摸索了,陈莲河先生开方之后,就恳切详细地给我们说明。

"我有一种丹,"有一回陈莲河先生说,"点在舌上,我想一定可以见效。因为舌乃心之灵苗……价钱也并不贵,只要两块钱一盒……"

我父亲沉思了一会儿,摇摇头。

"我这样用药还会不大见效,"有一回陈莲河先生又说,"我想,可以请人看一看,可有什么冤愆……医能医病,不能医命,对不对?自然,这也许是前世的事……"

我的父亲沉思了一会儿,摇摇头。

凡国手,都能够起死回生的,我们走过医生的门前,常可以看见这样的扁额。现在是让步一点了,连医生自己也说道:"西医长于外科,中医长于内科。"但是S城那时不但没有西医,并且谁也还没有想到天下有所谓西医,因此无论什么,都只能由轩辕岐伯的嫡派门徒包办。轩辕时候是巫医不分的,所以直到现在,他的门徒就还见鬼,而且觉得"舌乃心之灵苗"。这就是中国人的"命",连名医也无从医治的。

不肯用灵丹点在舌头上，又想不出"冤愆"来，自然，单吃了一百多天的"败鼓皮丸"有什么用呢？依然打不破水肿，父亲终于躺在床上喘气了。还请一回陈莲河先生，这回是特拔，大洋十元。他仍旧泰然地开了一张方，但已停止败鼓皮丸不用，药引也不很神妙了，所以只消半天，药就煎好，灌下去，却从口角上回了出来。

从此我便不再和陈莲河先生周旋，只在街上有时看见他坐在三名轿夫的快轿里飞一般抬过；听说他现在还康健，一面行医，一面还做中医什么学报，正在和只长于外科的西医奋斗哩。

中西的思想确乎有一点不同。听说中国的孝子们，一到将要"罪孽深重祸延父母"的时候，就买几斤人参，煎汤灌下去，希望父母多喘几天气，即使半天也好。我的一位教医学的先生却教给我医生的职务道：可医的应该给他医治，不可医的应该给他死得没有痛苦。——但这先生自然是西医。

父亲的喘气颇长久，连我也听得很吃力，然而谁也不能帮助他。我有时竟至于电光一闪似的想道："还是快一点喘完了罢……"立刻觉得这思想就不该，就是犯了罪；但同时又觉得这思想实在是正当的，我很爱我的父亲。便是现在，也还是这样想。

早晨，住在一门里的衍太太进来了。她是一个精通礼节的妇人，说我们不应该空等着。于是给他换衣服；又将纸锭和一种什么《高王经》烧成灰，用纸包了给他捏在拳头里……

"叫呀，你父亲要断气了。快叫呀！"衍太太说。

"父亲！父亲！"我就叫起来。

"大声！他听不见。还不快叫？！"

"父亲！！！父亲！！！"

他已经平静下去的脸，忽然紧张了，将眼微微一睁，仿佛有一些苦痛。

"叫呀！快叫呀！"她催促说。

"父亲！！！"

"什么呢？……不要嚷……不……"他低低地说，又较急地喘着气，好一会儿，这才复了原状，平静下去了。

"父亲！！！"我还叫他，一直到他咽了气。

我现在还听到那时的自己的这声音，每听到时，就觉得这却是我对于父亲的最大的错处。

十月七日

琐记

衍太太现在是早已经做了祖母,也许竟做了曾祖母了;那时却还年轻,只有一个儿子比我大三四岁。她对自己的儿子虽然狠,对别家的孩子却好的,无论闹出什么乱子来,也决不去告诉各人的父母,因此我们就最愿意在她家里或她家的四近玩。

举一个例说罢,冬天,水缸里结了薄冰的时候,我们大清早起一看见,便吃冰。有一回给沈四太太看到了,大声说道:"莫吃呀,要肚子疼的呢!"这声音又给我母亲听到了,跑出来我们都挨了一顿骂,并且有大半天不准玩。我们推论祸首,认定是沈四太太,于是提起她就不用尊称了,给她另外起了一个绰号,叫作"肚子疼"。

衍太太却决不如此。假如她看见我们吃冰,一定和蔼地笑着说:"好,再吃一块。我记着,看谁吃得多。"

但我对于她也有不满足的地方。一回是很早的时候了,我还很小,偶然走进她家去,她正在和她的男人看书。我走进去，她便将书塞在我的眼前道："你看，你知道这是什么？"我看那书上画着房屋，有两个人光着身子仿佛在打架，但又不很像。正迟疑间，他们便大笑起来了。这使我很不高兴，似乎受了一个极大的侮辱，不到那里去大约有十多天。一回是我已经十多岁了，和几个孩子比赛打旋子，看谁旋得多。她就从旁计着数，说道："好，八十二个了！再旋一个，八十三！好，八十四……"但正在旋着的阿祥，忽然跌倒了，阿祥的婶母也恰恰走进来。她便接着说道："你看，不是跌了么？不听我的话。我叫你不要旋，不要旋……"

虽然如此，孩子们总还喜欢到她那里去。假如头上碰得肿了一大块的时候，去寻母亲去罢，好的是骂一通，再给擦一点药；坏的是没有药擦，还添几个栗凿和一通骂。衍太太却决不埋怨，立刻给你用烧酒调了水粉，搽在疙瘩上，说这不但止痛，将来还没有瘢痕。

父亲故去之后，我也还常到她家里去，不过已不是和孩子们玩耍了，却是和衍太太或她的男人谈闲天。我其时觉得很有许多东西要买，看的和吃的，只是没有钱。有一天谈到这里，她便说道："母亲的钱，你拿来用就是了，还不就是你的么？"我说母亲没有钱，她就说可以拿首饰去变卖；我说没有首饰，她却道："也许你没有留心。到大厨的抽屉里，角角落落去寻去，总可以寻出一点珠子这类东西……"

这些话我听去似乎很异样，便又不到她那里去了，但有时又真想去打开大厨，细细地寻一寻。大约此后不到一月，就听到一种流言，说我已经偷了家里的东西去变卖了，这实在使我觉得有如掉在冷水里。流言的来源,我是明白的,倘是现在,只要有地方发表,我总要骂出流言家的狐狸尾巴来,但那时太年轻,一遇流言,便连自己也仿佛觉得真是犯了罪,怕遇见人们的眼睛,怕受到母亲的爱抚。

好。那么,走罢!

但是,哪里去呢?S城人的脸早经看熟,如此而已,连心肝也似乎有些了然。总得寻别一类人们去,去寻为S城人所诟病的人们,无论其为畜生或魔鬼。那时为全城所笑骂的是一个开得不久的学校,叫作中西学堂,汉文之外,又教些洋文和算学。然而已经成为众矢之的了;熟读圣贤书的秀才们,还集了《四书》的句子,做一篇八股来嘲诮它,这名文便即传遍了全城,人人当作有趣的话柄。我只记得那"起讲"的开头是:

"徐子以告夷子曰:吾闻用夏变夷者,未闻变于夷者也。今也不然:鴃舌之音,闻其声,皆雅言也……"

以后可忘却了,大概也和现今的国粹保存大家的议论差不多。但我对于这中西学堂,却也不满足,因为那里面只教汉文、算学、英文和法文。功课较为别致的,还有杭州的求是书院,然而学费贵。

无须学费的学校在南京,自然只好往南京去。第一个进去的学校,目下不知道称为什么了,光复以后,似乎有一时称为雷电学堂,很像《封神榜》上"太极阵""混元阵"一类的名目。总之,一进仪凤门,便可以看见它那二十丈高的桅杆和不知多高的烟通。功课也简单，一星期中，几乎四整天是英文："It is a cat." "Is it a rat?" 一整天是读汉文："君子曰，颖考叔可谓纯孝也已矣，爱其母，施及庄公。"一整天是做汉文：《知己知彼百战百胜论》《颖考叔论》《云从龙风从虎论》《咬得菜根则百事可做论》。

初进去当然只能做三班生，卧室里是一桌一凳一床，床板只有两块。头二班学生就不同了，二桌二凳或三凳一床，床板多至三块。不但上讲堂时挟着一堆厚而且大的洋书，气昂昂地走着，决非只有一本"泼赖妈"和四本《左传》的三班生所敢正视；便是空着手，也一定将肘弯撑开，像一只螃蟹，低一班的在后面总不能走出他之前。这一种螃蟹式的名公巨卿，现在都阔别得很久了，前四五年，竟在教育部的破脚躺椅上，发现了这姿势，然而这位老爷却并非雷电学堂出身的，可见螃蟹态度，在中国也颇普遍。

可爱的是桅杆。但并非如"东邻"的"支那通"所说，因为它"挺然翘然"，又是什么的象征。乃是因为它高，乌鸦喜鹊，都只能停在它的半途的木盘上。人如果爬到顶，便可以近看狮子山，远眺莫愁湖，——但究竟是否真可以眺得那么远，我现在可委实有点记不清楚了。而且不危险，下面张着网，即使跌下来，也不过如一条小鱼落在网子里；况且自从张网以后，听说也还没有人曾经跌下来。

原先还有一个池，给学生学游泳的，这里面却淹死了两个年幼的学生。当我进去时，早填平了，不但填平，上面还造了一所小小的关帝庙。庙旁是一座焚化字纸的砖炉，炉口上方横写着四个大字道:"敬惜字纸"。只可惜那两个淹死鬼失了池子,难讨替代,总在左近徘徊,虽然已有"伏魔大帝关圣帝君"镇压着。

办学的人大概是好心肠的,所以每年七月十五,总请一群和尚到雨天操场来放焰口,一个红鼻而胖的大和尚戴上毗卢帽,捏诀,念咒:"回资罗,普弥耶吽!喳耶吽!吽!耶!吽!"

我的前辈同学被关圣帝君镇压了一整年,就只在这时候得到一点好处,——虽然我并不深知是怎样的好处。所以当这些时,我每每想:做学生总得自己小心些。

总觉得不大合适,可是无法形容出这不合适来。现在是发现了大致相近的字眼了,"乌烟瘴气",庶几乎其可也。只得走开。近来是单是走开也就不容易,"正人君子"者流会说你骂人骂到了聘书,或者是发"名士"脾气,给你几句正经的俏皮话。不过那时还不打紧,学生所得的津贴,第一年不过二两银子,最初三个月的试习期内是零用五百文。于是毫无问题,去考矿路学堂去了,也许是矿路学堂,已经有些记不真,文凭又不在手头,更无从查考。试验并不难,录取的。

这回不是It is a cat了,是Der Mann, Die Weib, Das Kind。汉文仍旧是"颖考叔可谓纯孝也已矣",但外加《小学集注》。论文题目也小有不同,譬如《工欲善其事必先利其器论》,是先前没有做过的。

此外还有所谓格致、地学、金石学……都非常新鲜。但是还得声明:后两项,就是现在之所谓地质学和矿物学,并非讲舆地和钟鼎碑版的。只是画铁轨横断面图却有些麻烦,平行线尤其讨厌。但第二年的总办是一个新党,他坐在马车上的时候大抵看着《时务报》，考汉文也自己出题目，和教员出的很不同。有一次是《华盛顿论》，汉文教员反而惴惴地来问我们道："华盛顿是什么东西呀？……"

看新书的风气便流行起来，我也知道了中国有一部书叫《天演论》。星期日跑到城南去买了来，白纸石印的一厚本，价五百文整。翻开一看，是写得很好的字，开首便道：

"赫胥黎独处一室之中，在英伦之南，背山而面野，槛外诸境，历历如在机下。乃悬想二千年前，当罗马大将恺彻未到时，此间有何景物？计惟有天造草昧……"

哦，原来世界上竟还有一个赫胥黎坐在书房里那么想，而且想得那么新鲜？一口气读下去，"物竞""天择"也出来了，苏格拉底、柏拉图也出来了，斯多葛也出来了。学堂里又设立了一个阅报处，《时务报》不待言，还有《译学汇编》，那书面上的张廉卿一流的四个字，就蓝得很可爱。

"你这孩子有点不对了，拿这篇文章去看去，抄下来去看去。"一位本家的老辈严肃地对我说，而且递过一张报纸来。接来看时，"臣许应骙跪奏……"，那文章现在是一句也不记得了，总之是参康有为变法的，也不记得可曾抄了没有。

仍然自己不觉得有什么"不对"，一有闲空，就照例地吃侉饼、花生米、辣椒，看《天演论》。

但我们也曾经有过一个很不平安的时期。那是第二年，听说学校就要裁撤了。这也无怪,这学堂的设立,原是因为两江总督(大约是刘坤一罢)听到青龙山的煤矿出息好,所以开手的。待到开学时,煤矿那面却已将原先的技师辞退,换了一个不甚了然的人了。理由是:一、先前的技师薪水太贵;二、他们觉得开煤矿并不难。于是不到一年,就连煤在哪里也不甚了然起来,终于是所得的煤,只能供烧那两架抽水机之用,就是抽了水掘煤,掘出煤来抽水,结一笔出入两清的账。既然开矿无利,矿路学堂自然也就无须乎开了,但是不知怎的,却又并不裁撤。到第三年我们下矿洞去看的时候,情形实在颇凄凉,抽水机当然还在转动,矿洞里积水却有半尺深,上面也点滴而下,几个矿工便在这里面鬼一般工作着。

毕业,自然大家都盼望的,但一到毕业,却又有些爽然若失。爬了几次桅,不消说不配做半个水兵;听了几年讲,下了几回矿洞,就能掘出金银铜铁锡来么?实在连自己也茫无把握,没有做《工欲善其事必先利其器论》的那么容易。爬上天空二十丈和钻下地面二十丈,结果还是一无所能,学问是"上穷碧落下黄泉,两处茫茫皆不见"了。所余的还只有一条路:到外国去。

留学的事,官僚也许可了,派定五名到日本去。其中的一个因为祖母哭得死去活来,不去了,只剩了四个。日本是同中国很两样的,我们应该如何准备呢?有一个前辈同学在,比我们早一年毕业,曾经游历过日本,应该知道些情形。跑去请教之后,他郑重地说:

"日本的袜是万不能穿的,要多带些中国袜。我看纸票也不好,你们带去的钱不如都换了他们的现银。"

四个人都说遵命。别人不知其详,我是将钱都在上海换了日本的银元,还带了十双中国袜——白袜。

后来呢?后来,要穿制服和皮鞋,中国袜完全无用;一元的银圆日本早已废置不用了,又赔钱换了半元的银圆和纸票。

十月八日

藤野先生

东京也无非是这样。上野的樱花烂熳的时节，望去确也像绯红的轻云，但花下也缺不了成群结队的"清国留学生"的速成班，头顶上盘着大辫子，顶得学生制帽的顶上高高耸起，形成一座富士山。也有解散辫子，盘得平的，除下帽来，油光可鉴，宛如小姑娘的发髻一般，还要将脖子扭几扭。实在标致极了。

中国留学生会馆的门房里有几本书买，有时还值得去一转。倘在上午，里面的几间洋房里倒也还可以坐坐的，但到傍晚，有一间的地板便常不免要咚咚咚地响得震天，兼以满房烟尘斗乱。问问精通时事的人，答道："那是在学跳舞。"

到别的地方去看看，如何呢？

我就往仙台的医学专门学校去。从东京出发，不久便到一处驿站，写道：日暮里。不知怎地，我到现在还记得这名目。其次却只记得水户了,这是明朝的遗民朱舜水先生客死的地方。仙台是一个市镇,并不大。冬天冷得厉害。还没有中国的学生。

大概是物以希为贵罢。北京的白菜运往浙江,便用红头绳系住菜根,倒挂在水果店头,尊为"胶菜";福建野生着的芦荟,一到北京就请进温室,且美其名曰"龙舌兰"。我到仙台也颇受了这样的优待,不但学校不收学费,几个职员还为我的食宿操心。我先是住在监狱旁边一个客店里的,初冬已经颇冷,蚊子却还多,后来用被子盖了全身,用衣服包了头脸,只留两个鼻孔出气。在这呼吸不息的地方,蚊子竟无从插嘴,居然睡安稳了。饭食也不坏。但一位先生却以为这客店也包办囚人的饭食,我住在那里不相宜,几次三番,几次三番地说。我虽然觉得客店兼办囚人的饭食和我不相干,然而好意难却,也只得别寻相宜的住处了。于是搬到了另一家,离监狱也很远,可惜每天总要喝难以下咽的芋梗汤。

从此就看见许多陌生的先生,听到许多新鲜的讲义。解剖学是两个教授分任的。最初是骨学。其时进来的是一个黑瘦的先生,八字须,戴着眼镜,挟着一迭大大小小的书。一将书放在讲台上,便用了缓慢而很有顿挫的声调,向学生介绍自己道:

"我就是叫作藤野严九郎的……"

后面有几个人笑起来了。他接着便讲述解剖学在日本发达的历史。那些大大小小的书,便是从最初到现今关于这一门学问的著作。起初有几本是线装的,还有翻刻中国译本的——他们的翻译和研究新的医学,并不比中国早。

那坐在后面发笑的是上学年不及格的留级学生,在校已经一年,掌故颇为熟悉的了。他们便给新生讲演每个教授的历史。这藤野先生,据说是穿衣服太模糊了,有时竟会忘记戴领结;冬天是一件旧外套,寒颤颤的,有一回上火车去,致使管车的疑心他是扒手,叫车里的客人们小心些。

他们的话大概是真的,我就亲见他有一次上讲堂没有戴领结。

过了一星期,大约是星期六,他使助手来叫我了。到得研究室,见他坐在人骨和许多单独的头骨中间——他其时正在研究着头骨,后来有一篇论文在本校的杂志上发表出来。

"我的讲义(课堂笔记),你能抄下来么?"他问。

"可以抄一点。"

"拿来我看!"

我交出所抄的讲义去,他收下了,第二三天便还我了,并且说,此后每星期要送给他看一回。我拿过来打开看时,很吃了一惊,同时也感到一种不安和感激。原来我的讲义已经从头到末,都用红笔添改过了,不但增加了许多脱漏的地方,连文法的错误,也都一一订正了。这样一直继续到上完了他所担任教学的功课:骨学、血管学、神经学。

可惜我那时太不用功,有时也很任性。还记得有一回藤野先生将我叫到他的研究室里去,翻出我那讲义上的一个图来,是下臂的血管,指着,向我和蔼地说道:

"你看,你将这条血管移了一点位置了——自然,这样一移,的确比较地好看些,然而解剖图不是美术,实物是什么样的,我们没法改换它。现在我给你改好了,以后你要全照着黑板上那样的画。"

但是我还不服气,口头答应着,心里却想道:

"图还是我画的不错;至于实物的情形,我心里自然记得的。"

学年试验完毕之后,我便到东京玩了一夏天,秋初再回学校,成绩早已发表了。同学一百余人之中,我在中间,不过是没有落第。这回藤野先生所担任的功课,是解剖实习和局部解剖学。

解剖实习了大概一星期,他又叫我去了,很高兴地,仍用了极有抑扬的声调对我说道:

"我因为听说中国人是很敬重鬼的,所以很担心,怕你不肯解剖尸体。现在总算放心了,没有这回事。"

但他也偶有使我很为难的时候。他听说中国的女人是裹脚的,但不知道详细,所以要问我怎么裹法,足骨变成怎样的畸形,还叹息道:"总要看一看才知道。究竟是怎么一回事呢?"

有一天,本级的学生会干事到我寓里来了,要借我的讲义看。我捡出来交给他们,他们却只是翻看了一通,并没有带走。但他们一走,邮差就送到一封很厚的信,拆开看时,第一句是:

"你改悔罢!"

这是《新约》上的句子罢,但经托尔斯泰新近引用过的。其时正值日俄战争,托尔斯泰老先生便写了一封给俄国和日本的皇帝的信,开首便是这一句。日本报纸上很是斥责他的不逊,爱国青年也愤然,然而暗地里却早受了他的影响了。其次的话,他们大略是说上年解剖学试验的题目,是藤野先生在我的讲义上做了记号,我预先知道的,所以能有这样的成绩。信的末尾是匿名。

我这才回忆到前几天的一件事。因为要开同级会,干事便在黑板上写广告,末一句是"请全数到会,勿漏为要",而且在"漏"字旁边加了一个圈。我当时虽然觉到圈得可笑,但是毫不介意,这回才悟出那字也在讥刺我了,犹言我得了教员漏泄出来的题目。

我便将这事告知了藤野先生。有几个和我熟识的同学也很不平,一同去诘责干事托辞检查的无礼,并且要求他们将检查的结果,发表出来。终于这流言消灭了,干事却又竭力运动,要收回那一封匿名信去。结末是我便将这托尔斯泰式的信退还了他们。

中国是弱国,所以中国人当然是低能儿,分数在六十分以上,便不是自己的能力了——也无怪他们疑惑。但我接着便有参观枪毙中国人的命运了。

第二年添教霉菌学,细菌的形状是全用电影来显示的,一段落已完而还没有到下课的时候,便影几片时事的片子,自然都是日本战胜俄国的情形。但偏有中国人夹在里边:给俄国人做侦探,被日本军捕获,要枪毙了,围着看的也是一群中国人。在讲堂里的还有一个我。

"万岁!"他们都拍掌欢呼起来。

这种欢呼,是每看一片都有的,但在我,这一声却特别听得刺耳。此后回到中国来,我看见那些闲看枪毙犯人的人们,他们也何尝不酒醉似的喝彩?——呜呼,无法可想!但在那时那地，我的意见却变化了。

到第二学年的终结，我便去寻藤野先生，告诉他我将不学医学，并且离开这仙台。他的脸色仿佛有些悲哀，似乎想说话，但竟没有说。

"我想去学生物学，先生教给我的学问，也还有用的。"其实我并没有决意要学生物学，因为看得他有些凄然，便说了一个慰安他的谎话。

"为医学而教的解剖学之类，怕于生物学也没有什么大帮助。"他叹息说。

将走的前几天，他叫我到他家里去，交给我一张照相，后面写着两个字：惜别，还说希望将我的也送他。但我这时适值没有照相；他便叮嘱我将来照了寄给他，并且时时通信告诉他此后的状况。

我离开仙台之后，就多年没有照过相，又因为状况也无聊，说起来无非使他失望，便连信也怕敢写了。经过的年月一多，话更无从说起，所以虽然有时想写信，却又难以下笔，这样的一直到现在，竟没有寄过一封信和一张照片。从他那一面看起来，是一去之后，杳无消息了。

但不知怎地，我总还时时记起他，在我所认为我师的之中，他是最使我感激，最给我鼓励的一个。有时我常常想：他对于我的热心的希望与不倦的教诲，小而言之，是为中国，就是希望中国有新的医学；大而言之，是为学术，就是希望新的医学传到中国去。他的性格，在我的眼里和心里是伟大的，虽然他的姓名并不为许多人所知道。

他所改正的讲义，我曾经订成三厚本，收藏着的，将作为永久的纪念。不幸七年前迁居的时候，中途毁坏了一口书箱，失去半箱书，恰巧这讲义也遗失在内了。责成运送局去找寻，寂无回信。只有他的照相至今还挂在我北京寓居的东墙上，书桌对面。每当夜间疲倦，正想偷懒时，仰面在灯光中瞥见他黑瘦的面貌，似乎正要说出抑扬顿挫的话来，便使我忽又良心发现，而且增加勇气了，于是点上一支烟，再继续写些为"正人君子"之流所深恶痛疾的文字。

范爱农

在东京的客店里,我们大抵一起来就看报。学生所看的多是《朝日新闻》和《读卖新闻》,专爱打听社会上琐事的就看《二六新闻》。一天早晨,辟头就看见一条从中国来的电报,大概是:"安徽巡抚恩铭被Jo Shiki Rin刺杀,刺客就擒。"

大家一怔之后,便容光焕发地互相告语,并且研究这刺客是谁,汉字是怎样三个字。但只要是绍兴人,又不专看教科书的,却早已明白了。这是徐锡麟,他留学回国之后,在做安徽候补道,办着巡警事物,正合于刺杀巡抚的地位。

大家接着就预测他将被极刑,家族将被连累。不久,秋瑾姑娘在绍兴被杀的消息也传来了,徐锡麟是被挖了心,给恩铭的亲兵炒食净尽。人心很愤怒。有几个人便秘密地开一个会,筹集川资;这时用得着日本浪人了,撕乌贼鱼下酒,慷慨一通之后,他便登程去接徐伯荪的家属去。

照例还有一个同乡会,吊烈士,骂满洲;此后便有人主张打电报到北京，痛斥满政府的无人道。会众即刻分成两派：一派要发电，一派不要发。我是主张发电的，但当我说出之后，即有一种钝滞的声音跟着起来：

"杀的杀掉了，死的死掉了，还发什么屁电报呢？"

这是一个高大身材，长头发，眼球白多黑少的人，看人总像在蔑视。他蹲在席子上，我发言大抵就反对；我早觉得奇怪，注意着他的了，到这时才打听别人：说这话的是谁呢，有那么冷？认识的人告诉我说：他叫范爱农，是徐伯荪的学生。

我非常愤怒了，觉得他简直不是人，自己的先生被杀了，连打一个电报还害怕，于是便坚执地主张要发电，同他争起来。结果是主张发电的居多数，他屈服了。其次要推出人来拟电稿。

"何必推举呢？自然是主张发电的人啰……"他说。

我觉得他的话又在针对我，无理倒也并非无理的。但我便主张这一篇悲壮的文章必须深知烈士生平的人做，因为他比别人关系更密切，心里更悲愤，做出来就一定更动人。于是又争起来。结果是他不做，我也不做，不知谁承认做去了；其次是大家走散，只留下一个拟稿的和一两个干事，等候做好之后去拍发。

从此我总觉得这范爱农离奇，而且很可恶。天下可恶的人，当初以为是满人，这时才知道还在其次；第一倒是范爱农。中国不革命则已，要革命，首先就必须将范爱农除去。

然而这意见后来似乎逐渐淡薄，到底忘却了，我们从此也没有再见面。直到革命的前一年，我在故乡做教员，大概是春末时候罢，忽然在熟人的客座上看见了一个人，互相熟视了不过两三秒钟，我们便同时说：

"哦哦，你是范爱农！"

"哦哦，你是鲁迅！"

不知怎地我们便都笑了起来，是互相的嘲笑和悲哀。他眼睛还是那样，然而奇怪，只这几年，头上却有了白发了，但也许本来就有，我先前没有留心到。他穿着很旧的布马褂，破布鞋，显得很寒素。谈起自己的经历来，他说他后来没有了学费，不能再留学，便回来了。回到故乡之后，又受着轻蔑、排斥、迫害，几乎无地可容。现在是躲在乡下，教着几个小学生糊口。但因为有时觉得很气闷，所以也乘了航船进城来。

他又告诉我现在爱喝酒，于是我们便喝酒。从此他每一进城，必定来访我，非常相熟了。我们醉后常谈些愚不可及的疯话，连母亲偶然听到了也发笑。一天我忽而记起在东京开同乡会时的旧事，便问他：

"那一天你专门反对我，而且故意似的，究竟是什么缘故呢？"

"你还不知道？我一向就讨厌你的，——不但我，我们。"

"你那时之前，早知道我是谁么？"

"怎么不知道？我们到横滨，来接的不就是子英和你么？你看不起我们，摇摇头，你自己还记得么？"

我略略一想，记得的，虽然是七八年前的事。那时是子英来约我的，说到横滨去接新来留学的同乡。汽船一到，看见一大堆，大概一共有十多人，一上岸便将行李放到税关上去候查检，关吏在衣箱中翻来翻去，忽然翻出一双绣花的弓鞋来，便放下公事，拿着仔细地看。我很不满，心里想，这些大男人，怎么带这东西来呢？自己不注意，那时也许就摇了摇头。检验完毕，在客店小坐之后，即须上火车。不料这一群读书人又在客车上让起坐位来了，甲要乙坐在这位子，乙要丙去坐，揖让未终，火车已开，车身一摇，即刻跌倒了三四个。我那时也很不满，暗地里想：连火车上的坐位，他们也要分出尊卑来。自己不注意，也许又摇了摇头。然而那群雍容揖让的人物中就有范爱农，却直到这一天才想到。岂但他呢，说起来也惭愧，这一群里，还有后来在安徽战死的陈伯平烈士，被害的马宗汉烈士；被囚在黑狱里，到革命后才见天日而身上永带着匪刑的伤痕的也还有一两人。而我都茫无所知，摇着头将他们一并运上东京了。徐伯荪虽然和他们同船来，却不在这车上，因为他在神户就和他的夫人坐车走了陆路了。

　　我想我那时摇头大约有两回，他们看见的不知道是哪一回。让坐时喧闹，检查时幽静，一定是在税关上的那一回了，试问爱农，果然是的。

　　"我真不懂你们带这东西做什么？是谁的？"

　　"还不是我们师母的？"他瞪着他多白的眼。

　　"到东京就要假装大脚，又何必带这东西呢？"

　　"谁知道呢？你问她去。"

　　到冬初，我们的景况更拮据了，然而还喝酒，讲笑话。忽然是武昌起义，接着是绍兴光复。第二天爱农就上城来，戴着农夫常用的毡帽，那笑容是从来没有见过的。

　　"老迅，我们今天不喝酒了。我要去看看光复的绍兴。

我们同去。"

我们便到街上去走了一通,满眼是白旗。然而貌虽如此,内骨子是依旧的,因为还是几个旧乡绅所组织的军政府,什么铁路股东是行政司长,钱店掌柜是军械司长……这军政府也到底不长久,几个少年一嚷,王金发带兵从杭州进来了,但即使不嚷或者也会来。他进来以后,也就被许多闲汉和新进的革命党所包围,大做王都督。在衙门里的人物,穿布衣来的,不上十天也大概换上皮袍子了,天气还并不冷。

我被摆在师范学校校长的饭碗旁边,王都督给了我校款二百元。爱农做监学,还是那件布袍子,但不大喝酒了,也很少有工夫谈闲天。他办事,兼教书,实在勤快得可以。"情形还是不行,王金发他们。"一个去年听过我的讲义的少年来访我,慷慨地说,"我们要办一种报来监督他们。不过发起人要借用先生的名字。还有一个是子英先生,一个是德清先生。为社会,我们知道你决不推却的。"

我答应他了。两天后便看见出报的传单,发起人诚然是三个。五天后便见报,开首便骂军政府和那里面的人员;此后是骂都督,都督的亲戚、同乡、姨太太……

这样地骂了十多天,就有一种消息传到我的家里来,说都督因为你们诈取了他的钱,还骂他,要派人用手枪来打死你们了。

别人倒还不打紧,第一个着急的是我的母亲,叮嘱我不要再出去。但我还是照常走,并且说明,王金发是不来打死我们的,他虽然绿林大学出身,而杀人却不很轻易。况且我拿的是校款，这一点他还能明白的，不过说说罢了。

果然没有来杀。写信去要经费，又取了二百元。但仿佛有些怒意，同时传令道：再来要，没有了！

不过爱农得到了一种新消息，却使我很为难。原来所谓"诈取"者，并非指学校经费而言，是指另有送给报馆的一笔款。报纸上骂了几天之后，王金发便叫人送去了五百元。于是乎我们的少年们便开起会议来，第一个问题是：收不收？决议曰：收。第二个问题是：收了之后骂不骂？决议曰：骂。理由是：收钱之后，他是股东；股东不好，自然要骂。

我即刻到报馆去问这事的真假。都是真的。略说了几句不该收他钱的话，一个名为会计的便不高兴了，质问我道：

"报馆为什么不收股本？"

"这不是股本……"

"不是股本是什么？"

我就不再说下去了，这一点世故是早已知道的，倘我再说出连累我们的话来，他就会面斥我太爱惜不值钱的生命，不肯为社会牺牲，或者明天在报上就可以看见我怎样怕死发抖的记载。

然而事情很凑巧，季茀写信来催我往南京了。爱农也很赞成，但颇凄凉，说：

"这里又是那样，住不得。你快去罢……"

我懂得他无声的话，决计往南京。先到都督府去辞职，自然照准，派来了一个拖鼻涕的接收员，我交出账目和余款一角又两铜元，不是校长了。后任是孔教会会长傅力臣。

报馆案是我到南京后两三个星期了结的,被一群兵们捣毁。子英在乡下,没有事;德清适值在城里,大腿上被刺了一尖刀。他大怒了。自然,这是很有些痛的,怪他不得。他大怒之后,脱下衣服,照了一张照片,以显示一寸来宽的刀伤,并且做一篇文章叙述情形,向各处分送,宣传军政府的横暴。我想,这种照片现在是大约未必还有人收藏着了,尺寸太小,刀伤缩小到几乎等于无,如果不加说明,看见的人一定以为是带些疯气的风流人物的裸体照片,倘遇见孙传芳大帅,还怕要被禁止的。

我从南京移到北京的时候,爱农的学监也被孔教会会长的校长设法去掉了。他又成了革命前的爱农。我想为他在北京寻一点小事做,这是他非常希望的,然而没有机会。他后来便到一个熟人的家里去寄食,也时时给我信,景况愈困穷,言辞也愈凄苦。终于又非走出这熟人的家不可,便在各处飘浮。不久,忽然从同乡那里得到一个消息,说他已经掉在水里,淹死了。

我疑心他是自杀。因为他是浮水的好手,不容易淹死的。

夜间独坐在会馆里,十分悲凉,又疑心这消息并不确,但无端又觉得这是极其可靠的,虽然并无证据。一点法子都没有,只做了四首诗,后来曾在一种日报上发表,现在是将要忘记完了。只记得一首里的六句,起首四句是:"把酒论天下,先生小酒人,大圜犹酩酊,微醉合沉沦。"中间忘掉两句,末了是"旧朋云散尽,余亦等轻尘"。

后来我回故乡去,才知道一些较为详细的事。爱农先是什么事也没得做,因为大家讨厌他。他很困难,但还喝酒,是朋友请他的。他已经很少和人们来往，常见的只剩下几个后来认识的较为年轻的人了，然而他们似乎也不愿意多听他的牢骚，以为不如讲笑话有趣。

"也许明天就收到一个电报，拆开来一看，是鲁迅来叫我的。"他时常这样说。

一天，几个新的朋友约他坐船去看戏，回来已过夜半，又是大风雨，他醉着，却偏要到船舷上去小解。大家劝阻他，也不听，自己说是不会掉下去的。但他掉下去了，虽然能浮水，却从此不起来。

第二天打捞尸体，是在菱荡里找到的，直立着。

我至今不明白他究竟是失足还是自杀。

他死后一无所有，遗下一个幼女和他的夫人。有几个人想集一点钱做他女儿将来的学费的基金，因为一经提议，即有族人来争这笔款的保管权，——其实还没有这笔款，大家觉得无聊，便无形消散了。

现在不知他唯一的女儿景况如何？倘在上学，中学已该毕业了罢。

十一月十八日

《朝花夕拾》后记

我在第三篇讲《二十四孝》的开头,说北京恐吓小孩的"马虎子"应作"麻胡子",是指麻叔谋,而且以他为胡人。现在知道是错了,"胡"应作"祜",是叔谋之名,见唐人李济翁做的《资暇集》卷下,题云《非麻胡》。原文如下:

"俗怖婴儿曰:麻胡来!不知其源者,以为多髯之神而验刺者,非也。隋将军麻祜,性酷虐,炀帝令开汴河,威棱既盛,至稚童望风而畏,互相恐吓曰:麻祜来!稚童语不正,转祜为胡。只如宪宗朝泾将郝魃,蕃中皆畏惮,其国婴儿啼者,以魃怖之则止。又,武宗朝,闾阎孩孺相胁云:薛尹来!咸类此也。况《魏志》载张文远辽来之明证乎?"(原注:麻祜庙在睢阳。廊方节度李丕即其后。丕为重建碑。)

原来我的识见,就正和唐朝的"不知其源者"相同,贻讥于千载之前,真是咎有应得,只好苦笑。但又不知麻祜庙碑或碑文,现在尚在睢阳或存于方志中否?倘在,我们当可以看见和小说《开河记》所载相反的他的功业。

因为想寻几张插画,常维钧兄给我在北京搜集了许多材料,有几种是为我所未曾见过的。如光绪己卯(1879)肃州胡文炳作的《二百册孝图》——原书有注云:"册读如习。"我真不解他何以不直称四十,而必须如此麻烦——即其一。我所反对的"郭巨埋儿",他于我还未出世的前几年,已经删去了。序有云:

"……坊间所刻《二十四孝》,善矣。然其中郭巨埋儿一事,揆之天理人情,殊不可以训……炳窃不自量,妄为编辑。凡矫枉过正而刻意求名者,概从割爱;惟择其事之不诡于正,而人人可为者,类为六门。"

这位肃州胡老先生的勇决,委实令我佩服了。但这种意见,恐怕是怀抱者不乏其人,而且由来已久的,不过大抵不敢毅然删改，笔之于书。如同治十一年（1872）刻的《百孝图》，前有纪常郑绩序，就说：

"……况迨来世风日下，沿习浇漓，不知孝出天性自然，反以孝作另成一事。且择古人投炉埋儿为忍心害理，指割股抽肠为损亲遗体。殊未审孝只在乎心，不在乎迹。尽孝无定形，行孝无定事。古之孝者非在今所宜，今之孝者难泥古之事。因此时此地不同，而其人其事各异，求其所以尽孝之心则一也。子夏曰：事父母能竭其力。故孔门问孝，所答何尝有同然乎……"

则同治年间就有人以埋儿等事为"忍心害理"，灼然可知。至于这一位"纪常郑绩"先生的意思，我却还是不大懂，或者像是说：这些事现在可以不必学，但也不必说它错。

这部《百孝图》的起源有点特别，是因为见了"粤东颜子"的《百美新咏》而作的。人重色而己重孝，卫道之盛心可谓至矣。虽然是"会稽俞葆真兰浦编辑"，与不佞有同乡之谊，——但我还只得老实说：不大高明。例如木兰从军的出典，他注云："隋史。"这样名目的书，现今是没有的；倘是《隋书》，那里面又没有木兰从军的事。

而中华民国九年（1920），上海的书店却偏偏将它用石印翻印了，书名的前后各添了两个字：《男女百孝图全传》。第一页上还有一行小字道：家庭教育的好模范。又加了

一篇"吴下大错王鼎谨识"的序,开首先发同治年间"纪常郑绩"先生一流的感慨:

> "慨自欧化东渐,海内承学之士,嚣嚣然侈谈自由平等之说,致道德日就沦胥,人心日益浇漓,寡廉鲜耻,无所不为,侥幸行险,人思幸进,求所谓砥砺廉隅,束身自爱者,世不多睹焉。……起观斯世之忍心害理,几全如陈叔宝之无心肝。长此滔滔,伊何底止?"

其实陈叔宝模糊到好像"全无心肝",或者有之,若拉他来配"忍心害理",却未免有些冤枉。这是有几个人以评"郭巨埋儿"和"李娥投炉"的事的。

至于人心,有几点确也似乎正在浇漓起来。自从《男女之秘密》《男女交合新论》出现后,上海就很有些书名喜欢用"男女"二字冠首。现在是连"以正人心而厚风俗"的《百孝图》上也加上了。这大概为因不满于《百美新咏》而教孝的"会稽俞葆真兰浦"先生所不及料的罢。

从说"百行之先"的孝而忽然拉到"男女"上去,仿佛也近乎不庄重,——浇漓。但我总还想乘便说几句,——自然竭力来减省。

我们中国人即使对于"百行之先",我敢说,也未必就不想到男女上去的。太平无事,闲人很多,偶有"杀身成仁舍生取义"的,本人也许忙得不暇检点,而活着的旁观者总会加以绵密的研究。曹娥的投江觅父,淹死后抱父尸出,是载在正史,很有许多人知道的。但这一个"抱"字却发生过问题。我幼小时候,在故乡曾经听到老年人这样讲:

"……死了的曹娥,和她父亲的尸体,最初是面对面抱着浮上来的。然而过往行人看见的都发笑了,说:哈哈!这么一个年轻姑娘抱着这么一个老头子!于是那两个死尸又沉下去了;停了一刻又浮起来,这回是背对背地负着。"

好!在礼义之邦里,连一个年幼——呜呼,"娥年十四"而已——的死孝女要和死父亲一同浮出,也有这么艰难!

我检查《百孝图》和《二百卌孝图》,画师都很聪明,所画的是曹娥还未跳入江中,只在江干啼哭。但吴友如画的《女二十四孝图》(1892)却正是两尸一同浮出的这一幕,而且也正画作"背对背",我想,他大约也知道我所听到的那故事的。还有《后二十四孝图说》,也是吴友如画,也有曹娥,则画作正在投江的情状。

就我现今所见的教孝的图说而言,古今颇有许多遇盗、遇虎、遇火、遇风的孝子,那应付的方法,十之九是"哭"和"拜"。

中国的哭和拜,什么时候才完呢?

至于画法,我以为最简古的倒要算日本的小田海仙本,这本子早已印入《点石斋丛画》里,变成国货,很容易入手的了。

吴友如画得最细巧,也最能引动人。但他于历史画其实是不大相宜的;他久居上海的租界里,耳濡目染,最擅长的倒在作"恶鸨虐妓""流氓拆梢"一类的时事画,那真是勃勃有生气,令人在纸上看出上海的洋场来。但影响殊不佳,近来许多小说和儿童读物的插画中,往往将一切女性画成妓女样,一切孩童都画得像一个小流氓,大半就因为太看了他的画本的缘故。

而孝子的事迹也比较地更难画,因为总是惨苦的多。譬如"郭巨埋儿",无论如何总难以画到引得孩子眉飞色舞,自愿躺到坑里去。还有"尝粪心忧",也不容易引人入胜。还有老莱子的"戏彩娱亲",题诗上虽说"喜色满庭帏",而图画上却绝少有有趣的家庭的气息。

我现在选取了三种不同的标本,合成第二图。上方的是《百孝图》中的一部分,"陈村何云梯"画的,画的是"取水上堂诈跌卧地作婴儿啼"这一段。也带出"双亲开口笑"来。中间的一小块是我从"直北李锡彤"画的《二十四孝图诗合刊》上描下来的,画的是"着五色斑斓之衣为婴儿戏于亲侧"这一段;手里捏着"摇咕咚",就是"婴儿戏"这三个字的点题。但大约李先生觉得一个高大的老头子玩这样的把戏究竟不像样,将他的身子竭力收缩,画成一个有胡子的小孩子了。然而仍然无趣。至于线的错误和缺少,那是不能怪作者的,也不能埋怨我,只能去骂刻工。查这刻工当前清同治十二年(1873)时,是在"山东省布政司街南首路西鸿文堂刻字处"。下方的是"民国壬戌"(1922)慎独山房刻本,无画人姓名,但是双料画法,一面"诈跌卧地",一面"为婴儿戏",将两件事合起来,而将"斑斓之衣"忘却了。吴友如画的一本,也合两事为一,也忘了斑斓之衣,只是老莱子比较地胖一些,且绾着双丫髻,——不过还是无趣味。

人说,讽刺和冷嘲只隔一张纸,我以为有趣和肉麻也一样。孩子对父母撒娇可以看得有趣,若是成人,便未免有些不顺眼。放达的夫妻在人面前的互相爱怜的态度,有时略一跨出有趣的界线,也容易变为肉麻。老莱子的作态的图,正无怪谁也画不好。像这些图画上似的家庭里,我是一天也住不舒服的,你看这样一位七十多岁的老太爷整年假惺惺地玩着一个"摇咕咚"。

汉朝人在宫殿和墓前的石室里,多喜欢绘画和雕刻古来的帝王、孔子弟子、列士、列女、孝子之类的图。宫殿当然一椽不存了;石室却偶然还有,而最完全的是山东嘉祥县的武氏石室。我仿佛记得那上面就刻着老莱子的故事。但现在手头既没有拓本,也没有《金石萃编》,不能查考了;否则,将现时的和约一千八百年前的图画比较起来,也是一种颇有趣味的事。关于老莱子的,《百孝图》上还有这样的一段:

> "……莱子又有弄雏娱亲之事:尝弄雏于双亲之侧,欲亲之喜。"
>
> (原注:《高士传》)

谁做的《高士传》呢?嵇康的,还是皇甫谧的?也还是手头没书,无从查考。只在新近因为白得了一个月的薪水,这才发狠买来的《太平御览》上查了一通,到底查不着,倘不是我粗心,那就是出于别的唐宋人的类书里的了。但这也没有什么大关系。我所觉得特别的,是文中的那"雏"字。

我想,这"雏"未必一定是小禽鸟。孩子们喜欢弄来玩耍的,用泥和绸或布做成的人形,日本也叫Hina,写作"雏"。他们那里往往存留中国的古语;而老莱子在父母面前弄孩子的玩具,也比弄小禽鸟更自然。所以英语的Doll,即我们现在称为"洋囡囡"或"泥人儿",而文字上只好写作"傀儡"的,说不定古人就称"雏",后来中绝,便只残存于日本了。但这不过是我一时的臆测,此外也并无什么坚实的凭证。

这弄雏的事,似乎也还没有画过图。

我所搜集的另一批,是内有"无常"的画像的书籍。一曰《玉历钞传警世》(或无下二字),一曰《玉历至宝钞》(或作编)。其实是两种都差不多的。关于搜集的事,我首先仍要感谢常维钧兄,他寄给我北京龙光斋本,又鉴光斋本;天津思过斋本,又石印局本;南京李光明庄本。其次是章矛尘兄,给我杭州玛瑙经房本,绍兴许广记本,最近石印本。又其次是我自己,得到广州宝经阁本,又翰元楼本。

这些《玉历》,有繁简两种,是和我的前言相符的。但我调查了一切无常的画像之后,却恐慌起来了。因为书上的"活无常"是花袍,纱帽,背后插刀;而拿算盘,戴高帽子的却是"死有分"!虽然面貌有凶恶和和善之别,脚下有草鞋和布鞋之殊,也不过画工偶然的随便,而最关紧要的题字,则全体一致,曰:"死有分。"呜呼,这明明是专在和我为难。

然而我还不能心服。一者因为这些书都不是我幼小时候所见的那一部，二者因为我还确信我的记忆并没有错。不过撕下一叶来做插画的企图，却被无声无臭地打得粉碎了。只得选取标本各一——南京本的死有分和广州本的活无常——之外，还自己动手，添画一个我所记得的目连戏或迎神赛会中的"活无常"来塞责，如第三图上方。好在我并非画家，虽然太不高明，读者也许不至于嗔责罢。先前想不到后来，曾经对于吴友如先生辈颇说过几句蹊跷话，不料曾几何时，即须自己出丑了，现在就预先辩解几句在这里存案。但是，如果无效，那也只好直抄徐（印世昌）大总统的哲学：听其自然。

还有不能心服的事，是我觉得虽是宣传《玉历》的诸公，于阴间的事情其实也不大了然。例如一个人初死时的情状，那图像就分成两派。一派是只来一位手执钢叉的鬼卒，叫做"勾魂使者"，此外什么都没有；一派是一个马面，两个无常——阳无常和阴无常——而并非活无常和死有分。倘说，那两个就是活无常和死有分罢，则和单个的画像又不一致。如第四图版上的A，阳无常何尝是花袍纱帽？只有阴无常却和单画的死有分颇相像的，但也放下算盘拿了扇。这还可以说大约因为其时是夏天，然而怎么又长了那么长的络腮胡子了呢？难道夏天时疫多，他竟忙得连修刮的工夫都没有了么？这图的来源是天津思过斋的本子，合并声明；还有北京和广州本上的，也相差无几。

B是从南京的李光明庄刻本上取来的，图画和A相同，而题字则正相反了：天津本指为阴无常者，它却道是阳无常。但和我的主张是一致的。那么，倘有一个素衣高帽的东西，不问他胡子之有无，北京人，天津人，广州人只管去称为阴无常或死有分,我和南京人则叫他活无常,各随自己的便罢。"名者,实之宾也",不关什么紧要的。

不过我还要添上一点C图,是绍兴许广记刻本中的一部分,上面并无题字,不知宣传者于意云何。我幼小时常常走过许广记的门前,也闲看他们刻图画,是专爱用弧线和直线,不大肯作曲线的,所以无常先生的真相,在这里也难以判然。只是他身边另有一个小高帽,却还能分明看出,为别的本子上所无。这就是我所说过的在赛会时候出现的阿领。他连办公时间也带着儿子走,我想,大概是在叫他跟随学习,预备长大之后,可以"无改于父之道"的。

除勾摄人魂外,十殿阎罗王中第四殿五官王的案桌旁边,也什九站着一个高帽角色。如D图,1取自天津的思过斋本,模样颇漂亮;2是南京本,舌头拖出来了,不知何故;3是广州的宝经阁本,扇子破了;4是北京龙光斋本,无扇,下巴之下一条黑,我看不透它是胡子还是舌头;5是天津石印局本,也颇漂亮,然而站到第七殿泰山王的公案桌边去了,这是很特别的。

又,老虎噬人的图上,也一定画有一个高帽的角色,拿着纸扇子暗地里在指挥。不知道这也就是无常呢,还是所谓"伥鬼"?但我乡戏文上的伥鬼都不戴高帽子。

研究这一类三魂渺渺,七魄茫茫,"死无对证"的学问,是很新颖,也极占便宜的。假使征集材料,开始讨论,将各种往来的信件都编印起来,恐怕也可以出三四本颇厚的书,并且因此升为"学者"。但是,"活无常学者",名称不大冠冕,我不想干下去了,只在这里下一个武断:

《玉历》式的思想是很粗浅的:"活无常"和"死有分",合起来是人生的象征。人将死时,本只须死有分来到。因为他一到,这时候,也就可见"活无常"。

但民间又有一种自称"走阴"或"阴差"的,是生人暂时入冥,帮办公事的角色。因为他帮同勾魂摄魄,大家也就称之为"无常";又以其本是生魂也,则别之曰"阳",但从此便和"活无常"隐然相混了。如第四图版之A,题为"阳无常"的,是平常人的普通装束,足见明明是阴差,他的职务只在领鬼卒进门,所以站在阶下。

既有了生魂入冥的"阳无常",便以"阴无常"来称职务相似而并非生魂的死有分了。

做目连戏和迎神赛会虽说是祷祈,同时也等于娱乐,扮演出来的应该是阴差,而普通状态太无趣,——无所谓扮演——不如奇特些好,于是就将"那一个无常"的衣装给他穿上了;——自然原也没有知道得很清楚。然而从此也更传讹下去。所以南京人和我之所谓活无常,是阴差而穿着死有分的衣冠,顶着真的活无常的名号,大背经典,荒谬得很的。

不知海内博雅君子,以为如何?

我本来并不准备做什么后记,只想寻几张旧画像来做插图,不料目的不达,便变成一面比较,剪贴,一面乱发议论了。那一点本文或作或辍地几乎做了一年,这一点后记也或作或辍地几乎做了两个月。天热如此,汗流浃背,是亦不可以已乎:爰为结。

一九二七年七月十一日

野草

《野草》题辞

当我沉默着的时候,我觉得充实;我将开口,同时感到空虚。

过去的生命已经死亡。我对于这死亡有大欢喜,因为我借此知道它曾经存活。死亡的生命已经朽腐。我对于这朽腐有大欢喜,因为我借此知道它还非空虚。

生命的泥委弃在地面上,不生乔木,只生野草,这是我的罪过。

野草,根本不深,花叶不美,然而吸取露,吸取水,吸取陈死人的血和肉,各各夺取它的生存。当生存时,还是将遭践踏,将遭删刈,直至于死亡而朽腐。

但我坦然,欣然。我将大笑,我将歌唱。

我自爱我的野草,但我憎恶这以野草作装饰的地面。

地火在地下运行,奔突;熔岩一旦喷出,将烧尽一切野草,以及乔木,于是并且无可朽腐。

但我坦然,欣然。我将大笑,我将歌唱。

天地有如此静穆,我不能大笑而且歌唱。天地即不如此静穆,我或者也将不能。我以这一丛野草,在明与暗,生与死,过去与未来之际,献于友与仇,人与兽,爱者与不爱者之前作证。

为我自己,为友与仇,人与兽,爱者与不爱者,我希望这野草的朽腐,火速到来。要不然,我先就未曾生存,这实在比死亡与朽腐更其不幸。

去罢,野草,连着我的题辞!

鲁迅记于广州之白云楼上
一九二七年四月二十六日

求乞者

　　我顺着剥落的高墙走路，踏着松的灰土。另外有几个人，各自走路。微风起来，露在墙头的高树的枝条带着还未干枯的叶子在我头上摇动。

　　微风起来，四面都是灰土。

　　一个孩子向我求乞，也穿着夹衣，也不见得悲戚，而拦着磕头，追着哀呼。

　　我厌恶他的声调，态度。我憎恶他并不悲哀，近于儿戏；我烦厌他这追着哀呼。

　　我走路。另外有几个人各自走路。微风起来，四面都是灰土。

　　一个孩子向我求乞，也穿着夹衣，也不见得悲戚，但是哑的，摊开手，装着手势。

　　我就憎恶他这手势。而且，他或者并不哑，这不过是一种求乞的法子。

　　我不布施，我无布施心，我但居布施者之上，给予烦腻，疑心,憎恶。

我顺着倒败的泥墙走路,断砖叠在墙缺口,墙里面没有什么。微风起来,送秋寒穿透我的夹衣;四面都是灰土。

我想着我将用什么方法求乞:发声,用怎样声调?装哑,用怎样手势?……

另外有几个人各自走路。

我将得不到布施,得不到布施心;我将得到自居于布施之上者的烦腻,疑心,憎恶。

我将用无所为和沉默求乞……

我至少将得到虚无。

微风起来,四面都是灰土。另外有几个人各自走路。

灰土,灰土……

……

灰土……

一九二四年九月二十四日

影的告别

  人睡到不知道时候的时候,就会有影来告别,说出那些话——

  有我所不乐意的在天堂里,我不愿去;有我所不乐意的在地狱里,我不愿去;有我所不乐意的在你们将来的黄金世界里,我不愿去。

  然而你就是我所不乐意的。

  朋友,我不想跟随你了,我不愿住。

  我不愿意!

  呜乎呜乎,我不愿意,我不如彷徨于无地。

  我不过一个影,要别你而沉没在黑暗里了。

  然而黑暗又会吞并我,然而光明又会使我消失。

  然而我不愿彷徨于明暗之间,我不如在黑暗里沉没。

  然而我终于彷徨于明暗之间,我不知道是黄昏还是黎明。

我姑且举灰黑的手装作喝干一杯酒,我将在不知道时候的时候独自远行。

呜乎呜乎,倘若黄昏,黑夜自然会来沉没我,否则我要被白天消失,如果现是黎明。

朋友,时候近了。

我将向黑暗里彷徨于无地。

你还想我的赠品。我能献你什么呢? 无已,则仍是黑暗和虚空而已。

但是,我愿意只是黑暗,或者会消失于你的白天;我愿意只是虚空,决不占你的心地。

我愿意这样,朋友——

我独自远行,不但没有你,并且再没有别的影在黑暗里。只有我被黑暗沉没,那世界全属于我自己。

一九二四年九月二十四日

我的失恋

——拟古的新打油诗

我的所爱在山腰；
想去寻她山太高，
低头无法泪沾袍。
爱人赠我百蝶巾；
回她什么：猫头鹰。
从此翻脸不理我，
不知何故兮使我心惊。

我的所爱在闹市；
想去寻她人拥挤，
仰头无法泪沾耳。
爱人赠我双燕图；
回她什么：冰糖葫芦。

从此翻脸不理我,
不知何故兮使我糊涂。

我的所爱在河滨;
想去寻她河水深,
歪头无法泪沾襟。
爱人赠我金表索;
回她什么:发汗药。
从此翻脸不理我,
不知何故兮使我神经衰弱。

我的所爱在豪家;
想去寻她兮没有汽车,
摇头无法泪如麻。
爱人赠我玫瑰花;
回她什么:赤练蛇。
从此翻脸不理我。
不知何故兮——由她去罢!

一九二四年十月三日

复仇(一)

人的皮肤之厚,大概不到半分,鲜红的热血,就循着那后面,在比密密层层地爬在墙壁上的槐蚕更其密的血管里奔流,散出温热。于是各以这温热互相蛊惑、煽动、牵引,拼命希求偎倚、接吻、拥抱,以得生命的沉酣的大欢喜。

但倘若用一柄尖锐的利刃,只一击,穿透这桃红色的,薄薄的皮肤,将见那鲜红的热血激箭似的以所有温热直接灌溉杀戮者;其次,则给以冰冷的呼吸,示以淡白的嘴唇,使之人性茫然,得到生命的飞扬的极致的大欢喜;而其自身,则永远沉浸于生命的飞扬的极致的大欢喜中。

这样,所以,有他们俩裸着全身,捏着利刃,对立于广漠的旷野之上。

他们俩将要拥抱,将要杀戮……

路人们从四面奔来,密密层层地,如槐蚕爬上墙壁,如蚂蚁要扛鲞头。衣服都漂亮,手倒空的。然而从四面奔来,而且拼命地伸长脖子,要赏鉴这拥抱或杀戮。他们已经预觉着事后自己的舌上的汗或血的鲜味。

然而他们俩对立着,在广漠的旷野之上,裸着全身,捏着利刃,然而也不拥抱,也不杀戮,而且也不见有拥抱或杀戮之意。

他们俩这样地至于永久,圆活的身体,已将干枯,然而毫不见有拥抱或杀戮之意。

路人们于是乎无聊;觉得有无聊钻进他们的毛孔,觉得有无聊从他们自己的心中由毛孔钻出,爬满旷野,又钻进别人的毛孔中。他们于是觉得喉舌干燥,脖子也乏了;终至于面面相觑,慢慢走散;甚而至于居然觉得干枯到失了生趣。

于是只剩下广漠的旷野,而他们俩在其间裸着全身,捏着利刃,干枯地立着;以死人似的眼光,赏鉴这路人们的干枯,无血的大戮,而永远沉浸于生命的飞扬的极致的大欢喜中。

一九二四年十二月二十日

复仇（二）

因为他自以为神之子，以色列的王，所以去钉十字架。

兵丁们给他穿上紫袍，戴上荆冠，庆贺他；又拿一根苇子打他的头，吐他，屈膝拜他；戏弄完了，就给他脱了紫袍，仍穿他自己的衣服。

看哪，他们打他的头，吐他，拜他……

他不肯喝那用没药调和的酒，要分明地玩味以色列人怎样对付他们的神之子，而且较永久地悲悯他们的前途，然而仇恨他们的现在。

四面都是敌意，可悲悯的，可咒诅的。

丁丁地响，钉尖从掌心穿透，他们要钉杀他们的神之子了，可悯的人们呵，使他痛得柔和。

丁丁地响，钉尖从脚背穿透，钉碎了一块骨，痛楚也透到心髓中,然而他们自己钉杀着他们的神之子了,可咒诅的人们呵,这使他痛得舒服。

十字架竖起来了;他悬在虚空中。

他没有喝那用没药调和的酒,要分明地玩味以色列人怎样对付他们的神之子,而且较永久地悲悯他们的前途,然而仇恨他们的现在。

路人都辱骂他,祭司长和文士也戏弄他,和他同钉的两个强盗也讥诮他。

看哪,和他同钉的……四面都是敌意,可悲悯的,可咒诅的。

他在手足的痛楚中,玩味着可悯的人们的钉杀神之子的悲哀和可咒诅的人们要钉杀神之子,而神之子就要被钉杀了的欢喜。突然间,碎骨的大痛楚透到心髓了,他即沉酣于大欢喜和大悲悯中。

他腹部波动了,悲悯和咒诅的痛楚的波。

遍地都黑暗了。

"以罗伊,以罗伊,拉马撒巴各大尼?!"(翻译出来,就是:我的上帝,你为什么离弃我?!)

上帝离弃了他,他终于还是一个"人之子";然而以色列人连"人之子"都钉杀了。

钉杀了"人之子"的人们的身上,比钉杀了"神之子"的尤其血污,血腥。

一九二四年十二月二十日

希望

我的心分外地寂寞。

然而我的心很平安;没有爱憎,没有哀乐,也没有颜色和声音。

我大概老了。我的头发已经苍白,不是很明白的事么?我的手颤抖着,不是很明白的事么?那么我的灵魂的手一定也颤抖着,头发也一定苍白了。

然而这是许多年前的事了。

这以前,我的心也曾充满过血腥的歌声:血和铁,火焰和毒,恢复和报仇。而忽然这些都空虚了,但有时故意地填以没奈何的自欺的希望。希望,希望,用这希望的盾,抗拒那空虚中的暗夜的袭来,虽然盾后面也依然是空虚中的暗夜。然而就是如此,陆续地耗尽了我的青春。

我早先岂不知我的青春已经逝去?但以为身外的青春固在:星,月光,僵坠的蝴蝶,暗中的花,猫头鹰的不祥之言,杜鹃的啼血,笑的渺茫,爱的翔舞……。虽然是悲凉漂渺的青春罢,然而究竟是青春。

然而现在何以如此寂寞?难道连身外的青春也都逝去,世上的青年也多衰老了么?

我只得由我来肉薄这空虚中的暗夜了。我放下了希望之盾,我听到 Petofi Sandor(1823~1849)的"希望"之歌:

> 希望是什么?是娼妓:
> 她对谁都蛊惑,将一切都献给;
> 待你牺牲了极多的宝贝——
> 你的青春——她就抛弃你。

这伟大的抒情诗人,匈牙利的爱国者,为了祖国而死在可萨克兵的矛尖上,已经七十五年了。悲哉死也,然而更可悲的是他的诗至今没有死。

但是,可惨的人生!桀骜英勇如 Petofi,也终于对了暗夜止步,回顾茫茫的东方了。他说:

绝望之为虚妄,正与希望相同。

倘使我还得偷生在不明不暗的这"虚妄"中,我就还要寻求那逝去的悲凉漂渺的青春,但不妨在我的身外。因为身外的青春倘一消灭,我身中的迟暮也即凋零了。

然而现在没有星和月光,没有僵坠的蝴蝶以至笑的渺茫,爱的翔舞。然而青年们很平安。

我只得由我来肉薄这空虚中的暗夜了,纵使寻不到身外的青春,也总得自己来一掷我身中的迟暮。但暗夜又在哪里呢?

现在没有星,没有月光以至没有笑的渺茫和爱的翔舞;青年们很平安,而我的面前又竟至于并且没有真的暗夜。

绝望之为虚妄,正与希望相同!

一九二五年一月一日

雪

  暖国的雨,向来没有变过冰冷的坚硬的灿烂的雪花。博识的人们觉得他单调,他自己也以为不幸否耶? 江南的雪,可是滋润美艳之至了;那是还在隐约着的青春的消息,是极壮健的处子的皮肤。雪野中有血红的宝珠山茶,白中隐青的单瓣梅花,深黄的磬口的蜡梅花;雪下面还有冷绿的杂草。蝴蝶确乎没有;蜜蜂是否来采山茶花和梅花的蜜,我可记不真切了。但我的眼前仿佛看见冬花开在雪野中,有许多蜜蜂们忙碌地飞着,也听得它们嗡嗡地闹着。

  孩子们呵着冻得通红,像紫芽姜一般的小手,七八个一齐来塑雪罗汉。因为不成功,谁的父亲也来帮忙了。罗汉就塑得比孩子们高得多,虽然不过是上小下大的一堆,终于分不清是葫芦还是罗汉,然而很洁白,很明艳,以自身的滋润相粘结,整个地闪闪地生光。孩子们用龙眼核给他做眼珠,又从谁的母亲的脂粉奁中偷得胭脂来涂在嘴唇上。这回确是一个大阿罗汉了。他也就目光灼灼地嘴唇通红地坐在雪地里。

  第二天还有几个孩子来访问他;对了他拍手、点头、嘻笑。

但他终于独自坐着了。晴天又来消释他的皮肤,寒夜又使他结一层冰,化作不透明的水晶模样,连续的晴天又使他成为不知道算什么,而嘴上的胭脂也褪尽了。

但是,朔方的雪花在纷飞之后,却永远如粉,如沙,他们决不粘连,撒在屋上,地上,枯草上,就是这样。屋上的雪是早已就有消化了的,因为屋里居人的火的温热。别的,在晴天之下,旋风忽来,便蓬勃地奋飞,在日光中灿灿地生光,如包藏火焰的大雾,旋转而且升腾,弥漫太空,使太空旋转而且升腾地闪烁。

在无边的旷野上,在凛冽的天宇下,闪闪地旋转升腾着的是雨的精魂……

是的,那是孤独的雪,是死掉的雨,是雨的精魂。

一九二五年一月十八日

风筝

北京的冬季,地上还有积雪,灰黑色的秃树枝丫叉于晴朗的天空中,而远处有一二风筝浮动,在我是一种惊异和悲哀。

故乡的风筝时节,是春二月,倘听到沙沙的风轮声,仰头便能看见一个淡墨色的蟹风筝或嫩蓝色的蜈蚣风筝。还有寂寞的瓦片风筝,没有风轮,又放得很低,伶仃地显出憔悴可怜的模样。但此时地上的杨柳已经发芽,早的山桃也多吐蕾,和孩子们的天上的点缀相照应,打成一片春日的温和。我现在在哪里呢? 四面都还是严冬的肃杀,而久经诀别的故乡的久经逝去的春天,却就在这天空中荡漾了。

但我是向来不爱放风筝的,不但不爱,并且嫌恶它,因为我以为这是没出息孩子所做的玩意。和我相反的是我的小兄弟,他那时大概十岁内外罢,多病,瘦得不堪,然而最喜欢风筝,自己买不起,我又不许放,他只得张着小嘴,呆看着空中出神,有时至于小半日。远处的蟹风筝突然落下来了,他惊呼;

两个瓦片风筝的缠绕解开了,他高兴得跳跃。他的这些,在我看来都是笑柄,可鄙的。

有一天,我忽然想起,似乎多日不很看见他了,但记得曾见他在后园拾枯竹。我恍然大悟似的,便跑向少有人去的一间堆积杂物的小屋去,推开门,果然就在尘封的什物堆中发现了他。他向着大方凳,坐在小凳上;便很惊惶地站了起来,失了色瑟缩着。大方凳旁靠着一个蝴蝶风筝的竹骨,还没有糊上纸,凳上是一对做眼睛用的小风轮,正用红纸条装饰着,将要完工了。我在破获秘密的满足中,又很愤怒他瞒了我的眼睛,这样苦心孤诣地来偷做没出息孩子的玩意。我即刻伸手折断了蝴蝶的一支翅骨,又将风轮掷在地下,踏扁了。论长幼,论力气,他是都敌不过我的,我当然得到完全的胜利,于是傲然走出,留他绝望地站在小屋里。后来他怎样,我不知道,也没有留心。

然而我的惩罚终于轮到了,在我们离别得很久之后,我已经是中年。我不幸偶而看了一本外国的讲论儿童的书,才知道游戏是儿童最正当的行为,玩具是儿童的天使。于是二十年来毫不忆及的幼小时候对于精神的虐杀的这一幕,忽地在眼前展开,而我的心也仿佛同时变了铅块,很重很重地堕下去了。

但心又不竟堕下去而至于断绝,它只是很重很重地堕着,堕着。

我也知道补过的方法的:送他风筝,赞成他放,劝他放,我和他一同放。我们嚷着,跑着,笑着——然而他其时已经和我一样,早已有了胡子了。

我也知道还有一个补过的方法的：去讨他的宽恕，等他说"我可是毫不怪你啊"，那么，我的心一定就轻松了，这确是一个可行的方法。有一回，我们会面的时候，是脸上都已添刻了许多"生"的辛苦的条纹，而我的心很沉重。我们渐渐谈起儿时的旧事来，我便叙述到这一节，自说少年时代的糊涂。"我可是毫不怪你啊。"我想，他要说了，我即刻便受了宽恕，我的心从此也宽松了吧。

"有过这样的事吗？"他惊异地笑着说，就像旁听着别人的故事一样。他什么也不记得了。

全然忘却，毫无怨恨，又有什么宽恕之可言呢？无怨的恕，说谎罢了。

我还能希求什么呢？我的心只得沉重着。

现在，故乡的春天又在这异地的空中了，既给我久经逝去的儿时的回忆，而一并也带着无可把握的悲哀。我倒不如躲到肃杀的严冬中去罢——但是，四面又明明是严冬，正给我非常的寒威和冷气。

一九二五年一月二十四日

死火

我梦见自己在冰山间奔驰。

这是高大的冰山,上接冰天,天上冻云弥漫,片片如鱼鳞模样。山麓有冰树林,枝叶都如松杉。一切冰冷,一切青白。

但我忽然坠在冰谷中。

上下四旁无不冰冷,青白。而一切青白冰上,却有红影无数,纠结如珊瑚网。我俯看脚下,有火焰在。

这是死火。有炎炎的形,但毫不摇动,全体冰结,像珊瑚枝;尖端还有凝固的黑烟,疑这才从火宅中出,所以枯焦。这样,映在冰的四壁,而且互相反映,化为无量数影,使这冰谷,成红珊瑚色。

哈哈!

当我幼小的时候,本就爱看快艇激起的浪花,洪炉喷出的烈焰。不但爱看,还想看清。可惜它们都息息变幻,永无定形。虽然凝视又凝视,总不留下怎样一定的迹象。

死的火焰,现在得到了你了!

我拾起死火,正要细看,那冷气已使我的指头焦灼;但是,我还熬着,将他塞入衣袋中间,登时完全青白。我一面思索着走出冰谷的法子。

我的身上喷出一缕黑烟,上升如铁线蛇。冰谷四面,又登时满有红焰流动,如大火聚,将我包围。我低头一看,死火已经燃烧,烧穿了我的衣裳,流在冰地上了。

"唉,朋友!你用了你的温热,将我惊醒了。"他说。

我连忙和他招呼,问他名姓。

"我原先被人遗弃在冰谷中,"他答非所问地说,"遗弃我的早已灭亡,消尽了。我也被冰冻得要死。倘使你不给我温热,使我重行烧起,我不久就须灭亡。"

"你的醒来,使我欢喜。我正在想着走出冰谷的方法。我愿意携带你去,使你永不冰结,永得燃烧。"

"唉唉!那么,我将烧完!"

"你的烧完,使我惋惜。我便将你留下,仍在这里罢。"

"唉唉!那么,我将冻灭了!"

"那么,怎么办呢?"

"但你自己,又怎么办呢?"他反而问。

"我说过了:我要出这冰谷……"

"那我就不如烧完!"

他忽而跃起,如红彗星,并我都出冰谷口外。有大石车突然驰来,我终于碾死在车轮底下,但我还来得及看见那车就坠入冰谷中。

"哈哈!你们是再也遇不着死火了!"我得意地笑着说,仿佛就愿意这样似的。

一九二五年四月二十三日

狗的驳诘

我梦见自己在隘巷中行走,衣履破碎,像乞食者。

一条狗在背后叫起来了。

我傲慢地回顾,叱咤说:

"呔!住口!你这势利的狗!"

"嘻嘻!"他笑了,还接着说,"不敢,愧不如人呢。"

"什么!?"我气愤了,觉得这是一个极端的侮辱。

"我惭愧:我终于还不知道分别铜和银,还不知道分别布和绸,还不知道分别官和民,还不知道分别主和奴,还不知道……"

我逃走了。

"且慢!我们再谈谈……"他在后面大声挽留。

我一径逃走,尽力地走,直到逃出梦境,躺在自己的床上。

一九二五年四月二十三日

失掉的好的地狱

我梦见自己躺在床上,在荒寒的野外,地狱的旁边。一切鬼魂们的叫唤无不低微,然有秩序,与火焰的怒吼,油的沸腾,钢叉的震颤相和鸣,造成醉心的大乐,布告三界:地下太平。

有一个伟大的男子站在我面前,美丽,慈悲,遍身有大光辉,然而我知道他是魔鬼。

"一切都已完结,一切都已完结! 可怜的鬼魂们将那好的地狱失掉了!"他悲愤地说,于是坐下,讲给我一个他所知道的故事——

"天地作蜂蜜色的时候,就是魔鬼战胜天神,掌握了主宰一切的大威权的时候。他收得天国,收得人间,也收得地狱。

他于是亲临地狱,坐在中央,遍身发大光辉,照见一切鬼众。

"地狱原已废弛得很久了:剑树消却光芒;沸油的边缘早不腾涌;大火聚有时不过冒些青烟;远处还萌生曼陀罗花,花极细小,惨白可怜。——那是不足为奇的,因为地上曾经大被焚烧,自然失了他的肥沃。

"鬼魂们在冷油温火里醒来,从魔鬼的光辉中看见地狱小花,惨白可怜,被大蛊惑,倏忽间记起人世,默想至不知几多年,遂同时向着人间,发一声反狱的绝叫。

"人类便应声而起,仗义直言,与魔鬼战斗。战声遍满三界,远过雷霆。终于运大谋略,布大罗网,使魔鬼并且不得不从地狱出走。最后的胜利,是地狱门上也竖了人类的旌旗!

"当鬼魂们一齐欢呼时,人类的整饬地狱使者已临地狱,坐在中央,用人类的威严,叱咤一切鬼众。

"当鬼魂们又发出一声反狱的绝叫时,即已成为人类的叛徒,得到永久沉沦的罚,迁入剑树林的中央。

"人类于是完全掌握了地狱的大威权,那威棱且在魔鬼以上。人类于是整顿废弛,先给牛首阿旁以最高的俸草;而且,添薪加火,磨砺刀山,使地狱全体改观,一洗先前颓废的气象。

"曼陀罗花立即焦枯了。油一样沸;刀一样铦;火一样热;鬼众一样呻吟,一样宛转,至于都不暇记起失掉的好的地狱。

"这是人类的成功,是鬼魂的不幸……

"朋友,你在猜疑我了。是的,你是人!我且去寻野兽和恶鬼……"

一九二五年六月十六日

颓败线的颤动

我梦见自己在做梦。自身不知所在,眼前却有一间在深夜中禁闭的小屋的内部,但也看见屋上瓦松的茂密的森林。

板桌上的灯罩是新拭的,照得屋子里分外明亮。在光明中,在破榻上,在初不相识的披毛的强悍的肉块底下,有瘦弱渺小的身躯,为饥饿,苦痛,惊异,羞辱,欢欣而颤动。弛缓,然而尚且丰腴的皮肤光润了;青白的两颊泛出轻红,如铅上涂了胭脂水。

灯火也因惊惧而缩小了,东方已经发白。

然而空中还弥漫地摇动着饥饿、苦痛、惊异、羞辱、欢欣的波涛……

"妈!"约略两岁的女孩被门的开阖声惊醒,在草席围着的屋角的地上叫起来了。

"还早哩，再睡一会罢！"她惊惶地说。

"妈！我饿，肚子痛。我们今天能有什么吃的？"

"我们今天有吃的了。等一会有卖烧饼的来，妈就买给你。"她欣慰地更加紧捏着掌中的小银片，低微的声音悲凉地发抖，走近屋角去一看她的女儿，移开草席，抱起来放在破榻上。

"还早哩，再睡一会罢。"她说着，同时抬起眼睛，无可告诉地一看破旧的屋顶以上的天空。

空中突然另起了一个很大的波涛，和先前的相撞击，回旋而成旋涡，将一切并我尽行淹没，口鼻都不能呼吸。

我呻吟着醒来，窗外满是如银的月色，离天明还很辽远似的。

我自身不知所在，眼前却有一间在深夜中禁闭的小屋的内部，我自己知道是在续着残梦。可是梦的年代隔了许多年了。屋的内外已经这样整齐；里面是青年的夫妻，一群小孩子，都怨恨鄙夷地对着一个垂老的女人。

"我们没有脸见人，就只因为你，"男人气忿地说，"你还以为养大了她，其实正是害苦了她，倒不如小时候饿死的好！"

"使我委屈一世的就是你！"女的说。

"还要带累了我！"男的说。

"还要带累他们哩！"女的说，指着孩子们。

最小的一个正玩着一片干芦叶，这时便向空中一挥，仿佛一柄钢刀，大声说道：

"杀！"

那垂老的女人口角正在痉挛,登时一怔,接着便都平静,不多时候,她冷静地,骨立的石像似的站起来了。她开开板门,迈步在深夜中走出,遗弃了背后一切的冷骂和毒笑。

她在深夜中尽走,一直走到无边的荒野;四面都是荒野,头上只有高天,并无一个虫鸟飞过。她赤身露体地,石像似的站在荒野的中央,于一刹那间照见过往的一切:饥饿、苦痛、惊异、羞辱、欢欣,于是发抖、害苦、委屈、带累他人,于是痉挛、杀,于是平静……又于一刹那间将一切并合:眷念与决绝,爱抚与复仇,养育与歼除,祝福与咒诅……她于是举两手尽量向天,口唇间漏出人与兽的,非人间所有,所以无词的言语。

当她说出无词的言语时,她那伟大如石像,然而已经荒废的,颓败的身躯的全面都颤动了。这颤动点点如鱼鳞,每一鳞都起伏如沸水在烈火上;空中也即刻一同振颤,仿佛暴风雨中的荒海的波涛。

她于是抬起眼睛向着天空,并无词的言语也沉默尽绝,唯有颤动,辐射若太阳光,使空中的波涛立刻回旋,如遭飓风,汹涌奔腾于无边的荒野。

我梦魇了,自己却知道是因为将手搁在胸脯上了的缘故;我梦中还用尽平生之力,要将这十分沉重的手移开。

一九二五年六月二十九日

死后

我梦见自己死在道路上。

这是哪里?我怎么到这里来?怎么死的?这些事我全不明白。总之,待我自己知道已经死掉的时候,就已经死在那里了。

听到几声喜鹊叫,接着是一阵乌老鸦。空气很清爽——虽然也带些土气息——大约正当黎明时候罢。我想睁开眼睛来,它却丝毫也不动,简直不像是我的眼睛;于是想抬手,手也一样。

恐怖的利镞忽然穿透我的心了。在我生存时,曾经玩笑地设想:假使一个人的死亡,只是运动神经的废灭,而知觉还在,那就比全死了更可怕。谁知道我的预想竟的中了,我自己就在证实这预想。

听到脚步声,走路的罢。一辆独轮车从我的头边推过,大约是重载的,轧轧地叫得人心烦,还有些牙齿齼,很觉得满眼绯红,一定是太阳上来了。那么,我的脸是朝东的。但那都没有什么关系。切切嚓嚓的人声,看热闹的。他们踹起黄土来,飞进我的鼻孔,使我想打喷嚏了,但终于没有打,仅有想打的心。

陆陆续续地又是脚步声,都到近旁就停下,还有更多的低语声:看的人多起来了。我忽然很想听听他们的议论。但同时想,我生存时说的什么批评不值一笑的话,大概是违心之论罢:才死,就露了破绽了。然而还是听;然而毕竟得不到结论,归纳起来不过是这样——

"死了……"

"嗡。——这……"

"哼!……"

"啧。……唉!……"

我十分高兴,因为始终没有听到一个熟识的声音。否则,要么害得他们伤心,要么使他们快意,要么使他们添些饭后闲谈的材料,多破费宝贵的工夫;这都会使我很抱歉。现在谁也看不见,就是谁也不受影响。好了,总算对得起人了!

但是,大约是一个蚂蚁,在我的脊梁上爬着,痒痒的。我一点也不能动,已经没有除去它的能力了;倘在平时,只将身子一扭,就能使它退避。而且,大腿上又爬着一个哩!你们是做什么的? 虫豸!

事情可更坏了:嗡的一声,就有一个青蝇停在我的颧骨上,走了几步,又一飞,开口便舐我的鼻尖。我懊恼地想:足下，我不是什么伟人，你无须到我身上来寻作论的材料。但是不能说出来。它却从鼻尖跑下，又用冷舌头来舐我的嘴唇了，不知道可是表示亲爱。还有几个则聚在眉毛上，跨一步，我的毛根就一摇。实在使我烦厌得不堪——不堪之至。

忽然，一阵风，一片东西从上面盖下来，它们就一同飞开了，临走时还说——

"惜哉！……"

我愤怒得几乎昏厥过去。

木材摔在地上的钝重的声音同着地面的震动，使我忽然清醒，前额上感着芦席的条纹。但那芦席就被掀去了，又立刻感到了日光的灼热。还听得有人说——

"怎么要死在这里？……"

这声音离我很近，他正弯着腰罢。但人应该死在哪里呢？我先前以为人在地上虽没有任意生存的权利，却总有任意死掉的权利的。现在才知道并不然，也很难适合人们的公意。可惜我久没了纸笔；即有也不能写，而且即使写了也没有地方发表了。只好就这样抛开。

有人来抬我，也不知道是谁。听到刀鞘声，还有巡警在这里罢，在我所不应该"死在这里"的这里。我被翻了几个转身，便觉得向上一举，又往下一沉；又听得盖了盖，钉着钉。但是，奇怪，只钉了两个。难道这里的棺材钉，是钉两个的么？

我想：这回是六面碰壁，外加钉子。真是完全失败，呜呼哀哉了!……

"气闷!……"我又想。

然而我其实却比先前已经宁静得多,虽然不知清理了没有。在手背上触到草席的条纹,觉得这尸衾倒也不恶。只不知道是谁给我化钱的,可惜!但是,可恶,收敛的小子们!我背后的小衫的一角皱起来了,他们并不给我拉平,现在抵得我很难受。你们以为死人无知,做事就这样地草率?哈哈!

我的身体似乎比活的时候要重得多,所以压着衣皱便格外地不舒服。但我想,不久就可以习惯的;或者就要腐烂,不至于再有什么大麻烦。此刻还不如静静地静着想。

"您好?您死了么?"

是一个颇为耳熟的声音。睁眼看时,却是勃古斋旧书铺的跑外的小伙计。不见约有二十多年了,倒还是一副老样子。我又看看六面的壁,委实太毛糙,简直毫没有加过一点修刮,锯绒还是毛毵毵的。

"那不碍事,那不要紧。"他说,一面打开暗蓝色布的包裹来,"这是明板《公羊传》,嘉靖黑口本,给您送来了。您留下它罢。这是……"

"你!"我诧异地看定他的眼睛,说,"你莫非真正糊涂了?你看我这模样,还要看什么明板?"

"那可以看,那不碍事。"

我即刻闭上眼睛,因为对他很烦厌。停了一会,没有声息,他大约走了。但是似乎一个蚂蚁又在脖子上爬起来,终于爬到脸上,只绕着眼眶转圈子。

万不料人的思想,是死掉之后也会变化的。忽而,有一种力将我的心的平安冲破;同时,许多梦也都做在眼前了。几个朋友祝我安乐,几个仇敌祝我灭亡。我却总是既不安乐,也不灭亡地不上不下地生活下来,都不能副任何一面的期望。现在又影一般死掉了,连仇敌也不使知道,不肯赠给他们一点惠而不费的欢欣。

我觉得在快意中要哭出来。这大概是我死后第一次哭。

然而终于也没有眼泪流下;只看见眼前仿佛有火花一样,我于是坐了起来。

一九二五年七月十二日

这样的战士

要有这样的一种战士——

已不是蒙昧如非洲土人而背着雪亮的毛瑟枪的；也并不疲惫如中国绿营兵而却佩着盒子炮。他毫无乞灵于牛皮和废铁的甲胄；他只有自己，但拿着蛮人所用的，脱手一掷的投枪。

他走进无物之阵，所遇见的都对他一式点头。他知道这点头就是敌人的武器，是杀人不见血的武器，许多战士都在此灭亡，正如炮弹一般，使猛士无所用其力。

那些头上有各种旗帜，绣出各样好名称：慈善家、学者、文士、长者、青年、雅人、君子……头下有各样外套，绣出各式好花样：学问、道德、国粹、民意、逻辑、公义、东方文明……

但他举起了投枪。

他们都同声立了誓来讲说，他们的心都在胸膛的中央，和别的偏心的人类两样。他们都在胸前放着护心镜,就为自己也深信心在胸膛中央的事作证。

但他举起了投枪。

他微笑,偏侧一掷,却正中了他们的心窝。

一切都颓然倒地;——然而只有一件外套,其中无物。无物之物已经脱走,得了胜利,因为他这时成了戕害慈善家等类的罪人。

但他举起了投枪。

他在无物之阵中大踏步走,再见一式的点头,各种的旗帜,各样的外套……

但他举起了投枪。

他终于在无物之阵中老衰,寿终。他终于不是战士,但无物之物则是胜者。

在这样的境地里,谁也不闻战叫:太平。

太平……

但他举起了投枪!

蜡叶

灯下看《雁门集》,忽然翻出一片压干的枫叶来。

这使我记起去年的深秋。繁霜夜降,木叶多半凋零,庭前的一株小小的枫树也变成红色了。我曾绕树徘徊,细看叶片的颜色,当它青葱的时候是从没有这么注意的。它也并非全树通红,最多的是浅绛,有几片则在绯红地上,还带着几团浓绿。一片独有一点蛀孔,镶着乌黑的花边,在红、黄和绿的斑驳中,明眸似的向人凝视。我自念:这是病叶呵!便将它摘了下来,夹在刚才买到的《雁门集》里。大概是愿使这将坠的被蚀而斑斓的颜色,暂得保存,不即与群叶一同飘散罢。

但今夜它却黄蜡似的躺在我的眼前,那眸子也不复似去年一般灼灼。假使再过几年,旧时的颜色在我记忆中消去,怕连我也不知道它何以夹在书里面的原因了。将坠的病叶的斑斓,似乎也只能在极短时中相对,更何况是葱郁的呢? 看看窗外,很能耐寒的树木也早经秃尽了;枫树更何消说得。当深秋时,想来也许有和这去年的模样相似的病叶的罢,但可惜我今年竟没有赏玩秋树的余闲。

淡淡的血痕中

——记念几个死者和生者和未生者

目前的造物主,还是一个怯弱者。

他暗暗地使天变地异,却不敢毁灭一个这地球;暗暗地使生物衰亡,却不敢长存一切尸体;暗暗地使人类流血,却不敢使血色永远鲜浓;暗暗地使人类受苦,却不敢使人类永远记得。

他专为他的同类——人类中的怯弱者——设想,用废墟荒坟来衬托华屋,用时光来冲淡苦痛和血痕;日日斟出一杯微甘的苦酒,不太少,不太多,以能微醉为度,递给人间,使饮者可以哭,可以歌,也如醒,也如醉,若有知,若无知,也欲死,也欲生。他必须使一切也欲生;他还没有灭尽人类的勇气。

几片废墟和几个荒坟散在地上,映以淡淡的血痕,人们都在其间咀嚼着人我的渺茫的悲苦。但是不肯吐弃,以为究竟胜于空虚,各各自称为"天之戮民",以作咀嚼着人我的渺茫的悲苦的辩解,而且悚息着静待新的悲苦的到来。新的,这就使他们恐惧,而又渴欲相遇。

这都是造物主的良民。他就需要这样。

叛逆的猛士出于人间;他屹立着,洞见一切已改和现有的废墟和荒坟,记得一切深广和久远的苦痛,正视一切重叠淤积的凝血,深知一切已死,方生,将生和未生。他看透了造化的把戏;他将要起来使人类苏生,或者使人类灭尽,这些造物主的良民们。

造物主,怯弱者,羞惭了,于是伏藏。天地在猛士的眼中于是变色。

一九二六年四月八日

南腔北调集

一

觉

飞机负了掷下炸弹的使命,像学校的上课似的,每日上午在北京城上飞行。每听得机件搏击空气的声音,我常觉到一种轻微的紧张,宛然目睹了"死"的袭来,但同时也深切地感着"生"的存在。

隐约听到一二爆发声以后,飞机嗡嗡地叫着,冉冉地飞去了。也许有人死伤了罢,然而天下却似乎更显得太平。窗外的白杨的嫩叶,在日光下发乌金光;榆叶梅也比昨日开得更烂漫。收拾了散乱满床的日报,拂去昨夜聚在书桌上的苍白的微尘,我的四方的小书斋,今日也依然是所谓"窗明几净"。

因为某一种原因,我开手编校那历来积压在我这里的青年作者的文稿了;我要全都给一个清理。我照作品的年月看下去,这些不肯涂脂抹粉的青年们的魂灵便依次屹立在我眼前。他们是绰约的,是纯真的,——呵,然而他们苦恼了,呻吟了,愤怒了,而且终于粗暴了,我的可爱的青年们。

魂灵被风沙打击得粗暴,因为这是人的魂灵,我爱这样的魂灵;我愿意在无形无色的鲜血淋漓的粗暴上接吻。漂渺的名园中,奇花盛开着,红颜的静女正在超然无事地逍遥,鹤唳一声,白云郁然而起……这自然使人神往的罢,然而我总记得我活在人间。

我忽然记起一件事:两三年前,我在北京大学的教员预备室里,看见进来一个并不熟悉的青年,默默地给我一包书,便出去了。打开看,是一本《浅草》。就在这默默中,使我懂得了许多话。啊,这赠品是多么丰饶呵!可惜那《浅草》不再出版了,似乎只成了《沉钟》的前身。那《沉钟》就在这风沙澒洞中,深深地在人海底里寂寞地鸣动。

野蓟经了几乎致命的摧折,还要开一朵小花,我记得托尔斯泰曾受了很大的感动,因此写出一篇小说来。但是,草木在旱干的沙漠中间,拼命伸长它的根,吸取深地中的水泉,来造成碧绿的林莽,自然是为了自己的"生"的,然而使疲劳枯渴的旅人,一见就怡然觉得遇到了暂时息肩之所,这是如何的可以感激,而且可以悲哀的事?!

《沉钟》的《无题》——代启事——说:"有人说:我们的社会是一片沙漠。——如果当真是一片沙漠,这虽然荒漠一点也还静肃;虽然寂寞一点也还会使你感觉苍茫。何至于像这样的混沌,这样的阴沉,而且这样的离奇变幻!"

是的,青年的魂灵屹立在我眼前,他们已经粗暴了,或者将要粗暴了,然而我爱这些流血和隐痛的魂灵,因为他使我觉得是在人间,是在人间活着。

在编校中夕阳居然西下,灯火给我接续的光。各样的青春在眼前一一驰去了,身外但有昏黄环绕。我疲劳着,捏着纸烟,在无名的思想中静静地合了眼睛,看见很长的梦。忽而惊觉,身外也还是环绕着昏黄;烟篆在不动的空气中飞升,如几片小小夏云,徐徐幻出难以指名的形象。

为了忘却的记念

一

我早已想写一点文字,来记念几个青年的作家。这并非为了别的,只因为两年以来,悲愤总时时来袭击我的心,至今没有停止,我很想借此算是竦身一摇,将悲哀摆脱,给自己轻松一下,照直说,就是我倒要将他们忘却了。

两年前的此时,即一九三一年的二月七日夜或八日晨,是我们的五个青年作家同时遇害的时候。当时上海的报章都不敢载这件事,或者也许是不愿,或不屑载这件事,只在《文艺新闻》上有一点隐约其辞的文章。那第十一期(五月二十五

日）里,有一篇林莽先生作的《白莽印象记》,中间说:

> "他作了好些诗,又译过匈牙利诗人裴多菲的几首诗,当时的《奔流》的编辑者鲁迅接到了他的投稿,便来信要和他会面,但他却是不愿见名人的人,结果是鲁迅自己跑来找他,竭力鼓励他作文学的工作,但他终于不能坐在亭子间里写,又去跑他的路了。不久,他又一次地被了捕……"

这里所说的我们的事情其实是不确的。白莽并没有这么高慢,他曾经到过我的寓所来,但也不是因为我要求和他会面;我也没有这么高慢,对于一位素不相识的投稿者,会轻率地写信去叫他。我们相见的原因很平常,那时他所投的是从德文译出的《裴多菲传》,我就发信去讨原文,原文是载在诗集前面的,邮寄不便,他就亲自送来了。看去是一个二十多岁的青年,面貌很端正,颜色是黑黑的,当时的谈话我已经忘却,只记得他自说姓徐,象山人;我问他为什么代你收信的女士是这么一个怪名字(怎么怪法,现在也忘却了),他说她就喜欢起得这么怪,罗曼蒂克,自己也有些和她不大对劲了。就只剩了这一点。

夜里,我将译文和原文粗粗地对了一遍,知道除几处误译之外,还有一个故意的曲译。他像是不喜欢"国民诗人"这个词的,都改成"民众诗人"了。第二天又接到他一封来信,说很悔和我相见,他的话多,我的话少,又冷,好像受了一种威压似的。我便写一封回信去解释,说初次相会,说话不多,也是人之常情,并且告诉他不应该由自己的爱憎,将原文改变。因为他的原书留在我这里了,就将我所藏的两本集子送给他,问他可能再译几首诗,以供读者的参看。他果然译了几首,自己拿来了,我们就谈得比第一回多一些。这传和诗,后来就都登在《奔流》第二卷第五本,即最末的一本里。

我们第三次相见,我记得是在一个热天。有人打门了,我去开门时,来的就是白莽,却穿着一件厚棉袍,汗流满面,彼此都不禁失笑。这时他才告诉我他是一个革命者,刚由被捕而释出,衣服和书籍全被没收了,连我送他的那两本;身上的袍子是从朋友那里借来的,没有夹衫,而必须穿长衣,所以只好这么出汗。我想,这大约就是林莽先生说的"又一次地被了捕"的那一次了。

我很欣幸他的得释,就赶紧付给稿费,使他可以买一件夹衫,但一面又很为我的那两本书痛惜:落在捕房的手里,真是明珠投暗了。那两本书,原是极平常的,一本散文,一本诗集,据德文译者说,这是他搜集起来的,虽在匈牙利本国也还没有这么完全的本子,然而印在《莱克朗氏万有文库》(Reclam's Uniersal-Bibliothek)中,倘在德国,就随处可得,也值不到一元钱。不过在我是一种宝贝,因为这是三十年前,正当我热爱裴多菲的时候,特地托丸善书店从德国去买来的,那时还恐怕因为书极便宜,店员不肯经手,开口时非常惴惴。后来大抵带在身边,只是情随事迁,已没有翻译的意思了,这回便决计送给这也如我的那时一样,热爱裴多菲的诗的青年,算是给它寻得了一个好着落。所以还郑重其事,托柔石亲自送去的。谁料竟会落在"三道头"(当时在上海公共租界里的巡官,制服袖上缀有三道倒人字形的标志,被称作"三道头")之类的手里的呢,这岂不冤枉!

二

我的决不邀投稿者相见,其实也并不完全因为谦虚,其中含着省事的分子也不少。由于历来的经验,我知道青年们,尤其是文学青年们,十之九是感觉很敏,自尊心也很旺盛的,一不小心,极容易得到误解,所以倒是故意回避的时候多。见面尚且怕,更不必说敢有托付了。但那时我在上海,也有一个惟一的不但敢于随便谈笑,而且还敢于托他办点私事的人,那就是送书去给白莽的柔石。

我和柔石最初的相见,不知道是何时,在哪里。他仿佛说过,曾在北京听过我的讲义,那么,当在八九年之前了。我也忘记了在上海怎么来往起来,总之,他那时住在景云里,离我的寓所不过四五家门面,不知怎么一来,就来往起来了。大约最初的一回他就告诉我是姓赵,名平复。但他又曾谈起他家乡的豪绅的气焰之盛,说是有一个绅士,以为他的名字好,要给儿子用,叫他不要用这名字了。所以我疑心他的原名是"平福",平稳而有福,才正中乡绅的意,对于"复"字却未必有这么热心。他的家乡,是台州的宁海,这只要一看他那台州式的硬气就知道,而且颇有点迂,有时会令我忽而想到方孝孺,觉得好像也有些这模样的。

他躲在寓里弄文学,也创作,也翻译,我们往来了许多日,说得投合起来了,于是另外约定了几个同意的青年,设立朝花社。目的是在介绍东欧和北欧的文学,输入外国的版画,因为我们都以为应该来扶植一点刚健质朴的文艺。接着就印《朝花旬刊》,印《近代世界短篇小说集》,印《艺苑朝华》,算都在循着这条线,只有其中的一本《蕗谷虹儿画选》,是为了扫荡上海滩上的"艺术家",即戳穿叶灵凤这纸老虎而印的。

然而柔石自己没有钱,他借了二百多块钱来做印本。除买纸之外,大部分的稿子和杂务都是归他做,如跑印刷局、制图、校字之类。可是往往不如意,说起来皱着眉头。看他旧作品,都很有悲观的气息,但实际上并不然,他相信人们是好的。我有时谈到人会怎样地骗人,怎样地卖友,怎样地吮血,他就前额亮晶晶的,惊疑地圆睁了近视的眼睛,抗议道:"会这样的么?——不至于此罢?……"

不过朝花社不久就倒闭了,我也不想说清其中的原因,总之是柔石的理想的头,先碰了一个大钉子,力气固然白花,此外还得去借一百块钱来付纸账。后来他对于我那"人心惟危"说的怀疑减少了,有时也叹息道:"真会这样的么?……"但是,他仍然相信人们是好的。

他于是一面将自己所应得的朝花社的残书送到明日书店和光华书局去,希望还能够收回几文钱;一面就拼命地译书,准备还借款,这就是卖给商务印书馆的《丹麦短篇小说集》和戈理基作的长篇小说《阿尔泰莫诺夫之事业》。但我想,这些译稿,也许去年已被兵火烧掉了。

他的迂渐渐地改变起来,终于也敢和女性的同乡或朋友一同去走路了，但那距离，却至少总有三四尺的。这方法很不好，有时我在路上遇见他，只要在相距三四尺前后或左右有一个年轻漂亮的女人，我便会疑心就是他的朋友。但他和我一同走路的时候，可就走得近了，简直是扶住我，因为怕我被汽车或电车撞死；我这面也为他近视而又要照顾别人担心，大家都仓皇失措地愁一路，所以倘不是万不得已，我是不大和他一同出去的，我实在看得他吃力，因而自己也吃力。

无论从旧道德，从新道德，只要是损己利人的，他就挑选上，自己背起来。

他终于决定地改变了。有一回，曾经明白地告诉我，此后应该转换作品的内容和形式。我说：这怕难罢，譬如使惯了刀的，这回要他耍棍，怎么能行呢？他简洁地答道：只要学起来！

他说的并不是空话，真也在从新学起来了，其时他曾经带了一个朋友来访我，那就是冯铿女士。谈了一些天，我对于她终于很隔膜，我疑心她有点罗曼蒂克，急于事功；我又疑心柔石的近来要做大部的小说，是发源于她的主张的。但我又疑心我自己，也许是柔石的先前的斩钉截铁的回答，正中了我那其实是偷懒的主张的伤疤，所以不自觉地迁怒到她身上去了。——我其实也并不比我所怕见的神经过敏而自尊的文学青年高明。她的体质是弱的，也并不美丽。

三

直到左翼作家联盟成立之后,我才知道我所认识的白莽,就是在《拓荒者》上做诗的殷夫。有一次大会时,我便带了一本德译的,一个美国的新闻记者所做的中国游记去送他,这不过以为他可以由此练习德文,另外并无深意。然而他没有来。我只得又托了柔石。

但不久,他们竟一同被捕,我的那一本书,又被没收,落在"三道头"之类的手里了。

四

明日书店要出一种期刊,请柔石去做编辑,他答应了;书店还想印我的译著,托他来问版税的办法,我便将我和北新书局所订的合同,抄了一份交给他,他向衣袋里一塞,匆匆地走了。其时是一九三一年一月十六日的夜间,而不料这一去,竟就是我和他相见的末一回,竟就是我们的永诀。第二天,他就在一个会场上被捕了,衣袋里还藏着我那印书的合同,听说官厅因此正在找寻我。印书的合同,是明明白白的,但我不愿意到那些不明不白的地方去辩解。记得《说岳全传》里讲过一个高僧,当追捕的差役刚到寺门之前,他就"坐化"了,还留下什么"何立从东来,我向西方走"的偈子。这是奴隶所幻想的脱离苦海的惟一的好方法,"剑侠"盼不到,最自在的惟此而已。我不是高僧,没有涅槃的自由,却还有生之留恋,我于是就逃走。

这一夜,我烧掉了朋友们的旧信札,就和女人抱着孩子躲在一个客栈里。不几天,即听得外面纷纷传我被捕,或是被杀了,柔石的消息却很少。有的说,他曾经被巡捕带到明日书店里,问是否是编辑;有的说,他曾经被巡捕带往北新书局去,问是不是柔石,手上上了铐,可见案情是重的。但怎样的案情,却谁也不明白。

他在囚系中,我见过两次他写给同乡的信,第一回是这样的——

"我与三十五位同犯(七个女的)于昨日到龙华。并于昨夜上了镣,开政治犯从未上镣之纪录。此案累及太大,我一时恐难出狱,书店事望兄为我代办之。现亦好,且跟殷夫兄学德文,此事可告周先生;望周先生勿念,我等未受刑。捕房和公安局,几次问周先生地址,但我哪里知道。诸望勿念。祝好!
　　　　　　　　　　　赵少雄一月二十四日"

以上正面。

"洋铁饭碗,要二三只
如不能见面,可将东西
望转交赵少雄"

以上背面。

他的心情并未改变,想学德文,更加努力;也仍在记念我,像在马路上行走时候一般。但他信里有些话是错误的,政治犯而上镣,并非从他们开始,但他向来看得官场还太高,以为文明至今,到他们才开始了严酷。其实是不然的。果然,第二封信就很不同,措词非常惨苦,且说冯女士的面目都浮肿了,可惜我没有抄下这封信。其时传说也更加纷繁,说他可以赎出的也有,说他已经解往南京的也有,毫无确信;而用函电来探问我的消息的也多起来,连母亲在北京也急得生病了,我只得一一发信去更正,这样的大约有二十天。

天气愈冷了,我不知道柔石在那里有被褥不。我们是有的。洋铁碗可曾收到了没有?……但忽然得到一个可靠的消息,说柔石和其他二十三人,已于二月七日夜或八日晨,在龙华警备司令部被枪毙了,他的身上中了十弹。

原来如此!……

在一个深夜里,我站在客栈的院子中,周围是堆着的破烂的什物;人们都睡觉了,连我的女人和孩子。我沉重地感到我失掉了很好的朋友,中国失掉了很好的青年,我在悲愤中沉静下去了,然而积习却从沉静中抬起头来,凑成了这样的几句:

> 惯于长夜过春时,挈妇将雏鬓有丝。
> 梦里依稀慈母泪,城头变幻大王旗。
> 忍看朋辈成新鬼,怒向刀丛觅小诗。
> 吟罢低眉无写处,月光如水照缁衣。

但末二句,后来不确了,我终于将这写给了一个日本的歌人。

可是在中国,那时是确无写处的,禁锢得比罐头还严密。我记得柔石在年底曾回故乡,住了好些时,到上海后很受朋友的责备。他悲愤地对我说,他的母亲双眼已经失明了,要他多住几天,他怎么能够就走呢?我知道这失明的母亲的眷眷的心,柔石的拳拳的心。当《北斗》创刊时,我就想写一点关于柔石的文章,然而不能够,只得选了一幅珂勒惠支(Kaethe Kollwitz)夫人的木刻,名曰《牺牲》,是一个母亲悲哀地献出她的儿子去的,算是只有我一个人心里知道的柔石的记念。

同时被难的四个青年文学家之中,李伟森我没有会见过,胡也频在上海也只见过一次面,谈了几句天。较熟的要算白莽,即殷夫了,他曾经和我通过信,投过稿,但现在寻起来,一无所得,想必是十七那夜统统烧掉了,那时我还没有知道被捕的也有白莽。然而那本《裴多菲诗集》却在的,翻了一遍,也没有什么,只在一首《Wahlspruch》(格言)的旁边,有钢笔写的四行译文道:

　　"生命诚宝贵,
　　爱情价更高;
　　若为自由故,
　　二者皆可抛!"

又在第二页上,写着"徐培根"三个字,我疑心这是他的真姓名。

五

　　前年的今日，我避在客栈里，他们却是走向刑场了；去年的今日，我在炮声中逃在英租界，他们则早已埋在不知哪里的地下了；今年的今日，我才坐在旧寓里，人们都睡觉了，连我的女人和孩子。我又沉重地感到我失掉了很好的朋友，中国失掉了很好的青年，我在悲愤中沉静下去了，不料积习又从沉静中抬起头来，写下了以上那些字。

　　要写下去，在中国的现在，还是没有写处的。年轻时读向子期《思旧赋》，很怪他为什么只有寥寥的几行，刚开头却又煞了尾。然而，现在我懂得了。

　　不是年轻的为年老的写记念，而在这三十年中，却使我目睹许多青年的血，层层淤积起来，将我埋得不能呼吸，我只能用这样的笔墨，写几句文章，算是从泥土中挖一个小孔，自己延口残喘，这是怎样的世界呢。夜正长，路也正长，我不如忘却，不说的好罢。但我知道，即使不是我，将来总会有记起他们，再说他们的时候的。……

作文秘诀

现在竟还有人写信来问我作文的秘诀。

我们常常听到:拳师教徒弟是留一手的,怕他学全了就要打死自己,好让他称雄。在实际上,这样的事情也并非全没有,逢蒙杀羿就是一个前例。逢蒙远了,而这种古气是没有消尽的,还加上了后来的"状元瘾",科举虽然久废,至今总还要争"唯一",争"最先"。遇到有"状元瘾"的人们,做教师就危险,拳棒教完,往往免不了被打倒,而这位新拳师来教徒弟时,却以他的先生和自己为前车之鉴,就一定留一手,甚而至于三四手,于是拳术也就"一代不如一代"了。

还有,做医生的有秘方,做厨子的有秘法,开点心铺子的有秘传,为了保全自家的衣食。听说这还只授儿妇,不教女儿,以免流传到别人家里去。"秘"是中国非常普遍的东西,连关于国家大事的会议,也总是"内容非常秘密",大家不知道。但是，作文却好像偏偏并无秘诀，假使有，每个作家一定是传给子孙的了，然而祖传的作家很少见。自然，作家的孩子们，从小看惯书籍纸笔，眼格也许比较地可以大一点罢，不过不见得就会做。目下的刊物上，虽然常见什么"父子作家""夫妇作家"的名称，仿佛真能从遗嘱或情书中，密授一些什么秘诀一样，其实乃是肉麻当有趣，妄将做官的关系，用到作文上去了。

那么，作文真就毫无秘诀么？却也并不。我曾经讲过几句做古文的秘诀，是要通篇都有来历，而非古人的成文；也就是通篇是自己做的，而又全非自己所做，个人其实并没有说什么；也就是"事出有因"，而又"查无实据"。到这样，便"庶几乎免于大过也矣"了。简而言之，实不过要做得"今天天气，哈哈哈……"而已。

这是说内容。至于修辞，也有一点秘诀：一要蒙胧，二要难懂。那方法，是：缩短句子，多用难字。譬如罢，作文论秦朝事，写一句"秦始皇乃始烧书"，是不算好文章的，必须翻译一下，使它不容易一目了然才好。这时就用得着《尔雅》《文选》了，其实是只要不给别人知道，查查《康熙字典》也不妨。动手来改，成为"始皇始焚书"，就有些"古"起来，到得改成"政俶燔典"，那就简直有了班固司马迁之气，虽然跟着也令人不大看得懂。但是这样地做成一篇以至一部，是可以被称为"学者"的，我想了半天，只做得一句，所以只配在杂志上投稿。

我们的古之文学大师，就常常玩着这一手。班固先生的

"紫色蛙声，余分闰位"，就将四句长句，缩成八字的；扬雄先生的"蠢迪检柙"，就将"动由规矩"这四个平常字，翻成难字的。《绿野仙踪》记塾师咏"花"，有句云："媳钗俏矣儿书废，哥罐闻焉嫂棒伤。"自说意思，是儿妇折花为钗，虽然俏丽，但恐儿子因而废读；下联较费解，是他的哥哥折了花来，没有花瓶，就插在瓦罐里，以嗅花香，他嫂嫂为防微杜渐起见，竟用棒子连花和罐一起打坏了。这算是对于冬烘先生的嘲笑。然而他的作法，其实是和扬班并无不合的，错只在他不用古典而用新典。这一个所谓"错"，就使《文选》之类在遗老遗少们的心眼里保住了威灵。

做得蒙胧，这便是所谓"好"么？答曰：也不尽然，其实是不过掩了丑。但是，"知耻近乎勇"，掩了丑，也就仿佛近乎好了。摩登女郎披下头发，中年妇人罩上面纱，就都是蒙胧术。人类学家解释衣服的起源有三说：一说是因为男女知道了性的羞耻心，用这来遮羞；一说却以为倒是用这来刺激；还有一种是说因为老弱男女，身体衰瘦，露着不好看，盖上一些东西，借此掩掩丑的。从修辞学的立场上看起来，我赞成后一说。现在还常有骈四俪六，典丽堂皇的祭文，挽联，宣言，通电，我们倘去查字典，翻类书，剥去它外面的装饰，翻成白话文，试看那剩下的是怎样的东西呵！？

不懂当然也好的。好在哪里呢？即好在"不懂"中。但所虑的是好到令人不能说好丑，所以还不如做得它"难懂"：有一点懂，而下一番苦功之后，所懂的也比较地多起来。我们是向来很有崇拜"难"的脾气的，每餐吃三碗饭，谁也不以为奇，有人每餐要吃十八碗，就郑重其事地写在笔记上；用手穿针没有人看，用脚穿针就可以搭帐篷卖钱；一幅画片，平淡无奇，装在匣子里，挖一个洞，化为西洋镜，人们就张着嘴热心地要看了。况且同是一事，费了苦功而达到的，也比并不费力而达到的可贵。譬如到什么庙里去烧香罢，到山上的，比到平地上的可贵；三步一拜才到庙里的庙，和坐了轿子一径抬到的庙，即使同是这庙，在到达者的心里的可贵的程度是大有高下的。作文之贵乎难懂，就是要使读者三步一拜，这才能够达到一点目的的妙法。

　　写到这里，成了所讲的不但只是做古文的秘诀，而且是作骗人的古文的秘诀了。但我想，做白话文也没有什么大两样，因为它也可以夹些僻字，加上蒙胧或难懂，来施展那变戏法的障眼的手巾的。倘要反一调，就是"白描"。

　　"白描"却并没有秘诀。如果要说有，也不过是和障眼法反一调：有真意，去粉饰，少做作，勿卖弄而已。

十一月十日

谈金圣叹

讲起清朝的文字狱来,也有人拉上金圣叹,其实是很不合适的。他的"哭庙",用近事来比例,和前年《新月》上的引据三民主义以自辩,并无不同,但不特捞不到教授而且至于杀头,则是因为他早被官绅们认为坏货了的缘故。就事论事,倒是冤枉的。

清中叶以后的他的名声,也有些冤枉。他抬起小说传奇来,和《左传》《杜诗》并列,实不过拾了袁宏道辈的唾余;而且经他一批,原作的诚实之处,往往化为笑谈,布局行文,也都被硬拖到八股的作法上。这余荫,就使有一批人,堕入了对于《红楼梦》之类,总在寻求伏线,挑剔破绽的泥塘。

自称得到古本,乱改《西厢》字句的案子且不说罢,单是截去《水浒》的后小半,梦想有一个"嵇叔夜"来杀尽宋江们,也就昏庸得可以。虽说因为痛恨流寇的缘故,但他是究竟近于官绅的,他到底想不到小百姓的对于流寇,只痛恨着一半:不在于"寇",而在于"流"。

百姓固然怕流寇,也很怕"流官"。记得民元革命以后,我在故乡,不知怎地县知事常常掉换了。每一掉换,农民们便愁苦着相告道:"怎么好呢?又换了一只空肚鸭来了!"他们虽然至今不知道"欲壑难填"的古训,却很明白"成则为王,败则为贼"的成语,贼者,流着之王,王者,不流之贼也,要说得简单一点,那就是"坐寇"。中国百姓一向自称"蚁民",现在为便于譬喻起见,姑升为牛罢,铁骑一过,茹毛饮血,蹄骨狼藉,倘可避免,他们自然是总想避免的,但如果肯放任他们自啮野草,苟延残喘,挤出乳来将这些"坐寇"喂得饱饱的,后来能够比较的不复狼吞虎咽,则他们就以为如天之福。所区别的只在"流"与"坐",却并不在"寇"与"王"。试翻明末的野史,就知道北京民心的不安,在李自成入京的时候,是不及他出京之际的厉害的。

宋江据有山寨,虽打家劫舍,而劫富济贫,金圣叹却道应该在童贯高俅辈的爪牙之前,一个个俯首受缚,他们想不懂。所以《水浒传》纵然成了断尾巴蜻蜓,乡下人却还要看《武松独手擒方腊》这些戏。

不过这还是先前的事,现在似乎又有了新的经验了。听说四川有一支民谣,大略是"贼来如梳,兵来如篦,官来如剃"的意思。汽车飞艇,价值既远过于大轿马车,租界和外国银行,也是海通以来新添的物事,不但剃尽毛发,就是刮尽筋肉,也永远填不满的。正无怪小百姓将"坐寇"之可怕,放在"流寇"之上了。

事实既然教给了这些,仅存的路,就当然使他们想到了自己的力量。

五月三十一日

真假堂·吉诃德

　　西洋武士道的没落产生了堂·吉诃德那样的戆大。他其实是个十分老实的书呆子。看他在黑夜里仗着宝剑和风车开仗,的确傻相可掬,觉得可笑可怜。

　　然而这是真正的吉诃德。中国的江湖派和流氓种子,却会愚弄吉诃德式的老实人,而自己又假装着堂·吉诃德的姿态。《儒林外史》上的几位公子,慕游侠剑仙之为人,结果是被这种假吉诃德骗去了几百两银子,换来了一颗血淋淋的猪头,——那猪算是侠客的"君父之仇"了。

　　真吉诃德的做傻相是由于自己愚蠢,而假吉诃德是故意做些傻相给别人看,想要剥削别人的愚蠢。

可是中国的老百姓未必都还这么蠢笨,连这点儿手法也看不出来。

中国现在的假吉诃德们,何尝不知道大刀不能救国,他们却偏要舞弄着,每天"杀敌几百几千"的乱嚷,还有人"特制钢刀九十九,去赠送前敌将士"。可是,为着要杀猪起见,又舍不得飞机捐,于是乎"武器不精良"的宣传,一面作为节节退却或者"诱敌深入"的解释,一面又借此搜括一些杀猪经费。可惜前有慈禧太后,后有袁世凯,——清末的兴复海军捐建设了颐和园,民四的"反日"爱国储金,增加了讨伐当时革命军的军需,——不然的话,还可以说现在发现了一个新发明。

他们何尝不知道"国货运动"振兴不了什么民族工业,国际的财神爷扼住了中国的喉咙,连气也透不出,什么"国货"都跳不出这些财神的手掌心。然而"国货年"是宣布了,"国货商场"是成立了,像煞有介事的,仿佛抗日救国全靠一些戴着假面具的买办多赚几个钱。这钱还是从猪狗牛马身上剥削来的。不听见"增加生产力""劳资合作共赴国难"的呼声么?原本不把小百姓当人看待,然而小百姓做了猪狗牛马还是要负"救国责任"!结果,猪肉供给假吉诃德吃,而猪头还是要斫下来,挂出去,以为"捣乱后方"者戒。

他们何尝不知道什么"中国固有文化"咒不死帝国主义,无论念几千万遍"不仁不义"或者金光明咒,也不会触发日本地震,使它陆沉大海。然而他们故意高喊恢复"民族精神",仿佛得了什么祖传秘诀。意思其实很明白,是要小百姓埋头治心,多读修身教科书。这固有文化本来毫无疑义:是岳飞式的奉旨不抵抗的忠,是听命国联爷爷的孝,是斫猪头,吃猪肉,而又远庖厨的仁爱,是遵守卖身契约的信义,是"诱敌深入"的和平。而且,"固有文化"之外,又提倡什么"学术救国",引证西哲费希特(德国唯心主义哲学家)之言等类的居心,又何尝不是如此。

假吉诃德的这些傻相,真教人哭笑不得;你要是把假痴假呆当做真痴真呆,当真认为可笑可怜,那就未免傻到不可救药了。

四月十一日

世故三昧

人世间真是难处的地方,说一个人"不通世故",固然不是好话,但说他"深于世故"也不是好话。"世故"似乎也像"革命之不可不革,而亦不可太革"一样,不可不通,而亦不可太通的。

然而据我的经验,得到"深于世故"的恶谥者,却还是因为"不通世故"的缘故。现在我假设以这样的话,来劝导青年人——

"如果你遇见社会上有不平事,万不可挺身而出、讲公道话,否则,事情倒会移到你头上来,甚至于会被指作反动分子的。如果你遇见有人被冤枉,被诬陷的,即使明知道他是好人,也万不可挺身而出,去给他解释或分辩,否则,你就会被人说是他的亲戚,或得了他的贿赂;倘使那是女人,就要被疑为她的情人的;如果他较有名,那便是党羽。例如我自己罢,给一个毫不相干的女士作了一篇信札集的序,人们就说她是我的小姨;介绍一点科学的文艺理论,人们就说得了苏联的卢布。亲戚和金钱,在目下的中国,关系也真是大,事实给予了教训,人们看惯了,以为人人都脱不了这关系,原也无足深怪的。

"然而,有些人其实也并不真相信,只是说着玩玩,有趣有趣的。即使有人为了谣言,弄得凌迟碎剐,像明末的郑鄤那样了,和自己也并不相干,总不如有趣的紧要。这时你如果去辨正,那就是使大家扫兴,结果还是你自己倒楣。我也有一个经验,那是十多年前,我在教育部里做"官僚",常听得同事说,某女学校的学生,是可以叫出来嫖的,连机关的地址门牌,也说得明明白白。有一回我偶然走过这条街,一个人对于坏事情,是记性好一点的,我记起来了,便留心着那门牌。但这一号,却是一块小空地,有一口大井,一间很破烂的小屋,是几个山东人住着卖水的地方,决计做不了别用。待到他们又在谈着这事的时候,我便说出我的所见来,而不料大家竟笑容尽敛,不欢而散了,此后不和我谈天者两三月。我事后才悟到打断了他们的兴致,是不应该的。

"所以,你最好是莫问是非曲直,一味附和着大家;但更好是不开口;而在更好之上的是连脸上也不显出心里的是非的模样来……"

这是处世法的精义,只要黄河不流到脚下,炸弹不落在身边,可以保管一世没有挫折的。但我恐怕青年人未必以我的话为然;便是中年,老年人,也许要以为我是在教坏了他们的子弟。呜呼,那么,一片苦心,竟是白费了。

然而倘说中国现在正如唐虞盛世,却又未免是"世故"之谈。耳闻目睹的不算,单是看看报章,也就可以知道社会上有多少不平,人们有多少冤抑。但对于这些事,除了有时或有同业,同乡,同族的人们来说几句呼吁的话之外,利害无关的人的义愤的声音,我们是很少听到的。这很分明,是大家不开口;或者以为和自己不相干;或者连"以为和自己不相干"的意思也全没有。"世故"深到不自觉其"深于世故",这才真是"深于世故"的了。这是中国处世法的精义中的精义。

而且,对于看了我的劝导青年人的话,心以为非的人物,我还有一下反攻在这里。他是以我为狡猾的。但是,我的话里,一面固然显示着我的狡猾,而且无能,但一面也显示着社会的黑暗。他单责个人,正是最稳妥的办法,倘使兼责社会,可就得站出去战斗了。责人的"深于世故"而避开了"世"不谈,这是更"深于世故"的玩意,倘若自己不觉得,那就更深更深了,离三昧境盖不远矣。

不过凡事一说,即落言筌,不再能得三昧。说"世故三昧"者,即非"世故三昧"。三昧真谛,在行而不言;我现在一说"行而不言",却又失了真谛,离三昧境盖益远矣。

一切善知识,心知其意可也,唵!

十月十三日

经典阅读文学馆·一

你是人间的四月天

刘磊 / 主编

红旗出版社

图书在版编目（CIP）数据

你是人间的四月天 / 刘磊主编. —— 北京：红旗出版社，2019.8
（经典阅读文学馆.一）
ISBN 978-7-5051-4911-3

Ⅰ.①你… Ⅱ.①刘… Ⅲ.①中国文学—现代文学—作品综合集 Ⅳ.①I216.2

中国版本图书馆CIP数据核字（2019）第163339号

书　名　你是人间的四月天
主　编　刘磊

出品人	唐中祥	总监制	褚定华
选题策划	华语蓝图	责任编辑	王馥嘉　朱小玲

出版发行	红旗出版社	地　址	北京市丰台区中核路1号
编辑部	010-57274497	邮政编码	100727
发行部	010-57270296		
印　刷	永清县晔盛亚胶印有限公司		
开　本	880毫米×1168毫米　1/32		
印　张	40		
字　数	720千字		
版　次	2019年8月北京第1版		
印　次	2020年4月北京第1次印刷		

ISBN 978-7-5051-4911-3　　　定　价　160.00元（全8册）

版权所有　翻印必究　印装有误　负责调换

前　言

古希腊大哲学家亚里士多德有过一段精彩论述，他说："播种一种行为，收获一种习惯；播种一种习惯，收获一种品格；播种一种品格，收获一种命运。"习惯优秀才是真正的优秀。养成良好的习惯可以改变一个人，而良好的阅读习惯更是青少年不可或缺的好习惯之一。

阅读是一种需要，也是一种享受。"人的天性像是野生的花草，读书像是修剪移栽。"由此可见，一个人的阅读史就是他的精神发育史。"读书足以怡情，足以傅彩，足以长才。其怡情也，最见于独处幽居之时；其傅彩也，最见于高谈阔论之中；其长才也，最见于处世判事之际。"的确，那些最美的篇章、最有启发性的词句、最感人的情怀，不但让我们心生爱念、心怀感动，更重要的是可以提升我们的文化底蕴，增长我们的才干。在紧张忙碌的学习之余，在轻松悠闲的假日时光里，捧一本书，荡漾于人类最真实的情感和最真挚的文字中，思接千载，神游八荒，慢慢体悟人生，憧憬美好的未来，那才是最好的青春年少。

书是我们的良师益友,"读一本好书就像和许多高尚的人在谈话"。尤其是那些盛传不衰的名家名作,是各民族文化与历史的浓缩,对各国文化的交流、传承起着桥梁和纽带的作用。是经过大浪淘沙,为人们所公认的世界文学园圃里的奇葩。阅读名家名作,就相当于穿越时空和一位位大师在对话,可以开启青少年的心智,陶冶青少年的情操,如春风化雨般,潜移默化地提升青少年的文学素养。

鉴于此,我们根据国家教育部指定的语文新课标阅读目录,反复甄选,披沙拣金,选编了这套《经典阅读文学馆》。本套丛书所选篇目包括"人民艺术家"老舍、民国才女林徽因、雨巷诗人戴望舒等顶尖大师的巅峰之作,可以说,它是一套值得珍藏一生的最佳阅读丛书,这些优秀作品,会让你的生活更加丰富,也能在潜移默化中改变你的人生。

希望本套丛书能成为青少年喜爱阅读、乐于接受的课外读物。让这套丛书陪伴广大青少年朋友走过金色年华,踏上成功之路。

目 录

第一辑　你是人间的四月天

你是人间的四月天 …………………………… 002

笑 ……………………………………………… 004

别丢掉 ………………………………………… 005

深夜里听到的乐声 …………………………… 007

一首桃花 ……………………………………… 009

莲　灯 ………………………………………… 011

微　光 ………………………………………… 013

秋天，这秋天 ………………………………… 015

情　愿 ………………………………………… 019

仍　然 ………………………………………… 021

激　昂 ………………………………………… 023

深　笑 ………………………………………… 025

题剔空菩提叶 ………………………………… 027

黄昏过泰山 …………………………………… 029

静　坐 ………………………………………… 031

哭三弟恒	032
八月的忧愁	036
雨后天	038
那一晚	039
谁爱这不息的变幻	041
中夜钟声	043
山中一个夏夜	045
年 关	047
忆	049
吊玮德	050
灵 感	054
城楼上	056
风 筝	058
静 院	060
昼 梦	063
过杨柳	066
冥 思	067
空想（外四章）	068
红叶里的信念	073
山 中	078
十月独行	079
前 后	081
去 春	083
除夕看花	084

给秋天	086
人　生	088
孤　岛	090
展　缓	091
六点钟在下午	093
昆明即景	095
一串疯话	098
病中杂诗（九首）	099
古城黄昏	108

第二辑　林徽因书信

致胡适	111
致沈从文	127
致梁思庄	143
致梁思成	145
致傅斯年	149
致张兆和	151

第一辑
你是人间的四月天

你是人间的四月天

我说你是人间的四月天;
笑响点亮了四面风;轻灵
在春的光艳中交舞着变。

你是四月早天里的云烟,
黄昏吹着风的软,星子在
无意中闪,细雨点洒在花前。

那轻,那娉婷你是,鲜妍

百花的冠冕你戴着,你是
天真,庄严,你是夜夜的月圆。

雪化后那片鹅黄,你像;新鲜
初放芽的绿,你是;柔嫩喜悦
水光浮动着你梦期待中白莲。

你是一树一树的花开,是燕
在梁间呢喃,——你是爱,是暖,
是希望,你是人间的四月天!

原载《学文》
1934年5月第一卷1期

笑

笑的是她的眼睛，口唇，
和唇边浑圆的旋涡。
艳丽如同露珠，
朵朵的笑向
贝齿的闪光里躲。
那是笑——神的笑，美的笑；
水的映影，风的轻歌。

笑的是她惺松的鬘发，
散乱的挨着她的耳朵。
轻软如同花影，
痒痒的甜蜜
涌进了你的心窝。
那是笑——诗的笑，画的笑：
云的留痕，浪的柔波。

原载《新月诗选》　1931年9月

别丢掉

别丢掉
这一把过往的热情,
现在流水似的,
轻轻
在幽冷的山泉底,
在黑夜,在松林,
叹息似的渺茫,
你仍要保存着那真!
一样是明月,
一样是隔山灯火,
满天的星,只有人不见,
梦似的挂起,

你向黑夜要回
那一句话——你仍得相信
山谷中留着
有那回音!

二十一年夏
原载《大公报·副刊》
1936年3月15日

深夜里听到的乐声

这一定又是你的手指,
轻弹着,
在这深夜,稠密的悲思。

我不禁颊边泛上了红,
静听着,
这深夜里弦子的生动。

一声听从我心底穿过,

忒凄凉，
我懂得，但我怎能应和？

生命早描定她的式样，
太薄弱
是人们的美丽的想象。

除非在梦里有这么一天，
你和我
同来攀动那根希望的弦。

原载《新月诗选》
1931年9月

一首桃花

桃花,
那一树的嫣红,
像是春说的一句话:
朵朵露凝的娇艳,
是一些
玲珑的字眼,
一瓣瓣的光致,
又是些
柔的匀的吐息;
含着笑,
在有意无意间
生姿的顾盼。
看,——

那一颤动在微风里
她又留下,
淡淡的,
在三月的薄唇边,
一瞥,
一瞥多情的痕迹!

二十年五月,香山
原载《诗刊》1931年10月第3期

莲灯

如果我的心是一朵莲花,
正中擎出一支点亮的蜡,
荧荧虽则单是那一剪光,
我也要它骄傲地捧出辉煌;
不怕它只是我个人的莲灯
照不见前后崎岖的人生——
浮沉它依附着人海的浪涛
明暗自成了它内心的秘奥。
单是那光一闪花一朵——
像一叶轻舸驶出了江河——
宛转它漂随命运的波涌
等候那阵阵风向远处推送。
算做一次过客在宇宙里,
认识这玲珑的生从容的死,

这飘忽的途程也就是个——
也就是个美丽美丽的梦。

二十一年七月半,香山
原载《新月》1933年3月4卷6期

微光

街上没有光,没有灯,
店廊上一角挂着有一盏;
他和她把他们一家的运命
含糊的,全数交给这黯淡。

街上没有光,没有灯,
店窗上,斜角,照着有半盏。
合家大小朴实的脑袋,
并排儿,熟睡在土炕上。

外边有雪夜;有泥泞;
沙锅里有不够明日的米粮;
小屋,静守住这微光,
缺乏着生活上需要的各样。

缺的是把干柴;是杯水;麦面……
为这吃的喝的,本说不到信仰,
生活已然,固定的,单靠气力,
在肩臂上边,来支持那生的胆量。

明天,又明天,又明天……
一切都限定了,谁还说希望,
即使是做梦,在梦里,闪着,
仍旧是这一粒孤勇的光亮?

街角里有盏灯,有点光,
挂在店廊;照在窗槛;
他和她,把他们一家的运命
明白的,全数交给这凄惨。

二十二年九月
原载《大公报·文艺副刊》
1933年9月27日

秋天,这秋天

这是秋天,秋天,
风还该是温软;
太阳仍笑着那微笑,
闪着金银;夸耀
他实在无多了的
最奢侈的早晚!
这里那里,在这秋天,
斑彩错置到各处
山野,和枝叶中间,
像醉了的蝴蝶,或是
珊瑚珠翠,华贵的失散,

缤纷降落到地面上。
这时候心得像歌曲；
由山泉的水光里闪动，
浮出珠沫，溅开
山石的喉嗓唱。
这时候满腔的热情
全是你的，秋天懂得，
秋天懂得那狂放，——
秋天爱的是那不经意
不经意的零乱！

但是秋天，这秋天，
他撑着梦一般的喜筵，
不为的是你的欢欣：
他撒开手，一掬璎珞，
一把落花似的幻变，
还为的是那不定的
悲哀，归根儿缔结住
在这人生的中心！
一阵萧萧的风，起自
昨夜西窗的外沿，
摇着梧桐树哭。——
起始你怀疑着：
荷叶还没有残败；

小划子停在水流中间；
夏夜的细语，夹着虫鸣，
还信得过仍然偎着
耳朵旁温甜；
但是梧桐叶带来桂花香，
已打到灯盏的光前。
一切都两样了，他闪一闪说，
只要一夜的风，一夜的幻变。

冷雾迷住我的两眼，
在这样的深秋里，
你又同谁争？现实的背面
是不是现实，荒诞的，
果属不可信的虚妄？
疑问抵不住简单的残酷，
再别要悯惜流血的哀惶，
趁一次里，要认清
造物更是摧毁的工匠。
信仰只一细炷香，
那点子亮再经不起西风
沙沙的隔着梧桐树吹！
如果你忘不掉，忘不掉
那同听过的鸟啼；
同看过的花好，信仰

该在过往的中间安睡。……
秋天的骄傲是果实,
不是萌芽,——生命不容你
不献出你积累的馨芳;
交出受过光热的每一层颜色;
点点沥尽你最难堪的酸怆。
这时候,
切不用哭泣;或是呼唤;
更用不着闭上眼祈祷
(向着将来的将来空等盼);
只要低低的,在静里,低下去
已困倦的头来承受,——承受
这叶落了的秋天,
听风扯紧了弦索自歌挽:
这夜,这夜,这惨的变换!

二十二年十一月中旬
原载《大公报·文艺副刊》
1933年11月18日

情愿

我情愿化成一片落叶,
让风吹雨打到处飘零;
或流云一朵,在澄蓝天,
和大地再没有些牵连。

但抱紧那伤心的标志,
去触遇没着落的怅惘;
在黄昏,夜班,蹑着脚走,
全是空虚,再莫有温柔。

忘掉曾有这世界;有你;
哀悼谁又曾有过爱恋;
落花似的落尽,忘了去
这些个泪点里的情绪。

到那天一切都不存留,
比一闪光,一息风更少
痕迹,你也要忘掉了我
曾经在这世界里活过。

原载《新月诗选》
1931年9月

仍然

你舒伸得像一湖水向着晴空里
白云,又像是一流冷涧,澄清
许我循着林岸穷究你的泉源:
我却仍然怀抱着百般的疑心
对你的每一个映影!

你展开像个千瓣的花朵!
鲜妍是你的每一瓣,更有芳沁,
那温存袭人的花气,伴着晚凉:
我说花儿,这正是春的捉弄人,
来偷取人们的痴情!

你又学叶叶的书篇随风吹展,
揭示你的每一个深思;每一角心境,
你的眼睛望着我,不断地在说话:
我却仍然没有回答,一片的沉静
永远守住我的魂灵。

原载《新月诗选》

1931年9月

激昂

我要借这一时的豪放
和从容,灵魂清醒的
再喝一泉甘甜的鲜露,
来挥动思想的利剑,
舞它那一瞥最敏锐的
锋芒,像皑皑塞野的雪
在月的寒光下闪映,
喷吐冷激的辉艳;——斩,
斩断这时间的缠绵,
和猥琐网布的纠纷,
剖取一个无瑕的透明,
看一次你,纯美,
你的裸露的庄严。
……

然后踩登
任一座高峰，攀牵着白云
和锦样的霞光，跨一条
长虹，瞰临着澎湃的海，
在一穹匀静的澄蓝里，
书写我的惊讶与欢欣，
献出我最热的一滴眼泪，
我的信仰，至诚，和爱的力量，
永远膜拜，
膜拜在你美的面前！

5月，香山
原载《北斗》创刊号
1931年9月

深笑

是谁笑得那样甜,那样深,
那样圆转?一串一串明珠
大小闪着光亮,迸出天真!
清泉底浮动,泛流到水面上,
灿烂,
分散!

是谁笑得好花儿开了一朵?
那样轻盈,不惊起谁。
细香无意中,随着风过,
拂在短墙,丝丝在斜阳前
挂着
留恋。

是谁笑成这百层塔高耸,
让不知名鸟雀来盘旋?是谁
笑成这万千个风铃的转动,
从每一层琉璃的檐边
摇上
云天?

原载《大公报·文艺副刊》
1936年1月5日

题剔空菩提叶

认得这透明体,
智慧的叶子掉在人间?
消沉,慈净——
那一天一闪冷焰,
一叶无声的坠地,
仅证明了智慧寂寞
孤零的终会死在风前!
昨天又昨天,美
还逃不出时间的威严;
相信这里睡眠着最美丽的
骸骨,一丝魂魄月边留念,——

……

菩提树下清荫则是去年!

原载《大公报·文艺副刊》
1936年5月17日

黄昏过泰山

记得那天

心同一条长河,

让黄昏来临,

月一片挂在胸襟。

如同这青黛山,

今天,

心是孤傲的屏障一面;

葱郁,

不忘却晚霞,

苍莽,

却听脚下风起,

来了夜——

原载《大公报·文艺副刊》

1936年7月19日

静坐

冬有冬的来意,
寒冷像花,——
花有花香,冬有回忆一把。
一条枯枝影,青烟色的瘦细,
在午后的窗前拖过一笔画;
寒里日光淡了,渐斜……
就是那样地
像待客人说话
我在静沉中默啜着茶。

原载《大公报·文艺副刊》
1937年1月31日

哭三弟恒

——三十年空战阵亡

弟弟,我没有适合时代的语言
来哀悼你的死;
它是时代向你的要求,
简单的,你给了。
这冷酷简单的壮烈是时代的诗
这沉默的光荣是你。

假使在这不可免的真实上
多给了悲哀,我想呼喊,
那是——你自己也明了——
因为你走得太早,

太早了，弟弟，难为你的勇敢，
机械的落伍，你的机会太惨！

三年了，你阵亡在成都上空，
这三年的时间所做成的不同，
如果我向你说来，你别悲伤，
因为多半不是我们老国，
而是他人在时代中辗动，
我们灵魂流血，炸成了窟窿。

我们已有了盟友、物资同军火，
正是你所曾经希望过。
我记得，记得当时我怎样同你
讨论又讨论，点算又点算，
每一天你是那样耐性地等着，
每天却空地过去，慢得像骆驼！

现在驱逐机已非当日你最理想
驾驶的"老鹰式七五"那样——
那样笨，那样慢，啊，弟弟不要伤心，
你已做到你们所能做的，
别说是谁误了你，是时代无法衡量，

中国还要上前，黑夜在等天亮。

弟弟，我已用这许多不美丽言语
算是诗来追悼你，
要相信我的心多苦，喉咙多哑，
你永不会回来了，我知道，
青年的热血做了科学的代替；
中国的悲怆永沉在我的心底。

啊，你别难过，难过了我给不出安慰。
我曾每日那样想过了几回：
你已给了你所有的，同你去的弟兄
也是一样，献出你们的生命；
已有的年轻一切；将来还有的机会，
可能的壮年工作，老年的智慧；

可能的情爱，家庭，儿女，及那所有
生的权利，喜悦；及生的纠纷！
你们给的真多，都为了谁？你相信
今后中国多少人的幸福要在
你的前头，比自己要紧；那不朽
中国的历史，还需要在世上永久。

你相信,你也做了,最后一切你交出。
我既完全明白,为何我还为着你哭?
只因你是个孩子却没有留什么给自己,
小时我盼着你的幸福,战时你的安全,
今天你没有儿女牵挂需要抚恤同安慰,
而万千国人像已忘掉,你死是为了谁!

1934年,李庄
原载《文学杂志》2卷12期
1948年5月

八月的忧愁

黄水塘里游着白鸭,
高粱梗油青的刚高过头,
这跳动的心怎样安插,
田里一窄条路,八月里这忧愁?

天是昨夜雨洗过的,山岗
照着太阳又留一片影;
羊跟着放羊的转进村庄,
一大棵树荫下罩着井,又像是心!

从没有人说过八月什么话,
夏天过去了,也不到秋天。

但我望着田垄，土墙上的瓜，
仍不明白生活同梦怎样的连牵。
二十五年夏末

原载《大公报·文艺副刊》 1936年9月30日

雨后天

我爱这雨后天,
这平原的青草一片!
我的心没底止地跟着风吹,
风吹:
吹远了香草,落叶,
吹远了一缕云,像烟——
像烟。

原载《大公报·文艺副刊》
1936年3月15日

那一晚

那一晚我的船推出了河心,
澄蓝的天上托着密密的星。
那一晚你的手牵着我的手,
迷惘的黑夜封锁起重愁。
那一晚你和我分定了方向,
两人各认取个生活的模样。

到如今我的船仍然在海面飘,
细弱的桅杆常在风涛里摇。
到如今太阳只在我背后徘徊,
层层的阴影留守在我周围。
到如今我还记着那一晚的天,
星光、眼泪、白茫茫的江边!
到如今我还想念你岸上的耕种,

红花儿黄花儿朵朵的生动。

那一天我希望要走到了顶层,
蜜一般酿出那记忆的滋润。
那一天我要挎上带羽翼的箭,
望着你花园里射一个满弦。
那一天你要听到鸟般的歌唱,
那便是我静候着你的赞赏。
那一天你要看到零乱的花影,
那便是我私闯入当年的边境!

署名:尺棰
原载《诗刊》1931年4月第2期

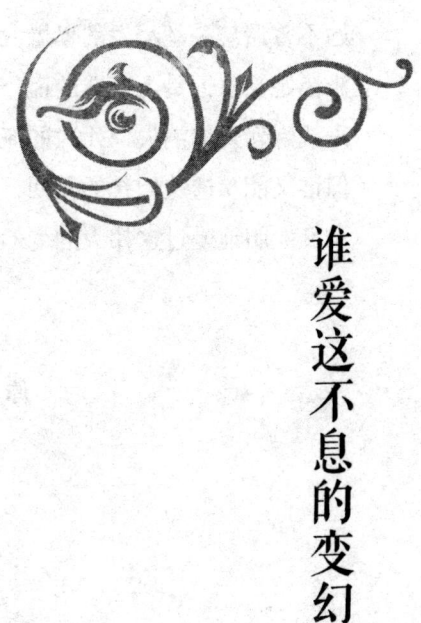

谁爱这不息的变幻

谁爱这不息的变幻,她的行径?
催一阵急雨,抹一天云霞,月亮,
星光,日影,在在都是她的花样,
更不容峰峦与江海偷一刻安定。
骄傲的,她奉着那荒唐的使命:
看花放蕊树凋零,娇娃做了娘;
叫河流凝成冰雪,天地变了相;
都市喧哗,再寂成广漠的夜静!
虽说千万年在她掌握中操纵,

她不曾遗忘一丝毫发的卑微。
难怪她笑永恒是人们造的谎,
来抚慰恋爱的消失,死亡的痛。
但谁又能参透这幻化的轮回,
谁又大胆地爱过这伟大的变幻?

香山,四月十二日
原载《诗刊》1931年4月第2期

中夜钟声

钟声
敛住又敲散
一街的荒凉
听——
那圆的一颗颗声响
直沉下时间
静寂的
咽喉。

像哭泣,
像哀恸,
将这僵黑的
中夜

葬人
那永不见曙星的
空洞——

轻——重，……
——重——轻……
这摇曳的一声声，
又凭谁的主意
把那余剩的忧惶
随着风冷——
纷纷
掷给还不成梦的
人。

原载《新月》
1933年3月4卷6期

山中一个夏夜

山中有一个夏夜,深得
像没有底一样:
黑影,松林密密的;
周围没有点光亮。
对山闪着只一盏灯——两盏
像夜的眼,夜的眼在看!

满山的风全蹑着脚
像是走路一样,
躲过了各处的枝叶
各处的草,不响。

单是流水,不断的在山谷上
石头的心,石头的口在唱。

虫鸣织成那一片静,寂寞
像垂下的帐幔;
仲夏山林在内中睡着,
幽香四下里浮散。
黑影枕着黑影,默默地无声,
夜的静,却有夜的耳在听!

一九三一年(据手稿)
原载《新月》1933年6月4卷7期

年关

哪里来,又向哪里去,
这不断,不断的行人,
奔波杂沓的,这车马?
红的灯光,绿的紫的,
织成了这可怕,还是
可爱的夜?高的楼影
渺茫天上,都象征些
什么现象?这嘈聒中
为什么又凝着这沉静;
这热闹里,会是凄凉?

这是年关,年关,有人
由街头走着,估计着,
孤零的影子斜映着,

一年,又是一年辛苦,
一盘子算珠的艰和难。
日中你敛住气,夜里
你喘,一条街,一条街,
跟着太阳灯光往返,——
人和人,好比水在流,
人是水,两旁楼是山!

一年,一年,
连年里,这穿过城市
胸腑的辛苦,成千万,
成千万人流的血汗,
才会造成了像今夜
这神奇可怕的灿烂!
看,街心里横一道影
灯盏上开着血印的花,
夜在凉雾和尘沙中
进展,展进,许多口里
在喘着年关,年关……

二十三年废历除夕
原载《大公报·文艺副刊》
1934年2月21日

忆

新年等在窗外，一缕香，
枝上刚放出一半朵红。
心在转，你曾说过的
几句话，白鸽似的盘旋。

我不曾忘，也不能忘
那天的天澄清的透蓝，
太阳带点暖，斜照在
每棵树梢头，像凤凰。

是你在笑，仰脸望，
多少勇敢话那天，你我
全说了，——像张风筝
向蓝穹，凭一线力量。

二十二年年岁终
原载《学文》1934年6月第1卷2期

吊玮德

玮德,是不是那样,
你觉得乏了,有点儿
不耐烦,
并不为别的缘故
你就走了,
向着哪一条路?

玮德你真是聪明;
早早地让花开过了
那顶鲜妍的花朵,
就选个这样春天的清晨,
挥一挥袖
对着晓天的烟霞
走去,轻轻的,轻轻的

背向着我们。
春风似的不再停住!

春风似的吹过,
你却留下
永远的那么一颗
少年人的信心;
少年的微笑
和悦地
洒落在别人的新枝上。
我们骄傲
你这骄傲
但你,玮德,独不惆怅
我们这一片
懦弱的悲伤?

黯然是这人间
美丽不常走来
你知道。
歌声如果有,也只在
几个唇边旋转!
一层一层尘埃,
凄怆是各样的安排,
即使狂飙不起,狂飙不起,

这远近苍茫,
雾里狼烟,
谁还看见花开!

你走了,
你也走了,
尽走了,再带着去
那些儿馨芳,
那些个嘹亮,
明天再明天,此后
寂寞的平凡中
都让谁来支持?
一星星理想,难道
从此都空挂到天上?

玮德你真是个诗人
你是这般年轻,好像
天方放晓,钟刚敲响……
你却说倦了,有点儿
不耐烦忍心,
一条虹桥由中间拆断;
情愿听杜鹃啼唱,
相信有明月长照,
寒光水底能依稀映成

那一半连环
憬憧中
你诗人的希望!

玮德是不是那样
你觉得乏了,人间的怅惘
你不管;
莲叶上笑着展开
浮烟似的诗人的脚步。
你只相信天外那一条路?

原载《文艺月刊》
1935年6月第7卷6期

灵感

是你,是花,是梦,打这儿过,
此刻像风在摇动着我;
告诉日子重叠盘盘的山窝;
清泉潺潺流动转狂放的河;
孤僻林里闲开着鲜妍花,
细香常伴着圆月静天里挂;
且有神仙纷纭地浮出紫烟,
衫裾飘忽映影在山溪前;
给人的理想和理想上
铺香花,叫人心和心合着唱;
直到灵魂舒展成条银河,
长长流在天上一千首歌!

是你,是花,是梦,打这里儿过,

此刻像风，在摇动着我；
告诉日子是这样的不清醒；
当中偏响着想不到的一串铃。
树枝里轻声摇曳；金镶上翠，
低了头的斜阳，又一抹光辉。
难怪阶前人忘掉黄昏，脚下草，
高阁古松，望着天上点骄傲；
留下檀香，木鱼，合掌，
在神龛前，在蒲团上，
楼外又楼外，幻想彩霞却缀成
凤凰栏杆，挂起了塔顶上灯！

二十四年十月
徽因作于北平
据手稿，此诗在作者生前未曾发表

城楼上

你说什么?
鸭子,太阳,
城墙下那护城河?
——我?
我在想,
——不是不在听——
想怎样
从前,……
对了,
也是秋天!

你也曾去过,
你?那小树林?
还记得么;

山窝,红叶像火?
映影
湖心里倒浸,
那静?
天!……
(今天的多蓝,你看!)
白云,
像一缕烟。

谁又啰嗦?
你爱这里城墙,
古墓,长歌,
蔓草里开野花朵。
好,我不再讲
从前的,单想
我们在古城楼上
今天,——
白鸽,
(你准知道是白鸽?)
飞过面前。

二十四年十月
原载《大公报·文艺副刊》
1935年11月8日

风筝

看,那一点美丽
会闪到天空!
几片颜色,
挟住双翅,
心,缀一串红。

飘摇,它高高地去,
逍遥在太阳边
太空里闪
一小片脸,
但是不,你别错看了
错看了它的力量,
天地间认得方向!
它只是

轻的一片，
一点子美
像是希望，又像是梦；
一长根丝牵住
天穹，渺茫——
高高推着它舞去，
白云般飞动，
它也猜透了不是自己，
它知道，知道是风！

正月十一日
原载《大公报·文艺副刊》
1936年2月14日

静

院

你说这院子深深的——
美从不是现成的。
这一掬静,
到了夜,你算,
就需要多少铺张?
月圆了残,叫卖声远了,
隔过老杨柳,一道墙,又转,
初一? 凑巧谁又在烧香,……
离离落落的满院子,
不定是神仙走过,
仅是迷惘,像梦,……
窗槛外或者是暗的,
或透那么一点灯火。

这掬静,院子深深的
——有人也叫它做情绪——
情绪,好,你指点看
有不有轻风,轻得那样
没有声响,吹着凉?
黑的屋脊,自己的,人家的,
兽似的背耸着,又像
寂寞在嘶声地喊!
石阶,尽管沉默,你数,
多少层下去,下去,
是不是还得栏杆,斜斜的
双树的影去支撑?

对了,角落里边
还得有人低着头脸。
会忘掉又会记起,——会想,
——那不论——或者是
船去了,一片水,或是
小曲子唱得嘹亮;
或是枝头粉黄一朵,
记不得谁了,又向谁认错!
又是多少年前,——夏夜。
有人说:
"今夜,天,……"(也许是秋夜)

又穿过藤萝，
指着一边，小声地，"你看，
星子真多！"
草上人描着影子；
那样点头，走，
又有人笑，……

静，真的，你可相信
这平铺的一片——
不单是月光，星河，
雪和萤虫也远——
夜，情绪，进展的音乐，
如果慢弹的手指
能轻似蝉翼，
你拆开来看，纷纭，
那玄微的细网
怎样深沉地拢住天地，
又怎样交织成
这细致飘渺的彷徨！

二十五年一月
原载《大公报·文艺副刊》
1936年4月12日

昼 梦

昼梦

垂着纱,

无从追寻那开始的情绪

还未曾开花;

柔韧得像一根

乳白色的茎,缠住

纱帐下;银光

有时映亮,去了又来;

盘盘丝络

一半失落在梦外。

花竟开了,开了;

零落地攒集,

从容地舒展,

一朵,那千百瓣!

抖擞那不可言喻的

刹那情绪,

庄严峰顶——

天上一颗星……

晕紫,深赤,

天空外旷碧,

是颜色同颜色浮溢,腾飞……

深沉,

又凝定——

悄然香馥,

袅娜一片静。

昼梦

垂着纱,

无从追踪的情绪

开了花:

四下里香深,

低覆着禅寂,

间或游丝似的摇移,
悠忽一重影;
悲哀或不悲哀
全是无名,
一闪娉婷。

二十五年暑中北平
原载《大公报·文艺副刊》
1936年8月30日

过杨柳

反复地在敲问心同心，
彩霞片片已烧成灰烬，
街的一头到另一条路，
同是个黄昏扑进尘土。

愁闷压住所有的新鲜，
奇怪街边此刻还看见
混沌中浮出光妍的纷纠，
死色楼前垂一棵杨柳！

二十五年十月一日
原载《大公报·文艺副刊》
1936年11月1日

冥 思

心此刻同沙漠一样平,
思想像孤独的一个阿拉伯人;
仰脸孤独地向天际望
落日远边奇异的霞光,
安静的,又侧个耳朵听
远处一串骆驼的归铃。

在这白色的周遭中,
一切像凝冻的雕形不动;
白袍,腰刀,长长的头巾,
浪似的云天,沙漠上风!
偶有一点子振荡闪过天线,
残霞边一颗星子出现。

空想(外四章)

终日的企盼企盼正无着落,——
太阳穿窗棂影,种种花样。
暮秋梦远,一首诗似的寂寞,
真怕看光影,花般洒在满墙。

日子悄悄地仅按沉吟的节奏,
尽打动简单曲,像钟摇响。
不是光不流动,花瓣子不点缀时候,

是心漏却忍耐，厌烦了这空想！

你来了

你来了，画里楼阁立在山边，
交响曲，由风到风，草青到天！
阳光投多少个方向，谁管？你，我
如同画里人，掉回头，便就不见！
你来了，花开到深深的深红，
绿萍遮住池塘上一层晓梦，
鸟唱着，树梢交织着枝柯，——白云
却使我们，悠忽翻过几重天空！

"九·一八"闲走

天上今早盖着两层灰，
地上一堆黄叶在徘徊，
惘惘的是我跟着凉风转，
荒街小巷，蛇鼠般追随！

我问秋天，秋天似也疑问我：
在这尘沙中又挣扎些什么，

黄雾扼住天的喉咙,
处处仅剩情绪的残破?

但我不信热血不仍在沸腾;
思想不仍铺在街上多少层;
甘心让来往车马狠命的轧压,
待从地面开花,另来一种完整。

藤花前
——独过静心斋

紫藤花开了
轻轻地放着香,
没有人知道……

紫藤花开了
轻轻地放着香,
没有人知道。
楼不管,曲廊不做声,
蓝天里的白云行去,
池子一脉静;
水面散着浮萍,

水底下挂着倒影。

紫藤花开了
没有人知道!
蓝天里白云行去,
小院,
无意中我走到花前。
轻香,风吹过
花心,
风吹过我,——
望着无语,紫色点。

旅途中

我卷起一个包袱走,
过一个山坡子松,
又走过一个小庙门
在早晨最早的一阵风中。
我心里没有埋怨,人或是神;
天底下的烦恼,连我的
拢总,
已像交给谁去,……

前面天空。
山中水那样清,
山前桥那么白净,——
我不知道造物者认不认得
自己图画;
乡下人的笠帽,草鞋,
乡下人的性情。

暑中在山东乡间步行,二十五年夏

红叶里的信念

年年不是要看西山的红叶,
谁敢看西山红叶?不是
要听异样的鸟鸣,停在
那一个静幽的树枝头,
是脚步不能自已的走——
走,迈向理想的山坳子
寻觅从未曾寻着的梦:
一茎梦里的花,一种香,
斜阳四处挂着,风吹动,
转过白云,小小一角高楼。

钟声已在脚下,松同松

并立着等候，山野已然
百般渲染豪侈的深秋。
梦在哪里，你的一缕笑，
一句话，在云浪中寻遍，
不知落到哪一处？流水已经
渐渐地清寒，载着落叶
穿过空的石桥，白栏杆，
叫人不忍再看，红叶去年
同踏过的脚迹火一般。
好，抬头，这是高处，心卷起
随着那白云浮过苍茫，
别计算在哪里驻脚，去，
相信千里外还有霞光，
像希望，记得那烟霞颜色，
就不为编织美丽的明天，
为此刻空的歌唱，空的
凄恻，空的缠绵，也该放
多一点勇敢，不怕连牵
斑驳金银般旧积的创伤！

再看红叶每年，山重复的
流血，山林，石头的心胸
从不倚借梦支撑，夜夜
风像利刃削过大土壤，
天亮时沉默焦灼的唇，

忍耐地仍向天蓝，呼唤
瓜果风霜中完成，呈光彩，
自己山头流血，变坟台！
平静，我的脚步，慢点儿去，
别相信谁曾安排下梦来！
一路上枯枝，鸟不曾唱，
小野草香风早不是春天。
停下！停下！风同云，水同
水藻全叫住我，说梦在
背后，蝴蝶秋千理想的
山坳同这当前现实的
石头子路还缺个牵连！
愈是山中奇妍的黄月光
挂出树尖，愈得相信梦，
梦里斜晖一茎花是谎！

但心不信！空虚的骄傲
秋风中旋转，心仍叫喊
理想的爱和美，同白云
角逐；同斜阳笑吻；同树，
同花，同香，乃至同秋虫
石隙中悲鸣，要携手去；
同奔跃嬉游水面的青蛙，
盲目地再去寻盲目日子，——
要现实的热情另涂图画，

要把满山红叶采作花!

这萧萧瑟瑟不断的呜咽,
掠过耳鬓也还卷着温存,
影子在秋光中摇曳,心再
不信光影外有串疑问!
心仍不信,只因是午后,
那片竹林子阳光穿过
照暖了石头,赤红小山坡,
影子长长两条,你同我
曾经参差那亭子石路前,
浅碧波光老树干旁边!

生命中的谎再不能比这把
颜色更鲜艳!记得那一片
黄金天,珊瑚般玲珑叶子
秋风里挂,即使自己感觉
内心流血,又怎样个说话?
谁能问这美丽的后面
是什么?赌博时,眼闪亮,
从不悔那猛上孤注的力量;
都说任何苦痛去换任何一分,
一毫,一个纤微的理想!

所以脚步此刻仍在迈进,

不能自已,不能停!虽然山中
一万种颜色,一万次的变,
各种寂寞已环抱着孤影;
热的减成微温,温的又冷,
焦黄叶压踏在脚下碎裂,
残酷地散排昨天的细屑,
心却仍不问脚步为甚固执,
那寻不着的梦中路线,——
仍依恋指不出方向的一边!

西山,我发誓地,指着西山,
别忘记,今天你,我,红叶,
连成这一片血色的伤怆!
知道我的日子仅是匆促的
几天,如果明年你同红叶
再红成火焰,我却不见,……
深紫,你山头须要多添
一缕抑郁热情的象征,
记下我曾为这山中红叶,
今天流血地存一堆信念!

原载《新诗》1937年1月第4期

山中

紫色山头抱住红叶,将自己影射在山前,
人在小石桥上走过,渺小地追一点子想念。
高峰外云在深蓝天里镶白银色的光转,
用不着桥下黄叶,人在泉边,才记起夏天!

也不因一个人孤独的走路,路更蜿蜒,
短白墙房舍像画,仍画在山坳另一面,
只这丹红叶叶替代人记忆失落的层翠,
深浅围抱这同一个山头,惆怅如薄层烟。

山中斜长条青影,如今红萝乱在四面,
百万落叶火焰在寻觅山石荆草边,
当时黄月下共坐天真的青年人情话,相信
那三两句长短,星子般仍挂秋风里不变。

十月独行

像个灵魂失落在街边,
我望着十月天上十月的脸,
我向雾里黑影上涂热情
悄悄地看一团流动的月圆。

我也看人流着流着过去,来回
黑影中冲着波浪翻星点
我数桥上栏杆龙样头尾
像坐一条寂寞船,自己拉纤。

我像哭,像自语,我更自己抱歉!

自己焦心,同情,一把心紧似琴弦,——
我说哑的,哑的琴我知道,一出曲子
未唱,幻望的手指终未来在上面?

原载《大公报·文艺副刊》
1937年3月7日

前后

河上不沉默的船
载着人过去了；
桥——三环洞的桥基，
上面再添了足迹；
早晨，
早又到了黄昏，
这赓续
绵长的路……

不能问谁
想望的终点，——
没有终点

这前面。

背后,

历史是片累赘!

原载《大公报·文艺副刊》 1937年5月16日

去春

不过是去年的春天,花香,
红白的相间着一条小曲径,
在今天这苍白的下午,再一次登山
回头看,小山前一片松风
就吹成长长的距离,在自己身旁。

人去时,孔雀绿的园门,白丁香花,
相伴着动人的细致,在此时,
又一次湖水将解的季候,已全变了画。
时间里悬挂,迎面阳光不来,
就是来了也是斜抹一行沉寂记忆,树下。

原载《文学杂志》
1937年7月1卷3期

除夕看花

新从嘈杂着异乡口调的花市上买来,
碧桃雪白的长枝,同红血般的山茶花。
着自己小角隅再用精致鲜艳来结采,
不为着锐的伤感,仅是钝的还有剩余下!

明知道房里的静定,像弄错了季节,
气氛中故乡失得更远些,时间倒着悬挂;
过年也不像过年,看出灯笼在燃烧着点点血,
帘垂花下已记不起旧时热情、旧日的话。

如果心头再旋转着熟识旧时的芳菲,
模糊如条小径越过无数道篱笆,
纷纭的花叶枝条,草看弄得人昏迷,

今日的脚步，再不甘重踏上前时的泥沙。

月色已冻住，指着各处山头，河水更零乱，
关心的是马蹄平原上辛苦，无响在刻画，
除夕的花已不是花，仅一句言语梗在这里，
抖战着千万人的忧患，每个心头上牵挂。

原载《大公报·文艺副刊》
1939年6月28日

给秋天

正与生命里一切相同,
我们爱得太是匆匆;
好像只是昨天,
你还在我的窗前!

笑脸向着晴空
你的林叶笑声里染红
你把黄光当金子般散开
稚气,豪侈,你没有悲哀。

你的红叶是亲切的牵绊,那零乱
每早必来缠住我的晨光。
我也吻你,不顾你的背影隔过玻璃!
你常淘气地闪过,却不对我忸怩。

可是我爱得多么疯狂，
竟未觉察凄厉的夜晚
已在背后尾随，——
等候着把你残忍地摧毁！

一夜呼号的风声
果然没有把我惊醒
等到太晚的那个早晨
啊。天！你已经不见了踪影。

我苛刻地咒诅自己，
但现在有谁走过这里，
除却严冬铁样长脸
阴霾中，偶然一见。

原载《大公报·文艺副刊》
1947年5月4日

人生

人生，
你是一支曲子，
我是歌唱的；

你是河流
我是条船，一片小白帆
我是个行旅者的时候，
你，田野，山林，峰峦。

无论怎样，
颠倒密切中牵连着
你和我，
我永从你中间经过；

我生存，
你是我生存的河道，
理由同力量。
你的存在
则是我胸前心跳里
五色的绚彩
但我们彼此交错
并未彼此留难。
……
现在我死了，
你，——
我把你再交给他人负担！

原载《大公报·文艺副刊》
1947年5月4日

孤岛

遥望它是充满画意的山峰,
远立在河心里高傲的凌耸,
可怜它只是不幸的孤岛,——
天然没有埂堤,人工没搭座虹桥。

它同它的映影永为周围的水的囚犯;
陆地于它,是达不到的希望!
早晚寂寞它常将小舟挽住,
风雨时节任江雾把自己隐去。

晴天它挺着小塔,玲珑独对云心;
盘盘石阶,由钟声松林中,超出安静。
特殊的轮廓它苦心孤诣做成,
漠漠大地又哪里去找一点同情?

展缓

当所有的情感
都并入一股哀怨
如小河,大河,汇向着
无边的大海,——不论

怎么冲击,怎样盘旋,——
那河上劲风,大小石卵,
所做成的几处逆流
小小港湾,就如同
那生命中,无意的宁静
避开了主流;情绪的
平波越出了悲愁。

停吧,这奔驰的血液;

它们不必全然废弛的
都去造成眼泪。
不妨多几次辗转,溯洄流水,
任凭眼前这一切缭乱,
这所有,去建筑逻辑。
把绝望的结论,稍稍
迟缓,拖延时间,——
拖延理智的判断,——
会再给纯情感一种希望!

原载《大公报·文艺副刊》
1947年5月4日

六点钟在下午

用什么来点缀
六点钟在下午?
六点钟在下午
点缀在你生命中,
仅有仿佛的灯光,
褪败的夕阳,窗外
一张落叶在旋转!

用什么来陪伴
六点钟在下午?
六点钟在下午

陪伴着你在暮色里闲坐,
等光走了,影子变换,
一支烟,为小雨点
继续着,无所盼望!

原载《经世日报·文艺周刊》
1948年2月22日第58期

昆明即景

一　茶铺

这是立体的构画,
描在这里许多样脸
在顺城脚的茶铺里
隐隐起喧腾声一片。

各种的姿势,生活
刻划着不同方面:
茶座上全坐满了,笑的,
皱眉的,有的抽着旱烟。

老的,慈祥的面纹,

年轻的,灵活的眼睛,
都暂要时间茶杯上
停住,不再去扰乱心情!

一天一整串辛苦,
此刻才赚回小把安静,
夜晚回家,还有远路,
白天,谁有工夫闲看云影?

不都为着真的口渴,
四面窗开着,喝茶,
跷起膝盖的是疲乏,
赤着臂膀好同乡邻闲话。

也为了放下扁担同肩背
向运命喘息,倚着墙,
每晚靠这一碗茶的生趣
幽默估量生的短长……

这是立体的构画,
设色在小生活旁边,
阴凉南瓜棚下茶铺,
热闹照样地又过了一天!

二 小楼

张大爷临街的矮楼,
半藏着,半挺着,立在街头,
瓦覆着它,窗开一条缝,
夕阳染红它,如写下古远的梦。

矮檐上长点草,也结过小瓜,
破石子路在楼前,无人种花,
是老坛子,瓦罐,大小的相伴;
尘垢列出许多风趣的零乱。

但张大爷走过,不吟咏它好;
大爷自己(上年纪了)不相信古老。
他拐着杖常到隔壁沽酒,
宁愿过桥,土堤去看新柳!

原载《经世日报·文艺周刊》
1948年2月22日第58期

一串疯话

好比这树丁香，几枝山红杏，
相信我的心里留着有一串话，
绕着许多叶子，青青的沉静，
风露日夜，只盼五月来开开花！

如果你是五月，八月里为我吹开
蓝空上霞彩，那样子来了春天，
忘掉腼腆，我定要转过脸来，
把一串疯话全说在你的面前！

原载《经世日报·文艺周刊》
1948年2月22日第58期

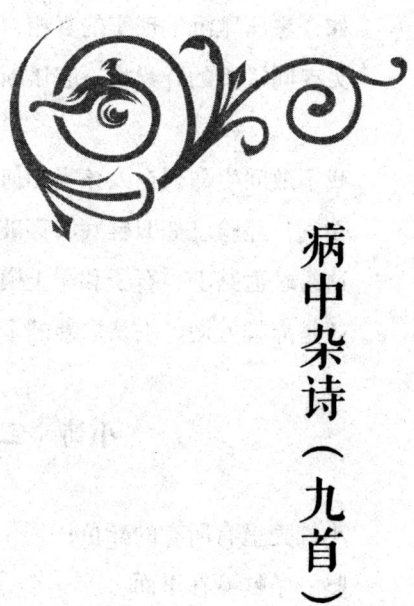

病中杂诗(九首)

小诗(一)

感谢生命的讽刺嘲弄着我,
会唱的喉咙哑成了无言的歌。
一片轻纱似的情绪,本是空灵,
现时上面全打着拙笨补钉。

肩头上先是挑起两担云彩,
带着光辉要在从容天空里安排;

如今黑压压沉下现实的真相,
灵魂同饥饿的脊梁将一起压断!

我不敢问生命现在人该当如何
喘气!经验已如旧鞋底的穿破,
这纷歧道路上,石子和泥土模糊,
还是赤脚方便,去认取新的辛苦。

小诗(二)

小蚌壳里有所有的颜色;
整一条虹藏在里面。
绚彩的存在是他的秘密,
外面没有夕阳,也不见雨点。

黑夜天空上只一片渺茫;
整宇宙星斗那里闪亮,
远距离光明如无边海面,
是每小粒晶莹,给了你方向。

恶劣的心绪

我病中,这样缠住忧虑和烦扰,
好像西北冷风,从沙漠荒原吹起,

逐步吹入黄昏街头巷尾的垃圾堆；
在霉腐的琐屑里寻讨安慰，
自己在万物消耗以后的残骸中惊骇，
又一点一点给别人扬起可怕的尘埃！

吹散记忆正如陈旧的报纸飘在各处彷徨，
破碎支离的记录只颠倒提示过去的骚乱。
多余的理性还像一只饥饿的野狗
那样追着空罐同肉骨，自己寂寞地追着
咬嚼人类的感伤；生活是什么都还说不上来，
摆在眼前的已是这许多渣滓！

我希望：风停了；今晚，情绪能像一场小雪，
沉默的白色轻轻降落地上；
雪花每片对自己和他人都带一星耐性的仁慈，
一层一层把恶劣残破和痛苦的一起掩藏；
在美丽明早的晨光下，焦心暂不必再有，——
绝望要来时，索性是雪后残酷的寒流！

三十六年十二月　病中动手术前

写给我的大姊

当我去了，还有没说完的话，

好像客人去后杯里留下的茶；
说的时候，同喝的机会，都已错过，
主客黯然，可不必再去惋惜它。
如果有点感伤，你把脸掉向窗外，
落日将尽时，西天上，总还留有晚霞。

一切小小的留恋算不得罪过，
将尽未尽的衷曲也是常情。
你原谅我有一堆心绪上的闪躲，
黄昏时承认的，否认等不到天明；
有些话自己也还不曾说透，
他人的了解是来自直觉的会心。

当我去了，还有没说完的话，
像钟敲过后，时间在悬空里暂挂，
你有理由等待更美好的继续；
对忽然的终止，你有理由惧怕。
但原谅吧，我的话语永远不能完全，
亘古到今情感的矛盾做成了嘶哑。

一 天

今天十二个钟头，
是我十二个客人，

每一个来了,又走了,
最后夕阳拖着影子也走了!
我没有时间盘问我自己胸怀,
黄昏却蹑着脚,好奇地偷着进来!
我说:朋友,这次我可不对你诉说啊,
每次说了,伤我一点骄傲。
黄昏黯然,无言地走开,
孤单的,沉默的,我投入夜的怀抱!

三十一年春李庄

对残枝

梅花你这些残了后的枝条,
是你无法诉说的哀愁!
今晚这一阵雨点落过以后,
我关上窗子又要同你分手。

但我幻想夜色安慰你伤心,
下弦月照白了你,最是同情,
我睡了,我的诗记下你的温柔,
你不妨安心放芽去做成绿荫。

对北门街园子

别说你寂寞；大树拱立，
草花烂漫，一个园子永远
睡着；没有脚步的走响。

你树梢盘着飞鸟，每早云天
吻你额前，每晚你留下对话
正是西山最好的夕阳。

十一月的小村

我想象我在轻轻地独语：
十一月的小村外是怎样个去处？
是这渺茫江边淡泊的天；
是这映红了的叶子疏疏隔着雾；
是乡愁，是这许多说不出的寂寞；
还是这条独自转折来去的山路？
是村子迷惘了，绕出一丝丝青烟；
是那白沙一片篁竹围着的茅屋？
是枯柴爆裂着灶火的声响，
是童子缩颈落叶林中的歌唱？
是老农随着耕牛，远远过去，

还是那坡边零落在吃草的牛羊?
是什么做成这十一月的心,
十一月的灵魂又是谁的病?
山坳子叫我立住的仅是一面黄土墙;
下午透过云霾那点子太阳!
一棵野藤绊住一角老墙头,斜睨
两根青石架起的大门,倒在路旁
无论我坐着,我又走开,
我都一样心跳;我的心前
虽然烦乱,总像绕着许多云彩,
但寂寂一湾水田,这几处荒坟,
它们永说不清谁是这一切主宰
我折一根柱枝,看下午最长的日影
要等待十一月的回答微风中吹来。

三十三年初冬李庄

忧　郁

忧郁自然不是你的朋友;
但也不是你的敌人,你对他不能冤屈!
他是你强硬的债主,你呢? 是
把自己灵魂押给他的赌徒。

你曾那样拿理想赌博,不幸
你输了;放下精神最后保留的田产,
最有价值的衣裳,然后一切你都
赔上,连自己的情绪和信仰,那不是自然?

你的债权人他是,那么,别尽问他脸貌
到底怎样!呀天,你如果一定要看清
今晚这里有盏小灯,灯下你无妨同他
面对面,你是这样的绝望,他是这样无情!

我们的雄鸡

我们的雄鸡从没有以为
自己是孔雀
自信他们鸡冠已够他
仰着头漫步——
一个院子他绕上了一遍
仪表风姿
都在群雌的面前!

我们的雄鸡从没有以为
自己是首领
晓色里他只扬起他的呼声
这呼声叫醒了别人

他经济地保留这种叫喊

（保留那规则）

于是便象征了时间！

1948年2月18日清华

古城黄昏

我见到古城在斜阳中凝神；
城楼望着城楼，
忘却中间一片黄金的殿顶；
十条闹街还散在脚下，
虫蚁一样有无数行人。

我见到古城在黄昏中凝神；
乌鸦噪聒地飞旋，
废苑古柏在困倦中支撑。
无数坛庙寂寞与荒凉，
锁起一座一座剥落的殿门！

我听到古城在薄暮中独语：

僧寺悄寂,熄了香火,
钟声沉下,市声里失去;
车马不断扬起年代的尘土,
到处风沙叹息着历史。

原载《经世日报·文艺周刊》
1948年2月22日第58期

第二辑
林徽因书信

致胡适

一、一九二七年二月六日

适之先生：

也许你很诧异这封唐突的来信，但是千万请你原谅。你到美的消息传到一个精神充军的耳朵里，这不过是个很自然的影响。

我这两年多的渴想北京和最近惨酷的遭遇给我许多烦恼和苦痛。我想你一定能够原谅我对于你到美的踊跃。我愿意见着你，我愿意听到我所狂念的北京的声音和消息，你不以为太过吧？

纽约离此很近，我有希望欢迎你到费城来么？哥伦比亚演讲一定很忙，不知周末可以走动不？

这二月底第三或第四周末有空否，因为那时彭校新创的教育会有个演讲托（我）找中国speaker（演讲人）。胡先生若可以来费，可否答应当那晚的speaker？本来这会想不要紧的不该劳动大驾，只因因此我们可以聚会晤谈，所以函问。

若是月底太忙不能来费，请即示知以便早早通知该会会长(Dr.C.H.Minnich)。过些时候我也许可以到纽约来拜访。

很不该这样唐突打扰，但是——原谅。

徽音上
二月六日于费城

二、一九二七年三月十五日

适之先生：

我真不知道怎样谢谢你这次的vlsit（访问）才好！星期五那天我看你从早到晚不是说话便是演讲，真是辛苦极了。第二天一清早，我想着你又在赶路到华京去，着实替你感着疲劳。希望你在华京从容一点，稍稍休息过来。

那天听讲的人都高兴得了不得。那晚饭后我自己只觉得有万千的感触。倒没有向你道谢。要是道谢的话，"谢谢"两字真是太轻了。不能达到我的感激。一个小小的教育会把你辛苦了足三天，真是！

你的来费给我好几层的安慰，老实说当我写信去请你来时实在有些怕自己唐突，就是那天见了你之后也还有点不自在。但是你那老朋友的诚意温语立刻把我put at ease（使安心）了。

你那天所谈的一切——宗教、人事、教育到政治——我全都忘不了的，尤其是"人事"。一切的事情我从前不明白，现在已经清楚了许多，就还有要说要问的，也就让他们去，不说不问了，"让过去的算过去的"这是志摩的一句现成话。

大概在你回国以前我不能到纽约来了，如果我再留美国一年的话，大约还有一年半我们才能再见了。适之先生，我祝你一切如意快乐和健康。回去时看见朋友们替我问候，请你告诉志摩我这三年来寂寞受够了，失望也遇多了，现在倒能在寂寞和失望中得着自慰和满足。

告诉他我绝对的不怪他，只有盼他原谅我从前的种种的不了解。但是路远隔膜，误会是所不免的，他也该原谅我。我昨天把他的旧信——翻阅了，旧的志摩我现在真真透彻地明白了，但是过去，现在不必重提了，我只求永远纪念着。

如你所说的，经验是可宝贵的，但是有价值的经验全是苦痛换来的，我在这三年中真是得了不少的阅历，但就也够苦了。经过了好些的变化的环境和心理，我是如你所说的老成了好些，换句话说，便是会悟了。从青年的 idealistic phase（理想主义阶段）走到了成年的 realistic phase（现实主义阶段），做人便这样做罢。Idealistic 的梦停止了，也就可以医好了许多 vanity（虚荣）。这未始不是个好处。

照事实上看来我没有什么不满足的。现在一时国内要不能开始我的工作，我便留在国外继续用一年工夫再说。有便请你再告诉志摩，他怕美国把我宠坏了，事实上倒不尽然，我在北京那一年的 spoilt（宠坏的）生活，用了三年的工夫才一点一点改过来。要说spoilt，世界上没有比中国更容易spoilt人了，他自己也就该留心点。

通伯和夫人为我道念，叔华女士若是有暇可否送我几张房子的相片，自房子修改以后我还没有看见过，我和那房子的感情实是深长。旅居的梦魂常常绕着琼塔雪池。她母亲的院子里就有我无数的记忆，现在虽然已不堪回首，但是房主人们都是旧友，我极愿意有几张影片留作纪念。

感情和理性可以说是反对的。现在夜深，我不由得不又让情感激动，便就无理地写了这么长一封信，费你时间，扰你精神。适之先生，我又得apologize（道歉）了。回国以后如有机会极闲暇的时候给我个把字吧，我眼看着还要充军一年半，不由得不害怕呀。

胡太太为我问好，希望将来到北京时可以见着。

就此祝你旅安

徽音寄自费城
三月十五日

三、一九三一年十一月三日

适之先生：

新月总店经济状况甚为窘迫，今晚要开董事会，由此也许会有新的变动。代定《独立评论》的款项，已去信北平分店先筹付百元。

《新月》第三卷合订本二份和《四十自述》第六章原稿都已先后挂号寄上。

敬祝安好！

徽音敬上
十一月三日

四、一九三一年十一月

适之先生：

志摩走时嘱购绣货赠Bell夫妇，托先生带往燕京大学，现奉上。渠眷念K.M（英国作家曼斯菲尔德）之情直转到她姊姊身上，直可以表示多情厚道的东方色彩，一笑。

大驾刚北返，尚未得晤面，怅怅。迟日愚夫妇当同来领教。

徽音

五、一九三二年一月一日下午

适之先生：

志摩刚刚离开我们，遗集事尚觉毫无头绪，为他的文件就有了些纠纷，真是不幸到万分，令人想着难过至极。

我觉得甚对不起您为我受了许多麻烦，又累了许多朋友也受了些许牵扰,更是不应该。

　　事情已经如此,现在只得听之,不过我求您相信我不是个多疑的人,这一桩事的蹊跷曲折,全在叔华一开头便不痛快——便说瞎话——所致。

　　我这方面的事情很简单:

　　(一)大半年前志摩和我谈到我们英国一段事,说到他的《康桥日记》仍存在,回硖石时可找出给我看。如果我肯要,他要给我(因为他知道我留有他当时的旧信,他觉得可收藏在一起)。

　　注:整三年前,他北来时,他向我诉说他订婚结婚经过,讲到小曼看到他的"雪池时代日记"不高兴极了,把它烧了的话,当时也说过:不过我尚存下我的《康桥日记》。

　　(二)志摩死后,我对您说了这段话——还当着好几个人说的——在欧美同学会,奚若思成从渭南回来那天。

　　(三)十一月廿八日星期六晨,由您处拿到一堆日记簿(有满的一本,有几行的数本,皆中文,有小曼的两本,一大一小,后交叔华由您负责取回的),有两本英文日记,即所谓Cambridge(康桥)日记者一本,乃从July 31, 1921起。次本从Dec.2nd(同年起始),至回国止者又有一小本英文为志摩一九二五年在意大利写的。此外几包晨副原稿,两包晨副零张杂纸,空本子小相片,两把扇面,零零星星纸片,住址本。

　　注:那天在您处仅留一小时,理诗刊稿子,无暇细看箱内零本,所以一起将箱带回细看,此箱内物是您放入的,我丝毫未动,我更知道此箱装的不是志摩平日原来的那些东西,而

是在您将所有信件分人分类拣出后，单单将以上那些本子纸包子聚成这一箱的。

（四）由您处取出日记箱后约三四日或四五日听到奚若说：公超在叔华处看到志摩的《康桥日记》，叔华预备约公超共同为志摩作传的。

注：据公超后来告我，叔华是在十一月廿六日开会（讨论，悼志摩）的那一晚上约他去看日记的。

（五）追悼志摩的第二天（十二月七号）叔华来到我家向我要点志摩给我的信，由她编辑，成一种《志摩信札》之类的东西，我告诉她旧信全在天津，百分之九十为英文，怕一时拿不出来，拿出来也不能印，我告诉她我拿到有好几本日记，并请她看一遍大概是些什么，并告诉她，当时您有要交给大雨的意思，我有点儿不赞成。您竟然将全堆"日记类的东西"都交我，我又embarrassed（不好意思）却又不敢负您的那种trust（信任）——您要我看一遍编个目录——所以我看东西绝对的impersonal（客观的，不带个人色彩的）带上历史考据眼光。Intersting only in（兴趣只在）事实的辗进变化，忘却谁是谁。

最后我向她要公超所看到的志摩日记——我自然作为她不会说"没有"的可能说法，公超既已看到。我说：听说志摩的《康桥日记》在你处，可否让我看看等等。她停了一停说可以。

我问她："你处有几本？两本么？"

她说"两——本"，声音拖慢，说后极不高兴。

我问:"两本是一对么?未待答,是否与这两本(指我处《康桥日记》两本)相同的封皮?"

她含糊应了些话,似乎说"是!不是,说不清"等,"似乎一本是",现在我是绝对记不清这个答案(这句话待考)。因为当时问此话时,她的神色极不高兴,我大窘。

(六)我说要去她家取,她说她下午不在,我想同她回去,却未敢开口。

后约定星期三(十二月九号)遣人到她处去取。

(七)星期三九号晨十一时半,我自己去取,叔华不在家,留一信备给我的,信差代复我的。

此函您已看过,她说(原文):

"昨归遍找志摩日记不得,后检自己当年日记,乃知志摩交我乃三本:两小,一大,小者即在君处箱内,阅完放入的。大的一本(满写的)未阅完,想来在字画箱内(因友人物多,加意保全),因三四年中四方奔走,家中书物皆堆叠成山,甚少机缘重为整理,日间得闲当细检一下,必可找出来阅。此两日内,人事烦扰,大约须此星期底才有空翻寻也。"

注:这一篇信内有几处瞎说不必再论,"阅完放入""未阅完"两句亦有语病,既说志摩交她三本日记,何来"阅完放入"君处箱内。可见非志摩交出,乃从箱内取出阅,而"阅完放入",而有一本(?)未阅完而未放入。

此箱偏偏又是当日志摩曾寄存她处的一个箱子,曾被她私开过的。(此句话志摩曾亲语我。他自叔华老太太处取回箱时,亦大喊"我锁的,如何开了,这是我最要紧的文件箱,如何无锁，怪事——"又"太奇怪，许多东西不见了，missing（消失不见了），旁有思成，Lilian Tailor及我三人。）

（八）我留字，请她务必找出借我一读。说那是个不幸事的留痕，我欲一读，想她可以原谅我。

（九）我觉得事情有些周折，气得通宵没有睡着，可是，我猜她推到"星期底"必是要抄留一份底子，故或需要时间（她许怕我以后不还她那日记）。我未想到她不给我。更想不到以后收到半册，而这半册日记正巧断在刚要遇到我的前一两日。

（十）十二月十四日（星期一）

Half a book with 128 pages received(dated from Nov.17，1920 ended with sentence "it was badly planned."）叔华送到我家来，我不在家，她留了一个note（便条）说"怕我急，赶早送来"的话。

（十一）事后知道里边有故事，却也未胡猜，后奚若来说叔华跑到性仁家说她处有志摩日记（未说清几本）徽音要，她不想给（不愿意给）的话，又说小曼日记两本她拿去也不想还等等，大家都替我生气，觉得叔华这样，实在有些古怪。

（十二）我到底全盘说给公超听了（也说给您听了）。公超看了日记说，这本正是他那天（离十一月廿八日最近的那星期）看到了的，不过当时未注意底下是如何，是否只是半册未注意到，她告诉他是两本，而他看到的只是一本，但他告诉您（适之）"I refuse to be quoted"，底下事不必再讲了。

二十一年元旦

六、一九三二年一月一日晚上

适之先生：

下午写了一信，今附上寄呈，想历史家必不以我这种信为怪，我为人直爽性急，最恨人家小气曲折说瞎话。此次因为叔华瞎说，简直气糊涂了。

我要不是因为知道公超看到志摩日记，就不知道叔华处会有的。谁料过了多日，向她要借看时，她倒说"遍找不得"，"在书画箱内多年未检"的话。真叫人不寒而栗！我从前不认得她，对她无感情，无理由的，没有看得起她过。后来因她嫁通伯，又有《送车》等作品，觉得也许我狗眼看低了人，始大大谦让真诚地招呼她，万料不到她是这样一个人！真令人寒心。

志摩常说："叔华这人小气极了。"我总说："是么？小心点吧，别得罪了她。"

女人小气虽常有事，像她这种有相当学问知名的人也该学点大方才好。现在无论日记是谁裁去的，当中一段缺了是事实，她没有坦白的说明以前，对那几句瞎话没有相当解释以前，她永有嫌疑的。（志摩自己不会撕的，小曼尚在可问。）

关于我想着那段日记，想也是女人小气处或好奇处多事处，不过这心理太humap了，我也不觉得惭愧。

实说，我也不会以诗人的美谀为荣，也不会以被人恋爱为辱。我永是"我",被诗人恭维了也不会增美增能,有过一段不幸的曲折的旧历史也没有什么可羞惭。(我只是要读读那日记,给我是种满足,好奇心满足,回味这古怪的世事,纪念老朋友而已。)

我觉得这桩事人事方面看来真不幸,精神方面看来这桩事或为造成志摩为诗人的原因,而也给我不少人格上知识上磨炼修养的帮助,志摩in a way(在某种意义上)不悔他有这一段苦痛历史,我觉得我的一生至少没有太堕入凡俗的满足,也不算一桩坏事。

志摩警醒了我,他变成一种stimulant(有激励作用的事物)在我生命中,或恨,或怒,或happy或sorry(快乐或悲伤),或难过,或苦痛,我也不悔的,我也不proud骄傲我自己的倔强,我也不惭愧。

我的教育是旧的,我变不出什么新的人来,我只要"对得起"人——爹娘、丈夫(一个爱我的人,待我极好的人)、儿子、家族等等,后来更要对得起另一个爱我的人,我自己有时的心,我的性情便弄得十分为难。前几年不管对得起他不,倒容易现在结果,也许我谁都没有对得起,您看多冤!

我自己也到了相当年纪,也没有什么成就,眼看得机会愈少——我是个兴奋type accomplish things by sudden inspirationand master stroke,不是能用功慢慢修炼的人。现在身体也不好,家常的负担也繁重,真是怕从此平庸处世,做妻生子地过一世!我禁不住伤心起来。想到志摩今夏的inspiring friendshipand love对于我,我难过极了。

这几天思念他得很,但是他如果活着,恐怕我待他仍不能改的。事实上太不可能。也许那就是我不够爱他的缘故,也就是我爱我现在的家在一切之上的确证。志摩也承认过这话。

徽音二十年

注:此系林徽因笔误,应为民国二十一年,正月一日。

七、一九三二年春

适之先生:

多天未通音讯,本想过来找您谈谈,把一些零碎待接头的事情一了。始终办不到。日前,人觉得甚病,不大动得了,后来赶了几日夜,两三处工程图案,愈弄得人困马乏。

上星期起到现在一连走了几天协和检查身体,消息大不可人,医生和思成又都皱起眉头!看来我的病倒进展了些,医生还在商量根本收拾我的办法。

身体情形如此,心绪更不见佳,事情应着手的也复不少,甚想在最近期间能够一晤谈,将志摩几本日记事总括筹个办法。

此次,您夹带来一部分日记尚未得见,能否早日让我一读,与其他部分作个整个的 survey(调查,概观)?

据我意见看来,此几本日记英文原文并不算好,年青得利害,将来与他"整传"大有补助处固甚多,单印出来在英文文学上价值并不太多(至少在我看到那两本中,文字比他后来的作品书札差得很远），并且关系人个个都活着，也极不便，一时只是收储保存问题。

志摩作品中诗已差不多全印出，散文和信札大概是目前最要紧问题，不知近来有人办理此事否？"传"不"传"的，我相信志摩的可爱的人格永远会在人们记忆里发亮的，暂时也没有赶紧必要。至多慢慢搜集材料为将来的方便而已。

日前，Mr.E.S.Bernett来访，说Mrs.Richard有信说康桥志摩的旧友们甚想要他的那两篇关于康桥的文章，译成英文寄给他们，以备寄给两个杂志刊登。希望就近托我翻译。我翻阅那两篇东西不禁出了许多惭愧的汗。你知道那两篇东西是他散文中极好的两篇。我又有什么好英文来翻译它们。一方面我又因为也是爱康河的一个人，对康桥英国晚春景子有特殊感情的一个人，又似乎很想"努力""尝试"（都是先生的好话），并且康桥那方面几个老朋友我也认识几个，他那文章里所引的事，我也好像全彻底明白……

但是，如果先生知道有人能够十分的do his work justice in rendering into really charming English，最好仍请一个人快快的将那东西译出寄给Richards为妥。

身体一差伤感色彩便又深重。这几天心里万分的难过。怎办？

从文走了没有，还有没有机会再见到。

湘玫又北来，还未见着。南京似乎日日有危险的可能，真糟。思忠在八十八师已开在南京下关前线，国"难"更"难"得迫切，这日子又怎么过！

先生这两天想也忙,过两天可否见到,请给个电话。

胡太太伤风想已好清。我如果不是因为闹协和这一场,本来还要来进"研究院"的。现在只待静候协和意旨,不进医院也得上山了。

此问

著安

徽音拜上
思成寄语问候,他更忙得不亦乐乎。

八、一九三二年六月十四日

适之先生:

上次我上山以前,你到我们家里来,不凑巧我正出去,错过了,没有晤着,真可惜。你大忙中跑来我们家,使我疑心到你是有什么特别事情的,可是猜了半天都猜不出,如果真的有事,那就请你给我个信罢。

那一天我答应了胡太太代找房子,似乎对于香山房子还有一点把握,这两天打听的结果,多半是失望,请转达。但是这不是说香山绝对没有可住的地方,租的是说没有了,可借的却似乎还有很多。双清别墅听说已让××夫妇暂借了,虽然是短期。

我的姑丈卓君庸的"自青榭"倒也不错,并且他是极欢迎人家借住的,如果愿意,很可以去接洽一下。去年刘子楷太太借住几星期，客人主人都高兴一场的。自青榭在玉泉山对门，虽是平地，却也别饶风趣，有池；有柳；有荷花鲜藕；有小山坡；有田陌；即是游卧佛寺，碧云寺，香山，骑驴洋车皆极方便。

谢谢送来独立周刊。听到这刊出世已久，却尚未得一见，前日那一期还是初次见面。读杨今甫那篇东西颇多感触，志摩已别半载，对他的文集文稿一类的整理尚未有任何头绪，对他文字严格批评的文章也没有人认真做过一篇。国难期中大家没有心绪，沪战烈时更谈不到文章自是大原因，现在过时这么久，集中问题不容易了，奈何！

我今年入山已月余，触景伤怀，对于死友的悲念，几乎成个固定的咽梗牢结在喉间，生活则仍然照旧辗进，这不自然的缄默像个无形的十字架，我奇怪我不曾一次颠扑在那重量底下。

有时也还想说几句话，但是那些说话似乎为了它们命定的原因，绝不会诞生在语言上，虽然它们的幻灭是为了忠诚，不是为了虚伪，但是一样的让我感到伤心，不可忍的苦闷。整日在悲思悲感中挣扎，是太没意思的颓废。先生你有什么通达的哲理赐给我没有？

新月的新组织听说已经正式完成，月刊在哪里印，下期预备哪一天付印，可否示知一二。"独立"容否小文字？有篇书评只怕太长些。（关于萧翁与爱莲戴莱通讯和戈登克雷写的他母亲的小传作对照的评论，我认为那两本东西是剧界极重要的，不能作浪漫通讯看待。）

思成又跑路去，这次又是一个宋初木建——在宝坻县——比蓟州独乐寺或能更早。这种工作在国内甚少人注意关心,我们单等他的测绘详图和报告印出来时吓日本鬼子一下痛快:省得他们目中无人以为中国好欺侮。

天气好得很,有空千万上山玩一次,包管你欢喜不觉得白跑。

徽音
香山六月十四日

致沈从文

一、一九三三年十一月中旬

沈二哥：

　　初二回来便忙乱成一堆，莫明其所以然。文章写不好，发脾气时还要讴出韵文！十一月的日子我最消化不了，听听风知道枫叶又凋零得不堪，只想哭。昨天哭出的几行勉强叫它做诗，日后呈正。

　　萧先生文（指萧乾先生及其作品《蚕》）甚有味儿。我喜欢，能见到当感到畅快。你说的是否礼拜五？如果是，下午五时在家里候教，如嫌晚，星期六早上也一样可以的。

　　关于云冈现状是我正在写的一短篇，哪一天再赶个落花流水时当送上。思成尚在平汉线边沿吃尘沙，星期六晚上可以到家。

此问

俪安

二嫂统此

徽音拜上

二、一九三四年二月二十七日

二哥：

世间事有你想不到的那么古怪，你的信来的时候正遇到我双手托着头在自恨自伤的一片苦楚的情绪中熬着。在廿四个钟头中，我前前后后，理智的，客观的，把许多纠纷痛苦和挣扎或希望或颓废的细目通通看过好几遍，一方面展开事实观察，一方面分析自己的性格情绪历史，别人的性格情绪历史，两人或两人以上互相的生活，情绪和历史，我只感到一种悲哀、失望，对自己对生活全都失望无兴趣。我觉到像我这样的人应该死去；减少自己及别人的痛苦！这或是暂时的一种情绪，一会儿希望会好。

在这样的消极悲伤的情景下，接到你的信，理智上，我虽然同情你所告诉我你的苦痛（情绪的紧张），在情感上我却很羡慕你那么积极那么热烈，那么丰富的情绪，至少此刻同我的比，我的显然萧条颓废消极无用。你的是在情感的尖锐上奔进！

可是此刻我们有个共同的烦恼，那便是可惜时间和精力，因为情绪的盘旋而耗废去。

你希望抓住理性的自己，或许找个聪明的人帮忙你整理一下你的苦恼或是"横溢的情感"，设法把它安排妥帖一点，你竟找到我来，我懂得的，我也常常被同种的纠纷弄得左不是右不是，生活陷在波澜里，盲目的同危险周旋，累得我既为旁人焦灼，又为自己操心，又同情于自己又很不愿意宽恕放任自己。

不过我同你有大不同处：凡是在横溢奔放的情感中时，我便觉到抓住一种生活的意义，即使这横溢奔放的情感所发生的行为上纠纷是快乐与苦辣对渗的性质，我也不难过不在乎。我认定了生活本身原质是矛盾的，我只要生活；体验到极端的愉快，灵质的，透明的，美丽的近于神话理想的快活，以下我情愿也随着赔偿这天赐的幸福，埋在悲痛，纠纷，失望，无望，寂寞中挨过若干时候，好像等自己的血在创伤上结痂一样！

一切我都在无声中忍受，默默地等天来布置我，没有一句话说！（我且说说来给你做个参考）我所谓极端的，浪漫的或实际的都无关系，反正我的主义是要生活，没有情感的生活简直是死！生活必须体验丰富的情感，把自己变成丰富，宽大，能雍容，能了解，能同情种种"人性"，能懂得自己，不苛责自己，也不苛责旁人，不难自己以所不能，也不难别人所不能，更不怨运命或是上帝，看清了世界本是各种人性混合做成的纠纷，人性又就是那么一回事，脱不掉生理，心理，环境习惯先天特质的凑合！把道德放大了讲，别裁判或裁削自己。任性到损害旁人时如果你不忍，你就根本办不到任性的事。(如果你办得到,那你那种残忍,便是你自己性格里的一点特性,也用不着过分的去纠正。)想做的事太多,并且互相冲突时,拣最想做——想做到顾不得旁的牺牲——的事做,未做时心中发生纠纷是免不了的,做后最用不着后悔,因为你既会去做,那桩事便一定是不可免的,别尽着罪过自己。

我方才所说到极端的愉快,灵质的,透明的,美丽的快乐,不知道你有否同一样感觉。我的确有过,我不忘却我的幸福。我认为最愉快的事都是一闪亮的,在一段较短的时间内迸出神奇的——如同两个人透彻的了解:一句话打到你心里,使得你理智和感情全觉到一万万分满足;如同相爱:在一个时候里,你同你自身以外另一个人互相以彼此存在为极端的幸福;如同恋爱:在那时那刻眼所见,耳所听,心所触无所不是美丽,情感如诗歌自然的流动,如花香那样不知其所以。这些种种便都是一生中不可多得的瑰宝。世界上没有多少人有那机会,且没有多少人有那种天赋的敏感和柔情来尝味那经验,所以就有那种机会也无用。如果有如诗剧神话般的实景,当时当事者本身却没有领会诗的情感又如何行?即使有了,只是浅俗的赏月折花的限量,那又有什么话说?!转过来说,对悲哀的敏感容量也是生活中可贵处。当时当事,你也许得流出血泪,过去后那些在你经验中也是不可鄙视的创痍。(此刻说说话,我倒暂时忘记了我昨天到今晚已整整哭了廿四小时,中间仅仅睡着三四个钟头,方才在过分的失望中颓废着觉到浪费去时间精力,很使自己感叹。)在夫妇中间为着相爱纠纷自然痛苦,不过那种痛苦也是夹着极端丰富的幸福在内的。冷漠不关心的夫妇结合才是真正的悲剧!

如果在"横溢情感"和"僵死麻木的无情感"中叫我来拣一个,我毫无问题要拣前面的一个,不管是为我自己或是为别人。人活着的意义基本的是在能体验情感。能体验情感还得有智慧有思想来分别了解那情感——自己的或别人的!如果再能表现你自己所体验所了解的种种在文字上不管那算是宗教或哲学,诗,或是小说,或是社会学论文——(谁管那些)——使得别人也更得点人生意义,那或许就是所有的意义了。不管人文明到什么程度,天文地理科学的通到哪里去,这点人性还是一样的主要,一样的是人生的关键。

在一些微笑或皱眉印象上称较分量,在无边际人事上驰骋细想正是一种生活。

算了吧!二哥,别太虐待自己,有空来我这里,咱们再费点时间讨论讨论它,你还可以告诉我一点实在情形。我在廿四小时中只在想自己如何消极到如此田地苦到如此如此,而使我苦得想去死的那个人自己在去上海火车中也苦得要命,已经给我来了两封电报一封信,这不是"人性"的悲剧么?那个人便是说他最不喜管人性的梁二哥!

徽因

你一定得同老金(金岳霖)谈谈,他真是能了解同时又极客观极同情极懂得人性,虽然他自己并不一定会提起他的历史。

三、一九三五年十一月下旬

二哥：

怎么了？《大公报》到底被收拾，真叫人生气！有办法否？

昨晚我们这里忽收到两份怪报，名叫《亚洲民报》，篇幅大极，似乎内中还有文艺副刊，是大规模的组织，且有计划的，看情形似乎要《大公报》永远关门。气糊涂了我！社论看了叫人毛发能倒竖。我只希望是我神经过敏。

这日子如何"打发"？我们这国民连骨头都腐了！有消息请告一二。

徽因

四、一九三七年十月

二哥：

我欠你一封信，欠得太久了！现在第一件事要告诉你的就是我们又都在距离相近的一处了。大家当时分手得那么突兀惨淡，现在零零落落地似乎又聚集起来。一切转变得非常古怪，两月以来我种种的感到糊涂。事情越看得多点，心越焦，我并不奇怪自己没有青年人抗战中兴奋的情绪，因为我比许多人明白一点自己并没有抗战，生活离前线太远，一方面自己的理智方面也仍然没有失却它寻常的职能，观察得到一些叫人心里顶难过的事。心里有时像个药罐子。

自你走后我们北平学社方面发生了许多叫我们操心的事，好容易挨过了俩仨星期（我都记不清有多久了）才算走脱，最后我是病的，却没有声张，临走去医院检查了一遍，结果是得着医生严重的警告——但警告白警告，我的寿命是由天的了。

临行的前夜一直弄到半夜三点半，次日早六时由家里出发，我只觉得是硬由北总布胡同扯出来上车拉倒。东西全弃下倒无所谓，最难过的是许多朋友都像是放下忍心地走掉，端公太太、公超太太住在我家，临别真是说不出地感到似乎是故意那么狠心地把她们抛下，兆和也是一个使我顶不知怎样才好的，而偏偏我就根本赶不上去北城一趟看看她。我恨不得是把所有北平留下的太太孩子挤在一块走出到天津再说。可是我也知道天津地方更莫名其妙，生活又贵，平津那一节火车情形那时也是一天一个花样，谁都不保险会出什么样把戏的。

这是过去的话了，现在也无从说起，自从那时以后，我们真走了不少地方。由卢沟桥事变到现在，我们把中国所有的铁路都走了一段！最紧张的是由北平到天津，由济南到郑州。带着行李小孩奉着老母，由天津到长沙共计上下舟车十六次，进出旅店十二次，这样走法也就很够经验的，所为的是回到自己的后方。现在后方已回到了，我们对于战时的国家仅是个不可救药的累赘而已。同时我们又似乎感到许多我们可用的力量废放在这里，是因为各方面缺乏更好的组织来尽量的采用。我们初到时的兴奋，现实已变成习惯的悲感。更糟的是这几天看到许多过路的队伍兵丁,由他们吃的穿的到其他一切一切。"惭愧"两字我嫌它们过于单纯,所以我没有字来告诉你,我心里所感触的味道。

前几天我着急过津浦线上情形,后来我急过"晋北"的情形——那时还是真正的"晋北"——由大营到繁峙代县,雁门朔县宁武原平崞县忻县一带路,我们是熟极的,阳明堡以北到大同的公路更是有过老朋友交情,那一带的防御在卢变以后一星期中我们所知道的等于是"鸡蛋"。我就不信后来赶得及怎样"了不起"的防御工作,老西儿的军队更是软懦到万分,见不得风的,怎不叫我跳急到万分!好在现在情形已又不同了,谢老天爷,但是看战报的热情是罪过的。如果我们再按紧一点事实的想象:天这样冷……(就不说别的!!)战士们在怎样的一个情形下活着或死去!三个月以前,我们在那边已穿过棉!所以一天到晚,我真不知想什么好,后方的热情是罪过,不热情的话不更罪过?二哥,你想,我们该怎样的活着才有法子安顿这一副还未死透的良心?

我们太平时代(考古)的事业,现时谈不到别的了,在极省俭的法子下维护它不死,待战后再恢复算最为得体的办法。

个人生活已甚苦,但尚不到苦到"不堪"。我是女人,当然立刻变成纯净的"糟糠"的典型,租到两间屋子烹调,课子,洗衣,铺床,每日如在走马灯中过去。中间来几次空袭警报,生活也就饱满到万分。注:一到就发生住的问题,同时患腹泻,所以在极马虎中租到一个人家楼上的两间屋。就在火车站旁,火车可以说是从我窗下过去!所以空袭时颇不妙,多暂避于临时大学（熟人尚多见面，金甫亦"高个子"如故）。文艺，理想，都像在北海五龙亭看虹那么样，是过去中一种偶然的遭遇，现实只有一堆矛盾的现实抓在手里。

话又说多了，且乱，正像我的老样子。二哥你现实在做什么，有空快给我一封信。（在汉口时，我知道你在隔江，就无法来找你一趟。）我在长沙回首雁门，正不知有多少伤心呢，不日或起早到昆明，长途车约七八日，天已寒冷，秋气肃杀，这路不太好走，或要去重庆再到成都，一切以营造学社工作为转移。（而其间问题尚多，今天不谈了）现在因时有空袭警报，所以一天不能离开老的或小的，精神上真是苦极苦极，一天的操作也于我的身体有相当威胁。

徽因在长沙
长沙韭菜园教厂坪134刘宅梁

五、一九三七年十一月九至十日

二哥：

在黑暗中，在车站铁篷子底分别，很有种清凉味道，尤其是走的人没有找着车位，车上又没有灯，送的打着雨伞，天上落着很凄楚的雨，地下一块亮一块黑的反映着泥水洼，满车站的兵——开拔到前线的，受伤开回到后方的！那晚上很代表我们这一向所过的日子的最黯淡的底层，这些日子表面上固然还留一点未曾全褪败的颜色。

这十天里长沙的雨更象征着一切霉湿，凄怆，惶惑的生活。那种永不开缝的阴霾封锁着上面的天，留下一串串继续又继续着檐漏般不痛快的雨，屋里人冻成更渺小无能的小动物，缩着脖子只在呆想中让时间赶到头里，拖着自己半蛰伏的灵魂。接到你第一封信后我又重新发热伤风过一次，这次很规矩地躺在床上发冷，或发热，日子清苦得无法设想，偏还老那么悬着，叫人着一种无可奈何的急。如果有天，天又有意旨，我真想他明白点告诉我一点事，好比说我这种人需要不需要活着，不需要的话，这种悬着日子也不都是侈奢？好比说一个非常有精神喜欢挣扎着生存的人，为什么需要肺病，如果是需要，许多希望着健康的想念在她也就很侈奢，是不是最好没有？死在长沙雨里，死得虽未免太冷点，往昆明跑，跑后的结果如果是一样，那又怎样？昨天我们夫妇算算到昆明去，现在要不就走，再去怕更要落雪落雨发生问题，就走的话，除却旅费，到了那边时身上一共剩下三百来元，万一学社经费不成功，带着那一点点钱，一家子老老小小流落在那里颇不妥当，最好得等基金方面一点消息。……

　　可是今天居然天晴，并且有大蓝天，大白云，顶美丽的太阳光！我坐在一张破藤椅上，破藤椅放在小破廊子上，旁边晒着棉被和雨鞋，人也就轻松一半，该想的事暂时不再想它，想想别的有趣的事：好比差不多二十年前，我独自坐在一间顶大的书房里看雨，那是英国的不断的雨。我爸爸到瑞士国联开会去，我能在楼上嗅到顶下层楼下厨房里炸牛腰子同洋咸肉，到晚上又是在顶大的饭序里（点着一盏顶暗的灯）独自坐着（垂着两条不着地的腿同刚刚垂肩的发辫），一个人吃饭一面咬着手指头哭——闷到实在不能不哭！理想的我老希望着生活有点浪漫的发生，或是有个人叩下门走进来坐在我对面同我谈话，或是同我同坐在楼上炉边给我讲故事，最要紧的还是有个人要来爱我。我做着所有女孩做的梦。而实际上却只是天天落雨又落雨，我从不认识一个男朋友，从没有一个浪漫聪明的人走来同我玩——实际生活上所认识的人从没有一个像我所想象的浪漫人物，却还加上一大堆人事上的纷纠。

话说得太远了，方才说天又晴了，我却怎么又转到落雨上去？真糟！肚子又喜饿，嗅不着炸牛腰子同咸肉更是无法再想英国或廿年前的事，国联或其他！

方才念到你的第二封信，说起爸爸的演讲，当时他说的顶热闹，根本没有想到注意近在自己身边的女儿的日常。一点点小小苦痛比那种演讲更能表示他真的懂得那些问题的重要。现在我自己已做了嬷嬷，非不愿意在任何情形下把我的任何一角酸辛的经验来换他当时的一篇漂亮话，不管它有多少风趣！这也许是我比他诚实，也许是我比他缺一点幽默！

好久了，我没有写长信，写这么杂乱无系统的随笔信，今晚上写了这许多，谁知道我方才喝了些什么，此刻真是冷，屋子里谁都睡了，温度仅仅五十一度，也许这是原因！

明早再写关于沅陵及其他向昆明方面设想的信！又接到另外一封信，关于沅陵我们可以想想，关于大举移民到昆明的事还是个大悬点挂在空里，看样子如果再没有计划就因无计划而在长沙留下来过冬，不过关于一切我仍然还须给你更具体的回信一封,此信今天暂时先拿去付邮而免你惦挂。

昨天张君劢老前辈来此,这人一切仍然极其"混沌"(我不叫它做天真)。天下事原来都是一些极没有意思的,我们理想着一些美妙的完美,结果只是处处悲观叹息着。我真佩服一些人仍然整天说着大话,自己支持着极不相干的自己,以至令别人想哭!

匆匆

徽因
十一月九至十日

六、一九三七年十二月九日

二哥:

我决定了到昆明以便积极的做走的准备。本买二日票,后因思成等周寄梅先生,把票退了,再去买时已经连七号的都卖光了,只好买八号的。

今天中午到了沅陵。昨晚里住在官庄的。沿途景物又秀丽又雄壮时就使我们想到二哥你对这些苍翠的,天排布的深浅山头,碧绿的水和其间稍稍带点天真的人为的点缀,如何的亲切爱好,感到一种愉快。天气是好到不能更好,我说如果不是在这战期中时时心里负着一种悲伤哀愁的话,这旅行真是不知几世修来。

昨晚有人说或许这带有匪,倒弄得我们心有点慌慌的,住在小旅店里灯火荧荧如豆，外边微风撼树，不由得不有一种特别情绪，其实我们很平安地到达很安静的地带。

今天来到沅陵，风景愈来愈妙，有时颇疑心有翠翠这种的人物在！沅陵城也极好玩，我爱极了。你老兄的房子在小山上，非常别致有雅趣，原来你一家子都是敏感的有精致爱好的。我同思成带了两个孩子来找他，意外还见到你的三弟，新从前线回来，他伤已愈，可以拐杖走路。他们待我们太好（个个性情都有点像你）。我们真欢喜极了，都又感到太打扰得他们有点不过意。虽然，有半天工夫在那楼上廊子上坐着谈天，可是我真感到有无限亲切。沅陵的风景，沅陵的城市，同沅陵的人物，在我们心里是一片很完整的记忆，我愿意再回到沅陵一次，无论什么时候，最好当然是打完仗！

说到打仗你别过于悲观，我们还许要吃苦，可是我们不能不争到一种翻身的地步。我们这种人太无用了。也许会死，会消灭，可是总有别的法子，我们中国国家进步了，弄得好一点，争出一种新的局面，不再是低着头的被压迫着，我们根据事实时有时很难乐观，但是往大处看，抓紧信心，我相信我们大家根本还是乐观的，你说对不对？

这次分别，大家都怀着深忧！不知以后事如何？相见在何日？只要有着信心，我们还要再见的呢。

无限亲切的感觉，因为我们在你的家乡。

徽因

昆明住址云南大学王赣愚先生转

七、一九三八年春

二哥：

　　事情多得不可开交，情感方面虽然有许多新的积蓄，一时也不能够去清理（这年头也不是清理情感的时候）。昆明的到达既在离开长沙三十九天之后，其间的故事也就很有可纪念的。我们的日子至今尚似走马灯地旋转，虽然昆明的白云悠闲疏散在蓝天里。现在生活的压迫似乎比从前更有分量了。我问我自己三十年底下都剩一些什么，假使机会好点我有什么样的一两句话说出来，或是什么样事好做，这种问题在这时候问，似乎更没有回答——我相信我已是一整个的失败，再用不着自己过分的操心——所以朋友方面也就无话可说——现在多半的人都最惦挂我的身体。一个机构多方面受过损伤的身体实在用不着惦挂，我看黔滇间公路上所用的车辆颇感到一点同情，在中国做人同在中国坐车子一样，都要承受那种的待遇，磨到焦头烂额，照样有人把你拉过来推过去爬着长长的山坡。你若使懂事多了，挣扎一下，也就不见得不会喘着气爬山过岭到了你最后的一个时候。

　　不，我这比喻打得不好，它给你的印象好像是说我整日里在忙着服务，有许多艰难的工作做，其实，那又不然，虽然思成与我整天宣言我们愿意义务地替政府或其他公共机关效力，到了如今人家还是不找我们做正经事，现在所忙的仅是一些零碎的私人所委托的杂务，这种私人相委的事如果他们肯给我们一点实际的酬报，我们生活可以稍稍安定，挪点时候做些其他有价值的事也好，偏又不然，所以我仍然得另想别的办法来付昆明的高价房租，结果是又接受了教书生涯，一星期来往爬四次山坡走老远的路，到云大去教六点钟的补习英文。上月净得四十余元法币，而一方面为一种我们最不可少的皮尺，昨天花了二十三元买来！

到如今我还不大明白我们来到昆明是做生意，是"走江湖"还是做"社会性的骗子"——因为梁家老太爷的名分，人家常抬举这对愚夫妇，所以我们是常常有些阔绰的应酬需要我们笑脸的应付——这样说来好像是牢骚，其实也不尽然，事实上就是情感良心均不得均衡！

前昨同航空毕业班的几个学生谈，我几乎要哭起来，这些青年叫我一百分的感激同情，一方面我们这租来的房子墙上还挂着那位主席将军的相片，看一眼，话就多了——现在不讲——天天早上那些热血的人在我们上空练习速度，驱逐和格斗，底下芸芸众生吃喝得仍然有些讲究。思成不能酒，我不能牌，两人都不能烟，在做人方面已经是十分惭愧！现在昆明人材济济，哪一方面人都有。云南的权贵，香港的服装，南京的风度，大中华民国的洋钱，把生活描画得十三分对不起那些在天上冒险的青年，其他更不用说了。现在我们所认识的穷愁朋友已来了许多，同感者自然甚多。

陇海全线的激战使我十分兴奋，那一带地方我比较熟悉，整个心都像在那上面滚，有许多人似乎看那些新闻印象里只有一堆内地县名，根本不发生感应，我就奇怪！我真想在山西随军,做什么自己可不大知道!

　　二哥,我今天心绪不好,写出信来怕全是不好听的话,你原谅我,我要搁笔了。

　　这封信暂做一个赔罪的先锋,我当时也知道朋友们一定会记挂,不知怎么我偏不写信,好像是罚自己似的———一股坏脾气发作!

　　　　　　　　　　　　　　　　　　　　徽因

致梁思庄

思庄：

　　来后还没有给你信，旅中并没有多少时间。每写一封到北平，总以为大家可以传观，所以便不另写。连得三爷、老金等信，给我们的印象总是一切如常，大家都好，用不着我操什么心，或是要赶急回去的。但是出来已两周，我总觉得该回去了，什么怪时候，赶什么怪车都愿意，只要能省时候。尤其是这几天在建筑方面非常失望，所谒大寺庙不是全是垃圾，便是已代以清末简陋的不相干房子，还刷着蓝白色的"天下为公"及其他，变成机关或学校。每去一处都是汗流浃背的跋涉，走路工作的时候又总是早八至晚六最热的时间里。这三天来可真真累得不亦乐乎。吃得也不好，天太热也吃不大下。因此种种，我们比上星期的精神差多了。

　　上星期劳苦功高之后，必到个好去处，不是山明水秀，就是古代遗址眩目惊神，令人忘其所以！青州外表甚雄，城跨山边、河绕城下、石桥横通、气象宽朗，且树木葱郁奇高。晚间到时山风吹过，好像满有希望，结果是一无所得。临淄更惨，古刹大佛有数处。我们冒热出火车，换汽车、洋车，好容易走到，仅在大中午我们已经心灰意懒时得见一个北魏石像，庙则统统毁光！

你现在是否已在北屋暂住下，Boo（梁思庄的女儿吴荔明的乳名）住哪里？你请过客没有？如果要什么请你千万别客气，随便叫陈妈预备。思马一（梁思庄的五妹思懿的绰号）外套取回来没有？天这样热，I can't quite imaglne人穿它！她的衣料拿去做了没有？都是挂念。

匆匆
二嫂

整天被跳蚤咬得慌，坐在三等火车中又不好意思伸手在身上到处抓，结果浑身是包！

致梁思成

一、一九五三年三月十二日

思成：

　　我现在正在由以养病为任务的一桩事上考验自己，要求胜利完成这个任务。在胃口方面和睡眠方面都已得到非常好的成绩，胃口可以得到九十分，睡眠八十分，现在最难的是气管，气管影响痰和呼吸又影响心跳甚为复杂，气管能进步一切进步最有把握，气管一坏，就全功尽废了。

　　我的工作现实限制在碑建会设计小组的问题，有时是把几个有限的人力拉在一起组织一下分配一下工作，技术方面讨论如云纹，如碑的顶部；有时是讨论应如何集体向上级反映一些具体意见作一两种重要建议，今天就是刚开了一次会，有阮邱莫、吴梁连我六人，前天已开过一次，拟了一信稿呈郑副主任和薛秘书长的,今天阮将所拟稿带来又修正了一次,今晚抄出大家签名明天可发出(主要要求立即通知施工组停扎钢筋,美工合组事难定了,尚未开始,所以也趁此时再要求增加技术人员加强设计实力,反映我们对去掉大台认为对设计有利,可能将塑型改善,而减掉复杂性质的陈列室和厕所设备等等使碑的思想性明确单纯许多)。再冰小弟都曾回来,娘也好,一切勿念。信到时可能已过三月廿一日了。

天安门追悼会的情形已见报我不详写了。

昨李宗津由广西回来还不知道你到莫斯科呢。

徽因

三月十二日写完

二、一九五三年三月十七日

思成:

今天是十六日,此刻黄昏六时,电灯没有来,房很黑又不能看书做事,勉强写这封信已快看不见了。十二日发一信后仍然忙于碑的事。今天小吴老莫都到城中开会去,我只能等听他们的传达报告了。讨论内容为何,几方面情绪如何,决议了什么具体办法,现在也无法知道。

昨天是星期天,老金不到十点钟就来了,刚进门再冰也回来,接着小弟来了,此外无他人,谈得正好,却又从无线电中传到捷克总统逝世消息。这种消息来在那沉痛的斯大林同志的殡仪之后，令人发愣发呆，不能相信不幸的事可以这样的连着发生。大家心境又黯然了……

中饭后老金小弟都走了。再冰留到下午六时，她又不在三月结婚了，想改到国庆，理由是于中干说他希望在广州举行。那边他们两人的熟人多，条件好，再冰可以玩一趟。这次他来，时间不够也没有充分心理准备，六月又太热。我是什么都赞成。反正孩子高兴就好。

我的身体方面吃得那么好，睡得也不错，而不见胖，还是爱气促和闹清痰打呼噜出泡声，血脉不好好循环冷热不正常等等，所以疗养还要彻底，病状比从前深点，新陈代谢作用太坏，恢复的现象极不显著，也实在慢，今天我本应该打电话问校医室血沉率和痰化验结果的，今晚便可以报告，但因害怕结果不完满因而不爱去问！

学习方面可以报告的除了报上主要政治文章和理论文章外，我连着看了四本书都是小说式传记。都是英雄的真人真事。……

还要和你谈什么呢？又已经到了晚饭时候，只好停下来。该吃饭了，（下午一人甚闷时，关肇邺来坐一会儿，很好。太闷着看书觉到晕昏。）

（十六日晚写）

十七日续：

我最不放心的是你的健康问题，我想你的工作一定很重，你又容易疲倦，一边又吃Rimifon（一种防治结核病的药）不知是否更易累和困，我的心里总惦着，我希望你停Rimifon吧，已经满两个半月了。苏联冷，千万注意呼吸器官的病。

昨晚老莫回来报告，大约把大台改低是人人同意，至于具体草图什么时候可以画出并决定，是真真伤脑筋的事，尤其是碑顶仍然意见分歧。

徽因匆匆写完三月十七午
一九四二年约春夏

致傅斯年

孟真先生：

　　接到要件一束，大吃一惊，开函拜读，则感与惭并，半天作奇异感！空言不能陈万一，雅不欲循俗进谢，但得书不报，意又未安。踌躇了许久仍是临书木讷，话不知从何说起！

　　今日里巷之士穷愁疾病，屯蹶颠沛者甚多。固为抗战生活之一部，独思成兄弟年来蒙你老兄种种帮忙，营救护理无所不至，一切医药未曾欠缺，终在你方面固然是存天下之义，而无有所私，但在我们方面虽感到lucky（幸运）终增愧悚，深觉抗战中未有贡献，自身先成朋友及社会上的累赘的可耻。

　　现在你又以成永兄弟危苦之情上闻介公，丛细之事累及泳霓先生，为拟长文说明工作之优异，侈誉过实，必使动听，深知老兄苦心，但读后惭汗满背矣！

　　尤其是关于我的地方，一言之誉可使我疚心疾首，夙夜愁痛。日念平白吃了三十多年饭，始终是一张空头支票难得兑现。好容易盼到孩子稍大，可以全力工作几年，偏偏碰上大战，转入井臼柴米的阵地，五年大好光阴又失之交臂。近来更胶着于疾病处残之阶段，体衰智困，学问工作恐已无分，将来终负今日教勉之意，太难为情了。

素来厚惠可以言图报，惟受同情，则感奋之余反而缄默，此情想老兄伉俪皆能体谅，匆匆这几行，自然书不尽意。

思永已知此事否？思成平日谦谦怕见人，得电必苦不知所措。希望泳霓先生会将经过略告知之，俾引见访谢时不至于茫然。

此问

双安

致张兆和

卅七年末北平围城时从清华园寄城中。徽。交三姐

三小姐：

收到你的信，并且得知我们这次请二哥出来，的确也是你所赞同的，至为欣慰。这里的气氛与城里完全两样，生活极为安定愉快。一群老朋友仍然照样地打发日子，老邓、应铨等就天天看字画，而且人人都是乐观的，怀着希望地照样工作。二哥到此，至少可以减少大部分精神上的压迫。

他住在老金家里。早起八时半就同老金一起过我家吃早饭；饭后聊天半小时，他们又回去；老金仍照常伏案。

中午又来，饭后照例又聊半小时，各回去睡午觉。下午四时则到熟朋友家闲坐；吃吃茶或是（乃至）有点点心。六时又到我家，饭后聊到九时左右才散。这是我们这里三年来的时程，二哥来此加入，极为顺利。晚上我们为他预备了安眠药。由老金临睡时发给一粒。此外在睡前还强迫吃一杯牛奶，所以二哥的睡眠也渐渐的上了轨道了。

徽因续写：

　　二哥第一天来时精神的确紧张，当晚显然疲倦，但心绪却愈来愈开朗，第二天人更显愉快。但据说仍睡得不多，所以我又换了一种安眠药交老金三粒（每晚代发一粒给二哥），且主张临睡喝热牛奶一杯。昨晚大家散得特别早。今早他来时精神极好，据说昨晚早睡，半夜"只醒一会儿"。说是昨夜的药比前夜的好，大约他是说实话不是哄我。看三天来的进步，请你放心他的一切。今晚或不再给药了，我们熟友中的谈话多半都是可以解除他那些幻想的过虑的，尤以熙公的为最有力，所以在这方面他也同初来时不同了。近来因为我病老金又老，在我们这边吃饭，所以我这里没有什么客人，他那边更少人去，清静至极。今午二哥大约到念生家午饭。噜噜嗦嗦写了这大篇，无非是要把确实情形告诉你放心，"语无伦次"一点，别笑话。

　　这里这几天天晴日美，郊外适于郊游闲走，我们还要设法要二哥走路——那是最可使他休息脑子，而晚上容易睡着的办法，只不知他肯不肯。

　　即问。

思成徽因同上

您自己可也要多多休息才好，如果家中能托人，一家都来这边，就把金家给你们住，老金住我们书房也极方便。